KB133950

파이어키퍼의
딸

안젤린 불리 글

김소정 옮김

문학서재

나의 부모님, 도나 불리와 헨리 불리 시니어,
그리고 두 분의 이야기에 대한 사랑을 위하여

나는 숲속에서 얼어붙어 버린 소녀상이다. 움직이는 것은 오직 하나,
놀란 얼굴과 권총 사이를 빠르게 오가는 눈길뿐.
권총. 충격. 권총. 믿을 수 없음. 권총. 두려움.

타-툼-타-툼-타-툼

내 얼굴을 겨눈 손에서 발산하는
작은 진동에 연발 권총이 흔들린다.
나는 죽을 것이다.
기름진 달콤한 냄새에 나는 코를 씰룩인다. 익숙한 향기.
바닐라와 미네랄 오일. WD-40. 그걸로 권총을 닦은 거다. 더욱 강렬한 냄새.
소나무, 축축한 이끼, 시큼한 땀, 고양이 오줌 냄새, 냄새들.

타-툼-타-툼-타-툼

신경질적인 손은 마체테 칼을 휘두르는 것처럼 권총을 휘두른다.
권총이 땅을 향해 비스듬하게 내려갈 때마다 희망이 생긴다.
똑바로 나를 겨냥하는 것보다는 나으니까.
하지만 다시 공포가 내 심장을 움켜쥔다. 권총은 다시 내 얼굴로 향한다.
엄마. 내가 죽으면 엄마도 살 수 없을 것이다. 한 방으로 두 사람을 죽이는 거다.
손이 권총을 향한다.
내뱌. 지금 당장!

타-툼-타-

한 번의 폭발이 모든 것을 바꾸었을 때, 나는 엄마를 생각했다.

일 러 두 기

* 오지브웨족은 미국과 캐나다의 인디언 원주민 부족이다. 10만 명 정도가 미시간, 위스콘신, 미네소타, 몬태나 등 미국 북부에 거주하고 있고, 7만 6천 명 정도가 캐나다 온타리오에 거주한다.

* 오지브웨족은 백인 정착민들과의 충돌로 강제 이주당해 1730년대에 슈피리어호 호반에 자리 잡았다.

1부
·············

와-바농
WAABANONG
(동쪽)

오지브웨 전통은 여정이 모두
동쪽에서 시작된다고 가르친다.

1장

해가 뜨기 전에 하루를 시작한 나는 재빨리 운동복으로 갈아입고, 햇빛이 전통 세마—*semaa*에, 그러니까 담뱃잎에 가장 먼저 닿을 수 있도록 세마—를 나무의 동쪽 밑동에 놓는다. 기도는 세마—를 바치고 내 영혼의 이름과 일족의 이름, 부족의 이름을 말하는 것으로 시작한다. 항상 창조주가 내가 누구인지를 분명하게 알 수 있도록 또 다른 이름도 함께 말한다. 나를 아버지와 연결해 주는 이름 말이다. 왜냐하면 나는 비밀스럽게 태어났고 추문의 주인공이 되었으니까.

오늘은 창조주에게 감사하며 준기데윈**zoongidewin*을 달라고 부탁했다. 8킬로미터를 달린 뒤에 마음먹은 일을 해내려면 용기가 필요했다. 이미 일주일이나 미룬 일이었다.

우리 집 진입로에서 몸을 푸는 동안 하늘이 밝아지기 시작했다. 동생은 나와 달릴 때마다 내가 준비 운동을 너무 오래 한다고 불평했다. 그럴 때마다 리바이에게 내 우월한 근육이 최고 성능을 발휘하려면 훨씬 더 철저하게 준비 운동을 해야 한다고 말한다. 하지만 내가 준비 운동을 오래 하는 진짜 이유는 스트레칭을 하는 동안 움직이는 모든 근육의 이름을 불러 봐야 했기 때문인데, 리바이는 그런 내가 이상하다고 생각했다. 나는 몸의 표면에 있는 근육뿐 아니라 피부 깊숙한 곳에 숨어 있는 근육 이름도 모두 말했다. 가을 학기에 들을 인체 해부학 시간에 함께 수업을 듣는 그 어떤 학생보다도 뛰어나고 싶었기 때문이다.

준비 운동을 하면서 근육 이름을 모두 말할 때쯤이면, 햇살이 나무를 뚫고 땅으로 내려

---

* 아니시나—베어로 '용기'를 뜻한다.

왔다. 한 줄기 광선이 나무 동쪽 밑에 있는 내 공물 세마—에 닿았다. 니—신^{Niishin}! 됐다!

항상 첫 1.5킬로미터가 제일 어렵다. 아직 마음 한 편은 우리 고양이, 헤리가 있는 침대에 있길 원했다. 헤리의 털은 언제나 자명종과는 정반대 효과를 낸다. 하지만 힘을 내어 첫 번째 난관을 통과하면 그때부터 호흡은 안정되고, 하나로 묶은 묵직한 머리카락은 경쾌하게 좌우로 흔들리고, 내 팔다리는 자동 조종 장치처럼 알아서 움직일 것이다. 그때부터 나의 마음은 '그 지역'으로 들어가서 방황한다. 나의 일부는 이 세상에 남아 있고, 일부는 다른 세상으로 들어가 반쯤은 깨어 있고 반쯤은 몽롱한 상태로 남은 거리를 달려간다.

나는 대학 교정을 통과하는 길을 택했다. 길 반대편에는 미시간주 수 세인트 마리에서 볼 수 있는 가장 아름다운 전경이 펼쳐져 있다. 우리 할아버지의 성을 붙인 신축 기숙사, 폰테인 홀을 지날 때는 건물에 키스를 보냈다. 나의 외할머니, 그랜드메리는 작년 여름에 열렸던 헌정식 때 나에게 드레스를 입으라고 고집을 부렸다. 사진을 찍으면서 잔뜩 불만인 표정을 지을까도 생각했지만, 그랜드메리가 화내는 것보다는 엄마가 슬퍼할 것이 더 걱정되어 그만두었다.

학생회관 뒤쪽으로 난 길을 지나 교정 북쪽 끝으로 달려갔다. 그 길을 따라 이동하면 멋진 파노라마처럼 펼쳐진 세인트메리스강, 그 위로 캐나다와 미국을 연결해 주는 인터내셔널 다리, 그리고 미국 미시간주의 도시와 이름이 같은 캐나다 온타리오주의 수 세인트 마리를 볼 수 있다. 동쪽으로 굽이지는 강 끝자락에는 이 우주에서 내가 제일 좋아하는 장소인 슈가섬이 있다.

떠오르는 태양은 슈가섬 뒤로 보이는 수평선 위로 낮게 깔린 짙은 구름에 숨어 있다. 경이로움에 사로잡혀 나는 우뚝 멈춰 섰다. 구름 사이로 새어 나오는 광선은 마치 슈가섬에서 퍼져 나오는 것처럼 보였다. 서늘한 산들바람이 내 티셔츠를 들썩였고, 8월 중순에 부는 바람에 소름이 돋았다.

"지—사바—카 미니싱^{Ziisabaaka Minising}." 나는 어렸을 때 아빠에게 배운 아니시나—베**^{Anishinaabe}어로 슈가섬의 이름을 속삭였다. 기도처럼 들렸다. 아빠의 가족은 파이어키퍼였다. 불을 지키는 사람들. 샘에서 솟아 나오는 시냇물과 설탕단풍나무만큼이나 부정할 수 없는 슈가섬의 소중한 일원이었다.

** 5대호 주변에서 살았던 여러 아메리카 원주민 부족들을 통칭해 부르는 용어.

구름이 움직이고, 태양이 슈가섬에게 자신의 광선을 돌려 달라고 요구할 때가 되자 강한 바람이 불어와 나를 밀었다. 빨리 내가 해야 하는 과제를 완수하라고 재촉했다.

45분 뒤에 나는 집에서 몇 블록 떨어진 곳에 있는 장기 요양 시설, 에버케어까지 달렸다. 오늘의 달리기는 앞이 아니라 자꾸 뒤로 가는 것 같았다. 1.5킬로미터에서 정점을 찍은 뒤부터 점점 더 힘들어졌다. '그 지역'으로 다시 들어가려고 했지만 그 지역은 신기루처럼 계속 나에게서 멀어져만 갔다.

"안녕, 다우니스."

접수대에서 수간호사 보나세라 부인이 인사했다.

"메리는 밤새 잘 잤어. 어머니도 이미 와 있고."

아직은 가쁜 숨을 고르며, 나는 평소처럼 손 인사를 했다.

한 걸음 내디딜 때마다 복도가 길어지는 것 같았다. 나의 선언이 불러올 반응에 대처할 준비를 하며 각오를 다졌다. 실망한 표정으로 찡그릴 눈썹, 짜증, 사라져 버릴 칭찬. 그것이 내가 예상하는 반응이었다. 어쩌면, 내 결심을 알리는 건 내일로 미루는 게 좋을지도 몰랐다.

엄마가 이미 와 있다는 건, 보나세라 부인이 굳이 가르쳐 줄 필요도 없었다. 복도를 가득 메운 장미 향기로 알 수 있었으니까. 할머니가 혼자 쓰는 방으로 들어가자, 할머니의 가느다란 팔에 장미 향기가 나는 로션을 바르는 엄마가 보였다. 싱싱한 노란 장미 꽃다발 향기가 로션 냄새에 더해져 병실을 가득 메우고 있었다.

나의 외할머니인 그랜드메리는 에버케어에 6주 동안 있었고, 그전 한 달은 병원에 있었다. 내 고등학교 졸업 파티 때 뇌졸중으로 쓰러지셨기 때문이다. 그때부터 매일 그랜드메리를 보러 오는 것이 나의 새로운 일상이 되었다. '뉴 노멀*.' 내 우주가 심하게 흔들려 다시는 예전과 같은 축을 중심으로 돌 수 없을 때 쓰는 말로, 어쨌든 다시 앞으로 나아가려고 노력해야 하는 상황을 뜻한다.

---

* 시대 변화에 따른 새로운 형태의 일상을 의미하는 용어.

할머니와 눈이 마주쳤다. 할머니는 나를 알아보고 왼쪽 눈썹을 추켜세웠다. 할머니의 오른쪽 몸은 그 어떤 것도 할 수 없었다.

"그랜드메리, 안녕히 주무셨어요?"

나는 할머니의 양쪽 볼에 입을 맞추고, 할머니가 나를 살펴볼 수 있도록 살짝 뒤로 물러났다. 내 옷차림을 늘 꼼꼼하게 점검하는 할머니 때문에 사실 짜증이 났었다. 하지만 지금도 그런가? 내가 입기에는 너무 큰 티셔츠를 보면서 한쪽 얼굴을 찡그리는 할머니를 보니 골대 상단을 향해 날아가는 완벽한 슬랩샷**을 친 것 같은 기분이 들었다.

"보세요. 반쯤 헐벗은 거 절대 아니에요."

나는 장난스럽게 티셔츠를 들어 올려 노란색 스판덱스 반바지를 보여 주었다.

할머니의 눈동자가 간신히 눈치챌 수 있을 만큼만 반쯤 돌아가더니, 이내 공허한 표정을 지었다. 그런 할머니를 볼 때마다 할머니 눈 뒤에 누군가 있어서 자기 마음대로 전구를 켜고 끄는 것만 같았다.

"할머니에게 조금 시간을 주렴."

엄마가 그랜드메리의 팔에 계속 로션을 바르면서 말했다.

나는 고개를 끄덕이고 방으로 들어갔다. 커다란 창밖으로 가까운 운동장이 보였다. 할머니 침대에 붙어 있는 화이트보드에는 '안녕하세요, 내 이름은 메리 폰테인이에요'라는 글이 적혀 있고, 그 밑에는 담당 간호사 이름이 쓰여 있었다. 이곳에서 달성해야 할 목표를 적는 줄은 비어 있었다. 장미를 꽂은 화병은 액자에 둘러싸여 있었다. 외조부모 메리와 로렌조의 결혼식 사진. 그 옆에 놓인 흰색 첫영성체 옷을 입고 천사처럼 기도하고 있는 엄마와 데이비드 삼촌의 사진. 은색 액자에 2004년 졸업식이라는 글을 새긴 내 사진이 있었다.

나와 엄마, 데이비드 삼촌과 그랜드메리가 함께 찍은 폰테인 네 사람의 사진이 마지막이었다. 목에 호두만 한 혹을 갖게 한 나의 마지막 하키 시합 때 찍은 사진이었다. 정말 많은 밤, 나는 엄마와 삼촌이 카드놀이를 하며 웃는 소리, 두 사람이 어렸을 때 프랑스어와 이탈리아어와 줄인 영어를 되는 대로 섞어 만든 말도 안 되는 단어들로 떠드는 소리를 들으면서 침대로 갔다. 하지만 그건 지난 4월에 데이비드 삼촌이 죽기 전 일이었다. 비탄에 잠긴 그랜드메리는 두 달 뒤에 대뇌출혈성뇌졸중으로 쓰러졌다. 그때부터 엄마에게는 옷

** 아이스하키에서 크게 백스윙을 한 뒤 온몸의 체중을 실어 날리는 강한 샷.

지 않는 것이 '뉴 노멀'이 되었다.

엄마가 고개를 들었다. 피곤해 보이는 경옥색 눈은 붉게 충혈되어 있었다. 어젯밤에 엄마는 잠을 자지 않았다. 먼지를 닦고 걸레질을 하는 모습을 데이비드 삼촌이 소파에 앉아 보고 있기라도 한 것처럼 계속 삼촌에게 말을 걸면서 미친 듯이 청소를 했다. 엄마는 자주 그랬다. 어두운 밤, 문득 깨어나면 내가 두 사람의 비밀 언어를 알고 있음을 모르는 엄마가 삼촌에게 외롭다고, 네가 없어 슬프다고 하는 말을 들을 수 있었다.

할머니가 다시 나의 할머니로 돌아오기를 기다리면서 침대 옆 협탁 위에 놓인 바구니에서 립스틱을 집어 들었다. 그랜드메리는 완벽하게 빨간 입술로 웃으면서 하루를 맞이해야 한다고 믿었다. 나는 할머니의 얇은 입술에 매트한 루비색 립스틱을 바르면서 용기를 달라고 간청했던 순간을 떠올렸다. 준기데원을 안다는 건 강인한 심장으로 두려움에 맞선다는 뜻이다. 금색 립스틱 케이스가 진동하는 지진계의 바늘처럼 흔들리더니 내 손에서 움찔, 경련을 일으켰다.

엄마는 할머니에게 로션을 모두 발라 주고, 이마에 입을 맞추었다. 엄마의 입맞춤은 나를 향할 때가 많았기에, 내 이마에도 엄마의 입술이 닿는 것처럼 느껴졌다. 전구가 꺼져 있다고 해도 그랜드메리가 딸의 입맞춤이라는 멋진 마법을 느낄 수 있다면 너무나도 좋겠다고 생각했다.

할머니가 병원에 있을 때, 매일 같은 시간에 할머니 옆에 앉아 15분 동안 할머니가 눈을 깜빡이는 횟수를 셌다. 할머니의 상태를 전구가 켜져 있을 때와 꺼져 있을 때로 나누어 기록한다는 사실을 눈치채기 전까지, 엄마는 내가 하는 일에 신경을 쓰지 않았다. 할머니가 눈을 깜빡이는 전체 횟수는 변하지 않았지만, 의식을 차리고 있는 전구가 켜진 순간은 줄어들기 시작했다. 엄마가 내 기록을 보고 너무나도 화를 냈기 때문에 이제는 공책을 할머니 방에 몰래 숨겨 두고, 엄마가 없을 때만 꺼내서 기록했다.

다시 할머니가 돌아왔다. 눈을 깜박였고, 눈동자가 맑아졌다. 다시 전구가 켜진 것이다. 갑자기 할머니의 주의력이 날카로워지고, 다시 한번 엄청난 자연의 힘으로 폰테인 집안의 여자 족장이 돌아왔다.

"그랜드메리."

나는 재빨리 말했다.

"일단 미시간 대학교에 가는 건 연기하고, 레이크스테이트 대학에서 수업을 몇 개 들으려고 해요. 1학년만요.”

나는 숨을 죽이고 할머니가 나에게 실망한 모습을 보이기를 기다렸다. 다우니스 로렌자 폰테인 의학 박사 만들기 계획을 벗어났기 때문이다.

처음에는 할머니의 자랑이 되고 싶다는 마음으로 그 계획에 동참했다. 자라는 동안 나는 사람들이 메리와 로렌조 폰테인의 완벽한 인생에 흠집을 낸 엄청난 뒷소문을 은밀하게 즐기며 심술궂게 속삭이는 소리를 들었다. 나는 아주 오랫동안, 할머니 계획이 바로 내 계획이라는 듯 아주 신나는 척했다. 하지만 그건 모두 옛날 일이었다.

그랜드메리는 엄마의 입맞춤만큼이나 부드러운 눈으로 나를 뚫어지게 바라보았다. 할머니와 나 사이에 무언가가 오갔다. 할머니는 내가 계획을 바꾼 이유를 이해한 것이다. 코끝이 시큰해졌다. 그 이유가 안심했기 때문인지, 슬펐기 때문인지는 알 수 없었다. 어쩌면 두 감정을 모두 느꼈기 때문인지도 몰랐다. 어쩌면 아니시나-베들은 이런 식으로 끔찍한 비극이 지나간 뒤에 굳건하게 설 수 있는 순간을 묘사하는 단어를 알고 있을지도 모른다는 생각이 들었다.

엄마가 재빨리 침대를 돌아 나에게 오더니, 내 입에서 헉하는 소리가 날 정도로 세게 나를 끌어안았다. 흐느끼는 엄마 때문에 내 몸도 바르르 떨렸다. 내가 엄마를 기쁘게 했다. 엄마의 반응은 놀랍지 않았지만, 내가 이렇게까지 안심하게 될 줄은 몰랐다. 엄마는 나에게 멀리 있는 대학교에는 가지 말라고 요구했고, 리바이에게 나를 설득해 달라고 부추겼다. 지난 1월에는 나에게 레이크스테이트 대학에 원서를 넣는 걸 자기 생일 선물로 해 달라고 간청하기도 했다. 그때는 원서를 넣는다고 해도 내가 들어갈 방법은 없다는 생각에 엄마 말대로 하겠다고 했다. 하지만 난 결국 레이크스테이트 대학교에 갈 수 있었다.

새 한 마리가 창문에 쿵 하고 부딪쳤다. 깜짝 놀란 엄마가 나를 놓아주었다. 내가 창문을 향해 세 걸음을 갔을 때, 새는 몸을 일으키더니 퍼덕거리며 균형을 찾고 다시 날아가 버렸다.

나의 파이어키퍼 가족, 친할머니 펄은 새가 창문에 부딪히는 건 나쁜 징조라고 여겼다. 펄 할머니는 다급하게 밖으로 나가 거죽밖에 남지 않은 갈색 손을 입에 대고 부러진 새의 목에 “어–어–오”라고 중얼거렸다. 그러고는 어떤 비극이 임박했는지를 알아보려고 자매들 모두에게 전화했다.

하지만 그랜드메리는 새가 창문에 부딪히는 건 무작위적으로 일어나는 불행한 일이라고 말할 것이다. 너무나도 깨끗하게 청소한 창문이 만들어 낸 의도치 않은 결과일 뿐이라고 말이다. '인디언들의 미신은 사실이 아니야, 다우니스'라고 말할 것이다.

나의 백인 할머니와 원주민 할머니는 모두 자기주장이 강한 분들이었다. 한 분은 세상사를 표면에 보이는 그대로 믿었고, 또 다른 한 분은 우리가 알고 있는 세상보다 더 깊은 곳에 숨어 있는 관계와 가르침을 보았다. 내 삶은 두 할머니의 밀고 당기는 줄다리기로 채워졌다.

일곱 살 때, 나는 슈가섬에 있는 펄 할머니의 타르 페이퍼 집에서 일주일을 지낸 적이 있다. 한밤중에 귀가 너무 아파서 갑자기 일어나 울음을 터트렸지만, 이미 본토로 들어가는 여객선은 없을 때였다. 펄 할머니는 컵으로 내 오줌을 받더니, 나를 무릎에 눕히고 귀에 오줌을 부었다.

일요일에 집으로 돌아온 나는 외조부모와 함께 저녁을 먹으면서 친할머니의 지혜를 신나게 들려주었다. 그랜드메리는 움찔하더니, 이 모든 게 엄마의 잘못이라는 표정으로 딸을 노려보았다. 당혹스러워하는 엄마를 보면서 내 마음속에서는 무언가가 쪼개지는 것만 같았다. 그때 나는 이 세상에는 내가 폰테인이 되기를 바라는 시간과 파이어키퍼로 사는 게 안전한 시간이 따로 있음을 배웠다.

엄마는 다시 그랜드메리에게 돌아가 캐시미어 담요를 옆으로 걷어 내고 석고처럼 하얗고 삐쩍 마른 다리에 로션을 바르고 문질렀다. 할머니를 돌보느라 엄마는 완전히 지쳐 있었다. 엄마는 할머니가 나을 거라고 확신했다. 엄마는 불쾌한 진실을 받아들이는 데에 전혀 소질이 없었다.

일주일 전에, 엄마가 맹렬하게 청소하고 있을 때 나는 잠에서 깼다. 그때 엄마는 말하고 있었다.

나는 너무 많은 걸 잃었어, 데이비드. 이제는 그 애도 잃을 거야. 다우니스가 떠나 버리면 나에게 남은 건 하나야. 주 디스파레트레 j'disparaîtrai.

엄마는 '사라지다'라는 프랑스어 단어를 사용했다. 사라져 버리다. 존재하지 않게 되다.

18년 전에, 내가 태어나면서 엄마의 세계는 바뀌었다. 부모님이 엄마를 위해 준비해 두었던 인생을 망쳐 버렸다. 이 세상에서 엄마에게 남은 것이라고는 나밖에 없었다.

펄 할머니는 "나쁜 일은 늘 셋이 짝지어서 온다"라고 말했다.

4월에 데이비드 삼촌이 죽었다.

6월에는 그랜드메리가 뇌졸중으로 쓰러졌다.

내가 집에 머문다면, 세 번째로 일어날 나쁜 일을 막을 수 있을 것이다. 그 때문에 계획대로 살 수 없고, 일정을 조금 늦춰야 하지만 말이다.

"이제 가야 해."

나는 엄마와 그랜드메리에게 입을 맞추고 작별 인사를 했다. 요양 시설에서 나오자마자 달리기 시작했다. 집으로 돌아갈 때는 보통 몇 블록 앞에서 달리기를 멈추고 천천히 걸으면서 숨을 골랐다. 하지만 오늘은 진입로에 들어갈 때까지 전속력으로 달렸다. 숨을 헐떡이며 기도하는 나무 밑에 주저앉아, 다시 차분하게 숨을 쉬게 되기를 기다렸다.

뉴 노멀이 시작되기를 기다렸다.

2장

릴리의 지프가 거친 소리를 내며 우리 집 진입로로 들어왔다. 늘 그렇듯이 온통 검은색 옷을 입은 나의 절친한 친구는 내가 뒷좌석에 탈 수 있도록 풀쩍, 운전석 밖으로 뛰어내렸다. 머리에 두른 스카프를 턱 밑으로 묶고 조수석에 앉아 있는 준 할머니의 짙은 갈색 눈은 간신히 계기판 위로 살짝 올라와 있을 뿐이었다. 작은 릴리와 릴리의 증조할머니가 차에 앉은 상태로도 도로를 볼 수 있다는 건 경이로운 일이었다.

릴리가 준 할머니와 함께 살게 된 6학년 때부터 우리는 가장 친한 친구였다. 우리는 완벽하게 다른 외모를 지녔는데 키 차이가 그 이유의 전부는 아니었다. 나는 창백하다고 할 수 있을 정도로 피부가 하얘서, 다른 아니시나-베 아이들은 나를 '유령'이라고 불렀다. 릴리가 백인 아빠, 새엄마와 함께 살 때는 적갈색인 릴리의 피부가 더 진해지지 않도록 햇빛이 딸에게 닿지 않게 늘 주의를 기울였다. 아니시나-베들의 피부색 스펙트럼 중 양 끝의 피부색을 가졌던 릴리와 나는 사람들이 같은 편견을 가지고 다르게 말하는 헛소리를 참아야 했다.

번쩍이는 검은색 립스틱을 바른 릴리의 입술에 미소가 번졌다. 청바지에 허벅지 중간까지 내려오는 아빠의 하키복 상의를 입은 나를 보자 릴리의 입술은 더 크게 벌어졌다.

"가장 멋진 드레스를 입으셨군요, 다우니스 양. 모시게 되어 영광입니다."

릴리가 허리를 숙여 인사했다.

나는 씩 웃었다. 교과서가 가득 든 가방을 어깨에서 내려놓은 것 같은 기분이 들었다.

"내가 뒤에 앉을 걸 그랬구나. 아주 힘들어 보여."

운전석 의자를 앞으로 젖히고 180센티미터가 훌쩍 넘는 몸을 뒷좌석으로 밀어 넣고 있는 내 모습을 보면서 준 할머니가 말했다.

"갓난아기가 엄마 자궁으로 다시 들어가려고 애쓰는 거 같아."

준 할머니는 릴리가 나를 태우러 올 때마다 같은 말을 했다.

"아니에요, 준 할머니. 할머니가 조수석에 앉아야 안심이 되죠."

노인이 젊은 사람의 편의를 봐주는 상황을 만드는 건 안 될 일이다.

우리는 일을 하러 가기 전에 준 할머니를 수 노인 복지관에 모셔다드릴 때가 많았는데, 할머니는 매달 나오는 두 복지관의 점심 식단표를 처음부터 끝까지 꼼꼼하게 비교해 보고 최종 목적지를 정했다. 백인 복지관의 음식이 마음에 들면, 준 할머니는 릴리의 차를 타고 시내에 있는 수 노인 복지관으로 갔다. 그렇지 않을 때는 슈가섬의 노코미스-미소미스 회관에서 점심도 먹고 이런저런 사교 생활도 하려고 부족 공동체가 운영하는 밴을 타고 선착장으로 가서, 여객선을 타고 슈가섬으로 들어갔다.

"했구나?"

릴리가 백미러를 보면서 알겠다는 표정으로 말했다.

"얍!"

"피임은 했니?"

준 할머니가 말했고 우리는 웃었다. 마침, 릴리가 길모퉁이를 엄청난 속도로 돌았기 때문에 지프 바퀴도 비명을 지르며 함께 소리를 내주었다.

"아니야, 할머니. 다우니스가 자기 엄마랑 할머니한테 미시간 대학교에 안 가겠다고 말했다는 거야. 이제는 공식적으로…… 레이크스테이트 대학교의 학생이 되는 거지! 야호, 신난다!"

릴리가 갑자기 차 밖에 대고 크고 높은 소리를 질러 지나가던 관광객들을 깜짝 놀라게 했다.

준 할머니가 몸을 돌려 나를 보면서 인상을 쓰셨다. 나는 할머니가 몸을 똑바로 펴고 앉으라고 말할 거라 생각했다. 늘 그 말을 했으니까.

"얘야, 이 세상에는 강물에 띄워야 하는 배도 있고, 바다에 띄워야 하는 배도 있단다."

나는 준 할머니의 말씀이 옳다고 생각했다. 그저 내가 어떤 배인지 알지 못할 뿐이었다.

릴리가 백미러를 보면서 내 마음을 잘 안다는 표정을 지었다. 릴리는 내 기분을 잘 알았다. 앤아버에 가지 못하는 건 슬프지만, 1학년을 릴리와 함께 보낼 수 있다는 건 기쁜 걸 말이다.

길거리에 늘어선 선물 가게들을 쭉 지나갔다. 도로 반대쪽 강에는 관광객이 수^{Soo} 갑문을 통과하는 300미터 길이의 화물선을 구경하려고 모여 있었다.

작년 가을에 앤아버에서 미시간 대학교 교정을 돌아보던 시간이 생각났다. 엄마는 그곳 범죄율이 얼마나 되니 같은 질문을 해 대며 나를 힘들게 했지만, 그랜드메리는 의욕이 넘쳤다. 엄마의 의견에는 거의 반대하는 일이 없는 데이비드 삼촌도 나는 집에서 멀리 떨어진 곳에서 학위를 받아야 한다고 주장했다. 하지만 나에게 미시간 대학교는 그저 교육 기관 이상의 의미가 있었다. 한평생 나를 따라다니는 소문에서 멀어지는 방법이기도 했다.

다우니스 폰테인이라고? 그 하키 선수, 리바이 파이어키퍼가 그 애 아빠 아니야? 슈가 섬에서 재능 있는 인디언 가운데 한 명?

걔 때문에 그레이스 폰테인이 임신했잖아? 그 왜, 마을에서 제일 부잣집 딸인 데다 제 일 백인처럼 생긴 애.

슈가섬에서 열린 파티에서 술을 잔뜩 마시고, 그 여자애를 태우고 달리다가 자동차 사 고가 났잖아? 그때 다리가 부러진 거 아니야. 하필이면 스카우터들이 잔뜩 와 있을 때. 그 렇게 하키 인생이 끝난 거지.

메리랑 로렌조가 딸을 몬트리올에 있는 친척 집으로 보내 버렸잖아. 그레이스가 3개월 된 여자 아기를 데리고 왔을 때, 이미 리바이는 다른 여자랑 결혼해서 리바이 주니어가 생 겼고. 부모가 아기를 리바이랑 다른 인디언 친척들하고는 절대 교류하지 못 하게 하니까, 그 소심한 그레이스가 부모한테 대들었대.

아, 그때, 그 끔찍한 비극이⋯⋯.

릴리의 지프가 광고판 옆을 지나갔다. 보통은 슈피리어 쇼어스 카지노와 리조트를 광고 했다. 지난 한 달 동안은 슈가섬의 오지브웨 사람들이 유권자들에게 오늘 열릴 오지브웨 평의회 선거에 꼭 참여해 달라고 독려하는 광고가 걸려 있었다. 그런데 어젯밤에 누군가 광고판에 낙서를 해 놓았다. 한 글자를 바꿔 놓은 것이다. 선거^{election}를 발기^{erection}로. '선 거하세요! 이것은 부족의 발기입니다!'

"나도 발기를 위해 투표할 거야!"

준 할머니가 말했고, 릴리와 나는 또다시 죽어라고 웃었다.

준 할머니는 누가 당선되든 상관이 없다고 불평했다. 누가 뽑히든 부족 사람들보다는 자기 자신을 위해서 더 많은 봉사를 할 테니까.

"아무튼, 내가 죽으면 평의회 놈들이 내 관을 운구하게 하겠다고 약속해 주렴. 그래야……."

준 할머니는 극적인 효과를 내려고 잠시 멈추었다가 말했다.

"내가 마지막으로 실망하고 가지."

나는 준 할머니와 함께 웃었고, 언제나처럼 내 가장 친한 친구는 고개를 저었다.

"테디 고모가 출마해야 해. 너희 고모라면 해결할 수 있을 텐데, 안 그래?"

릴리가 말했다. 테디 고모는 우리가 아는 사람 중에 가장 똑똑했다. 그리고 정말로 여걸이었다. 대중을 선동하는 몇몇 부족 사람들은 슈가섬이 미합중국에서 독립하기를 원했다. 그들의 설익은 계획에 테디 고모를 동참하게 할 수만 있다면, 슈가섬은 정말로 독립할 수 있을지도 몰랐다.

"에, 고모는 자기가 부족 보건소장으로 있어야 공동체에 더 큰 영향을 미칠 수 있다고 했어."

내가 대답했고, 준 할머니가 거들었다.

"테디는 절대 뽑히지 못할 거야. 나랑 같은 애니까. 항상 자기 마음을 있는 그대로 말하잖아. 유권자들은 추악한 진실보다 예쁜 거짓말을 원해. 안 그러니?"

릴리가 고개를 끄덕였다. 사실 나나 릴리는 공동체 등록 시민이 아니었기 때문에 부족 선거에서 투표할 수는 없었다.

"잘 들어라, 얘들아. 강인한 오지브웨 여자들은 조수의 흐름과 같아. 너무나도 강력해서 통제할 수 없는 힘이거든. 약한 자들은 그 힘을 두려워해. 사람들은 자신들이 두려워하는 부족 여인에게는 투표하지 않을 거야."

수 노인 복지관에 도착하자 릴리는 전매특허인 평행 주차를 멋들어지게 해내며, 앞차의 뒤 범퍼에 거의 닿을 정도로 완벽하게 주차했다. 릴리와 나는 지프에서 내려 준 할머니가 차에서 내릴 수 있도록 도왔다. 할머니는 복지관으로 들어가기 전에 잠시 멈추더니 말했다.

"나랑 테디한테는 아주 은밀한 비밀이 있단다. 둘 다 너무 많은 남자들이랑 잤어."

준 할머니는 '그래서 뭐 어때?'라는 표정으로 턱을 쭉 내밀었다.

"음, 그거랑 우리가 저지른 중범죄가 있지."

릴리와 나는 우리에게 손을 흔들면서 걸어가는 준 할머니를 두 눈을 휘둥그레 뜨고 지켜보았다.

지프로 돌아온 우리는 와락 웃음을 터트렸다.

"와, 할머니야 과거가 화려했다는 건 알지만, 정말로 테디 고모가 중범죄를 저질렀다고 생각해?"

릴리는 지프를 후진해 뒤에 있는 차의 범퍼를 쿡 박더니 다시 차들이 달리는 도로로 나갔다.

"고모가 자신과 관련된 '젊은 날의 무용담'은 모두 과장된 헛소리랬어."

"헛소리라니까 생각난 건데 내일, 하는 거야?"

본토에 있는 부족의 위성 보호 구역으로 가면서 릴리가 물었다.

"그래. 축하는 해야 하니까."

나는 내가 내린 결정의 긍정적인 부분만을 생각하면서 대답했다.

"그랜드메리한테 말하는 것 때문에 잔뜩 걱정했잖아? 할머니는 어떻게 반응하셨어?"

"할머니는, 음…… 그래도 된다는 걸 알 수 있게 해 주셨어."

나와 할머니가 눈길을 교환했던 순간을, 할머니가 지금 상황을 정확하게 판단하고 이해했다는 사실을 떠올리자 다시 마음이 따뜻해졌다.

"내 말이 맞지? 진짜 넌 쓸데없이 걱정이 많다니까."

릴리가 말했다.

치 무콰Chi Mukwa 경기장에 도착했다. 오늘 치를 부족 평의회 선거 투표장은 이곳, 부족의 위락 시설과 슈가섬에 있는 노인 회관 두 군데였다. 아이스 서클 드라이브 양옆으로 차들이 길게 서 있었다. 릴리는 잔디밭에 주차하려고 연석을 타고 넘었다.

릴리는 나에게 주변에 부족 경찰차가 있는지 찾아보라고 했다. 릴리의 창조적인 주차 실력은 언제나 경찰의 시선을 끌었다.

"아직 TJ 만난 적 없지? 정말로 이제는 키웨든 경찰관이라고 불러야 하는 거야? 파티에 초대 안 한 거, 맞지?"

릴리가 몸을 부르르 떨었다.

"당연하지. 부족 경찰관을 우리 파티에 초대하지는 않아. 전 남친과 격주로 만나는 사람은 내가 아니야."

나는 정말로 화가 나서 말했다.

릴리는 차가운 표정으로 나를 물끄러미 쳐다보았다. 입술을 움직였지만 아무 말도 하지 않았다. 그저 우리가 맨 앞에 주차한 차들 가까이 왔을 때, 내 등을 후려쳤을 뿐이다. 그것도 아주 세게.

"야! 뭐 하는 거야?"

재빨리 릴리를 쳐다보았지만 릴리는 영문을 모르겠다는 표정을 짓고 있었다.

"왜? 벌새만 한 똥파리가 붙어 있어서 그랬어."

이번에는 나를 보고 씩 웃었다.

우리 둘 다 웃음을 터트렸다. 모든 것이 잘 될 것을 알기에, 우리의 웃음이 너무나도 경쾌하게 느껴졌다.

유권자들이 투표하려고 치 무과 경기장 안으로 들어가는 동안 두 줄로 늘어선 부족 사람들은 자신들이 지지하는 후보자 이름이 적힌 론 사인*을 흔들었다. 우리가 다가가자 중년 여인이 반기는 기색을 하면서 집에서 만들어 온 쿠키 접시를 내밀었다.

"얘들은 유권자가 아니야."

여인의 옆에 있던 사람이 차갑게 말했다.

쿠키를 내밀었던 여인은 조용히 접시를 내려놓고 냉정하게 "좋은 하루 보내요."라고 말했다.

우리는 선거인 명부에 등록된 유권자가 아니라 그저 슈가섬 오지브웨 부족의 후손일 뿐이었다. 내 출생증명서에는 아빠가 기록되지 않았고, 릴리는 선거인 명부에 등록되는 데 필요한 최소한의 적절한 피조차 갖고 있지 않았다. 그래도 우리는 부족의 일원이라고 생각했다. 유리창에 코를 박고 밖에서 안을 들여다볼 수밖에 없는 신세였지만.

"뭐야. 우리가 언제 무원 쿠키를 먹고 싶댔나? 왜 저래?"

릴리가 정말로 준 할머니 같은 말투로 중얼거렸다.

나는 우리 둘 다 쿠키를 보고 입맛을 다셨다는 건 말하지 않았다.

---

* 광고나 지지 정당을 알리려고 집밖에 설치하는 표지판.

로비는 사람들로 가득 차 있었다. 경기장 입구부터 투표장인 농구 코트까지 사람들이 쭉 늘어서 있었다.

부모들은 아이들을 여름 방학 프로그램에 등록했다. 에너지를 소진할 필요가 있는 아이들을 위한 프로그램이었지만, 아이들보다는 지도자들을 효과적으로 지치게 만드는 여름날의 여가 활동 프로그램이었다.

각자 맡은 아이들에게 가기 전에 릴리가 나를 쿡 찔렀다.

"나중에 봐, 게이터."

"그래, 나중에 봐, 크로코딜루스 닐로티쿠스*."

우리는 우리만의 특별한 작별 인사를 했다. 키 큰 소녀를 위한 하이파이브, 키 작은 소녀를 위한 로우파이브, 다리 들어 발 부딪치기, 손가락 교차해 나비 모양 만들기.

"사랑한다, 괴짜야."

릴리는 늘 나에게 하는 마지막 인사를 하고 걸어갔다.

---

* 아프리카 일대에 서식하는 나일 악어. 크로커다일 종 가운데서도 덩치가 크고 아주 포악하다.

3장

마지막 활동만 남았을 때, 나는 아홉 살, 열 살 아이들을 데리고 탈의실로 들어가 빙상에서 스케이트를 탈 수 있도록 운동복 상의와 모자, 장갑으로 무장시켰다. 필요한 옷을 한 벌씩 갖춰 입을 때마다 아이들에게 옷 갈아입는 시간이 오지브웨 언어를 익힐 기회가 되도록 물건들 이름을 말해 주었다.

"이건 나–비카와–간^{Naabikawaagan}이야."

링크로 나가면서, 목에 두른 스카프를 가리키고는 말했다.

"어이, 버블!"

리바이가 링크 저 끝에서 내가 정말로 싫어하는 별명을 소리쳐 불렀다.

금요일 오후에는 수 세인트 마리 슈피리어 스케이트장에 아이들이 넘쳐났다. 슈피리어, 그러니까 수프 팀은 뛰어난 주니어 A 리그 소속으로, 수프를 디딤돌 삼아 대학이나 프로 팀으로 진출하는 아이들이 많았다. 그랜드메리는 하키 선수가 성공하려면 수프는 꼭 가야 하는 '예비 학교'라고 했다.

이제 고등학교 3학년이 되는 내 남동생은 2학년 때 수프의 주장이 되는 기염을 토했다. 미시간 반도 위쪽 지역에서는 수프를 하키 신이 모인 곳으로 간주했기 때문에, 리바이를 그저 재능과 노력만으로는 가질 수 없는 엄청난 능력의 제우스 같은 존재처럼 여겼다.

남동생과 나는 닮은 데가 전혀 없었다. 나는 아빠를 쏙 빼닮았다. 아빠의 이목구비는 아빠의 커다란 덩치에 어울리게 큼직했지만, 나는 미니어처 같다는 점만이 달랐다. 리바이는 보조개, 구릿빛 피부, 긴 속눈썹까지 자기 엄마를 똑 닮았다. 아빠는 하키의 신이었는데 그 점에 있어서는 리바이가 운이 좋았다. 게다가 내 남동생은 아주 매력적으로 변할 수도 있었는데, 원하는 게 있을 때는 특히 그랬다.

리바이와 수프 선수 한 명이 다섯 살과 여섯 살 아이들을 지도했다. 그중에는 내 여섯 살짜리 사촌 동생인 페리와 폴린 쌍둥이도 있었다.

"다우니스 고모!"

쌍둥이가 나를 '고모'라고 부르는 게 좋았다. 나는 내가 맡은 아이들에게서 잠시 떠나 두 아이에게 다가갔다.

"고모! 오늘이 13일의 금요일인 거 알아?"

폴린이 꼭 선생님처럼 말했다.

"리바이 삼촌이 불운이라는 건 모두 빌어먹을 헛소리라고 했어."

페리가 끼어들었다.

나는 폴린의 선생님 같은 말투를 흉내 내며 리바이에게 말했다.

"리바이, 책임감 있는 고모와 삼촌은 감수성이 예민한 아이들과 있을 때는 험한 말을 쓰지 말아야 한다는 건 알고 있는 거지?"

내 말에 리바이와 함께 있던 수프 선수가 씩 웃었다.

"봐. 너희 신참은 내 말이 무슨 뜻인지 알잖아."

"제이미야. 제이미 존슨."

신참 수프가 말했다.

"에, 네 이름을 알기 전에, 네가 수프에 어떤 기여를 할 수 있는지 알고 싶어."

내가 대답했다.

목에 두른 아주 긴 스카프를 푸는 동안 아웃캐스트의 〈헤이 야!$^{Hey\ Ya!}$〉가 스피커에서 흘러나왔다. 페리와 폴린이 스카프의 양 끝을 잡았고, 나는 두 아이를 매달고 링크를 돌기 시작했다.

아빠가 리바이와 나에게 해 주던 놀이였다. 아빠는 스카프를 벨트처럼 허리에 둘렀고, 우리는 스카프 양 끝자락을 잡았다. 아빠의 스카프는 엄마의 눈처럼 경옥색이었다.

페리가 더 빨리 달리라고 애원했다. 페리는 긴 흑청색 머리카락을 응결된 수증기가 만드는 제트기의 자국처럼 뒤로 휘날리면서 엄청난 속도로 달리는 걸 너무나도 좋아했다. 나는 충동적으로, 재빨리 스케이트를 바깥쪽으로 네 번 힘차게 밀어 리바이가 있는 곳으로 돌아갔다. 페리가 비명을 지를 정도로 빠르지만, 폴린이 손을 놓칠 정도로는 빠르지 않게 앞으로 나아갔다.

리바이에게 부딪히기 직전에 나는 몸을 90도로 회전해 멈춰 섰다. 스케이트 날이 거칠게 얼음을 깎았고, 깎인 조각들이 리바이와 신참을 향해 날아갔다. 피하지도 못할 얼음을 피해 보겠다고 펄쩍 뛰는 두 사람을 보며 씩 웃었다. 리바이는 재미있어했고, 신참은 경이로움과 충격을 동시에 느낀 것처럼 입을 쩍 벌렸다.

나는 고개를 돌려 쌍둥이를 보았다. 페리는 내 흉내를 내면서 멈추려고 애쓰고 있었다. 결국 넘어졌지만 곧바로 다시 일어났다. 폴린은 계속 앞으로 나아가다가 펜스에 부딪혔고 뒤로 벌렁 자빠졌다. 다치지는 않았다는 사실을 분명히 알고 있었지만, 어쨌거나 나는 폴린에게 다가갔고 신참이 따라왔다.

내가 다가갔을 때 폴린은 나를 올려다보며 핼러윈 호박 랜턴처럼 씩 웃었다. 아름다운 폴린의 얼굴은 정말로 짙은 호박색이었다. 완벽하고 사랑스러운 황갈색이었다. 폴린이 나를 향해 장갑 낀 손을 쭉 내밀면서 애원했다.

"일으켜 줘!"

어렸을 때, 헬멧이 바닥에 부딪칠 정도로 심하게 넘어졌던 순간이 생각났다. 넘어지는 순간 재빨리 나에게 다가온 아빠는 깊고도 우렁찬 목소리로, "아니, 다우니스. 바지곤지센 bazigonjisen! 그래야 내 딸이지!"라고 했다. 눈앞에는 별이 날아다녔지만, 나는 어떻게 해서든지 혼자 일어나려고 애썼다.

그 뒤로도 내가 넘어질 때마다 아빠의 목소리는 번개가 친 뒤에 따라오는 천둥처럼 나에게 혼자 일어나라고 소리쳤다.

"에, 혼자 일어날 수 있어."

내가 대답했다.

신참이 두 손을 잡아 일으켜 세워 주자 폴린은 즐거움에 비명을 질렀다.

"얼어 버릴 때까지 민달팽이처럼 그냥 누워 있게 내버려 뒀어야지."

신참에게 말했다. 신참이 폴린을 빙글빙글 돌리면서 함께 웃는 모습을 보고 나는 미소 짓지 않으려고 애써야 했다. 사람들이 보고 있었고, 이제 더는 소문의 주인공이 되고 싶지 않았으니까.

나는 고개를 돌려 릴리를 찾았다. 릴리는 알록달록한 플라스틱 보조 기구에 의지해 조금씩 앞으로 가고 있는 미취학 아동들에게 둘러싸여 있었다. 나와 눈이 마주친 릴리는 혀와 손으로 외설적인 몸짓을 해 보였다. 릴리는 일주일 전에 2004-2005 시즌을 뛸 선수 명단이 발표되었을 때부터 신참에 관해 쉬지 않고 떠들어 대던 사람들의 의견에 동조하는 것이 분명했다.

제이미 존슨은 진짜 완전 화끈해!
제이미 존슨의 흉터 좀 봐. 정말 신비롭지 않아?
고향에 여자 친구가 있다니, 그건 너무 실망이야. 하지만 괜찮아. 얼마나 가겠어.

무엇보다도 고약한 건 이런 이야기였다.
저기, 다우니스. 내가 제이미 존슨의 앰배서더*가 될 수 있게 리바이한테 말해 줄 수 있어?
나는 제이미 존슨을 흘끔 쳐다보았다. 지금까지의 경험을 토대로 판단해 보자면, 제이미는 잘생긴 편이었다. 크고 짙은 눈에 갈색 머리카락은 서로 다른 방향으로 컬을 넣을 수 있을 정도로 충분히 길었다. 내 관심을 조금 더 끄는 건 오른쪽 눈썹 끝에서 턱까지 쭉 이어진 흉터였다. 나는 흉터를 자세히 살펴보았다.
"리바이한테 들었어. 미시간 대학교에 간다며?"
쌍둥이가 자기 무리의 지도자에게 돌아가는 모습을 지켜보면서 제이미가 말했다.
"아, 그게……, 음…… 계획을 바꿨어."
가까이 다가오는 리바이와 눈이 마주쳤다.
"레이크스테이트로 갈 거야. 엄마한테는 내가 필요하니까."
나는 헛기침을 했다.
"그게……, 일이 좀 많았거든."
나는 나쁜 일은 세 가지가 함께 온다는 펄 할머니의 경고는 말하지 않았다.
"안 간다고?"
리바이가 소리쳤다.
"우후!"

---

* 새로운 환경에서 잘 적응할 수 있도록 안내하는 사람.

남동생은 나를 번쩍 들어 올려 빙글빙글 돌았다. 속이 메슥거렸다. 나는 크게 웃으면서 리바이의 등에 머리를 기댔다. 리바이의 행복은 전염성이 강했다.

리바이가 나를 내려놓았다.

"그럼 이번 주말에 파티를 해야겠네. 내일 8시에 대저택에서, 어때? 끝내주게 차가운 맥주를 마시는 거야."

"릴리랑 함께 갈게."

여전히 흥이 가시지 않은 리바이가 피리 부는 사나이를 흉내 내며 아이들을 이끌고 가 버렸다.

"그럼, 계속 볼 수 있겠네."

제이미가 눈이 휘어질 정도로 활짝 웃었고, 결국 내 위장은 메슥거렸다.

자세히 관찰하고 실험해서 내린 결론은 아니지만, 일단 두 눈을 반짝이고 있는 제이미 존슨은 아주 멋지다고 분류할 수 있는 남자이기는 했다.

제이미는 계속 말했다.

"같은 학년이면 좋았을 텐데. 음, 네가 우리 론 삼촌이 가르치는 과학 수업을 듣지 못하 는 게 안타까워."

제이미의 말에 코끝이 시려 왔지만 입을 앙 다문 채 눈물을 떨구고 고개를 끄덕였다.

"그게 슬픈 일이야?"

내 반응이 살짝 걱정되었는지, 제이미의 목소리는 낮고 굵어졌다.

"아니, 그냥……, 너희 삼촌이 근무할 수 고등학교의 이전 과학 교사가 우리 삼촌이었 어."

분젠 버너의 가스 불꽃을 조절하는 데이비드 삼촌의 모습이 눈앞에 그려지듯 떠오르자 슬픔과 격렬한 분노가 걷잡을 수 없이 밀려왔다.

제이미는 내가 계속 말할 수 있도록 기다렸다.

"삼촌은 몇 달 전에 돌아가셨어. 너무 끔찍했어."

나는 내 말을 정정했다.

"아니, 지금도 너무 끔찍해."

한 사람이 죽으면 그 사람에 관한 모든 일은 과거가 되어 버린다. 슬픔만 빼고. 슬픔은 늘 현재의 일로 남는다.

죽어 버린 사람에게 화가 나 있을 때, 그 슬픔은 훨씬 지독해진다. 그저 죽었다는 것뿐만이 아니라 죽음의 방식 때문에도 화가 날 때는 말이다.

데이비드 삼촌의 소식을 들었을 때, 엄마는 기절했다. 나중에 경찰이 자세한 내용을 들려주자 엄마는 13년 이상 동생이 맨정신으로 살았다고 주장했다. 엄마가 대학 도서관에서 돌아오던 날, 다섯 살이던 조카가 술에 취해 널브러진 삼촌에게 동화책을 읽어 주던 모습을 보았던 날부터 동생은 술을 단 한 방울도 입에 대지 않았다고 말했다. 엄마는 단호하게 동생은 어떠한 약물도 하지 않았다고 믿었다. 절대로 하지 않았다고 확신했다.

"유감이야, 다우니스."

걱정이 섞여 들어가 완벽하게 허스키해진 제이미의 목소리로 듣는 내 이름은 왠지 다르게 들렸다. 제이미는 내 이름을 길게 늘여서 발음했기 때문에, 파이어키퍼 친척들이 나를 부르는 발음인 '다으─니스'가 아니라 '다우─네스'처럼 들렸다.

릴리가 내 이름을 크게 외치면서 입 모양으로 펜스를 가리켰다. 테디 고모가 서 있었다. 고모가 나에게 다가오라고 손짓했다. 고모를 향해 미끄러져 가는 내 뒤를, 조금은 놀랍게도 제이미가 따라왔다.

"헤이. 투표 마치고 쌍둥이들 데리러 왔어. 그런데 보건소에 문제가 생겼나 봐."

테디 고모는 제이미를 쳐다보았다.

"안녕, 테디 파이어키퍼야. 네가 사람들이 말하는 새로 온 수프구나. 수프에 원주민 선수가 오면 늘 시끄럽지. 그래, 어디에서 왔니?"

"제이미 존슨입니다, 부인."

제이미가 손을 내밀었다.

"모든 곳에서 왔어요. 이사를 많이 다녔거든요."

구슬로 만든 커다란 꽃무늬 메달을 목에 걸고, 우아한 슬랙스와 재킷을 입은 테디 고모는 차분하고 단정해 보였지만, 여전히 자신을 테오도라라고 부르는 사람의 목을 가격할 수도 있었던 소녀 시절의 기운을 발산했다.

"내 말은, 어느 부족 출신이냐고."

테디 고모가 다시 구체적으로 물었다.

"체로키입니다, 부인. 하지만 자라면서 체로키 사람들은 한 명도 보지 못했어요."

나는 제이미를 흘긋 쳐다보았다. 친척을 한 명도 보지 못하고 자라다니, 그런 상황은 상상조차 되지 않았다. 나는 살아 있는 시간 동안, 전부가 혈족은 아니라고 해도 수많은 가족 구성원에게 둘러싸여 지냈다. 그중에는 여족장과 여족장 후보도 아주 많았다.

"아이들을 내가 데리고 있을까요, 고모?"

"그래 줄래?"

고모는 안도하는 것 같았다.

"나는 다시 일하러 가야겠어. 다음 주에 면역 박람회에서 나누어 줄 티셔츠가 온다고 해서 말이야. '현명해져! 면역력을 키우란 말이야!'라고 말하는 올빼미가 인쇄된 티셔츠야."

테디 고모는 고개를 저었다.

"그걸 300장이나 주문해 놓고 아무도 바로잡을 생각을 안 하다니, 이해가 되니?"

"아이고야."

릴리가 적절한 순간에 다가와 자기 생각을 표현했다.

"그게 왜 문제가 되는 거야?"

제이미가 이해할 수 없다는 표정으로 나에게 물었다. 체로키 사람들은 올빼미에 관해 다르게 가르치거나, 제이미가 체로키 문화를 모르는 것이 분명했다.

"오지브웨 문화에서는 사람이 죽으면 올빼미가 함께 죽음의 문턱을 넘어가 준다고 믿어. 그런 동물을 내세워서 부족 부모들에게 아기한테 예방 주사를 맞히라고 홍보할 수는 없잖아."

내가 설명했다.

"부족의 가르침을 누구나 아는 건 아니니까. 그래서 보건소 직원이랑 책임자를 사무실에서 다시 만나기로 했어. 빨리 새 티셔츠를 주문할 수 있게."

테디 고모가 덧붙였다.

"금요일 밤인데도요?"

릴리는 무서우면서도 감동했다는 표정을 지었다.

"그거야, 자기들이 문제를 만드는 데 기여했으니까 해결하는 데도 참여하는 게 당연하지. 아암베! 지임신!"

테디 이모가 아니시나-베의 이름으로 쌍둥이를 부르자 쌍둥이는 엄마를 껴안고 입 맞춰 주려고 서둘러 다가왔다.

엄마가 떠나자 폴린은 제이미에게 들어 올려달라고 했다. 제이미가 폴린을 번쩍 들자,

폴린은 올림픽 무대에 선 것처럼 자세를 취했다. 제이미가 폴린을 들어 올리면서 구사한 완벽한 기술에 감탄했다. 어렸을 때 그랜드메리가 나에게 하키를 할 수 있게 해 주는 대가로 몇 년 동안 같이 배워야 했던 피겨 스케이팅 강습 덕분에, 저런 자세로 사람을 들어 올리는 것이 얼마나 어려운지를 잘 알고 있었기 때문이다. 어쩌면 제이미는 하키로 전향하기 전에 오랫동안 페어 피겨 스케이팅을 했는지도 몰랐다.

릴리가 제이미를 보고 있는 나를 발견했다.

"신참한테 여자친구가 있다니, '참 안됐어'라고 말하고 싶지만, 어차피 넌 절대로 하키 선수하고는 데이트하지 않을 거잖아. 네 그 하키 세계 규칙 때문에."

릴리의 목소리는 거의 화가 난 것처럼 들렸다.

"맞아. 하키 세계와 일상 세계는 철저하게 분리해야 해."

나는 얼음 위에서 지켜야 할 규칙들은 잘 알았다. 하지만 얼음 밖으로 나오면 그 규칙들은 언제나 바뀌었다. 내 인생은 하키 세계와 일상 세계가 분리되었을 때 더 매끄럽게 흘러갔다. 폰테인의 세계와 파이어키퍼의 세계가 겹치지 않아야 하는 것처럼 말이다.

"하지만 진짜 멋진 건 두 세계가 충돌할 때만 생긴단 말이야……. 삼투 연소 몰라?"

릴리의 말에 나는 씩 웃었다.

"충돌 이론이겠지. 반응하는 입자들이 충분한 운동 에너지를 가지고 있을 때, 두 입자가 충돌하면 에너지가 교환된다."

"아, 맞아. 그걸 어떻게 헷갈렸을까?"

릴리가 크게 웃었다.

"하지만 정말 진지하게 하는 말이야. 너는 너무 흑백 논리에 사로잡혀 있어. 어째서 그냥……."

"릴리?"

릴리를 부르는 목소리가 들렸다. 우리는 그쪽을 돌아보았고, 몇 미터 떨어지지 않은 펜스 입구에 서 있는 릴리의 전 남자친구를 보는 순간 나는 얼어붙어 버렸다. 그 익숙하고도 기대에 찬 웃음에 일순 긴장한 나머지 내가 어떻게 반응해야 하는지에 대한 단서를 찾으려고 릴리를 보았다.

6학년 때, 우리가 함께 갔던 카페테리아에서 릴리는 귀엽지만 괴상한 트래비스 플린트가 용트림하듯이 알파벳을 읊는 소리를 들었다. 그 소리를 듣고 어찌나 심하게 웃었던지,

릴리의 코에서 우유가 뿜어져 나왔다. 그건 그때까지 트래비스가 받았던 반응 중 최고의 반응이었고, 트래비스는 바로 릴리에게 빠져 버렸다. 고등학생이 된 트래비스는 깎은 듯한 광대뼈와 각진 턱을 드러냈고, 여자아이들은 불현듯 같은 반 광대가 그저 단순한 미남을 넘어섰다는 사실을 깨달았다. 트래비스는 빛이 났다. 특히 릴리를 웃게 만들 때는 더 밝게 빛났다.

하지만 12월에 모든 게 바뀌었다. 졸업반을 절반쯤 지났을 때였다.

나는 릴리를 주의 깊게 살폈다. 만약 릴리가 트래비스에게 말을 건다면, 그건 이 상황을 '릴리와 트래비스 이야기'의 또 다른 에피소드로 받아들여야 한다는 뜻이었다. 늘 같은 줄거리를 반복하지만 계속해서 새로 시작하는 한 편의 쇼로 봐야 한다는 뜻이었다.

다행히도 릴리는 트래비스에게 말을 걸지 않겠다는 의사를 분명히 드러내며 멀리 가 버렸다. 트래비스는 스케이트를 신고 있지 않았지만 어쨌거나 반쯤 열린 펜스 문으로 들어오지 못하도록 나는 트래비스 앞을 막아섰고, 내 몸을 트래비스가 뚫고 나갈 수 없는 벽으로 바꾸었다. 모든 하키팀에는 시비를 걸거나 복수를 감행할 또라이가 한 명 필요하다. 나는 릴리의 또라이였다.

"아, 다우니. 이러지 마."

트래비스의 광대뼈 밑은 아픈 사람처럼 핼쑥하게 파여 있었다. 부드러움이라고는 전혀 찾을 수 없었다. 한때 내 팬티를 살짝 적실 정도로 웃게 했던 재미있는 소년의 껍데기만을 쓰고 있는 존재처럼 보였다.

"나, 약 안 해. 맹세해. 그냥, 대화하려는 거야."

"그럴 순 없을 거야, 트래비스."

나는 양손으로 엉덩이를 짚어 내 몸을 훨씬 커 보이게 만들었다.

"약은 안 한다니까. 릴리를 위해서 전혀 하고 있지 않아."

"알아."

내가 대답했다. 트래비스가 진심인 것은 알았지만, 그래도 트래비스를 릴리 곁에 가까이 가게 할 수는 없었다. 나는 보통 남자들이 하는 허튼소리를 들으면 화를 냈지만, 트래비스의 목소리에는 진심이 담겨 있어서 나도 모르게 꼭 안아 줄 뻔했다. 트래비스의 말은 남자들의 전형적인 거짓말과는 달랐다.

남자의 거짓말이란 시간이 흐르고 거리가 멀어지면 점점 더 희미해지는, 그 순간의 열기 속에서 아무렇게나 내뱉는 말들을 의미했다. 이제 슈가섬의 새로운 오지브웨 부족 경찰이 된 TJ 키웨든 덕분에 남자의 거짓말을 몇 개 정도는 알았다.

네 생각을 멈출 수가 없어. 미시간대학은 센트럴에서 두 시간 거리밖에 안 되니까, 우린 충분히 해낼 수 있어. 그중에서도 내가 가장 좋아하는 거짓말은 이거다. 사랑해.

고뇌에 찬 목소리를 내뱉고 있는 트래비스의 말은 거짓이 아니었다.

"그냥, 너무 그리운 것뿐이야. 릴리가 돌아올 수 있다면 무슨 일이든 할 거야."

"알아. 무슨 일이든 할 수 있다는 거. 그래서 내가 너한테 이러는 거야."

릴리는 트래비스가 한 일을 말해 주었다. *제발, 릴리-비트. 조금만. 이건 사랑의 약이야. 이걸 먹으면 우리 관계가 더욱 강렬해질 거야. 나를 위해서 먹어 줘.*

"트래비스, 넌 너를 위해서 마약은 하지 않는 게 좋을 거야. 투표하러 가. 건강해지고."

트래비스의 눈이 밝아졌고, 잠시나마 그가 얼마나 재미있고 아름다운 아이였는지 떠올렸다. 트래비스는 리바이의 친구 중에서 내가 제일 좋아하는 아이였다. 우리는 거의 모든 과목을 함께 들었다. 트래비스 플린트는 내 친구이기도 했다.

"그렇게 하면 되겠지, 다우니?"

트래비스는 가장 가까운 한증막으로 달려가기라도 할 것처럼 급하게 몸을 돌리면서 신이 나서 말했다.

"꼭 전통 의학 치료를 받을 거야. 치료사도 만나고."

"너를 위해서 건강해져야 해! 릴리 때문이 아니라!"

트래비스의 등에 대고 소리쳤다. 달려가는 트래비스의 모습을 보니 불안해졌다. 나는 재빨리 스케이트장 주위를 돌며 릴리를 찾았다. 릴리는 우연히 트래비스와 마주칠 때면 언제나 내가 안아 주기를 원했다. 나는 아무 말도 하지 않고 릴리의 말을 들어만 줄 테고, 릴리의 결정을 전적으로 지지할 것이다.

상태가 좋지 않은 트래비스는 이전에도 본 적이 있었지만 이번에는 느낌이 달랐다. 필사적인 것 같았다. 그가 더 나아질 때까지는, 릴리에게 다가가지 못하도록 트래비스에게서 눈을 떼지 않겠다고 다짐했다. 릴리가 실연의 아픔보다 훨씬 큰 위험에 놓일지도 모른다는 걱정이 들었다.

4장

저녁을 먹고 엄마 차를 빌려 쌍둥이 집으로 갔다. 몇 주에 한 번씩 그렇듯이, 오늘 밤은 테디 고모네에서 자고 올 생각이었다. 폴린과 페리가 뒷좌석에서 말썽을 부리는데도 여객선을 타고 슈가섬으로 가는 길은 마치 5분 명상을 하는 느낌이었다. 자작나무 카누를 타고 출렁이는 물을 건너야 했던 조상들도 같은 기분을 느꼈을지 궁금했다. 그들은 집으로 돌아가고 있다는 사실에 홀가분했을까?

문득 옆에 있는 차를 보다가 시니 님키 할머니를 발견했다. 재빨리 고개를 돌리고 몸을 웅크렸다. 시니 할머니는 얼마 전에 60세가 되어 공식적으로 노인이 되었다. 테디 고모의 멘토인 시니 할머니는 부족의 전통 의학 프로그램을 위해 일했다. 한번은 노인들이 모두 서 있는데 부족 청소년 위원회가 앉아 있다는 이유로 공동체 행사장에서 고함을 지른 적도 있었다. 깜짝 놀라 벌떡 일어나자 시니 할머니는 나를 노려보았다. 그날 나는 화장실에서 울었고, 그때부터는 시니 할머니를 조심스럽게 피해 다녔다.

테디 고모와 아트 고모부는 북쪽에 캐나다가 보이는 스위스 산장을 닮은 통나무집에서 살았다. 고모 집의 구불구불한 진입로로 들어가 차를 세우는 우리를 향해 엘비스와 팻시가 마구 짖었다. 마당 양옆에는 창고를 겸한 차고와 정교한 나무집이 있었다. 차를 세우자마자 쌍둥이가 굴러떨어지듯이 차 안에서 빠져나오더니, 나를 끌고 나무집으로 갔다.

쌍둥이는 성채 놀이를 제일 좋아했다. 우리는 나무집 안에서 부지런히 뛰어다니며 보이지 않는 용과 트롤에 맞서 싸웠다. 나의 전투 구호는 언제나 '우리에게 냄새나는 왕자는 필요 없다!'였다. 페리는 내 말을 굳게 믿었지만 폴린에게는 확신을 심어 줄 필요가 있었다.

테디 고모가 집으로 돌아오자 나는 쌍둥이를 목욕을 시킨 뒤 이야기를 읽어 주었다. 아이들이 잠자리에 든 뒤에는 고모와 함께 대리석 아일랜드 식탁에서 빨래를 갰다.

"레이크스테이트에 다니는 거, 기대가 되니?"

고모가 물었다.

"네. 릴리랑 함께 강의를 들을 수 있으니까요. 하지만 내 일정은 완전히 꼬였어요."

나는 살짝 징징댔다.

"11학점으로는 최소 이수 학점을 들을 수 없어요. 생물학 세미나를 못 들으면 어떻게 해요?"

"쓸데없는 걱정이야. 레이크스테이트가 널 골탕 먹이지는 않을 거야. 거긴 네 성이 붙은 기숙사도 있잖아, 안 그래?"

나는 아무 말도 하지 않고 온 신경을 페리의 티셔츠에 집중해서 조심스럽게 빨래를 갰다. 1분 뒤에, 고모는 일어나더니 나를 위해 라벤더 차를 끓였다. 머그잔을 가지고 돌아온 고모는 의자에 앉아 내 머리카락을 어루만졌다.

파이어키퍼 친척들과 함께 있을 때면, 사촌 몽크가 고모는 듣지 못하는 곳에서 나에게 와—비시키마—니시타—니시Waabishkimaanishtaanish라고 부를 때가 있었다. 몽크가 나에게 흰색 양*이라고 말하는 소리를 고모가 듣는다면, 아무리 몽크가 술에 취해 있다고 해도 두 눈이 퍼렇게 멍든 상태로 파티장에서 떠나야 할 것이다. 하지만 이따금 고모는 자진해서 나의 폰테인 위장에 깊숙이 파고드는 날카로운 말을 할 때가 있었다.

차고 작업실에서 나온 아트 고모부가 주방으로 들어와 곰처럼 포근하게 나를 안아 주면서 어색한 침묵을 깨뜨렸다. 아트 고모부는 보이지 않을 때에도 손 세정제에서 나는 오렌지 향과 태운 샐비어 냄새, WD-40 방청 윤활유 냄새로 가까이 오고 있음을 알 수 있었다.

아트 고모부가 고모에게 입을 맞추자 테디 고모는 긴장을 풀고 부드러운 테디 파이어키퍼로 되돌아갔다. 나와 쌍둥이와 있을 때 고모의 사랑에는 층이 있다. 투박한 사랑이라는 외골격이 부드러운 중심 부위를 감싸고 있다. 하지만 남편의 짙은 구릿빛 팔에 감싸여 있을 때면 보호막을 내려놓았다.

내 바지 뒷주머니에서 휴대 전화가 진동했다. 리바이가 문자를 보낸 것이라고 생각했

---

* 믿지 못할 사람이라는 뜻도 있다.

32

다. 풀 키보드가 장착된 노키아를 구입한 뒤로 남동생은 전화보다는 문자를 더 많이 했으니까. 하지만 모르는 번호로 온 문자였다.

> ###-###-####: 제이미 존슨이야. 리바이가 너희 파티에 초대했어.
> 리바이한테 네 번호를 물어보았어.
> 혹시 신참이라고 내쫓을지도 몰라서. 내가 참석해도 괜찮을까?

문자를 보고 처음 든 생각은 제이미가 나한테 문자를 보냈다고? 였다. 두 번째로 든 생각은 리바이 녀석, 무슨 짓을 한 거야? 였고, 마지막으로 든 생각은 리바이는 또 누구를 초대했을까? 였다.

리바이가 제이미에게 말한 파티는 엄밀하게 말하면 파티라고 할 수 없었다. 그저 가끔 외조부모님 집에서 자면서 주류 보관함과 와인 저장실에서 가져온 술을 마시는 것뿐이었다. 그곳에는 지금 아무도 살지 않기 때문에 모든 시설이 괜찮은지 점검하러 가는 거였다. 엄마는 그랜드메리가 다 나으면 다시 그곳으로 돌아갈 거라고 생각하기 때문에 매각은 생각지도 않았다. 그리고 나도 그 문제는 아직 아무 말도 하고 싶지 않았다.

친구들을 몇 명 초대해 레이크스테이트 대학교에 가기로 한 내 결정을 축하하자고 말한 사람은 릴리였다. 내가 리바이에게 맥주를 사 달라고 부탁한 건 현명한 결정이 아니었을지도 몰랐다.

아트 고모부가 장난스럽게 웃으며 말했다.

"문자 때문에 고뇌하게 된 것 같은데."

고모부의 말에 고모도 나를 쳐다보았다. 나는 휴대 전화를 다시 바지 뒷주머니에 집어넣었다. 얼굴이 화끈거리는 것 같았다.

"아까 본 신참한테 온 건가 봐."

고모가 씩 웃으며 말했다.

"체로키 아이야. 이름은 제이미고. 그 애 흉터에 관해 진짜 말들이 많아. 사고로 생겼다고 하기에는 너무 일자거든."

고모가 남편에게 제이미에 관해 설명해 주었다.

"그 애 삼촌이 수 고등학교에 데이비드 삼촌 대신 온대요."

목소리가 목에 걸려 잘 나오지 않았다.

"삶은 계속되는 거야, 다우니스."

고모가 나를 다독였다.

"하지만 불공평해요."

나는 울지 않으려고 얼굴을 찡그렸고, 아트 고모부가 나를 다시 한번 꼭 안아 주었다.

"일곱 할아버지가 공정했던 기억은 없어."

고모가 말했다.

일곱 할아버지는 사랑, 겸손, 존경, 정직, 용기, 지혜, 진리를 통해 좋은 삶의 방식을, 즉 아니시나—베 미노비마—디지윈Anishinaabe minobimaadiziwin을 가르친다. 매일 아침 나는 그 일곱 개 가운데 하나를 택해 고모처럼 강인한 아니시나—베 여인이 될 수 있도록 도와 달라고 기도했다.

고모의 말을 이해할 수 있었다. 언제나 그렇듯이 고모는 옳았다. 어쩌면 불공평한 일에서 벗어나 앞으로 나아가기 힘들어하는 사람은 엄마만이 아닐지도 몰랐다.

늦은 시간까지 함께 있던 고모와 고모부는 마침내 잘 자라고 말하고는 손을 잡고 위층으로 올라갔다. 나도 잠잘 준비를 했지만 휴대 전화를 충전하기 전에 다시 제이미의 문자를 읽었다.

낮에 스케이트장에서 처음 만났던 순간을 생각했다. 직접 소개하기 전부터 이미 제이미라는 이름은 리바이에게 여러 번 들었다. 제이미에 관해 말하는 리바이의 목소리에는 늘 경외심이 담겨 있었다. 리바이의 말대로라면, 제이미는 선수 명단을 발표하기 직전에 훈련 캠프에 나타났다고 했다. 슈피리어 팀은 이미 프리 드래프트 캠프, 골키퍼 캠프, 선발자 캠프를 모두 치른 뒤였다. 구색을 갖추려고 여는 오픈 캠프에서는 그 누구도 선발된 경우가 없었으니, 제이미의 실력은 분명히 환상적일 것이다.

나는 소문과 잠깐 나눈 대화에서 알아낸 약간의 정보들을 검토해 보았다. 먼저 제이미에게는 여자친구가 있다는 사실부터 분명하게 상기했다. 얼굴에는 호기심을 자극하는 흉터가 있다는 사실도 떠올렸다. 옛날에는 피겨 스케이트를 했을 가능성도 있었다. 체로키였지만 체로키 공동체와는 전혀 교류하지 않았다.

계속 거주지를 바꾸어 살면 힘들까? 궁금했다. 나로서는 알 수가 없는 부분이었다. 나는 생후 3개월 때부터 수에서 살았고, 언제나 가족에게 둘러싸여 있었다. 파이어키퍼 가족은 슈가섬에서 가장 오래된 가문이었다. 게다가 언덕에 있는 기숙사에는 폰테인 할아버지의 이름이 붙어 있었고, 시내에는 그랜드메리의 가족 이름을 딴 거리들이 있었다. 그랜드메리의 가문은 수 세기 전에 가톨릭 선교사들이 이곳에 들어올 때 함께 들어온 초기 프랑스 모피상들이었다. 그러니까 나는 분명히 이 지역에 속한 사람이었다.

나의 뿌리는 이토록 깊은데 나는 언제나 이곳에 속해 있다는 느낌을 받은 적이 없었다. 폰테인 조부모와 그분들의 친구들은 나의 오지브웨적인 면을 단점이나 극복해야 할 짐이라고 생각했다. 폰테인 가족보다 티를 낼 때는 적었지만, 파이어키퍼 가족 역시 나를 일단 폰테인으로 보고, 그 뒤에야 파이어키퍼로 여긴다는 사실을 느낄 때마다 내 마음은 더 아팠다. 파이어키퍼 가족은 한참 백인에 관한 이야기를 하다가, 문득 내가 방에 있다는 사실을 깨닫고는 했다. 이곳에 있는 모든 사람, 모든 것과 연결되어 있지만……, 그 누구도 나를 전체로서는 보지 않는다는 것이 어떤 기분인지는 설명하기 힘들었다.

제이미도 새 거주지로 옮길 때마다 이런 기분이 드는 걸까? 그 누구도 자신을 제대로 보지 않는다는 기분이?

한숨을 쉬고 답장을 보냈다.

괜찮아. 내일 봐.

2층 창문을 가득 채운 별을 보며, 거실 커다란 소파에 안락하게 누웠다. 보통 슈가섬에 오면 쉽게 잠이 들었다. 하지만 오늘 밤은 제이미 존슨에 대한 호기심, 트래비스와 그의 몰락이 나의 가장 친한 친구에게 미칠 영향에 대한 걱정이 계속 돌아가며 머릿속을 떠나지 않았다. 게다가 제이미를 초대하고 내 전화번호까지 알려 주다니. 리바이의 행동은 어딘가 미심쩍었다. 내 동생이 어떤 행동을 할 때는 분명히 꿍꿍이가 있다.

계단을 내려오는 고모의 발소리에 잠에서 깼다. 아직은 어두웠고, 잠들기 전보다 더 많은 별이 보였다.

앙다문 잇새로 이를 갈듯 낮고 거칠게 흘러나오는 고모의 속삭임에 갑자기 정신이 번쩍 들었다.

"어디라고? 절대로 어디 가지 말라고 해……. 그래, 내가 갈 거야……. 아니, 멀리 떨어 뜨려 놔. 그건 담요 파티지 살해 공모 현장은 아니니까……. 젠장, 가고 있어."

나는 재빨리 일어나 앉았지만 고모는 경고하듯이 나를 보더니 곧바로 소파를 지나쳐 갔 다. 소파에서 일어나 고모 뒤를 따라 현관으로 걸어갔다. 심장이 두방망이질 치기 시작했 다. 담요 파티는 남자가 여자에게 나쁜 짓을 했을 때, 여자의 여자 사촌들이 그 남자를 숲 으로 데리고 가 담요에 말아 때리는 벌이다. 처음 담요 파티에 대해 들었을 때 고모에게 묻자, 고모는 아니시나—베 여인들의 정의 구현 방법이라고 했다. 릴리와 나는 둘 중에 한 명이 담요 파티에 참가하게 되면 그 사실을 꼭 말해 주기로 협정을 맺었다.

"나도 갈래요."

열쇠를 찾고 있는 고모에게 간청했다.

보통 원주민 보호 구역에서 일어나는 일을 전해 주는 건 릴리였다. 그러니 이 일은 나도 무언가 흥미로운 소식을 릴리에게 전해 줄 수 있는 기회가 될 터였다. 내가 오지브웨 행사 에 참여할 수 있는 건 오직 테디 고모와 함께 할 때뿐이었고, 고모는 가끔 나를 데리고 보 름달 행사에는 참여해 주었다. 하지만 담요 파티는 전적으로 다른 일이었다. 다른 아니시 나—베 여자들이 나를 그저 폰테인이 아니라 파이어키퍼의 가족으로 여기게 될 또 다른 방 법이 될지도 몰랐다.

게다가 담요 파티가 너무 과도해지면 고모에게 내 도움이 필요할 수도 있었다.

"안 돼."

고모는 브래지어에 휴대 전화를 꽂으면서 말했다.

"가고 싶어요."

그런 말을 하다니, 나도 깜짝 놀랐다. 나는 고모의 말을 한 번도 어긴 적이 없었다. 고모 의 말은 법이었으니까.

고모가 몸을 확 돌려서 성큼성큼 다가왔지만 나는 꼿꼿하게 서 있었다. 고모는 무서운 얼굴로 나를 노려보았다. 고모 안에서 분노가 점점 커지더니 에너지가 폭발적으로 터져 나왔다. 내 팔과 목에서 소름이 돋았다.

"이런 제기랄. 이런 일은 추하고 엉망진창이야. 너는 이런 일에 절대로 가까이 가면 안 돼."

고모의 침이 내 얼굴에 마구 튀었다.

"대학에 가. 제이미나 잡아채란 말이야. 넌, 그냥 좋은 삶을 살아."

고모는 몸을 돌려 가 버렸다. 어둠 속에서 내 손이 바들바들 떨렸다. 고모의 거부 명령이 날카로운 가시가 되어 내 얼굴에 쏟아져 내렸다.

사촌들은 언제나 테디 고모의 투지 넘치던 시절에 관해 말하고는 했다. 무시무시한 테디와 테디의 전설적인 활약은 한 번씩 언급될 때마다 더 재미있게 각색되었다. 한번은 친구들과 함께 술집에 갔는데, 백인 남자가 다가오더니 일행 모두에게 돌아가면서 너는 인디언이냐고, 어느 정도나 인디언이냐고 물었다. 그 남자는 테디 고모에게 추파를 보내면서 인디언인 신체 부위를 보여 줄 수 있느냐고 했다. 그 말을 듣자마자 고모는 주먹으로 남자의 목을 가격했고, 제대로 숨을 쉬지 못해 켁켁거리고 있는 남자에게 지금 당신은 인디언의 주먹을 보았다고, 원한다면 또 보여 줄 수 있다고 말했다.

말로만 듣던 무시무시한 테디 고모의 모습을 나는 오늘 밤 처음 보았다. 그건 조금도 재미있지 않았다.

5장

다음 날 아침, 소파와 나 사이를 파고드는 페리 때문에 잠에서 깼다. 페리가 점점 파고들어 내 엉덩이가 소파 밖으로 밀려났다. 옆으로 몸을 돌려 페리를 힘껏 끌어안았다. 페리는 입을 벌리고 잔 것이 분명했다. 페리가 숨을 내쉴 때마다 스위트콘 냄새가 났다. 다시 막 잠들려고 할 때 손가락이 내 어깨를 쿡 찔렀다. 나는 움찔했다.

"어딜 찔러야 아픈지 정확하게 아는구나."

나는 투덜대며 몸을 돌렸다.

"팬케이크 만들어 줄 수 있어?"

폴린이 큰 소리로 말했다. 폴린의 입에서는 콘칩 냄새가 났다.

"나도 팬케이크 먹고 싶어."

눈을 감은 채 여전히 비몽사몽인 페리가 말했다.

때로는 너무나도 강력해서 절대로 무시할 수 없는 힘과 맞서고 있음을 알게 될 때가 있다. 나는 폴린의 탄탄한 몸을 안아 내 몸 위로 넘겨 페리와 포갠 뒤에 두 아이를 꼭 끌어안았다.

"닌데 기다얀 Ninde gidayan."

너희가 내 심장을 가져갔어. 나는 두 아이에게 번갈아 가며 입을 맞췄다.

소파에서 일어나 앉아 진입로를 보았다. 고모의 차를 보고 안도의 한숨을 내쉬었다. 어젯밤 거부당했던 상처가 밀려왔지만 어쨌거나 고모가 무사히 돌아왔으니 다행이라고 생각하고, 그 상처는 옆으로 치워 버렸다.

욕실에서 나왔을 때, 페리와 폴린이 아일랜드 식탁에서 나를 기다리고 있었다. 두 아이는 내 팬케이크를 사랑했다. 그리들 팬을 가져와 아이들 앞에 두고, 철판이 데워지는 동안 커피를 끓였다.

"어젯밤에는 어디에 갔었는지 말해 봐."

커피메이커에 물을 방울방울 떨어뜨리기 시작하면서 내가 물었다. 아이들은 꿈 이야기를 들려주고 싶어 했다. 믹서기에 팬케이크 재료를 넣으면서 두 아이의 이야기에 귀를 기울였다.

페리는 멋진 보석으로 가득 찬 은행 금고에 있는 꿈을 꿨다고 했다.

"내가 나쁜 놈이었어, 다우니스 고모. 나 정말 잘 훔쳤어."

페리가 의기양양하게 말했다.

"펄 메리 파이어키퍼-버치 보석 도둑이구나!"

나는 크게 웃었다.

"그래, 이 아가씨는 어디에 있었니?"

폴린은 자기 꿈에 신비한 남자가 찾아와서 자기를 공주님이라고 불렀다고 했다.

"알겠지만 폴린, 남자가 그런 말을 안 해 줘도 넌 공주가 될 수 있어."

나는 핫코코아 믹스를 섞은 커피를 홀짝이며 말했고, 폴린은 눈을 흘겼다.

"아호!"

페리가 노래하듯 말했다. 오지브웨어로 '아멘'이라는 뜻이었다. 그에 대한 화답으로 나는 커피를 뱉었다.

오늘 아이들은 곰 팬케이크를 만들어 달라고 했다. 뜨거운 그리들 팬 위에 반죽을 부을 때, 다시 고모의 말이 부메랑처럼 날아왔다. 넌 그냥 네 좋은 삶을 살아! 잠깐 정신을 파는 바람에 반죽을 제대로 붓지 못했다. 나는 나지막하게 욕을 하고, 반죽을 좀 더 붓고 이리저리 정리해 팬케이크를 구운 다음에 외계인 팬케이크라고 선언했다. 폴린은 입을 삐죽거렸지만 페리는 행복하게 웃으며 자기 몫의 팬케이크를 입에 밀어 넣었다.

고모와 고모부가 아래층으로 내려왔을 때, 쌍둥이는 작년에 슈거 부시에서 만든 메이플 시럽을 뿌린 팬케이크를 잔뜩 먹고 스폰지밥을 보고 있었다.

"미-그웨치Miigwech, 어린 자매여."

아트 고모부가 다정하게 말했다. 부부에게 아침에 쉴 시간을 줄 때마다 고모부는 언제나 고맙다고 말했다.

나는 고모를 흘긋 보았고 고모는 내 눈을 피했다. 고모가 돌아온 시간을 정확히는 몰랐지만 어젯밤에 무슨 일이 벌어진 건 확실했다. 그저 담요 파티가 아닌, 더 큰 일이 있었던 게 분명했다. 무슨 일이 있었는지, 내가 먼저 물어봐야 하는지, 고모가 말해 줄 때까지 기다려야 하는지 판단이 서지 않았다. 어느 쪽이건 쌍둥이 앞에서 고모가 많은 말을 해 줄 것 같지는 않았다.

당연히 고모는 내가 떠날 시간이 될 때까지 가벼운 이야기만 했다. 떠나려고 현관으로 걸어가는 동안에는 쌍둥이가 늘 그렇듯이 내 다리를 한쪽씩 붙잡고 가지 말라고 애원하며 늘어졌다. 간신히 두 아이를 떼어 내자 아트 고모부가 나를 안아 주었다. 평소라면 고모는 고개를 끄덕이면서 문제를 일으키지 말고, 나 자신만의 힘을 기르고, '해리 파조그', 즉 남자의 급소를 찰 때는 진심으로 목표를 세우라고 조언했다. 그건 아니시나—베 여인들이 읊는 표준 찬가였다.

하지만 오늘 고모는 나를 꼭 끌어안았다. 내가 포옹을 푼 뒤에도 한참 동안 나를 끌어안고 있었다.

"닌데 기다얀."

고모가 내 귀에 대고 속삭였다.

나는 왠지 울 것 같은 기분이 들었지만 그 이유는 알 수 없었다. 오늘 고모는 회한에 잠겨 있다. 나로서는 그저 고모가 후회할 일이 없었으면 하고 바랄 뿐이었다. 어쩌면 담요 파티가 문제를 해결한 것이 아니라 새로운 문제를 만들어 냈는지도 몰랐다.

담요 파티는 온종일 내 마음속에서 떠나지 않았다. 오후에는 혹시 문제가 생길지도 몰라 예술품을 비롯한 귀중품들을 할아버지의 서재로 옮기려고 릴리와 함께 그랜드메리의 집으로 갔다. 피해가 생길까 봐 전전긍긍하는 것보다는 파티를 즐기고 싶었다.

물건을 나르면서 내가 담요 파티 이야기를 해 주자 릴리가 말했다.

"누가 잡혔던 걸까? 평의회 의원이나, 시장이나, 교사가 눈이 퍼렇게 돼서 돌아다니면 재밌겠다. 문에 부딪혔다거나 실수로 다쳤다고 하면서."

"누가 담요 파티에 불려 갔건, 그게 도움이 되어서 이제는 피해자가 안전하다고 느꼈으면 좋겠어."

내가 대답했다.

리바이는 오후 여덟 시에 나의 외조부모님 집에 나타났다. 약속했던 대로 얼음처럼 차가운 맥주를 가지고. 릴리는 분명 짜증나 보였다.

맥주 통을 주방에 설치한 리바이는 친구들을 데리고 오기 위해 주방을 나서다 살짝 고개만 돌려 "내가 오기 전에 다 마시면 안 돼!"라고 말했다.

"왜 네가 화가 났는지 모르겠어."

맥주가 있는 주방에서 나와 주류 보관함이 있는 서재로 가면서 내가 릴리에게 물었다.

"리바이는 그냥 우리 부탁을 들어준 것뿐이잖아."

릴리가 절망스럽다는 듯이 얼굴을 찌푸렸다.

"넌 가끔 정말 눈치가 없어."

"야, 10월이 되기 전까지는 캐나다에서 술을 살 수 없어. 고모는 술 사 달라는 부탁을 절대로 자기한테 하지 말라고 했단 말이야. 그러니까 준 할머니가 이 작은 맥주 통을 사 주지 않았다면, 우린 기회조차 없었을 거야."

나는 목소리를 낮추고 릴리에게 애교를 부렸다.

"제발, 릴리. 나보다 3개월이나 늦게 태어난 동생한테 맥주를 사 달라고 부탁하는 게 얼마나 굴욕인 줄 알아?"

"나는 그냥……."

릴리는 말을 고르려는 듯이 잠시 입을 다물었다.

"넌 항상 하키 세계를 욕하잖아. 그래놓고 우리 파티에 하키 세계의 제왕을 초대한 거야. 그냥 친구 몇 명을 사귀는 건 괜찮은 거야?"

"진정해, 릴리. 그냥 축하하려고 모인 거야. 레이크스테이트에 가는 거 말이야. 얼마나 신나!"

물론 내 목소리에서 열정은 그다지 느껴지지 않았다.

"그냥 리바이랑 그 애 똘마니들이 술 마시러 오는 거야. 제이미 존슨하고. 내가 어떻게 해야 화를 풀어 줄래?"

"제이미를 초대했다고?"

릴리가 나를 노려보았다.

"아, 이제 알겠네. 너나 진정하고, 네 혓바닥이나 그 신참 목구멍에 밀어 넣어, 야."

"진정할 거 없어. 아가씨."

나는 평평한 내 가슴을 내려다보았다.

"제이미한테 키스도 안 할 거고. 제이미를 초대한 건 리바이야. 그리고 걔한테는 여자친구도 있고."

나의 방어적인 말투에 릴리가 한마디 할 거라고 생각하면서, 오늘은 그라파를 마셔야겠다고 결정했다.

나는 주류 보관함으로 걸어갔다. 술을 너무나도 좋아했던 할아버지가 택한 완벽한 보안시스템은 멋진 주류 보관함 뒤에 고리를 달고, 그곳에 열쇠를 걸어 두는 거였다. 컴퓨터 사용자들이 포스트잇에 비밀번호를 적어서 컴퓨터 모니터 위에 붙여 놓는 것처럼 말이다. 나는 수입산 그라파를 꺼내 한 모금 듬뿍 마셨다. 이탈리아 브랜디가 내 위장으로 가는 모든 길을 불태우며 내려갔다.

"수천 마일은 떨어져 있는 팀에서 활약하는 하키의 신과 데이트를 하는 여자친구라면 자기 남자친구가 지옥에 있다는 건 알걸, 안 그래? 그 지옥이 어디든 간에 말이야. 자기가 어떤 문제에 처했는지 알 거라고."

릴리가 말했다.

"그거, 우리 엄마 이야기야?"

나는 그라파를 한 모금 더 마시며 대답했다.

"엄마가 아직도 아빠랑 리바이 엄마와의 일을 극복하지 못하고 있다는 거, 너도 잘 알잖아."

"알아, 잘 알아. 나는 그냥 키스를 말한 것뿐이야. 네가 TJ하고만, 그것도 2년 전에 데이트한 걸 빼면 아무고도 데이트를 하지 않았으니까. 바보같이 잠깐 만난 건 빼고."

릴리는 그 작은 몸으로는 감당할 수도 없을 것 같은 큰 한숨을 내쉬었다.

"내가 화가 나는 건, 네 동생이 파티를 가로채서 자기 걸로 만들어 버렸기 때문이야. 이건 우리를 위한 파티였단 말이야."

릴리 말이 맞았다. 나는 그라파를 또 한 모금 마셨다. 식도가 불에 타는 것 같은 건 늘 첫 번째 한 모금뿐이었다. 이번에는 온몸을 따뜻하게 데우는 부드러운 열이 퍼져 나갔다.

"멋진 밤을 보낼 거야. 이건 여전히 우리 파티야. 지금부터 3주만 있으면 대학생이 되는 거야. 준 할머니한테 책값이 얼마인지 말씀드려. 그래야 할머니한테 쿠폰을 한 장 교환할 수 있잖아."

릴리의 증조할머니는 증손녀의 고등학교 졸업 선물로 직접 쓴 쿠폰 여덟 장을 주었다. 그것은 릴리 준 치프웨이가 한 학기 대학 교재와 생활용품을 살 수 있도록 준 할머니가 사랑을 담아 만든 쿠폰으로 절대 양도할 수 없었다.

"네 말이 맞아. 일단 레이크스테이트에 가면 더는 리바이도 그 친구들도 없겠지."

릴리는 주류 보관함에 손을 넣어 프란젤리코 한 병을 꺼냈다. 기묘하게 생긴 프란젤리코 병을 포도나무 가지가 들어 있는 투명한 그라파 병에 챙 하고 부딪혔다.

각자의 술을 마시기 전에 릴리가 왼손을 내밀어 우리만의 특별한 악수를 청했다.

"레이크스테이트, 베이비."

마지막 나비 모양을 만들기 전에 내가 말했다.

릴리는 내 고막을 찢어 버릴 것처럼 고음으로 릴-리를 했다.

두 시간 뒤에, 내 작은 또라이는 음악 소리가 너무 크다는 이유로 리바이에게 큰 소리로 잔소리를 해 댔다.

"경찰을 부르고 싶어서 그래?"

릴리는 준 할머니가 다른 사람에게 지옥을 맛보게 할 때 내는 바로 그 목소리로 말하고 있었다. 리바이는 릴리를 계속 무시했지만, 릴리의 입에서 마침내 무시할 수 없는 말이 나왔다.

"지금 부족 경찰들 모두 보호 구역 밖으로 나와서 교대 근무하고 있는 거 알지? 그러니까 시끄럽다고 신고가 들어가면 TJ가 올지도 몰라."

그 말을 듣자마자 리바이는 후바스탱크의 목소리를 줄였다.

"그리고 내가 말했지. 에이미 와인하우스 틀라고."

"그리고 내가 말했지."

리바이가 맞받아쳤다.

"네가 듣는 그 이상한 음악은 아는 사람이 아무도 없다고."

릴리가 에이미 와인하우스의 천재성에 관해 아무 말이나 내뱉는 동안 나는 그랜드메리의 집에 와 있는 사람이 모두 스물네 명임을 파악했고, 여섯 명이 그라파 한 병을 나눠 마시게 배정했다. 작은 맥주 통은 오래 버티지 못할 것이다. 맥주가 떨어지면 리바이와 친구들은 떠날 테고. 그럼 릴리가 다시 차분해지겠지. 모든 것이 좋아질 것이다. 나는 이미 괜찮아진 것 같았다. 정말로 괜찮아진 것처럼 느껴져서, 제이미 존슨이 옆에 왔을 때는 좋은 기분을 느끼게 해 주려고 그라파 병을 제이미에게 내밀 정도였다. 제이미는 그라파 병을 받아서 한 모금 마셨고 콜록거렸다.

"와, 이거 뭐야? 밀주?"

"그라파야. 이탈리아 브랜디. 포도를 압축해 와인을 만들고 남은 부분으로 만든 술이야."

나는 그라파를 한 모금 더 마시고, 제이미에게 그랜드메리의 집을 안내해 주겠다고 제안했다.

왜냐하면 다우니스는 친절한 파티 주최자니까. 그뿐이었다. 절대로 제이미와 단둘이 있으려는 의도는 없었다. 우리가 위층으로 올라갈 때, 리바이가 초대했음이 분명한 조금은 으스스한 여자아이가 우리 뒤를 쫓아왔다. 제이미 존슨의 다음 여자친구 선발 대회에 참가한 망할 '아귀'임이 분명했다.

아귀. 그게 내가 하키 선수들의 여자친구를 부르는 말이었다. 짝짓기 상대를 물어 하나로 합쳐지는 심해 물고기. 독립적으로는 존재하지 못하는 부속물을 붙인 동물*.

"여기는 부부가 자는 스위트룸이야. 침실이 세 개 더 있고, 욕실도 두 개 더 있어. 여기가 무서운 다락으로 올라가는 비밀의 문이고."

나는 어색하게 움직이며 각 방을 소개했다. 그런 나를 보면서 제이미가 웃었다.

"잠깐만, 그러니까 넌 여기서 자란 거야?"

그 여자아이가 물었다.

"여섯 살 때까지. 그때 엄마가 대학을 졸업하고, 유치원에서 아이들을 가르치기 시작했거든. 그러고는 여기서 네 블록 떨어진 곳에 집을 사서 이사했어."

나는 눈을 가늘게 뜨고 상어처럼 제이미 주위를 맴돌고 있는 아귀를 쳐다보았다.

---

* 암컷보다 훨씬 작은 아귀 수컷은 암컷의 몸에 붙어 정자를 암컷의 몸에 넣고 평생 암컷의 몸에 달라붙어 있거나 암컷의 몸에 흡수된다. 이 소설에서는 아귀 암컷과 수컷의 역할이 바뀌었다.

"하지만 맞아. 일요일 저녁이나 중요한 휴가철에는 여기서 지냈어."

복도로 두 사람을 안내하며 숨겨진 다락문을 가리켰다. 그곳이 비밀스러운 장소임을 강조하려고 손가락을 입술에 댔다. 제이미는 멈춰 서서 벽에 걸려 있는 내 사진을 보았다. 고등학교 졸업반 때 찍은 것이다. 그랜드메리가 내 머리카락을 고데기로 말아 주었다. 그때 나는 꿈을 꾸는 듯한 표정을 짓고 있었다. 내 사진 옆에는 엄마와 삼촌의 사진이 있었다. 두 사람 모두 어른이 된 뒤의 모습과는 사뭇 달랐다.

엄마는 같은 반 아이들보다 1년 늦게 졸업했다. 졸업생 가운데 아기가 있는 사람은 엄마뿐이었다. 짙은 갈색 머리는 굵게 말아 양쪽 귀 옆으로 뻗게 한 뒤에 고정했다. 정성껏 치장한 몸, 카메라를 향해 웃는 표정, 희망으로 가득 찬 아름다운 경옥색 눈에는 마음을 아프게 하는 무언가가 있었다. 사진 속 엄마를 꼭 끌어안아 주고 싶었다. 그때의 엄마는 장차 자신이 잃게 될 것들을 전혀 알지 못했다.

사진 속에서 데이비드 삼촌은 수를 떠날 수 있는 시간이 좀처럼 빨리 오지 않는다는 사실에 초조해하는 것처럼 보였다. 한계를 그은 선 안을 색칠하는 것보다는 자기 자신이 직접 다채로운 색을 띠는 것에 더 관심이 많은 사람들이 있는 곳으로 도망가고 싶다는 열정이 얼굴에 가득했다. 그랜드메리를 기쁘게 해 주려고 단조로운 양복을 입고 깔끔하게 머리를 잘랐지만, 가수 프린스를 기리는 자주색 타이를 양복 주머니에 꽂고 있었다.

"벽에 걸린 이상한 사진들은 신경 쓰지 마. 이 사람들은 곧 알아보지도 못할 테니까. 아마 자기들도 못 알아볼걸."

"넌 괴상해."

여자아이가 말했다.

나는 어깨를 으쓱하고, 그라파를 한 입 더 마신 뒤 다시 층계참으로 돌아갔다.

"내가 들고 갈게."

제이미가 그라파 병으로 손을 뻗으며 말했다.

"좋아. 예의 바른 하키의 신이구나. 잘했어, 제이미 존슨. 그리고 수 세인트 마리에 온 걸 환영해."

나는 게임쇼 진행자 같은 몸짓을 해 보였다.

"이제부터는 절대로 관광객들처럼 '솔트'라고 발음하면 안 돼. '수'야."

"명심할게. 너는 흥미로운 정보를 정말 많이 아는 거 같아."

제이미의 말투에서 장난기가 느껴졌다.

"미-그웨치, 하키 왕자."

나는 주위를 둘러보았다.

"어? 그 애 어디 갔지?"

"네가 쫓아낸 것 같은데?"

"세라비$^{C'est\ la\ vie}$."

그게 인생이지.

"키 나방스 파, 르큘르$^{Qui\ n'avance\ pas,\ recule}$."

전진하지 않는 자는 뒤로 물러난다.

나는 제이미를 물끄러미 보았다. 프랑스어를 안다고? 질문을 하려 했지만 갑자기 그의 눈에 정신을 빼앗겨 아무 말도 할 수 없었다. 가까이에서 보니 제이미의 홍채는 동공보다 연했고, 황갈색 부분으로 흘러 들어가는 혈액이 짙은 갈색 테두리를 만들고 있었다. 그라파 때문에 예리해진 시력으로 나는 그 모든 세부적인 특징들을 자세하게 관찰할 수 있었다.

"지금 나를 뚫어지게 보고 있는 거 알아?"

제이미가 말했다.

"음…… 여자애들이 널 쫓아다녀."

내가 듣기에도 바보 같은 목소리가 흘러나왔다.

"경고해 줘서 고마워."

활짝 웃는 바람에 입술이 흉터 끝을 잡아당겼다.

"어이, 버블!"

제이미와 동시에 소리가 나는 쪽으로 고개를 돌렸다. 리바이가 한 번에 두 계단씩 뛰어 올라와 우리 옆에 섰다. 남동생은 내 어깨에 팔을 두르며 말했다.

"부탁이 있어."

나는 마음을 다졌다. 리바이가 부탁이라는 말을 꺼낼 때는 자신과 가장 친한 친구인 정신 없는 스토미와 데이트를 해 달라거나, 자기 친구들과 팀원들에게 아니시나-베 말로 별명을 지어 달라는 요청을 했다. 한 녀석은 "인디언 이름은 다른 모든 인종의 이름보다 더 나아"라고 말하며 어찌나 끈질기게 달라붙던지, 결국 가장 크고 가장 강력한 새라는 뜻이라고 말하고 기치메메Gichimeme라는 별명을 지어 주었다. 그 녀석은 몇 주 동안 큰 소리로 자신은 기치메메라고 말하고 다녔고, 결국 아니시나—베 친구가 한쪽으로 끌고 가 기치메메는 거대한 도가머리딱따구리Woodpecker라는 사실을 알려 주었다. 그러니까 빅 페커, 거대한 페니스라는 뜻도 있는 거였다.

"누나가 제이미의 앰배서더가 되어 주면 좋겠어."

"내가? 하지만…… 난 너희 팀 소속도 아닌걸. 너희 팀 여자애들이 신참에 대한 권리를 주장할 거야."

내가 깜짝 놀라 말했다.

"맞아."

리바이는 잘 알고 있다는 표정으로 제이미를 쳐다보더니 계속 말했다.

"그래서 누나가 적임자인 거야. 제이미는 여자친구가 있잖아. 그러니까 누나가 달라붙는 하키 여자들을 모두 치워 버릴 수 있지."

"내가 그런 식으로 말하지 말랬지."

나는 정색하고 화를 냈다.

"미안, 버블."

리바이가 재빨리 사과했다.

"내 말은, 제이미가 누나랑 함께 달리면 좋겠다는 거지. 누나는 이곳 소개도 해 주고."

리바이는 제이미를 쳐다보았다.

"다우니스가 4년 내내 수 고등학교 남자 하키팀 선수로 뽑힌 거 알아? 그러면서도 학급 고별사를 낭송했지."

"아주 재미있는 사실을 많이 안다는 것도 눈치챘어."

제이미가 한쪽 눈을 찡긋하면서 말했다.

"야, 이거 함정 같은데?"

갑자기 깨달음이 몰려왔다.

"아니, 도움을 요청하는 거야, 버블. 누가 됐건 다른 여자애가 제이미의 앰배서더가 되면 분명히 전쟁이 일어날 거야."

"네 멋대로 생각하지 마. 그래, 네 말이 맞다고 해도……, 내가 앰배서더가 되면 다른 애들이 가만히 있을 것 같아?"

그런데도 감히 나한테 도움을 요청한다는 말을 하다니.

"감히 누나한테 덤비는 애는 없을걸. 누가 감히 누나한테 시비를 걸어. 테디 고모 같은 여걸한테."

그 마법 같은 단어들과 신참 얼굴에 떠오른 간청하는 표정, 그라파가 데워 준 나의 몸 때문에 결국 나는 제이미의 앰배서더가 되는 걸 허락하고 말았다.

6장

이틀 뒤 아침, 제이미 존슨이 우리 집 진입로에 나타나 밝아 오는 아침 햇살을 받으며 두 팔을 머리 위로 쭉 뻗었다. 자동차를 타고 오지 않은 것으로 보아 우리 집에서 가까운 곳에 사는 게 분명했다. 나는 고개를 끄덕여 인사하고, 기도 나무 밑에 세마―를 놓고 기도했다. 그리고 제이미가 있는 진입로로 걸어가 새로 생긴 수프 친구를 마음껏 감상했다.

이 남자아이의 몸은 군살 하나 없이 오직 뼈를 덮고 있는 근육과 인대로만 이루어져 있었다. 체지방도 전혀 없었다. 우리는 키가 같았지만 몸무게는 내가 15킬로그램 정도 더 나갈 것이다. 몸이 통통 부은 날이면 더 나갈 테고.

제이미를 평가하고 있는 동안, 그 역시 나를 평가하는 게 아닐까 하는 생각이 들었다.

키 크고 건장한 여자애. 어마어마하게 큰 엉덩이, 유령처럼 하얀 피부, 크게 찢어진 입술, 커다란 코, 그리고 너무나도 잔혹한 모순을 드러내는 작은 젖가슴.

나는 강력한 수비수로서 똑똑하고, 절대로 포기하지 않는 사람이라고 소리치고 싶은 충동을 간신히 억눌러 참았다. 제이미가 내 내면의 독백 사이를 뚫고 들어오며 말했다.

"동생하고 함께 달려?"

"가끔은."

옆구리 스트레칭을 시작하면서 대답했다.

"리바이랑 그 애 친구들은 보통 내가 달리는 속도보다 훨씬 빨리 달려."

리바이가 내 준비 운동이 너무 길다고 짜증을 낸다는 이야기는 하지 않았다.

"동생하고 정말 친한 것 같아."

제이미는 쪼그리고 앉아 한쪽 다리를 옆으로 쭉 뻗었다.

"음…… 그런 거 같아. 가끔은 골칫거리기도 하지만."

나는 헐렁한 반바지 위로 선명하게 선을 드러낸 제이미의 탄탄한 허벅지 안쪽 근육을 물끄러미 바라보다가…… 간신히 정신을 차리고 제이미와 눈을 마주치려고 애썼다.

"형제가 있어?"

"아니, 없어. 삼촌뿐이야. 부모님은 내가 어렸을 때 이혼하셨어. 하키에도 관심이 없으셨고. 장비를 사 주고, 시합에 나갈 수 있게 도와준 건 늘 론 삼촌이었어. 삼촌이 여기서 가르치는 일을 하게 되었을 때, 나한테 수에서 고등학교를 졸업하는 게 어떻겠냐고 물었고 난 받아들였어."

제이미는 자신이 이 도시의 별명을 제대로 알고 있다는 사실이 기쁜 것 같았다.

자랑스럽다는 듯 미소 짓는 제이미를 내가 따라 웃고 있다는 사실을 깨달았다. 제이미는 내가 빠르게 진행하는 준비 운동을 따라 했다.

"준비됐나, 친구?"

입술과 턱을 내밀면서 길을 향해 고갯짓했다.

"네, 앰배서더님!"

제이미의 얼굴에서는 미소가 떠나지 않았다.

대학 캠퍼스를 가로지르는 평소 코스로 달렸다.

"어이, 이거 봐."

제이미가 새로 만든 기숙사 옆을 지나가면서 말했다.

"여기 네 성이 적혀 있는데?"

"맞아."

제이미가 큰 소리로 웃었다.

"더는 할 말 없어?"

"그래."

나는 할 수 있는 한 가장 크게 입을 벌리고 웃는 표정을 지어 보였다.

학생회관 뒤에 있는 뷰포인트에 도착했을 때 나는 멈춰 섰다.

"잠깐만."

내 말에 제이미가 달리기를 멈추고 몇 걸음 뒤로 돌아와 내 옆에 섰다.

"저기 몇 킬로미터 떨어져 있는 저곳이 슈피리어 호수야."

나는 강 서쪽을 가리키며 말했다.

"저기서 캐나다와 자연 국경을 이루는 세인트메리스강으로 물이 흘러가는 거야. 강 건너편에도 수 세인트 마리라는 도시가 있는데 우리 도시보다 훨씬 커."

나는 또다시 게임쇼의 진행자처럼 말하고 있었다. 왠지 제이미에게는 나를 으스대게 만드는 무언가가 있는 것 같았다.

"도시 동쪽 끝에서 강이 돌아가는 곳에 예쁜 언덕이 보이지? 거기는 슈가섬이야. 우리 아빠 가족이 사는 곳. 내 말은, 나와 리바이 아빠의 가족이라는 뜻이야."

"오, 예쁘네."

제이미의 목소리에 담긴 경외감은 퀴즈를 맞혔을 때 느끼는 기분이 들게 해 주었다.

"갈까?"

다시 천천히 뛰기 시작하면서 내가 말했다. 우리는 절벽에서 강까지 800미터 정도 이어진 길을 따라 달려갔다.

제이미는 천천히 움직이며 가장 가까이 있는 수문으로 조용히 들어가는 화물선을 물끄러미 바라보았다. 그러는 동안 나는 제이미의 옆모습을, 흉터가 없는 얼굴을 몰래 훔쳐보았다. 15미터쯤 떨어진 곳에서 화물선이 크게 경적을 울렸고, 깜짝 놀란 제이미가 크게 욕을 했다. 나는 큰 소리로 웃었다.

"이게 다 무슨 일인지 네가 설명해 줘야겠는데."

제이미가 말했다.

"아까 슈피리어 호수를 가리켰을 때 기억해?"

"5분 전에?"

"그래, 천재 양반. 아무튼 오대호를 오가는 배들은 슈피리어 호수를 지나가야 할 때가 있는데, 슈피리어 호수는 아래쪽 강들보다 6미터 정도 높아. 그래서 옛날에는 여기에 급류가 흘렀어. 아니시나-베 사람들이 이곳에 모였고, 당연히 강 양쪽과 슈가섬에는 어촌이 형성됐어. 그런데 정부에서 이 지역을 사들여서 급류를 막고 수 갑문을 만든 거야. 배들을 들어 올리거나 내리는 수상 엘리베이터가 생긴 거지."

제이미는 길 건너편에 있는 화물선에서 눈을 떼고 나를 보며 물었다.

"그럼 아니시나-베 사람들과 어촌은 어떻게 됐어?"

나는 한쪽 눈썹을 추켜세웠다. 지금 제이미는 자신이 엄청난 질문을 했다는 사실을 알까? 제이미 같은 관광객은 발전을 위해 밀려난 사람들을 절대로 궁금해하지 않았다. 정말로 내 부족의 역사를 알고 싶은 걸까? 그 이야기를 어디에서부터 어떻게 해야 하는 건지조차 알 수가 없었다.

"그 이야기는 다음에. 이제 네가 말할 차례야. 네 이야기를 해 봐."

"그 이야기는 다음에."

제이미가 씩 웃었다.

"아직 물어볼 게 많아."

나도 웃었다.

"내가 어쩌다가 너중 가장 호기심 많은 녀석이랑 엮였을까?"

"'너중'이라는 게 뭐지?"

제이미의 물음에 내가 큰 소리로 웃었다.

"아, 지금까지 한 것 중에 가장 중요한 질문이네. 유퍼는 '너희 중에'라는 말을 너중이라고 해."

"그럼…… 유퍼라는 건 U.P. 출신이라는 거야? 반도 위쪽 사람?"

"와, 정말 똑똑한 친구를 만났잖아."

나는 손을 들어 다음번 모퉁이를 돌아야 한다는 신호를 보냈다. 그 뒤로 몇 킬로미터는 아무 말도 하지 않고 평온하게 달렸다. 데어리퀸*을 돌아갈 때, 제이미가 작은 집을 가리켰다.

"저기서 삼촌이랑 살아."

제이미는 멈추지 않고 내 옆에서 계속 달렸다.

"아, 한 가지 더 질문이 있어. 사람들이 아니시나-베라고 할 때, 원주민을 말하는 거야,

---

* 미국 패스트푸드 체인점.

오지브웨를 말하는 거야?"

"아니시나−베라는 건 토착민이라는 뜻이야. 원래 살았던 사람들. 니시, 니시나−베, 시나−베 모두. 보통 오대호 부근에서 살았던 오지브웨, 오다와, 포타와토미 부족을 가리킬 때 그 말을 써. 오지브웨어는 아니시나−베모원이나 오지브웨모윈이라고 하고. 리바이는 오지베리시Ojiberish라고 말해."

나는 눈을 굴리며 말했다.

"리바이랑 충분히 오래 어울리면, 분명히 너한테 니시 별명을 지어 줄 거야."

제이미가 나를 재빨리 쳐다보았다.

"리바이가 흉터가 있는 얼굴은 아니시나−베어로 뭐라고 하는지, 너한테 물어보라고 하던데?"

우리는 동시에 웃음을 터트렸고, 나는 사레가 걸리는 바람에 멈춰 서서 한참 기침을 했다. 둘 다 숨을 고른 뒤에, 나는 에버케어를 손으로 가리켰다. 제이미와 함께 하면 8킬로미터도 이렇게 빨리 달릴 수 있다는 사실이 놀라웠다.

"달리기는 저기, 요양소에서 끝내. 할머니가 저기 있거든. 뇌졸중으로 쓰러지셔서."

"미안. 삼촌이 돌아가신 뒤에 네가 감당해야 했을 일이 많았을 거 같아. 어떻게 견뎌 내고 있는 거야, 다우니스?"

그 직설적인 말투가 놀라웠다. 제이미가 말하는 방식은 그도 비슷한 상실을 경험한 것일지도 모른다는 기분이 들게 했다.

릴리를 제외하면, 내가 어떻게 견디고 있는지를 묻는 사람은 없었다. 사람들은 엄마가 어떻게 지내는지, 조부모님의 대저택은 어떻게 할 건지를 물었다. 나를 알 수 있는 시간이 거의 없었던 낯선 사람이 내가 어떻게 견디고 있는지를 묻다니, 그것도 진심으로 걱정하는 목소리로 물어보다니 놀라웠다.

"좋아."

내가 말을 고르고 있는 동안 제이미가 말했다.

"준비가 되면 말해 줘."

주차장에 도착할 때까지도 나는 대답할 말을 찾지 못했다. 그래서 그저 제이미를 보았다. 제이미의 피부는 새로 찍어낸 1페니 동전처럼 반짝거렸고 땀에 젖은 머리카락은 뻗쳐 있었다. 제이미를 향한 내 생각도 모든 방향으로 뻗어 나갔다.

나는 일상 세계에도 하키 세계의 규칙이 조금쯤은 필요하다는 결론을 내렸다.

"같이 달려 줘서 고마워, 친구. 내일은 네 차례야. 옛 하키팀에 대해, 학교에 대해, 삼촌과 여자친구에 대해 말해 줘야 해. 알겠지?"

제이미는 웃으며 엄지손가락을 들어 올리더니 뛰어갔다.

에버케어에서 나와 집으로 걸어가면서 릴리에게 전화했다. 제이미와 달리는 동안 있었던 일을 릴리에게 들려준 뒤에 릴리와 나는 제이미가 여자친구에 관해 무슨 정보를 줄지 추측했다.

"자동차 사고 때문이었을 거야. 그때 흉터가 생기고, 두 사람이 끈끈해진 거지."

릴리가 선언했다.

"아니야. 고모가 그렇게 직선으로 난 상처는 사고 때문이 아니라고 했어."

"그 여자애 전 남친이 질투에 사로잡혀서 칼로 그은 거야."

"제발. 연애가 그런 식으로 모두 드라마처럼 진행되는 게 아니라니까."

"왜? 내가 본 연애는 다 그랬는데."

반 블록 정도 걷는 동안 우리는 아무 말도 하지 않았다. 전화기 너머로 준 할머니의 개가 짖는 소리가 들렸다. 릴리는 자기 엄마에 대한 이야기도, 준 할머니와 함께 살기 전의 이야기도 거의 하지 않았다. 하지만 내가 우리 엄마는 나를 너무 과잉보호한다고 불평을 할 때면 엄마 편을 들 때가 있었다.

마침내 릴리가 말했다.

"좋아. 멋진 낸시 드루 양. 네 가선은 뭔데?"

릴리의 목소리에 묻어 있는 웃음기는 전염성이 강했다.

"내 가설은 두 사람이 서로의 첫 상대라는 거야."

내 얼굴에도 커다란 미소가 번졌다.

"아무튼 가선에는 가짜 선처럼 여러 가지 뜻이 있지만, 뭐가 됐건, 가선은 직선이나 곡선 같은 선을 의미하는 거야."

"뭐래."

릴리가 내 말을 끊으면서 말했다.

"나중에 봐, 게이터."

"나중에 봐, 크로코딜루스 닐로티쿠스."

"그래, 괴짜!"

다음 날은 비가 많이 왔다. 동이 트기 전에 나는 문자로 제이미에게 원래의 계획을 대체할 수 있는 의견을 보냈다. 제이미는 검은색 트럭을 몰고 와 나를 데리고 치 무과 경기장 안에 있는 피트니스 센터로 갔다. 실내에서 달리는 걸 좋아하지는 않았지만, 아무것도 하지 않고 하루를 보내고 있다고 생각하기보다는 나았다.

우리는 러닝머신 위로 올라갔고, 잠시 뒤에 제이미도 나와 같은 속도로 설정을 했다는 걸 알았다.

"나랑 같은 속도로 뛸 필요 없어. 그게 러닝머신의 장점이잖아. 뛰고 싶은 대로 빠르게 뛰면 돼."

"아니, 괜찮아. 나중에 팀이랑 적응 훈련도 해야 하니까."

나는 어깨를 으쓱하고 계속 달렸지만 내심 기뻤다. 3킬로미터 정도 달리자 내 리듬대로 달릴 수 있었다. 그때부터는 러닝머신의 단점이 드러난다. 쳇바퀴를 굴리는 햄스터가 된 느낌이 드는 것이다.

"오늘 너 아주 조용해. 별일 없는 거지?"

제이미가 물었다.

"네가 말하는 걸 기다리고 있는 거야. 기억하지? 오늘은 네 차례야."

"아, 그랬지. 음…… 뭘 알고 싶은데?"

모든 게 알고 싶었다. 하지만 아침에 내가 올린 기도의 말은 마나–덴다모윈manaadenda mowin이었다. 존중하라. 관계를 존중하라. 앰배서더로서의 나와 제이미의 관계를, 제이미와 그의 여자친구의 관계를. 나는 이미 잡힌 남자아이를 낚아채려고 애쓰는 아귀는 절대로 되지 않을 것이다.

"뭐든 말하고 싶은 걸 말해 줘, 친구."

"음, 앰배서더님. 나는 폭풍이 치는 어두운 밤에 태어났어."

화사한 웃음이 흉터 끝자락을 잡아당기고 있었다.

"아마도, 나는 나에 관해 말하는 걸 좋아하지 않는 것 같아. 아빠가 체로키였어. 어렸을 때 아빠와 엄마가 이혼한 뒤로 엄마하고 정말 많이 이사 다녔어. 아빠는 재혼했고. 아빠보다는 론 삼촌이 나를 더 많이 보러 왔어. 계속 하키를 했고. 그게 다야."

제이미의 환경도 나와 같았다. 아빠가 토착민이고, 부모는 함께 살지 않았다. 아빠가 더는 곁에 있어 주지 않았기 때문에 삼촌이 양육에 참여했다. 제이미와 함께 있는 것이 조금도 어색하지 않은 이유는 그 때문인지도 몰랐다.

"피겨 스케이트도 했잖아. 그건 말 안 하는 거야?"

"어떻게 알았어?"

나를 쳐다보는 제이미의 시선이 느껴졌다.

"글쎄. 그냥, 네가 폴린을 들어 올리는 걸 보고 그렇게 생각했어."

나는 또다시 어깨를 으쓱했다. 어깨에서 찌릿한 통증이 느껴졌다.

"내가 그랜드메리라고 부르는 우리 할머니 때문에 몇 년 동안 피겨 스케이트를 해야 했거든. 피겨 스케이트는 정말 싫었지만 피겨를 하지 않으면 절대로 하키를 못 하게 하셨으니까."

"엄마는 뭘 하셨는데? 엄마가 말려 주지 않으셨어?"

"하! 네가 우리 그랜드메리를 몰라서 그래. 우리 할머니는 에타카리나 같은 분이었어. 엄마랑 나는 중력장에 이끌려서 이리저리 흔들리는 행성일 뿐이었고."

"에타카리나?"

"우리은하에서 가장 큰 항성이야."

제이미의 질문에 나는 조용히 대답했다. 지금도 살아 있는 할머니를 가리켜 과거 시제를 사용했다는 사실을 깨닫자, 내 몸 깊은 곳으로 무언가가 가라앉는 느낌이 들었다. 나는 달리는 속도를 높였다. 내 기분이 바뀌었음을 감지했는지, 제이미도 조용히 러닝머신 속도를 높여 나와 보조를 맞춰 뛰었다. 남은 달리기를 끝낼 때까지 우리는 한마디도 하지 않았다.

트럭을 타고 집으로 돌아가다가 내가 제이미에게 에버케어에서 내려 달라고 부탁했다.

"아직 비가 오는데?"

제이미가 미친 듯이 움직이고 있는 와이퍼를 가리키며 말했다.

"에, 녹아내리지는 않을 테니까."

트럭 문을 열고 전속력으로 달릴 준비를 하면서 내가 대답했다.

"함께 달려 줘서 고마워. 차 태워 준 것도, 친구."

나는 돌아보면서 말했다.

"천만에요, 앰배서더님."

제이미가 대답했다.

빨간 립스틱을 발라 주기 전에 나는 그랜드메리에게 입을 맞추었다. 엄마가 아직 오지 않았기 때문에 작은 협탁 맨 위 서랍에 넣어 둔 눈 깜빡임 공책을 꺼냈다. 침대 옆에 있는 의자에 앉아 할머니에게 말을 걸면서 전구 켜짐과 꺼짐으로 나눈 칸에 할머니 상태를 적어 나갔다. 오늘 할머니는 피곤해 보였다. 나는 그저 15분 동안만 앉아서 할머니 상태를 기록했다.

에버케어에서 나오자, 여전히 주차장에 있는 제이미의 트럭이 보였다.

"기다릴 필요 없었는데."

조수석에 앉으면서 말했다. 놀랐지만 고마웠다.

"에, 그러고 싶었어."

제이미가 내 말투를 흉내 내면서 말했다.

트럭이 우리 집 진입로로 들어갈 때, 나는 제이미의 여자친구를 기억해 냈다. 그 여자애는 나에게 현실이 되어야 할 필요가 있었다.

"예전 팀이나 살았던 도시 이야기……, 그리고 여자친구 이야기는 하지 않았어."

"여자친구 이름은 제니퍼야. 젠이라고 불러."

제이미의 말에 나는 제니퍼를 상상해 보려고 노력했다. 하지만 내 머릿속에는 길고 빛나는 머리카락을 왼쪽 눈을 덮을 정도로 내린, 이제는 이 세상에 없는 가수 알리야만이 떠오를 뿐이었다.

"3년 사귀었어. 젠 아빠가 군인이라서 나만큼 많이 옮겨 다녀야 해."

그러니까 나는 제이미의 여자친구가 새로운 학교로 전학 간 신참이 되어야 하는 상황을 정확하게 이해하는 사람이라는 사실에 기쁨을 느끼는 게 옳았다.

"정말 많은 것들이 변해 가는 순간에도 굳건하게 변하지 않는 게 있다는 건 정말 근사한 일이야. 내 말이 무슨 뜻인지 알지?"

나는 고개를 끄덕였지만 제이미의 말을 이해할 수 없었다. 데이비드 삼촌이 죽은 뒤로, 그 무엇도 굳건하게 변하지 않는다는 생각은 들지 않았다. 데이비드 삼촌은 사라지기 전에도 이상한 행동을 하기 시작했다. 정신이 다른 곳에 팔려 있는 것만 같았다. 삼촌이 재발했다는 건 나중에야 알았다. 인생에 굳건하게 변하지 않는 게 있다는 걸 마지막으로 느낀 게 언제였더라? 작년 크리스마스?

"어, 그럼 내일 아침에 봐……. 그리고 제이미? 치 미―그웨치."

아주 고마워. 나는 이 한마디에 차를 태워 주고, 자신에 관해 말하는 게 쉽지 않다고 했으면서도 자신의 삶에 관해 말해 준 것 모두 고맙다는 뜻을 담았다.

"천만에, 다우니스."

제이미가 나에게는 보여주지 않는 부분을 분명히 알고 있을 여자친구에게 내가 왜 질투를 느끼는지 이해할 수 없었다.

하키 세계와 일상 세계 사이에 내가 그어 놓은 선은 목탄 연필로 그은 것을 제이미가 계속 문지르기라도 하듯 매일 아침 제이미와 함께 달릴 때마다 점점 더 옅어졌다. 아침에 일어나면 양치를 하고, 머리카락을 하나로 묶고, 재빨리 운동복으로 갈아입었다. 현관 앞 탁자 위에 있는 펄 할머니의 자작나무 바구니에서 세마―를 한 움큼 들고 밖으로 나갔다. 아침 기도를 읊조리고 있을 때면 제이미가 진입로에 들어섰다. 우리는 준비 운동을 하고 달리기 시작했다.

수 갑문이 보이는 선물 가게 거리를 지나갈 때, 갑자기 기억이 떠올라 웃었다.

"리바이가 어렸을 때 여기서 향모를 팔았어."

"향모라니?"

"전통 의학에서 쓰는 약초야. 달콤한 향신료 냄새가 풍부하게 나는, 정말로 향기로운 풀이야. 오지브웨어로는 위인가시크^{wiingashk}라고 해. 학명은 히에로클로에 오도라타 $^{Hierochloe\ odorata}$고. 주말에 열리는 부족 집회에서 살 수 있을 거야."

"부족 집회에는 한 번도 가 본 적이 없어. 내일 갈 거야? 안내해 줄 수 있어?"

"물론이지."

제이미의 열의에 깜짝 놀라며 내가 대답했다. 나와 달리 제이미는 부족의 문화를 접하지 못하며 자랐다는 사실이 생각났다.

"앰배서더가 안내하는 집회 투어를 해 보자고."

"정말 근사할 것 같아."

제이미가 밝게 웃었다. 나도 함께 웃을 수밖에 없었다.

"그래서 리바이가 향모를 관광객에게 팔았다고?"

"맞아. 리바이랑, 그 애 친구 트래비스가 향모를 모아서 땋았어. 리바이가 사람들한테 자기는 강력한 족장과 여자 치료사의 자손이라고 했어. 자기가 파는 향모에는 마법이 깃들어 있다고도 했고. 진부하지만 관광객들에게는 먹히는 설정을 한 거지."

나는 눈알을 굴렸다.

"리바이다운 일을 한 거 같은데?"

제이미가 크게 웃었다.

"타고난 사업가잖아. 분명히 스토미도 함께 했을 것 같은데. 둘 다 말썽꾸러기니까."

스토미 노딘은 헤드 스타트 부족 예비 학교 때부터 리바이의 가장 친한 친구였다. 작년에 수프 입단 시험에 제이미와 함께 좋은 성적으로 통과했다. 그때 스토미의 엄마는 시내 술집에서 백인 남자들과 싸우고 감옥에 가 있었지만, 하키 세계는 선수의 사생활을 전혀 문제 삼지 않았다.

"아니야. 스토미의 아빠가 아들이 가족이 아닌 사람들과 약초를 모으는 걸 금지했거든. 그분은 좀 무서운 데가 있어. 그저 백인만 노딘 씨와 가까이하는 걸 싫어하는 게 아니야. 부족에서도 그분하고는 가까이할 수 없는 사람도 있어. 어쨌거나 그 애들은 몇 년 동안만 향모를 팔았어. 카지노가 개장하면서 더 나은 수입원이 생겼으니까."

"하키팀 아이들이 하는 말을 들었어. 카지노에서 돈을 받는 부족 사람들이 있다고. 그건 미친 짓 같은데."

제이미가 믿을 수 없다는 듯이 고개를 저었다. 내 몸이 딱딱하게 굳었다.

"그건 월마트나 포드가 주주들에게 배당금을 지불하는 거랑 다르지 않아."

나는 부드럽게 말하면서 제이미의 반응을 기다렸다. 제발, 세상 물정 모르는 순진한 녀석이 아니기를.

"와. 난 그런 식으로는 한 번도 생각해 본 적이 없어."

내 어깨에서 머물던 힘이 빠져나갔다.

"얼마나 받는데? 그런 거 물어보면 실례인가?"

"아니, 괜찮아. 리바이 말에 따르면 아마 부족 성인일 경우에는 1년에 3만 6000달러 정도 받는 거 같아. 세금을 제하면 얼마인지는 정확히 모르지만. 미성년자는 거기서 3분의 1 정도 받는다고 했어."

"너는 몰라?"

제이미는 이해되지 않는 것 같았다.

"나는 등록 시민이 아니거든. 출생 증명서에 아빠가 없으니까. 그건 폰테인 할머니와 할아버지가 나에 대해 내린 많은 결정 가운데 하나였어. 나를 낳았을 때 엄마는 열여섯 살이었기 때문에 두 분이 결정하셨지."

제이미는 내 목소리가 미묘하게 바뀐 것을 눈치챘음이 분명했다. 잠시 입을 다물고 있다가 다시 물었다.

"이런 얘기 나에게 해도 괜찮아, 다우니스?"

"그럼."

나는 내 이야기를 하는 데 거리낌이 없는 사람이라는 생각을 하며 말했다. 물론, 모든 것을 다 드러내 보이지는 않지만 말이다. 나는 아직 내가 부족의 일원이 될 수 없게 하는 한두 사람의 결정에 정말로 화가 난다는 사실을 인정할 준비가 되지 않았다.

"토착민으로 존재한다는 것의 의미가 누가, 무엇 때문에 묻는지에 따라 바뀐다는 건 힘든 일이야."

"어떤 사람들에게는 어떻게 해도 충분히 토착민이 될 수 없기도 하고."

제이미의 말을 내가 거들었다.

"맞아. 우리의 정체성인데도 다른 사람들이 그걸 규정하거나 통제하니까."

제이미의 말은 정확히 내 생각을 반영하고 있었다. 그건 나의 외조부모, 메리와 로렌조가 자신들의 삶에서 내 아빠를 빼 버리기로 했을 때, 나에게 일어난 일이다.

우리는 서로를 쳐다보았다.

나머지 시간은 아무 말도 하지 않고 달렸다. 강에서는 시원한 바람이 계속 불어왔고, 하늘에는 구름 한 점 없었다. 기분 좋게 팔과 다리를 스치는 시원한 바람에 짜릿해졌다. 상쾌했다. 햇살이 나에게 내리쬐는 것이 아니라 빛이 내 몸에서 밖으로 퍼져나가는 것만 같았다. 제이미가 나를 보았고 나는 웃었다.

그러자 내 몸이 강해지고 나는 영원히 달릴 수 있을 것만 같았다. 나는 다른 어딘가에 있었고, 완전해졌다. 달리기는 내 몸의 각기 다른 부분을 퍼즐처럼 완벽하게 맞추어 주었다.

에버케어에 도착할 무렵에는 우리 둘 다 숨을 가쁘게 쉬고 있었다. 제이미는 보통 그곳에서 엄지손가락을 들어 나에게 인사를 하고 자기 집을 향해 뛰어갔다. 하지만 오늘은 달려가지 않았다. 그저 내 옆에 서서 관자놀이에서 목 뒤로 물결치듯 흘러내리는 젖은 머리카락을 손가락으로 쓸고 있었다.

"우리 할머니 보고 갈래?"

내가 충동적으로 말했다.

"그래. 그러고 싶어."

제이미는 놀란 듯했지만 기뻐 보였다.

접수대 앞을 지날 때는 우리 둘 다 호흡이 정상으로 돌아와 있었다. 할머니 방의 문턱을 넘으니 긴장이 되었다. 내가 왜 제이미에게 함께 들어오자고 했는지 이유를 알 수 없었다. 이곳은 릴리조차도 온 적이 없었다.

"그랜드메리, 이 애는 내 친구 제이미예요."

할머니의 뺨에 입을 맞추고 말했다. 전구는 꺼져 있었다.

"봉주르, 마담. 세 탱 플레지르 드 부 랑콩트레Bonjour, madame. C'est un plaisir de vous rencontrer.
(안녕하세요, 부인. 만나서 반갑습니다.)"

제이미는 주름진 피부 밑으로 파란 정맥이 그대로 드러나 있는 할머니의 손에 입을 맞추었고, 고개를 들어 반대편에 있는 나를 보았다.

나는 깜짝 놀라 잠시 멍해졌다. 이번 주에 함께 많은 시간을 보냈지만 나는 여전히 제이미에 대해 아는 것이 거의 없었다. 지난주 토요일 파티에서 제이미는 나에게 프랑스어로 말했고, 지금도 할머니에게 프랑스어로 말했다. 하키 세계와 일상 세계를 나누던 선은 그저 희미해진 것이 아니었다. 내 동생의 하키팀에 새로 들어온 신참 때문에 존재하지 않게 되었다. 위험하게도 내가 그어 둔 선이 사라져 버렸다.

"넌 어떤 사람이야, 제이미 존슨?"

당황한 내가 물었다.

고개를 숙이는 제이미는 어쩔 줄 모르는 것 같기도 했고 불편해 보이기도 했다. 마침내 고개를 들어 내 눈을 보는 제이미의 얼굴에는 결심이 서 있었다. 다시 프랑스어로, 이번에는 나에게 말했다.

"주 시 슬리 키 아탕 아베크 엥파시웅스 드멩Je suis celui qui attend avec impatience demain."

내일을 고대하는 사람이지.

7장

토요일 아침은 예전 시합 날 아침만큼이나 신이 났다. 오늘은 부족 집회가 있는 날이었기에, 수프 선수들은 아침 일찍부터 훈련을 했다. 나는 혼자서 평소보다 아주 빠른 속도로 달렸다. 그랜드메리의 전구가 들어와 있는 동안 나는 제이미가 왔었다는 사실을 말하고, 오늘은 제이미를 부족 집회에 데려갈 거라는 계획을 전했다.

그랜드메리는 그날 내가 해야 할 다른 활동을 언급하기 전까지는 별다른 반응을 보이지 않았다. 릴리와 함께 교재를 사러 간다는 소식은 할머니가 지을 수 있는 가장 큰 웃음을 끌어내기에 충분히 가치가 있었다. 나는 할머니를 꼭 끌어안고 볼에 입을 맞추었다. 우리 둘 다 너무나도 행복해졌기 때문에, 나는 팔짝 뛰어서 할머니의 다른 쪽 뺨에도 입을 맞추고 할머니 방에서 나왔다.

그날 아침 늦게 릴리의 지프를 타고 대학 서점으로 갔다.

"그러니까 네가 지금 기분이 좋은 게 어떤 특정 하키 선수 때문은 아니라는 거지?"

주차장에서 걸어가면서 릴리가 말했다.

"교재도 보고 형광펜도 살 거라서 신난 것뿐이야."

"그래, 알겠어. 너의 마법 연필 이론이란 말이지."

릴리는 완벽한 펜이나 연필로 공부하면 훨씬 더 공부가 잘된다는 나의 믿음에 동의해주지 않았다. 우리는 기분 좋아 함께 크게 웃었지만 미국 문학 강의 교재 가격을 확인하는 순간 기분을 잡치고 말았다.

"우아아아!"

릴리의 목소리가 옆 통로로 퍼져나갔다.

"장난이지?"

낯선 사람의 목소리가 큰 소리로 대답했다.

릴리의 차를 타고 집으로 돌아와 이른 점심을 먹었다. 제이미를 기다리는 동안 에버케어에 있는 엄마에게서 전화가 왔다.

"릴리랑 집회에 가는 거야?"

엄마가 물었다.

나는 헤리를 토닥이며 정확하게 대답하지 않고 으음, 이라고만 말했다.

"안전하게 다녀야 해. 늦을 것 같으면 전화하거나 문자 보내고."

"사랑해."

약간의 죄책감을 옆으로 밀어내면서 대답했다.

엄마를 보호하려고 모든 사실을 그대로 말해 주지 않는 건 거짓말하고는 달랐다. 엄마는 제이미를 그저 친구라고 생각하지 않을 것이다. 제이미가 도시에 새로 온 신참 하키 선수임을 알게 된다면 분명히 질문을 퍼부을 것이다. 그 남자애는 누구야? 어디에서 왔는데? 부모님은 어떤 사람이야? 그 애가 좋은 사람이라는 걸 어떻게 알아?

엄마를 끝없는 걱정에 빠지지 않게 막아 주는 건 엄마와 나 모두에게 친절을 베푸는 결정이었다. 나에 대해서라면 엄마에게는 그저 평범한 걱정거리를 구석구석 침투하는 거대한 괴물로 바꿔 버리는 강력한 힘이 있다. 이 힘 때문에 엄마는 기력을 완전히 소진해 버릴 정도로 쇠약해져서 우울감과 심각한 두통으로 고생했다. 그러니까 나는 사실을 살짝 가려 연약한 엄마가 아프지 않도록 보호하는 것이다.

제이미의 트럭이 진입로로 들어왔다. 나는 조수석을 향해 달려가면서 컷오프 청바지 주머니에 휴대 전화를 밀어 넣었다.

"안녕, 친구. 여기까지 와 줘서 고마워."

조수석에 올라타면서 말했다.

릴리에게 어제 제이미와 함께 달리면서 있었던 일과 그랜드메리의 방에서 있었던 일을 모두 말해 준 뒤로, 나는 한 발짝 물러나야 하며 이 새로운 우정에서 동료애를 강조해야 할 필요가 있다는 결정을 내렸다.

"전혀 문제없어. 나와 함께 가서 안내해 주기로 한 거 고마워, 다우니스."

"그거야 앰배서더라면 당연히 해야 할 일이니까. 부족 집회에 관해 알고 싶지만 차마 물어보기 힘들었던 게 있으면 마음껏 질문해도 돼."

내 뒷주머니에서 휴대 전화가 부르르 떨렸다. 릴리가 문자를 보냈다. 릴리의 전화기는 문자를 받거나 보낼 때마다 요금이 나갔기 때문에 릴리가 문자를 보내는 경우는 거의 없었다.

릴리: 내가 JJ랑 너에 관해 야한 문자 보내도 화 안 낼 거지?

나: 그게 너한테는 왜 그렇게 중요한데?

릴리: 당연히 아주아주 중요하지.

나: 넌 그 어떤 추잡한 것도 날려 버릴 막강한 이야기가 있는 거 아니었어, 친구?

제이미는 집회장으로 이어지는 그림처럼 멋진 도로를 따라 달렸다. 강변을 따라 슈피리어 쇼어스 카지노 앤 리조트가 넓게 펼쳐진 길이었다. 작은 우리 도시가 아니라 라스베이거스에서나 보는 게 마땅할 것 같은 풍경이 펼쳐진 곳이었다.

"좋아, 질문이 하나 있어. 부족 이름은 슈가섬 오지브웨 부족이라고 하잖아. 그런데 왜 카지노는 본토에 있는 거지?"

"부족은 강 양쪽에 있는 땅 모두를 부족 소유라고 주장했어. 20년 전에 부족은 연방 정부와 토지 청구 소송을 마무리했고, 그때 받은 보상금으로 오래된 공장과 부두를 사들였어. 10년 뒤에는 그곳에 카지노를 세웠고, 지금도 카지노 규모는 점점 더 커지고 있어. 카지노에서 부족 사람들에게 배당금을 주기 시작한 건 5년쯤 전부터고."

"넌 카지노에서 사람들에게 배당금을 준다는 사실에 복잡한 기분을 느끼는 것 같은데."

다시 문자가 왔기 때문에 나는 대답하지 않고 문자를 보았다.

릴리: JJ에게 네 골을 넣을 때마다 앰배서더가 보상해 준다고 해.

나: 그만해라, 이 변태야.

"미안. 릴리한테 필요한 게 있나 봐."

나는 뒷주머니에 전화기를 넣으면서 말했다.

"고모는, 배당금 자체는 좋지도 나쁘지도 않다고 했어. 그저 개인과 가족에게 일어나는 일의 강도를 증폭시킬 뿐이라고 했지."

나는 손으로 제이미에게 위성 보호 구역 쪽으로 차를 돌리라는 신호를 보냈다.

"사람들은 부족의 몇몇 일원이 돈을 쓰는 방법 같은 아주 사소한 일을 가지고 투덜거려. 하지만 배당금으로 할 수 있는 좋은 일도 많아. 가족들이 여행 가고, 좋은 차를 사고, 집을 계약할 수 있어. 대학도 가고."

이 말을 하는 순간, 지난주 금요일 담요 파티에 가기 전에 고모가 신랄한 말투로 했던 말들이 떠올랐다. 대학에 가. 제이미나 잡아채란 말이야. 넌, 그냥 좋은 삶을 살아.

고모의 말을 생각하자 제이미를 데리고 집회에 간다는 생각에 들떠 있던 마음이 조금은 가라앉았다.

이번 주말에 테디 고모와 아트 고모부는 숲에서 열리는 집회장 가장자리에 차를 주차해 놓을 것이다. 고모 부부는 미국 전역에서 열리는 부족 집회는 물론이고 캐나다에서 열리는 집회마다 찾아다니며 다른 부족 공동체 친구들을 만날 테고, 쌍둥이는 사촌, 친구들과 함께 놀 것이다. 고모와 함께 앉아서 담요 파티가 있던 날 밤부터 내 마음속에서 떠나지 않는 생각을 말해 볼 수 있다면 좋을 텐데.

제이미가 또 다른 질문을 하려고 입을 열었다.

"그래, 친구."

내가 막았다.

"프랑스어 말고 또 무슨 말을 할 수 있어?"

"스페인어. 너는?"

제이미는 집회 장소에 다가갈수록 거의 모든 모퉁이마다 세워 놓은 작은 방향 표지판을 따라갔다.

"에, 프랑스어. 아니시나—베모원 아주 조금. 이탈리아어 조금……. 근데 아는 말이 거의 다 욕이야."

그러니까 제이미는 내 질문을 다시 나에게 되돌린 것이다.

"아, 카지노 배당금은 좋은 점이 또 있어. 더 많은 니시 아이들이 하키를 할 수 있다는 거야. 피겨 스케이트도. 아빠가 선수였을 때는, 파이어키퍼 가족들이 스케이트화랑 하키 장비를 살 돈을 모아 주었대. 아빠는 늘 슈가섬에 여유만 있었다면 아빠랑 함께 최고의 팀에서 뛸 수 있었던 친구들이 더 있었다고 했어."

휴대 전화에서 또다시 문자가 도착했음을 알렸다.

"미안."

나는 또 사과했고 문자를 보낸 사람이 릴리임을 말해 주었다.

> 릴리: JJ에게 얼음 창고에서 순결을 잃었다는 거 말해 줘. 진짜 슬픈 일이잖아.
> 나: 농막에서 잃은 게 훨씬 더 슬픈 거 아니야?
> 릴리: 열두 살짜리가 실수하는 건 당연한 거야.

이번에는 전화기를 끄고 운전석과 조수석 사이에 있는 컵걸이에 내려놓았다.

"무슨 일이 있었는지 물어봐도 될까? 그러니까 너의 아빠한테?"

제이미에게 아직도 나에 관해 알고 싶은 것이 남아 있다는 사실에 놀라, 나는 눈을 깜빡였다.

"음…… 약간 스캔들이라고 할 만한 일이 벌어진 거야. 내가 생겼을 때 엄마는 열여덟 살이었고, 아빠는 슈가섬 토착민 보호 구역에서 사는 가난한 니시였어."

이 이야기를 제이미에게 하는 이유는 나도 알지 못했다. 아마도, 다른 사람이 흥미로운 가십거리처럼 말하는 걸 듣는 것보다는 내가 직접 말해 주고 싶어서였는지도 몰랐다.

"엄마가 아빠한테 임신했다는 사실을 알리던 날 밤에, 슈가섬에서 두 사람이 차를 타고 가다 사고가 났고 아빠는 두 다리가 모두 부러졌어. 적절하게 치료를 받지 못했기 때문에 아빠 다리는 제대로 회복되지 못했어. 그때는 카지노가 개장하기 전이었고, 아빠는 반도 위쪽에서는 일할 곳도 찾을 수 없었어."

"그때는 실업률이 아주 높았으니까 그랬겠지?"

나는 제이미를 물끄러미 쳐다보았다. 리바이가 정말로 아무 말도 하지 않은 걸까?

"아빠가 일하지 못한 건 내 백인 할아버지가 수 세인트 마리의 시장이었고, 반도 위쪽에서 가장 큰 건설 회사를 운영하고 있었기 때문이야. 외조부모님은 인디언들에게는 크게 신경 쓰지 않아. 특히 자기 딸을 임신시킨 인디언에게는."

"하지만……."

교차로에서 차들이 모두 다 돌아간 뒤에도 제이미는 움직이지 않고 있었다.

"너도 인디언이잖아."

"그렇지."

제이미의 트럭이 출발하는 동안, 나는 창문 밖을 뚫어지게 쳐다보았다.

"아무튼 직장이 필요했기 때문에 아빠는 사촌을 따라서 온타리오주 북부로 갔어. 아빠랑 함께한 시간은 많지 않아. 리바이랑 내가 일곱 살 때 벌목 사고로 죽었으니까."

"다우니스, 정말 끔찍하다. 정말 유감이야."

공감이야말로 제이미의 가장 좋은 자질일 수도 있다는 생각이 들었다.

"미-그웨치."

내가 말했다.

"너랑 리바이랑 모두 일곱 살이었다고? 어떻게 그럴 수 있지?"

나는 어깨를 으쓱했다.

"그게 바로 이 이야기의 가장 고약한 부분이지."

제이미는 내가 더 말해 주기를 기다렸지만, 나는 폰테인 세상과 파이어키퍼 세상이 충돌할 때마다 느끼는 복잡한 감정을 이해할 때까지 상당히 오랫동안 입을 다물고 있을 수밖에 없었다. 얼마나 오랫동안 입을 다물고 있어야 하는지는 알 수 없었다.

치 무콰 주차장은 집회에 온 사람들 때문에 만원이었다. 제이미는 아이스 서클 드라이브 옆에 있는 좁은 공간에 아주 능숙한 평행 주차 기술을 선보이며 트럭을 세웠다.

"저기, 릴리의 지프야."

나는 휴대 전화를 든 손으로 아이스하키 경기장 뒤편 공터에 홀로 서 있는 릴리의 차를 가리켰다.

"왜 저렇게 먼 곳에 세운 거지? 다른 차에 갇힐까 봐 그러는 거야?"

"아니야. 평행 주차를 끔찍하게 못하기 때문이야."

"내가 가르쳐 줘야겠네."

"에, 릴리는 자기 방법이 더 낫다고 생각할 거야."

나는 장난스럽게 웃으면서 말했다.

"하지만 네가 프랑스어로 말하면, 무슨 제안이든 그냥 받아들일 거야. 장담해."

제이미의 얼굴이 빨개졌고, 내 마음은 다시 들뜨기 시작했다.

우리는 인도에서 도로로 쏟아져 나오는 사람들을 따라 걸었다. 집회 장소에서 들려오는 북소리는 한 걸음 내디딜 때마다 점점 더 커졌다. 계속해서 부는 바람과 하늘 위에 떠 있는 적운이 간간이 만들어 준 그늘 덕분에 돋보기 아래 서 있는 개미처럼 우리를 태워 버릴 수도 있는 8월의 태양에게서 조금은 벗어날 수 있었다. 집회가 열리기에는 정말로 완벽한 날씨였다.

가까이 다가오는 부족 경찰차의 운전석에서 핸들을 힘껏 쥔 거대한 사람을 발견한 순간, 저릿함이 내 척추를 타고 흘러내렸다. TJ 키웨든이었다.

사랑해, 로렌자. TJ는 유일하게 내 중간 이름을 부르는 사람이었다. 데이트를 시작하고 두 달이 되었을 때 우리는 섹스를 했다. 일단 섹스하는 사이가 되자 TJ는 나를 '딸'이라는 의미도 있는 첫 번째 이름, 다우니스라고 부르는 것은 변태 같다고 생각했다.

그로부터 한 달 뒤에 TJ는 아무런 설명도 없이 나를 차 버렸다. 전화도 하지 않았고, 우리가 함께 들었던 수업에서도 나에게 눈길조차 주지 않았다.

키웨든 경찰관이 지나갈 때 나는 조용히 가운뎃손가락을 들어 올렸다. 눈에 띄지 않게 아주 살짝만.

제이미가 낮은 소리를 내며 살며시 웃었다.

"법 집행관들을 좋아하지는 않는구나, 그렇지?"

"맞아. 혹시 강 건너에 가 본 적 있어? 온타리오주 수에?"

나는 화제를 돌렸다.

"그래. 삼촌이랑 쇼핑몰에 갔었어. 시합 때 입을 정장 사려고."

"미국으로 돌아올 때 검문받았지?"

"그래. 그게 왜?"

제이미가 천천히 대답했다.

"내 생각에는 너희 삼촌도…… 음…… 딱 봐도 니시일 것 같은데."

제이미는 고개를 끄덕였지만 무슨 말인지 모르겠다는 표정을 지었다.

나는 계속 말했다.

"캐나다 경비병들은 네가 자기네 나라로 무기를 들이는 게 아닌지를 궁금해할 거야. 이쪽에서는 그저 담배를 들여오는지만 궁금해할 뿐이지. 네가 딱 봐도 니시가 아니라면 말이야. 그러고서 제대로 된 검문을 받겠지. 하지만 네가 니시거나 흑인이라면 말이야, 우리 아트 고모부처럼. 그렇다면 니시 아내랑 어린 딸들이 자동차에 앉아 있는데도 경비병들이 총구를 겨누는 거야."

제이미가 나를 뚫어지게 쳐다보았다.

"아, 다우니스. 이곳에서 그런 끔찍한 인종 차별이 벌어지고 있다는 걸 전혀 몰랐어. 너희 고모와 고모부가 그런 끔찍한 경험을 했다는 걸 생각하니까 화가 나."

"그래서 내가 법 집행관을 좋아하지 않는 거야. 그거 말고도 다른 이유들도 있지만."

나는 고개를 숙였다.

"이제 테디 고모는 국경을 넘는 일이 거의 없어. 넘어야 할 때도 아트 고모부랑 아이들은 함께 가지 않아. 내가 운전을 할 수 있게 되자마자 고모는 강 건너편에서 물건을 살 때는 나한테 부탁해. 나는 니시라고 해도 하얀 데다가 몬트리올에서 태어나 캐나다 출생증명서도 있어서 고모보다는 훨씬 수월하게 국경을 넘을 수 있으니까."

지금까지 대화하면서 제이미는 엄청난 공감 능력을 보였기 때문에 지금도 같은 방식으로 반응할 것이라고 생각했다. 하지만 제이미는 이번에는 아무 말도 없이 가까이 있는 자작나무만을 물끄러미 쳐다보았다.

"혹시, 무언가를 바꿀 수 있는 일을 하고 싶다는 바람을 진심으로 가져 본 적 있어? 문제를 해결하고, 사람들의 삶을 개선해 주고 싶다는 생각을 해 본 적 있어? 그저 네가 아는 사람들이 아니라 한 번도 만나 보지 못한 사람들에게도 영향을 미칠 수 있을 정도로 대단한 일을 하고 싶다는 바람을 가져 본 적이 있어?"

제이미가 마침내 말했다.

"당연하지. 난 의사가 돼서 사람들을 치료해 주고 싶어. 부족 공동체에게 도움을 줄 수 있는 연구를 하고 싶어. 하지만 지금으로서는 아주 작은 도움밖에 줄 수 없어. 강 건너 스웨덴 빵집에 가서 고모가 좋아하는 림파 호밀빵을 사다 주는 일 같은 거 말이야. 엄마는 나에게 캐나다에서 훨씬 싸게 살 수 있는 비처방전 약을 사 오라고 하셔. 아트 고모부를 위해서는 팀 호튼스 커피를 사 와야 하고."

나는 고개를 숙이고 컷오프 청바지에서 실을 한 가닥 뽑아냈다.

"하찮은 일처럼 느껴질 수도 있지만 내가 하는 일이 고모와 고모부에게는 다르게 작용할 거라고 믿어."

"다우니스, 친절이라는 건 아주 작은 일처럼 보이지만 연못에 작은 돌을 던져 넣는 것과 같아. 생각지도 못할 만큼 더 먼 곳까지 물결이 퍼져나갈 거야."

제이미는 활짝 웃었고, 그의 말을 입증이라도 하는 것처럼 나의 몸속으로 제이미의 따뜻한 친절함이 물결처럼 퍼져나갔다. 얼굴이 빨개지면 안 되는데.

"분명히 이상하게 느껴질 거야."

나는 빨리 화제를 바꾸고 싶어서 말했다.

"바로 옆에 커피랑 슈도에페드린*을 사러 갈 수 있는 다른 나라가 있다는 거 말이야. 캐나다 사람들은 기름이랑 우유를 사려고 여기로 와. 하지만 이런 곳에서 계속 살다 보면 모든 게 그저 평범한, 정상적인 일로 느껴질 거야."

내 말에 제이미는 호기심이 일면서도 슬픈 것 같은 기묘한 표정으로 나를 보았다.

"어떤 일이 정상이라고 느껴질 정도로는 한곳에 오래 살아 본 적이 없어."

제이미는 자신이 인정하면 안 될 것을 인정하고 있다는 듯이 잠시 주저하다가 말했다. 나는 제이미에게 또 다른 질문을 하려고 했지만, 스케이트보드를 탄 사람들이 우리 옆으로 지나가는 바람에 입을 열 수가 없었다. 한데 모여 날아가는 새들처럼 스케이트보더들은 도로 앞에 있는 사람들을 피하려고 동시에 방향을 한쪽으로 틀었다.

그때 펑, 펑, 펑! 엄청난 소리가 났다. 그리고 다음 순간, 나는 길바닥에 엎어져 있었다.

---

* 코막힘 증상을 완화하는 약물.

8장

누군가 나를 내리누르고 있었다. 제이미였다. 내 위로 몸을 던진 것이다. 잠시 뒤에 제이미는 몸을 일으켰고, 내 폐는 공기를 듬뿍 빨아들였다. 다시 앞이 보이기 시작하고 나서야 내 눈이 잠시 보이지 않았다는 걸 깨달았다. 제이미가 손으로 내 등을 누르고 있어서 계속 엎드려 있을 수밖에 없었다.

"왜 이러는 거야?"

나는 제이미의 손을 뿌리쳐 내고 몸을 일으켰다. 폭죽이었다. 남자아이들이 길 위에 폭죽을 내던지며 소동을 일으킨 것이다. 몇 년 전이었다면 소동을 일으키는 남자아이들은 리바이와 친구들이었을 것이다.

남자아이들은 크게 웃으면서 스케이트보드를 타고 가 버렸다. 사람들은 대부분 그 아이들을 쳐다보았다. 아이들을 향해 고함을 지르는 노인도 있었다. 하지만 제이미와 나를 물끄러미 쳐다보고 있는 사람들도 있었다.

나는 일어나서 다리에 묻은 흙을 털어 냈다. 아픔을 인지하기도 전에 피가 나는 무릎이 먼저 보였다.

"젠장."

아픔은 점점 더 커졌고 무릎에서 흘러나오는 피는 운동화를 향해 밑으로 내려갔다.

"다우니스, 정말 미안. 나는…… 제정신이 아니었어."

제이미는 무릎을 꿇고 앉아서 내 상처를 살폈다. 재빨리 티셔츠를 벗는 제이미를 보고, 나는 당혹스러운 와중에도 제이미의 몸이 군살 하나 없이 아주 탄탄하다는 사실에 감명을 받았다. 제이미는 정말 매끈했다. 모든 근육이 선명하게 드러나 있는, 햇볕에 그을린 탄탄한 가슴은 해부학 교재로 써도 좋을 정도였다. 내 무릎 뒤에 놓인 제이미의 손이 너무 뜨거워서 자국이 남을 것만 같았다. 제이미는 다른 손으로 누군가가 건네준 물병의 물을 내 무릎에 붓더니 자기 셔츠로 툭툭 두드려 물기를 닦았다.

나는 뚫어지게 제이미의 정수리를 쳐다보았다. 곱슬거리는 머리카락이 부드러워 보였다. 햇빛에 비친 머리카락 몇 가닥이 황동처럼 빛났다.

"총이라고 생각한 거야?"

제이미의 손이 잠시 허공에서 멈추었지만 제이미는 아무 말도 듣지 못한 것처럼 다시 내 무릎을 닦기 시작했다.

나는 계속 질문했다.

"아주 위험한 곳에서 살았던 거야?"

제이미는 나와 제대로 눈을 마주치지 못했다. 나는 길게 이어진 제이미의 흉터를 보지 않으려고 애썼다. 언젠가 흉터에 관해 읽은 적이 있었다. 비후 흉터가 생기면 1년 정도는 아주 붉은 자국이 남는다. 그 자국은 시간이 흘러야 흐릿해진다. 그러니까 제이미의 흉터는 아직 생긴 지 1년이 되지 않은 것이다. *사고로 생겼다고 하기에는 너무 일자야.* 고모의 말이 옳다면, 누군가 고의로 제이미의 얼굴에 칼을 그은 것이다. 그것도 얼마 전에.

"위험은 어디에나 있어."

제이미가 대답했다.

집회장에 도착하자마자 쌍둥이가 나를 보고 소리를 질렀다. 두 아이 모두 전통 예복인 징글 드레스를 입고 있었다. 뒤따라오는 고모보다 조금 앞서 나에게 뛰어오는 두 아이의 치마에 여러 층으로 매달린 작은 은색 장식들이 흔들리면서 경쾌한 소리를 냈다. 세 사람 모두 내 무릎을 쳐다보았다.

"와, 고모 왜 그래? 어디서 싸웠어?"

페리가 기대하는 목소리로 말했다.

"애들이 폭죽을 터트렸어. 깜짝 놀라서 땅에 엎드렸지 뭐야. 제이미가 치료해 주었어."

나는 신나는 모험을 했다는 듯이 말했고, 제이미는 나를 향해 고마움을 한껏 담은 미소를 보냈다.

고모가 다가오고 있었다. 고모 쪽으로 고개를 돌리기도 전에 들려오는 소리로 그 사실을 알 수 있었다. 고모가 입고 있는 노란색 징글 드레스에는 주황색과 흰색 리본이 띠처럼 둘러져 있었고, 365개나 되는 금색 장식이 달려 있었다. 고모는 몸을 숙이고 내 상처를 살펴보았다.

"깨끗하게 잘 닦은 것 같네."

고모가 제이미에게 말했다.

"차에 스프레이 소독약이 있는 구급상자가 있어. 지금 당장 가서 무릎에 뿌려."

이번에는 나에게 말했다.

가장자리를 검은색 리본으로 장식한 소박한 검은색 플로랄 패브릭 드레스를 입고, 팬시 숄 차림을 한 릴리가 다가왔다. 릴리는 내 핏자국이 묻은 제이미의 셔츠를 보았고, 고개를 돌려 런 티셔츠, 컷오프 청바지, 낡은 운동화 차림의 나를 보고는 얼굴을 찡그렸다.

"와, 너희, 보호 구역 개들이랑 싸워서 진 것처럼 보여."

"그래도 잘 싸웠어."

제이미가 릴리의 말에 대답했다. 나는 콧방귀를 뀌었고, 릴리는 한쪽 눈썹을 추켜세우며 반짝이는 눈으로 나를 보았다. 릴리의 외설적인 도발을 받아칠 준비를 잔뜩 하고 있을 때, 이제 곧 위대한 입장이 시작되니 댄서들은 모두 준비하라고 외치는 사회자의 목소리가 들렸다.

릴리는 댄서들이 줄을 선 곳으로 걸어갔고, 제이미와 나는 집회장 끝에 있는 고모의 차를 향해 달려갔다. 소독약을 뿌린 무릎이 쓰리고 아파서 입에서 욕이 튀어나왔다.

나는 차에서 셔츠를 한 장 찾아 제이미에게 내밀었다.

"서두르지 않으면 늦을 거야."

내가 말했다.

제이미에게 준 셔츠는 고모네 식구들과 캠핑을 할 때 내가 입었던 것으로, 제이미에게는 아주 컸지만 적어도 깨끗하기는 했다.

제이미는 나를 등지고 서서 셔츠를 갈아입었는데, 제이미의 등 근육으로 나도 모르게 시선이 가는 건 어쩔 수 없었다. 해부학을 알고자 하는 나의 욕구는 아주 컸으니까.

우리는 한바탕 춤이 펼쳐질 광장을 빙 둘러싼 햇빛 가림막이 있는 관중석으로 걸어갔다. 관중석 한가운데에는 삼나무로 지붕과 기둥을 짠 거대한 정자가 있었고, 그 정자에는 한껏 축제 분위기를 달구고 있는 북이 10여 개 놓여 있었다. 북은 모두 원형 커피 탁자만큼이나 컸다. 남자들은 북을 끼고 앉아 끝을 가죽으로 동그랗게 싼 북채로 두드리고 있었고, 남자들 뒤에는 여자들이 서 있었다.

위대한 입장을 보려고 구경꾼들이 모두 일어섰다. 독수리 깃털이 달린 지팡이를 든 단장이 행렬을 이끌고 걸어왔다. 그 뒤를 각기 다른 깃발을 든 기수가 따랐다. 미국, 캐나다, 미시간주에서 온 부족과 몇몇 일족의 깃발이었다. 전통 의상을 입은 남녀 수석 댄서가 나란히 걸어 나왔고, 청소년 남녀 수석 댄서가 그 뒤를 따라왔다. 사회자의 소개에 맞춰 광장에 들어오는 댄서들의 행렬은 끝이 없어 보였다.

제이미는 관중석 벤치 위로 올라가 모든 광경에 대해 질문하며 앞에서 펼쳐지는 모습을 힘껏 빨아들였다. 우리 가까이 있던 한 여인이 고음으로 성대를 울리며 소리를 내자, 몇몇 여인들이 동참했다.

제이미의 눈이 휘둥그레졌다.

"저게 뭐야?"

"'릴-리'라고 하는 거야. 니시 여인들은 저렇게 지저귀는 소리를 내는데 보통은 추모하기 위해서 하는 거야. 가끔은 그보다 더한 의미를 담기도 해. 다른 의미 말이야. 하지만 그게 뭔지는 모르겠어."

고모에게 물어봐야겠다고 생각했다.

나는 여성 전통 댄서들 앞에 있는 준 할머니를 손으로 가리켰다.

"저분이 릴리의 증조할머니야. 할머니는 자기 개한테 트라이블 카운슬(부족 평의회)이라는 이름을 붙여 주었어. 그냥 소리치려고. 내 슬리퍼 가져와, 카운슬. 안 돼, 카운슬. 나쁜 트라이블 카운슬!"

나는 준 할머니 흉내를 냈다.

제이미는 고개를 뒤로 젖히며 큰 소리로 웃었고, 나는 나 자신을 꾸짖었다. 그런 여자가 되면 안 돼. 나는 리바이의 엄마, 다나를 생각했다. 파이어키퍼라는 이름을 가져간 여자를. 그런 여자가 이길 때도 있다.

고모와 쌍둥이가 징글 드레스 댄서들과 함께 우리 앞을 지나갔다. 고모는 운동장 주변에서 반짝이는 황금색 불꽃 같았다. 쌍둥이가 북소리에 맞춰 작은 깃털 부채를 들어 올리는 모습을 보니 너무나도 자랑스러워서 숨도 제대로 쉬어지지 않았다.

마지막으로 팬시 숄 댄서들이 광장으로 들어왔다. 활짝 펼친 릴리의 팔 밑으로 술 장식이 늘어져 있었다. 릴리가 빙글빙글 돌자 술이 사라져 버린 것처럼 희미해졌다. 릴리의 모습은 화려한 나비들에게 둘러싸인 외로운 검은 나비 같았다.

나는 몸을 기울여, 끝없이 펼쳐지고 있는 만화경 같은 모습에 집중하고 있는 제이미의 귀에 대고 말했다.

"저 댄서들 말이야. 저 사람들 한 명 한 명을 원자라고 생각해야 해. 각 파트 별로 특정한 분자를 이루고 있는 원자라고 말이야. 원자들이 모여서 전통, 팬시, 그래스, 징글이라는 분자를 이루고, 너는 지금 완성된 하나의 실재를 보고 있는 거야."

나는 입술로 댄서들의 바다를 가리켰다. 파트 별로 광장에 들어왔지만, 북이 있는 정자 주위를 다 함께 나선을 그리며 돌고 있었다. 댄서들이 돌고 있는 땅에서는 풀 한 포기 보이지 않았다.

"이제 그저 한 명에게만 집중하는 거야. 저기, 저 징글 드레스 댄서 같은 사람 말이야."

제이미가 충실하게 내 말을 따랐다.

"원자들에게도 저마다 아원자 부분이 있어. 저 댄서의 의상은 드레스, 벨트, 모카신, 그밖에도 아주 많은 장식으로 이루어져 있잖아. 댄서들은 자기들 의상을 한 번에 완벽하게 갖추지 않아. 아주 조금씩, 여기저기서 모으는 거야. 댄서들이 가지고 있는 소품과 재료는 가족에게서, 선생님에게서, 심지어 아주 오래전에 살았던 조상들에게서 얻은 거야. 저 댄서의 전통 의상이 누구에게서, 어디에서, 무엇 때문에 저 사람에게 왔는지를 알게 된다면 넌 저 사람을 알게 되는 거야."

웅장한 북소리에 맞춰 노래를 부르는 동안 우리는 모두 서 있었다. 관중석을 울리는 진동이 발밑으로 전해져 마치 내 맥박이 뛰고 있는 것 같았다. 나를 보는 제이미의 눈길이 느껴졌다.

나는 깊이 숨을 들이마시고, 노래를 빨아들인 뒤에야 제이미의 눈을 보았다.

"그런 말 알아? '전체는 부분들의 합보다 더 크다.'"

제이미가 고개를 끄덕였다.

"위대한 입장은 전체인 거야. 모든 가르침이 시너지 효과를 내는 거지."

니시 공동체의 결속력에 대한 나의 거시적 이론은 나 말고는 아무도 믿는 사람이 없었지만 잔뜩 신이 난 제이미를 보니, 꼭 말해 주고 싶다는 생각이 들었다.

한참 아무 말도 없던 제이미는 "네가 세계를 보는 시각이 마음에 들어, 다우니스."라고 말했다.

깃발이 모두 꽂히고 기수들이 명예의 노래를 마칠 때까지 우리는 아무 말 없이 서 있었다. 자리에 앉자마자 제이미가 재빨리 나를 돌아보았다.

"잠깐, 그런데 왜 너는 참가하지 않은 거야? 나를 안내해 주려고 포기한 건 아니지?"

나는 내 손을 내려다보았다.

"1년은 쉬고 싶었어. 우리 삼촌 때문에 슬퍼서."

데이비드 삼촌 때문에 화가 났지만, 이런 식의 추모 의식을 통해 삼촌이 한 일을 내가 극복할 수 있을 거라는 생각이 들었다.

"미안. 캐물을 생각은 없었어."

"뭐든지 물어봐도 돼, 제이미. 우린 친구잖아."

제이미가 입술이 눈에 닿을 정도로 활짝 웃었다.

"그 말이 나에게 얼마나 큰 의미가 있는지 너는 모를 거야."

나는 그런 여자가 되지 않을 것이다. 아무리 제이미가 기쁨에 겨워 눈을 반짝이고 웃어도, 그 웃음 때문에 내 몸을 이루는 모든 세포를 관통하는 잔물결이 일어도 말이다.

나중에 우리는 관중석을 둘러싼 판매 부스를 돌아다녔다. 나는 계속 릴리를 찾았고, 보건 부스에서 릴리와 준 할머니를 만났다.

"헤이, 쌍둥이들 춤추는 건 너희랑 같이 앉아서 봐야겠어."

릴리가 말했다.

나는 제이미에게 쌍둥이가 댄스 경연에 나가는 건 올해가 처음이라고 말했다.

"작년까지는 아직 유아부였거든. 둘 다 아주 잘 춰. 여섯 살 때 나를 뛰어넘었어."

"넌 잘 출 것 같은데?"

제이미가 활짝 웃으며 말했다.

"리바이는 늘 네가 정말 뛰어난 운동선수라고 했어."

"에, 난 인내심이 강해. 단지 발이 무거울 뿐이야. 우아함도 없고."

내 말에 준 할머니가 고개를 끄덕였다.

"너희 집에서 댄서는 네 동생이지."

"맞아요. 하지만 리바이는 팬시나 그래스 춤은 추고 싶어 하지 않잖아요. 그저 힙합만 추지."

릴리가 제이미를 팔꿈치로 쿡 찔렀다.

"샤갈라에 가면 리바이가 춤추는 걸 볼 수 있을 거야. 너희 수프는 모두 가야 해. 다우니 스를 데려가."

"당연히 제이미의 여자친구, 제니퍼가 가겠지."

나는 릴리를 쏘아보면서 말했다.

"샤갈라라고?"

제이미는 마치 외국어를 발음하는 것처럼 천천히 말했다.

"그건 니시의……."

"아니야. 샤^{SHA}는 수 하키 협회의 약자고, 갈라^{gala}는 팬시 댄스라는 뜻이야."

내가 설명했다.

"샤그—알라, 스내그—알라."

릴리가 말했고, 우리는 웃음을 터트렸다. 우리에게 '스내깅'이라는 단어가 섹스를 하다 라는 의미임을 모르는 제이미만 빼고. 에, 나는 그 의미는 리바이에게 듣는 게 좋겠다는 결정을 내렸다.

"하키 선수인가?"

준 할머니가 눈을 가느다랗게 뜨고 제이미를 위아래로 훑어보면서 말했다.

"네, 그렇습니다."

제이미는 조금 더 커 보일 수 있도록 허리를 곧게 펴면서 대답했다.

"하키 선수들은 지나치게 과대평가 돼 있어."

준 할머니는 못마땅하다는 듯이 말했다.

"내가 만난 가장 굉장한 연인은 회계사였어."

할머니는 살짝 음모를 꾸미는 듯한 목소리로 조용히 말했다.

"백인이었지."

"준 할머니. 얘는 남자친구 아니에요. 남자인 친구지."

내가 분명하게 말했다.

"그리고 넌 영리한 여자인 대학생이고."

준 할머니는 다시 한번 제이미를 쳐다보더니 입으로 나를 가리켰다.

"쟤한테 잘해 줄 거야?"

제이미는 준 할머니를 한참 쳐다본 뒤에야 대답했다.

"네, 그럴 거예요."

"좋아. 모든 건 시작한 대로 끝나기 마련이거든."

그 말을 하고 준 할머니는 노점을 돌아다니면서 노인 할인을 해 달라고 노점상들과 실랑이를 벌였다.

"준 할머니도 나름대로는 의견이 있으신 거니까."

나는 눈길을 돌리며 얼굴이 빨개지지 않았기만을 바랐다.

"저분 좋은 거 같아."

제이미가 선언했다.

"지금이야 좋겠지. 우리 할머니 입에서는 모두 외설적이거나 포춘 쿠키 종이에 적힌 말만 나온다는 걸 알기 전까지는 그럴 거야."

"트라이블 카운슬에게 고함을 친다는 것도 잊지 마."

릴리의 말을 내가 거들었다.

제이미는 밝게 웃으며 물었다.

"저분 강아지한테 소리친다는 거야, 부족 평의회한테 소리친다는 거야?"

"둘 다!"

릴리와 나는 동시에 말했고, 곧바로 "찌찌뽕!"이라고 말했다.

나는 릴리가 '더블 찌찌뽕'이라고 말하기 전에 "무한 찌찌뽕"이라고 소리쳤고, '이겼지?'라는 표정을 지으며 웃어 보였다.

"무한을 이길 수 있는 건 없어."

"괴짜랑은 논쟁을 벌이면 안 돼. 그런 녀석들은 과학과 수학을 무기처럼 사용하거든."

릴리가 제이미에게 말했다.

제이미의 웃음이 내 몸을 관통하며 울려 퍼졌고, 딱 1초 동안 나는 제니퍼가 없었다면 어땠을까, 라는 상상을 내가 할 수 있게 허락해 주었다. 하지만 곧 다나도 이런 식으로 시작한 걸 수도 있겠다는 생각이 들었다.

그런 생각을 하자 오싹한 전율이 내 등줄기를 타고 흘러내렸다. 그때 갑자기 트래비스가 나타나 릴리 옆에 섰다. 그 순간, 나는 본능적으로 릴리와 트래비스 사이로 이동했다. 릴리를 위한 완충제가 되었고, 트래비스를 막는 제동기가 된 것이다.

"진정해, 다우니. 그냥 대화를 하려는 거야."

트래비스가 내 뒤에 있는 릴리를 보려고 애썼다.

"릴리? 이야기 좀 해."

대담하게도 트래비스는 나를 노려보았다.

"네 또라이 없이."

"그건 좋지 않은 생각이야."

내가 주먹을 들어 올리며 단언했다. 나를 또라이라고 부르고 싶다면 그에 맞춰 행동해 주는 게 옳았다.

트래비스는 잘 보이고 싶은지 분주했다. 트래비스가 우리가 잘 아는 환한 웃음을 짓자 잇몸부터 썩고 있는 치아가 보였다. 오, 트래비스. 내 또라이 갑옷을 뚫고 슬픔이라는 감정이 몸 안으로 새어 들어왔다. 트래비스의 얼굴이 '제발, 릴리. 그저 한 번만 더 기회를 줘.' 라고 말하는 표정으로 바뀌었다. 2리터짜리 마운틴듀 병을 들고 있는 트래비스의 손이 바르르 떨렸다. 병 속에는 커피 필터가 스노우볼 안에 있는 것처럼 둥둥 떠다녔다. 제이미도 그 필터를 본 것이 분명했다. 우리는 눈길을 주고받았다.

"여기서는 안 돼. 지금은 아니야."

릴리가 잔뜩 불안한 얼굴로 준 할머니가 걸어간 방향을 쳐다보았다.

"아아, 제발, 릴리−비트."

트래비스가 릴리를 별명으로 부르는 건 수백만 번이나 들었지만, 지금처럼 날카롭고 위태로운 느낌이 든 적은 없었다. 목덜미에서 털이 바짝 서는 것만 같았다.

"그냥 가, 트래비스."

나는 잔뜩 긴장한 채 말했다.

"저기, 이봐. 내가 도와주고 싶은데."

제이미가 트래비스에게 한 손을 내밀어 악수를 청했다.

"넌 뭐야?"

거칠게 쏘아붙이는 트래비스의 얼굴에서는 그 즉시 간청하는 표정이 증발해 버리고 말았다.

"그만해, 트래비스. 제이미는 다우니스의 친구야. 새로 온 수프야."

릴리가 트래비스의 팔을 잡아당겼다.

"그냥 가. 알았어?"

코웃음을 치는 트래비스의 표정이 일그러졌다.

"다우니가 드디어 자기 하키 거시기를 찾은 모양이네."

비열한 농담을 하는 추한 트래비스는 내가 아는 트래비스가 아니었다. 시험 전날, 베개 밑에 교과서를 놓고 자면 삼투 현상 때문에 교과서 내용이 머릿속으로 스며들 거라고 우리를 설득하던 그 남자애는 도대체 어디로 가 버린 거지?

"입 닥쳐, 트래비스. 제발 그냥 가."

릴리가 트래비스를 밀었다.

"나중에 나를 만나러 와 주겠다고 약속하면 갈게, 릴리. 정말 그냥 대화를 하고 싶은 거야."

"알았어. 일단 지금은 가."

"좋아. 약속한 거야."

트래비스는 다시 트래비스답게 활짝 웃더니 재빨리 멀어져 갔다.

"뭐 하는 거야, 릴리? 쟤랑 왜 말을 섞어? 트래비스는 너무 거칠어졌어. 쟤가 커피 필터에 넣어서 음료에 섞은 게 뭔지 너도 알잖아. 이젠 그거 없이는 단 하루도 살 수 없는 거야. 이미 너무 중독됐단 말이야."

"알아."

릴리가 한숨을 쉬었다.

"하지만 내가 어떻게 해야 하는데? 트래비스잖아. 너하고는 나중에 말할래. 지금은 트래비스를 찾아야 해. 할머니가 그 앨 보면 안 돼. 할머니가 엄청 화내실 거야."

"릴리, 안 돼."

나는 손을 뻗어 릴리를 잡으려고 했지만 릴리가 피했다.

"그만. 내 안전은 내가 지킬 수 있어."

"제발, 릴리……."

릴리를 부르는 순간, 나는 깨달았다. 나도 릴리를 내가 원하는 대로 조종하려고 트래비스와 비슷한 목소리를 내고 있다는 사실을 말이다. 내가 이러지 않아도 릴리는 스스로를 돌볼 수 있을 테고, 트래비스도 사람들이 많이 있으니 엉뚱한 짓은 하지 않을 것이다.

"그 애가 트래비스였구나."

계속 멀어져 가는 작은 검은색 뒷모습을 보면서 제이미가 말했다.

"그래."

트래비스에게 생긴 변화 때문에 내가 릴리를 마음대로 휘두르려고 했다는 사실에, 여전히 충격을 받은 채로 내가 말했다. 물론 제이미가 방금 일을 목격했다는 사실도 당혹스러웠다. 나는 헛기침을 했다.

"트래비스는 재미있고 다정한 애였어. 학교에서 발표 시간이 되면 자기 배를 두드리며 아이들을 웃기는 애였어."

나는 고개를 저었다.

"상태가 너무 안 좋아 보여."

"언제나 저런 상태인 거야?"

제이미는 트래비스의 행동에 당황하지 않은 것 같아 마음이 놓였다.

"음, 트래비스는 또 한 명의 '잃어버린 소년'이야."

어깨를 으쓱했지만, 그건 내 왼쪽 어깨에 익숙한 통증만 불러일으키는 공허한 몸짓이었다. 어째서 나는 제이미가 거듭해서 생각지도 못했던 공감 능력을 보이고 있다는 사실을 애써 무시하려고 하는 건지 이유를 알 수 없었다.

"사람들은 트래비스 같은 애들을 마치 네버랜드의 아이들처럼 잃어버린 소년들이라고 불러. 그 어떤 것도 심각하게 받아들이지 않고 그저 자기 자리에만 있으려고 한다는 거야. 하지만 단순히 그렇게 생각하면 안 될 것 같아."

"넌 무슨 일이 일어나고 있는 것 같은데?"

제이미가 물었다. 낮고도 차분한 목소리였다.

"고모는 인생에서 가장 힘든 순간이 스스로 고통을 치료하는 과정이라고 묘사한 적이 있어. 어쩌면 트래비스 같은 아이들이 학교를 그만두고 비디오 게임이나 하면서 마리화나를 피울 때는 그런 일이 실제로 일어나는 건지도 몰라……. 하지만 지금은 더한 일이 벌어진 거야……. 게다가 쓰레기를 마시고 있어. 정말로 쓰레기를 말이야.”

제이미는 수업 시간에 마지막 답을 기다리는 데이비드 삼촌 같은 표정으로 나를 바라보았다. 그리고 지난 몇 달 동안 나는 그 답을 알고 있었다.

“트래비스는 필로폰 중독이야.”

사실을 털어놓았다. 릴리는 다른 사람에게 절대로 말하면 안 된다고 했지만, 어차피 제이미는 이 도시에 그 말을 전할 만큼 잘 아는 사람이 없었다. 게다가 이미 트래비스가 집회장에 필로폰 차를 가지고 다니며 마시는 걸 보았으니, 곧 누구나 그 사실을 알게 될 것이다. 발 없는 말은 엄청난 속도로 퍼지기 마련이니까.

나는 전화기를 꺼내 릴리에게 문자를 보냈다.

나: 붙잡아서 미안해. 괜찮은 거지?

9장

사회자의 목소리가 내 생각을 뚫고 들어왔다.

"부족 합동 댄스 시간입니다. 누구든 함께 하세요. 오흐−지브−웨이답게 멋지게 흔들어 봅시다!"

나는 제이미를 팔꿈치로 쿡 찔렀다.

"자리로 돌아가기 전에 조금 걷자. 트래비스 때문에 너무 흥분했어."

'릴리와 트래비스 이야기'의 최신 에피소드 때문에 신경이 날카로워졌다. 망할 필로폰은 사람들의 인생을 망쳤다. 트래비스와…….

아니. 더는 생각하고 싶지 않았다.

"헤이. 조금 빠르게 달리다가 오고 싶은데 괜찮을까?"

내가 제이미에게 물었다. 갑자기 나누면 안 될 이야기를 공유한 것 같은 느낌에 불안해졌다.

"잠깐 노점을 돌면서 구경하고 있어. 아니면 근처에 리바이가 있을 거야. 나는 그저…… 지금 이런 기분으로는 그냥 못 있을 거 같아."

"다우니스."

내 이름을 부르는 제이미의 목소리가 너무나도 강렬해서 나는 제이미를 뚫어지게 쳐다보았다.

"나도 같이 가. 말하고 싶으면 해. 들어 줄게. 말하기 싫으면 하지 않아도 돼. 그냥 함께 달리면 되니까."

또다시 제이미는 친절함과 공감 능력을 발휘하고 있었다. 그 때문에 제이미에게는 무엇이든 쉽게 털어놓게 된다. 제이미와 함께 달리는 시간은 나의 하루 중에 가장 멋진 부분임을 깨달았다. 뉴 노멀 상태에서 유일하게 정상인 부분이었다.

나는 고마움을 한껏 담아 고개를 끄덕였다. 우리는 집회장을 떠나 사람들을 헤치며 앞으로 걸어갔다.

"어떻게 하면 날 도와줄 수 있는지 알아?"

아이스 서클 드라이브에 다가가면서 내가 말했다.

"최선을 다해 달리는 거야. 내가 이 분노를 완전히 태워 버릴 수 있도록 압력을 가해야 해. 알았지?"

"좋아. 이해했어."

제이미가 활짝 웃었고, 내 속에서 무언가가 팔짝 뒤집혔다. 아마도 나는 자석을 삼켰고, 제이미는 강철로 만들어진 것이 분명했다. 그런 여자가 되면 안 돼! 나는 제이미를 향해 터져 나오려는 웃음을 꾹 눌러 참았다.

"얼마나 뛸 수 있는지 볼까?"

제이미는 땅을 박차고 나가면서 말했다.

전력 질주는 도움이 되었다. 빠른 속도로 트랙을 돌아 3킬로미터를 달리는 동안, 내 육체와 정신의 에너지는 모두 소진되었다. 달리기를 멈추고 호흡을 가다듬으면서 나는 엄지손가락을 위로 올려 보였다. 달리기는 정말 훌륭한 치료제이다.

"이제는 말할 생각이 들어?"

제이미가 물었다.

"트래비스는 파티에서 술을 마셨어."

집회장으로 돌아오면서 내가 말했다.

"어느 팀에도 속하지 않았으니까, 지켜야 할 선수 규칙도 없었어. 그러다가 2년 전부터는 다른 것도 손대기 시작한 거야."

비밀을 털어놓으니 안심이 되었다. 다른 사람과 비밀을 공유하는 것만으로도 짐을 더는 기분이었다. 게다가 제이미는 참을성 있게 들어 주는 청취자였다. 작년 가을과 겨울에 리바이에게 말했을 때는, 트래비스를 걱정하는 내 말을 리바이가 진지하게 받아들이지 않는다는 기분을 느꼈다. 하지만 그 뒤로 리바이가 트래비스에게 크게 화를 냈던 것으로 보아,

동생이 내 말을 진지하게 들었음을 알 수 있었다. 단지, 제이미와 달리 리바이는 내 말을 듣는 순간 공감하고 있음을 제대로 보여 주지 못한 것뿐이었다.

"필로폰은 술보다 싸고, 효과가 더 오래 지속되잖아. 트래비스의 엄마가 필로폰을 했어. 별명이 필로폰의 여왕이야. 트래비스는 학교에 오지 않는 날이 많아졌고, 수업도 거의 신청하지 않았어. 크리스마스 휴가 때는 트래비스가 필로폰을 만들다가 릴리에게 들켰어. 정말로, 실제로 만들고 있었어, 제이미. 그 뒤로는 이 도시에서도, 보호 구역에서도 더 많은 사람이 필로폰을 하는 것 같아."

나는 깊이 숨을 들이마시고 계속 말했다.

"절대로 그런 일을 하지 않을 거라고 믿었던 사람들까지도 하는 거야."

제이미는 어떠한 평가도 내리지 않고 그저 들어 주고 있었지만 나는 입을 다물었다. 그 이상 말하는 건 왠지 배신인 것만 같았다. 내가 사랑하는 사람들의 가장 나쁜 부분을 폭로하는 거니까.

우리는 노점이 있는 곳까지 걸어갔다.

"들어 줘서 고마워, 제이미. 하지만 지금은 여기까지만 말하는 게 좋을 것 같아. 이제 여기를 좀 둘러보자. 괜찮지?"

"당연하지, 다우니스."

제이미가 부드럽게 말했다.

"추천해 주고 싶은 거 있어?"

제이미는 책을 파는 가판대 앞에 멈췄다.

나는 책을 재빨리 훑어보고 바인 델로리아 주니어의 《커스터가 죽은 건 네 죄 때문이야》를 가리켰다.

"내가 열네 살 때 고모가 사 준 책이야. 그때 우린 함께 내 징글 드레스 치마를 만들었어. 매일 고모는 내가 치마에 징글 콘을 하나씩 달게 했어. 365일 동안 365개의 가르침을 준 거지."

"네 인생에 그런 고모가 있다는 건 정말 행운이야."

제이미가 책값을 내면서 말했다.

나는 제이미를 데리고 사촌 에바가 하는 화려한 유리구슬 공예 부스로 갔다. 딸기 귀걸이, 꽃이 달린 목걸이, 화려하게 장식한 수표책 표지까지 있었다. 땋은 향모도 팔았다. 에

바는 다른 손님과 이야기를 하느라 정신이 없었기 때문에 나는 에바의 음료병 밑에 20달러를 놓고, 내 팔 만큼이나 긴 녹색 향모 두 가닥을 집어 들었다. 향모 가닥 한 개를 제이미에게 주고, 우리는 향모를 코에 대고 냄새를 맡았다. 제이미는 눈을 감고 향모가 풍기는 신선하고 섬세한 향기를 한껏 들이마셨다.

프라이브레드 냄새가 내 코로 훅 들어왔고, 뱃속에서 꼬르륵 소리가 났다.

"아, 맞다. 저 빵은 꼭 먹어 봐야 해."

나는 제이미를 끌고 커다란 창문이 있는 작은 트레일러 앞으로 걸어가 프라이팬에서 튀겨지고 있는 뜨거운 빵을 하나 주문했다. 버터와 메이플시럽을 뿌린 빵을 들고 제이미와 나는 가까이 있는 피크닉 탁자에 앉았다. 빵을 반으로 잘라 제이미에게 건넸고, 제이미는 적당히 식을 때까지 빵을 감싼 냅킨을 꼭 쥐고 있었다. 겉은 바삭하고 속은 촉촉한 프라이브레드는 완벽했다.

나는 꼿꼿하게 앉아 있었고, 제이미는 신음했다.

"와, 다우니스. 이거 정말 맛있다."

제이미가 한입 가득 빵을 입에 물고 말했다.

"이거 덜어 내려면 내일 몇 킬로미터는 더 달려야 할 거야."

제이미는 빵을 삼키고 다시 크게 한입 베어 물었다.

"하지만 그럴 가치가 있어."

"그럴 가치가 있지."

나는 웅얼거리며 동의했고, 프라이브레드를 입안으로 잔뜩 밀어 넣었다.

각자 화장실로 가서 손가락에 묻은 끈적한 시럽을 닦아 낸 뒤에 나는 여전히 앞서 보낸 문자에 답이 없는 릴리에게 다시 문자를 보냈다. 합동 댄스가 끝나고 전화기를 확인할 때 이 문자를 볼 수 있을 것이다. 어쨌거나 릴리는 외설적인 문자를 한 통은 보내올 것이다.

나: JJ가 프라이브레드를 먹고 신음하더라. 그 애 여자친구는 정말로 행운아야.

저녁 식사 시간에는 제이미를 데리고 고모의 차로 갔다. 쌍둥이는 사촌들과 놀기도 해야 했고 일찍 자기도 해야 했기 때문에 저녁 댄스에는 참가하지 않기로 했다. 고모는 폴린의 땋은 머리를 풀어 하나로 묶고, 빙글빙글 돌려 올림머리를 해 주었다. 아트 고모부는 제이미를 그림이 있는 곳으로 부르더니 저녁으로 먹을 음식을 접시에 담아 가라고 했다. 아트 고모부가 농담할 때마다 제이미는 호탕하게 웃었고, 제이미가 웃을 때마다 그 웃음은 내 몸을 타고 발끝까지 내려갔다.

올림머리를 한 폴린이 멀리 달려가자, 고모는 나를 불렀다. 나는 고모가 여전히 걸터앉아 있는 피크닉 탁자로 걸어가 고모에게 등을 대고 벤치에 앉았다. 고모는 헤어브러시를 들고 숱 많은 내 머리카락을 빗어 폴린처럼 높이 끌어올려 하나로 묶었다. 제이미가 음식을 담은 접시를 들고 와 피크닉 탁자 끝에 앉았다.

"내 것도 좀 담아 와 줄래?"

내가 다정하게 말했다.

제이미는 활짝 웃으면서 다시 음식이 있는 탁자로 걸어갔다.

"고모, 왜 담요 파티 때문에 나한테 화를 낸 거예요?"

내가 물었다.

"다우니스, 난 너를 내 딸처럼 사랑해. 담요 파티에 가는 니시 여자들은…… 그 폭력을 직접 경험한 사람들이야."

고모는 재빨리 손을 놀려 내 머리카락을 삼등분하더니, 각 가닥을 따로 땋고, 다시 세 가닥을 함께 땋고서 돌돌 말아 올림머리를 만들었다. 고모는 내가 이런 식으로 머리를 올리는 걸 좋아했고, 내가 어렸을 때부터 자주 해 주었다.

"그래서…… 그런 곳에 네가 너무나도 가고 싶어 한다는 사실에 화가 난 거야. 나는 정말 가기 싫어. 네가 나와 함께 그곳에 가지 않아도 된다는 걸 늘 창조주에게 감사해. 난 너의 특권이 너를 안전하게 지켜 주기를 바라. 너의 성이, 너의 하얀 피부가, 너의 돈이 말이야. 심지어 너의 덩치도."

고모는 음식을 가지고 돌아오는 제이미를 보더니 재빨리 말을 마쳤다.

"네가 그런 특권을 가지고 있다는 게 감사해. 하지만 어두운 피부에 오지브웨인 내 딸들은 그런 특권을 가지고 있지 못하다는 사실이 화도 나고 두렵기도 해."

맞는 말이었다. 내가 불편하게 여기는 모든 것들이, 내가 아무것도 하지 않았는데도 얻은 이점들이, 사실은 특권이었다. 쌍둥이는 내가 경험하지 못한 어려움을 겪으며 자라게 될 것이다. 담요 파티에 데려다 달라고 졸랐다는 사실이 부끄러웠다.

고모는 내 옆머리에 입을 맞추었고, 제이미는 나에게 흰 살 생선튀김, 감자, 깍지 콩이 놓인 접시를 내밀었다. 내 머릿속에서는 고모의 말이 떠나지 않았지만 제이미가 준 접시를 감사히 받아서 함께 먹기 시작했다.

"그래, 제이미. 다우니스가 널 여기저기 안내하고 다닌다는 걸 알아. 애가 '마이너 포티 나이너'에도 데리고 갔니?"

고모가 제이미에게 물었다.

"마이너, 뭐라고요?"

제이미가 고개를 들어 고모를 보았다.

"집회 파티를 말하는 거야. 어른들이 가지 않는 파티를 마이너 포티 나이너라고 해."

"그럼 십 대들을 위한 파티라는 뜻이야?"

제이미가 뜻을 분명히 확인하려는 듯이 나에게 물었다.

"맞아."

나는 상상의 병을 들어 마시는 시늉을 했다.

"맥주를 마시면서 실없는 짓을 하는 거지."

내 말에 제이미는 고모의 반응을 보려는 듯이 고모를 살짝 쳐다보았다.

"즐기기만 하고 바보 같은 일만 하지 않으면 괜찮아."

고모는 말하고 나서 나를 매서운 눈으로 쳐다보았다.

"내 말은 마을에 있는 외조부모의 커다랗고 비싼 집에서 파티를 하는 건 전혀 현명한 일이 아니라는 거야. 하지만 정신만 멀쩡하다면 숲에서 맥주 한두 잔 마시는 건 괜찮아."

고모는 동그랗게 눈을 뜨고 제이미를 똑바로 바라보았다.

"섬에 있는 친척 집에서 잠을 자는 건 훨씬 더 현명하고 안전한 선택이고. 알겠니, 다우니스?"

"네, 고모."

내가 공손하게 대답했다. 고모가 지난주에 우리가 한 파티를 아는 것이 당연했다. 고모에게는 무엇이든 숨길 수가 없으니까. 아무리 내가 숨기려고 해도 고모에게는 어디에나 정보원이 있는 것 같았다.

"앨비스랑 팻시는 걱정하지 않아도 돼. 그 녀석들은 시니 할머니의 집에서 주말을 지낼 거야."

"시니 할머니처럼 비열해져서 돌아오면 어떻게 해요?"

내 말에 고모가 비웃듯이 웃었다.

"시니 할머니가 울린 사람이 너뿐이라고 생각하는 건 아니지?"

우리가 고모 차를 떠날 때, 아트 고모부는 니시 남자들이 하듯이 제이미의 손가락이 아니라 엄지를 잡으며 악수를 했다.

고모는 나를 안으며 속삭였다.

"내 두려움 때문에 너에게 소리쳐서 미안해. 더 나은 사람이 될게. 사랑해, 다우니스."

"알아요. 나도 미안해요, 고모."

나는 고모를 꼭 안으며 말했다.

걸어가는 우리 뒤에서 고모가 소리쳤다.

"엄마한테 네가 섬에 간다는 거 알려 줘. 걱정하지 않게."

슈가섬으로 가는 여객선 위에서 엄마에게 문자를 보냈다. 엄마에게는 너무 많은 정보를 주어 새로운 걱정을 유발하지 않도록 적절하게 균형을 맞춰 말해야 한다는 사실을 고모는 알고 있었다.

> 나: 릴리랑 친구들이랑 슈가섬에서 놀 거야. 잠은 고모네 집에서 잘게.
> 안전하게 놀 테니까 걱정하지 마.

엄밀하게 말하면 거짓말은 아니었다. 제이미와 나는 친구였고 릴리도 트래비스를 처리한 뒤에는 우리에게 합류할 테니까. 나는 다시 릴리에게 문자를 보냈다. 릴리에게서는 아직까지도 답장이 오지 않았다.

> 나: JJ랑 포티 나이너 할 거야. 트래비스랑은 어떻게 됐어?

"삼촌한테 네가 어디로 가는지 알리려면 지금 문자를 보내야 할 거야. 섬에서는 캐나다 기지국이 가까이 있는 북쪽이 아니면 신호가 잡히지 않거든. 나머지 지역은 전화기가 터지지 않아. 게다가 동쪽은 모두 절벽이랑 동굴뿐이어서 전파가 튕겨 나와."

"절벽과 동굴이라고?"

제이미가 물었다.

"맞아. 정말로 외진 곳이거든. 어떤 동굴은 오직 바다를 통해서만 들어갈 수 있어."

제이미가 한쪽 눈썹을 추켜세웠고, 나는 다시 여행 가이드 모드로 전환해 목소리를 낮추고 속삭였다.

"금주법 시대에 알 카포네가 어떻게 미국으로 술을 들여왔는지 알아? 브림리에 있는 와이스키만을 이용했을 거야. 아마 슈가섬에도 저장고가 있었을 테고."

"알 카포네의 별명이 스카페이스Scarface였고, 탈세 혐의로 감옥에 갔을 때 매독이랑 임질에 걸려 있었던 거 알아? 물론 우리가 같은 거라고는 별명뿐이지만."

제이미의 말에 나는 크게 웃었고, 그의 여자친구를 화제로 올리고 싶다는 충동을 이기지 못했다.

"제니퍼는 정말 운이 좋은 사람이야. 샤갈라에서 만날 수 있을까? 10월 첫 번째 토요일에 열려. 오라고 하려면 지금 말해야 해. 가까운 공항으로 들어오는 비행기는 하루에 두 대뿐이거든."

나는 계속 떠들려는 입을 간신히 막을 수 있었다. 다음 교차로에 다가갈 때 제이미에게 앞에서 돌아야 한다는 수신호를 보냈다. 도로는 계속 좁아져 마침내 2차선 도로가 되었다. 사실은 비포장도로에 홈만 두 줄 파인 게 전부였지만. 나무들 사이에는 자동차들이 간신히 지나갈 공간만 있었다. 제이미는 후진으로 차를 주차했다.

"안내해 줘서 고마워. 여기에 데리고 온 것도……, 댄스도. 젠에게 알려 줘야겠어."

여자친구를 별명으로 부르는 제이미 때문에 그의 여자친구라는 존재가 훨씬 더 현실감 있게 다가왔다. '제니퍼'는 너무나 정중했고, '제니'는 너무 오글거렸다. 하지만 '젠'은 슈피리어 쇼어스의 무도회장에 있는 원형 탁자에 나란히 앉아 환영받는다는 기분이 들도록 내가 도와줄 수 있는 사람처럼 느껴졌다. 내가 해야 할 일은 리바이가 또다시 스토미와 함께 가 달라는 부탁을 하기 전에 나와 함께 샤갈라에 갈 파트너를 찾는 것이다.

릴리. 그래, 릴리에게 함께 가 달라고 해야겠다. 우리는 신발을 벗어 던지고 모든 노래에 맞춰 춤을 출 수 있을 것이다.

우리는 포티 나이너의 노래가 들려오는 곳으로 걸어갔다. 북에 맞춰 보호 구역에서의 삶을 묘사하는 웃긴 노래였다. 낡은 헛간에 다가갈수록 노랫소리도 웃음소리도 커졌다. 손에 쥐는 작은 북을 들고 있는 남자아이들이 원형으로 서 있었다. 한 남자아이가 북을 치면서 노래를 부르고 있었고 다른 사람들은 듣고 있었다.

> 내가 집회에서 즐긴 여자애 보았지?
> 가장 예쁜 애지. 허풍이 아니야.
> 풀밭에서 맨발로 춤을 추는
> 빨간 튜브톱에 납작한 엉덩이
> 생선 뼈를 발라내고 사슴의 내장을 제거해
> 인디언 헬스장에서 일하면서 경력을 쌓고
> 보호 구역을 돌며 그녀를 자랑했어
> 그 여자 네 사촌이야, 내 코쿰이 말했어.

얼음처럼 차가운 맥주가 물처럼 목을 타고 내려갔기 때문에 나는 한 컵을 더 마셨다. 주위를 둘러봐도 어디에도 보이지 않는 릴리 때문에 걱정이 되었다. 하지만 신호가 잡히지 않는다는 걸 알았기에 굳이 전화기를 꺼내 보지는 않았다.

내 남동생이 끔찍한 내 별명을 소리쳐 불렀고, 그 애 친구들과 팬들이 코러스처럼 따라 했다. 수 고등학교 하키팀 동료였던 메이시 매니토우가 제일 크게 외쳤다.

"버블, 버블, 버블!"

헛간을 가로질러 그 애들에게 가는 길은 왠지 물살을 거슬러 상류로 헤엄치는 여정처럼 느껴졌다. 메이시의 반짝이는 긴 갈색 머리카락은 한쪽 눈을 덮고 있었지만, 다른 쪽 눈은 내 런 티셔츠, 컷오프 청바지, 다친 무릎, 낡은 운동화를 훑어보고 있었다. 메이시는 내가 무원을 입고 걸어 들어오고 있는 것처럼 콧등을 찡그렸다. 나와는 대조적으로 메이시는 검은색 반다나 톱과 허리 밴드를 마감하지 않은 로우컷 청바지를 입고 검은색 로우 스니커즈를 신고 있었다.

리바이는 한쪽 팔을 나에게 두르고 다른 쪽 팔로 메이시를 감싸 자기 쪽으로 당겼다.

"제이미, 넌 네 여자친구에 관해서는 한마디도 안 했잖아. 어때? 이 둘이랑 비슷해?"

리바이가 제이미에게 물었다.

"얼음 위에서는 미친 전사지만 얼음 밖으로만 나가면 이렇게 완벽한 공주님이 되는 여자 말이야."

리바이는 머리를 기울여 나와 메이시를 번갈아 가리키면서 말했다.

"이 녀석은 메이시야."

"그래, 그 상처는 어떻게 생긴 거야?"

메이시가 거침없이 물었다. 늘 그렇듯이 무례한 메이시.

"자동차 사고였어."

제이미는 대답하고 나를 보았다.

"그러니까 버블이라는 거지? 그게 별명이야?"

나는 맥주를 단숨에 들이켜며 못 들은 척했다. 명랑하게 대답한 사람은 메이시였다.

"버블은 버블 버트의 준말이야. 치 디-야시 크웨$^{Chi\ Diiyash\ Kwe}$. 엉덩이가 큰 여자라는 뜻이지."

메이시의 웃음소리가 유리로 만든 풍경처럼 울려 퍼졌다. 날렵하고 예쁘지만 언제라도 깨져 버릴 것 같은 위태로움을 담은 웃음이었다.

메이시의 말에 모두 미친 듯이 웃었지만 제이미는 아니었다. 그저 나를 보며 살짝 미소 지을 뿐이었다. 메이시는 리바이에게서 벗어나더니 북을 든 사람들 곁으로 갔다.

"가해자들."

나는 어깨를 으쓱해 보이며 말했지만 얼굴은 불타오르는 것 같았다. 메이시를 죽여 버릴 거야. 리바이도. 나는 다시 릴리가 있는지 찾았다. 릴리라면 내가 두 사람을 죽일 때 도와줄 텐데. 나의 알리바이가 되어 줄 텐데.

"중학교 때는 내가 아주 큰 안경을 쓰고 다녔어. 게다가 너무 빠르게 자라는 바람에 바지가 모두 너무 짧아진 거야. 그때는 모두 나를 '어클*'이라고 불렀어. 같은 팀 애들까지 전부."

그렇게 말하고 제이미는 내 컵에 맥주를 채워 주려고 걸어갔다. 나는 제이미를 보며 고마운 마음을 담아 환하게 웃었다. 제이미를 텔레비전에 나오는 괴상한 아이로 상상해 보려고 했지만, 내 앞에 있는 건강하고 확신에 찬 남자를 보면서 그런 상상을 하는 건 불가능했다. 아마도 제이미에게 있는 공감 능력은 어렸을 때 놀림을 받았기에 형성된 것인지

---

* 미국 시트콤 패밀리 매터스에 나오는 인물. 크고 두꺼운 안경을 끼고 발목이 보이는 멜빵 바지를 입는다. 전형적인 괴짜 캐릭터이다.

도 몰랐다.

맥주를 가지고 돌아온 제이미를 데리고 우리는 구경꾼들에게 합세해 북 치는 사람 주위를 빙글빙글 돌고 있는 메이시를 지켜보았다. 메이시는 짜증 나는 애였지만 춤만은 정말 매혹적으로 춘다는 사실을 인정할 수밖에 없었다. 메이시는 스폰지밥 주제가에 맞춰 팬시 숄 댄스를 포티 나이너 버전으로 추고 있었다. 부드럽게 춤을 추는 메이시는 전혀 다른 사람으로 변했다. 마치 숄을 두르고 있는 것처럼 팔을 활짝 편 메이시는 콘크리트에 거의 발을 대지 않고 움직였다.

나는 세 번째 컵도 첫 번째 컵만큼이나 빠른 속도로 비우고 다시 맥주 통으로 걸어갔다. 제이미에게 마시겠냐고 물었지만 그는 고개를 저었다. 제이미는 우리가 도착했을 때 처음 잡은 음료수 캔을 여전히 홀짝이고 있었다. 하키 선수들은 전 시즌 내내 술을 마시지 않는 사람이 많았다. 어쩌면 제이미는 그 규칙을 지키고 있는지도 몰랐다.

컵에 맥주를 따르고 있을 때 리바이가 다가왔다. 리바이는 내 컵을 가져가더니 한 번에 마셔 버렸다.

"새 '스킨'한테 좋은 앰배서더가 되고 있는 거지?"

나는 발끈했다. 리바이는 내가 니시나압을 스킨이라고 부르는 걸 싫어한다는 사실을 잘 알았다. 우리를 붉은 피부라고 부르는 게 괜찮다는 식으로 말하는 걸 싫어한다는 사실 말이다.

"그래."

나는 리바이의 손에서 컵을 다시 빼앗아 오면서 대답했다.

"오늘 밤 거사를 치를 거야?"

리바이가 음흉하게 웃으며 물었다.

"뭐야 리바이. 쟤 여자친구 있어."

"에."

리바이는 내 말을 무시하고, 내가 맥주 따르는 모습을 지켜보았다.

"난 남의 남자친구를 훔치는 사람이 아니야."

감정을 담지 않고 말했다. 리바이와 나는 둘 다 리바이의 엄마가 어떤 일을 했는지에 대한 소문을 들으며 자랐으니까.

"게다가 너도 알겠지만 나는 하키 선수랑 만나지 않아. 난 찰거머리처럼 달라붙는 아귀 여자친구가 아니야."

나는 과장되게 부르르 몸을 떨어 보였다.

"아직 토이보 존을 극복하지 못해서 그렇다는 말은 하지 마."

리바이가 신음하듯 말했다.

내 동생은 누구든지 별명으로 불렀지만 TJ만은 예외였다. 리바이는 언제나 TJ를 본명으로 불렀다. TJ가 자기 아빠, 할아버지와 공유하는 핀란드 이름으로. 사실 그 사람들도 TJ는 다른 방식으로 불렀는데도 말이다.

"헤이. 우리 이러지 말지. 남의 연애에 사사건건 참견하는 거 말이야. 정말로 그럴 생각이라면 나도 네가 똥 닦은 휴지처럼 버리는 여자들 이야기를 늘어놓을 수밖에 없으니까."

리바이가 한쪽 눈썹을 추켜세웠다.

"걔들이 해 달라는데 나보고 어쩌라고?"

"음…… 그들을 존중해 주라는 거?"

"항상 끝나면 미—그웨치라고 해."

정말 지금처럼 우쭐해하는 동생을 한 대 치고 싶었던 적은 없었다.

"리바이, 정말 언젠가는 네가 정말로 사랑하는 여자한테 버림받았으면 좋겠다. 그 모든 게 철저하게 네 잘못 때문임을 깨달으면 더 좋겠고."

"어째서? 아, 알겠다. 지금 누나는 그거 말하는 거지? 남자의 거짓말?"

리바이는 혀를 차더니 있지도 않은 동정심을 꾸며 보이며 고개를 저었다.

"토이보 존이 누나를 완전히 망쳤다니까."

"웃기지 마, 리바이."

뱃속에서 무언가 마그마처럼 부글부글 끓어오르기 시작했다. 헛간을 가득 채운 음악과 웃음, 대화가 갑자기 내 감각들을 압도해 버렸다. 나는 헛간의 옆문을 향해 걸어가기 시작했다.

미로처럼 주차된 차들 사이를 걸으며 TJ의 모습을 떨쳐 버리려고 했다. 얼음 창고에 피워 둔 작은 장작 난로 불빛을 받은 TJ의 얼굴은 빛이 났었다. 우리는 캠프 매트리스 위에 놓은 커다란 침낭 안에서 한데 엉켜 있었다. 가쁘게 몰아쉬던 숨결 사이로 TJ는 사랑한다는 말을 너무도 여러 번 속삭였다.

토이보 존 키웨든. 형편없는 거짓말쟁이. 나에게 남자의 거짓말을 가르쳐 준 녀석.

그건 사실이 아니야. 너에게 거짓말을 한 남자가 그 녀석이 처음은 아니잖아.

어지러웠고 메스꺼웠다. 비틀거리며 제이미의 트럭을 향해 가는 동안 모든 돌멩이에, 모든 나무뿌리에 걸려 넘어질 뻔했다. 무언가 내 머리 위에서 커다란 날개를 퍼덕였다. 숲으로 몇 걸음도 들어가지 않아 나는 토하고 말았다.

나는 무릎을 꿇고 앉았다. 다친 무릎이 쓰라렸다. 손으로 입술을 닦고 있을 때 이상한 소리가 들렸다. 나는 동작을 멈추고 그 소리에 귀를 기울였다. 누군가 싸우며 울고 있었다.

릴리와 트래비스가 300미터쯤 떨어진 곳에서 2차선 도로를 따라 걸어오는 모습을 보고 나는 벌떡 일어났다. 릴리는 화가 난 것 같았고 점점 더 빠르게 걸었다. 아니, 달아나려고 하는 것 같았다.

나는 릴리를 향해 도움이 필요하냐고 소리치려고 했다. 하지만 그때 갑자기 트래비스가 멈춰 섰다. 릴리가 멀리 가지 못하도록 릴리의 팔을 움켜잡았다. 릴리는 놓으라고 소리쳤고, 트래비스는 청바지 뒷주머니에서 권총을 꺼냈다.

내 비명은 목에 걸려 나오지 않았다. 그저 끅끅거리는 소리만이 간신히 흘러나왔다. 릴리가 재빨리 고개를 돌려 나를 보았다. 릴리의 눈에는 공포가 서려 있었다. 릴리가 보는 내 눈에도 똑같은 공포가 서려 있음을, 릴리의 표정으로 알 수 있었다.

트래비스가 팔을 돌려 연발 권총으로 나를 겨누는데도 나는 꼼짝도 할 수 없었다. 그저 내 눈만이 권총과 공포에 질린 릴리의 얼굴 사이로 움직였다. 권총. 충격. 권총. 믿을 수 없음. 권총. 두려움.

거칠게 뛰는 내 심장 소리 외에는 아무 소리도 들리지 않았다.

타-툼-타-툼-타-툼

조그마한 진동으로 트래비스의 손이 떨렸다. 우리는 대학교 선이수제 수업을 들을 때마다 나란히 앉았다. 나는 트래비스가 정신을 차리기를 진심으로 바라고 응원했다.

나는 죽을 것이다. 릴리는 내가 죽는 모습을 지켜볼 것이다.

기름진 달콤한 냄새는 익숙했다. 아트 고모부의 차고에서 맡을 수 있는 냄새였다. 누군가 저 권총을 WD-40으로 닦은 것이다. 그 밖에도 냄새는 더 있었다. 소나무, 젖은 이끼, 시큼한 땀 냄새, 그리고 무언가 찌릿한 냄새. 고양이의 오줌일까?

타-툼-타-툼-타-툼

갑자기 트래비스가 권총을 마체테 칼처럼 휘둘렀다. 자신을 둘러싼 보이지 않는 목표물을 처리하려는 것처럼 땅을 향해 사선으로 총을 내리꽂았다.

어쩌면 트래비스는 나를 잊어버릴지도 몰랐다. 릴리와 나는 도망치거나 제이미의 트럭으로 뛰어 들어갈 수 있을지도 몰랐다.

공포가 내 심장을 움켜잡았다. 권총. 트래비스가 다시 나를 겨냥했다.

엄마. 내가 죽으면 엄마는 살아가지 못할 텐데. 총 한 방으로 트래비스는 두 사람을 죽일 것이다.

용감한 손이 권총을 향해 뻗었다. 릴리가 손가락을 쫙 펴고 있었다. 트래비스에게 요구하고 있었다. *그거 줘. 지금 당장.*

타-툼-타-

한 번의 폭발이 모든 것을 바꾸었을 때, 나는 엄마를 생각했다.

10장

릴리는 수영장에서 둥둥 떠 있는 것처럼 두 팔을 쫙 펴고 똑바로 누워 있었다. 하지만 움직이지 않았다.

영원한 시간이 흐르고 있었다. 아니, 순간의 시간이 흐르고 있었다. 영원이기도 했고 순간이기도 한 시간이 흘렀지만, 어떻게 그럴 수 있는지 나는 알지 못했다.

릴리를 바라보던 트래비스가 나를 보았다. 나를 보는 트래비스의 입이 움직였지만 아무 소리도 들리지 않았다. 내 귀에는 온통 총알이 발사되면서 남긴 파열음만이 들려왔다. 트래비스가 천천히 권총을 자기 관자놀이로 가져갔다. 나는 두 눈을 질끈 감았다가 떴고, 트래비스의 머리가 급하게 옆으로 꺾이는 모습을 보았다. 트래비스의 몸이 다시 한번 더 기회를 달라고 애원하는 것처럼 릴리의 발밑으로 고꾸라졌다.

이것은 현실이 아니었다. 이 일은 일어난 적이 없었다. 제이미의 트럭으로 가다가 기절한 것이 분명했다. 정신을 차리고 일어나서 헛간으로 가야 했다. 릴리를 찾아서 안아 주어야 했다. 리바이에게 TJ 따위는 잊었다고 말해 주어야 했다. 제이미에게는 내가 감추고 있는 모든 비밀을 말해 줄 것이다. 데이비드 삼촌이 왜 죽었는지 알려 줄 것이다. 내가 왜 더는 하키를 하지 않는지 말해 줄 것이다. 아빠에게 나에 관해 말해 주려고 슈가섬으로 간 엄마가 다나와 함께 침대에 누워 있는 아빠를 보았을 때 한 일을 말해 줄 것이다. 남자의 거짓말이 어떻게 시작되었는지 알려 줄 것이다.

이건 그저 나쁜 꿈이었다. 빨리 털어 버리고 잠에서 깨야 했다.

서 있는 자동차 뒤에서 한 사람이 움직였다. 제이미였다. 내 꿈에 제이미가 들어온 것이다. 제이미는 쭈그리고 앉아 있었다. 고개를 이리저리 돌려 주위를 살펴보고 있었지만, 몸의 움직임만은 스케이트를 타고 이동하는 것처럼 매끄러웠다.

제이미는 릴리 옆에 무릎을 꿇고 앉았다. 이마를 덮고 있는 릴리의 머리카락을 살며시 밀어 올렸다.

어째서 당황하지 않는 거지? 어째서 차분한 거지?

완전히 넋이 나간 상태에서도 나는 제이미가 무릎을 꿇고 앉은 자세에 주목했다. 내 무릎에 난 상처를 들여다보았을 때처럼 세심했고 주의 깊었다. 헝클어진 곱슬머리가 구리처럼 반짝이고 있었다. 폭죽이 터졌을 때 혼자만 권총이 발사된 것처럼 반응했던 사람의 모습이었다.

제이미는 릴리의 목을 짚어 맥박을 확인했다. 검지와 중지로 릴리의 목 아래쪽에 있는 총경동맥을 눌렀다. 테디 고모가 심폐소생술을 할 때 확인해야 한다고 가르쳐 준 곳을 정확하게 누르고 있었다.

목이 더는 그 무게를 지탱할 수 없다는 듯이 제이미의 머리가 앞으로 툭 떨어졌다. 길게 한숨을 내쉬더니 위에 있는 나무를 향해 갑자기 머리를 뒤로 휙 젖혔다.

누군가 극도의 고통을 호소하며 울부짖었다. 제이미가 고개를 돌려 나를 보았다. 너무나도 놀란 눈이 크게 떠졌다.

"다우니스!"

제이미가 나에게 달려왔다.

"다쳤어?"

나는 고개를 저으려고 했지만 고개가 아니라 온몸이 떨렸다. 제이미를 향해 걸어가는 내 다리가 바들바들 떨렸다. 제이미는 나를 부축해서 거의 끌고 가다시피 트럭으로 갔다. 재빨리 조수석 문을 열고 나를 태웠다. 너무나도 조심스럽게. 그러니 나는 무너질 수 없었다.

"비, 비밀이…… 있는 거야."

내가 내는 소리 같지 않았다. 너무나도 높고 날카로운 목소리였다. 하지만 내 속에서 흘러나오는 소리임을 느낄 수 있었다. 나는 어디로 도망칠 수 있는지 보려고 창밖을 내다보았다. 차 문을 열려고 손을 뻗는 내 입에서 또 다른 단어가 도망쳐 나갔다.

"나, 낯선…… 사람."

"쉿."

내 귀로 제이미의 숨결이 느껴졌다.

"우린 여길 벗어나야 해, 다우니스. 지금 당장."

릴리가 죽었다.

제이미는 그가 말해 준 사람이 아니었다. 그리고 이것은 꿈이 아니었다.

제이미는 우리가 왔던 길을 되돌아갔다. 슈가섬의 2차선 도로와 비포장길은 모세혈관 같아서 결국 정맥으로 들어가 우리를 선착장으로 데려다주었다. 정맥은 심장으로 들어간다. 동맥은 심장에서 나온다. 결국 모든 것은 심장에서 시작한다.

"토할 것 같아."

나는 한 손으로 차 문을 잡고 또 다른 손으로 내 입을 막았다. 제이미가 제일 처음 만난 샛길로 차를 몰았다.

차를 세우기도 전에 나는 트럭 밖으로 나왔다. 모든 것을 다 게워 낸 뒤에도 내 몸은 계속해서 토하기를 원했다.

"다우니스, 정말 유감이야. 하지만 우린 정말로 가야 해. 내가 집에 데려다줄게."

"죽었어?"

그랬을 리가 없었다. 제이미는 자기가 모두 꾸며 낸 거라고 말해야 했다. 그런 척한 거라고 말해야 했다. 그때, 릴리는 숨을 쉬고 있다고 말해야 했다. 우리는 릴리를 구해야 했다. 어떻게 릴리를 내버려 두고 올 수가 있었을까?

"내가 꾸민 게 아니야. 우리가 릴리를 위해 할 수 있는 일은 없어."

내가 그 모든 생각을 큰 소리로 말했다는 걸 깨달았다. 다시는 그런 일이 일어나지 않도록 내 입을 손으로 막았다. 흙과 작은 자갈이 내 입술에 달라붙었다. 무릎이 아파서 엉덩이를 대고 앉았다. 제이미는 나를 지키려는 것처럼 길가에 서 있었다. 지키다니, 무엇으로부터?

제이미는 나를 보았다. 나는 제이미를 올려다보았다. 내 마음이 마구 내달렸다. 머릿속에서 알고 있는 사실을 모두 종합해 보라는 데이비드 삼촌의 목소리가 들려왔다. 나는 깊이 숨을 들이마시고 집중했다.

이해할 수 없는 일들

1. 릴리가 죽었다.

2. 제이미는 메이시에게 흉터가 자동차 사고 때문에 생겼다고 했다.
   고모는 사고로 곧은 흉터가 생길 수 없다고 했다.

3. 제이미는 답해야 할 질문이 가득하지만 질문에 답하는 건 싫어한다.

4. 어딘가에서 갑자기 나타나 수프가 되었다. 과거에 관한 정보는 전혀 없다.

5. 제이미는 고등학교 학생이 아니라 구급 요원처럼 릴리의 맥박을 살폈다.
   내 무릎을 간호사인 고모가 인정할 정도로 완벽하게 처치했다.

6. 폭죽에 총격처럼 반응했다. 군인과 경찰은 근육이 기억하도록
   총격에 자동으로 반응하게끔 거듭해서 훈련한다고 했다.

그때 깨달았다. 제이미는 경찰이었다.

내 눈이 커졌다. 제이미가 눈을 껌뻑였다. 전구가 켜졌다. 그는 내가 자신의 비밀을 눈치챘다는 사실을 알았다. 나는 입을 막고 있는 손을 떼고 제이미 앞에서 일어났다. 온몸이 떨렸다. 나는 어제, 우리가 그랜드메리의 침대 양옆에 마주 보고 섰을 때 했던 질문을 다시 했다.

"넌 누구야, 제이미 존슨?"

제이미는 두 손가락으로 자기 콧대를 잡으면서 내 시선을 피했다.

"그럼 내가 추측해 볼게. 넌 대답을 하지 않거나, 애매모호한 대답만 하거나, 절반만 진실인 대답을 하니까. 그런 널 좋아하긴 했지만, 넌 대답을 나에게 돌리면서 오히려 질문을 더 할 테니까. '다우니스, 어떻게 내가 경찰인 걸 알았어?' 같은 질문 말이야."

제이미가 나를 보았다. 이번에는 눈을 깜빡이지 않았다. 움찔하지도 않았다. 시선을 돌려 섬의 북쪽 끝으로 이어진 흙길을 내려다본 사람은 나였다.

고모. 고모라면 이 모든 일을 이해할 수 있을 거야.

나는 펄쩍 뛰어 달리기 시작했다. 제이미와 함께 달리지 않았다. 제이미에게서 멀어지려고 달렸다. 공포에 질린 채 정신없이 내달렸다. 최대 속도로 달렸기에, 한 번 숨을 쉴 때마다 폐가 찢어지는 것만 같았다. 보초를 서는 감시병 같은 석조 전등이 서 있고, "파이어 키퍼—버치. 비기—웬 엔지 자—기구윈^{Bigiiwen Enji Zaagigooyin}(사랑받는 집으로 오세요)" 이라고

적힌 나무 간판이 있는 곳에 도착할 때까지는 절대로 멈추지 않을 것이다.

제이미의 발소리가 가까워졌다. 돌아보면 속도만 늦춰질 것이다. 나는 단 한 번도 내가 벌릴 수 있을 거라고 생각지 못했던 넓은 보폭으로 달렸다. 하지만 제이미는 너무나도 가까웠다. 어떻게 가까이 올 수 있는 거지? 제이미는 나를 곧 붙잡을 것 같았다. 가까운 곳에는 집이 한 채도 없었다. 내가 비명을 질러도 들을 사람이 없었다. 내 허벅지에서 경련이 일기 시작했을 때 제이미가 나를 앞질렀다. 번개처럼 빠르게 뒤돌아 나를 마주 볼 때조차도 제이미의 숨결은 하나도 흐트러지지 않았다. 그러니까 제이미는 자신의 신분과 목적만을 숨긴 것이 아니었다. 그는…… 자신이 낼 수 있는 최대 속도와 체력도 숨긴 것이다.

"다우니스, 내 말을 들어. 겁이 난다는 거 알아. 하지만 너희 고모네로 갈 수는 없어. 나를 믿어. 너희 고모를 이 일에 끌어들이고 싶지는 않잖아."

제이미가 고모의 집을 안다는 깨달음과 함께 두려움이 내 몸을 관통했다. 나는 고모네 집을 말해 주지 않았다.

"너희 고모는 주말 내내 집회장에 있을 거잖아."

내 발이 길 한가운데 뿌리를 내리더니 나를 멈춰 세웠다. 제이미의 말이 옳았다. 고모는 지금 슈가섬에 없었다.

숨이 막혀 말이 제대로 나오지 않았다.

"'이 일'이라는 게 무슨 뜻이야? 어째서 고모를 끌어들이면 안 된다는 거야?"

나는 멍청한 표정으로 제이미를 쳐다보았다.

"빨리 말해. 아니면 나는 알고 너는 모르는 이 숲에 널 놓고 가 버릴 거야."

말은 그렇게 했지만 제이미도 이 숲을 잘 안다는 생각이 들었다. 이미 절대로 알면 안 될 것 같은 일들을 잘 알고 있음을 입증해 보였으니까. 나에게 한 말 가운데 믿어도 되는 내용이 하나라도 있기는 한 건지 의심스러웠다.

"널 집에 데려다줄게. 넌 어머니하고 안전하게 있어야 해."

제이미가 부드럽게 말했다.

나는 설탕 단풍나무를 쳐다보면서 그 친절한 목소리로부터 도망칠 준비를 하고 깊게 숨을 들이마셨다.

"좋아, 다우니스. 트럭으로 돌아가자. 약속해. 그러면 네 질문에 대답해 줄게."

제이미의 목소리는 너무나도 피곤하게 느껴져서 맞서 싸워야겠다는 생각이 들지 않았다. 하지만 제이미는 피곤하지 않았다. 나는 아직도 숨을 제대로 쉬지 못해 헐떡였지만 제이미는 편안하게 숨을 쉬고 있었다. 나는 자제력을 되찾아야 했다. 트럭으로 돌아가면서 나는 한 걸음, 한 걸음마다 분노가 쌓이기를 바랐다. 분노가 두려움보다 나았다.

트럭으로 들어가 세게 문을 닫았다.

이제는 말하라는 눈으로 제이미를 쏘아보았다.

"대답해. 아니면 다시 뛰어가서 네가 여기 온 걸 후회하게 만들어 줄 테니까."

"네 말이 맞아. 나는 잠복 경찰이야."

제이미는 트럭에 시동을 걸고 큰 도로를 향해 움직였다.

"그런 정보는 나에게 아무 도움이 안 돼."

내가 지적했다.

"미안해. 하지만 상사에게 보고하기 전까지 아직은 어떤 말도 해줄 수 없어."

"상사라고?"

또 다른 퍼즐 조각이 맞춰졌다.

"너희 삼촌, 정말 삼촌은 아닌 거지?"

본토에서 도착할 여객선을 기다리는 자동차들이 길게 늘어 서 있는 곳에 도착했다. 아이들이 자동차 밖으로 나와서 서로 끌어안고 있었다. 우는 사람도 있었고, 넋이 나간 것처럼 보이는 사람도 있었다. 누군가 릴리와 트래비스를 찾아낸 것이 분명했다. 누군가 총소리를 듣고, 폭죽 소리가 아님을 알아챈 것이다.

아무런 감각이 느껴지지 않았다. 내 마음은 몸을 벗어나 있었다. 나는 그곳에, 릴리와 함께 있어야 했다. 그런데도 처음 만난 순간부터 나에게 거짓말만 하는 낯선 사람과 함께 도망쳐 버렸다.

여객선은 경찰로 가득했다. 부족 경찰, 주 경찰, 카운티 경찰, 시 경찰. 모든 경찰이 다 출동한 것 같았다. 심지어 국경 수비대까지 왔다. 여객선 하선 경사로를 벗어난 경찰들은 불빛을 번쩍이면서 일렬로 늘어서서 달려가 버렸다.

제이미는 갑판원의 지시에 따라 여객선을 타기 위해 줄을 선 다른 차들을 따라갔다. 우리는 여객선을 타려는 수많은 자동차 가운데 하나일 뿐이었다. 여객선 갑판에는 마이너 포티 나이너에 갔다가 잔뜩 충격을 받고 돌아가는 아이들로 가득했다. 선장이 출발을 알리는 경적을 울렸고, 우리는 슈가섬을 떠났다.

미안해, 릴리. 나는 가장 친한 친구와 점점 더 멀어지는 거리를 돌아보며 말했다.

강을 건너자 주차장에 라이트를 켜고 서 있는 경찰차들이 보였다. 여객선에서 나오는 자동차들이라면 반드시 통과해야 하는 길에 쳐진 바리케이드도 보였다.

이런 상황은 지금까지 들어본 적도 목격한 적도 없었다.

제이미가 누군가에게 전화를 걸었다. 아마도 론 '삼촌'인 것 같았다.

"같이 있습니다. 지금 집에 데려다주는 중이에요."

제이미가 말했다.

나는 주머니에서 전화기를 꺼내 폴더를 열었다. 전화가 19통, 문자가 8통 와 있었다. 첫 번째 문자를 보는 순간, 내 심장이 제 박자를 놓치고 당황하기 시작했다.

> 릴리: 파티에 왔어. T한테 이제 끝났다고 말할 거야. T가 내 얼굴을 보고, 내 목소리를
>   직접 들어야 끝난 걸 알 거야. 그건 그렇고, JJ는 네가 다른 곳을 볼 때도
>   널 보고 있더라. 정말 안타까운 일이야.
>
> 리바이: 어디야?
>
> 리바이: 제이미랑 같이 있어?
>
> 리바이: ????????
>
> 리바이: 제발 전화 좀 받아!
>
> 고모: 릴리 소식이 사실이니?
>
> 리바이: 이거 보면 테디 고모한테 전화해.
>
> 엄마: 전화해. 지금 당장.

나는 릴리가 보낸 문자를 다시 읽었다. 또 읽고 또 읽었다. 내가 받지 못한 전화 발신자를 보았다. 리바이, 테디 고모, 엄마. 준 할머니는 없었다.

"준 할머니한테 말해야 해. 아직 모르고 있어."

내 목소리가 갈라졌다.

"다우니스. 내 말 잘 들어. 지금으로서는 네가 그 누구에게도 아무 말도 하지 않는 게 아

주 중요해."

제이미는 트럭을 살짝 앞으로 옮기면서 말했다.

"릴리에게는 순간이었어. 고통은 없었어. 죽는 순간 혼자가 아니라 네가 있어 주었잖아. 그걸 잊지 마."

당연히 나를 위로하려고 하는 말이었지만 나는 너무나도 화가 났다. 트럭 문을 열고 나가 달려가 버릴까 생각했지만 다음이 우리 차례였다. 바로 앞에 있는 차의 운전자가 부족 경찰과 이야기하고 있었다.

부족 경찰은 TJ 키웨든이었다.

"운전 면허증 있어?"

제이미가 바지 뒷주머니에서 지갑을 꺼내며 말했다.

"경찰하고는 내가 말할게. 경찰이 물어보면 우리는 파티에서 일찍 나왔다고 하는 거야. 그냥 집회 이야기를 하면서 드라이브했다고. 그러다가 문자랑 부재중 전화를 보았다고 하는 거야. 네가 지금 제정신이 아니어서 내가 집에 데려다주는 길이라고 말할게."

나는 내 운전 면허증을 옆에 앉은 낯선 사람에게 건넸다. 이 잠복 경찰은 정말 거짓말에 능숙했다. TJ가 나쁘다고 생각했는데 제이미 존슨은 완전히 새로운 수준의 '남자의 거짓말'을 구사했다.

"신분증 주시죠."

제이미가 이미 우리 신분증을 내밀고 있는데도 키웨든 경찰은 신분증을 요구했다. 내 신분증을 확인하는 순간, TJ는 재빨리 허리를 숙여 조수석에 타고 있는 나를 보았다.

"괜찮아?"

TJ의 굵은 목소리가 경계하면서도 다급한 소리를 냈다.

그 순간, 하마터면 TJ에게 모든 것을 털어놓을 뻔했다. 릴리에 관해. 트래비스에 관해. 제이미에 관해.

나는 아무 말도 하지 않고 고개만 끄덕였다. 위장이 조여 왔다. 하지만 토할 건 아무것도 남아 있지 않았다.

TJ가 나를 무시하고 일주일이 지났을 때, 릴리는 학교 주차장에서 TJ를 응징했다. TJ의 트럭 밑에 숨어서 TJ가 트럭 문을 열 때까지 기다렸다. 릴리는 집요한 새끼 늑대거미처럼 TJ의 등에 매달렸다. 마침내 TJ가 릴리를 떨쳐 내고 거대한 긴 팔로 계속해서 릴리의 주먹질을 막아 내자 릴리는 발을 뻗어 TJ를 차려고 했다. 나의 작은 또라이는 잽싸게 TJ에게 욕을 하고, 자기가 TJ의 거시기에 걸 더 나쁜 주술을 찾아 내지 못하기만을 바라야 할 거라고 경고했다.

TJ는 무전기에 대고 우리 이름을 말했다.

"오늘 밤에는 어디에 있었어?"

TJ가 물었다.

"파티에 갔었는데 일찍 떠나서……."

"너한테 물은 거 아니거든."

TJ가 대답하는 제이미에게 소리쳤다.

"로렌자, 엄마나 테디 고모와 통화했어?"

살짝 부드러워진 TJ의 목소리가 왠지 불편하게 느껴졌다.

나는 고개를 저었다.

"곧바로 집에 데려다줘. 어머니가 기다리고 있으니까."

TJ가 제이미에게 말했다.

제이미는 입을 앙다물었지만 어쨌든 고개를 끄덕였다. 시 경찰차가 우리 집 진입로까지 제이미의 트럭을 호송했다. 시 경찰이 운전석 창문을 내리고 제이미가 나를 데리고 현관까지 걸어가는 모습을 지켜본 것으로 보아 TJ가 무전기에 대고 무언가 지시를 한 것이 분명했다.

"기억해야 해, 다우니스."

제이미는 우리 집 현관문을 두드리기 전에 조용히 말했다.

"제발, 보고 들은 일을 절대로 말하면 안 돼. 지금으로서는 더 많은 말을 해 주지 못해서 미안해. 하지만 말해 줘도 되는 순간이 오면 곧바로 말해 줄게. 지금은 안으로 들어가서 어머니의 보살핌을 받아."

나는 제이미를 쳐다보지 않았고, 그의 말을 알아들었다는 내색도 하지 않았다. 현관문이 벌컥 열렸고, 엄마가 손을 뻗어 나를 잡아당기더니 그 어느 때보다 세게 나를 끌어안았다. 엄마 몸의 모든 근육이 떨리고 있었다. 엄마의 말은 겁에 질린 흐느낌이 되어 입 밖으로 흘러나왔다.

"리바이가 널 찾을 수가 없다잖아. 트래비스가 너도 해친 줄 알았어."

"미안, 엄마. 걱정시킬 생각은 없었는데."

나는 엄마의 머리카락에 입술을 대고 웅얼거렸다.

제이미는 진입로에 서 있었다. 엄마를 향해 중얼거리듯 말하며 자신을 소개했다. 리바이와 같은 팀 친구입니다. 수 고등학교 3학년이고, 다우니스의 친구입니다. 다우니스를 데려다주려고 왔습니다.

엄마는 나를 놓고 제이미에게 달려가 제이미를 힘껏 안았다.

"다우니스를 데려다줘서 고마워. 고마워. 정말 고마워."

엄마의 입에서 간신히 말들이 튀어나왔다.

제이미와 나는 눈이 마주쳤고, 우리 두 사람 사이로 무언가가 지나갔다. 우리는 한 팀의 능숙한 거짓말쟁이들이었다. 단 한 번의 눈 맞춤으로 제이미는 내가 엄마에게 아무 말도 하지 않으리라는 사실을 알아챘다.

우리가 다시 대화하기 전까지는 말이다.

나는 경찰이 왜 굳이 고등학생으로 위장해 미시간주 수 세인트 마리라는 도시에 왔는지, 왜 굳이 내 동생의 하키팀으로 들어간 것인지 그 이유를 알아야 했다. 왜냐하면 나의 가장 친한 친구가 죽었고, 그 죽음에는 제이미 존슨이 분명히 관계가 있었으니까.

11장

엄마는 알약과 물컵을 주고, 내가 약을 먹는 모습을 지켜보았다. 으슬으슬 떨리고 이까지 부딪히기 시작한 내가 침대로 가는 걸 도와주었다. 지금 차분하게 대처하는 사람은 엄마였다.

지금처럼 몸이 떨렸던 기억이 어렴풋이 났다. 열네 살 때, 슈가섬에서 성년식 단식을 할 때였다. 차가운 10월에 나는 이틀 밤낮으로 숲에 있는 커다란 바위 위에 방수포를 깔고 모직 담요를 뒤집어쓴 채 앉아서 부들부들 떨었다. 내 비전이 찾아오기를 바라며 계속 기도했다. 내가 경험한 일을 고모에게 말해 주려면 다음번 보름달이 뜰 때까지 기다려야 했다. 비전은 오지 않았지만, 내 몸의 온 근육이 그 모든 시간에 경련을 일으켰다는 것을 말해 주려면 말이다.

추위와 떨림은 괜찮아, 다우니스. 네가 정말로 곤란해지는 건, 네 몸이 더는 떨리지 않을 때부터야.

고모는 말했다.

나는 눈을 깜박였다. 지금은…… 아침이었다. 햇살이 내 눈꺼풀에 대고 속삭였다. 어느 순간, 나는 다시 잠이 들었다. 엄마가 내 몸을 살며시 흔들었다. 왜 나를 흔드는…….

릴리.

무언가가 엄청난 속도로 내 몸을 뚫고 지나갔다. 릴리가 죽었다. 다시 내 앞에서 모든 것이 펼쳐졌다. 나의 가장 친한 친구가 뒤로 넘어갔다. 기억은 고통스러웠다. 내 몸의 모든 부분이 욱신욱신 쑤셨다.

나는 침대에서 나왔다. 여전히 더러운 티셔츠와 청바지를 입고 있었다. 나는 엄마 방 욕실로 걸어갔다. 약품 보관함에 그 약이 있다는 걸 알았다. 나는 다시 잠이 들어야 했다. 이걸 잊어버려야 했다. 지난밤을 잊어야 했다. 릴리를, 트래비스를, 제이미를 잊어야 했다. TJ를, 릴리를, 릴리를, 릴리를 잊어야 했다.

주황색 약병으로 손을 뻗던 나는 갑자기 멈췄다.

릴리는…… 어딘가에 있을 것이다. 지금쯤이면 고모와 시니 님키 할머니가 삼나무 수로 릴리를 닦아 주고 있을 것이다. 시니 할머니가 전통 의학을 몰랐다고 해도 준 할머니는 시니 할머니에게 다음 세계로 가는 릴리의 4일간의 여정을 준비해 달라고 부탁했을 것이다. 부족의 건강을 담당한 보건소 소장이 할 일은 아니었지만, 고모라면 분명히 시니 할머니를 도울 것이다.

네 번의 하루는 저마다 그날만의 목적이 있었다. 오늘은 릴리의 첫째 날이었다. 릴리는 가족을 위해 슬퍼할 것이다. 릴리가 사랑하는 사람들을 위해 슬퍼할 것이다. 그리고 나를 위해서도. 릴리는 나 때문에 슬퍼할 것이다. 그건 모를 수가 없었다.

나는 약품 보관함의 문을 닫고 현관 옆 탁자로 갔다. 펄 할머니의 블루베리 모양 자작나무 바구니가 보였다. 왕관처럼 뾰족한 바구니의 가장자리마다 솔방울이 매달려 있었다. 나는 바구니에서 세마―를 한 자밤 집었다.

맨발로 차가운 콘크리트 계단을 내려가 이슬 맺힌 풀을 밟고 걸었다. 울퉁불퉁하고 움푹 팬 잔디밭은 모카신을 신고 추었던 춤을 떠오르게 했다. 울퉁불퉁한 땅에서 울리는 소리가 내 다리를 타고 심장까지 올라왔다. 어제 관중석에서 경험했던 주술적인 힘이 다시 느껴졌다.

나는 심장에서 좀 더 가까운 왼손 손바닥에 세마―를 놓았다. 언제나 나의 하루를 시작하는 곳인 나무를 향해 세마―를 뿌렸다. 먼저 나 자신을 소개하고 일곱 할아버지인 사랑, 겸손, 존경, 정직, 용기, 지혜, 진리를 불렀다.

이 깊이를 알 수 없는 분노를 치유하려면 누구에게 기도해야 할까? 도무지 알 수가 없었다.

집으로 들어가자 엄마가 앙증맞은 찻잔에 뜨거운 물을 붓고 있었다.

"목욕할래?"

엄마가 부드럽게 물었다.

내가 그러겠다고 하면, 엄마는 주전자를 내려놓고 나를 보살필 것이다. 내 옆에 있으려고 그랜드메리에게도 가지 않을 것이다. 엄마는 언제나 내가 제일 중요했다. 늘 내 곁에 머물면서 끊임없이 질문을 해 대는 엄마 때문에 질식해 죽을 것 같다는 불평을 할 때마다 릴리는 "엄마를 좀 이해해 보려고 해 봐"라고 했다. 한 번은 정말로 나에게 화를 냈다.

자기 아이를 가장 중요하게 생각하는 엄마가 있었으면 정말 좋겠다고 생각하는 아이들도 있단 말이야.

릴리는 우리 엄마를 정말 좋아했다.

"고마워. 하지만 빨리 씻고 장례의 집에 가서 준 할머니랑 있고 싶어. 엄마가 에버케어에 가기 전에 나를 좀 데려다줘."

엄마가 무슨 말을 하려는 듯이 입을 열었다. 분명히 오늘은 집에 있는 게 좋겠다는 말을 할 생각인 거다.

"엄마, 나는 릴리와 준 할머니 옆에 있어야 해. 내가 도와야 해."

엄마는 내 말을 완벽하게 이해했다.

준 할머니가 나를 안아 주었을 때, 나는 할머니의 정수리에 턱을 괬다. 코가 시큰했다. 나는 깃털 같은 서리가 창문을 따라 퍼져나가는 것처럼 차가운 서리가 코를 따라 퍼져 나가는 모습을 상상했다. 고맙게도 추위가 저릿한 아픔을 막아 주었다.

준 할머니가 내 손을 잡았다. 우리는 소박한 소나무 관까지 걸어갔다. 관에는 나무를 태워 만든 오지브웨 전통 꽃무늬와 나비가 새겨져 있었다. 나는 깊이 숨을 들이마셔 서리가 내 폐를 덮어 무감각하게 만든 뒤에야 릴리를 내려다보았다.

나의 가장 친한 친구는 자고 있는 것 같았다. 릴리는 검은색 전통 의상을 입고 있었다.

검은색은 릴리의 영혼의 색이었다. 한번은 메이시 매니토우가 릴리에게 90년대 고스 음악 애호가 같다고 비웃은 적이 있었다. 릴리는 농담으로 받아쳤다. 검은색을 입으면 난 훨씬 날씬해 보여, 친구. 릴리의 몸무게는 44킬로그램쯤이다.

쳐다보는 시간이 길어질수록 지금 누워 있는 릴리는 현실이 아닌 것처럼 느껴졌다. 분홍색 풍선껌 같은 볼과 입술을 한 마네킹처럼 느껴졌다. 이 릴리에게는 검은색 립스틱도, 두툼하게 길게 뺀 아이라이너도 없었다. 정말로 릴리라는 기분이 들게 하는 요소는 하나도 없었다.

나는 고모를 찾아보았다. 이곳, 장례의 집에 없다면 분명히 아트 고모부가 집 헛간 뒤에 있는 숲에서 보살피는 '의식의 불' 앞에 있을 것이다. 아빠의 가족이 파이어키퍼인 이유는 수 세대 동안 부족 공동체를 위해 불을 지켰기 때문이다. 고모는 또 다른 오지브웨 공동체에서 파이어키퍼의 역할을 맡도록 교육받은 남자와 결혼했다.

파이어키퍼는 의식, 장례식, 한증막을 비롯해 우리의 기도를 연기로 태워 창조주에게 전달해야 하는 부족의 중요한 행사 때마다 의식의 불을 지펴야 한다. 의식에 쓰이는 불은 특별하다. 그 불로는 마시멜로를 구워 먹어서도 안 되며, 그 불 앞에서는 포티 나이너의 노래를 부를 수도 없다. 불이 타오르는 동안 파이어키퍼는 절대로 그 앞에서 정치 이야기가 나올 수 없게 해야 하며, 술 마시는 것도, 가십이 오가는 것도 막아야 한다. 의식의 불 앞에서는 오로지 좋은 생각만 해야 하고 기도만 해야 했다.

아트 고모부는 어젯밤 소식을 듣자마자 불을 피웠을 것이다. 릴리가 여행을 떠나는 나흘 동안 밤낮으로 불이 꺼지지 않게 애쓸 것이다. 네 번째 날이 되면 의식의 불은 이 세상을 떠나 다음 세상으로 옮겨갈 테고, 릴리를 위해 영원히 꺼지지 않고 타오를 것이다.

이런 방식으로 공동체에 봉사하는 가족의 일원이라는 사실이 자랑스러웠다. 고모는 이 임무를 계속할 좋은 남자와 결혼했다. 내가 절대로 이해할 수 없는 건 아트 고모부가 의식의 불을 피우는 이유가 릴리의 장례식을 진행하기 위해서라는 것이었다. 왜냐하면 릴리는 고작 열여덟 살밖에 되지 않았으니까. 우리는 고작 열여덟 살이었다.

준 할머니가 방 끝에 있는 식탁으로 나를 데리고 갔다. 아트 고모부가 불을 지키고 있는 곳에도 음식이 차려져 있을 것이다. 다양한 버전의 옥수수 수프, 콩을 넣은 돼지고기 요리, 마카로니 수프가 담긴 슬로우쿠커가 놓여 있었다. 주철 냄비에는 크게 썰어 구운 사슴고기와 야생 벼를 넣고 만든 요리가 담겨 있었고, 포일을 깐 프라이팬에는 프라이브레드가 놓여 있었다. 훈제 흰 살 생선, 프라이드 볼로냐, 사슴고기 소시지가 담긴 쟁반이 있었고, 크래커 크기로 잘라 놓은 치즈, 파프리카를 뿌린 데빌드 에그, 채소를 담은 그릇도 있었다. 감자튀김을 담은 봉투, 블루베리 갈레트, 직접 만든 케이크와 파이도 가게에서 사온 것들과 나란히 있었다. 딸기와 작은 야생 블루베리가 든 그릇도 보였다.

준 할머니와 나는 접시에 음식을 가득 담고 식탁에 앉았다. 한 입, 한 입 음식을 입에 넣을 때마다 장례의 집에 온 사람들을 한 명씩 관찰했다. 무슨 일이 있었는지 알아? 당신도 이 일과 관계가 있는 거야? 제이미의 이해할 수 없는 경고 때문에 나는 새로운 눈으로 모든 사람을 살펴보게 되었다.

릴리의 엄마인 매기는 두 번째 날에 장례의 집에 왔다. 자신을 안아 주는 사람들에게 매기는 계속해서 "아이들을 준비시켜서 와야 했어요. 교회에서 입을 옷도 사야 했고요."라고 말했다. 관에 누운 것이 나였다면, 우리 엄마는 아마도 아귀처럼 내 몸속으로 녹아 들어가 버렸을 것이다.

언젠가 릴리는 자신이 엄마의 연습용 아기라고 했다. 매기가 두 번째로 낳은 아기이자 랜싱에 살고 있는 이복동생도 마찬가지라고 했다.

우연히 우리 이야기를 들은 고모는 우리를 앉히더니 준 할머니의 딸들이 갇혀 지내야 했던 기숙 학교 이야기를 들려주었다. 몇 년 동안 아이들을 데리고 있으면서 군인처럼 행군시키고 가정부를 만드는 훈련을 하는 곳이었다. 그곳은 아이들에게서 아니시나—베모원과 아니시나—베 문화의 가르침을 강탈해 갔다. 준 할머니의 딸들이 슈가섬으로 돌아왔을 때, 한 아이의 손바닥에는 녹은 플라스틱 때문에 생긴 것처럼 보이는 흉터가 있었는데 그 아이는 주전자 휘슬 소리에 놀라 숲으로 달아났다. 그 아이의 자매는 남자가 너무나도 두려워서 항상 벽에 등을 대고 잠을 잤다. 고모는 매기를 비난하고 싶을 때면 그 자매들 가운데 한 명이 매기를 길렀음을, 자살하지 않고 살기를 택한 사람이 매기를 길렀음을 기억하라고 했다.

고모가 보였다. 고모는 매기의 손을 꼭 잡고 있었고, 두 사람은 울고 있었다. 심지어 오늘 같은 날에도 나는 너무나도 빨리 릴리의 엄마를 판단해 버렸다. 고모의 충고는 늘 시간이 어느 정도 흘러야 생각났다.

매기의 어린 자녀들은 식탁 근처에서 친척들과 함께 앉아 있었다. 이제 막 걸음마를 뗀 여자아이는 예쁜 노란 드레스를 입고 있었고, 전염성 강한 웃음을 짓고 있었다. 잘 어울리는 나비넥타이를 맨 남자아이는 고모네 쌍둥이보다 한 살 어렸고, 준 할머니를 그대로 빼닮은 수줍은 미소를 짓고 있었다. 한쪽이 다른 쪽보다 훨씬 행복해 보이기는 했지만 말이다. 나는 매기가 아이들에게 걸어가는 모습을 지켜보았다. 엄마가 다가오자 작은 여자아이는 손을 내밀어 엄마를 맞았고, 매기는 아이의 이마에 천천히 입을 맞추었다. 그것은 분명 마음을 치유하는 입맞춤이었다.

고모가 옷에 커피를 쏟아서 내가 자동차로 고모와 함께 슈가섬으로 들어가 블라우스를 갈아입고 오기로 했다. 섬으로 들어가는 여객선 위에서 릴리의 영혼이 지나고 있을 두 번째 여행길을 생각했다. 오늘은 속죄의 날이었다. 릴리는 살았을 때 자신이 괴롭혔던 모든 생명체를 찾아가 사과하고 있을 것이다.

뒤에 있는 차를 흘긋 보다가 트래비스의 사촌을 발견했다. 오른쪽에 있는 자동차 안에도 트래비스의 친척이 가득 타고 있었다. 플린트 가족은 노인 회관 뒤에 있는 오두막에서 의식의 불을 피울 것이다. 부족의 일원이라면 누구나 경야*나 장례를 위해 그곳을 사용할 수 있었다. 트래비스에게도 오늘이 여정의 두 번째 날이라는 걸 생각하자 온몸을 타고 분노가 흘러갔다. 자신이 책임져야 할 해악을 제대로 설명하지 못한다면, 트래비스는 한 걸음도 앞으로 나아가지 못할 것이다. 어째서 우리에게서 릴리를 빼앗아 간 것인지에 대한 설명도 포함해서 말이다.

시간이란 지상에 사는 우리에게 속한 개념이다. 영혼의 세계에서는, 트래비스의 두 번째 날이 영원히 끝나지 않을 것이다. 당연히 그래야 했다. 내 손톱이 손바닥을 파고들었다. 나는 트래비스가 고통받기를 원했다. 우리의 고통을 느낄 수 있기를 바랐다. 트래비스의 속죄는 결코 잡을 수 없는 신기루처럼, 그에게서 멀어져 가기만을 바랐다.

의식의 불 가까이에서는 이런 생각을 할 수 없었다. 릴리를 위해 좋은 생각만 해야 했다. 나는 손바닥을 내려다보았다. 피가 났을 거라고 생각했다. 하지만 그저 손톱자국이 작은 흉터처럼 나 있을 뿐이었다.

---

* 죽은 사람을 장사 지내기 전에 가까운 친척이나 친구들이 관 옆에서 밤을 새워 지키는 일.

12장

세 번째 날은 릴리가 다음 세상에 관해 배우는 날이다. 나는 릴리 옆에 앉아 제이미의 정체에 관해 내가 아는 모든 것과 그가 이곳에 온 이유를 생각하고 또 생각했다.

제이미에 관해 분명하게 알고 있는 것. 예전에 피겨 스케이트를 했었다.

제이미가 이곳에 온 이유에 관해 분명하게 알고 있는 것. 사건을 수사하려고 두 잠복 경찰이 수에 왔다. 한 명은 고등학교 과학 교사로 위장했고, 한 명은 고등학교 3학년이자 일류 청소년 하키팀의 선수로 위장했다.

그 밖에 내가 분명하게 알고 있는 것. 릴리는 여기 이렇게 누워 있으면 안 된다.

제이미와 그의 '삼촌'이 장례의 집에 왔다. 제이미가 나에게 밖으로 나가자고 말했을 때, 나는 호기심과 분노를 동시에 느꼈다. 나는 두 사람을 따라 근처에 있는 전력 운하 다리로 갔다.

그의 진짜 이름이 무엇인지는 모르겠지만, 자칭 론 존슨은 우리 엄마보다 몇 살 더 많아 보였다. 그의 존재감 없는 콧수염은 다른 사람을 가까이하지 않고 외로운 늑대로 살아가는 원주민 남자들의 수염을 떠오르게 했다. 그의 피부는 아니시나—베로 받아들여질 수 있는 피부색 스펙트럼의 정확히 한가운데를 차지하고 있었다. 자칭 론 존슨에게 아, 원주민이세요? 그렇게 보이지 않는데요, 라고 말할 사람은 아무도 없다는 데 내 신탁 기금을 걸 수 있었다.

"연방 수사국 선임 요원, 론 존슨이야."

자칭 론 존슨이 내 손을 잡고 흔들면서 말했다.

"정말이에요? 론 존슨이라고요?"

나는 콧방귀를 뀌었다.

"지금으로서는 본명을 모르는 게 좋아."

나는 제이미를 쳐다보았다.

"이쪽 이름은, 내가 맞춰 볼게. 제이미 존슨이지?"

"널 보호하려는 거야, 다우니스. 내가 원주민 관리국(BIA)에서 차출된 요원인 건 맞아."

FBI와 BIA라니. 두 곳 모두 부족에게 좋은 상황보다는 나쁜 상황을 불러오는 데 능숙한 기관들이었다.

"수사에 관해 말할 게 있는데 함께 가서 이야기를 나눌 수 있을까?"

론이 물었다.

나도 그렇게 하고 싶었다. 나에게는 대답이 필요했다.

하지만 릴리를 두고 가도 되는 걸까?

그때 갑자기 세 번째 날에 해야 하는 일이 떠올랐다. 새로운 방식을 익히는 것. 릴리가 새로운 세상에서 살아갈 방식을 익혀야 하는 지금, 나도 새로운 세상에서 살아갈 방식을 익혀야 했다. 릴리라면 내가 두 사람과 함께 가기를 바랄 것이다.

"고모한테 간다고 말하고 올게요."

내가 말했다.

장례의 집에서 나와 시내에 있는 영화관을 지나 그곳이 어디든…… 론이 나를 데려가는 곳으로 달려갔다. 영화관에서는 덴젤 워싱턴의 〈맨츄리안 캔디데이트〉와 힐러리 더프의 〈신데렐라 스토리〉를 상영하고 있었다.

"이런, 저거 좀 봐."

내가 영화관을 가리키며 말했다.

"신분을 위장한 사람들 이야기를 두 편이나 상영하고 있어."

론과 제이미가 아직은 아무 말도 하지 않았기 때문에, 나는 엉터리 이야기를 믿는 순진한 소녀는 절대로 되지 않겠다고 결심했다.

론은 입술을 살짝 일그러뜨렸고 뒷좌석에 앉은 제이미는 두 손가락으로 콧대를 세게 잡았다.

"신분을 위장하는 건 보호하기 위해서야. 작전을 수행하는 요원의 신분을 감추는 건 요원뿐 아니라 요원과 접촉하는 사람들 모두를 보호하려는 거지."

론은 데어리퀸이 있는 모퉁이에서 왼쪽으로 돌더니 수 중학교와 고등학교 쪽으로 달렸다. 지난 4월에 데어리퀸이 계절 한정 상품을 출시했을 때, 나와 릴리는 눈보라에도 아랑곳하지 않고 이곳에 왔다. 나는 언제나처럼 버스터 바를 시켰고, 릴리는 여러 가지를 잡다하게 섞은 블리저드를 시켰다.

몇 분 전까지만 해도 나는 릴리 옆에 앉아 제이미의 진짜 신분에 관해 아는 것과, 제이미가 하고 있는 수사에 관해 아는 것이 무엇인지를 정리해 보려고 애쓰고 있었다. 하지만 제이미, 론과 함께 자동차로 이동하는 지금은 릴리에 관한 생각밖에 나지 않았다. 제이미와 그가 하는 수사에 대한 생각은 사실과 논리, 분석이 머무는 왼쪽 뇌에 있고, 릴리는 상상과 직관력, 감정이 머무는 오른쪽 뇌에 있는 것 같았다. 그리고 그 두 뇌 사이에는 그랜드 캐니언처럼 깊고 넓은 협곡이 있는 것 같았다.

나는 자신이 맡았던 다른 사건을 이야기하고 있는 론에게 집중하려고 애썼다.

"가장 최근에 맡았던 사건은 BIA, 부족 경찰, 캐나다 왕립 기마경찰이 함께 했어. 사람들 이목이 쏠린 사건이었고. 벌써 25년도 전에 일어난 사건인데 작년에야 부족 여성을 살해한 범인을 찾아낸 거야. 가족이 답을 알게 된 거지."

론은 자동차를 고등학교 주차장에 세우더니 나를 돌아보았다.

"답을 알게 됐다고 해서 희생자가 돌아오지는 않아. 하지만 제대로 수사를 해 내면 희생자를 사랑하는 사람들의 슬픔을 덜어 줄 수 있고, 계속 살아갈 수 있도록 도울 수 있어."

자동차 밖으로 나오는 동안 론의 말들이 내 몸속으로 스며들어 오는 걸 느꼈다. 그런 일을 내가 할 수 있을까? 토요일 밤에 슈가섬에서 릴리를 돕지 못했으니, 지금 릴리의 가족을 도와야 하는 걸까?

다시 고등학교로 돌아간다고 생각하자 기분이 이상해졌다. 현실처럼 느껴지지 않았다. 바로 어제 고등학교에 다녔던 것 같은 느낌이 들었다. 하지만 곧 몇 달 전이 아니라 몇 년 전에 고등학교를 졸업했다는 느낌으로 바뀌었다. 행정실 앞을 지날 때, 학교 비서가 밖으로 나오더니 두 팔을 활짝 벌리고 나에게 다가왔다.

"다우니스. 릴리 치프웨이 소식 들었어. 어떡하니."

학교 비서 해먼드 부인은 나를 꼭 끌어안았다.

"너무 큰일을 여러 번 겪었잖니. 처음에는 삼촌이 끔찍한 일을 당했고, 할머니가 뇌졸중으로 쓰러지고."

해먼드 부인이 나를 놓아주었지만 꼼짝도 할 수 없었다. 갑자기 펄 할머니의 경고가 내 머릿속에서 울렸다. 릴리의 죽음이 세 번째 나쁜 일이었던 것이다. 내가 경계했어야 했다. 징후를 읽었어야 했다. 하지만 막지 못했다. 내가 릴리를 보호하지 못했다. 릴리는 떠났고, 그 애를 보호해야 했던 사람은 나였다.

"안녕하세요, 해먼드 부인. 론 존슨입니다."

론이 앞으로 나서더니 해먼드 부인과 악수했다.

"일전에 통화했죠."

"아, 그랬죠. 새로운 인디언 과학 선생님이죠."

해먼드 부인이 론을 보았다.

"네, 제가 새로운 과학 선생입니다. 아메리카 원주민이고요."

론이 유쾌하게 대답했다.

"이 애는 조카, 제이미고요. 제이미와 다우니스는 친구죠. 제이미도 다우니스의 동생, 리바이가 뛰고 있는 슈피리어 팀의 선수입니다."

"그렇군요. 좋습니다. 지금 같은 때는 누구든 친구가 있어 주는 게 좋죠."

해먼드 부인의 목소리가 밝아졌다.

"혹시, 근처에 자판기가 있을까요? 뭘 좀 마셨으면 하는데요."

제이미가 물었다.

제이미에게 자판기 위치를 가르쳐 준 해먼드 부인은 론에게 학기 전 교사 회의에 모든 학군의 교사가 참석해야 한다는 말로 대화를 시작했다. 하지만 엄마는 올해 회의에는 참석하지 않을 것이다. 그랜드메리를 돌보려고 무기한 휴직 중이니까. 론이 새로 부임한 평범한 교사인 것처럼 해먼드 부인과 대화를 하는 모습은 비현실적으로 느껴졌다. 그건 마치 빙산을 보는 것만 같았다. 수면 위로 올라와 있는 아주 적은 비율의 꼭대기에서는 아무렇지 않게 다른 사람과 잡담을 나누지만, 수면 아래에 있는 거대한 부분에는 엄청난 비밀을 숨겨 놓은 빙산 말이다.

잠시 뒤에 물병을 들고 온 제이미가 뚜껑을 열고 나에게 내밀었다.

"고마워."

나는 차가운 물병을 잠시 땀이 맺힌 이마에 댔다가 물을 한 모금 마셨다. 제이미는 내 옆에 섰다. 우리가 함께 뛰었던 그 모든 아침의 평온함은 진짜가 아니라고 나에게 상기시켰다. 그건 모두 잠복근무 때문에 꾸며 낸 거짓일 뿐이라고 나에게 말했다.

제이미 곁을 떠나 론 옆으로 걸어갔다. 조명이 희미한 복도를 나는 론과 함께 걸었다. 론의 오른쪽 신발 굽이 리놀륨 바닥에 닿을 때마다 끼이익 소리를 냈다. 그 누구에게도 들키지 않고 몰래 임무를 수행해야 하는 론이 내는 소리에 나는 아무 이유도 없이 터져 나오려는 웃음을 꾹 눌러 참아야 했다. 그 때문에 내 입천장은 톡톡 터지는 팝 록스 사탕을 먹고 있는 것처럼 간지러웠다.

감정이 마음대로 날뛰는 상태가 정상일까? 쓰러져 버릴 것처럼 슬프다가도 갑자기 정신없이 웃고 싶어지는 게? 가끔은 나를 완전히 포기해 버리는 이런 상태가?

우리는 데이비드 삼촌의 옛 교실로 들어갔고, 그 순간 유쾌한 기분은 사라져 버리고 말았다. 론은 교실 불을 켜더니 나에게 교실 앞에 있는 삼촌의 빈티지 철제 책상 의자에 앉으라고 손짓했다. 그는 내 옆에 있는 실험대 의자에 앉았다. 제이미는 교실 안으로 들어오는 것도 아니고 나가는 것도 아닌 상태로 문턱에 서 있었다. 제이미는 나를 보고 있었다.

수업이 끝나면 나는 늘 여기에 앉아 있었다. 데이비드 삼촌의 책상 가장 밑 서랍에는 간식이 있었다. 삼촌이 언젠가 보여 주었던 곳에 단백질 바나 트레일 믹스가 있기를 바라며 서랍을 열었지만, 이미 론이 삼촌의 비밀 공간 위쪽을 폴더와 교과서로 채워 놓았다.

"왜 여기에 온 거예요?"

나는 질문했고 다리가 떨리기 시작했다. 삼촌이 죽은 뒤에 삼촌의 물건을 가지러 온 적은 있지만, 그 뒤로는 단 한 번도 이곳에 오지 않았다. 그리고 지금은 릴리 때문에 새롭게 생긴 슬픔이 삼촌이 죽은 뒤에도 사라지지 않고 지속되던 슬픔과 더해져 거의 견딜 수가 없었다.

"제이미와 나는 연방 정부와 캐나다의 여러 기관에서 진행하는 합동 수사에 참여하고 있어. 미시간, 위스콘신, 미네소타, 온타리오 전역에서 마약 거래가 심각하게 증가하고 있거든."

론은 차분하게 사실을 말하고 있었지만 내가 물어본 질문은 그것이 아니었다.

내가 물어본 것은 왜 여기인가라는 거였다. 어째서 데이비드 삼촌의 교실에 온 것인가였다.

"좋아요. 그럼 저 사람이 여기 온 이유는 뭐예요?"

나는 입으로 제이미를 가리켰다.

"하키팀에요."

론이 제이미는 아무도 없는 학교에서 혹시 어떤 소리라도 포착할지 몰라 지금 경비를 서고 있다는 따위의 소리를 할 수 없도록 질문을 좀 더 명확하게 했다.

"우리가 가장 관심을 갖고 있는 건 메스암페타민이야."

필로폰. 등줄기를 타고 한기가 흘러내렸다.

두 팔을 활짝 펴고 똑바로 누운 릴리의 모습이 눈앞에 나타났다. 내 머릿속에서 시간이 거꾸로 되돌아가는 것처럼 릴리가 천천히 몸을 일으켜 세웠다. 릴리는 두 눈을 뜬 채 똑바로 섰다. 릴리는 깜짝 놀란 표정을 지었다. 총알이 릴리의 가슴에서 튀어나와 트래비스의 권총 안으로 들어갔다. 시간이 점점 더 빠른 속도로 되돌아갔다. 트래비스가 집회장에 나타났다. 아이스 링크로 돌아갔다. 몇 년 동안 아무 일도 일어나지 않았다. 마침내 되돌아가던 시간이 멈췄을 때, 통통한 어린 트래비스가 트림을 하면서 알파벳을 읊었고, 릴리는 큰 소리로 웃다가 콧구멍으로 우유를 쏟았다.

"유통 과정에 정해진 패턴이 있어. 조성이 비슷한 메스가 5대호 지역 하키 선수들 거주지와 원주민 거주지에서 나타나고 있어. 우리는 그 메스를 제조하는 사람을, 만드는 사람을 찾고 있는 거야."

트래비스. 8학년 때 트래비스는 나와 함께 매일 중학교에서 수 고등학교로 가서 화학 수업을 들었다. 우리가 드디어 공식적으로 고등학생이 되었을 때는 생물학, 물리학, 지구과학, 자연과학 같은 과학 관련 대학교 선이수제 과목을 모두 함께 들었다. 데이비드 삼촌은 우리처럼 학교에서 정규 수업을 듣지 못하는 아이들을 지지해 주었다.

내 다리가 눈에 보일 정도로 떨렸다. 따끔거리던 한기는 사라지고 이제는 간지러웠다.

"그러니까 수 고등학교 소속인 사람이 필로폰, 그러니까 메스를 만들었다고 생각하는 거예요?"

나는 론을 보았고, 지금도 여전히 문턱에서 나를 보고 있는 제이미에게 고개를 돌렸다.

"어떻게 꼭 집어서 여기라고 생각할 수 있죠? 고모가 미네소타에서 열리는 인디언 보건 회의에 나가요. 메스는 여기만 있는 거 아니잖아요. 어디에나 있어요."

"우리가 추적하는 메스암페타민에는 환각성 물질이 첨가되어 있어. 버섯이야. 하늘색 환각버섯. 타쿠아메논 폭포 부근에서 자라는 실로시베 카이룰리페스Psilocybe caerulipes가 들어 있었어."

론이 대답했다.

생물학 분류 용어를 너무나도 자연스럽게 말하는 바람에 깜짝 놀라서 나는 다시 론을 쳐다보았다.

론은 어깨를 으쓱했다.

"대학 때 화학을 전공했어."

하지만 내가 론의 말에서 떠올린 건 또 다른 부분이었다. 타쿠아메논 폭포. 이곳에서 120킬로미터 떨어진 곳으로, 고모와 고모부는 더 큰 상류 폭포에서 결혼식을 올렸다.

론의 말에 귀를 기울이려고 노력하면서도, 나는 여전히 아무 말도 없이 평가하듯 나를 보는 제이미를 의식하고 있었다.

론이 계속 말했다.

"픽처스 락 국립 호반 공원에서 자라는 다양한 빨간난버섯을 넣은 메스도 있어."

우리 부족은 그곳에서 청소년 집회를 열었다. 미시간주에서 살아가는 모든 부족에게는 부족을 대표하는 청소년 부족 그룹이 있다. 릴리는 나에게 미시간주 남쪽에서 온 남자애와 함께 투스텝 춤을 추게 했다.

"슈가섬 남부 끝에서 나는 버섯을 넣은 메스도 있어."

트래비스는 언제나 가족 가운데 부족 평의회 위원인 사람이 있고, 불경기에도 부족 정부의 얼마 되지 않는 보수가 좋은 일거리를 차지하는 사람들로 이루어진 대가족의 일원이었다. 실질적으로 슈가섬의 동쪽 지역은 트래비스 부족 아니면 플린트 가족의 땅이었다.

론과 제이미는 트래비스가 FBI가 추적하던 메스를 제조한 사람일 거라고 확실하게 의심했다. 하지만 그가 메스를 다량 만들어 판매하기 시작한 건 지난 겨울 방학 때부터였는데, 크리스마스 전부터도 메스는 문제를 일으키고 있었다. 따라서 다른 사람이 더 있는 것이 분명했다.

나는 깊이 숨을 들이마셨다. 데이비드 삼촌의 교실에서는 다른 교실과는 다른 냄새가 났다. 정말로 다른 냄새가 나는 것인지, 이곳에서 수없이 했던 실험이 남긴 기억 때문에 냄새가 난다고 생각하는 것인지는 알 수 없었다. 어쨌거나 이곳에서는 분젠 버너의 불꽃 냄새, 황 냄새가 났다.

"그건 알겠어요. 하지만 왜 굳이 여기로 오는지는 말 안 했어요. 왜 데이비드 삼촌 교실로 온 거예요?"

내가 물었다.

그 말들이 내 입에서 나가는 순간 다리의 떨림이 멈췄다. 내 몸의 모든 부분이 마비되어 버렸다. 굳이 나를 아주 익숙한 교실로 데려와 수사 이야기를 하는 이유가 뭘까?

데이비드 삼촌은 부활절 일요일 저녁 식사 모임에 나타나지 않았다. 그 누구도 삼촌이 있는 곳을 알지 못했다. 그랜드메리는 그 즉시 삼촌이 다시 재발했다고, 술에 취해 말썽을 피우고 있을 거라는 결론을 내렸다. 하지만 엄마는 할머니의 말에 동의하지 않았다. 삼촌이 사라지기 전에 몇 주 동안, 아니 몇 달 동안 이상하게 행동하지만 않았어도 나도 엄마와 같은 결론을 내렸을 것이다.

2주 뒤에 누군가 카운티 경계 부근에 있는 하계용 사설 도로에서 삼촌의 차를 찾았다. 삼촌 옆에는 5분의 1쯤 남은 버번위스키가 있었다. 한 달 뒤에 부검 결과가 날아왔고, 사방에 소문이 날아다녔다. 데이비드 폰테인. 화학 교사. 메스 과다 복용으로 사망.

그러니까 우리가 여기에 와 있는 건 그 때문이었다.

"데이비드 삼촌이 메스를 만들었다고 생각하는 거죠?"

분개한 목소리를 내려고 했지만, 내 입에서는 맥 빠진 말들이 흘러나왔다.

론이 놀란 듯이 입을 크게 벌렸고 잠시 정신을 가다듬는 것 같았다.

"아니야, 다우니스. 너희 삼촌은 우리를 도왔어. CI였어. 우리의 비밀 정보원이었지."

너무나도 큰 충격에 내 입도 쩍 벌어졌다.

"너희 삼촌의 죽음에는 미심쩍은 데가 있어. 데이비드는 자신이 아는 사람이 메스를 만들고 있다고 생각했어. 학생 말이야. 하지만 확실해지기 전까지는 그 학생이 누구인지도 알려 주지 않았고, 자신이 그렇게 생각하는 이유도 말해 주지 않겠다고 했어. 데이비드가 발견되고, 부검 결과가 나온 뒤에야 FBI는 잠복 수사를 승인해 주었어."

"세상에."

나는 두 손으로 얼굴을 덮었다. 부끄러움에 눈물이 나왔다. 엄마가 옳았다. 엄마는 동생을 믿었고, 그 믿음은 단 한 번도 흔들리지 않았다. 나는 최악의 상황을 믿었다. 삼촌이 나를 버린 게 아니었다. 내가 삼촌을 버린 거였다.

콧물이 손등을 타고 흘러내릴 정도로 서글프게 울었지만, 불편해할 론과 제이미는 조금도 신경 쓰지 않았다. 얼굴에서 손을 떼자 휴지 갑을 내밀고 있는 론이 보였다. 나는 휴지를 꺼내 세게 코를 풀고 눈과 손을 닦았다.

"수사 내용을 좀 더 말해 줘요."

이제는 모든 것을 알아야 했다.

"지난 2월에 아이들이 많이 아팠어. 미네소타주 북부에 있는 보호 구역 아이들이었는데, 미니애폴리스에서 열린 슈피리어 하키 토너먼트 이후로 며칠 만에 그렇게 된 거야. 그애들은 먹지도 자지도 못했어. 그저 메스만 더 달라고 했어. 그 아이들은 단순한 환각 증상을 보인 게 아니야. 단체 환각 증상을 보였어. 조성이 다른 메스를 복용한 거지. 우린 그걸 메스-X라고 불러."

그러니까 데이비드 삼촌은 니시 아이들을 도우려고 한 것이다. 미안해요, 삼촌.

론이 계속 말했다.

"우리는 유통에 주목하고 있어. 그럼 역으로 추적해서 제조자를 찾을 수 있을 테니까. 우린 트래비스 플린트가 데이비드 폰테인이 주목했던 학생 가운데 한 명이라고 생각하고 있었어."

론의 표정이 부드러워졌다.

"너도 우리가 지켜보았던 학생이고."

"진심이에요?"

나를? 잠깐? 지금 나를 체포하려고 했다는 거야? 나는 의자에 등을 기댔다.

"내 말을 들어 봐."

론은 마치 진정하라는 듯 두 손을 들어 보이면서 말했다.

"메스를 만드는 사람은 분명히 여러 실험을 했을 거야. 환각성 버섯이 대부분이었을 테지만, 여러 가지 재료를 섞어 보았을 거고. 우리는 메스 제조에 문화적인 연결 고리가 있을 거라고 생각해. 오지브웨의 관습을 잘 알면서도 이 지역 식물에 정통한 사람이라고 생각하는 거지."

"내가 우리 삼촌을 죽인 메스를 만들었다고 생각하는 거예요?"

제이미가 헛기침을 했다.

"다우니스, 우린 과학 경시대회에 네가 제출한 보고서를 읽어 보았어. 2학년 때 작성한 거. 주 경시대회에서 최종 본선에 올라간 거 말이야. 내 생각엔 우승은 너여야 했어."

잠깐만, 뭐라고? 그렇게 오래전부터 수사했단 말이야? 뒷덜미가 서늘해졌다.

제이미가 계속 말했다.

"그때 넌 전통적인 방법으로 암 치료 효과가 있는 개벚지나무 푸딩을 만드는 방법을 제시했잖아. 개벚지나무 씨에는 치료 효과가 있으니까 씨를 걸러 내지 말고 오지브웨 전통 방식처럼 씨 채로 갈아야 한다고. 너는 과학과 부족의 문화를 모두 알아."

다른 사람도 아닌 제이미가, 감히 나를 남몰래 메스를 만드는 사람이라고 의심했단 말이지? 도대체 남을 속인 사람이 누군데?

"난 사람들을 속이면서 다른 사람인 척하지 않아."

내 말투가 신랄해졌다.

"어쨌거나 우승은 네 거야. 남자의 거짓말 대회에서 1등을 차지했어. 그 누구도 너와는 경쟁자가 되지 못할 거야, 이 망할 녀……."

론이 내 말을 막았다.

"다우니스, 네가 상관이 없다는 걸 알아."

론은 스툴에서 일어나 반 발자국 정도 가까이 다가왔다.

"너에게는 그럴 수 있는 능력도 있고, 그럴 수 있는 기회도 있어. 하지만 그래야 할 동기가 없지. 네가 가진 신탁 기금을 생각해 보면, 굳이 조금 더 돈을 벌겠다며 위험을 감수할 이유는 없으니까. 승부에서 이겨야겠다는 경쟁심은 극도로 강하지만 사람들의 이목을 끌고 싶어 하지는 않아. 자부심 때문에도 그런 짓은 하지 않을 테고."

내 멍한 표정을 보더니 론은 어깨를 으쓱했다.

"심리학으로 석사 학위를 받았어."

"나를 여기로 데려와서 이런 이야기를 하는 이유가 뭐예요?"

두 사람은 나를 데이비드 삼촌의 교실로 데려왔고, 자신들이 하는 수사 내용을 말해 주었다. 트래비스, 하키팀 아이들이 사는 거주지와 원주민 보호 구역에서 유통되고 있는 메스가 관계가 있다는 사실도 말해 주었다. 트래비스를, 릴리를 죽인 마약 중독자로 만든 건 메스였다.

지금 유통되고 있는 메스는 오지브웨 문화와 관계가 있었다. 그 메스 수사를 도우려고
삼촌은 비밀 정보원이 되었다.

너는 과학과 부족의 문화를 모두 알아.

제이미의 말이 머릿속에서 떠올랐다.

"내가 삼촌 역할을 대신해 주기를 바라는 거예요?"

"그래, 그 말이 맞아."

론이 대답했다.

13장

나는 벌떡 일어났다. 제이미가 나를 갖고 놀았다. 우리가 함께 내디뎠던 발걸음들은 모두 나를 자기들 계획에 끌어들이려는 미끼였다. 그것도 모르고 나는…… 너무나도 친절하고 재미있고, 타인의 마음에 공감하는 사람을 만난 거라고 생각했다. 나는 정말 바보였다.

"아니, 천만에요."

내 목소리가 높아졌다.

"당신들 일에는 절대로 관여하고 싶지 않아요."

세 걸음 만에 나는 문가에 선 제이미 앞에 도달했다.

"다시 장례의 집에 데려다줘요. 지금 당장. 그리고 절대로 나한테 가까이 오지 말아요. 한 번만 더 내 곁에 온다면, 내 신탁 기금을 모두 털어서라도 변호사를 고용해서 당신들이 날 괴롭혔다고 고소할 테니까. 알고 있는 사실을 모두 다……."

제이미가 나를 막을 거라고 생각했다. 하지만 제이미는 그저 동정과 실망 사이 그 어디쯤에 있는 듯한 표정으로 나를 보면서 옆으로 비켰을 뿐이다. 어떻게, 감히 저런 표정을 짓는 거지? 나는 발을 구르며 걸어갔고, 제이미와 론은 바로 뒤에서 따라왔다.

장례의 집으로 돌아오는 동안 세 사람 모두 아무 말도 하지 않았다. 내가 안전띠를 풀 때가 되어서야 론이 입을 열었다.

"이 수사는 너희 공동체를 위한 일이야. 슬픔에 쌓인 사람들을 치유하고, 너희 삼촌과 너의 가장 친한 친구가 죽어야 했던 이유를 알고 싶은 사람들에게 답을 줄 거야. 이 모든 걸 책임져야 하는 사람을 찾아 대가를 치르게 할 수 있어. 다우니스, 너에게는 가족을, 사랑하는 사람들을, 공동체를 도울 능력이 있어. 제발 잘 생각해 보고 결심이 서면 연락해 줘."

나는 자동차 문을 세게 닫고 돌아보지 않았다.

다음 날 릴리의 장례식 때, 준 할머니의 옆에 앉아서도 가라앉지 않는 분노 때문에 내 몸은 여전히 떨리고 있었다. 지난 나흘 동안 준 할머니는 20년은 더 늙어 버린 것만 같았다. 할머니는 내가 튼튼한 떡갈나무라도 되는 것처럼 내 몸에 머리를 기대고 있었다. 할머니를 위해서라면 나는 당연히 튼튼한 나무가 될 수 있었다.

네 번째 날인 오늘은 릴리가 돌아와 작별 인사를 하고 이 세상의 경계를 넘을 것이다. 저녁 식사가 끝나면 아트 고모부는 의식의 불이 꺼지게 내버려 둘 것이다. 마지막 불이 사그라지면 다음 세상에서는 새롭게 불이 피어오를 것이다. 그 불은 릴리를 위해 꺼지지 않고 영원히 불타오를 것이다.

집회일부터 나는 달리지 않았다. 내 몸은 다시 새로워진 뉴 노멀을 받아들이지 않았다. 나는 지쳤고 제대로 생각할 수가 없었다. 그저 먹었다. 끊임없이 입에 넣고 씹었다. 내 바지들은 커져 버린 내 배를 감당하지 못했다. 내가 입을 수 있는 옷은 한 벌뿐이었다. 펑퍼짐한 주황색 드레스.

엄마와 고모는 두 번째 열에, 내 바로 뒤에 있었다. 두 사람은 가끔 손을 뻗어 나와 준 할머니의 어깨를 토닥였다. 매기는 릴리의 두 형제와 함께 준 할머니 옆에 앉아 있었다. 릴리의 또 다른 형제는 릴리에게 일어난 일을 알고 있을까?

지난 4일, 나의 엄마는 장례의 집에서도, 이곳 조그마한 가톨릭 성당에서도 언제나 내 옆에서 떠나지 않았다. 내가 식탁에 음식을 가지러 갈 때도, 화장실에 갈 때도, 엄마는 늘 두 걸음 떨어진 곳에서 나를 따라왔다. 혹시 필요한 게 있냐고, 기분이 어떠냐고 물었다.

그럴 때면 나도 모르게 문득 릴리에게 문자를 보냈다.

나: 진짜, 엄마가 날 괴롭히고 있어!

릴리는 답장을 보내지 않았다.

부족 평의회 의원 한 명이 통로를 따라 걸어가더니, 뚜껑이 열린 릴리의 관 옆에서 성호를 그었다. 나는 다른 의원이 더 와 있는지 보려고 성당 안을 훑어보았다. 부족 지도자 열 명 가운데 두 명만이 와 있었다. 두 사람 모두 여자였다. 한 명은 준 할머니의 먼 친척이었고, 다른 한 명은 부족을 대표해 수도 워싱턴으로 자주 출장을 가는 사람이었다.

평의회 의원이 이렇게 적게 온 건 놀랄 일이 아니었다. 릴리는 트래비스처럼 등록된 유권자가 아니라 그저 자손일 뿐이니까. 아니, 뿐이었으니까. 릴리와 트래비스의 장례식은 오지브웨 부족의 전통에 따라 네 번째 날인 오늘 치러진다. 트래비스는 살인자였다. 하지만 슈가섬에서 가장 큰 가족의 일원이었다. 평의회 의원들은 유권자인 플린트 가족이 장례를 치르는 노인 회관에서 조의를 표하고 있을 것이다.

고모는 내 어깨를 힘껏 잡았다가 놓더니 릴리의 관에서 멀지 않은 곳에 있는 성서대로 걸어갔다. 준 할머니는 나에게 장례 미사에서 추모사를 하기 전에 고모에게 세마ー를 주라고 부탁했다.

고모는 헛기침을 했다. 자신을 소개하고 아니시나ー베모윈으로 기도를 올렸다. 그리고 그 기도를 다시 영어로 바꾸어 말했다.

"안녕하세요. 테디 파이어키퍼입니다. 곰 일족이고, 급류의 장소에서 왔습니다. 이제 릴리 준 치프웨이를 위해 기도하려고 합니다. 창조주는 그녀를 영혼의 이름으로 알고 있습니다. '천둥새 여인'이 그 이름입니다. 릴리와 함께 할 수 있었던 시간들이 있었음에 감사합니다. 그녀의 재능을 기립니다. 릴리가 좋은 여행을 하기를 바랍니다. 그녀에 대한 사랑은 우리 마음속에 간직될 것입니다. 창조주께 정말로 너무나도 감사합니다. 이상입니다."

기도를 끝낸 뒤에도 고모는 계속 말했다.

"미사가 끝나면 곧 슈가섬에 있는 묘지에 릴리를 안장할 거예요. 슈가섬 여객선 비용은 유족이 부담합니다. 준 할머니와 매기를 위해 우리 집에서 저녁 식사를 준비할 테니, 장례에 참석하신 분은 누구나 들러 주세요."

고모의 목소리가 갈라졌다.

"릴리반을 사랑하는 분들은 누구나 환영합니다."

릴리의 새로운 이름을 듣자 목이 멨다. 이제 릴리는 다른 시간에, 다른 장소에 있음을 알리는 이름이었다. 우리는 전통적으로 다른 세상으로 간 사람들에게 '-이반'이라는 접미어를 붙여 불렀다.

장례 미사는 〈어메이징 그레이스〉를 아니시나−베모윈으로 부르면서 시작했다. 아름다운 노래였다. 슬프면서도 구원을 주는 노래였다.

매기를 비롯해 많은 부족 사람들이 가톨릭 신자였다. 그에 반해 고모나 준 할머니 같은 분들은 교회하고는 조금 거리를 두고 지냈다. 교회가 연방 정부의 지원을 받아 인디언 기숙 학교를 몇 개 운영했기 때문이다. 준 할머니는 릴리와 나에게 "그 사람들은 와서 우리의 의식을 빼앗았고, '우리' 아이들을 빼앗아 갔어"라고 했다. '내' 아이들을 빼앗아 갔다고는 하지 않았다. 왜 할머니는 자신의 딸들 이야기는 하지 않은 걸까? 릴리와 나를 보호하려고 그런 걸까?

아니시나−베모윈으로 낭송하는 주의 기도문은 내 목에 달라붙어 떨어지지 않았다.

"미인시나앙 문곰 기지가크 인바크웨지가니니안 미니크 와야−앙 엔다소 기지가그, 부니 기데타위시나앙 가−위인 에지−니슈키−구시−아안, 에지−보내게데타완기드와− 가− 에지−니슈키나위얀기드와− 다슈 마지−나카미가그. 아호."

공동체를 위한 일이고, 정의를 위한 일이라고 했던 론의 말이 떠올랐다. 다른 사람을 용서하고 우리의 잘못을 용서받는 것이 공동체를 위한 일이라고? 올바른 정의를 믿으면 악의 유혹으로부터 벗어날 수 있다고? 내 생각과 기도문은 계속해서 나를 휘감아 돌면서 밖으로 빠져나갔다.

그 생각과 말들을 따라 뒤돌아보던 내 눈에, 제이미 옆에 서 있는 리바이가 보였다. 나와 눈이 마주친 리바이는 조심스럽게 웃었다. 갑자기 뭉클해졌다. 리바이는 여기에 있기를 택한 것이다. 슈가섬의 노인 회관이 아니라, 이곳에서 릴리를 추모하기를 선택한 것이다. 트래비스는 리바이의 오랜 친구였다. 그런 친구가 아닌 나를 택한 것이다.

수많은 작은 바늘들이 내 콧속을 찌르는 것만 같았다.

하지만 진정한 충격은 장의사가 릴리의 관 뚜껑을 닫을 때 덮쳤다. 정말로 나를 덮쳤다. 내가 릴리를 볼 수 있는 마지막 순간이었다. 나는 릴리를 더 보고 싶었다. 이건 불공평했다. 장의사에게 그만두라고 소리치고 싶었다. 그저 한 번만 더 보고 싶다 말하고 싶었다.

나는 릴리를 지키지 못했다. 창문으로 날아온 새는 경고였다. 나에게는 세 번째 불행한 일을 막을 기회가 있었다. 그런데도 나는 새로 온 남자와 마을을 쏘다니느라 정신이 없었다. 제이미가 눈을 반짝이고, 흉터를 잡아당기며 크게 웃을 때면 욕망과 죄의식을 함께 느끼느라 정신이 없었다.

정말 미안해, 릴리. 나는 분노로 뜨거워진 눈물을 호박색 드레스 소매로 훔쳤다. 미사가 끝나 가자, 사제가 사슬에 매달린 번쩍이는 황금색 향로를 들고 릴리의 관 주위를 돌았다. 향로에서 연기가 피어올랐다. '교회 모깃불'. 준 할머니는 향로를 늘 그렇게 불렀다.

검은 양복을 입은 여섯 남자가 관으로 걸어가는 동안 우리는 모두 서 있었다. 여섯 남자 가운데 한 명은 내 동생이었다. TJ도 있었다. 검은 양복을 입은 TJ는 정말 거대했다. 원래도 큰 남자였지만 지금은 훨씬 더 커졌다. 대학교에서 2년 동안 풋볼을 하면서 그렇게 되었다. 경찰 학교에 간다며 TJ가 센트럴 미시간 대학교를 그만두었을 때는 모두 놀랐다. 올해 여름에 부족 경찰이 되었다며 집으로 돌아왔을 때도 사람들은 다시 한번 놀랐다.

하지만 어떻게 감히 릴리의 장례식에 TJ가 올 수 있을까? 좋은 남자인 척하기. 유용한 운구자가 되기. 어째서 나에게는 늘 거짓말쟁이들만 오는 걸까? 그건 남자들이 모두 거짓말쟁이이기 때문이다.

데이비드 삼촌만 빼고. 삼촌은 좋은 사람이었고 FBI를 도왔다. 삼촌은 거짓말을 하지 않았다. 그저 진실을 말하지 않은 것뿐이었다. 나와 엄마를 보호하려고 한 거였다. 나는 삼촌도 지키지 못했다.

운구자들은 번쩍이는 관을 들고 우리 옆을 지나갔다. 준 할머니가 너무나도 세게 내 손을 잡아서 하마터면 비명을 지를 뻔했다. 릴리의 가족이 운구 행렬을 이끌었지만 준 할머니와 나는 뒤에 남았다. 할머니가 심하게 떨었다. 할머니의 슬픔을 내가 흡수하려고 나는 할머니를 꼭 끌어안았다.

나는 할머니의 떡갈나무였다.

릴리의 증조할머니를 위로해 주려고 몇 사람이 다가왔지만 할머니는 내 품에서 벗어나지 않았다. 테디 고모가 그 사람들을 대신 맞아 주었다.

나는 준 할머니가 엄마의 차에 탈 수 있게 도왔다. 운전대를 잡은 엄마는 조용히 울고 있었다. 나는 자동차 문을 닫고 주차장 건너편으로 고개를 돌렸다.

그곳에서 그 여자를 보았고 피가 끓어올랐다. 앤지 플린트. 뻔뻔하게도 트래비스의 엄마가 이곳에 와 있었다. 그 여자는 주차장 가장 끝에 서 있는 트래비스의 녹슨 트럭 옆에서 길을 잃은 것처럼 서 있었다.

나는 엄마에게 리바이의 차를 타고 가겠다고 말하고는 엄청난 기세로 걸어갔다. 트래비스의 트럭에 거의 도착했을 때 내 동생이 막아섰다.

"다우니스, 아무 일도 하면 안 돼."

리바이가 조심스럽게 말했다.

내가 다가오는 모습을 보면서 앤지의 눈은 휘둥그레졌지만 재빨리 시선을 피했고, 내가 아닌 다른 곳을 찾아 눈을 돌렸다.

"여기서 뭐 하는 거예요?"

내가 소리 질렀다. 트래비스의 장례식은 오후나 밤에 열리는 게 분명했다. 앤지의 손에서 담뱃잎이 바닥으로 떨어져 내렸다.

"조의를 표하려고 온 거야."

필로폰의 여왕이 악어의 눈물을 흘리며 울었다.

차들은 대부분 운구차를 따르는 엄마와 고모의 차를 뒤따라 가 버리고 없었지만 몇 대 남은 차도 있었다. 그 장소가 파티 장소이건, 장례식장이건 간에 큰 싸움은 놓칠 수 없는 구경거리였으니까.

"그건 당신 방식대로나 하시고요. 어떻게 감히 여기에 얼굴을 내밀 수가 있어요?"

"릴리는 내 딸과 같았어."

앤지는 마음을 다잡고 내 눈을 똑바로 보았다.

"그런 아이를 당신 아들이 죽였다니 정말 안됐네요."

나는 앤지를 향해 팔을 들어올렸지만, 갑자기 누군가 내 팔을 잡으며 막았다. 단호한 손길이었지만 아프지는 않았다.

"이런 건 전혀 도움이 되지 않아."

제이미는 나를 끌어당기면서 내 귀에 대고 속삭였다.

나는 트래비스의 엄마가 움츠러드는 모습이 보고 싶었다. 방아쇠를 당긴 사람이 앤지가 아닌 건 잘 알았다. 하지만 앤지는 내 앞에 있는 사람이었다. 슬픔보다는 분노를 느끼는 것이, 지금은 훨씬 나았다.

리바이가 앤지의 몸을 팔로 감싸며 위로했고, 앤지는 고맙다는 표정으로 리바이를 보았다. TJ가 자신의 거대한 빨간색 트럭 옆에서 이 모든 상황을 지켜보고 있었다.

"뭘 그렇게 얼빠지게 보고 있어? 넌 돌아오면 안 돼. 보호하고 봉사해? 그게 무슨 개소리야? 우린 너 필요 없어.”

TJ를 향해 고함을 질렀다.

“다우니스, TJ는 중요하지 않아.”

제이미가 낮은 목소리로 급하게 나를 말렸다.

“트래비스와 그의 어머니만의 문제도 아니야. 지금 무슨 일이 벌어지고 있는지 모르겠어? 이런 일은 거듭될 거야. 더 많은 장례식이 열릴 테고, 더 많은 고통이 있을 거야.”

그 순간, 심장이 내 가슴을 거세게 치기 시작했고, 나는 제이미의 말을 이해했다. 이제는 그 누구도 이런 아픔을 느끼게 하고 싶지 않았다.

무엇보다도 내 마음을 끔찍하게 괴롭히는 생각은 이거였다. 이런 일이 쌍둥이에게 벌어진다면?

그렇다면 나는 살아갈 수 없을 게 분명했다. 나는 깊이 숨을 들이마셨고, 몇 미터 떨어진 곳에 서 있는 삼나무 향기를 느꼈다. 기-지크^{Giizhik}. 삼나무 향기는 우리의 전통 의학 가운데 하나였다. 우리를 보호해 주는 존재였다.

“다우니스, 묘지로 가자. 릴리에게. 준비됐어?”

제이미가 부드럽게 말했다.

“잠깐만. 먼저 해야 할 일이 있어.”

나는 검은색 에나멜가죽으로 만든 스틸레토 힐을 벗어 던졌다. 반짝이는 줄마노*처럼 광택이 나는 신발이었다. 내 행동을 이해하지 못한 제이미가 얼굴을 찡그렸다.

그 신발은 릴리 때문에 강 건너편 쇼핑몰에서 산 거였다. 릴리는 그 신발을 신으면 내가 도발적인 여자가 될 거라고 했다. 처음에 나는 신발이 높아서 내가 너무 커진다며 거절했다. 하지만 릴리는 두 눈을 반짝이며 신발 상자를 내밀었다.

나를 믿어. 너한테는 이게 필요해.

무엇 때문에? 하이힐 때문에, 아니면 남자 때문에?

당연히 둘 다지!

오늘 내가 이 신발을 신은 이유는 릴리의 장례식에 릴리와 관계가 있는 걸 하고 와야 한다는 기분이 들었기 때문이다.

---

* 광택이 있고 때때로 다른 광물질이 스며들어 겹겹이 여러 가지 빛깔의 줄이 져 있는 마노.
  미술품을 만드는 데에 쓴다.

고모의 친구들은 릴리의 경야와 장례에서 기도할 때 쓰려고 세마— 주머니를 만들어 왔다. 나는 호박색 드레스 주머니에서 세마— 주머니를 꺼내 끈을 풀고 아침 기도할 때 바치는 세마—를 한 자밤 꺼내 나무에 뿌렸다. 기—지크에게 감사를 표하고 작고 납작한 잔가지를 두 개 부러뜨렸다. 한쪽 신발에 가지를 하나씩 넣고 다시 신발을 신었다.

고모는 평의회 회의에 가야 할 때면 이 의식을 치렀다. 기—지크가 우리를 나쁜 의도에서 보호해 줄 테니까.

나는 받을 수 있는 도움을 모두 받아야 했다. 왜냐하면 이제는 결정을 내렸으니까.

나는 비밀 정보원이 될 것이다.

트래비스가 릴리를 죽여야 했던 이유를 알아낼 거니까. 데이비드 삼촌이 찾아낸 것이 무엇인지, 삼촌을 죽인 사람이 누구인지 알아내야 하니까.

내 키를 가장 크게 키우려고 몸을 쭉 폈다. 내 척추는 강철봉이었다. 나는 제이미보다도 더 커졌다. 나는 다시 주차장 끝에 있는 TJ를 한 번 더 쳐다보았다. 우리 공동체를 지킬 것이다. 나를 지킬 것이다. 스틸레토 힐은 나를 위한 도발적인 신발이 아니다. 그들을 위한 거다.

"좋아. 준비됐어."

내가 제이미에게 말했다.

자-와농
ZHAAWANONG

(남쪽)

여행은 남쪽으로 계속 이어진다.
방황하고 고민하는 시간이다.

14장

다음 날 아침, 나는 운동복을 입고 밖으로 나왔다. 묵직한 안개가 떠오르는 해를 가리고 있었다. 아침 기도를 했고 그웨코와—디지원, 정직을 청했다. 고결하게 살아간다는 것은 자기 자신도 타인도 속이지 않는다는 뜻이다. 기도가 내 목에 달라붙어 버렸다. 다시 새로워진 뉴 노멀 속에서 나는 삼촌과 나의 가장 친한 친구를 죽음으로 몰아간 원인을 밝히는 메스 수사의 비밀 정보원이 되어 거짓말하는 인생을 살아야 했다.

왠지 제대로 달릴 수가 없었다. 무언가 이상했다. 늘 달리던 길이었고, 늘 달리던 속도였는데도 달려지지가 않았다. 그 이유는 데어리퀸에 가서야 알 수 있었다. 내가 무엇을 잃었는지는 그때서야 알 수 있었다.

제이미였다. 제이미와 달리는 시간에 익숙해지면 안 되는 거였다. 제이미와 달리는 시간을 그렇게까지 좋아하면 안 되는 거였다.

접수대에서 수간호사 보나세라 부인이 인사했다. 나는 손을 흔들었다. 보이지 않는 장미꽃 다발이 내 코를 간질였다. 나는 허리를 이리저리 뒤틀었고, 양쪽 옆구리에서 들리는 우두둑 소리에 마음이 놓였다. 이 모든 것이 나의 정상적인 일상이었다.

엄마는 그랜드메리의 침대 옆에 앉아 《오만과 편견》을 큰 소리로 읽어 주고 있었다. 제인 오스틴은 내가 살아오는 모든 시간 동안 엄마와 할머니의 떠들썩한 관계를 중재하는 역할을 해왔다. 그랜드메리는 출산 뒤에 체중을 줄이지 못하는 딸의 무능력을 지적하곤 했다. 드레스를 맞추러 가서 증가한 사이즈를 인정하지 못하고 거부하는 딸에게 신랄한 말을 하기도 하면서 엄마에게 드는 실망을 전달할 수 있는 수동적인 공격 방법을 늘 찾아

냈다. 그런 모녀에게 19세기 영국 여성들에 관한 활발한 토론 시간은 두 사람이 동등한 입장이 될 수 있는 유일한 시간이었다.

나는 늘 함께 읽고 토론하자는 모녀의 제안을 거절하고 항상 그 자리에 릴리를 대신 넣으라고 했다. 나의 가장 친한 친구는 제인 오스틴을 사랑했다. 독서를 사랑했고, 고전에 푹 빠져 있었다. 릴리는 나의 엄마에게 관심받고 싶어 했고, 나는 엄마의 관심에서 벗어나고 싶었다. 엄마가 그랜드메리에게 릴리 이야기를 했는지, 할 생각인지 궁금했다.

"땀이 많이 났어."

의자에서 일어나 나를 안아 주려는 엄마에게 말했다. 하지만 엄마는 나를 꼭 끌어안았다.

"릴리를 위한 니-빙 프로그램에서는 특별한 게 있었어?"

엄마의 목소리가 부드럽게 내 뺨에 와 닿았다.

나는 고개를 끄덕였다.

"일주일 내내 아이들의 활동을 지도해 줄 상담자들이 왔어. 바스케스 씨한테 잠깐 쉬겠다고 전화했더니 지난주 금요일까지 근무한 걸로 해 주겠다고 했어. 할 수 있으면 노동절 주말이 되기 전에 한 번 와서 아이들이랑 작별 인사를 해 주면 좋겠대."

나는 목에 걸린 덩어리를 꿀꺽 삼켰다.

"TJ의 사촌인 가스가 행동 건강에 관심이 있어서 나 대신 일할 수 있대. 바스케스 씨가 상담자 중 한 명이 아이들의 슬픔을 덜어 주려고 릴리의 일을 맡았다고 했어."

"아이들을 도와줄 수 있는 부족 프로그램이 있어서 다행이야."

엄마가 말했다.

"지금 너에게 필요한 걸 바스케스 씨가 제대로 이해하고 있는 것도."

엄마는 내 등을 손으로 쓸어 주더니 나를 놓아주었다.

"오늘은 해야 할 일을 하려고. 준 할머니도 보고 오고 강의 교재도 사 올 거야. 생물학 세미나를 들을 수 있도록 노력해야지."

놀란 탓에 엄마의 이마에 주름이 더 깊어졌다. 나는 조금 더 부드럽게 말했다.

"우리가 함께 듣기로 했던 수업을 내가 제대로 듣지 못하면 릴리가 분명히 엄청나게 화낼 거야."

나는 그날 해야 할 가장 큰 일을 하려고 요양원에서 나왔다. 론, 제이미와 함께 미국 법무부 미시간주 서부 지부가 있는 마르케로 가야 했다.

론이 차를 세울 때도 나는 여전히 젖은 머리카락을 빗고 있었다. 물병을 들고 빗과 머리 끈을 민소매와 반바지로 된 롬퍼* 주머니에 넣었다. 하와이로 여행을 갔던 데이비드 삼촌은 빨간 면 위에 하얀 히비스커스가 그려진 옷감을 사 왔고, 그랜드메리가 나의 납작한 가슴과 두툼한 허리, 긴 다리를 수용할 수 있는 이 롬퍼를 만들어 주었다. 사실 지금까지는 이 옷을 입을 기회가 없을 거라고 생각했지만, 연방 정부에서 일하는 공무원들을 만나러 가야 한다고 생각하니까 티셔츠와 청반바지를 입는 것보다는 롬퍼가 더 어울릴 거라는 생각이 들었다. 물론 운동화보다도 샌들을 신는 게 좋겠다는 생각도 들었고.

자동차 문을 열었다. 에어컨이 8월 말의 후덥지근함에서 나를 구해 주었다. 벌써부터 롬퍼가 등에 달라붙었다. 머리카락을 모두 한쪽 어깨 앞으로 넘겨 땋았다.

제이미는 내 뒤에 앉아 있었다. 뒤에서 들려오는 커다란 한숨에 짜증이 났다. 이 차 안에서 짜증을 낼 권리가 있는 사람이 있다면, 그건 바로 나였다. 정말로 나는 제이미가 가능한 한 나에게서 멀리 떨어져 있기를 바랐다.

내 동생이 아주 좋아하는 영화 〈대부〉에는 클레멘자라는 인물이 자기가 목 졸라 죽여야 하는 사람 뒤에 앉아서 자동차를 타고 가는 장면이 나온다.

"헤이, 클레멘자. 론 뒤로 가."

내가 제이미에게 말했다.

"권총은 버려. 카놀리를 들어."

론이 재빨리 다음 대사를 쳤다.

나는 크게 웃었다. 능숙한 거짓말쟁이인 제이미에게서 나를 보호하기 위한 나만의 방패였다.

제이미는 몇십 센티미터 옮기는 것이 아주 고통스러운 일인 것처럼 콧대를 두 손가락으로 꽉 집었다.

"그럼 이제 다람쥐 첩보원 훈련을 시작하죠. 내가 알아야 할 게 뭐예요?"

나는 곧바로 본론을 말했다.

---

* 위와 아래가 붙은 옷.

"다람쥐 첩보원?"

제이미가 물었고 론이 대답했다.

"다람쥐 첩보원은…… 만화 주인공이야. 페도라를 쓰고 트렌치코트를 입은."

"국제 교활함 기구의 비밀 요원이야. 나만의 고전 명작이지."

"이 차에서 도청 장치를 찾아보았는데 깨끗했어. 이제부터는 모든 곳에서 도청되고 있다고 생각하고, 우리가 안전하다고 말할 때만 수사에 관해 말해야 해."

론이 말했다.

머릿속으로 명심해야 할 내용을 정리해 나갔다.

다람쥐 첩보원 규칙 1번. 나는 편집증 환자가 아니다. 하지만 내 말을 듣는 남자들은 그렇다.

"이제 정보를 가져다 둘 장소를 보여줄게."

"가져다 둘 장소라고요?"

나는 메스와 현금, 사라진 신체 부위 같은 게 가득 든 여행 가방을 상상했다.

"앞으로 설명하겠지만 먼저 말해 둘 게 있어. 우린 CI에게서 범죄 활동을 수사하는 데 도움이 될 유용하고 믿을 수 있는 정보를 받아야 해. 네가 준 정보는 훗날 영장을 신청할 때 포함될 수 있지만, 영장에 너의 신원 정보는 들어가지 않을 거야. 그게 비밀 정보원의 비밀에 속한다고 할 수 있지. 하지만 CI가 된다는 게 우리가 수사에 관한 비밀 정보를 너에게 알려 준다는 의미는 아니야. 네가 알아도 되고, 알아야 하는 내용만을 말해 줄 거야."

론이 또다시 방향을 바꿔 비포장도로로 들어섰다.

"이런 한계를 이해하는 게 중요해, 다우니스. 어느 LEO, 법 집행관이라는 뜻이야. 아무튼 LEO가 너에게 CI로서 어떤 일을 하라고 지시한다면, 예를 들어 하키팀 장비 가방에서 일회용 휴대 전화를 찾아보라고 말하면, 너는 법적 효력이 있는 요원이 되는 거야. 만약에 법적 효력이 있는 요원으로서 네가 법에 어긋나는 방법으로 증거를 모으면, 그 정보는 수정 헌법 제4조에 의거해 법정에서 증거로 채택되지 않아. 독나무에서 딴 열매라고 부르는 정보가 되는 거지. 그러니까 네가 자발적으로 정보를 제공한 뒤에 우리에게 확인해 보라고 요청하는 게 나을 거야."

다람쥐 첩보원 규칙 2번. 독나무의 열매를 조심할 것.

론은 망가진 트레일러 옆으로 난 자갈 깐 진입로로 들어갔다. 뱀처럼 구불구불한 소나무 길을 따라가니 차 세 대를 넣을 수 있는 차고가 나왔다. 론이 리모컨 두 개 가운데 하나를 들고 누르자, 차고 문이 열리면서 현대식 작업장이 모습을 드러냈다.

"여기에 하키팀 선수들이 집에서 버린 쓰레기봉투를 가져다 놓으면 돼. 너희 동생 것도 함께."

론이 말했다.

내가 방금 마신 물이 입 밖으로 튀어 나가 앞 유리창에 묻었다.

"쓰레기를 뒤지는 건 합법이야. 일단 쓰레기통에 들어가면 영장 없이 조사할 수 있어."

제이미가 설명했다.

"아니, 절대 싫어요."

황당해서 말이 제대로 나오지 않았다.

"내 동생 쓰레기를 여기로 끌고 오지는 않을 거예요. 절대로."

"도움이 될 거야."

론은 리모컨을 눌러 차고 문을 닫고 두 번째 리모컨을 나에게 주었다.

"하지만 의무는 아니야, 다우니스. 넌 우리가 접근할 수 없는 곳에 갈 수 있어. 그냥 네가 보고 들은 것만 이야기해 줘도 돼. 쓰레기를 뒤지는 건 우리가 할 테니까."

다람쥐 첩보원 규칙 3번. 나는 내 동생의 쓰레기…… 수거자가 아니다.

나는 트래비스처럼 수 고등학교에서 필로폰을 하는 사람들을 수사하는 일을 돕고 있는 거지, 리바이나 내 친구들을 감시하는 첩자가 아니다. FBI도 진짜 나를 바꿀 수는 없어. 나는 조용히 맹세했다.

마르케까지의 거리가 반쯤 남았을 때, 론은 내가 메스 제조법을 알고 있어야 한다고 말했다.

"진심으로 하는 말이에요?"

나는 귀에 거슬리는 새된 소리를 냈지만, 곧 론의 말이 일리가 있다는 생각을 했다.

론이 웃었다.

"그래. 메스 만드는 방법을 다양하게 알고 있어야 증거를 발견했을 때 네가 무언가를 찾았다는 걸 알 수 있지. 우린 너에게 트래비스 플린트가 메스-X를 만들려고 무슨 일을 했는지 알아봐 달라고 부탁할 거야. 그 일을 해 내려면 먼저 제조법부터 알아야 해."

"그러니까 내가 메스를 만들어서 실험해 보라는 말이군요."

나는 나 자신에게 그 사실을 상기시키려고 말했다.

"아무래도 비밀 정보원이 아는 게 많아야 더 도움이 되겠지. 시즌이 시작되기 전에 주말을 이용해서 제이미와 함께 마르케 외곽에 있는 연방 정부 실험실에 다녀오도록 해."

론이 말했다.

"잠깐만……, 뭐라고요?"

고개를 돌려 뒷좌석에 앉아 있는 제이미를 보았다. 제이미는 창문에 맨투맨 셔츠를 대고 머리를 기대고 있었다. 눈을 감은 것으로 보아 자는 것 같았다. 나는 목소리를 낮추고 속삭였다.

"이제 막 알게 된 친구들이 그런 여행을 가는 건 정상이 아니에요. 게다가 쟤는 여자친구가……."

문득 입을 다물고 론을 쳐다보았다.

"여자친구는 없는 거죠?"

"고향에 충실해야 할 여자친구가 있으면, 여자들 접근을 막을 수 있으니까."

론이 설명했다.

"그래도…… 모두 내가 그 여자한테서 제이미를 빼앗으려 한다고 생각할 거예요."

하지만 여자친구가 있는 남자를 뺏는 여자가 되는 것과 주말을 제이미와 함께 보내는 것 가운데 무엇이 더 심란한 일일까? 결정을 내릴 수가 없었다.

어쨌거나 메스 만드는 법을 배워야 한다는 것보다는 제이미와 함께 주말을 보내는 게 더 심란한 일인 것만은 분명했다.

　　다람쥐 첩보원 규칙 4번. 사랑과 하키, 메스에서는 모든 것이 공평하다.

"친구라고 설정할 것이냐, 그 이상의 관계를 설정할 것이냐는 모두 네 선택에 달렸어, 다우니스."

그러니까 일이 어떻게 진행되고 있는지 알 것 같았다. 나를 제이미의 여자친구라고 설정하는 것이 가장 논리적인 판단일 것이다. 하지만 지금까지 평생 논리라는 규칙을 따랐고, 지금은 논리만 생각하면 토할 것 같았다. 앤지 플린트에게 고함을 지르고, 앤지가 겁을 먹는 모습을 보는 게 좋았다. TJ에게 꺼져 버리라고 말하는 게 좋았다. 나는 연석을 넘어서 잔디밭에 주차하는 릴리처럼 되고 싶었다.

"조금 더 괜찮은 설정은 없어요?"

논리가 내가 연석을 넘는 걸 거부했기 때문에 나는 투덜거렸다.

"내 말은, 그 로맨스라는 속임수는 너무……."

적절한 단어가 쉽게 생각나지 않았다. 바보 같다? 고문이다?

"단순하지 않은가 하는 거죠."

"'오컴의 면도날'이지. 가장 단순한 해법이 가장 쉽게 믿음을 준다."

"그건 오컴의 면도날이 아니죠. 오컴의 면도날은 경쟁하는 여러 가설이 있다면, 그 가운데 추론이 가장 적은 가설로 시작하라는 문제 풀이 원칙이잖아요."

론은 입을 쩍 벌리고 나를 쳐다보다가 키득거리며 웃었다.

"좋아. 내 말은, 그게 가장 믿을 만한 이야기라는 뜻이었어."

"오늘처럼 론이 함께 가면 되잖아요. 메스 만드는 법 배우러 갈 때요."

론이 제이미와 나 사이에 완충제 역할을 해 주어야 했다. 능숙한 거짓말쟁이는 보는 것만으로도 짜증이 났으니까.

"한두 번쯤이야 대학교 탐방을 한다며 함께 갈 수 있겠지. 하지만 우리 셋이 계속 함께 다니면 분명히 수상하게 느낄 거야. 사람들은 정상적인 패턴은 그냥 받아들이고 아무 생각도 하지 않아, 다우니스. 하지만 무언가 어긋난 패턴에는 주목하는 거야. 뭔가 이상한 부분이 있다고 경계하는 거지. 의식적으로는 깨닫지 못한다고 해도 말이야. 제이미와 너는 사람들이 관찰할 수 있는 패턴을 형성해야 해. 제이미가 너의 주요 접점이 되어야 하는 거야."

"좋아요. 그렇다면 머피의 법칙은 어떻게 할 거예요?"

나는 중얼거리며 몸을 뒤척였다.

다람쥐 첩보원 규칙 5번. 일어날 수 있는 일이라면 일어나기 마련이다.

"다우니스, 우리가 너 때문에 계속 긴장하게 되는 거 같아. 특히, 저 친구가 말이야."

론은 백미러로 제이미를 흘긋 쳐다보면서 말했다.

마르케에 있는 한 사무실 건물에 도착했다. 나는 론과 제이미를 따라 건물 안으로 들어 갔다. 엘리베이터 옆에는 "미국 법무부 미시간주 서부 지부"라는 푯말이 걸려 있었다. 론 은 고위 공무원의 이름이 새겨진 황동 명함판이 걸린 사무실로 우리를 데리고 들어갔다.

고위 공무원은 자기 자신과 또 한 사람을 소개했다. 그 사람 말에 따르면 원래는 현장 요원이 나에게 비밀 정보원 계약서를 보여 주고 설명하는 게 원칙이라고 했다. 하지만 나 는 나이 때문에 비밀 정보원 공식 지시 사항을 말 그대로 읽어 주려고 데려왔다고 했다. 함께 있는 하위 공무원은 고위 공무원이 자기 일을 제대로 했음을 입증해 줄 증인이었다.

고위 공무원이 전한 말들은 자동차를 타고 오면서 론이 해 준 말을 좀 더 확장한 것이었 다. 내가 해야 할 일은 진실한 정보를 전달하는 일이었다. 나는 자발적으로 돕는 것이며, 정부는 내 신분이 탄로 나지 않도록 노력하겠지만, 합법적이거나 그래야 할 이유가 있다 면 신원을 밝힐 수도 있다고 했다. 내 협력에 대한 대가로 주어지는 약속이나 보상을 결정 할 권한은 현장 요원이 아닌 연방 정부 관리들에게 있었다. 비밀 정보원으로 활동하는 데 동의했다고 해서 법의 구속력에서 벗어난 상태는 아니며, 자발적으로 불법적인 활동을 했 을 경우 체포되고 기소될 수 있다고도 했다.

하지만 론이 아까 내가 메스 제조법을 배우게 될 거라고 하지 않았나?

론이 내 의문을 해소해 주었다.

"네가 하고자 하는 일이 합법인지 아닌지 모르겠다면, 행동하기 전에 우리에게 물어보 면 돼."

하지만 가까운 곳에 요원이 없으면? 답을 구할 시간이 없으면 어떻게 해야 하지? 그런 문제들을 당장 물어봐야 하는지, 나중에 물어봐도 되는지를 결정하려면 내가 할 일이 무 엇인지 알아야 하지만 나는 충분히 파악하지 못했다.

고위 공무원이 계약서를 끝까지 읽었다. 내가 알아들은 다른 말들은 이거였다. CI는 직 원이 아니다. 정부는 어떠한 책임도 지지 않는다. 활동비에는 세금이 부과된다.

"활동비가 있다고요?"

나는 인상을 찌푸렸다.

"난 아무것도 원하지 않아요."

이런 일을 하면서 돈을 받는다니 기분이 이상했다. 나는 그저 릴리가 왜 그런 일을 겪어야 했는지를 알고 싶을 뿐이었고, 우리 공동체를 보호하고 싶을 뿐이었다.

론은 한참 떠들면서 수사 기관은 내가 하키팀과 부족, 마을에 관한 정보를 제공해 주기를 바란다고 말했다. 트래비스 플린트와 함께 일했던 사람이 누구인지, 새로운 메스를 만들 때 사용한 전통 의학법이 무엇인지에 관한 정보를 원한다고 했다. 첨가제를 넣어 적어도 한 개 이상의 제조법으로 만든, 순수한 메스보다 훨씬 강력한 메스 말이다.

마침내 계약서에 서명할 시간이 되자 공무원들은 로렌조 할아버지의 사업 파트너들이 나에게 고등학교 졸업 선물로 준 것과 같은 멋진 펜을 건네주었다. 평범한 펜보다 훨씬 묵직한 펜이었다. 아마도 법무부는 이런 펜을 일부러 준비해 둔 것 같았다. 서류에 서명하는 사람들의 마음에 아주 묵직한 짐을 지워 주기 위해서 말이다.

왠지 잘못하고 있는 듯한 느낌이었다. 전통 의학 연구는 전에도 했었다. 하지만 그때는 개벚지나무 푸딩을 만드는 것처럼 과학이 목적이었다. 나는 사람들에게 부족의 전통 치료사가 식물을 약으로 다루는 과학자이고, 언제나 과학자였음을 알리고 싶었다. 하지만⋯⋯ 이건? FBI가 원하는 대로 메스를 만들려고 전통 의학을 이용한다고? 그건 옳지 않았다. 마음속 깊은 곳에서 나는 그 사실을 알고 있었다.

릴리라면 어떻게 했을까? 나의 용감한 친구가 마지막으로 한 행동은 나를 보호하려고 손을 뻗어 총을 잡으려고 한 것이다.

고모라면 어떻게 했을까? 나의 거친 고모는 일단 주먹부터 날린 뒤에 궁금한 걸 물어보았을 것이다.

펄 할머니도 생각했다. 펄 할머니의 부모님은 개들이 짖을 때마다 할머니와 할머니의 자매들을 숨겼다. 펄 할머니가 자랄 때는 개가 짖는다는 건 아이들을 기숙 학교로 데려갈 남자들이 오고 있다는 뜻이었다. 언젠가 한번은 나와 함께 있을 때 펄 할머니가 개 짖는 소리를 들었다. 내가 태어나기 2년 전에 교회가 운영하는 마지막 남은 기숙 학교가 폐교했는데도 나의 노코미스는 테드 할아버지의 라이플총을 집어 들더니, 침대 밑에 있는 비밀 문을 열어 그 아래 공간에 나를 숨겼다. 할머니는 나에게 아무 소리도 내지 말라고, 안 그러면 백인 남자들이 나를 데려갈 거라고 했다. 펄 할머니는 나를 지킬 수만 있다면 살인도 불사했을 것이다.

어쩌면 이 일은 FBI를 돕는 일이 아니라 나의 공동체를 지키는 일일 수도 있다. FBI에게 협력하지 않고도 공동체를 지킬 수 있을까? 내가 서명하지 않는다면, FBI는 또 다른 비밀 정보원을 찾아낼 것이다.

제이미가 옳았다. 나는 과학과 오지브웨 문화를 알았다. 나는 내가 이 일을 해낼 수 있을 만큼 강하다는 사실도 알았다. 나는 한 가지를 더 알게 되었다. 내가 내린 좋은 다람쥐 첩보원의 정의와 다른 사람이 내린 정의는 다르다는 것을 말이다.

어쩌면 수사는 한 방향이 아니라 두 방향으로 진행될 것이다.

FBI의 수사와 나의 수사.

나는 계약서에 서명했다.

돌아오는 차 안에서는 세 사람 모두 아무 말도 하지 않았다. 나는 나무들이 희미하게 보일 때까지 눈을 깜박였다. 오랫동안 백일몽 놀이를 하지 않았다. 내 앞에 있는 광경이 바뀔 때까지 눈을 깜빡이는 놀이 말이다.

하키 시합을 할 때면 아빠가 다른 부모들과 함께 관중석에 앉아 있다가 주위 사람들과 하이파이브를 하는 모습을 상상했다. 올여름에 리바이가 북미 하키 리그 최연소 주장에 임명되었을 때는 아빠가 내 옆에 앉아 있는 모습이 나타날 때까지 눈을 깜박였다. 아빠는 나를 꼭 안아 주면서 내 동생과 내가 정말 자랑스럽다고 말했다.

내 이름은 다우니스 로렌자 폰테인이고, 가장 친한 친구는 릴리 준 치프웨이다. 우리는 대학 서점에서 쇼핑을 하고 있었다. 릴리가 준 할머니에게 받은 쿠폰을 사용하려면 먼저 교재 가격을 알아야 했다. 나는 샤프와 형광펜을 살 수 있다는 생각에 신이 났다. 릴리는 펜과 연필이 모두 같다고 말했지만 그건 진실이 아니다. 분명히 훨씬 영리해진다고 느껴지는 필기구는 있다. 그런 필기구를 쓰면 계산도 잘되고 보고서 글도 술술 써진다. 릴리는 내 이야기를 다우니스의 마법 필기구 이론이라며 놀렸다. 나는 릴리가 이 세상에서 가장 사랑하는 괴짜였다.

릴리가 쇼핑을 할 때면 내가 같이 갔다. 그곳이 식료품점이라고 해도. 왜냐하면 릴리의 짙은 갈색 피부 때문에 가게를 돌아보는 내내 경비원이 따라다녔기 때문이다. 릴리가 나와 함께 가게에 가는 건 내가 릴리의 또라이가 되어 주기를 바라기 때문은 아니었다. 릴리는 자신을 의심하는 사람들에게 완벽하게 맞설 수 있는 능력이 있었으니까. 그저 증인이 있는 게 분쟁에는 도움이 되었기 때문이다. 하지만 대학 서점은 달라야 했다. 이곳에는 지성이 있으니까. 우리는 이 많은 사람들 사이에 있는 그저 평범한 신입생일 뿐이니까.

각도기가 있는 통로 끝에서 론과 제이미가 나타났다. 왜 저 사람들이 여기에?

"위험은 어디에나 있는 거야."

제이미가 말했다.

나는 경고해 주려고 릴리를 보았지만 릴리는 사라지고 없었다. 그들이 나타났고 이제 릴리는 가 버렸다.

흘러내린 눈물을 닦으려고 뺨을 훔치다가 나를 쳐다보는 제이미와 눈이 마주쳤다. 제이미는 재빨리 고개를 돌렸다.

아직 한 시간을 더 가야 했다. 바로 앞에 타쿠아메논 폭포 공원으로 갈 수 있는 길이 보였다.

"저 표지판들을 따라가요. 여긴 꼭 보고 가야 해요."

내가 론에게 말했다.

공원 입구는 몇 킬로미터를 사이에 두고 두 개가 있다. 우리는 낮은 폭포가 여러 개 있는 하류 폭포 지역이 아닌 큰 폭포가 있는 상류 쪽으로 갔다. 바깥 공기는 서늘했다. 슈피리어 호수 근처에 사는 사람들은 늘 경험하는 일이었다. 바람이 예고도 없이 바뀌어 버린다는 것.

제이미가 맨투맨 티셔츠를 나에게 건넸고, 나는 마지못해 받아들었다. 놀랍게도 티셔츠는 나에게 맞았다. 제이미가 두 치수는 큰 셔츠를 가지고 온 것이 분명했다.

주차장에서 폭포로 이어지는 숲길을 따라 내가 앞장서 걸었다. 폭포에 가까이 다가갈수록 폭포수가 포효하는 소리가 점점 더 커졌다. 전망대까지 백여 걸음 남았을 때, 나무들 사이로 타쿠아메논강이 보였다.

정말 멋진 날이었다. 무성한 녹색 잎들은 이제 막 빨간색, 주황색, 노란색으로 바뀌려는 기미를 보였다. 아직 가을의 절정을 알리는 색은 띠지 않았지만, 큰 변화가 일어나리라는

144

사실을 암시했다.

15미터 아래로 떨어져 내려 하얀 거품을 만들고, 다시 하류 폭포를 향해 흘러가는 넓은 갈색 강은 흡사 루트비어처럼 보였다. 론과 제이미는 압도된 것 같았다.

관광객 한 떼가 떠나는 순간을 기다렸다가 전망대에 올랐다.

"여긴 메스니 하키니 하는 것보다도 더 많은 게 있어요!"

귀를 먹게 할 것처럼 요란한 폭포 소리를 뚫고 내가 소리쳤다.

"물색이 왜 저런 거야?"

론도 고함을 질렀다.

"상류 습지에 있는 삼나무에서 탄닌이 흘러나와서 그래요!"

나는 이곳의 장엄한 아름다움에 자부심을 느꼈다. 제이미와 론은 끔찍한 일을 수사하려고 왔다. 나쁜 선입견에는 빛을 비춰 줄 필요가 있다. 범죄만이 우리의 이야기는 아니었다.

"기-지크는 우리의 전통 의학에서 쓰는 재료예요. 삼나무 말이에요. 제일 중요한 네 가지 약재 가운데 하나예요."

나는 자발적으로 정보를 제공하기로 마음먹고 말했다.

"정화제예요. 약을 깨끗하게 만드는 거예요."

"네 신발에 넣었지?"

제이미가 말했다. 릴리의 장례식에서, 라는 말은 덧붙일 필요도 없었다.

"어떤 일에 감사를 표시하려면 세마─, 그러니까 담뱃잎을 바쳐야 해. 기-지크는 보호를 위한 거야. 삼나무 위를 걸으면 도움을 청할 수 있고, 선한 기운에 둘러싸이게 돼."

몇 분 동안 아무 말도 없이 서 있었다. 아니, 몇 시간이었는지도 몰랐다. 이곳에서는 시간이 정지해 버린 것만 같았다.

마르케로 가는 동안에 했어야 했던 말을 이제야 두 사람에게 하기로 결정했다.

"론, 제이미가 말하기 전까지는 나도 잊고 있었던 건데 나는 우리 전통을 존중해요. 삼촌과 릴리를 애도하는 거예요. 그래서 1년 동안은 약재를 모을 수가 없어요. 나의 애도가 약재에 영향을 미치니까요. 그 말은 많은 가르침이 전해지는 시기에, 내가 수집 모임에 참여하지 못한다는 뜻이에요."

나는 깊이 숨을 들이마셨다.

"정보를 모을 수 있는 다른 방법들을 찾아야 해요. 하지만 맹세해요. 꼭 찾아낼게요."

론이 고개를 끄덕였다.

"이해해. 내가 하고 싶은 말은 다른 거야."

론의 말에 나는 몸에 힘을 주었고, 왼쪽 어깨에 익숙한 통증을 느꼈다.

"부족 명부에 등록하지 않았다는 거 알아. 하지만 부족에서 열아홉 살 생일 때까지는 등록할 수 있는 기회를 준다고 알고 있어. 10월 1일까지는 말이야. 맞지? 혹시 특별 신청서를 제출해 보는 게 어때? 부족과 연결 고리가 더 강해지면 수사에 도움이 될 거 같은데."

"절대 안 돼요."

수사와 등록 상태는 따로 머물고 싶은 내 삶의 두 영역이었다. 저 떠벌이 제이미가 출생증명서에 관해 내가 한 말을 론에게 전한 게 분명했다. 물론 론이 나를 조사할 때 내 생일을 기억해 둔 것일 수도 있었지만.

"그냥 제안해 본 거야, 다우니스. 무례하게 굴 생각은 아니었어."

론이 대답했다.

"삼촌이 제출한 사건 파일에는 뭐가 들어 있었어요?"

나는 정말 절실하게 화제를 바꾸고 싶었다.

론이 기억을 되살려 삼촌이 제출한 정보를 들려주는 동안, 나는 무표정한 얼굴로 가만히 앉아 있었다. 버섯과 슈가섬에 관해 말해 줄 때는 허벅지 위쪽을 세게 꼬집어야 했지만.

"데이비드 폰테인은 그곳이 정확히 어딘지는 말해 주지 않았어. 하지만 우리는 그가 듀크 호수 근처 슈가섬 남쪽 끝에 있었다는 걸 알아. 그곳에서 버섯과 균류 표본을 채집했으니까."

어째서 데이비드 삼촌은 FBI에게 자기가 있는 곳의 위치를 정확하게 말하지 않은 걸까? 삼촌이 말하지 않았는데 어떻게 FBI는 삼촌이 있었던 곳을 알고 있는 거지?

잠깐만……, 지금 내 위치를 추적하겠다는 거야?

어디에나 듣는 귀가 있다고 생각해야 해. 론이 말한 게 나를 감시하겠다는 의미였나? 제이미가 내 감시자고?

론이 손으로 계단을 가리켰다.

"이제 가지."

"다람쥐 첩보원의 시간이네요."

나는 공허하게 웃었다.

처음에는 늘 걷던 속도로 산을 올랐다. 하지만 경쟁을 하자는 듯이 제이미가 속도를 높였다. 이 망할 자식! 나는 한 번에 두 계단씩 오르며 제이미를 앞서 나갔다. 제이미가 나를 따라잡았다. 둘이 동시에 꼭대기에 닿았고, 둘 다 거칠게 숨을 몰아쉬었다.

"도대체 만화 이야기는 왜 하는 거야? 완전히 구려."

숨을 헐떡이는 사이 제이미가 말했다.

"내가 그걸 모를 것 같아?"

옆구리에 닿는 시접이 칼처럼 쑤셨다. 맨투맨 티셔츠를 벗어 제이미에게 던졌다.

"자, 이젠 괜찮아."

티셔츠를 낚아채는 제이미의 번개 같은 반사 신경과 찡그린 얼굴 때문에 짜증이 났다.

"론한테 내 출생 증명서에는 아빠가 없다는 말 했어? 외조부모님이 아빠가 취업할 수 없게 막았다는 것도? 그걸 네가 보고서에 적어 넣을 걸 알았다면, 절대로 말하지 않았을 거야."

"목소리 낮춰."

제이미가 텅 빈 주차장을 둘러보면서 말했다.

"이것도 네 보고서에 써."

나는 양손의 중지를 높이 들어 올려 보이면서 씩씩거렸다.

"우리는 친구가 아니다. 너는 신참이 아니고, 나는 앰배서더가 아니다. 수사만 아니면 너는 나한테 존재하지도 않는 사람이다."

제이미의 근사한 갈색 눈 속에 무언가 강렬한 것이 떠올랐다. 분노, 분개, 도전.

나도 똑같은 감정을 제이미에게 돌려주었다. 마치 눈싸움 같았다. 아니, 이글거리며 타오르기 시합 같았다.

"도대체 왜 그렇게 서두른 거야?"

마침내 나타난 론이 말했다. 그는 긴장을 잘라 버리는 칼처럼 우리 사이에 들어왔다.

"자동차 열쇠는 내가 갖고 있는데 말이야."

15장

다음 날 준 할머니가 전화를 했고, 슈가섬의 노인 회관에서 점심을 먹게 데려다 달라고 했다.

"그럴게요."

나는 주저하지 않고 대답했다.

"엄마한테 차를 쓴다고 말할게요."

"그건 걱정하지 마. 내일 열한 시에 보자꾸나."

우리 집 진입로로 들어오는 지프를 본 순간 내 심장은 멈춰 버릴 것만 같았다. 작은 준 할머니가 운전석에 앉아 있었다. 운전석에서 훌쩍 뛰어나온 할머니는 나를 보고 손을 흔들더니 늘 앉는 조수석으로 걸어갔다.

운전을 할 수 있는데 할머니는 왜 내가 필요한 거지?

릴리의 운전석에 앉으니 기분이 이상했다. 내 머리는 지프의 지붕에 닿을락 말락 했고, 내 무릎은 운전대 밑에 불편하게 끼어 있었다. 나는 의자를 밑으로 내리고 할 수 있는 만큼 힘껏 뒤로 밀었다.

여객선 주차장으로 재빨리 돌아 들어갈 때는 지프의 타이어가 릴리를 추모하며 날카로운 소리를 냈다. 준 할머니는 눈물을 글썽이며 웃었다. 그 순간, 나는 수사에 관해 말하고 싶었다. 릴리를 위해 정의를 실현할 거라고 말하고 싶었다.

하지만 아무 말도 하지 않았다.

여객선에 오르자 준 할머니는 지갑에서 세마─ 주머니를 꺼내더니 나에게 세마─를 한 자밤 내밀었다.

"강은 끊임없이 흘러가니까, 우리가 건널 때마다 새로운 강이 된단다. 그러니까 그 여행을 존중해야 하지 않겠니. 이건 오래된 가르침이야. 그런데도 내가 지키질 않았구나."

할머니를 따라 세마―를 창문 밖으로 던졌고, 산들바람이 세마―와 우리의 기도를 저 멀리 강까지 실어갔다.

노인 회관 식당으로 들어가는 동안 준 할머니는 내 손을 꼭 잡고 있었다. 할머니에게 내가 필요한 건 이 때문이었다. 그저 여기까지 자동차를 운전해 오는 것이 전부가 아니었다.

할머니는 미니 머스탱 할머니 옆에 앉았다. 미니 할머니의 성은 사실 매니토우였지만 잘 익은 토마토색 포드 머스탱을 구입한 뒤로는 새로운 별명을 갖게 되었다. 일흔다섯 살 때 머스탱을 장만한 미니 할머니는 자신의 새 차를 '중년의 위기'라고 불렀다.

커피를 가져다주자 준 할머니는 내 손을 토닥였다.

"미―그웨치, 우리 아가씨. 음…… 진하고 쓰네. 꼭 내 첫 번째 남편 같아."

"자기도 화끈하면서 뭘 그래, 섹시 할머니."

미니 할머니의 말에 두 할머니가 크게 웃었다.

나는 존시 키웨든 할아버지 뒤에 섰다. TJ의 할아버지였다. 예전에는 TJ만큼 컸지만 지금은 작아져서 거의 나와 비슷해진 할아버지였다.

"이걸 지금 패스티*라고 주는 거야?"

배식 담당자가 다진 소고기와 뿌리채소를 넣고 주름진 가장자리를 반으로 접어 구운 고기파이를 접시 위에 올려놓자 존시 할아버지가 얼굴을 찡그리면서 투덜거렸다.

"그럼 이걸 뭐라고 해야 할까요?"

배식 담당자가 존시 할아버지의 말투를 흉내 내면서 말했다.

"그런 걸 자네한테 가르쳐 줄 시간이 있는 줄 알아!"

존시 할아버지는 버럭 고함을 지르더니 걸어가 버렸다.

배식 담당자는 그런 존시 할아버지를 보면서 윙크를 했다.

나는 준 할머니의 패스티를 받았다. 점심 배식은 항상 노인부터 받는다. 나는 할머니에게 식사를 가져다주고 다시 돌아와 줄을 설 것이다.

---

* 고기와 채소를 넣어 만든 파이.

준 할머니에게는 샐러드와 패스티, 케첩 병을 가져다주었다. 미니 할머니는 그레이비소스가 아니라 케첩을 패스티에 뿌려 먹는 죄를 사해 달라며 성호를 그었다.

미니 할머니가 내가 듣는 수업에 관해 물어서 나는 한참 동안 이야기했다.

"미국 문학? 그 학교는 수업 목록에 미치너를 넣어야 해."

준 할머니가 협박하듯이 말했다.

릴리와 나는 가끔 준 할머니와 미니 할머니를 모시고 중고 물품 판매를 하는 곳으로 가서 표지가 훼손되지 않은 제임스 미치너의 양장본 책을 찾는 일을 돕고는 했다. 언젠가 나도 미치너의 《하와이》를 읽어 보려고 애쓴 적이 있었지만, 수백만 년 전에 섬이 생성된 과정을 묘사한 첫 장에서 죽어도 벗어날 수가 없었다. 소설 속 하와이에서는 해저 표면이 갈라지면서 용암이 분출했고, 머나먼 육지에서 온 새가 싼 똥에는 씨앗이 들어 있었다.

나는 요구르트와 샐러드를 먹었고, 다시 식습관이 정상으로 돌아왔음에 감사했다.

고모가 식당으로 들어왔고, 곧 나는 고모에게 푹 안겼다. 디자이너 향수, 밀수 담배, 이제 막 비가 온 뒤의 숲을 떠오르게 하는 향기 등 멋진 테디 고모의 냄새를 맡으면 마음이 차분해졌다.

고모에게 모든 것을 말해야겠다는 생각이 드는 순간, 나는 내 목구멍을 막아 버렸다. 준 할머니는 고모가 중범죄를 저질렀다고 했다. 그래서 두 사람 모두 평의회 의원직에는 출마할 수 없다고 했다. 그 말이 사실이라면 수사에 관해 말하는 순간 고모가 위험해질 수도 있다는 생각이 들었다.

고모는 아트 고모부, 쌍둥이와 함께 평화롭게 살아가고 있다. 아트 고모부를 만나기 전까지 고모는 정말 끔찍한 남자들만 만났다. 고모는 그 남자들을 '나쁜 녀석들'이라고 불렀다. 아트 고모부는 고모에게 사랑이 꼭 롤러코스터 같을 필요는 없음을, 사랑은 숲에 걸어 들어간 것처럼 평화로울 수도 있음을 가르쳐 주었다. 고모는 혼자서 길을 걷는 것이 아니라 이 지구에서의 여행을 함께 하는 사람이 생겼음을 의미하는 아름다운 우리 언어가 있다고 했다. 위-지인디윈^{wiijiindiwin}.

나는 아무 말도 하지 않고 가만히 있었다.

저 멀리에서 존시 할아버지가 늘 그렇듯이 큰 소리로 고모에게 인사했다. 부족 평의회 의원이나 프로그램 담당자가 점심을 먹으러 올 때면 존시 할아버지는 늘 그렇게 인사했다.

"어이, 거물! 우리가 자네들한테 얼마를 지불하고 있는 거야?"

"만족할 만큼은 아니지만 존시, 내가 이 일을 계속할 만큼은 돼요."

고모가 대답했다.

점심을 먹은 뒤에도 준 할머니와 나는 퍼즐을 함께 맞추면서 아니시나-베모윈으로 대화했다. 먹기 좋은 부드러운 음식에 소금을 치는 것처럼 영어로 말하면서 간간이 오지브웨 단어를 섞는 노인들도 있었다. 독서 모임을 하는 노인들도, 태극권을 하는 노인들도 있었다. 준 할머니는 부족 평의회에서 내린 결정을 대부분 무시하고 큰 소리로 대안을 떠들어 대는 반항아들과 부족 정치에 관해 논쟁을 벌였다.

금요일인 오늘은 유커를 하는 날이었다. 준 할머니와 미니 할머니는 카드 탁자에 서로 마주 보고 앉아서 눈을 깜빡이며 상대방이 가지고 있는 패는 무엇인지, 잭을 들고 있는지 같은 비밀 정보를 은밀하게 주고받았다. 노인들의 유커는 상대방도 같은 전략을 구사하지 않는다면 상당히 불공평한 게임이 될 것이다.

존시 할아버지는 우리가 있는 곳으로 다가오더니 같이 병을 모으러 갈 사람이 있는지 물었다. 존시 할아버지에게는 마을 남쪽에 있는 오래된 쓰레기 매립지를 뒤져 가치 있는 물건을 찾으려는 수집벽이 있다는 사실이 기억났다.

근처 탁자에서는 시니 할머니가 고모에게 기-지크 아니입비-산^{giizhik aniibiishan}을 모으러 갈 건지 물었다. 슈가섬에서 삼나무 잎을 모을 건지를 물은 것이다. 니시 여자들 몇 명이 이번 주말에 갈 거라고 했다.

"가-위인^{Gaawiin}."

고모는 고개를 저었다. 안 간다는 뜻이었다. 그리고 재빨리 무슨 말인가를 했다. 나는 간신히 고모의 말을 알아들을 수 있었다. 이니가-지^{inigaazi}와 크웨잔^{kwezan}이었다. 애도와 어린 아가씨라는 뜻이었다.

나는 고모의 품으로 뛰어들어 아기처럼 울고 싶은 마음을 간신히 억눌렀다. 고모도 준 할머니와 나와 함께 릴리를 애도하는 기간을 가지는 거였다. 망자를 추모하는 사람이 지켜야 하는 전통대로 1년 동안은 약재를 수확하러 가지 않으려는 거였다. 어제 내가 타쿠아메논 폭포에서 론과 제이미에게 말한 우리의 전통대로 말이다.

나는 론에게 전통 약재에 관한 정보를 모을 다른 방법을 반드시 찾겠다고 말했었다. 특히 환각 작용을 일으키는 약재를 찾을 방법을.

오늘 아침의 기도 때는 마나-덴다모윈^{manaadendamowin}을 불렀어야 했다. 해를 끼치지 않고 행동한다는 것은 존중하는 법을 안다는 거니까. 내가 헤쳐 나가야 하는 곳에는 힘이 있었다. 애도 기간에 전통이 규정하는 일을 존중하고 다른 사람을 보호하는 것은 나의 책임이다.

존시 할아버지가 유커를 하는 모든 탁자를 돌면서 사람들이 들고 있는 패를 들여다보았다. 미니 할머니의 패를 보았을 때는 얼굴을 찡그렸다.

TJ의 여자친구로 지냈던 세 달 동안 나는 키웨든 가족과 많은 시간을 보냈다. 나는 언제나 TJ의 가족을 좋아했다. 특히 그의 할아버지를 좋아했다. 존시 할아버지는 언제나 많은 이야기를 해 주었다. 가끔은 존시 할아버지가 들려주는 가르침을 들으려고 키웨든의 집에 찾아가 시간을 보내기도 했다.

존시 할아버지는 재담가였다. 전통적인 가르침을 아주 많이 아는 노인이었다. TJ는 할아버지가 귀한 보물을 찾겠다며 혼자 쓰레기 매립지에 가는 걸 좋아하지 않았다.

"저기, 존시 할아버지! 지금도 함께 보물 찾으러 갈 사람 필요하세요?"

내가 큰 소리로 물었다.

16장

존시 할아버지는 내가 50퍼센트 당첨 확률이 있는 복권 추첨식에서 자기 번호를 부른 것처럼 의기양양했다.

"내가 널 좋아한다는 걸 늘 알고 있었다니까. 가자고, 아가씨. 시간을 헛되게 쓰면 되나."

"일단 준 할머니네 들러야 하니까 저를 따라오세요. 그 뒤에 할아버지의 차를 타고 가면 돼요."

내가 말했다.

먼저 마을 남쪽 끝에 준 할머니의 집이 있는 위성 보호 구역으로 갔다. 그곳에 있는 집들은 절반 정도가 1970년대에 도시·주택개발부에서 자금을 댄 연방 거주 프로젝트의 일환으로 만든 쿠키커터 하우스*였고, 나머지 절반은 모두가 '카지노 배당금'이라고 부르는 주택이었다. 카지노 배당금은 평범하지만 괜찮은 집이었고, 별다른 특징이 없는 쿠키커터 하우스에 비하면 엄마들이 돌아가면서 생활용품 홍보 모임을 열어 거리에 도시 근교 분위기를 더해 주었다. 이 두 구역은 부족의 경제가 부유해진 시기를 전과 후로 가르고 있었다. 준 할머니는 경제 번영 전 시기의 구역에서 살았다.

릴리를 위해 다시 한번 엄청난 마찰력으로 지프 바퀴가 비명을 지르게 만들며 할머니 집 진입로로 들어갔고, 준 할머니와 나는 서로를 바라보면서 슬프면서도 달콤한 미소를

---

* 공장에서 찍어 낸 듯한 건물.

지었다. 나는 할머니에게 지프 열쇠를 내밀었다. 여전히 세마- 주머니를 손에 쥐고 있던 할머니는 두 손으로 내 손을 감쌌다. 열쇠고리가 조개 속에 든 진주가 되었다.

"비네시크웨^{Binesikwe}의 장례식 비용을 내려고 갔더니, 장의사가 벌써 받았다고 하더라."

릴리 영혼의 이름에 나는 고개를 푹 숙였다.

준 할머니는 내가 지금까지 들어 보지 못한 부드러운 목소리로 말했다.

"너의 주니야-^{zhooniyaa}(신탁 기금)를 쓸 필요는 없었어. 미-그웨치. 그리고 그 애의 친구가 되어 줘서 치 미-그웨치."

할머니는 포옹하는 것처럼 손을 오므렸다.

"나는 이 지프가 이 마을을 돌아다니는 걸 보고 싶어. 대학 교정도 돌아다니고. 강 건너 쇼핑몰도 가고, 여객선도 타고. 날 위해 그 일을 해 줄 거지, 우리 아가씨?"

나는 목이 멘 채 고개를 끄덕였다.

존시 할아버지의 목소리가 나를 깜짝 놀라게 했다.

"어이, 아가씨. 나는 구애할 아가씨도 많고, 따야 할 돈도 많단 말이야!"

존시 할아버지는 열린 창문 밖으로 몸을 내밀고 과장되게 자신의 손목시계를 툭툭 두드렸다.

나는 크게 웃었다. 존시 할아버지는 한 여자와 결혼해 50년이 넘도록 결혼 생활을 유지하고 있었고, 포커 게임을 할 때도 푼돈이 아니면 내기하지 않았다.

현관까지 함께 간 뒤에 다시 차로 돌아가는 나에게 준 할머니가 손을 흔들었다.

"그런 나쁜 장소에 갈 때는 아주 조심해야 해."

준 할머니가 내 뒤에 대고 소리쳤다.

나는 지프를 타고 "프라이브레드 파워!"라는 범퍼 스티커를 붙인 존시 할아버지의 연한 청색 링컨 타운카 뒤를 따라갔다. 마을에서 남쪽으로 몇 킬로미터를 달리면 도착하는 쓰레기 매립지는 작은 주차장과 개울, 자작나무와 물푸레나무 속 식물들이 자라는 숲에 둘러싸여 있었다.

존시 할아버지가 링컨 타운카의 트렁크를 열자 젠가 조각처럼 틈새 없이 꽉 들어찬 플라스틱 보관통이 보였다. 보관통의 파란색 뚜껑에는 모두 TJ가 썼음이 분명한 블록체 글씨가 적혀 있었다.

존시 할아버지는 이번 모험에 걸맞은 보관통을 꺼내 들었다.

보물 사냥용

벤돌리어 가방·돋보기·스토리지 백

배낭·소독용 물티슈·행주

장갑과 마스크·스프레이 소독약·물병

존시 할아버지는 상당히 바랜 갈색 밴돌리어 가죽 가방을 어깨에 메고 나머지 물건은 커다란 배낭에 모두 넣었다. 내가 배낭을 메려면 최대한 길게 늘인 배낭끈을 내 몸에 맞게 줄여야 했다. 평소에 존시 할아버지를 따라 이곳에 오는 건 TJ임이 분명했다.

존시 할아버지는 눈을 굴리며 나에게 라텍스 장갑과 마스크를 내밀었다. TJ가 주저하는 할아버지에게 안전 장비를 제대로 착용해야 한다는 걸 분명 숙지시켰을 것이다.

"여기서 기다려, 착한 녀석."

모험을 떠나기 전에 존시 할아버지는 링컨 타운카를 토닥이면서 말했다.

쓰레기 매립지는 안쪽부터 되는 대로 쓰레기를 채워 나갔기 때문에 새로 가져온 쓰레기는 도로와 가까운 곳에 있었다. 버려진 매트리스 위에는 아직 얼룩이 그대로 보였고, 검은색 쓰레기봉투는 빛나고 있었다. 콘솔 텔레비전에서는 베니어합판이 떨어져 나가고 있었고, 내부에 가구가 있는 인형의 집도 있었다. 도대체 왜 모두 이런 것들을 버리는…… 아니, 이런 쓸데없는 생각들은 하지 않을 거다.

존시 할아버지는 쉽게 얻을 수 있는 물건에는 관심이 없었다. 할아버지는 이곳을 훤히 알고 있어서 거침없이 나를 끌고 쓰레기 매립지 안으로 들어갔다. 이곳에서는 시간이 뒤틀리는 것이 분명했다. 존시 할아버지는 소싯적 권투를 했을 때 엄청나게 빠른 발의 소유자였다는 이야기에 걸맞게 엄청난 속도로 울퉁불퉁한 지형을 가로질러 갔다. 그에 반해 나는 이제 막 걸음마를 뗀 아이처럼 수십 년 쌓인 쓰레기 더미 위에서 고전을 면치 못했다.

우리는 마을에서도 고속도로에서도 멀리 떨어진 곳에 있었으니, 침묵은 마음에 평화를 가져다주어야 옳을 텐데도 오히려 불안했다. 존시 할아버지와 함께 가겠다는 결정을 아무 생각 없이 갑자기 했기 때문에 신발에 기-지크를 넣어야 한다는 사실을 깜박했다. 앞으로는 좀 더 똑똑한 다람쥐 첩보원이 되어야 했다.

존시 할아버지도 침묵이 불편한지 흥얼거리기 시작했다. 일단 목표 지점에 도착하자 존시 할아버지는 나에게 지시하기 시작했다.

"이제부터 병에 글씨가 적혀 있거나 디자인이 된 걸 찾을 거야. 깨진 건 안 돼. 색유리면 더 좋고. 모자를 쓰고 있으면 훨씬 좋아."

"모자요?"

"뚜껑 말이야."

존시 할아버지는 페리가 "그것도 몰라?"라고 말할 때의 말투로 대답했다.

존시 할아버지는 다시 흥얼거리면서 쓰레기 더미를 뒤졌다. 곧 흥얼거림에는 가사가 덧붙여졌다. 존시 할아버지의 어머니 쪽 가족인 핀란드의 민속 음악이었다. 할아버지는 끙끙대며 거대하고 주름진 금속 조각을 들어 올리더니 옆으로 던졌다.

"존시 할아버지, 그런 일은 제가 도울 수 있어요. 근데 거미가 있는지부터 살펴야 하는 거 아니에요?"

존시 할아버지는 병뚜껑 이야기를 할 때와 똑같은 표정을 지었다.

"아가씨, 이런 곳에 살아 있는 게 존재할 것 같아?"

이곳이 기이할 정도로 조용한 이유는 그 때문이었다. 나무에는 새가 없었다. 곤충도 없었고 깔따구 한 마리 보이지 않았다. 모기조차도 없었다.

자작나무에서는 불에 탄 자국처럼 균류가 자라는데도 이곳 버섯을 약재로 쓰겠다고 채집하는 사람은 없었다. 망치로 두드려 이곳에서 벌어진 1년간의 이야기를 담고 있는 물푸레나무의 나이테에서 즙을 짜내는 사람도 없었다. 그 누구도 이곳 물푸레나무의 껍질을 벗겨 베리 물이나 꽃물에 담갔다가 멋진 바구니로 엮는 사람은 없었다.

이곳 나무들은 그렇게 쓰이지 않았다. 이 나무들의 역할은 오염된 지하수를 흡수하고 독성이 있는 공기를 빨아들이는 거였다.

"수는 오래된 도시야."

존시 할아버지는 다시 유리 보물을 찾아 나서면서 말했다.

"공장도 농장도 환경보호청(EPA)인지 노동안전위생국(OSHA)인지, 자기들이 법 집행 기관입네 하는 곳에서 이런 걸 하면 안 된다, 저런 걸 하면 안 된다고 하기 전까지는 이곳에 자기들 무원Moowan(배설물)을 가져왔었어. 일곱 세대 앞도 내다보지 못하는 인간들이 이 땅을 망친 거지. 여긴 벌레 한 마리 없어. 먹을 게 없으니 새가 올 리 없지. 거미도 마찬가지야. 네발 달린 짐승들도 당연히 여긴 피해야 한다는 걸 알아."

"음…… 그런 생물들이 여기에 오지 않는다면 우리도 오면 안 되는 거 아니에요?"

내가 말했다.

존시 할아버지가 나를 향해 손을 흔들었다.

"에, 너도 꼭 TJ처럼 말하는구나."

허리를 곧게 펴고 선 존시 할아버지는 여전히 무시무시하게 긴 팔을 양쪽으로 쭉 폈다.

"너희 두 사람은 정말 잘 어울렸어. 오래가지는 못했지만 말이야."

나에게 쏟는 그의 자부심과 즐거움에 관해서는 내가 뭐라고 할 말이 없었기 때문에 다시 쓰레기 더미를 뒤졌다.

"그 일은 침묵하겠다? 그것도 둘이 똑같군, 그래."

존시 할아버지는 고개를 저었다.

갈색 병 바닥이 빙산처럼 땅 위에 솟아 있었다. 나는 낡은 자동차 번호판을 들고 조심스럽게 병을 파냈다. 병의 표면을 닦아 내자 울퉁불퉁했던 표면에서 글자가 드러났다.

"여기요, 존시 할아버지. 여기 '워너의 안전한 콩팥과 간 치료'라고 적혀 있어요."

존시 할아버지에게 병을 보여주려고 걸어가다가 문득 남서쪽 하늘에 진한 회색 구름이 넓게 걸린 모습이 보였다. 구름 밑의 하늘은 암녹색을 띤 짙은 청색이었다.

"차로 돌아가야겠어요. 폭풍이 불겠어요."

내가 경고했다.

존시 할아버지는 몸을 일으키더니 코를 킁킁거렸고, 고개를 끄덕이며 말했다.

"그래, 숲에서 떨어져야 해. 시냇가로 걷자고."

할아버지는 내가 파낸 병을 빈돌리어 가방에 넣었다. 낮고 넓게 뜬 선반 구름을 뒤로 한 채 걸으며 계속 뒤돌아보는 내가 올빼미가 된 것 같았다. 민첩한 존시 할아버지의 걸음걸이는 풋볼 경기장에서의 TJ를 떠오르게 했다. 존시 할아버지는 시냇가에 떨어져 있는 검은색 쓰레기봉투를 피해 돌아나갔다. 나는 그 봉투에서 시선을 떼지 않았다.

새로 실어 온 쓰레기는 도로에서 가까운 곳에 두지 않나? 그 봉투는 여전히 빛나고 있는 새 봉투였다.

내 뇌가 무언가 이상한 점을 감지하기 직전이면 늘 그렇듯이 목덜미의 털이 일시에 곤두섰다.

트래비스의 손은 들고 있는 권총이 흔들릴 정도로 떨린다. 나는 내 얼굴로 향하는 권총의 끝부분을 따라간다. 트래비스에게는 지독한 냄새가 난다. 몸속으로 들어간 메스가 부

157

패해 다시 밖으로 나온 것이다. 너무나도 지독한 냄새에 코가 불타 버릴 것만 같다.

"아니, 뭐 하는 거야?"

존시 할아버지의 목소리가 혼선된 전화기에서 흘러나오는 것처럼 들렸다. 아픈 어깨를 세게 미는 거대한 손이 주는 날카로운 충격 때문에 나는 기억에서 벗어났다.

"이게 뭔데 그래?"

쓰레기봉투를 본 존시 할아버지는 무릎을 꿇고 앉아 봉투를 살폈다.

"만지지 마세요."

나는 할아버지가 뒤로 벌렁 자빠질 정도로 세게 밀었다.

"죄송해요. 정말로, 정말로 죄송해요."

할아버지를 일으켜 세우며 다급하게 말했다.

"그냥…… 나쁜 게 들어 있을지도 모르잖아요."

"시체 냄새는 안 나는데."

존시 할아버지는 청바지에서 흙을 털어 내면서 말했다.

"TJ한테 전화해 볼까?"

"안 돼요."

내가 소리쳤다. 부족 경찰이 FBI와 협력하고 있는지는 알지 못했으니까. 론은 그런 정보는 나에게 주지 않았다. 나도 물어볼 생각을 하지 못했고. 내 마음은 다급하게 계획을 짜 나갔다.

"이건 그냥 여기 두고 폭풍이 불기 전에 빨리 차로 가요. 집에 가야 해요."

지프에 올라탄 뒤에는 존시 할아버지에게 먼저 출발하면 따라가겠다는 손짓을 해 보였다. 도로에 나선 뒤에는 할아버지가 속력을 올리기를 기다렸다. 링컨 타운카가 모퉁이를 돌아가자 나는 차를 돌려 다시 쓰레기 매립지로 달려갔다.

나는 그 쓰레기봉투를 원했다.

17장

릴리는 지프에 늘 담요를 두 장 넣어 두었다. 사랑을 나누기 위한 누더기 천이었다. 그 가운데 한 장인 누비 모포를 바닥에 깔고, 아직도 반짝이는 쓰레기봉투를 그 위에 올려서 아기처럼 감쌌다. 무릎을 꿇고 모포를 들어 올려 지프 뒷좌석 한가운데에 조심스럽게 내려놓았다.

어제 론에게서 받은 차고 리모컨을 가지러 집 안으로 뛰어 들어갔다. 다시 지프를 타고 달리는 동안 우박이 유산탄처럼 지프 위로 떨어져 내리기 시작했다. 상업 지구에 있는 한 상점 주차장에 지프를 세웠다. 양쪽에서 곧바로 불어오는 바람 때문에 지프가 이리저리 흔들렸다. 오후라고는 믿기지 않을 정도로 어두웠다.

수프의 오후 훈련이 끝났을 시간이기에 나는 제이미에게 전화했고, 제이미는 "헤이"라고 대답했다.

"헤이."

내가 제이미를 따라 말할 때, 번개가 번쩍이더니 엄청난 천둥소리가 지프를 흔들었다.

"어디에 있는 거야?"

제이미에게는 내가 있는 곳이 전장처럼 들릴 것이다.

"K-마트 주차장. 쓰레기를 좀 가져가는 중이야."

잡다한 소리를 뚫고 말을 전하려고 내가 고함을 질렀다.

제이미는 잠시 아무 말도 하지 않았다. 내 쓰레기가 얼마나 중요한지 알아챈 걸까?

"지금 어머니 차에 있는 거야?"

"아니. 릴리의 지프."

"내가 그곳으로 갈게. 이런 날씨에는 운전하지 마."

제이미가 말했다.

"당연히 안 하지……, 파트너."

나는 우아하게 비꼬듯이 말했다. 도대체 나를 뭘로 아는 거지? 바보?

"나를 그렇게 부르지 마."

제이미는 내가 욕하기 전에 전화를 끊었다.

20분 뒤, 약해진 비에 앞이 보이기 시작할 때쯤 주차장 안으로 들어와 내 옆을 지나가는 제이미의 트럭이 보였다. 경적을 누르려다가 제이미가 마트 건물 가까이에 차를 세우려 한다는 사실을 깨달았다. 그래야 제이미의 차를 아는 사람이 트럭을 발견해도 제이미는 그저 쇼핑을 나온 것처럼 보일 테니까. 그래……, 영리한 녀석이야.

나는 제이미가 슬로모션으로 달려와 내 차에 올라타는 첩보 영화의 한 장면을 상상하며 키득거리고는 제이미의 차 옆으로 지프를 몰고 갔다. 나는 이 소식을 릴리에게 알려 주려고 휴대 전화로 손을 뻗다가 급하게 브레이크를 밟았다.

내 전화를 받거나 문자에 답장을 보내 줄 릴리는 이제 없었다.

제이미가 릴리의 지프까지 엄청난 속도로 달려왔다. 차 문을 열었을 때쯤에는 이미 완전히 젖어 있었다.

"도대체 뭐 하는……, 무슨 일이 있는 거야?"

날카롭게 입을 열었던 제이미의 말투는 부드럽게 바뀌었다.

나는 대답을 하려고 입을 열었지만 내 입에서는 아무 말도 나오지 않았다. 제이미는 정말로 나를 걱정하는 것 같은 표정을 짓고 있었다. 나는 제이미의 멋진 갈색 눈을 뚫어지게 바라보았다.

"옆으로 가. 내가 운전할게."

제이미가 부드럽게 말했다.

나는 제이미가 운전석에 앉을 수 있도록 조수석으로 기어갔다. 우리는 번쩍이는 번개와 우르릉거리는 천둥, 억수 같은 비에 둘러싸인 채 앉아 있었다. 펄 할머니는 이렇게 강력한 니치-와드nichiiwad를 사랑했다.

나는 기분이 좋지 않을 때면 항상 나를 달래 주던 펄 할머니의 무릎에 누워 있는 상황이 될 때까지 계속 눈을 깜박였다. 귀의 통증을 치료해 주려고 내 귀에 오줌을 넣은 뒤에도 펄 할머니는 나를 무릎에 눕히고 다독여 주었다. 몇 년 뒤에 나는 펄 할머니가 알고 있던 지식이 무엇이었는지를 찾아냈다. 오줌에는 세균이 없었고, 과산화수소 대용으로 사용할 수 있었다.

나의 파이어키퍼 노코미스는 내가 처한 이런 초현실적인 상황을 어떻게 생각할까? 할머니를 기숙 학교로 데려가려고 했던 정부 기관의 법 집행관들을 돕는 이유를 할머니에게 설명할 수 있을까? 릴리에 대해, 데이비드 삼촌에 대해, 미네소타주 보호 구역에 있는 아이들에 대해 말한다면……, 내가 우리 공동체와 다른 공동체들을 보호하려고 노력하고 있다는 걸 알아줄까?

폭풍이 잦아지자 제이미는 대퍼터에 있는 차고로 지프를 몰았다. 도착해서 아기처럼 담요로 감싼 메스 쓰레기봉투를 차고 한쪽에 있는 작업대에 올렸다. 나는 릴리의 또 다른 사랑의 천을, 그러니까 올이 보일 정도로 낡은 담요를 잡고 열린 차고 문 앞에 서 있었다.

한 시간 전보다 15도는 족히 기온이 내려간 것만 같았다. 제이미는 내 옆에 서서 손가락으로 젖은 머리카락을 쓸어내리고 있었다. 정말 완전히 젖었다. 나는 앉아서 엉덩이에 담요를 깔고 오른쪽으로 담요를 둘렀다. 제이미에게 내 옆에 앉아서 담요를 두르라는 몸짓을 했다. 부드러운 담요에서는 여전히 캠프파이어의 연기가 남긴 근사한 냄새가 났다. 우리는 나란히 앉아서 폭풍이 물러나는 모습을 지켜보았다. 마침내 내가 말을 시작했을 때, 내 입에서는 가늘고 새된 목소리가 흘러나왔다.

"펄 할머니는 폭풍을 사랑했어. 이런 차고에 앉아서 우리가 잘 지내는지 보려고 천둥새들이 데려온 우리가 사랑하는 사람들, 다른 세계에서 사는 조상들 이야기를 해 주었어. 할머니는 천둥새에게 내가 어떻게 하고 있는지를 말하라고 했어. 천둥새가 눈을 깜빡일 때마다 번개가 쳤고, 번개가 번쩍일 때마다 나는 손을 흔들면서 소리쳤어. 우리는 좋은 일을 하고 있어요! 나는 그 거대한 새들을 먼저 떠나간 어른들이 쭉 늘어서서 나에게 손을 흔들고 있는 비행기라고 상상했어."

나는 눈물을 닦으며 반짝이는 제이미의 눈을 보았다.

"오늘 릴리가 그분들과 함께 있다고 생각해?"

내가 물었다.

제이미는 어깨가 닿을 때까지 내 옆으로 다가왔다. 나는 그의 젖은 티셔츠와 따뜻한 피부, 그리고 차분한 숨결에 집중했다.

제이미는 나에게 친절할 필요가 없었다. 이미 수사에 협조하기로 했으니까. 어제 폭포 공원 주차장에서 확실하게 우리의 관계를 규정했다. 우리는 파트너일 뿐 그 외에는 아무 것도 아니었다.

하지만…… 나는 어깨에 힘을 빼고 가만히 있었다. 그저 제이미의 옆에 머물렀다. 비가 그치기 전까지는 말이다.

론은 늦은 오후의 하늘이 다시 해를 보여 준 뒤에야 차고에 나타났다. 작업장 사물함을 뒤지며 그는 쓰레기봉투에 대한 나의 재빠른 판단력을 칭찬했다.

"FBI랑 부족 경찰이 협력하고 있는지 확신할 수가 없었어요. 그 정보가 비밀인지 아닌지도 모르겠고."

내가 말했다. 론은 사물함 한 곳에서 산업용 방독면과 라텍스 장갑을 찾아낼 때까지 아무 말도 하지 않았다. 우리에게 보호 장비를 건네준 뒤에야 입을 열었다.

"정보를 모을 때는 그 누구도 수사에 관해 알지 못한다는 가정 아래 움직여야 해. 법 집행인들 모두 말이야. 부족 경찰도, 주 경찰도, 시 경찰도, 국경 수비대도 모른다고 가정하는 게 좋아. 오직 제이미와 나에게만 말해야 해."

론은 또 다른 사물함 안에서 두툼하고 투명한 박스 테이프를 꺼냈다. 그런 건 왜 꺼내냐고 묻는 내 표정을 보고 론이 말했다.

"지문을 채취하려고."

제이미가 야외 요리를 하려는 듯이 차고 뒤에 있는 피크닉 탁자 위에 작은 비닐 방수포를 깔았다. 방수포 위에 메스 쓰레기봉투를 올려놓더니 크리스마스 파티에 온 산타클로스처럼 그 안에 든 물건을 하나씩 꺼냈다.

18장

이제 곧 교정을 옮길 미시간 공과대학이 노동절 주간에 마지막으로 기존 교정에서 지질학 세미나를 연다. 그것이 월요일에 내가 엄마에게 제시한 이유였고, 엄마는 그 거짓말을 아무 의심 없이 받아들였다.

내가 그런 거짓말을 한 이유는 제이미와 내가 마르케에서 낭만적인 주말을 보내야 하기 때문이었다. 하지만 제이미와의 낭만적인 주말 역시 비밀 정보원으로서 FBI를 도와 메스 제조법을 배울 다람쥐 첩보원의 역할을 제대로 해내기 위한 또 다른 거짓말이었다.

거짓말은 모두 물고기이자, 더 큰 물고기를 낚기 위한 미끼였다.

고모에게 전화를 걸어 낭만적인 주말여행에 관해 말했다. 엄마야 내 말의 진위 여부를 점검하지 않겠지만, 고모는 다르다. 고모는 내 거짓말에 연루되는 걸 좋아하지는 않았지만 우리 둘이 엄마를 속인 건 이번이 처음은 아니었다.

"정말로 준비가 된 거 맞아? 슬픔은 평소라면 우리가 당연히 하지 않을 일도 하게 하는 거야."

"그냥 정상적으로 잠깐 마을을 떠나 있는 것뿐이에요."

이제부터 반쯤은 진실을 말해야 할 나를 다잡으며 말했다.

"제이미하고 함께 시간을 보내는 게 지금으로서는 유일하게 정상적인 일 같아요. 이해할 수 있죠?"

제발 이해해 줘요, 고모. 이번 수사는 모두에게 도움이 될 거예요.

"그래."

고모가 숨을 멈추고 대답을 기다리는 사람은 자신이라는 듯이 한숨을 내쉬었다.

"조심하겠다고 약속해. 피임약도 성병은 못 막아 주니까."

"제이미가 성병이나 옮길 망할 녀석 같아요?"

내가 키득거렸다.

"얘. 넌 그 애가 어떻게 살았는지 모르잖아."

아니, 고모. 난 그 애의 삶에 대해 할 말이 많아요.

"영리한 크웨가 되어야 해. 욕망은 지속되지 않지만 헤르페스는 영원하니까."

그 말을 하고 고모는 전화를 끊었다.

화요일에는 대학 서점 옆에 있는 주차장까지 갈 수 있었다. 지프에 앉아 "다음 노래가 끝나면 갈 거야."라고 큰 소리로 말했다. 하지만 한 시간 뒤에는 결국 포기했다.

"내일은 반드시 갈 거야."

나는 선언했다.

치 무과 경기장으로 달려가 바스케스 씨가 제안한 대로 니-빙 프로그램 아이들과 시간을 보냈다. 농구를 하면서 TJ의 사촌 가스가 아이들과 상호작용하는 모습을 관찰할 수 있었다. 가스는 아이들과 스스럼없이 대화했고 격려해 주었다.

내 공은 평소보다도 더 많이 빗나갔고, 아이들은 나처럼 키가 큰 사람이 농구에 재능이 없다는 사실에 재미있어했다. 아이들의 놀림은 신경 쓰이지 않았다. 내가 가장 잘하는 게 아이들을 과도하게 즐겁게 해 주는 거니까.

치 무과 경기장을 떠나며 문득 들여다본 백미러에서 나는 웃고 있었다. 유쾌한 기분을 장착하고 다시 대학 서점으로 돌아갈 수 있었다. 이번에는 게임쇼에 출전했기 때문에 다른 경쟁자들을 제치고 누구보다도 빨리 교재를 구입하는 미션을 완수해야 하는 척했다. 가끔은 상황을 설정하고 그에 맞추는 게 나을 때가 있다.

주말에 제이미와 함께 마르케에 여행을 가야 한다는 사실을 생각하지 않으려고 온종일 바쁘게 지냈다. 하지만 짜증 나는 질문들이 계속해서 내 생각 속으로 기어들어 왔다. 연방 정부 연구실에 갈 때는 뭘 입어야 하지? 계속 제이미와 함께 있어야 하는 걸까? 메스를 제대로 만들지 못해서 수사에 참여하지 말라고 나를 해고하면 어떻게 하지?

수요일에는 자세한 내용을 알려 주려고 전화한 론이 제이미와 같은 호텔 방을 예약해도 되는지 물었다.

"물론 침대는 따로 쓸 거야."

그 점은 분명히 해 주었다.

"제이미가 네 동생한테 여행 이야기를 할 거라서 그래. 혹시라도 리바이와 친구들이 호텔로 불쑥 찾아올 때를 대비해야지."

리바이한테 말할 거라고? 이제 모두 내가 제이미와 데이트를 한다고 생각할 거다.

토요일에는 다람쥐 첩보원의 차고에 지프를 세워 두고 제이미의 트럭을 타고 마르케로 향했다. 마르케까지 절반쯤 갔을 때 제이미에게 리바이와 무슨 이야기를 했는지 물었다.

"여자친구하고 헤어졌다고 했고, 너한테 관심이 있다고 했어."

제이미는 어깨를 으쓱했다.

"행복해 보였고, 너한테 잘해 주라고 했어."

리바이의 반응은 놀라웠다. 정말로 제이미를 좋아하는 게 분명했다. 언제나 나를 과보호하는 리바이는 내가 누군가를 만나기 시작하면 어딘가 이상해졌다. 그러니까 자기는 난봉꾼이어도 되지만 나는 순결해야 한다는 것처럼 말이다. 내가 하키의 신과 만난다면 이야기는 달라지겠지만 말이다.

"우리가 마르케에서 주말에 함께 있을 거라고 말했다는 거야?"

"그렇지……. 이탈리아 식당을 추천해 주던데. 월요일에는 호숫가에서 열릴 야외 파티에 참석해야 한다고 했고."

"바비 코치가 노동절 바비큐 파티를 열어. 바비 코치는 수 고등학교 하키 대표 팀 코치였어."

나는 고개를 저었다. 리바이가 내 연애를 이렇게 순순히 받아들였다는 사실을 여전히 믿을 수가 없었다. 그 녀석은 정말로 내가 하키 세계에 풍덩 빠져들기를 원하는 걸까?

호텔에 도착했다. 언덕 위에서 마르케 시내와 슈피리어 호숫가에 있는 로어하버를 내려다볼 수 있는 고풍스럽고 우아한 건물이었다. 제이미가 체크인 하는 동안 나는 그의 운전면허증과 신용카드를 흘긋 보았는데 둘 다 가짜 이름이 적혀 있었다. 제임스 브라이언 존슨. 주소도 그와 그의 가짜 삼촌이 빌린 수의 거주지가 적혀 있었다. 생년월일까지는 보지 못했지만 분명히 열여덟 살이라는 위장 나이에 맞는 날짜가 적혀 있을 것이다.

"진짜 나이는 몇 살이야?"

호텔 방문을 여는 제이미에게 물었다.

"그런 정보는 알려 줄 수 없어."

제이미는 나에게 먼저 들어가라고 문에서 비켜서면서 대답했다.

"너의 진실을 알고 있어야 내가 더 거짓말을 잘하게 될 거라는 생각은 안 들어?"

나는 내 오버나이트 백을 침대 위로 던져 창문 가까이 있는 퀸사이즈 침대를 선점하면서 말했다.

"아니."

제이미는 도시 외곽에 있는 연방 범죄 연구소로 나를 데리고 갔다. 그곳에서 나를 내려 주고 다시 호텔로 돌아가기를 바랐지만 나와 함께 연구소로 들어왔다. 제이미는 다람쥐 첩보원의 삶에 달라붙은 헤르페스였다.

수업은 메스의 역사를 찍은 다큐멘터리 영화를 보는 것으로 시작했다. 나는 제이미가 자리를 잡고 앉은 뒤에야 그와는 멀찌감치 떨어진 의자에 가서 앉았다. 영화는 로봇과 과학자와 기자가 한데 합쳐진 것 같은 목소리로 사실관계를 연대순으로 읊어 주었다.

"마황과 식물은 5천 년이 넘는 시간 동안 중국에서 약재로 사용됐는데 차를 우려 마심으로써 폐를 확장하고 호흡을 도왔다. 1919년에 한 일본 화학자가 마황과 식물의 진액을 추출해 에페드린이라는 결정을 만들었는데 이것이 최초의 메스 결정이다."

역사와 사실은 중요하지 않아. 중요한 건 메스가 우리 공동체를 해친다는 사실이야. 나는 로봇에게 말했다.

"한때 메스는 합법적인 의약품이었다. 1930년대에는 천식 치료제로 암페타민 흡입기를 구매할 수 있었다. 사람들은 에너지가 솟고 행복을 느끼게 해 주는 이 약의 부수적인 작용을 좋아했기 때문에 제약 회사들은 메스를 알약으로 개발했다."

앤지 플린트는 언제나 아름다운 여인이었다. 하지만 지난주에 장례식장 주차장에서 만난 앤지는 자기 아들만큼이나 황폐해 보였다. 집회장에서 보았던 트래비스는 내가 알던 아이가 아니었다. 그것이 메스가 사람 외면에 미치는 분명한 결과이다. 그렇다면 내면에는 어떤 영향을 주는 걸까? 자신과 자신이 사랑하는 사람들을 죽음에 이르게 하는 거야?

"2차 세계 대전 때는 병사들이 더 오랜 시간 깨어 있고, 경계심을 높이고, 위험을 감수하려는 의지를 높이려고 메스를 보급했다."

그렇게 시작되는 거야, 로봇 씨? 잃어버린 소년들은 비디오게임을 더 오래 하려고 필로폰을 먹는 거야? 파티의 열광을 밤새 느끼려고 메스를 하는 거야? 살을 빼고 싶다는 기도에 대한 응답이 바로 메스였던 거야?

"편집증, 환각, 망상, 심부전을 포함한 심장 장애 등 메스의 부작용은 잘 알려져 있다."

불결한 술집 뒷골목, 더러운 방랑자들이 사는 작은 주택가 도그타운처럼 마을 사람들이 모두 피해야 한다고 생각하는 장소들이 있다. 심지어 치 무과 피트니스 센터 뒤쪽 공간도, 수 고등학교 2학년 사물함 옆에 있는 2층 화장실 마지막 칸도 피해야 하는 곳임을 안다.

"메스는 세상에서 가장 남용하는 마약이 되었다. 2000년부터 2003년까지, 지난 3년 동안 메스 산업은 80억 달러 규모에서 170억 달러 규모로 성장했다. 2004년에는 그 규모가 최대가 될 것이다."

어째서 미네소타주 니시 아이들 생각이 멈추지 않는 걸까?

영화가 끝나자 의자에 앉아 있던 연구원이 펄쩍 일어났다.

"자, 그럼 이제 메스를 만들어 볼까요?"

연구원은 열정이 넘쳤다. 마치 메스에 취한 사람처럼.

"이건 재미있는 게임이 아니에요."

떨리던 트래비스의 손이 생각나, 내 입에서 날카로운 목소리가 튀어 나갔다.

연구원은 우리가 처한 상황의 심각성을 인정했고, 태도를 고치고 진지하게 설명해 나갔다. 이건 이렇게, 저건 저렇게 하라고 지시했다.

메스 수업은 얼굴을 감싸는 모자가 달린 보호복을 입고, 마스크와 고글을 쓰는 것으로 시작했다. 연구원이 비커와 전자저울, 플라스크, 액화 장치 사용법을 설명하는 내내 나는 짜증이 났다. 메스가 마르려면 하룻밤이 지나야 할 정도로 오래 걸렸기 때문에 우리는 가장 복잡한 제조 과정을 먼저 배웠다.

삼각플라스크를 집어 들자마자 나는 익숙한 곳으로 들어갔다. 과학의 세계는 법과 기준이, 질서와 방법이 있는 곳이었다. 과학의 언어 속에서는 나는 유창해졌다. 나는 과학의 세계에 사는 거주민들에게 요구되는 집중력에 감사하며 실험에 몰입해 들어갔다.

호텔로 돌아오는 길에 제이미는 불안하게 떨고 있는 내 다리를 쳐다보았다.

"저녁은 어디에서 먹고 싶어?"

제이미가 물었지만, 나는 어깨를 으쓱해 보인 뒤 창문 밖을 보았다. 다리에서 떨림이 멈추지 않았다.

그날 실험이 끝나고 마스크를 벗었을 때, 실험실을 채우고 있는 냄새가 코로 들어왔다. 매니큐어 리무버 냄새, 어항 소독약 냄새, 고양이 소변 냄새가 뒤섞인 듯한 냄새였다. 도저히 내가 참아 낼 수 있는 냄새가 아니었다. 세마ー 냄새 외에 내가 맡을 준비가 되어 있는 냄새는 아무것도 없었다.

"제이미, 미네소타주 보호 구역 아이들에 관해서 말해 줘."

제이미가 곧바로 대답하지 않았기 때문에 나는 좀 더 구체적으로 질문했다.

"그 애들이 걸렸다는 집단 환각에 관해 아는 거 있어?"

"응급실로 데려왔을 때 집단 환각에서 벗어났어. 아이들 모두 공격적이었고, 편집증 증세를 보였고, 뭘 했는지는 몰라도 복용한 물질을 더 원했어. 약물 검사에서는 모두 메스 양성 반응이 나왔고. 숲에서 어울리면서 메스 결정을 함께 흡입한 거야. 의료진은 아이들이 약을 더 달라고 간청하다가, 두려워하다가, 말도 안 되는 소리를 하는 게 번갈아 나타난다고 했어. 아이들은 모두 어떤 남자들이 쫓아오는 환각을 보았어."

"숲에서 자기들을 쫓아오는 남자들을 보았다고? 모두 같은 말을 했다는 거야?"

"그래. 메스에 뭘 넣었는지는 모르겠지만 아이들은 집단 환각에 걸린 거야. 부모들이 병원에 온 뒤로는 아이들 모두 의료진에게 다른 말을 하지 않았어."

제이미는 호텔 주차장에 차를 세웠다. 하지만 트럭에서 내리지 않기 때문에 나도 가만히 앉아 있었다.

"FBI는 그전에도 메스 수사를 하고 있었어. 미네소타 사건은 너무 이례적이라서, 메스를 제조하면서 추가로 넣은 물질이 무엇인지를 알아봐야 한다는 결정을 내린 거야."

"지금 그 애들이 어떤지 알고 있어?"

그 아이들의 공동체가 아이들에게 충분한 도움을 주었기를 바라며 물었다.

제이미가 자신은 모른다고 말했을 때, 나는 우리의 입장 차가 얼마나 큰지 실감할 수 있었다. FBI는 집단 환각을 일으킨 원인에 관심이 있었고, 나는 아이들이 무사하다는 것을 확인하고 싶었다.

호텔 방으로 돌아와 뜨거운 물로 오래 몸을 씻었다. 밝은 분홍색으로 변한 피부를 닦을 때는 따끔거리기까지 했다. 엄마는 내가 여행을 갈 때마다 욕실용품을 담는 가방에 몰래 여행용 바디 로션을 넣었다. 그랜드메리에게 장미가 중요한 것처럼 엄마에게는 라일락이 중요했다. 여느 때라면 몸서리가 쳐질 정도로 달콤하고 진한 라일락 향기가 오늘 밤에는 무척 고맙게 느껴졌다.

부드러운 6월의 비가 내린 뒤의 라일락 관목 같은 냄새를 풍기며 나는 신축성 좋은 니트 바지에 아빠의 낡은 티셔츠를 입고 욕실에서 나왔다. 배고픔을 느끼는 동시에 탁자 위에 놓인 모든 토핑이 올라간 피자를 발견했다.

제이미가 저녁으로 룸서비스를 시킨 것이다.

"어떤 피자를 좋아하는지 몰라서. 네가 좋아하는 걸 놓치는 것보다는 먹지 않는 걸 남기는 게 나을 것 같아서 모두 시켰어."

텔레비전 채널을 돌리면서 제이미가 말했다.

화면에서 〈대부〉의 앞부분이 나오는 것을 보고 나는 엄지손가락을 들어 보였다. 제이미는 텔레비전 소리를 높였고, 우리는 리바이가 좋아하는 영화를 보며 저녁을 먹었다. 피자 반쪽과 샐러드가 내 배로 들어갔다.

제이미가 씻으러 들어간 사이에 나는 엄마와 고모에게 문자를 보냈다.

나: 마르케에 있어. 모든 게 좋아요.

고모: 너도 그 애만큼 즐기거나 더 즐겨야 해. 그걸 분명히 알려 줘!

고모의 야단스러운 문자에 고개를 저으며 나는 휴대 전화를 접었다.

제이미가 욕실에서 나오자 나는 다시 욕실로 들어가서 이를 닦았다. 욕실 증기 속에서 제이미가 남기고 간 비누 냄새가 났다. 처음 다람쥐 첩보원이 되었을 때는 내가 어떤 일에 연루된 것인지를 제대로 인지하지 못했다. 제이미가 풍기는 열대 해변의 서퍼 같은 비누 냄새를 이렇게 자주 맡게 되리라는 생각은 조금도 하지 못했다.

제이미의 배려에는 어떻게 반응해야 할지 알 수가 없었다. 나는 무엇이든 이것 아니면 저것으로 결정할 수 있을 때가 더 편했다. 제이미는 메스 수사를 위해 내가 접촉해야 할 연락책이다. 그러니까 친구가 아니다.

나는 퀸사이즈 침대에 누워서 창문을 바라보았다.

"오늘 있었던 일 이야기를 할까?"

어둠 너머에서 제이미가 말했다.

"아니."

내가 대답했다.

나는 얼어붙은 채 숲속에 서 있는 소녀상이었다. 도저히 움직일 수가 없었다. 돌에 조각을 새겨 내 눈을 뜨게 했다. 숲은 흙과 나무껍질 냄새를, 삶과 죽음의 냄새를 동시에 발산하고 있었다.

릴리가 트래비스에게서 멀어지려고 했지만 트래비스가 릴리의 팔을 잡았다. 릴리가 거칠게 팔을 빼고 걸어갔다.

트래비스의 피부에서 화학 약품 냄새가 퍼져 나왔다.

트래비스가 청바지 뒷주머니에서 권총을 꺼냈다. 총구를 나에게 겨누었다.

WD-40으로 권총을 닦는 사람도 있다.

숲의 가장자리까지 걸어갔던 릴리가 나를 보더니 깜짝 놀랐다. 트래비스가 권총으로 아무 곳이나 겨누는 동안 릴리의 입술이 무슨 말을 하는 듯이 움직였다.

트래비스의 권총이 다시 내 얼굴로 향했다.

릴리가 권총을 향해 손을 뻗었다. 용감하게도 권총을 달라고 요구하고 있었다.

트래비스가 방아쇠를 당겼고 릴리는 뒤로 넘어졌다.

매캐한 화약 냄새가 났다.

트래비스의 입술이 움직이고 있었지만 아무 소리도 들리지 않았다. 그저 숲에 속하지 않은 냄새만이 나를 향해 날아왔다.

구리, 아세톤, 오줌 냄새.

트래비스는 권총을 들어 올려 자기 관자놀이에 댔다.

침, 두통과 생리통, 다리 사이의 축축함을 느끼며 눈을 떴다. 삽입용 피임약을 판매한 약사는 깜빡하고 약을 먹지 않는 건 걱정할 일이 아니라고 했다. 걱정해야 하는 건 예기치 못한 생리라고 했다.

제이미가 일어날 때쯤에는 침대 시트를 모두 빨았다. 우리는 말하지 않아도 협정을 맺었다. 내가 그의 아침 발기에 관해 말하지 않는 것처럼 그는 나의 피 묻은 시트에 관해 아무 말도 하지 않는다.

"같이 달려도 될까?"

운동복으로 갈아입는 나를 보고 제이미가 말했다.

절대로 안 돼. 다시 제이미와 달리는 일에 익숙해질 수는 없었다. 다람쥐 첩보원의 세계에서는 흑백 논리가 필요했다.

"제이미, 나는 혼자 있을 시간이 필요해. 어차피 온종일 연구실에 같이 있을 거잖아."

실망한 것이 분명한 제이미의 얼굴을 피해 고개를 돌렸다.

나의 달을 갖고 있었기에 오늘은 아침 기도 시간에 세마―를 바치지 않았다. 여자는 생리를 할 때 가장 강력해졌다. 생명을 낳는 힘과 연결되기 때문이다. 고모가 나에게 부족의 가르침을 알려 주었다. 생리를 할 때는 전통 약재를 사용하지 않아. 의식의 불 가까이에도 가지 않고. 왜냐하면 이미 우리 몸 안에 약과 불이 들어 있기 때문이야.

생리를 짜증난다거나 불결한 일로 치부하는 사람들도 있지만 우리는 경의를 표했다. 고모는 "생리는 '짜증을 낼 일'도 아니고 '붉은 저주'도 아니야. 너의 달 주기는 강력한 시간이야, 크웨"라고 했다.

슈피리어 호수를 따라 8킬로미터를 달리자 기분이 나아졌다. 샤워를 하고 제이미와 함께 재빨리 아침을 먹은 뒤에는 더 괜찮아졌다. 우리는 리바이와 친구들이 불쑥 마르케에 오면 호텔 주차장에 있는 제이미의 트럭을 볼 수 있도록 택시를 타고 연구소로 갔다. 트럭을 보면 '리바이들'은 우리가 밥도 거르고 뜨거운 시간을 보내고 있다고 생각할 테니까.

연구소에서는 먼저 보호복을 입고 어제 만든 메스를 점검했다. 연구원이 메스가 좀 더 빨리 마를 수 있도록 제습기를 틀어 놓았다. 그 뒤로는 메스를 만드는 간단한 방법 네 가지를 익혔다. 만드는 과정이 훨씬 덜 복잡하고 빨랐기 때문에 내가 더 쉽게 만들 수 있는 제조 방법이었다.

그날 내내 연구원은 우연히 대화를 듣더라도 알아들을 수 있도록 우리에게 메스 전문 용어를 가르쳐 주었다. 나는 연구원에게 배운 용어를 마음속에서 세 가지 목록으로 분류했다. 익숙한 용어, 낯선 용어, 위장 용어. 익숙한 용어는 속도, 크랭크, 얼음처럼 명확한 단어들이었다. 낯선 용어는 내 주의를 끌 것이 분명한 푸키, 가크, 야바 같은 괴상한 단어들이었다. 가장 어려운 것은 분필, 쿠키, 빨리처럼 일반 용어를 위장한 은어들이었다.

"솜사탕이라는 말이 메스를 의미하는 건지, 정말로 솜사탕을 의미하는 건지는 어떻게 구별해요?"

내가 연구원에게 물었다.

"맥락 속에서."

연구원의 짤막한 대답을 들으니, '어리석은 질문은 없다.'라는 경구에도 예외가 있다는 기분이 들었다.

제이미가 '갱'에 관해 물었다.

"내가 아는 갱은 스노모빌을 타고, 여자를 낚으며 사는 게 낙인 녀석들뿐이야."

내 말에 제이미가 크게 웃었다. 그 웃음소리를 들으니 모든 것이 다 잘 될 거라고 생각했던 시간들이 떠올랐다. 우리가 그저 신참과 앰배서더였을 때의 시간이, 릴리가 트래비스의 권총으로 손을 뻗기 전 시간들이 생각났다.

그 시간으로 돌아갈 수는 없었다. 그건 너무 복잡했다.

연구원이 우리에게 메스를 복용할 때 사용하는 장비를 보여주었다. 그 도구들을 잡아 보고 냄새를 맡으면서 익숙해지려고 노력했다. 옷장, 창고, 자동차 트렁크, 모텔 객실, 한적한 오두막, 욕조, 화장실, 1미터짜리 플라스틱 통, 캠핑카처럼 메스를 숨기는 장소를 찍은 사진들도 보았다.

하루가 끝나갈 무렵에는 연구원이 우리가 만든 여러 메스를 점검했고, 그 가운데 판매

할 수 있는 양은 1티너 정도라고 했다. 티너란 '틴에이저'의 약자로 귀여운 열여섯 살이라는 의미를 살려, 1온스의 16분의 1만큼의 양을 가리키는 용어였다. 연구원은 오늘 우리 두 사람이 만든 메스의 품질은 크게 차이가 나지 않았지만, 어제 만든 메스는 유리처럼 맑은 내 것이 더 비싼 가격을 받을 수 있다고 했다. 제이미 것은 상당히 잘 만들기는 했지만 불순물이 섞여 있었다. 그 같은 평가에 우쭐해지는 건 옹졸한 일이었지만, 호텔로 돌아오는 내내 나는 그 옹졸함이라는 감정의 말에 올라타 있었다.

호텔로 돌아와 또다시 아주 오랫동안 샤워를 하고 라일락 향이 나는 바디로션을 듬뿍 발랐다. 욕실에서 나오자 제이미는 내가 잠옷으로 입은 아빠의 티셔츠를 뚫어지게 쳐다보았다.

"오늘 밤은 밖에서 먹어야 해. 리바이가 추천해 준 식당에 가야지."

나는 한숨을 내쉬었다. 내 동생의 행동은 어딘가 묘했다. 제이미를 그렇게까지 좋아하는 데는 분명히 숨은 의도가 있을 것 같았다.

"제대로 된 알리바이를 만들려면 백스톱핑이라는 장치가 필요해. 혹시라도 질문을 받을 때 제시할 수 있는 확실한 증거를 마련해 두는 거야."

"네 가짜 신분처럼?"

내 목소리에는 조그맣게 날이 서 있었다.

이제는 제이미가 한숨을 쉴 차례였다. 이제는 특유의 행동이 된 손가락으로 콧대를 잡는 것도 잊지 않았다. 전에는 저런 행동을 하지 않았다. 분명히 저것은 나에게 감추고 있는 진짜 제이미의 버릇일 것이다.

나는 화가 난 제이미를 방에 두고 옷을 갈아입으려고 욕실로 들어갔다.

수년 동안 하키 원정을 다니면서 주말여행용 가방을 싸는 데는 이력이 나 있었다. 우리는 언제나 게임이 끝난 뒤를 즐기려고 멋진 옷을 준비했다. 이번 주말에는 검은색 바지와 검은색 크록스화, 그랜드메리가 의상실에서 준 여러 우아한 블라우스 가운데 한 벌을 가지고 왔다. 오늘 밤에 입을 톱은 주름이 잡힌 붉은 스트레치 저지였다.

욕실에서 나가자 외출 준비를 끝낸 제이미가 보였다. 제이미는 버튼다운 셔츠에 검은색 바지, 검은색 가죽 드레스 부츠 차림이었다. 크림색 셔츠는 햇볕에 그을린 제이미의 피부와 기가 막히게 어울렸다. 깔끔하게 뒤로 넘긴 머리카락 때문에 조금은 더 나이 들어 보였고, 조금은 더 세련되게 보였다.

고등학교 3학년으로 위장하고 있지 않을 때는 저렇게 하고 있는 걸까? 너무 꾸민 것 같다고 말해야 할까? 풀어 헤친 머리가 더 낫다고?

나는 아무 말도 하지 않았다.

체크무늬 식탁보와 긴 촛불, 고리버들을 두른 홀더에 빈티지 키안티 와인이 있는 이탈리아 식당은 고풍스러우면서도 소박했다. 옆 탁자에 앉은 노부부는 손을 잡고 있었다. 제이미도 노신사처럼 탁자 위에 왼팔을 올리고 있었다.

우리가 어느 정도까지 증거를 만들어 놓아야 할지 궁금했다. 손을 잡고 있어야 할까? 아니면 탁자 밑에서 내 허벅지를 계속 잡고 있어야 하는 걸까?

옆 탁자를 쳐다보고 있던 제이미가 문득 고개를 돌려 나를 보았다.

"나는 스물두 살이야."

그가 말했다.

내가 가짜 여자친구 역할에 몰입할 수 있다면 더 쉬울 텐데. 메스를 만들고, 메스에 관해 배우는 연구소에서도 훌륭한 다람쥐 첩보원이 될 수 있었는데.

그런데 지금은 왜 이렇게 어려운 거지? 그건 내가 제이미를 알게 될수록 어떤 감정을 느끼기 때문이었다. 나에게는 진짜 감정이었지만 그는 아니었다. 제이미는 그저 맡은 역할을 끝내주게 잘 수행하고 있는 것뿐이었다.

"처음에 네가 말한 게 옳은 거 같아. 너에 대해서는 진짜 사실을 모르는 게 더 나을 것 같아."

나는 강렬한 그의 눈길을 피하며 말했다.

"좋아."

제이미가 조용히 대답했다. 나는 빵을 크게 한 덩어리 잘라 올리브유를 찍어 입에 넣었다. 식사를 하는 동안 우리는 아무 말도 하지 않았다. 우리를 보는 사람은 어긋나 버린 첫 번째 데이트를 하고 있다고 생각할 것이다. 우리에게는 연결점이 하나도 없는 것 같았다. 론은 사람들이 우리를 자연스럽게 받아들일 수 있도록 우리 관계에 패턴을 만들어야 한다고 했다. 하지만 우리는 처참하게 실패하고 있는 중이었다.

19장

원래 여행을 갈 때는 목적지까지 가는 데 걸리는 시간이 집으로 돌아오는 데 걸리는 시간보다 두 배는 길게 느껴지게 마련이다. 하지만 제이미와 나의 여행은 그 반대였다. 마르케에서 돌아오는 길은 괴로울 정도로 길게 늘어나 있었다.

뒷좌석에 앉아 몸을 앞으로 숙이고 나에게 속삭이는 것처럼 릴리의 목소리가 머릿속에서 들려왔다. 너의 방패 때문에 일어나야 할 화학 작용이 전혀 일어나지 않고 있잖아.

"아, 바비 코치에 관해 말해 줘."

오트레인을 지나면서 제이미가 말했다.

"바비 코치? 그분은 수 고등학교 하키팀의 영원한 코치야. 취업반 아이들을 가르쳐. 다른 코치들이 내가 남자팀에 있으면 안 된다는 티를 노골적으로 냈을 때도 항상 내 편을 들어주셨어."

"부당한 일을 많이 당했어?"

제이미의 물음에 나는 어깨를 으쓱했다.

"에, 리바이가 남자아이들이 날 함부로 대하면 어떻게 혼내 줘야 하는지 알려 주었지."

제이미는 눈썹을 추켜세웠는데 이번에는 호기심 때문이었다.

"그 방법이 뭔지는 말해 주지 않을 거야."

나는 다람쥐 첩보원의 방패를 아주 조금만 낮추고 살짝 웃었다.

야생 동물 보호 구역인 습지대를 뚫은 M-80 고속도로를 직선으로만 40킬로미터 정도 달려야 하는 세니 스트레치의 어디쯤에서, 나는 우리가 처한 상황을 명확히 규정하기로 결정했다.

"좋아. 우린 론이 말했던…… 연애 패턴을 정해야 할 거 같아."

제이미도 동의한다는 듯이 고개를 끄덕였다.

"손은 잡을 수 있어. 하지만 키스는 뺨에만 해야 해. 입술은 안 돼."

"혀도 쓰면 안 되고?"

활짝 웃는 제이미의 눈이 반짝거렸다.

"절대로 안 되지."

나는 고개를 돌렸다. 지나면서 보이는 방크스소나무에 집중하려고 애쓰면서 차분한 목소리가 나올 때까지 한껏 숨을 들이마셨다.

"네 머리카락은 만질 거야. 곱슬머리를 쓰다듬거나 손가락으로 풀어 주기도 할 거야."

"좋아. 나도 네 머리카락을 만질게."

"그건 안 돼."

TJ라는 유령이 두툼한 손으로 내 머리카락을 어루만지는 것만 같아서 나는 황급히 말했다. 그런 거짓말쟁이를 떠오르게 할지도 모를 일은 피하고 싶었다.

"그건 너무 불공평한 거 같은데."

제이미가 별일 아니라는 듯이 가볍게 말했다.

"공평은 위대한 일곱 할아버지가 아니야. 그거 몰라?"

"위대한 일곱 할아버지는 누군데?"

"좋은 삶을 살 수 있게 도와주는 우리의 가르침이지. 니시나압의 방법이야. 겸손, 존경, 정직, 용기, 지혜, 사랑, 진리."

나는 반쯤 키득거렸다.

"리바이는 일곱 대부라고 불러."

제이미도 반쯤 웃는 것 같은 표정을 지었지만 세니 시에 있는 도시 외곽의 주유소에 도착할 때까지 아무 말도 하지 않았다.

"그럼 옆에 있을 때 팔로 감싸 안는 건 돼?"

"응, 그건 그래야겠지. 아무튼, 이 모든 규칙은 다른 사람들과 함께 있을 때만 적용되는 거야. 이렇게 둘만 있을 때는 우린 그냥 동료일 뿐이야."

제이미가 고개를 돌려 나를 보더니, '그걸 모르겠어?'라고 말하는 것처럼 눈썹을 추켜세웠다.

"그냥 분명하게 해 두고 싶었을 뿐이야. 오해가 있으면 안 되니까."

M-123 교차로에서 네 갈래 길에 도달했고 나는 북쪽 길을 가리켰다.

작은 파라다이스 빌리지를 통과해 달릴 때 제이미가 파라다이스를 달리는 것에 관한 적절한 농담을 했다. 나는 눈을 흘겼고 제이미는 웃었다. 빨간 흉터의 끝자락도 웃으며 함께 비틀렸다.

"그 상처는 어떻게 생긴 거야? 진짜 이유를 말해 줘. 사고라고 하지 말고."

제이미는 소박한 오두막과 터무니없이 새롭고 멋진 여름 별장을 지나치며 슈피리어 호수를 따라 달려가는 동안 아무 말도 하지 않았다.

"붙잡혀서 칼을 맞았어."

제이미는 몸을 흔들어 떨림을 떨쳐 버렸다.

"궁금해할까 봐 하는 말인데, 맞아. 칼에 맞으면 정말 끔찍하게 아파."

바비 코치네 오두막까지 가는 마지막 1.5킬로미터 동안 무거운 침묵이 내려앉았다. 생각이 나선처럼 돌고 또 돌았다. 임무를 수행하다가 칼에 맞은 걸까? 수사를 하면 저런 상처가 자주 생기는 걸까?

이런 기분으로 파티에 참석할 수는 없었다. 우리 둘 다 너무 침울했다. 나는 앞에 있는 자갈길로 들어가라는 손짓을 했다.

"에, 뭐…… 어쨌든 내 성기가 네 성기보다는 더 크잖아."

내 말에 제이미가 깜짝 놀라 나를 보았고 나는 재빨리 덧붙였다.

"맹세하지만 그게 리바이가 나에게 얼음 위에서 까부는 녀석이 있으면 하라고 가르쳐 준 말이야."

제이미는 고개를 뒤로 젖히고 크게 웃었다. 깊게 울리는 그 웃음소리는 내 몸을 타고 발끝까지 흘러내렸다. 두 세계가 충돌할 때는 좋은 일이 일어나는 법이라니까.

나는 릴리의 목소리가 들리는 쪽을 노려봐 주고, 제이미를 따라 크게 웃기 시작했다.

여전히 웃음을 멈추지 못한 채로 우리는 호숫가 파티장에서 들려오는 음악을 따라 비바람에 씻긴 유목 계단을 내려갔다. 니켈백이 〈섬데이〉를 부르고 있었다.

파티장에 도착하자, 그곳에 모여 있던 30여 명이 일제히 동작을 멈추고 우리를 보았다.

"잉꼬 한 쌍이 도착했군!"

리바이는 음악 소리가 묻히도록 소리쳤다.

이제 막 체조선수처럼 뒤재기를 끝낸 메이시 매니토우가 우리를 보더니 물 밖으로 끌려 나온 도다리마냥 입을 쩍 벌렸다.

제이미가 팔을 뻗어 내 손을 꼭 잡았고, 나는 제이미가 하지 않은 말을 이해할 수 있었다. 이제부터는 쇼타임이었다.

완벽한 노동절이었다. 온종일 구름 한 점 없이 눈부시게 아름다운 날이었다. 뼛속까지 추웠던 비가 내리는 여름날은 이날을 위한 대가였던 것처럼 느껴졌다.

슈피리어 호수는 잔잔한 물결만이 호숫가를 간질일 뿐 고요했다. 하키팀 동료였던 친구들이 커다란 모닥불 옆에서 핫도그를 굽고 있었다. 호숫가 모래사장에서 터치 풋볼을 하는 아이들도 있었다. 리바이는 그 애가 하는 이야기에 매혹된 여자들에게 둘러싸여 있었다.

나는 제이미를 데리고 바비 코치가 커다란 가스 그릴 앞에서 버거를 굽고 있는 정자로 갔다. 나를 보자 나의 옛 코치는 금속 주걱을 내려놓고 나와 주먹 인사를 했다. 어쩌면 우린 영원히 이런 식으로 인사를 하게 될지도 모른다는 생각이 들었다.

"안녕하세요, 코치님. 여기는 제이미 존슨이에요. 새로 온 수프고요."

제이미는 잡고 있던 내 손을 놓고 바비 코치와 악수를 했다.

"로버트 라플레어야. 모두 바비 코치라고 부르지만."

바비 코치는 다시 버거를 굽는 일로 돌아가 슬라이스 치즈를 버거 빵 사이에 끼웠다. 코치는 고갯짓으로 나를 가리켰다.

"내가 가르친 선수 가운데 가장 뛰어난 왼쪽 수비수였어. 자넨 굉장한 여자를 만난 거야, 친구."

"저도 그렇게 생각합니다, 바비 코치님."

제이미가 대답했다.

"미시간에 가서 D-1에 출전했어야 해."

바비 코치는 한껏 과장한 말투로 거칠게 말했다.

물론 나는 바비 코치를 잘 알았고, 그런 과장된 말투 깊은 곳에는 진짜 실망이 감춰져 있음을 알고 있었다.

"새로운 걸 할 시간이 된 거예요."

나는 제이미의 손을 잡으며 말했다.

내 말은 거의 사실처럼 들렸다. 어쩌면 바비 코치도 한껏 과장한 내 말속에서 진실을 감지할지도 몰랐다.

제이미와 나는 오래된 피크닉 탁자에 앉아 치즈버거를 먹었다. 커다란 음료수 보관통에서 차가운 레모네이드도 두 컵 따라왔다. 제이미의 접시에는 코셔딜 피클이 잔뜩 올려져 있었다. 정말로 피클을 사랑하는 걸까? 아니면 그저 피클을 사랑하는 사람의 역할을 충실하게 수행하고 있는 것뿐일까? 궁금했다.

리바이는 우리와 함께 앉아 있었다. 치즈버거 세 개를 빈틈없이 접시에 담아 온 스토미 노딘도 함께였다. 엄청난 대식가였지만 스토미는 마른 편이었다. 제이미처럼 날씬한 근육질 몸은 아니었다. 셔츠를 벗고 있는 스토미는 거의 오목할 정도인 자기 가슴에 대한 자의식이 전혀 없었다. 밝은 햇살을 받은 스토미의 부드러운 황갈색 피부가 반짝였다. 스토미는 숱 많은 머리카락을 모두 뒤로 넘겨 묶고 있었다.

"좋아. 마르케는 어땠어?"

리바이가 알고 싶어 했다.

우리를 대신해 스토미가 변태 같은 소리를 냈다.

"보우 치카—와우—와우!"

"식당 추천해 줘서 고마워, 리바이. 근사했어."

마이크 에드워즈가 군인처럼 절도 있는 자세로 걸어왔다. 금발 머리카락을 이제 막 짧게 잘라 젤을 바른 탓에 큰 머리가 마치 네모난 호저처럼 보였다. 햇빛에 타지 않으려고 티셔츠를 입고 있었지만 하얀 근육질 팔은 벌써 벌겋게 달아 있었다.

"그러니까 소문이 사실이었군. 수비수 다우니가 공격을 했다는 거 말이야."

마이크가 말했다.

"네 여자친구는 어딨어?"

하키 시즌이 되면 마이크가 금욕한다는 걸 알고 있었지만 나는 그렇게 물었다.

"하키 신전은 깨끗하게 유지해야지."

마이크가 대답했다.

"음…… 여자들은 더럽지 않아. 너도 삼손은 아니고. 그러니까 델릴라*가 너의 힘을 빼앗아 갈까 봐 걱정하지 않아도 돼."

"델로레스가 누구야?"

마이크는 한입에 먹을 수 있는 가운데 부분만 남을 때까지 버거의 가장자리를 베어 먹었다.

"세상에. 제발 하키 잡지랑 컴퓨터 사용 설명서 말고 다른 것도 좀 읽어."

내가 말했다.

"헤이, 버블."

리바이가 들어보지 못한 부드러운 목소리로 나를 불렀다.

"준 할머니가 릴리의 지프를 주셨다는 말 들었어."

내가 고개를 끄덕이자 리바이가 계속 말했다.

"정말 친절한 분이야."

리바이가 상냥하게 웃었다.

그 웃음을 보자 내 어깨에서 힘이 빠져나갔다. 그렇게까지 긴장하고 있었다는 걸 미처 몰랐다.

리바이가 밝게 웃었다.

"내일이면 나랑 스토미는 3학년이 돼. 마이크는 2학년이 되고. 하지만 너는 비천한 신입생이지."

"대학교 신입생이야. 이 고등학생들아."

나는 먼저 나를 가리키고 아이들을 가리켰다.

"같이 뛰고 싶어."

리바이는 가장 친한 두 친구, 스토미와 마이크를 보더니 자기 말을 정정했다.

"우리 비천한 고등학생들이 내일 아침에 너와 함께 달리고 싶어해. 근사할 것 같지? 제이미도 함께."

밝은 목소리였지만 리바이의 눈은 무언가 심각한 것이 있음을 말했다.

내 동생은 가끔 나를 미치게 했지만 지금과 같은 때에는 사려 깊고 친절했다. 아빠는 리

---

* 성경 속 영웅 삼손 이야기에 나오는 인물. 삼손을 유혹해 괴력의 원천을 알아내고 힘을 앗아간 여인.

바이를 자랑스러워했을 것이다. 리바이는 내가 가장 필요한 순간에 늘 나를 지탱해 주었다.

나는 리바이를 보고 웃었다.

"그래. 그럼 좋겠네."

나는 제이미에게 일정을 설명해 주었다.

"7시 전에 우리 집에 와야 해. 준비 운동을 하고 리바이 집으로 가는 거야. 마이크는 달리는 동안 합류할 거야."

"하키 세계로 들어온 걸 환영해."

리바이가 나에게 말했다.

그러니까 리바이가 제이미를 받아들인 이유가 이거였다. 제이미와 사귀면 내가 일상 세계와 하키 세계에 그어 놓은 선이 흐릿해질 테니까.

죄책감이 나를 갉아 먹었다. 내 동생은 내가 하키 선수의 여자친구라는 역할을 그저 연기하고 있을 뿐임을 몰랐다. 제이미와 론이 떠나고 나면 지금 이 상황을 수습해야 한다는 생각은 해 본 적이 없었다. 이 일이 남길 후유증을 어떻게 해결해야 하는지를 말이다. 제이미와 론에게는 이 상황이 수사일 뿐이다. 하지만 나에게는 인생이었다.

남은 오후 시간은 빠르게 지나갔다. 터치 풋볼을 했다. 내가 리바이에게 완벽하게 공을 던지자 스토미는 내가 TJ 키웨든에게서 배운 모든 것을 칭찬하는 말을 했다. 배에서 경련이 일었다. 가운데 부분이 덜 익은 버거 때문이거나 생리 때문일 것이다. 나는 메이시에게 대신 뛰어 달라고 부탁하고 바비 코치의 오두막에 있는 욕실로 갔다.

바비 코치는 1년 만에 파티를 다시 열었다. 그사이에 코치는 부엌을 개조했다. 고급 자재로 마감한 부엌이 인상적이었다. 바비 코치의 부엌은 그랜드메리가 대저택에 들여놓은 고급 브랜드의 물건들로 꾸며져 있었다.

해가 진다는 건 기온이 급격하게 떨어진다는 뜻이었다. 제이미와 나는 트럭으로 갔다. 오두막의 작은 욕실에서 옷을 갈아입는 것보다는 그편이 더 쉬웠으니까. 제이미가 옷을 갈아입을 차례가 되었을 때, 나는 사이드미러로 청바지를 입고 있는 제이미를 흘긋 쳐다보았다. 물론 곧바로 고개를 돌렸지만 잘 발달한 넓적다리의 근육들, 반힘줄근, 넙다리두 갈래근, 반막양근을 내 뇌에 아로새기기에는 부족하지 않은 시간이었다.

잠깐만……, 내가 옷을 갈아입을 때도 제이미가 이렇게 쳐다보았던 게 아닐까?

남자아이들과 잡담을 하다가 모닥불 주위에 빈 두 자리를 발견했다. 나는 재빨리 모닥불로 다가가 나와 제이미를 위해 그 자리를 차지했다.

바비 코치가 불꽃놀이를 준비했다. 내 동생은 언제나 보호 구역에서만 살 수 있는 좋은 물건을 구해 왔다. 내 옆으로 누군가 움직이는 모습이 보이더니, 메이시가 내 옆자리에 앉았다.

"거기 제이미 자리야."

내가 말했다.

"아…… 그래, 제이미 자리야."

메이시는 놀리듯이 내 말투를 흉내 내고는 나에게 가까이 다가왔다.

"너한테 얼음을 깨는 상어가 되는 재주가 있는 줄은 몰랐네. 그 여자애한테는 기회도 없었겠어."

메이시에게는 칭찬인 것처럼 비꼬아 말하는 무시무시한 능력이 있었다.

"사랑과 하키 안에서는 모든 게 공평하지."

그리고 메스도. 나는 속으로 덧붙였다.

스토미의 수많은 사촌 가운데 한 명인 헤더 노딘이 내 쪽으로 몸을 기울였다. 그 애가 피운 마리화나 냄새가 모닥불 냄새를 압도했다.

"넌 그냥 다우니스가 너보다 빨리 그 애를 가진 게 화가 나는 거잖아. 누가 네 위에 집을 떨어뜨리기 전에, 썩 꺼져 버려*."

헤더가 나의 적수에게 말했다.

"미쳤구나, 헤더."

덤덤하게 대꾸하고 메이시는 여자아이들이 모인 곳으로 걸어갔다. 여자들은 키득거리는 웃음 사이에 기분 나쁜 말을 해 가면서 헤더를 쳐다보았다.

오늘 헤더의 옷차림은 모닥불 파티에는 어울리지 않았다. 빨간색 루츠 후드티는 어울렸

---

* 《오즈의 마법사》에서 사악한 서쪽 마녀가 도로시의 집에 깔려 죽은 것을 비유했다.

다. 하지만 엉덩이부터 종아리 중간까지 2.5센티미터 너비로 벌어진 옆트임을 커다란 안전핀으로 고정한 몸에 달라붙은 카프리 진은 이상했다. 신고 있는 신발도 나라면 발목이 부러질 것 같은, 위태로운 굽이 달린 검은색 플립플롭이었다.

"고마워. 우리 마을 식으로 하면 미-그웨치겠지만."

노인처럼 같은 말을 두 번 하는 내 말에 헤더는 조금 과하다 싶을 정도로 요란하게 웃었다. 헤더의 눈은 반쯤 감겨 있었고 웃음소리는 공허했다. 종이처럼 얇고 속은 텅 비어 있었다.

마리화나를 피우고 비디오게임만 하는 남자아이들을 우리는 잃어버린 소년이라고 불렀다. 그런 아이들은 네버랜드에 사는 피터팬 무리처럼 결코 자라는 법이 없었기 때문이다. 집을 떠나는 법도 없었고 직업도 갖지 않았다. 세상에는 잃어버린 소년들뿐만 아니라 분명히 잃어버린 소녀들도 있을 거라고 생각했다.

"헤이."

헤더가 후드티 주머니에서 투명한 비닐을 꺼냈다. 그곳에는 조약돌 사탕처럼 생긴 알약이 들어 있었다.

"몰리V를 좀 구했어. 이것만 있으면 너랑 너의 새 남자친구가 밤새 즐거울 수 있을 거야. 다른 것들도 있어."

헤더는 또 다른 지퍼 백을 꺼냈다. 식물 잎을 만 종이가 여섯 개 들어 있었다.

나는 헤더를 물끄러미 바라보았다.

"헤더, 우리는 방금 릴리를 묻었어. 내 가장 친한 친구가 메스에 중독된 전 남자친구 총에 죽었다는 걸 기억해 줘. 난, 싫어…… 엑스터시 같은 건 먹지 않을 거야."

내 말에 갑자기 총기를 되찾은 헤더가 내 눈을 뚫어지게 쳐다보았다.

"좋아. 하지만 네가 친구를 추모하는 방식은 이상한 거 알아? 새 남자친구와 함께 파티에 오는 거 말이야."

헤더 노딘은 말할 수 없는 진실만 가득한 자리에 나를 남겨 두고 모닥불 옆을 떠났다.

불꽃놀이가 끝난 뒤에는 많은 아이들이 떠났고, 남은 사람들은 모닥불 주위에 모두 둘러앉을 수 있었다.

"이야기 좀 해 봐, 파이어키퍼의 딸."

모닥불 반대편에 있던 리바이가 나에게 말했다.

나는 고개를 저었다.

"아직 땅에 눈이 쌓이지 않았어."

고모는 겨울을 위해 이야기를 아끼는 것, 그것이 우리 전통을 존중하는 방법이라고 말했다.

메이시가 콧방귀를 뀌었다.

"그건 뱀이 엿들을까 봐 그런 거지."

메이시는 주위를 둘러보았다.

"좋아. 뱀은 없어."

메이시는 씩 웃더니 이야기를 시작했다.

"창조주가 모든 동물과 새를 불러 모았어. 첫 남자와 첫 여자도."

메이시는 목소리를 낮추더니 자기 아빠 매니토우 추장과 비슷한 목소리를 냈다.

"나는 창조주다. 너희 모두에게 선물을 주겠다."

모닥불에 모인 사람들이 모두 웃었다.

"창조주는 선물을 준비하고, 그 선물을 달라고 요구하는 생명체를 기다렸어. '누가 그 어떤 새보다도 높이 날아 나에게 직접 기도를 전달해 줄 것인가?'"

메이시가 하늘을 향해 한 손을 흔들면서 말했다.

"미기지가 말했어. '저요. 저요. 저를 주세요.' '그래, 네가 가져라!'"

사람들이 더 크게 웃었다. 메이시는 잠시 기다렸다가 계속 말했다.

"'강을 정화할 수 있는 집을 만들 나무를 거뜬히 잘라 낼 만큼 큰 이를 가질 이는 누구지?' 아미크가 첫 남자를 쿡 찌르면서 말했어. '끝까지 기다리고만 있다가는 나쁜 선물을 갖게 될 거야.' 그 말을 하고 아미크는 벌떡 일어나서 소리쳤어. '창조주여. 정말 완벽한 선물 같습니다. 그 선물은 제발 저에게 주세요.' '그래, 너 가져라!'"

메이시는 자기 아빠가 중요한 연설을 할 때면 그렇듯이, 극적인 효과를 연출하려고 모닥불 주위를 한 바퀴 쭉 둘러보았다.

"자, 네발 달린 동물과 날개 달린 새가 선물을 받는 걸 지켜보는 동안 첫 남자는 불안해졌어. 벌써 몇 번이나 손을 들려고 했지만 번번이 다른 동물들한테 순서를 빼앗겼어. 마침내 첫 남자와 첫 여자만이 남았어. 창조주는 마지막 남은 두 선물 가운데 하나를 말했지. '서서 오줌 누는 능력은 누구에게 줄까?'"

사람들이 더 크게 웃었다.

"첫 남자가 첫 여자를 밀치고 소리쳤어. '저요. 창조주여, 저요. 저에게 주세요.' '그래. 네가 가져라.'"

메이시의 눈이 모닥불 바닥에서 타닥거리며 타는 불씨처럼 반짝거렸다.

"첫 남자가 창조주에게 물었어. '오…… 그런데…… 마지막 선물은 무엇인가요?' '여러 번 오르가슴을 느끼는 능력이니라.'"

20장

다음 날 아침, 집 밖으로 나가자 우리 집 진입로에서 새벽 햇살을 맞으며 다리 스트레칭을 하는 제이미가 보였다. 나는 고개를 끄덕여 인사를 하고 나의 나무로 가서 아침 기도를 했다. 생리 중이었기 때문에 세마—는 바치지 않았다. 내가 준비 운동을 시작하자, 제이미도 내 동작에 맞춰 함께 준비 운동을 했다. 마지막으로 함께 달린 뒤로 시간이 전혀 흐르지 않은 것만 같았다. 릴리가 멀리 떠나 버리고 내가 다람쥐 첩보원이 되기 전으로 돌아간 것만 같았다.

"어젯밤에 리바이가 너를 '파이어키퍼의 딸'이라고 불렀잖아. 왜 그런 거야?"

제이미가 물었다.

나는 한 발을 쭉 내밀어 사두근과 넓적다리근육이 늘어나도록 런지 자세를 취했다.

"음, 최초의 파이어키퍼의 딸에 관한 가르침이 있기 때문이야. 그 딸은 매일 하늘 위로 태양을 들어 올리면서 노래를 불렀대."

우리는 발을 바꿔 런지 자세를 취했다. 제이미는 조금 더 이야기해 달라는 표정으로 나를 보았다.

"내 동생은 가끔 나를 그렇게 불러. 우리 아빠 성이 파이어키퍼니까. 리바이는 파이어키퍼의 딸인 내가 노래를 아주 못하는 게 웃기다고 생각해."

나는 눈을 굴렸고, 햇빛이 점차 강해지는 동안 계속 스트레칭을 했다.

"하지만 나는 그 이야기를 싫어해. 그 여자한테는 이름조차 없거든. 그 여자의 정체성은 아빠인 파이어키퍼와 남편인 첫 남자, 아니시나—베어로 4방위를 뜻하는 명칭을 붙여 이름 지은 네 아들하고의 관계로만 규정돼. 게다가 매일 아침 태양을 들어 올리는 일에서도 벗어날 수 없어."

제자리 높이뛰기를 몇 번 했다.

"그 여자가 하루는 너무 지겨워서 '됐어, 그냥 다시 자러 갈 거야'라고 하면 어떻게 되는 거야?"

나는 제이미에게 손으로 거리를 가리키고 달리기 시작했다.

"너무 부당하잖아. 의무는 막중한데 이름조차 없다니."

제이미는 가볍게 뛰어가는 내 속도에 맞춰 함께 뛰었다. 가까이 갈수록 남동생의 집은 점점 더 커졌다.

나는 매일 아침 내가 누구인지를 분명하게 알 수 있도록 창조주에게 말하는 또 다른 이름을 생각했다. 그 이름을 말하지 않아도 창조주는 내가 누구인지 정확하게 알지 않을까? 지금까지 나의 정체성을 규정할 때 아빠를 언급했다. 제이미에게 한 말은 내가 기도할 때 나를 소개하는 방식과는 분명히 모순이 있었다.

나는 늘 나를 이시코데-게나웬단 오다-니산Ishkode-genawendan Odaanisan, 파이어키퍼의 딸이라고 소개했다. 이제 그 이름은 말하지 않기로 했다. 영혼의 이름을 말하는 것으로 충분했다.

고모에게 해가 구름 뒤에 숨었을 때 땅으로 내려오는 빛을 뜻하는 아니시나-베모윈을 말해 달라고 한 적이 있었다. '빛 내림'을 뜻하는 전통 언어 말이다. 나는 그 이름이 자-가-소zaagaaso일 거라고 생각했다. 내 생각이 옳다면 이제는 파이어키퍼의 딸을 부를 이름이 생겼다. 그 여자의 이름은 자-가-시크웨zaagaasikwe이다.

진입로에서 몸을 풀고 있는 남자들이 보였다.

"리바이는 자기 엄마 집 차고 위에 있는 스튜디오 아파트에서 살아. 스토미도 거의 대부분 그곳에서 지내고."

제이미가 눈썹을 추켜세웠다.

"음, 스토미 가족이 조금 엉망이거든."

스토미는 부모님이 싸울 때마다 차를 얻어 타고 슈가섬에서 나왔고, 내 동생이 잠에서 깨어나 집에 들여보내 줄 때까지 작은 돌을 창문에 던졌다. 그런 일이 너무 자주 있었기 때문에 다나는 뒷문 정원에 있는 난쟁이 요정상 아래에 열쇠를 놓아 두었다.

다나는 리바이를 위한 일이라면 무엇이든지 스토미를 위해서도 했다. 학교 교복이나 하키 장비를 사야 할 때면 다나는 스토미 것도 함께 구입했다. 절대로 중고를 사지는 않았다.

그게 내가 다나 파이어키퍼에게서 가장 좋아하는 점이었다.

가난하게 자란 다나는 스토미가 자신과 같은 기분을 느끼며 자라지 않게 해 주었다. 리바이는 자기 엄마가 어렸을 때는 이모들과 함께 침대를 써야 했는데 자고 일어나면 지붕에 뚫린 구멍 때문에 이불 위에 눈이 쌓여 있었다고 했다.

리바이와 스토미가 우리에게 합류했다.

"헤이, 버블. 대저택을 돌아서 가는 게 어때?"

스토미는 나를 도발하려는 속셈이었다.

내가 매섭게 노려보았는데도 스토미는 멈추지 않았다.

"대저택에서 하는 파티에 왔었지, 제이미? 어땠어? 우리 카지노 니시나압들은 자수성가한 사람들이야. 버블은 상속자고 신탁 기금 수혜자잖아."

스토미는 반쯤은 웃고 반쯤은 비웃듯이 말했다.

"원할 때는 언제라도 차를 살 수 있는 재력가지."

"세상에, 스토미. 아침으로 먹은 오트밀에 누가 오줌이라도 싼 거야?"

내가 말하자 리바이가 내 편을 들었다.

"아무 문제 없어, 스톰. 버블은 상속받은 돈을 쓰는 게 아니라 자기 힘으로 직접 돈을 벌고 싶어 해. 나는 그 점을 존경하고."

리바이가 나를 보고 웃었다.

내 신탁 기금을 생각하면 마음이 복잡해졌다. 그랜드메리는 그 돈으로 내가 공부하고, 차를 사고, '괜찮은 인생을 시작'할 수 있도록 준비한 거라고 했다. 그러니까 내가 '불행한 상황'에 갇히지 않도록 나를 지탱해 줄 안전망이라고 했다. 내가 그 돈을 사용하는 게 꺼려지는 까닭은 내가 엄마의 '불행한 상황'이었기 때문이다. 신탁 기금이 있었다면 엄마는 어떤 선택을 했을까?

나처럼 스토미도 주니야-에 관해서라면 묘한 기분을 느꼈는데 그 이유를 나는 알고 있었다. 다나는 리바이가 열여덟 살이 되기 전에 얼마간의 돈(카지노에서 어른에게 주는 배당금의 3분의 1에 해당하는 액수)을 매달 리바이와 내가 함께 쓰는 공동 계좌에 입금했다. 스토미의 엄마는 그런 일을 하지 않았다.

샤나 노딘은 오지브웨였지만 위스콘신 출신이었다. 한번은 슈피리어 호숫가에서 오기마─ 스위트룸을 빌려서 주말 내내 성대한 파티를 열더니, 월요일에는 생활 요금 미납으로 공공 서비스가 끊긴다며 부족 사회복지과에 긴급 구호 프로그램을 신청했다. 그때부터 사람들은 그녀를 미납자 샤나라고 불렀다.

강철과 유리로 지은 에드워즈 저택에 가까이 가자, 마이크가 닌자처럼 갑자기 나타나 우리 일행과 보조를 맞췄다.

남자아이들은 계속 떠들었지만 나는 숨이 차서 한마디도 할 수 없었다. '리바이들'은 내가 평온하게 달릴 수 있는 속도와 전력 질주를 하는 속도의 중간쯤으로 달렸다.

마이크가 크게 방귀를 뀌었고 모두 큰 소리로 웃었다.

"젠장, 부기드. 똥 싼 거 아니야?"

리바이가 제이미에게 설명했다.

"부기드는 마이크의 명예로운 인디언 이름이야. '방귀'라는 뜻이지. 하지만 나는 무원이라고 불러야 한다고 생각해. 그냥 똥을 싼 거니까."

"버블이 뀐 걸 수도 있잖아."

스토미가 말했다.

"아니, 그런 짓을 했다가는 그랜드메리가 버블한테 재산을 물려줄 리가 없어."

아이들은 훨씬 더 크게 웃었다.

남자아이들과 어울릴 때 감수해야 할 문제라면 정말로 지저분하다는 거였다. 이 녀석들 옆에서 방귀를 한 번 참을 때마다 1달러를 받았다면, 나에게 신탁 기금 같은 건 분명 필요 없었을 것이다.

나는 고개를 돌리고 내가 내뱉고 마시는 숨소리에 집중했다.

우리가 택한 경로는 강을 따라 돌면서 여객선 선착장과 컨트리클럽을 지나는 길이었다. 리바이가 제이미에게 이야기하는 소리가 들려왔다. 나에 관한 이야기였다.

"그래서 내가 약간 나쁜 놈처럼 그 길을 오르고 있었어. 비가 조금 내려서 미끄러웠거든. 그런데 갑자기 뒤로 미끄러져서 벌렁 자빠진 거야. 그때 다우니스가 뛰어오더니 나를 움직이게 하면 안 된다고 고함을 질렀어."

우리는 골프장의 남쪽 끝을 가로질러 집회장으로 이어진 길에 도착했다. 그때까지도 리바이는 계속 말하고 있었다.

"우리 누나는 나한테 비를 안 맞히겠다고 양팔이랑 양다리로 땅을 짚고 내 위에 엎어져 있었어. 운동장 관리인한테 구급차를 부르라고 명령했고. 그때가 우리가, 음⋯⋯ 열한 살이었나?"

리바이가 나를 보면서 물었다.

"아홉 살이었어. 슈퍼맨 주인공이 말에서 떨어져서 하반신 마비가 된 직후였잖아."

내리막길에서 속도가 줄었기 때문에 나는 간신히 말할 수 있었다.

그날 내가 얼마나 무서웠는지는 말하지 않았다. 내 동생이 심각하게 다쳤을 수도 있다는 생각에 나는 바지에 오줌을 쌀 뻔했다. 그날까지만 해도 다나는 나에게 친절하게는 대했지만 따뜻하게 대하지는 않았다. 리바이가 나보다 1년 늦게 학교를 다니게 된 것도 다나가 일부러 우리 둘이 같은 학년이 되는 걸 피했기 때문이라고 생각했을 정도였다. 하지만 고모와 내가 리바이의 상태를 보려고 병원에 갔을 때, 다나는 처음으로 나를 안아 주었다. 계속해서 흐느끼면서 다나는 거의 한 시간 동안 내 귀에 대고 미-그웨치라고 속삭였다. 리바이에 대한 사랑이 우리 관계를 바꾼 것이다.

나란히 줄을 서서 달리는 동안 나는 남동생의 등을 보았다. 리바이는 거의 대부분 나를 짜증 나게 했지만 내가 남동생에게 진심으로 고마워해야 하는 순간도 많았다.

"전속력으로!"

리바이가 어깨너머로 뒤돌아보면서 소리쳤다.

남자아이들이 치 무콰 경기장을 마지막 400미터 남기고 집회장과 아이스 서클 드라이브를 향해 전속력으로 달려갔다. 달리기가 이 녀석들에게는 그저 준비 운동이라는 사실을 알았어야 했다. 진짜 운동은 피트니스 센터에서 역기를 드는 순간부터 시작될 것이다.

내가 치 무콰 경기장에 도착했을 때 남자아이들은 마무리 운동을 하고 있었다. 나는 부드럽고 차가운 잔디밭에 얼굴을 대고 두 팔을 활짝 뻗은 채 드러누웠다. 잔디가 머금은 물기를 모두 핥아먹고 싶었다.

마무리 운동을 마친 남자아이들은 큰 소리로 작별 인사를 하며 떠나갔다. 제이미는 리바이의 뒤를 따라갔는데 마지막 순간에 리바이를 잡아 세우고 무슨 말인가를 하더니, 몸을 돌려 나에게 뛰어왔다. 나는 하늘을 보고 누웠다. 제이미는 팔굽혀펴기를 할 것처럼 엎드리더니 내 얼굴 바로 위에 자신의 얼굴이 닿도록 플랭크 자세를 취했다.

제이미는 고개를 숙여 재빨리 내 뺨에 입을 맞추었다.

"리바이가 보고 있어?"

그렇게 묻고 고개를 드니 활짝 웃고 있는 남동생이 보였다.

느릿느릿, 뻣뻣하게 에버케어 요양원으로 걸어 들어갔다. 그랜드메리의 방이 있는 복도에는 장미 향이 가득했다. 나는 문 앞에 서서 이쑤시개처럼 마른 할머니의 다리에 로션을 바르는 엄마를 보았다. 엄마는 늘 자신에게는 친절하지 않았던 그랜드메리를 돌보느라 완전히 지쳐 있었다.

자신이 좋아해 본 적 없는 사람을 사랑하고 돌보는 것이 곧 힘이라는 걸까?

엄마는 데이비드 삼촌이 재발하지 않았다고 단호하게 말했다. 지금은 나도 삼촌이 재발하지 않았음을 알고 있지만, 설사 삼촌이 재발했다고 해도 엄마는 변함없이 삼촌을 사랑하고 지지해 주었을 것이다. 어쩌면 엄마는 연약한 사람을 가장한 강인한 사람일 수도 있다.

나는 오늘은 그랜드메리의 침대 옆에 가서 앉는 대신 엄마에게 걸어갔다. 허리를 숙이고 엄마의 뺨에 입을 맞췄다. 엄마의 목에서 나는 냄새를, 장미들이 서로에게 소리 지르는 방에서 부드럽게 속삭이고 있는 라일락 향기를 마음껏 들이마셨다. 나는 다시 엄마에게 입을 맞췄다. 그냥 아무 이유 없이.

"오늘이 레이크스테이트 대학에서의 첫날이에요."

할머니가 정신이 돌아왔을 때 내가 말했다. 할머니는 나를 보며 밝게 웃었다.

"수업이 아홉 시에 시작해서 오래는 못 있어요. 사랑해요."

재빨리 샤워를 하고, 아침으로 요구르트를 먹고, 지프를 타고 엄청난 속도로 달려 학생회관 뒤에 있는 주차장에 차를 세웠다. 주차장을 가로질러 폰테인 홀을 지나 강의실에 도착하니 숨쉬기도 힘들었고 불안하기도 했다. 남은 자리는 앞자리뿐이었다. 나는 자리에 앉아 빈 옆자리를 흘긋 보았다.

너도 여기 있어야 하는데, 릴리.

거시경제의 원리를 가르칠 교수가 나눠 준 강의 계획표를 다시 설명했는데 모두 훈계뿐이었다.

"여기는 고등학교가 아니야."

"출석은 안 부를 거야."

"과제를 제출하지 않으면 그걸로 끝이야. 재시험도 없어."

"내가 부모하고 말하게 하지 마라."

"자기 자신, 자기 자신만이 자기 학업에 책임을 지는 거야."

"자기가 신청한 게 아니라면 지금 당장 나가거나 절대 이의를 제기하지 마."

나의 가장 친한 친구가 없다면 이곳에 있고 싶지 않았다.

나는 일어나서 강의실 밖으로 나왔다.

이제 뭘 해야 해, 릴리?

날카로운 무언가가 내 코를 쿡 찔렀고 주먹만 한 덩어리가 내 목을 막아 버렸다. 나는 폐 깊숙한 곳까지 공기를 집어 넣으려고 애를 썼다. 물, 물이 도움이 될지도 몰랐다. 나는 배낭을 뒤졌지만 아무것도 들어 있지 않았다.

학생회관 문에 손을 뻗었을 때 TJ 키웨든이 그 문으로 나왔다. 놀라움이 잠시 TJ의 얼굴을 스쳐 지나갔지만 곧 인간미 없는 무표정한 얼굴로 바뀌었다. 평범한 흰색 티셔츠에 청바지를 입은 TJ는 튼튼한 워크 부츠를 신고서 걸어가 버렸다. 그에게서는 깨끗한 숲 냄새가 났다. 그러니까 저 망할 인간이 내가 사 준 향수를 아직까지 뿌리고 다니는 거였다.

나는 배낭에 든 첫 번째 물건을 움켜잡았다. 《거시경제학-국부의 이해》가 TJ에게서 60센티미터쯤 떨어진 곳에 요란한 소리를 내며 뒹굴었다. 재빨리 돌아선 TJ의 얼굴에는 또다시 분노 비슷한 감정이 스쳐 갔지만 곧바로 다시 평정심을 찾은 표정으로 돌아갔다. TJ가 화를 내는 게 더 짜증이 나는 건지, 엄청난 사기꾼처럼 그 사실을 숨기는 것이 더 짜증 나는 건지는 알 수 없었다.

TJ의 맞은편에서 걸어오던 로빈 베일리가 바닥에 있는 내 책을 집어 들었다. 로빈은 한 손으로는 나에게 책을 건네고, 다른 손으로는 나를 단호하게 밀어 학생회관으로 데리고 들어왔다.

"야, TJ는 극복해야 해."

로빈은 자신의 배낭에서 물병을 꺼내 나에게 주면서 말했다.

"그 어떤 남자도 너에게 힘을 발휘할 수는 없게 해야 해. 그가 누구건, 사람들이 그를 얼마나 사랑하건 간에 말이야. 설령 네가 그 남자를 여전히 원한다고 해도 말이야."

"난 TJ를 원하지 않아."

나는 거세게 대꾸했다.

로빈은 나를 거의 불쌍히 여기는 것 같은 표정을 지었다.

로빈은 2년 전인 2002년에 TJ와 함께 졸업했다. 고등학교 2학년 때는 수 고등학교 여학생으로서 처음으로 남자 하키 대표 팀에 선발되었다. 나는 그다음 해에 두 번째로 남자 하키 대표 팀에 선발되었고. 우리는 2년 동안 함께 수 고등학교 하키 선수로 활동했다. 로빈은 1년 동안 코넬 대학교에서 공부했고, 작년에 레이크스테이트 대학교로 옮겨왔다.

"그냥······, 하필이면 내가 기분이 나쁠 때 마주친 것뿐이야."

"알아. 지금 네가 어떤 기분일지."

로빈의 목소리에는 연민이 가득 담겨 있었다.

"네가 슈퍼히어로가 될 필요는 없어, 다우니. 괜찮지 않아도 괜찮아. 사실, 네가 학교에 나왔다는 것도 놀라워."

"내가 이러는 걸 릴리가 원할 거라고 생각했기 때문이야."

나는 눈물을 훔치며 말했다.

로빈은 기꺼이 나와 함께 카페에 앉아 내가 마음껏 슬퍼하도록 해 주었다.

"강의는 두 개만 듣고 나머지는 취소하는 게 어때? 릴리라면 어떤 수업을 가장 듣고 싶어 했을 것 같아?"

로빈은 줄줄 흐르는 콧물을 닦으라며 나에게 냅킨을 건네주었고 나는 웃었다.

"20세기 미국 문학?"

"그럼 너는 어떤 과목이 가장 듣고 싶었어?"

"식물 형태학."

"좋아."

로빈은 즐거운 듯이 고개를 흔들었다.

"다음 수업은 몇 시야?"

"10시. 미국 문학이야."

"그럼 가서 들어 봐. 부담은 갖지 말고. 수업이 어떤지 보는 거야. 마음에 들면 계속 들으면 되고. 식물 수업도."

로빈은 내 전화기를 가져가더니 자기 전화기에 전화를 걸고는 나에게 돌려주었다.

"아무래도 들을 기분이 나지 않는 과목이 있으면 금요일에 교무과에 가면 돼. 같이 가

줄 사람이 필요하면 나한테 전화하고."

"미-그웨치."

내가 대답했다.

로빈은 내 왼쪽에 서더니 내 앞으로 자기 오른팔을 들어 올렸다. 나도 밝게 웃으며 왼쪽 팔을 들어 함께 X자를 만들었다. 우리는 시합 전에 언제나 얼음 위를 미끄러져 나가 하키 스틱으로 X자를 만들었다. 로빈의 아이디어였다. 우리처럼 피겨 스케이트가 아닌 하키 스케이트를 선택하는 모든 여자아이들을 위한 의식이었다.

나는 미국 문학 강의실로 걸어가 문에서 가장 가까운 곳에 자리를 잡고 앉았다. 강의 계획서에 적힌 필독서 목록을 보면서 특별히 한 작가를 찾아보았다.

이런, 안 돼. 미치너는 없었다.

제임스 A. 미치너를 문학계에서 제대로 대우해 주지 않는다며 분통을 터트리는 준 할머니의 장황한 불만은 점심 식사를 함께하려고 할머니를 차에 태운 순간부터 다시 집으로 모셔다 드릴 때까지 멈추지 않았다.

다음 날, 내 도움을 받아 지프에 오른 준 할머니는 어제 멈췄던 지점부터 다시 불만을 쏟아냈다.

"네가 그 젠체하는 자-가-나-시에게 가서 제임스 A. 미치너는 내 인생 최고의 위대한 미국 소설가라는 말을 해 줘."

"그 교수님은 여자분이고 흑인이세요. 하지만 할머니의 의견을 꼭 전해 드릴게요."

"의견이 아니야. 사실이지."

준 할머니에게 인디언 타코와 통밀 프라이브레드를 가져다 드리고 내 음식을 담으려고 줄을 섰다. 존시 키웨든 할아버지가 이제 막 머그잔에 따른 커피를 쏟았다. 나는 냅킨을 들고 커피를 닦았다. 새로 머그잔에 커피를 따라 할아버지에게 내밀자, 할아버지는 설탕을 손으로 가리켰다.

"할아버지, 당뇨는 어떻게 하고요?"

내가 물었다.

"난 당뇨병 환자 아니야. 장로회 교인이지."

존시 할아버지가 소리쳤고 나는 웃었다. 존시 할아버지는 일주일에 두 번 성당에 나가는 가톨릭 신자였다.

"이봐."

조용히 말하는 할아버지의 목소리는 음모론자처럼 바뀌었다.

"폭풍이 지난 뒤에 TJ랑 쓰레기 매립지에 가 보았거든? 근데 그 쓰레기봉투가 사라진 거야……. 네가 가져간 거 아니지? 그렇지?"

"독이 잔뜩 묻은 쓰레기봉투를 끌고 가는 건 이성적인 사람이 할 일이 아닌 거 같은데요, 존시 할아버지."

나는 존시 할아버지를 친구들이 있는 식탁으로 모시고 가면서 말했다.

존시 할아버지의 형제인 지머 할아버지가 나를 불렀다.

"어이, 파이어키퍼. 내 손자가 아이튠 카드를 주었는데 그거 가지고 뭘 해야 하는지 도통 모르겠구나."

"99센트만 내면 온라인에서 어떤 노래든 살 수 있고 CD도 구울 수 있어요. 좋아하는 노래들로 작은 앨범을 만들 수 있는 거예요."

내가 설명했다.

"지미 로저스와 어니스트 터브 노래도?"

"아이튠에 올라와 있기만 하면요. 점심을 드시면 제가 노트북 가져올게요. 오늘 할아버지 기프트 카드를 써서 노래를 다운받고, 내일 CD로 구워서 가져올게요."

나는 준 할머니에게 점심을 먹은 뒤에 지머 키웨든 할아버지가 온라인으로 노래를 받는 걸 도와줘야 한다고 말했다.

"그 늙은 갱스터 말이야?"

준 할머니가 말했다.

50퍼센트 당첨 확률이 있는 복권 추첨이 있기 전에, 요양원 원장이 휴대 전화를 활용하는 방법을 알려 주려고 목요일 오후에 부족 청소년 위원회 아이들이 이곳에 온다는 사실을 알렸다.

"휴대 전화를 설정해 놓으면 긴급 경보를 받을 수 있습니다. 여객선 운항 정보도 친구분들에게 동시에 보낼 수 있고요."

"와, 현대판 모카신 전령이구먼."

존시 할아버지가 큰 소리로 말했다.

"아, 그리고 젊은 아가씨가 사라졌어요. 부족 시민인 헤더 노딘이 월요일 밤에 파라다이스를 걸어가는 걸 마지막으로 그 누구도 본 사람이 없답니다. 어떤 정보든 아는 게 있는 분은 부족 경찰에게 연락해 주세요."

헤더가 사라졌다고? 메이시가 창조주의 선물 이야기를 할 때 모닥불 주위에서 헤더를 본 기억이 없었다. 메이시에게 싫은 소리를 하고 나에게 마약을 권한 뒤로 떠난 것이 분명했다. 나는 헤더 노딘과 접촉한 마지막 사람 가운데 한 명이 나일 수도 있다는 사실을 제이미에게 알려야겠다고 생각했다.

토요일까지 나는 두 과목 수강을 취소했고, 아이튠 믹스 전문가가 되었다. 준 할머니와 나는 오후 대부분을 슈가섬에서 보냈다. 준 할머니와 미니 할머니는 오래된 논쟁을 다시 시작했다. 수십 년 동안 메이시와 같은 일을 두고 논쟁을 벌이는 상황을 나로서는 상상도 할 수 없었다.

다람쥐 첩보원으로서 내 결정은 노인들이 아이튠으로 노래를 들을 수 있게 돕는 동안 약재를 비롯해 여러 정보를 모으겠다는 것이었다. 그건 존시 할아버지가 손을 흔들면서 말하는 것처럼 〈늑대와 함께 춤을〉에 나오는 장면을 흉내 낸 좋은 거래였다.

지머 키웨든은 알 카포네가 정말로 조지 호숫가에 있는 동굴에 위스키를 숨겼다고 했다. 슈가섬 동쪽에 있는 동굴이었다.

"혹시라도 남겨 놓고 간 걸 찾으려고 사람들이 동굴을 뒤져 보았어요?"

"가끔 시체가 호숫가로 밀려왔어. 시체는 사람들에게서 좋은 감각을 거의 다 쓸어가 버려."

미니 할머니의 아들이자 매니토우 족장의 아버지이며 메이시의 할아버지인 레너드 매니토우는 다섯 살 때 이틀 동안 실종된 적이 있는데, 그의 어머니와 할머니를 빼면 '작은 사람들'이 그를 안전하게 지켜 주었다고 믿는 사람은 아무도 없었다.

누구나 벌거벗은 벅이라고 부르는 버키 노딘 할아버지가 나를 불렀다. 그는 헤더의 종조부였는데 헤더를 마지막으로 본 것이 언제였는지 물을 줄 알았다. 하지만 어딘가 정신이 나간 것만 같아 보이는 벅 할아버지는 팻시 클라인의 노래를 모두 받으려면 돈이 얼마나 필요한지 물었다. 내가 대답하기 전에 벅 할아버지는 언젠가 토끼를 잡으려고 설치한 덫으로 자기 고양이를 잡았다는 이야기를 했다. 그리고 덕섬에서 증조모와 함께 버섯을 땄다고 말했다.

"버섯을요? 덕섬에서요?"

또다시 다른 이야기로 넘어가기 전에 내가 재빨리 물었다. 내 심장이 어찌나 빠르게 뛰던지, 레드윙스 티셔츠 밑으로 내 심장 뛰는 모습이 모두 보일 것만 같았다.

론이 나를 데이비드 삼촌의 교실로 데리고 갔을 때, 그는 환각 효과를 내는 버섯이 모두 세 곳, 타쿠아메논 폭포, 픽처스 락 국립 호반 공원, 슈가섬에서 자란다고 했다. 마르케에서 돌아오는 길에 론은 좀 더 자세한 정보를 주면서 데이비드 삼촌이 조사하던 곳이 슈가섬의 덕 호수라고 했다. 덕섬은 한쪽 면이 덕 호수에 접해 있다.

"그래. 슈가섬 안에 있는 그 작은 섬은 버섯으로 가득 차 있어. 그곳 토양과 물에는 뭔가 특별한 게 있거든. 거기 있는 나무들은 오랫동안 자른 적이 없지."

나는 데이비드 삼촌이 버섯을 채집한 곳을 알아냈다는 사실에 기뻐하며 주위를 둘러보았다. 시니 님키 할머니가 내 생각을 눈치챈 것처럼 먼 곳에서 얼굴을 찡그렸다.

이 다람쥐 첩보원은 견과류를 찾고 있다. 환각성 버섯이라는 견과류를.

21장

토 요일. 시내를 통과하는 길에 설치된 부족 광고판을 뚫어지게 응시했다. 절망이 내 뱃속 구덩이에 닻을 내렸다. 광고판 왼쪽에는 검은색 배경에 흰색 글씨로 "절대로 잊지 마세요"라는 글이 적혀 있었다. 나머지 절반은 헤더에 대한 설명과 부족 경찰서 전화번호가 써 있고 고등학교 3학년 때 헤더의 사진이 걸려 있었다.

광고판을 모두 지나갈 때까지 두꺼운 글자 뒤에 있는 배경 사진이 쌍둥이 빌딩임을 깨닫지 못했다. 그러니까 911테러를 잊지 말라는 것이다. 한 광고판이 두 사건을 담고 있었다.

어젯밤에 텔레비전에서 본 헤더의 엄마는 거칠어 보였다. 힘들게 살았고 한 번 이상 카운티 교도소에 수감된 적이 있는 헤더의 엄마는 경찰이 자기 딸을 찾기 위한 노력을 제대로 기울이지 않고 있다고 주장했다. 제이미와 론에게 수색 작업을 좀 더 강화할 수 있는 방법이 있는지 물어봐야겠다고 다짐했다.

슈가섬에 도착해서는 아스팔트 길이 끝날 때까지 남동쪽으로 달렸다. 비포장도로에서 지프는 이리저리 흔들렸다. 목적지에 도착해 차에서 내린 나는 지프의 대시보드를 토닥여 주면서 "와, 잘했어, 포니"라고 말해 주었다.

존시 할아버지의 엄청난 조직력에서 단서를 얻은 나는 배낭에 투명한 지퍼 백과 라벨을 만들 마스킹 테이프, 검은색 네임펜을 챙겨왔다. 덕섬만 보이게 접어 온 지도, 물병, 라텍스 장갑, 방충제, 빨간색 목화실, 작은 가위, 디지털카메라, 스프링에 가죽끈으로 펜을 묶은 공책도 함께 가져왔다.

덕섬을 진짜 섬이 아닌 반도로 만드는 좁은 땅 위를 걸어가는 동안 보호지에 있는 관리인의 오두막이 보였다.

나는 잠시 멈추었다. 기억이 부드럽게 내리는 비처럼 나를 뒤덮었다.

아빠는 나를 목말 태우고 저 오두막을 지나 덕 호수에 아빠가 가장 좋아하는 비밀 낚시터로 데려갔다.

이곳에 서서 아빠가 내 옆에 서 있을 때까지 눈을 깜빡이고 싶었다. 하지만 나에게 온 것은 존시 할아버지의 목소리였다.

가자고, 아가씨. 시간을 헛되게 쓰면 되나.

덕섬 어딘가에서 데이비드 삼촌은 독특한 버섯을 찾은 것이 분명했다.

체계적으로 탐사하려고 나는 컴퓨터 단층 촬영을 하는 사람의 몸통처럼 이 지역을 세분해서 살펴보기로 결정했다. 반도의 남동쪽에서 조지 호수 끝에 있는 자작나무 한 그루에 묶은 빨간 명주실을 나의 시작점으로 삼았다. 호숫가를 따라 북쪽으로 열 걸음을 간 뒤에 다시 나무에 실을 묶었다.

일반적으로 사람의 보폭은 75센티미터쯤 되지만 내 다리는 길어서 90센티미터쯤 될 것이다. 따라서 내가 섬의 동쪽에서 서쪽까지의 너비를 가르며 수직으로 이동한 거리는 9미터쯤 되는 것이다.

나는 덕섬의 중심을 가로질러 서쪽에 있는 덕 호수에 도착했다. 그곳에서 남쪽으로 방향을 바꿔 반도가 시작되는 좁은 길에 도달해 첫 번째 나무에 실을 묶었다. 그곳에서 덕 호수를 따라 북쪽으로 열 걸음 걸어가 북서쪽 경계를 확정했다.

그 지역을 샅샅이 뒤지며 버섯이 자라는 습한 곳을, 촉촉한 땅이나 부드러운 나무가 있는 곳을 찾아다녔다. 기억해 둘 만한 것을 찾으면 사진을 찍고 공책에 기록하고, 표본을 채취해 지퍼 백에 넣었다. 표본을 집으로 가져가 데이비드 삼촌의 버섯 도감에서 종을 확인할 것이다. 삼촌의 아파트를 비울 때, 엄마는 나에게 삼촌 책을 모두 대저택의 서재에 가져다 두라고 했다. 삼촌의 도감뿐 아니라 서식지와 종으로 검색할 수 있는 버섯 채집 정보 사이트도 검색해 보고 왔다.

내 목표는 분류되지 않은 종을 찾는 것이었다. 도감에 있는 버섯을 찾는 것이 아니라 정확히 말하면 도감에서 볼 수 없는 버섯을 찾는 것이 나의 목표였다.

다우니스. 우리는 어떤 가설이 진실인지를 입증할 수 없어. 우리는 귀무가설*이 틀렸음을 입증하는 증거를 찾는 거야. 걸어가는 내내 데이비드 삼촌이 내 뒤에 있는 것처럼 삼촌의 목소리가 들렸다.

삼촌은 나에게 많은 것을 가르쳐 주었다. 나는 삼촌의 발자취를 따라갔고 삼촌이 했을 법한 일을 할 수 있었다.

위험 부담이 많은 연구 프로젝트에 이렇게 흥분하는 건 잘못된 걸까?

숲은 치유 효과가 있었다. 나의 모든 감각이 살아났고, 시간을 초월한 무언가와 연결되었다. 마치 나의 지역으로 들어간 것만 같았다. 달리고 있지는 않았지만. 나뭇잎들이 바닥에서 펄럭거렸고 작은 동물들이 가까운 곳에서 재빨리 달려갔다. 소나무, 삼나무, 이끼 냄새가 한데 어우러져 풍겨왔다.

첫 번째 구역을 샅샅이 뒤지고 조지 호수 가장자리를 따라 다시 북쪽으로 열 걸음을 갔다. 오전 시간을 모두 들여 덕섬을 횡단하며 버섯을 찾았다.

이른 오후에는 치즈와 크래커, 과즙이 풍부한 사과를 먹은 뒤에 시간을 확인했다. 엄마는 내가 온종일 대학 도서관에서 공부한다고 생각할 것이다. 이제 몇 구역만 더 보고 집으로 돌아가 표본을 점검할 계획이었다. 내일은 엄마가 일요 미사에 가는 즉시 다시 돌아와 몇 시간 더 살펴볼 것이다.

나는 북쪽으로 열 걸음 걸어가 나무에 실로 표시를 했다. 내가 정한 경계 바로 너머에 삼색제비꽃이 피어 있었다. 노란색 꽃잎에 자주색 무늬가 있거나 자주색 꽃잎에 노란색 무늬가 있는 삼색제비꽃 군락이었다.

펄 할머니는 색이 선명한 꽃을 모았다. 그 꽃들을 곰 기름에 섞어 우리 아빠의 습진을 치료하는 연고를 만들었다. 나에게는 커피 통에 보관한 마른 꽃잎으로 차를 만들어 주셨다. 검은 물푸레나무로 엮는 바구니를 만들 때 색채에 변화를 주려고 자주색 꽃잎을 끓여 우린 물로 검은 물푸레나무 껍질을 염색하기도 했다.

나는 언제나 삼색제비꽃이 좋았다. 내 성년식 금식 기간에는 내내 비가 내렸다. 하지만 딱 한 번 비가 그쳤는데 그 시간은 내가 웅크리고 앉아 있던, 뒤집힌 배의 바닥처럼 생긴

---

* 설정한 가설이 진실할 확률이 극히 적어 처음부터 버릴 것이 예상되는 가설.

커다란 바위를 둘러싼 숲을 살펴보기에 충분했다. 내 주위에는 화려한 삼색제비꽃이 가득 피어 있었는데 삼색제비꽃 가운데에 그려진 무늬는 꼭 작은 얼굴들처럼 보였다. 다시 비가 내리고 방수포 밑으로 들어갔을 때는 주위에 있는 삼색제비꽃들이 나를 지켜 주려고 모인 영혼의 도우미들이라고 상상했다.

무언가 시커먼 것이 내 곁을 지나 재빨리 날아갔다. 삼색제비꽃 군락 너머 물가의 작은 바위 위에서 잠시 쉬려는 까마귀였다.

나는 모닥불 앞에서 했던 메이시의 이야기를 떠올렸다. 펄 할머니가 들려준 이야기대로라면 가—가—기Gaagaagi는 창조주가 선물을 줄 때 장난을 치느라 떠나 있었다고 했다.

앞으로 뭘 해야 할까? 아, 난 왜 그렇게 제멋대로였던 걸까? 내 목표를 어떻게 해야 찾을 수 있을까?

가—가—기는 마콰의 방식에서 무언가를 배울 수 있을까 싶어 그녀를 찾아갔지만 너무 지루해졌다. 마콰는 온종일 숲을 뒤지며 약재만을 찾아다녔기 때문이다.

가—가—기는 다른 친구들에게 날아가 친구들이 각자 받은 선물을 어떻게 사용하는지 관찰했다. 또다시 그는 자신이 제멋대로 군 것을, 선물 받을 기회를 놓친 것을 후회하며 자신을 꾸짖었다.

하루는 하늘을 날다가 아지다무가 자기가 모은 도토리로 둘러싸인 참나무 구멍에 앉아 우는 모습을 보았다.

왜 울고 있니, 아지다무야?

난 너무 슬퍼. 내가 좋아했던 일들을 해도 도무지 즐겁지가 않아.

그럼 넌 무콰에게 가 봐야겠다. 무콰는 약에 관해 알잖아. 너를 위해 차를 만들어 줄 거야. 나와 같이 가자. 내가 데려다줄게.

가—가—기는 아지다무ajidamoo를 데리고 무콰에게 갔다. 당연히 무콰에게는 아지다무를 치료해 줄 약이 있었다.

다시 날아가는 가—가—기의 마음은 즐거움으로 가득 찼다.

가—가—기는 계속 날았다. 와—부즈가 우는 걸 보기 전까지는.

왜 울고 있니, 와—부즈야?

교활한 와—고시가 나를 먹으려고 하는 한 나는 쉴 수가 없어.

하지만 와—부즈. 창조주께서는 너에게 긴 귀와 빠른 발을 주었잖아. 너는 다른 동물이

듣지 못하는 소리를 들을 수 있어. 그 누구도 너보다 빠르게 움직일 수 없는걸. 네가 받은 선물들을 존중하기만 한다면 넌 와—고시를 따돌릴 수 있어.

그건 사실이야. 와—부즈가 말했다. 미—그웨치. 니—지—.

날아가는 가—가—기의 마음은 또다시 기쁨으로 가득 찼다. 그는 오랜 시간을 날아다니면서 친구들이 어떻게 선물을 쓰는지 관찰했고, 친구들의 장점과 어려운 시기에 서로에게 힘이 되어 줄 수 있는 방법을 알게 되었다.

가—가—기 자신이 받은 선물이 문제를 푸는 능력임을 깨닫게 된 것은 그 때문이었다.

나는 웃으며 작은 검은색 바위에 앉은 검은 새에게 다가갔다.

"그래, 나는 어떻게 도와줄래, 가—가—기야?"

내가 조용히 물었다.

그때 어떤 냄새가 나를 강타했고, 나는 그 바위 너머에 있는 호숫가에 무언가가 있음을 깨달았다.

그건 사람의 몸이었다.

나는 운동복 상의를 위로 끌어올려 코를 막고 자꾸만 끊어지는 가쁜 호흡에 맞춰 주저하며 앞으로 나아갔다. 바위에 도달한 나는 주위를 둘러보았다.

눈꺼풀은 여전히 반쯤 열려 있었지만 눈은 사라지고 없었다. 쪼아 먹혔거나 파먹혔을 것이다. 비틀대며 뒷걸음쳤다.

존시 할아버지가 시체 냄새를 알고 있는 이유가 궁금했었다.

이제는 나도 알았다. 그건 살이 썩는 냄새가 그 어떤 냄새와도 같지 않기 때문이다.

헤더 노딘의 몸이 발산하는 냄새를 나는 결코 잊지 못할 것이다.

22장

내 휴대 전화가 강 건너편에 있는 기지국에 연결된 건 고모 집에 거의 다 왔을 때였다. 나는 911 접수원에게 신고하면서 집 안으로 뛰어 들어갔다.

"아니요. 맥박은 안 뛰어요. 죽었다고 말했잖아요."

고모가 걱정이 가득한 눈을 휘둥그레 뜨고 세탁실에서 뛰어나왔다.

"헤더 노딘이…… 밀려왔다고요. 덕섬 쪽 조지 호숫가에요."

나는 손으로 휴대 전화를 가리키면서 고모에게 말했다.

"벌써 두 번이나 같은 말을 하고 있어요."

나는 다시 전화기에 대고 소리쳤다.

"맥박을 살펴볼 필요가 없어요. 벌써 죽었다니까요!"

고모는 내 손에서 휴대 전화를 빼앗으면서 다른 한 손으로는 나를 반쯤 껴안았다.

"우리가 그 경찰을 관리인 오두막에서 만날게요."

고모가 전화기를 접더니 아일랜드 식탁 위에 던졌다. 그러고는 나를 강하게 끌어안았다.

도살할 소를 진정시킬 때 이 방법을 썼다. 바비 코치의 지도를 받으며 하키를 시작한 첫해에 코치는 원정 게임이 끝난 나를 집에 데려다주었다.

우리는 라디오에서 흘러나오는 자폐가 있는 과학자 템플 그랜딘의 인터뷰를 듣고 있었다. 그녀는 소고기를 가공하는 '압착 기계'를 발명했는데 그 기계는 지나치게 과잉 반응하는 그녀의 감각 기관도 다독여 주었다.

바비 코치의 차가 진입로에 들어와 섰지만 내가 여전히 차 안에 있으니 엄마가 무슨 일인가 싶어 밖으로 나왔다. 나는 그저 그 인터뷰 내용을 끝까지 듣고 싶은 것뿐이었다. 차를 향해 걸어오는 엄마를 보고 바비 코치는 운전석 창문을 열고 말했다.

걱정할 것 없어, 그레이스. 나와 함께 있으면 안전하니까.

구급차 뒤로 경찰차 네 대가 따라왔다. 경찰 여섯 명과 구급 요원 두 명이 호숫가를 따라 우리 뒤를 쫓아올 때 고모는 내 손을 꼭 쥐고 있었다. 경찰 중에는 TJ도 있었다.

까마귀가 앉았던 바위가 눈에 들어오자, 나는 멈춰 서서 손가락으로 가리켰다.

"저기예요."

나는 또다시 헤더의 냄새를 맡고 싶지는 않았다.

고모와 나는 관리인의 오두막 옆에 차를 주차해 놓은 작은 개간지로 돌아갔다. 고모의 SUV 범퍼 위에 앉아 나무 위로 내리쬐는 늦은 오후의 햇살을 뚫어지게 쳐다보면서 우리에게 다가오는 TJ를 애써 무시했다.

"여기는 왜 온 거야?"

경찰관인 TJ가 물었다.

나는 몸을 앞으로 숙이고 TJ의 신발 위에 왈칵 토했다.

고모가 냅킨에 물을 부어 땀에 젖은 내 이마를 닦아 주었고, 또 다른 냅킨을 나에게 내밀었다. 나는 그 냅킨으로 입을 닦고, 고모가 TJ에게 젖은 냅킨을 내밀 때는 숨을 깊이 들이마셨다.

"학교 과제. 식물 형태학."

마침내 내가 말했다.

"누구든 얘 엄마한테 전화 좀 해 달라고 무전을 쳐 주겠니?"

고모가 TJ에게 부탁했다.

젠장. 엄마는 정말 놀랄 것이다.

이런 또 젠장. 제이미와 론에게 이 사실을 알리는 걸 깜빡했다. 하지만…… 헤더는 FBI의 수사하고는 관계가 없을 수도 있다.

몰리V를 좀 구했어. 너랑 너의 새 남자친구가 밤새 즐거울 수 있을 거야. 다른 것들도

있어. *네가 원한다면……*.

"전화를 해야겠어. 내…… 남자친구에게."

남자친구라는 말을 할 때 기침이 나왔다.

"네 동생의 팀원한테?"

TJ가 입을 앙다물었다.

나는 고개를 끄덕였고 헛구역질을 했다.

TJ는 뒤로 물러나더니 걸어가 버렸다.

이번만은 나를 돌봐주겠다고 주장하는 엄마의 고집을 꺾지 않았다. 일요 미사도 그랜드 메리를 보러 가는 일정도 모두 취소하고, 나와 함께 오전 내내 영화를 보겠다고 결정했다는 건 엄마에게는 심장 마비가 온 것처럼 심각한 상황이라는 뜻이었으니까. 물론 안락의 자에 앉아 있던 엄마가 내 앙증맞은 찻잔이 빌 때마다 캐모마일 차를 따라 주려고 벌떡 일어나 다가오는 건 짜증 나는 일이었지만. 그래도 엄마에 대한 짜증은 이기적이고 배은망 덕하게 굴고 있다는 죄책감으로 대체되었다.

우리 집에 있는 꼬마는 나만이 아니었다. 헤리가 내 납작한 가슴 위에서 낮잠을 자고 있었다. 거의 흰색이지만 드문드문 검은색이 있는 턱시도 색상 때문에 헤리는 귀여운 고양 이처럼 보였다. 헤리가 요구가 많은 까다로운 동물이라는 걸 생각해 보면 정말 효과적인 위장술이었다. 헤리는 내가 부드러운 자기 털을 쓰다듬는 걸 오래 멈추고 있으면 어김없이 내 손가락을 물었다.

전화벨이 울렸다. 내가 전화를 받으려고 자기 몸에서 손을 떼자 헤리는 짜증을 냈다.

제이미: 전화해도 돼?

나: 아니. 우리 집으로 와.

어젯밤 제이미에게 전화를 했다. 엄마가 나에게 목욕할 시간이라고 말하고 전화를 끊게 할 때까지, 헤더를 찾은 과정을 설명할 수 있을 정도로 충분히 오래 통화를 했다. 그때부 터 엄마는 내가 절대로 엄마의 시야에서 벗어나지 못하게 했다.

영화가 끝나자 엄마는 또 어떤 영화를 볼 건지 물었다.

"호커스 포커스."

"그게 좋은 선택일까? 그 영화에는……."

엄마가 속삭이는 것처럼 목소리를 낮췄다.

"죽은 사람들이 나오지 않아?"

"그 정도는 괜찮아, 엄마."

나는 눈을 흘겼고, 상처를 받고 눈을 깜빡이는 엄마를 보자 곧바로 후회했다.

나는 헤리를 내려놓고 재빨리 일어났다. 엄마에게 다가가 어제 고모가 나를 안아 준 것처럼 엄마를 꼭 끌어안았다. 잔뜩 힘이 들어간 엄마의 어깨가 떨렸고, 무언가가 내 심장을 부숴 버렸다. 이것이 엄마와 내가 관계를 맺는 방식이었다.

그랜드메리는 헤리 같았다. 할머니는 나를 밀어붙였고, 나는 어디까지 밀어붙여질지를 분명히 아는 상태에서 뒤로 물러날 수 있었다. 헤리처럼 무시무시한 할머니와 나는 서로를 할퀴었지만 표면에 자국만 남을 뿐 피부가 찢어지는 일은 없었다.

하지만 엄마의 한계선은 항상 변했기 때문에 나의 어떤 행동이 엄마를 부서지게 할지 알지 못했다. 그저 내가 아는 것은 엄마의 연약한 감정이 봄날 해동기에 연못의 얼음이 깨지듯이 부서져 내릴 수 있다는 것뿐이었다.

엄마가 울음을 멈추자, 나는 엄마의 뺨에 입을 맞추었다.

"친구가 올 거야. 괜찮지? 엄마도 만난 적 있어, 제이미라고. 우리는…… 이제 친구 이상인 관계가 됐어."

주절주절 늘어놓는 정보에 엄마는 내가 쉽게 읽을 수 있는 복잡한 표정을 지었다. 엄마의 얼굴에는 놀라움과 기쁨, 걱정이 공존했다.

나는 엄마가 입 밖으로 내어 묻지 않은 질문에 대답했다.

"제이미는 좋은 사람이야, 엄마. 나와 내가 겪은 일들을 모두 존중해 줘."

나는 엄마를 놓아주고 내 찻잔을 싱크대로 가져가 씻은 뒤 식기 건조대에 엎어 놓았다. 제이미와 대화를 해야 했지만 엄마가 다시 차를 끓이고 친구를 위해 쿠키를 굽기 시작한다면 불가능한 일이었다.

"엄마, 제이미하고 둘이서만 이야기하고 싶어. 괜찮지?"

엄마가 느끼는 감정이 불안한 얼굴에서 종이에 적은 것처럼 선명하게 드러났다. 안 돼.

그렇게 해. 아니, 안 돼. 좋아, 그렇게 해.

"나는 빨래를 개고 자전거를 좀 타야겠다."

엄마는 주저하면서 대답했다.

집에 온 제이미를 엄마는 안아 주었다. 다음 주 주말이면 시즌이 시작하는데 긴장되지 않느냐는 엄마의 질문에 제이미는 그렇다고, 정말로 긴장이 많이 된다고 대답했다.

엄마는 정중하게 인사하고 지하층으로 내려갔다. 거실에서 텔레비전 소리가 들려오자마자 나는 제이미를 보면서 손가락을 입술에 대고 조용히 하라는 신호를 보냈다.

영문을 알 수 없다는 표정으로 나를 보는 제이미를 두고 나는 책장으로 걸어가 엄마가 있는 지하층에서 이곳의 소리를 모두 들을 수 있는 육아용 모니터기를 꺼냈다. 그 모니터기를 텔레비전과 DVD플레이어를 놓을 수 있도록 개조한 오래된 장식장에 놓았다. 이제 엄마는 〈호커스 포커스〉를 듣거나 아래층에 있는 스피커를 꺼야 할 것이다.

다우니스, 탁월한 다람쥐 첩보원은 교묘한 아지다무, 청설모였다.

까치발로 복도를 걸으면서 제이미에게 따라오라는 신호를 보냈다. 내 방에 도착했을 때 제이미는 내 뒤에 있지 않았다. 경로를 이탈해 복도에 놓인 커다란 액자들을 보고 있었다. 모두 다우니스 로렌자 폰테인의 인생을 기록한 사진들이었다. 나는 헤리가 내 주의를 끌고 싶을 때 하는 것처럼 그의 팔을 툭 쳤다. 제이미는 스팽글이 달린 꼭 끼는 분홍색 피겨 스케이트복을 입어 통통한 소시지처럼 보이는 일곱 살 때의 끔찍한 내 모습을 뚫어지게 쳐다보고 있었다.

결국 제이미를 질질 끌고 내 방으로 들어가야 했다.

제이미는 내 방을 꼼꼼하게 살펴보았다. 그리고 옷장 앞에 섰다. 그곳에는 〈호커스 포커스〉에 나오는 마녀 자매처럼 옷을 입은 핼러윈 때의 나와 릴리 사진이 액자에 담겨 있었다. 릴리는 내가 자매 가운데 화려한 쪽이 되는 게 재미있을 거라고 생각했기 때문에, 나는 금발 가발을 썼다. 헤리가 옷장으로 풀쩍 뛰어오르더니 만져 달라고 제이미의 손에 머리를 들이밀었다.

"이 녀석 이름이?"

제이미가 헤리의 귀 뒤를 긁어 주면서 물었다.

"헤리야……. 정확히는 헤링턴이지만. 나사의 우주비행사 존 헤링턴의 이름을 딴 거야. 아메리카 원주민으로서는 최초로 우주에 발을 디딘 사람 말이야."

나는 멈추지 않고 계속 말했다.

"존 헤링턴이 국제 우주 정거장에 독수리 깃털을 가져간 거 알아?"

"몰랐어. 정말 멋진데."

제이미가 대답했고, 헤리는 제이미의 날렵한 손가락 기교를 인정한다는 듯이 가르릉거렸다. 나는 제이미를 오라고 한 이유를 거의 잊어버릴 뻔했다.

"내가 말하지 못한 게 있어."

내가 속삭였다.

"모닥불 파티가 있던 날, 헤더가 나한테 비아그라를 섞은 엑스터시를 팔려고 했어. 마리화나랑."

"그런 이야기는 곧바로 하기로 했던 것 같은데. 일주일 뒤가 아니라."

제이미가 옷장 위에 있는 거울 속 다우니스를 나무랐다.

"특별한 의미가 있다고는 생각하지 않았거든. 지금은 생각이 바뀌었지만."

"헤더의 죽음에 미심쩍은 데는 없다고, 론이 그러던데."

"9월에 익사한 게? 덕섬으로 떠밀려 왔는데도? 그게 어떻게 이상하지 않다는 거야?"

금색 테두리 때문에 거울에 비친 우리 모습은 마치 사진처럼 보였다. 나는 옷장에 등을 지고 섰다.

"예전에 헤더는 헤더 스완슨이었어. 누구나 그 애 아빠가 조이 노딘인 걸 알았지만 그 사람은 부정했어. 헤더의 엄마가 아이의 양육비를 달라고 했을 때 가만두지 않겠다고 협박하기도 했을 거야. 그런데 카지노가 개장했고, 부족 사람들에게 1인당 배당금을 주기 시작한 거지. 그러니까 조이는 자기가 아빠라며 헤더를 부족의 일원으로 등록했어. 사람들이 말하기로는 조이가 헤더 엄마의 미심쩍은 남자친구에게 돈을 주고, 헤더 엄마가 마약 단속반에게 걸리게 했다고 했어. 헤더의 양육권을 잃게 하려고 말이야. 아이에게 돌아가는 배당금은 양육하는 부모가 받을 수 있으니까."

제이미는 흉터가 없는 쪽 얼굴의 눈썹을 추켜세웠다. 나는 계속 목소리를 낮추고 설명했다.

"전에 카지노 배당금은 어떻게 사용하느냐에 따라 좋을 수도 있고 나쁠 수도 있다고 했잖아. 카지노 배당금에는 좋은 점이 아주 많아. 고모는 힘든 시절에 백인들에게 판 슈가섬의 땅을 다시 살 수 있었어."

제이미는 아무 말도 하지 않았다.

"배당금의 가장 나쁜 점을 말할 때면 모두 헤더 이야기를 해. 고모는 헤더 사건 때문에 부족 평의회에서 부족민으로 등록하는 방식을 바꿨다고 했어. 이제는 부족민이 아닌 사람들이 자기 아기를 부족의 구성원이라고 주장하려면 밟아야 할 절차가 있어. 먼저 친자임을 확인할 수 있는 DNA 검사를 해야 해."

제이미가 불쑥 말했다.

"DNA 검사로 어느 부족 사람인지를 알 수 있다는 거야?"

"쉿!"

내가 다시 손가락을 내 입술에 댔다.

제이미가 내 쪽으로 몸을 돌렸다. 이런, 지나치게 가까웠다. 나는 한 걸음 뒤로 물러나면서 계속 작은 목소리로 말했다.

"너는 조상을 찾는 그런 망할 검사가 시험관에 침을 뱉어서 우편으로 보내면, 당신은 18퍼센트 아메리카 원주민입니다, 라는 검사 통지서를 받는 거라고 생각하지? 그런 검사는 불완전해. 국가나 부족, 일족을 밝힐 수는 없고 그저 어느 지역 출신인지만 알 수 있으니까. 사람들은 그런 검사를 받기만 하면 부족 회의에 등록할 수 있다고 생각해. 하지만 그런 식으로 일이 진행되지는 않아."

제이미는 얼굴을 찡그렸다. 그는 신분을 숨기고 공동체 내부로 들어가 특별한 임무를 수행하는 요원이었다. 어떤 일이 정상이라고 느껴질 정도로는 한곳에 오래 살아 본 적이 없어, 제이미는 말했다. 제이미의 진짜 신분이 무엇이건 간에, 제이미는 어떠한 공동체에도 속하지 않은 걸 수도 있었다.

나는 내가 아는 것을 제이미에게 말해 줄 수 있었다. 수사에 관한 내용은 아니라고 해도 가면 뒤에 숨어 있는 진짜 제이미가 흥미를 느낄 정보를 말이다.

"친자 검사는 종류에 상관없이 체액에서 DNA를 추출해서 아이의 DNA를 아버지나 형제들의 DNA하고 비교하는 거야. 부족 평의회는 혈액에서 추출한 DNA로 검사해. 원래는 머리카락으로 검사를 하려고 했는데, 전통 치료사들 가운데 우리가 머리카락을 빼앗았던……, 두피를 동물의 모피처럼 현금으로 바꿨던 잔혹한 역사를 알고 있는 사람이 있는 데다, 우리 아이들이 억지로 가족들과 떨어져 기숙 학교에 들어가면 곧바로 머리카락부터 잘렸다는 걸 지적하면서 반대하는 사람들이 있었어. 평의회에서 혈액을 가지고 하는 DNA 검사를 놓고 토론이 벌어졌을 때 열기가 대단했어. 이미 너무 많은 피를 흘렸다고 주장하는 사람들도 있었지만 혈액이란 세대에서 세대로 이어지는 기억이라고 말하는 사람도 있었대. 우리가 입은 상처만이 피를 통해 세대를 거쳐 내려가는 것이 아니라 우리의 회복력과 언어 또한 전달되는 거라고. 그래서 평의회는 아이들이 다시 혈연을 찾게 도와주는 방법으로 피를 쓰는 데 합의했어. 입양된 어른 같은 경우에는 잃어버린 가족을 찾는 데 도움을 주는 방법으로 말이야."

제이미는 더는 나를 보고 있지 않았다. 이제는 내 책상에 앉아 창문 밖을 쳐다보면서 건성으로 헤리를 토닥였다. 제이미의 마음은 어디론가 가 버리고 없었다. 아무렇게나 늘어놓는 내 연설이 지루했는지도 몰랐다. 언제나 알고 싶었지만 차마 물어보기 두려웠던 DNA에 관한 연설 말이다. 하지만 그저 궁금하지 않았을 수도 있었다.

"아무튼 평의회는 다시는 헤더 같은 일을 겪는 사람이 나오지 않도록 규칙을 정하려고 노력했어."

"헤더는 네가 아는 사람이니까 내가 나쁜 말을 하고 싶지는 않아."

제이미가 창문에서 고개를 돌려 나를 보았다.

"하지만 후드티 주머니에 마리화나 봉지와 메스 결정, 메스 알약을 잔뜩 가지고 있으면서 한마디 말도 없이 사라진 사람을 마냥 희생자라고만 볼 수는 없을 것 같아."

"그렇게 말하지는 않았어. 하지만 헤더가 비난할 수 있는 사람도 분명히 있다고 말하는 거야."

이제는 제이미가 손가락을 올려 입술을 막았다.

무엇인가가 나를 새빨간 분노의 불꽃에서 멀어지게 잡아당겼다.

이제 막 제이미가 헤더의 후드티 주머니에 들어 있던 걸 말했잖아? 그게 단서가 될 수 있을까?

"제이미, 헤더가 나에게 보여 준 지퍼 백에 메스는 없었어. 그저 조약돌처럼 생긴 알약 뿐이었어."

내가 말했다.

제이미가 헤더에게서 찾은 마약 이야기를 론에게 할 때 나도 함께 있고 싶었다.

"어제 충격적인 일을 겪었잖아, 다우니스. 그러니까 오늘은 쉬어."

내가 육아용 모니터기를 원래 있던 책장에 넣고 있을 때 제이미가 속삭였다.

나는 엄마가 듣고 있을지 몰라 마이크를 손으로 덮고 대답했다.

"나한테 이래라저래라 하지 마."

제이미는 손가락으로 콧대를 잡고서 현관을 향해 걸었다.

육아용 모니터를 제이미에게 던져 버리고 싶었다. 나는 제이미의 뒤를 따라갔고, 트럭에 거의 도착했을 때 그를 따라잡았다. 제이미 바로 뒤에 섰을 때 거리로 들어오는 메이시의 로열블루 콜벳이 보였다.

제이미와 너는 사람들이 관찰할 수 있는 패턴을 형성해야 해.

오늘 준기데원을 달라고 기도할 생각이 있었나? 아니. 엄마, 헤리와 함께 온종일 집에 있을 텐데 굳이 용기를 달라고 빌 이유는 없었다. 오늘 아침에 세마―를 바치면서 내가 달라고 기도한 건 헤더 노딘을 위한 자―기디원이었다. 사랑을 안다는 건 평온을 안다는 거니까. 다음 세상에서는 헤더가 사랑을 갖기를 원했다. 이 세상에서는 갖지 못했다고 생각했으니까.

나는 제이미를 뒤에서 안았다.

제이미의 몸이 딱딱하게 굳었다. 나는 제이미의 허리에 팔을 두르고 압착 기계처럼 그를 꼭 끌어안았다.

"메이시의 차가 오고 있어. 이렇게 보이는 게 좋을 것 같아."

내가 재빨리 말했다.

제이미에게서는 해변과 햇볕 냄새가 났다.

제이미는 지나가는 메이시의 차를 향해 손을 흔들었다.

나는 제이미의 목 옆에 입을 댔다. 내 입술 밑에서 제이미의 경동맥이 팔딱팔딱 뛰었다. 이런 게 바로 연기라는 거야, 메이시 매니토우.

제이미는 떠났고 엄마는 문 앞에 서서 울고 있었다. 한숨을 쉬고 집을 향해 걸어가면서 엄마의 눈물을 어떻게 해석해야 하는지, 어떻게 해야 엄마를 달래 줄 수 있는지 고민했다.

사람의 감정을 읽는 건 나와 릴리가 공유했던 재능이었다.

나의 가장 친한 친구는 자신이 엄마와 함께 살 때 3초 안에 엄마랑 남자친구의 관계가 좋은지 나쁜지를 알아챌 수 있었다고 했다. 그 상황을 재빨리 평가해 자신이 재미있는 릴리가 되어야 하는지, 보이지 않는 릴리가 되어야 하는지를 결정한다고 했다. 나도 그렇다고 생각했다. 엄마는 슬픈 날이면 다르게 행동했고, 여전히 아빠와 자신의 관계를 생각하며 슬퍼했다. 그런 날이면 나는 차를 만들고 엄마를 안아 주면서 위로해야 했고, 마음을 풀어 줄 영화를 함께 봐야 했다.

"내가 하는 일도 네가 한 일과 같아."라고 나는 릴리에게 말했다.

"아니, 그렇지 않아. 너희 엄마는 사랑이 끝났다고 해서 너한테 분노를 퍼붓지는 않잖아."라고 릴리는 대답했다.

엄마의 기분을 걱정하며 진입로에서 현관까지 가는 데 걸리는 시간은 5초였다. 그 시간에 나는 여러 일을 단계적으로 해내야 했다.

관찰: 울고 있다. 하지만 슬픈 날 취하는 구부정한 자세는 없고,
반쯤은 아쉬워하는 듯한 미소를 짓고 있다.

진단: 내가 어른이 되어 가는데 지금 여기에 그 모습을 볼 삼촌이 없다는 사실이
슬픈 것이다.

처방: 안아 주고 공감해 줘야 한다. 잠시 잘 수 있게 해 주고 차를 끓여 줘야 한다.

"데이비드가 너를 데리고 신부 입장을 할 수가 없다는 게 슬퍼."

엄마가 말했다. 엄마, 제발. 나는 이제 열여덟 살이 끝나고 열아홉 살이 되려고 한단 말이야, 라고 말하고 싶은 충동을 꾹 눌러 참았다. 그 대신에 엄마가 마음껏 울도록 꼭 안아 주었다.

"엄마, 조금 누워 있는 게 어때? 내가 차를 끓여 줄게. 캐모마일 차."

엄마가 자는 동안 영화를 마저 보려고 애썼지만 소용없었다. 나는 안절부절못하고 있었다. 내 가슴 위에서 자겠다는 계획을 망쳐 버렸기 때문에 잔뜩 화가 난 헤리가 내 손가락을 잘근잘근 물었다.

내 마음은 멈추지 않고 마구 달렸다. 지금쯤이면 제이미와 론이 헤더에 관한 모든 정보를 완벽하게 파악하고 FBI와 의견을 나누고 있을 것이다. 그런데도 나는 그저 집에 있어야 했다. 아무짝에 쓸모없는 다람쥐 첩보원이 되어서 말이다.

문제를 해결해, 다우니스.

데이비드 삼촌은 나에게 과학자처럼 생각하는 법을 가르쳐 주었다. 과학자라면 되는 대로 목록을 만드는 일만으로는 충분하지 않았다. 과제를 풀어 나갈 순서를 정해야 했다.

나는 삼촌이 그리웠다. 엄마가 동생과 있을 때 더 침착하고 평온했기 때문이 아니라 삼촌은 좋은 사람이고 친절한 사람이었기 때문이다. 삼촌은 나를, 나의 끝없는 호기심을 사랑했다.

한번은 일요일 저녁 식사 시간 내내 질문을 해 대는 나 때문에 그랜드메리가 완전히 지쳐 버린 적이 있었다.

"호기심은 고양이를 죽인단다, 다우니스." 하고 그랜드메리가 말했다.

"하지만 충족감이 죽은 고양이를 다시 살릴 거야."라고 말한 데이비드 삼촌은 하키 스냅샷을 성공한 듯 높은 득점을 올리며 나를 구제했다. 아주 빠른 속도로. 힘이 아니라 놀라움을 선사하면서.

고모나 준 할머니에게는 수사에 관해 말할 수 없었다. 하지만 데이비드 삼촌은 이해할 것이다. 삼촌이라면 내가 문제를 해결하도록 도와줄 것이다.

삼촌은 나에게 과학을 하는 방법은 일곱 가지 요소에 순서를 정하는 것이라고 알려 주었다. 관찰, 질문, 조사, 가설 세우기, 실험, 분석, 결론. 혼돈에 순서를 정한다.

조직하고 기록해야 해, 모든 걸, 다우니스.

바로 그거였다. 나는 재빨리 일어났고, 유레카의 순간에 헤리를 날려 버렸다.

삼촌은 모든 실험을 과학적인 방법으로 매 순서를 지켜 가며 기록했다. 언제나 엄청난 악필로 공책을 가득 채웠다.

삼촌은 그 어떤 증거도 제시하지 못한 채 사라져 버렸다. 그 말은 알아서는 안 될 무언가를 발견했다는 뜻이었다. 삼촌이 지금 함께 있지 못하는 건 모두 그 때문이었다.

나는 삼촌의 발자취를 따라갈 것이다. 하지만 신중하게. 호기심은 고양이를 죽인다. 하지만 충족감이 그 고양이를 다시 살릴 것이다.

23장

삼촌이 죽은 뒤에 그랜드메리와 엄마, 나는 삼촌의 소지품을 모두 포장해 넣었다. 엄마는 삼촌의 물건을 그 어떤 것도 버릴 수가 없었기 때문에 삼촌의 소지품을 모두 그랜드메리네 집 지하실에 보관했다.

나는 엄마에게 남길 쪽지를 쓰고, 엄마가 일어나서 볼 수 있도록 찻주전자 옆에 놓았다.

> 달리다 올게. 엄마를 깨우기 싫어서 그냥 가.
>
> 내 저녁은 걱정하지 마.
>
> 엄마는 그랜드메리에게 가거나 고모에게 가도 될 거 같아. 사랑해.

외조부모님 집으로 달려가면서 다나의 집을 지났다. 사람들은 다나의 집에 관해 이야기할 때면 여전히 고개를 저었는데, 검은 벽돌 위에 상아색을 칠하고 선명한 남색 셔터를 달았다는 사실이 그들에겐 용서할 수 없는 죄였다. 리바이는 자기 엄마가 법학 대학교를 다녔던 앤아버에서 그런 집을 보았고, 자신도 언젠가는 그런 집을 가질 거라 결심했다고 했다. 다나 파이어키퍼. 부족 판사인 다나에게서 집요함을 빼면 빈 껍질만 남을 것이다.

그에 반해 나의 외조부모님 집은 프랑스 시골 지방에서 돌을 하나씩 날라 와 재건축한 것처럼 보였다. 동쪽으로 수 세인트 마리와 슈가섬이 보이는 막다른 골목에 있는 웅장한 대저택이었다.

나는 부엌으로 통하는 옆문으로 돌아가 내 열쇠로 문을 열고 들어갔다. 집 안에서는 레몬향 가구 광택제 냄새가 났다. 어제나 금요일에 청소해 주시는 분이 다녀간 게 분명했다.

청소 도우미는 일주일에 두 번 이곳에 와서 집안의 모든 것이 그대로 간직될 수 있도록 청소를 했다. 엄마는 그랜드메리가 회복되면 다시 이곳에서 살겠다고 주장할 거라는 희망을 품었기 때문이다.

세탁실, 와인실을 지나 거대한 저장실로 내려가는 묵직한 나무 문에 이를 때까지 나는 지나온 모든 곳의 전등을 껐다. 청소 도우미는 지하실에는 내려가지 않기 때문에 이곳은 퀴퀴한 냄새가 났다. 할아버지는 지하실 옆면을 튼튼한 나무로 짠 선반으로 채웠다. 먼지 쌓인 하드보드 상자, 플라스틱 보관 통, 나무 상자가 선반에 쭉 늘어서 있었다. 모두 다는 아니지만 대부분 보관함 위에는 라벨을 붙여 놓았다.

데이비드 삼촌의 물건은 한 벽을 차지했고, 바닥 공간은 대부분 삼촌의 가구로 채워졌다. 엄마는 늘 울면서 삼촌은 언젠가 내가 집을 갖게 되면 자기 주방 가구를 모두 나에게 줄 거라고 말했다고 했다. 제이미를 끌어안는 내 모습을 보면서 데이비드가 저 애를 만났다면 얼마나 좋았을까, 라고 말하며 울었던 오늘처럼 삼촌 이야기를 할 때면 엄마는 늘 울었다.

서재라고 적힌 통을 찾아 뚜껑을 열고 그 안에 공책이 있는지 보았다. 엄마가 침실에서 물건을 싸는 동안 그랜드메리와 나는 서재의 물건을 정리했다. 할머니는 데이비드 삼촌이 정신과 몸의 성장 속도가 맞지 않아서 동성애자가 된 거라고 생각했다. 그래서 자신이 이해할 수 없는 아들의 인생은 딸이 정리하도록 내버려 두었다.

내가 죽는다면 그랜드메리는 펄 할머니가 내게 준 물푸레나무 바구니와 전통 징글 드레스에 대해서도 같은 기분을 느낄까?

할머니에 대해서 그런 생각을 하다니 부끄러웠다.

누군가를 사랑하지만 그들의 일부를 좋아하지 않는다면, 그들이 사라졌을 때 남는 기억은 복잡해진다.

삼촌의 공책들은 상자에 아무렇게나 들어가 있었다. 나는 첫 번째 상자를 바닥에 쏟아서 스프링 달린 대학 공책을 날짜 순서대로 정리했다. 2004년이나 2003년 이전에 쓴 것이 분명한 공책은 다시 상자에 넣었다. 한 권씩 차례로 다시 상자에 들어갔다. 삼촌이 했을 실험과 과학적 사색을 생각하며 상자를 하나씩 검토했다. 내가 읽는 모든 것이 삼촌의 목소리로 내 뇌에 닿았다.

내가 태어나기 전부터 썼던 공책들도 있었다. 그 글들을 읽으며 시간을 잊고만 싶었다.

내가 그저 아무도 모르는 수정란이었을 때 삼촌은 무얼 하고 있었을까? 엄마와 아빠의 유전 물질이 이미 합쳐져서 내가 아빠의 뼈대와 엄마의 엉덩이를 갖게 될 것이라고 선언할 때 말이다. 아빠의 코와 엄마의 무엇이든 지나치게 깊게 생각하는 강력한 힘을 가질 거라고 선언하던 그때 말이다. 술을 마시지 않는 것이 자신에게 도움이 되는 길이라고 결정한 데이비드 삼촌처럼이 아니라 와인과 그라파를 마시고도 그다음 날이면 멀쩡한 엄마와 외조부모처럼 될 것이라고 장담했을 때 말이다.

삼촌이 죽었을 때 엄마는 삼촌이 재발하지 않았다고 했다. 엄마는 옳았지만 그 무렵 삼촌의 행동이 이상했고, 옳지 않은 결정을 내린 것도 사실이다.

나는 이제 선반 위에 있는 상자들을 뚫어지게 바라보았다. 무언가 무거운 것이 나를 끌어당겼다. 내가 있는 곳이 지구가 아니라 지구보다 중력이 큰 목성인 것만 같았다.

데이비드 삼촌은 올해 FBI의 비밀 정보원 활동을 하느라 공책을 쓰지 않았다. 자신을 억제하고 있었다.

나는 정말 멍청했다. 내 앞에서 일어나는 일을 전혀 보지 못한 채 내 가슴 속에 의심의 씨앗이 심어지게 내버려 두었다. 그저 내가 사랑하는 사람이 실수를 했고 나를 실망시켰다는 틀린 확신만을 하고 있었다.

일주일이 빠르게 지나갔다. 매일, 온종일, 데이비드 삼촌이 내 마음에서 떠나지 않았다. 약식 과학 강의를 하는 앵무새처럼 내 어깨 위에 올라타 사라지지 않았다. 제이미와 '리바이들'과 함께 아침 달리기라는 새롭게 시작된 뉴 노멀 속에서도 삼촌은 나와 함께 있었다. 식물 형태학 시간에는 내가 큰 소리로 대답도 하기 전에 내 대답이 옳음을 확인해 주었다. 다음 날 제출할 과제를 하는 대학 도서관에서도 늘 나를 격려해 주었다. 심지어 준 할머니와 점심을 먹을 때도, 헤더 노딘의 장례식에 참석했을 때도 삼촌은 함께 있었다.

금요일에는 노인 한 분을 도와 아이튠으로 CD를 구웠다. 그분이 선택한 음악은 전부 돌리 파튼의 노래였다. CD를 구워 드리고 준 할머니에게 작별 인사를 하려고 유커 탁자로 걸어갔다.

"그래, 가서 공부해, 우리 아가씨."

할머니가 대답했다.

준 할머니는 내가 오후 수업을 들으러 대학으로 돌아간다고 생각했기 때문에 집에 갈 때는 노인 회관 셔틀버스를 타겠다고 했다.

"왜 할머니가 미니 할머니의 차를 타고 가지 않는지 모르겠어요."

내가 고개를 저으며 말했다.

"이이가 운전하는 거 보았니?"

할머니가 입으로 유커 파트너를 가리키면서 말했다.

"그 망할 머스탱이 질주하는 꼴을 못 본다니까."

미니 할머니는 카드를 모두 한 손에 들더니, 다른 손의 가운뎃손가락을 준 할머니에게 치켜들었다.

노인 회관에서 나온 나는 덕섬의 남쪽으로 갔다. 비포장도로 입구에 지프를 세워 두고 배낭을 꺼내 관리인의 오두막을 지나 걸어갔다. 반도를 따라 어제 탐사를 멈췄던 북쪽을 향해 갔다.

매일 오후 나는 야생 버섯을 찾아다녔고, 내가 찾은 모든 종을 기록했다. 내 발은 물을 마시거나 사과를 먹거나 나무 옆에서 소변을 볼 때만 멈췄다. 일주일 내내 하루도 빠짐없이 꾸준히 질서 있게 전진했다.

하지만 오늘은 눈부신 단풍에 마음을 빼앗겼다. 황색, 암적색, 황갈색, 주황색, 적갈색, 샛노란색, 다홍색. 내가 눈길을 주지 않았던 색들이 보였다. 오후 내내 나는 버섯이 아니라 단풍을 사진에 담았다.

오늘 밤에 수프의 시즌이 열린다. 팀의 주장이 된 리바이의 첫 번째 시합을 정말로 보고 싶지만 그건 내가 무시무시한 아귀가 된 뒤로 열리는 첫 번째 시합이기도 했다. 그러니 단풍 사진을 조금 더 찍기로 했다.

일주일 내내 까마귀가 나에게 헤더 노딘의 몸을 보여 주었던 지점을 피했다. 오늘은 문득 정신을 차리니 조지 호숫가에 핀 노란색 삼색제비꽃과 자주색 삼색제비꽃 군락 앞에 서 있었다. 나는 배낭을 바닥에 내려놓고 무릎을 가슴까지 끌어당기고 앉았다.

눈을 깜박일 때마다 헤더에 관한 다른 생각들이 나타났다.

모닥불에 비춰 이글거리던 얼굴. 반쯤 뜬 눈꺼풀. 조약돌 같던 알약. 옆이 트인 청바지를 잡은 안전핀 밑으로 넓게 보이던 피부. 약에 취해 있을 때조차도 나보다는 훨씬 안정적으로 신고 걸었지만 발목을 삘 것처럼 위태롭던 플립플롭.

고등학교 1학년일 때 국어 시간에 쪽지 시험을 본 적이 있다. 아이들 모두 답을 쓰느라 정신이 없었는데 헤더만은 자리에 앉아 창문 밖을 내다보고 있었다. 그때 헤더는 아빠와 살고 있었다. 엄마는 카운티 교도소에 수감되어 있었으니까.

7학년 체육 시간에 피구를 할 때, 시합이 시작되자마자 헤더는 중앙으로 가더니 곧바로 상대 팀 선수에게 공을 맞았고 밖으로 나가서 선 앞에 털썩 주저앉았다. 그해에 부족은 카지노 배당금을 부족 사람들에게 나누어 주기 시작했다.

아빠와 춤을 추는 날에 작은 헤더는 자주색 드레스를 입고 왔다. 학교에 아빠가 오지 않은 아이는 나를 빼면 헤더가 유일했다. 헤더는 내가 부러워하지 않은 유일한 아이였다. 그날 헤더를 위해서 온 사람은 헤더 엄마가 사귀던 남자친구로 헤더가 아저씨라고 부르는 사람이었다. 나는 데이비드 삼촌이 왔다. 아빠가 죽은 뒤, 삼촌이 대신 온 첫 번째 시간이었다.

고모는 여자의 삶에는 여자의 가치를 본질적인 특성으로 봐줄 성인 남자가 적어도 한 명은 있어야 한다고 했다. 여자의 외모나 성취가 아니라 여자 그 자체로 소중하다는 사실을 알려 줄 남자가 말이다.

자신의 가치에 대해 다른 메시지를 받는 여자들이 잃어버린 소녀가 되는 건지도 모르겠다는 생각이 들었다.

슈리브포트 머드벅스와의 시즌 개막식 시합 중 첫 번째 휴식 시간에 경기장에 도착했다. 아귀들이 스케이트를 타고 아이스 링크로 쏟아져 나오는 바로 그 시간에 말이다. 아귀들은 모두 똑같이 감색 바탕에 은색 테두리로 불길한 흰색 파도가 그려진 수프의 경기복 상의를 입었고, 각 아귀의 등에는 남자친구의 이름이 적혀 있었다. 아귀들은 수프의 로고가 찍힌 하키 퍽을 토스하고 하키복을 올려 팬들에게 입고 있는 티셔츠를 보여주었다.

내가 아귀들이 모여 있는 관중석으로 걸어갈 때 사람들은 나를 쳐다보았다. 앰배서더 다우니스 폰테인. 이런 관심을 받을 거라는 건 알았지만 여전히 관심을 받아들일 준비는 되지 않았다. 나는 아귀 무리의 일원이 아니었다. 나는 수프가 연습하는 모습도 보지 않았다. 아귀들은 나를 피할 것이다. 나는 아귀가 아니니까. 나는 그저 아귀인 척하는 것뿐이니까.

놀랍게도 관중석으로 돌아오다가 나를 발견한 아귀들의 표정은 밝아졌고, 나를 보려고 모여들기까지 했다. 아귀들은 자리를 좀 더 좁혀 내가 앉을 자리까지 만들어 주었다. 아귀들이 어찌나 빨리 자기소개를 하는지 다 알아들을 수가 없었다. 내 옆에 앉은 아귀는 수줍게 나를 안기까지 했다. 그 애 이름은 메건이라는 것 같았다. 하지만 너무 당황해서 내가 그 애 이름을 모른다는 사실조차 인정할 수가 없었다.

아귀들의 흥분이 요정의 가루처럼 내 주위를 떠돌았다. 선수들이 2피리어드 시합을 위해 얼음 위로 돌아왔을 때 나는 아귀들을 따라서 웃기도 했다. 아주 조금이지만.

나는 제이미의 움직임을 따라가며 선수만이 할 수 있는 방법으로 그의 기술을 분석했다. 제이미는 재능이 있지만 조용한 선수였다. 주니어 A 리그에서 뛰었거나 대학에서 활약했음이 분명했다. 얼음 위에서 나아가는 매혹적인 제이미의 움직임에는 무언가 있었다. 거의 발레를 보는 듯한 부드러움. 어렸을 때 피겨 스케이트를 했다는 사실을 굳이 제이미의 입을 통해 들을 필요도 없었다. 그저 보기만 해도 알았을 테니까.

하키 선수들의 여자친구들은 제이미의 기량이 나와 관계가 있기라도 한 것처럼 나에게 축하한다고 했다. 리바이의 활약에도 나에게 고맙다고 했다.

내 동생은 제이미하고는 완벽하게 다른 스케이터였다. 얼음 위에서 리바이는 지휘를 하는 사람이었다. 강하게 밀어붙였고, 절대로 물러나지 않는, 중심을 차지할 운명을 타고난 아이였다. 아빠처럼 보이지 않았고, 아빠와 같은 포지션도 아니었지만 리바이의 DNA에는 아빠의 재능이 흐르고 있었다.

리바이와 나는 얼음 위에서 자랐다. 처음에는 아빠, 리바이, 나, 세 사람이었다. 그리고 내 동생과 나만이 남았다. 스토미와 트래비스가 우리에게 합류했고, 나중에 마이크가 같이 했다.

리바이는 나보다 3개월 늦게 태어났지만 보호를 받는 사람은 나였다. 고등학교에 들어오기 전에, 여자 리그에서 시합할 때면 나는 리바이의 목소리를 제외한 모든 소리를 차단했다. 리바이가 칭찬을 하면 진심으로 믿었다.

리바이가 스케이트를 타고 내 앞을 지나갈 때마다 내 심장은 자랑스러워서 터질 것만 같았다. 주장을 나타내는 C라는 글자가 밝은 감색 상의 왼쪽 가슴 위에, 동생의 심장 위에 수놓아져 있었다.

　내가 다람쥐 첩보원이 되어야 하는 이유는 많았다. 릴리, 데이비드 삼촌, 부족, 나의 도시, 미네소타주 북부에 있는 니시 아이들. 시합을 하는 수프를 보면서 나는 리바이와 리바이의 하키팀도 그 목록에 추가했다.

　"얼마 전에 새긴 문신을 보여 줄게."

　아마도 이름이 메건일 여자아이가 시합이 끝난 뒤에 들른 화장실에서 말했다.

　"그건 그렇고 너랑 제이미는 정말 귀여운 커플이야."

　예전에 나는 아귀 여자친구들이 혼자 소변도 볼 수 없다며 조롱했었다. 그런데 지금 내가 바로 화장실에 앉아 옆 화장실에 앉은 사람과 끝도 없이 대화하고 있었다.

　"아, 고마워. 너랑 태너도 그래."

　태너가 아무도 자신을 지켜보지 않는다고 생각할 때면 리바이의 최신 전리품들에게 어떤 시선을 보내는지는 말하지 않는 게 현명할 것 같았다.

　다람쥐 첩보원이 된다는 건 속임수에 눈을 뜬다는 의미이기도 했다. 엄청난 속임수냐, 사소한 속임수냐는 중요하지 않았다. 그건 사촌인 조젯이 인공 달팽이관을 이식한 뒤로 모든 소리가 한데 섞여 마음속으로 쏟아져 들어오던 것과 다르지 않았다. 조젯은 그 많은 소리들을 무시하는 법을 배워야 했다.

　화장실에서 나가자 메건은 바지 지퍼를 내리고 배꼽 밑에 새긴 드림캐처 문신을 보여 주었다. 조잡한 그물 모양의 동그란 드림캐처 주위로 달린 깃털은 털을 밀어 버려 이제는 매끈한 캔버스가 되어 버린 은밀한 부위까지 내려와 있었다.

　"멋지지?"

　"지금도 나쁜 꿈을 꾸지 않게 도와줄 게 필요하단 말이야?"

　내가 한쪽 눈썹을 추켜세우며 말했다.

　메건은 청바지 지퍼를 잠그면서 웃었다.

　"드림캐처는 섹시하잖아."

　부족 청소년 회의에 참석할 때면 릴리와 나는 늘 '엄청난 편견'이라고 부르는 빙고 게임을 했다. 너무나도 뻔한 고정 관념을 들으면 빙고, 라고 외치는 놀이였다. 드림캐처는 마음껏 빙고를 외칠 수 있는 자유 공간이었다. 너무 쉬웠다. 하지만 그런 뻔한 말들은 그 밖에도 너무 많았다.

너는 원주민처럼 생기지 않았네.

무료로 대학에 다니니 좋겠네.

우리 개한테 인디언 이름 지어 주지 않을래?

아마도 메건의 문신은 빙고 칸을 지울 수 있는 소재를 많이 제시해 줄지도 몰랐다. 성적 페티시로서의 아메리카 원주민에 관한 소재 말이다. 아마도 메건이 말을 하면 할수록 나는 상상의 빙고 판에서 더 많은 빙고 칸을 지워 나갈 수 있을 것이다.

"난 인디언을 존중해."

내가 얼굴을 찡그린 채 오랫동안 아무 말도 하지 않자 메건이 말했다.

"게다가 나도 일부는 인디언이니까 괜찮아. 우리 증조할머니가 인디언 공주였어."

릴리! 우리가 이겼어.

"빙고."

화장실에서 나오면서 나는 조용히 속삭였다.

승리한 수프를 축하해 주려고 많은 사람이 모인 로비에서 기다리는 나를 론이 찾아냈다. 멀리서 마이크의 부모님이 우리에게 손을 흔들었고, 나는 그분들에게 가는 동안 론에게 두 사람의 배경 정보를 제공했다.

"마이크 에드워즈는 고등학교 2학년이고 올해 하키팀에 들어갔어요. 올해가 선발이 된 첫해라고 할 수 있죠. 그 애 아빠는 반도 북부에서 가장 뛰어난 피고 측 변호사 가운데 한 명이에요. 원정 게임 때 슈퍼 팬들이 타고 이동할 부스터 버스 운영비를 기부해요."

나는 호사가들이 떠들어 대는 소문이 생각났다.

"아마도 모두 부스터 버스에서 일어나는 일에 관해서는 입을 다물겠다는 동의서에 서명했을지도 몰라요."

"그러니까…… 그 버스를 타 봐야 한다는 거군."

"글쎄요. 행운을 빌어요. 이미 대기 인원이 아주 많고 연회비도 있으니까요."

주니어 하키팀에 그런 식의 팬덤이 형성되어 있다는 것이 믿기지 않는다는 듯 론은 고개를 저었다.

우리는 마침내 에드워즈 부부에게 가까이 갔다. 에드워즈 씨는 바비 코치와 신나게 떠들고 있었다.

"할머니는 어떠시니?"

에드워즈 부인이 물었다. 마이크의 엄마에게서는 언제나 샤넬 넘버 5 향수 냄새가 났다.

"늘 같으세요. 이분은 제이미 존슨의 삼촌이세요. 론 존슨 씨요."

나는 론 쪽으로 몸을 돌렸다.

"에드워즈 부인이 몇 년 전에 우리 할머니 의상실을 인수했어요."

두 사람은 악수를 나누었다.

"헬렌 에드워즈예요. 팀을 발표할 때 뵙지 못했던 것 같은데요. 우리 아들 마이크는 골키퍼예요. 만나서 반가워요."

에드워즈 씨가 마이크의 활약에 대해 열심히 떠들고 나자 바비 코치가 나를 보며 윙크를 했고, 나에게 늘 하는 주먹 인사를 했다.

론에게 바비 코치도 소개했다.

"론, 이분은 바비 코치세요."

"바비 라플레어입니다. 4년 동안 이 친구를 가르쳤죠."

바비 코치는 나를 보며 웃었다.

"최고 하이브리드 수비수였어요. 이 녀석의 하키 감각은 믿을 수 없을 정도입니다. 이 녀석 동생도 이 녀석만은 못합니다."

너무 부끄러워서 나는 고개를 돌려 자판기 옆에서 어떤 남자와 이야기를 하는 메이시를 쳐다보았다. 그 남자는 메이시의 손을 잡으려고 했는데 메이시는 화상을 입은 것처럼 반응했다. 메이시의 검은 눈이 번쩍였다. 남자는 메이시가 떠나는 모습을 지켜보더니 오랫동안 자기 신발을 내려다보았다.

그 남자와 메이시 사이에 무슨 일이 있었는지는 모르지만 이제는 끝났다. 내가 다시 대화에 참여하려고 했을 때, 에드워즈 씨가 바비 코치의 말을 막고 론에게 자신을 소개하더니 격렬하게 악수를 나누었다. 양복을 입고 넥타이를 맨 것으로 보아 에드워즈 씨는 곧바로 사무실로 가야 하는 게 분명했다.

마이크의 희미한 청회색 눈동자는 자기 아빠를 닮았다. 마이크가 젊은 나이에 대머리가 되면 자기 아빠처럼 머리를 완전히 밀어 버릴지 궁금했다.

"아들이 엄청난 샷을 날리더군요."

에드워즈 씨가 론에게 말했다.

"조카입니다."

론이 정정했다.

"그 애는 첫 경기를 해야 한다는 사실에 잔뜩 겁을 먹었어요."

론의 말에 나는 빙긋 웃었다.

"에드워즈 씨……."

내가 입을 열었다.

"그랜트라고 부르렴. 너희 모두 정말 다 자랐구나."

에드워즈 씨의 연한 눈이 반짝거렸다.

"그랜트."

내 입에서는 이제 막 영어를 배웠고, 지금 막 처음으로 단어를 말하는 사람 같은 목소리가 흘러나왔다.

"론과 내가 부스터 버스에 관해 여쭤 보려고 했어요. 혹시, 우리를 대기자 명단에 올려 주실 수 있으세요? 원정 경기라면 어디든지 가고 싶거든요. 론도 금요일이면 다른 선생님에게 부탁하고 함께 갈 수 있을 거예요. 론은 수 고등학교 선생님이에요."

'나를 그랜트라고 부르라'는 사람이 씩 웃으면서 말했다.

"내가 뭘 할 수 있는지 좀 보자. 그래, 다음 주 주말은 어떠니? 두 사람 생각은 어떤지 좀 볼까?"

'나를 그랜트라 부르라'는 나를 보고 론을 보았다.

"정말요? 정말 신날 거예요!"

내 입에서 비명을 지르는 것 같은 소리가 흘러나왔다.

시합 뒤에 한 샤워 때문에 비에 젖은 강아지처럼 흠뻑 젖은 상태에서 정장으로 갈아입

224

고 나온 선수들은 부지런히 자기 사람들을 향해 걸어갔다.

제이미와 마이크가 사람들을 헤치고 우리가 있는 쪽으로 오는 동안, 나는 스토미와 함께 서서 흥분한 팬들의 열기를 듬뿍 흡수하고 있는 리바이를 보았다. 두 사람을 둘러싼 사람들은 만찬을 즐기는 거대한 아메바처럼 보였고, 리바이와 스토미는 아메바가 집어삼키는 박테리아의 일부인 것처럼 보였다.

"정말 잘했다."

론이 제이미의 등을 토닥이면서 말했다. '나를 그랜트라 부르라'가 그날의 최우수 선수에 대해 떠드는 소리를 듣는 동안 제이미는 내 손을 꼭 잡고 있었다.

자신의 팬을 뒤에 남겨 두고 온 리바이가 다가오더니 나를 꼭 안았다. 스토미도 그 뒤를 따라왔다. 스토미와 나는 작년에 수 고등학교에서 한 팀으로 뛰었다. 어느 쪽이든 취하지 않은 상태라면 스토미의 부모님도 시합을 보러 왔다. 하지만 수프에서의 첫 시합에는 양쪽 부모 모두 오지 않았다. 너무 가혹했다.

"멋진 시합이었어, 스토미."

내 말에 스토미의 표정이 밝아졌다.

이제 나는 관심을 마이크에게 돌렸다. 마이크는 내 표적이었다. 단서가 나에게 다가와 내 다리에 머리를 문지르고, 토닥여 달라고 가르릉거릴 때까지 기다리는 고양이 첩보원이 아니라 먼저 행동에 나서는 다람쥐 첩보원이 될 것이다.

대표 팀 대항 하키 시즌에는 에드워즈 씨 부부가 사람들이 시합 이야기를 실컷 할 수 있도록 일요일 저녁에 만찬을 열었다. 나도 항상 참석했다. 만찬에 모인 사람들은 시합을 찍은 비디오를 보면서 실수를 분석했다.

'나를 그랜트라 부르라'의 서재에는 수사에 도움이 되는 단서가 있을지도 몰랐다. 그에게는 어딘가 미심쩍은 고객이 많았다. 그런 고객의 서류는 집에 보관하지 않을까? 내 목표는 마이크의 집에 초대를 받는 거였다. 리바이가 마이크의 부모님이 수프의 시합에서도 비슷한 저녁 만찬을 열 계획이라고 했으니까.

나는 제이미를 잡고 있지 않은 손을 마이크에게 내밀었다.

"정말 환상적이었어."

그건 사실이었다. 마이크는 몸집이 크고 둔해 보이지만 사실은 엄청나게 빨랐다. 다음에 일어날 일을 알아채는 감각을 본능적으로 타고났기에 정말로 빠르게 반응할 수 있었다. 탁월한 골키퍼가 될 수 있는 건 그 때문이었다.

"하지만 하나는 놓쳤지."

'나를 그랜트라 부르라'가 무심하면서도 공허한 말투로 말했다.

마이크는 아빠에게서 고개를 돌렸고, 에드워즈 부인은 핸드백을 다급하게 뒤지기 시작했다.

마이크의 아빠가 아들을 경기장 구석으로 끌고 가 사람들이 지나갈 때마다 거짓으로 밝게 웃으면서도 작은 목소리로 아들을 몰아붙이는 모습을 정말 셀 수도 없이 목격했다.

"원래 전령 한 명은 살리는 게 전략 아니에요?"

내가 지적했다.

'나를 그랜트라 부르라'는 놀랐는지 잠시 아무 반응도 하지 않았다.

"이건 하키야. 전술이 아니고."

마이크가 살짝 웃으며 말했다.

"아들아, 하키가 바로 전술이란다."

'나를 그랜트라 부르라'가 나를 평가하듯이 보면서 말했다. 그의 왼쪽 눈썹과 왼쪽 입술 가장자리가 동시에 올라갔다.

"손자병법을 읽었니?"

나는 어색하게 웃었다. 쌍둥이들과 디즈니 만화 영화 〈뮬란〉을 백 번이나 보아서 군사 전략을 알게 되었다는 사실을 굳이 알릴 필요는 없을 것 같았다. 〈뮬란〉에서 악당은 황제에게 훈족이 쳐들어오고 있음을 알리려고 정찰병을 한 명 살려 준다.

"마이크, 새로 산 블랙베리를 설치해야 하는데 도와줄 수 있어?"

최신 기계 장비에 해박한 동생의 친구에게 잘 보이려고 내가 말했다.

"모토로라 레이저를 사지 그래? 예뻐 보이던데."

리바이가 끼어들었다.

"그래, 예쁘던데."

스토미가 거들었다.

"좋아. 수비수 다우니, 내일 어때?"

마이크가 대답했다.

"내일은 시합이 있다."

'나를 그랜트라 부르라'가 말했다.

"이번 주 토요일에 집에서 뷔페를 열면서 비디오를 보려고 하는데 오는 게 어떠니?"

마이크의 아빠는 내 손을 잡은 제이미의 손을 쳐다보더니 고개를 들었다. 강렬한 눈빛이 진실을 찾으려는 레이저 같았다. 언제나 이 남자 가까이 있으면 왠지 죄를 지은 것 같은 기분이 들었다.

"다우니스, 제이미하고 제이미 삼촌도 꼭 함께 오렴."

에드워즈 부인이 말했다.

나는 고개를 끄덕이고 자판기 앞으로 걸어갔다. 그것만이 '나를 그랜트라 부르라'의 얼음처럼 차갑고 파란 레이저 눈빛을 피할 유일한 방법이라는 생각이 들었다. 스파이더맨의 감각이 그냥 지나치지 못하고 어딘가에 걸리는 느낌이 나는 걸 론은 뭐라고 표현했더라?

어딘가 미심쩍다.

24장

일요일, 우리는 론의 차를 타고 마이크의 집으로 갔다. 집에서 만든 티라미수를 담은 크리스털 용기를 조심스럽게 들고서 나는 저녁 만찬에 모일 사람들에 관해 묻는 론의 질문에 대답했다.

"리바이가 오니까 당연히 스토미도 올 거예요. 우수 선수 한두 명이 올 테고, 수프의 수석 코치랑 보조 코치가 두 명 올 거예요. 아마 바비 코치도 올 거예요. 바비 코치랑 에드워즈 씨는 3년 전에 총 때문에 문제가 생긴 리바이와 마이크, 스토미, 트래비스를 바비 코치가 도운 뒤로 절친이 됐거든요."

"총 때문에 문제가 있었다고? 다우니스. 그런 문제는 진작 우리에게 말했어야 하지 않을까?"

제이미가 손가락으로 콧대를 잡으면서 말했다.

"하키 연습을 끝낸 뒤에 트래비스가 비비탄총을 가지고 빈둥댄 거야. 리바이와 스토미, 마이크도 트래비스와 함께 있었고. 비비탄이 하필 미니밴에 맞는 바람에 유리창이 깨졌어. 깨진 유리가 운전자를 덮치면서 하키팀 선수의 엄마가 한쪽 눈을 실명했어. 아이들은 누가 비비탄을 쐈는지 말하지 않았어. 바비 코치가 아이들에게 책임을 져야 할 사람이 누군지 솔직하게 말하라고 설득했고 트래비스가 자백했어. 그 뒤로 마을 사람들 모두 트래비스를 피했고 어떤 팀도 트래비스를 받아 주지 않았어."

"그건 네가 이미 우리에게 말해 주었어야 할 아주 중요한 정보야. 편리하게 잊어버리고 말하지 않은 정보가 더 있는 거야? 그랜트 에드워즈에 관해서는 뭘 더 알고 있지?"

제이미의 말투에는 짜증이 묻어 있었다.

"넌 내가 아니라 준 할머니나 미니 할머니를 정보원으로 삼는 게 좋겠다. 두 분은 온갖 가십거리를 알고 계시니까."

"넌 우리가 이 마을 사정을 제대로 파악할 수 있도록 도와야 해."

론이 대답했다.

"지금 나보고 고자질쟁이가 되라는 거죠?"

화가 나서 세게 자동차 바닥을 발로 내리쳤더니 무릎이 바들바들 떨렸다.

"다나 파이어키퍼의 부모님은 다나가 어렸을 때 술 취한 운전자 때문에 죽었어요. 다나는 법과 대학교를 나왔고, 부족 법원에서 부족민으로서는 최초로 판사에 임명됐고요. 다나 이전에는 판사가 모두 원주민이 아니거나 다른 부족 사람이었어요."

나는 몸을 돌려 론의 뒤에 앉은 제이미를 보았다.

"마이크의 엄마는 미스 미시간이었고 리듬 체조에 재능이 있어. 아마도 다운타운에서 커다란 범죄를 저지른 집안 출신일 거야. 마이크의 아빠는 수 고등학교에 다닐 때 엄청나게 뛰어난 운동선수였고, 두 종목으로 4년 장학금을 제안받았는데 레슬링이 아니라 하키로 대학에 갔어."

분노한 고자질쟁이가 다음으로 분노의 화살 끝을 돌린 곳은 론이었다.

"스토미의 엄마는 배당금을 나누어 주기 시작했을 때 그즈음 찾아온 대도시 마약상들한테 엄청난 빚을 지고 잡혀 갔는데 몸값을 주지 않으면 풀어 주지 않겠다고 협박받았어요. 스토미의 할아버지와 삼촌들이 몸값을 지불하고 스토미 엄마를 데려왔어요."

우리 마을의 소문들이 활짝 튼 수도꼭지처럼 내 입에서 콸콸 흘러나왔다.

"준 할머니는 다섯 번 결혼했는데, 두 번은 같은 분이랑 했고, 한 번은 그분의 형제랑 했어요."

화가 난 고자질쟁이가 진짜 목표로 삼은 것은 제이미였다.

"노동절이면 바비 코치가 매년 모닥불 파티를 여냐고? 거기서 맥주 보았어? 아니, 못 보았겠지. 바비 코치는 학기가 시작되기 전에 선수들이 안전하고 재밌는 행사를 즐기기를 바라니까. 그분은 선수들이 술을 마시는 것도 약을 하는 것도 참지 않아. 시합이 끝나면 언제나 나를 집에 데려다주었어. 그러면 엄마가 추위에 떨면서 학교 주차장에서 기다리지 않아도 되니까. 그분은 항상 나를 방어해 주었고 보호해 주었어. 나를 보호하기 전에는 로빈 베일리를 보호했고. 수 고등학교 코치들이 우리를 팀에 넣지 않겠다고 거부했을 때 말이야."

두 사람 가운데 한 명을 보느라 너무 목을 혹사했기 때문에 나는 이제 똑바로 앞을 바라보았다.

"두 사람이 여기 왜 왔는지는 알아요. 하지만 우리는 좋은 사람들이에요. 에드워즈 부인은 내 할머니의 의상실에서 기부 프로그램을 운영하고 있어요. 샤갈라나 졸업 무도회에 입고 갈 드레스를 구하지 못하는 여자아이들을 위해서요. 지난번에 엄청난 폭풍이 불었을 때 부족 경찰은 스노우모빌 팀을 꾸려서 노인들을 모두 살폈고 음식을 전해 주었어요. 얼음 때문에 여객선이 운항하지 못했을 때는 부족 평의회가 나서서 본토에서 슈가섬으로 들어가지 못한 사람들에게 호텔 방을 제공해 주었고요. 이 마을은 전등을 켜면 수많은 바퀴벌레가 숨을 곳을 찾아 허겁지겁 도망치는 곳이라고 생각하는 당신들 방식이 마음에 들지 않아요."

좋은 점은 알지 못하면서 나쁜 점만을 캐려고 하는 두 사람의 방식 때문에 마음이 언짢았다.

"그건 마치…… 이곳은 무조건 나쁜 곳이라고 생각하는 것 같잖아요."

"그래. 너는 충분히 그렇게 생각할 수 있을 것 같아."

론이 대답했다. 제이미는 아무 말도 하지 않았다. 그저 잠시 나를 보다가 창문으로 고개를 돌렸다.

우리 공동체가 병이 들었거나 다친 사람이라면, FBI는 감염된 부위를 잘라 내거나 뼈를 다시 맞추려고 한다. 필요하다면 그 부분을 절단해 버릴 것이다. 그러면 문제가 해결되는 것이다. 우리 공동체를 그저 상처 부위로만 보지 않고 완전한 한 사람으로 보는 이는 나뿐이었다.

론의 짙은 감색 승용차는 유리와 강철로 지은 집 앞에 주차한 으리으리한 차들과는 어울리지 않았다. 주차장을 걸으면서 자동차들의 제조사와 모델을 확인하는 제이미의 눈썹은 차를 한 대씩 지나칠 때마다 점점 더 올라갔다.

과장되게 한숨을 내뱉고 나는 자동차들을 가리키며 말했다.

"이건 다나의 메르세데스야. 이건 리바이의 허머고. 마이크의 재규어, 바비 코치의 비엠더블유."

론의 얼굴에도 제이미와 똑같은 표정이 떠올라 있었다.

"멋진 차를 소유하고 있다는 게 의심해야 할 이유는 아니에요. 모두 돈을 가지고 있으니까. 바비 코치만 빼고요. 코치는 몇 년 전에 포커 시합에서 우승한 돈으로 차를 샀어요."

현관에서 에드워즈 부인이 우리를 맞았다. 나는 가져온 티라미수를 폭탄인 양 쪽 내밀었고, 에드워즈 부인은 우아하게 받아들었다. 제이미는 내가 새로 산 블랙베리를 넣은 가방을 들고 있었다.

론이 감자칩 가방을 내밀었을 때는 여전히 화가 나 있었지만 웃지 않을 수 없었다. 각자 음식을 가져와 즐기는 파티에 젤로 상자를 가져온 사촌이 생각났기 때문이다. 마이크의 집에서 나오던 다나가 나를 살며시 안아 주고 갔다. 일요일 뷔페 만찬이 열릴 때면 다나는 언제나 라자냐를 가져다주었다.

에드워즈의 일요일 뷔페 만찬에 마지막으로 참석해 벽에 걸린 커다란 플라스마 스크린으로 수 블루데빌스가 치른 시합을 보았다. 선수 각각의 동작을 분석하고 개선할 방법을 논의했던 것이 고작 6개월 전이었다. 바비 코치와 에드워즈 씨는 공연 예술가들처럼 선수들의 움직임을 재현해 보였다. 그건 모두 예전의 일이었다.

새롭게 시작된 뉴 노멀에서 지금은 제이미와 손을 잡아야 할 때였다. 커다란 스크린으로 보는 하키 시합은 내 것이 아니었다. 나는 이곳에 하키 선수로 온 게 아니라 수프 남자 친구가 있는 아귀로 온 거니까. 주변을 둘러보면서 나는 제이미가 모든 사람을 용의자로 보고 있다는 걸 알았다. 제이미는 내 동생과 그 친구들을, 아니, 나의 친구들을 모두 용의자로 보았다. 마이크의 부모님도, 바비 코치도, 리바이 옆에 앉은 지난 2년 동안 수프를 이끈 알버츠 코치도. 제이미에게는 용의자였다.

알버츠 코치가 부임할 때 반대한 사람도 있었다. 알버츠 코치는 흑인이었으니까. *자랑스러운 우리의 하키 전통을 지켜야지.* 그건 *하키는 부유한 백인 남자아이들을 위한 종목이야,* 라고 말하는 것과 다르지 않은 주장이었다. 아빠도 그런 비슷한 편견을 극복해야 했다. 하키는 선수들의 피부색에 전혀 신경 쓰지 않지만 하키 팬 중에는 분명히 신경을 쓰는 사람들이 있었다.

에드워즈 부인이 사람들에게 접시를 채우고 식탁에 앉으라고 말했다. 마이크의 엄마는 그랜드메리를 떠오르게 했다. 에드워즈 부인이 할머니의 의상실을 인수했을 때 아무도 놀라지 않았다. 매니저였고 매니저가 되기 전에는 최고의 고객이었으니까. 심지어 두 사람은 생김새도 비슷했다. 날씬했고, 짧은 커트 머리를 유지했고, 나무랄 데 없는 옷을 입었으며 언제나 진주 목걸이를 하고 다녔다.

그랜드메리가 엄마 앞에서 에드워즈 부인을 칭찬할 때마다 나는 정말 크게 화를 냈다. 그랜드메리는 시간에 구애받지 않는 스타일과 '자기 자신을 꾸미는 사람'을 높게 평가했다. 몇 년 전에 나는 의상실에서 드레스를 입어 보려다가 그랜드메리가 엄마에게 내가 너무 커져서 맞는 옷이 없을 수도 있다고 하는 소리를 엿들었다. 그때 엄마는 할머니에게 내 몸과 몸무게, 외모에 대해 그 어떤 말도 하지 말라고 경고하면서 선을 넘으면 우린 뒤도 돌아보지 않고 이곳을 떠날 거야, 라고 했다.

엄마가 그랜드메리에게 그런 식으로 말하는 건 한 번도 들어 본 적이 없었다. 하지만 그랜드메리는 엄마에게서 그런 말투를 적어도 한 번은 더 들었을 것이다. 고모가 생후 3개월인 나를 보러 대저택에 찾아오기 전에, 엄마가 그랜드메리와 할아버지에게 나를 파이어키퍼 가족에게서 떼어 놓을 생각이 없다고 분명하게 선언했으니까 말이다. 나의 유일한 바람이라면, 엄마가 자기 자신을 위해서도 그렇게 행동했다면 좋았을 텐데 하는 것이다.

음식이 차려진 아일랜드 식탁으로 가는 마이크가 보였다. 나는 제이미와 내가 마이크 뒤에 설 수 있는 기회를 확보했고, 천 개나 되는 크리스털 장식이 달린 직사각형 샹들리에 아래, 반짝이는 마호가니 식탁에서 마이크 바로 옆에 앉았다. 투명한 아크릴 식탁 의자는 앉기에 편하지는 않았다. 바닥부터 천장까지 이어진 주방 창문으로는 강 너머에 펼쳐진 도시와 인터내셔널브리지가 발산하는 빨갛고 하얗고 파란 불들이 화려한 장관을 연출했다. 그 때문에 우리는 미니어처 배경에 들어 있거나 무대 위에 올라와 있는 것처럼 느껴졌다. 오늘 밤에는 제이미의 여자친구라는 평소의 역할을 확장해 마이크 에드워즈가 말하는 모든 것에 관심이 있는 여자 역할을 할 것이다.

"너희 할머니가 없는 샤갈라는 샤갈라가 아니지."

'나를 그랜트라 부르라'가 우리 할머니에 대한 존경심을 드러내려는 듯이 짐짓 엄숙한 표정을 지었다.

"샤갈라가 열리는 밤이 이 마을에서 경험할 수 있는 최고의 밤입니다."

'나를 그랜트라 부르라'가 제이미와 론에게 말했다.

"저녁 식사, 댄스, 그 어느 때보다 사랑스러운 우리 여자들."

'나를 그랜트라 부르라'가 잠시 내 눈을 뚫어지게 바라보았다.

나는 눈을 가늘게 떴다. 아마도 이것이 고객의 무죄 판결을 끌어내려고 '나를 그랜트라 부르라'가 배심원들에게 하는 일일 것이다. 그는 배심원 한 사람 한 사람에게 시선을 주면서 관심을 나타낼 것이다. '나를 그랜트라고 부르라'는 엉뚱한 말을 하기 전까지 에드워즈 씨였고 그저 마이크의 아빠일 뿐이었다. 하지만 이제는 역겨운 변태처럼 느껴졌다.

"그건 바보 같지 않아요?"

나는 씩씩한 척 애쓰면서 말했다.

"모금 행사에 너무 많은 시간과 돈을 들이는 거 말이에요. 입장표를 사고, 드레스를 마련할 돈을 기부하고. 그날은 그냥 집에 있는 게 더 나을 거 같은데요."

내 말에 그는 터무니없는 소리라는 듯이 웃었다.

"그러면 재미가 없잖아."

"그 달 매출이 가장 높아."

에드워즈 부인이 지적했다.

"팀에도 도움이 되고. 사람들은 자신들이 참여한 곳에 더욱 충성하는 법이야."

리바이가 거들었다.

"드레스 말이 나와서 말인데 이제 샤갈라가 2주 남았잖아. 그래서 너를 위해 내가 미리 드레스를 주문해 놓았어. 나를 믿어 주면 좋겠다."

에드워즈 부인이 나에게 말하더니, 마이크를 보면서 말했다.

"메이시의 드레스가 도착했어. 이미 피팅도 끝냈고. 너를 위해서 내가 메이시의 코르사주를 주문했어."

내가 자리에서 몸을 세우고 앉았다.

"메이시랑 가?"

나는 짜증을 숨기려고 애쓰면서 물었다. 메이시는 요도 감염 같은 존재였다. 항상 최악의 시기에 발병했다.

리바이가 마이크 대신 대답했다.

"메이시는 남자애들 사이에 끼어 있잖아. 마이크에게는 데이트 상대가 필요하고. 나랑 스토미는 세인트 이그네이스에 다니는 쌍둥이랑 가기로 했어. 이름이 칼라와 케이시였던가 콜린이었던가, 아무튼 그 애들이랑."

"네가 열정을 보이니 그 애들이 영광으로 여기겠네."

내 말에 리바이가 밝게 웃었다. 리바이를 놀리고도 무사한 사람은 이 세상에 나밖에 없을 것이다.

화제는 강 건너편 캐나다 여자 국가 대표 팀에 들어간 여자에게 보내는 바비 코치의 찬사로 넘어갔다. 놀랍지 않았다. 그 여자는 내가 맞붙어 본 최고의 중앙 공격수였으니까.

"아직 늦지 않았어."

바비 코치가 나에게 아쉬움이 잔뜩 묻은 단조로운 말투로 말했다.

"다우니스는 이중 국적자니까 어느 나라에서건 국가 대표로 뛸 수 있어."

바비 코치가 제이미에게 말했다.

갑자기 사람들 시선이 나에게로 쏠리자 긴장했다. 마음은 여전히 아팠다. 의사가 되는 것만이 내 유일하고도 원대한 꿈은 아니었다. 의학과 하키를 동시에 하는 것이 나의 꿈이었다. 여자 국가 대표가 되는 것은 나의 오랜 목표였다. 바비 코치는 그 꿈이 작년에 산산이 조각났고 불타 버렸음을 몰랐다. 내가 무엇을 했는지 아는 사람은 고모뿐이었다. 두 번의 이어진 여름 동안 나는 나를 바꾼 엄청난 결정을 내렸다.

"D-1에서 활약하고, 토리노에 나갈 준비를 해야 해."

바비 코치는 다음 동계 올림픽을 언급하며 꾸짖는 것처럼 말했다.

"아니, 난 이해해요. 가족이 여기 있잖아요. 떠나는 건 힘들어요. 나도 다우니스가 남아 줘서 기쁘고요."

리바이가 바비 코치의 말을 자르고 제이미를 보며 고개를 끄덕였다.

"너도 그렇지?"

"당연하지."

제이미가 이 뜨거운 열기가 가득 찬 방에 있는 사람은 나뿐이라는 듯이 강렬한 눈으로 쳐다보았다.

그 목소리에 담긴 진실함 때문에 내 위장이 요동쳤다. 이런 꿈 같은 순간에서 벗어나려고 나는 식탁 밑으로 손을 내려 허벅지를 힘껏 꼬집었다. 제이미의 행동은 연기라는 사실을 잊어버리다니, 나는 화제를 바꿨다.

"음…… 락아웃이 되면 어떻게 될 거 같아요?"

북미 아이스하키 리그 락아웃에 관해 말하는 건 상어에게 미끼를 던지는 것과 같았다. 알버츠 코치와 '나를 그랜트라 부르라'는 락아웃이 되면 전체 시즌이 멈출 거라고 예측했다. '리바이들'은 바비 코치의 손을 들어 그렇게까지는 되지 않을 거라고 말했다. 론은 자신이 스위스라며 중립을 선언했다. 어느 시점에선가 제이미와 내가 이야기에 즐겁게 합류하면서, 나는 론이 우리를 조용히 관찰하고 있는 걸 깨달았다.

토론의 열기가 가라앉자, 내가 마이크의 멋진 세이브를 언급했다.

"퍽을 쳐내던 거 기억나지? 높이 떠서 오는 퍽을 그저 이렇게……."

나는 완벽하게 배구공을 쳐내는 자세를 취했다.

"그러고는 뒤로 엎어져 버렸잖아. 다리로 퍽을 막는 건 잊지 않고 말이야."

마이크의 부모는 순무처럼 빨갛게 변한 아들을 뚫어지게 쳐다보았다.

"됐어. 그 정도만 해. 제발, 수비수 다우니. 가서 네 휴대 전화나 보자."

마이크가 내 입을 막았다.

이제 다람쥐 첩보원의 시간이 되었다. 나는 내 전화기가 든 가방을 가지고 걸어가는 마이크의 뒤를 쫓아갔다.

"우린 계속 네 얘기 하고 있을게."

리바이가 아래층으로 내려가는 우리를 향해 소리쳤다.

내 계획은 마이크의 침실에 내 물건을 떨어뜨리고 몇 분 뒤에 다시 가지러 가는 것이었다. '나를 그랜트라 부르라'의 서재는 마이크의 지하 은신처 옆에 있었다. 로렌조 할아버지가 사용하던 사무실 가구를 볼 생각을 하자 심장이 거세게 뛰었다. 그랜드메리가 시내에 있는 건물과 사업체를 에드워즈 부인에게 양도했을 때, 에드워즈 부인은 2층에 있는 할아버지 사무실 가구도 모두 인수했다. 다리를 벌새의 날갯짓만큼이나 빠른 속도로 움직이며 스모그 댄스를 추는 위험에 빠지고 싶지는 않아서 나는 내 발이 우라늄처럼 무겁다는 상상을 해야 했다.

마이크의 침실은 지금까지 여러 번 온 적이 있었다. 일요일 만찬 때, 많은 사람이 가장 큰 화장실을 노릴 때는 마이크의 침실 화장실을 이용해야 했다. 마이크의 침실과 마이크 아빠의 서재 사이에는 두 방에서 모두 들어갈 수 있는 화장실이 있었다. 거실을 통해 들어가는 화장실이 아니기 때문에 그 사실은 잊기 쉬웠다.

마이크의 침실에 들어가면 웃음이 나왔다. 그곳은 고디 하우에게 바친 성지였기 때문이다. 등 번호 9번을 단 운동복 상의가 벽에 있는 커다란 새도박스 안에 들어 있었다. 멋진 탁자 위에는 이 레드윙스의 전설을 담은 사진 액자가, 그 앞에는 촛불이 타오르고 있었다. 마이크의 책상 위에는 최신 아이맥 컴퓨터가 놓여 있었다. 킹사이즈 침대의 등받이 위에는 스탠리컵을 든 2002년 레드윙스의 포스터가 있었다. 벽 한 면을 모두 덮은 책장에는 하키 트로피와 많은 책, 여러 가지 레드윙스 기념품이 놓여 있었다.

우리는 마이크의 침대 끝에 앉았고 내 가방에서 블랙베리를 꺼냈다. 마이크는 전화기를 세팅할 수 있도록 단계별로 알려 주었다. 블랙베리가 작동하는 방식이 마음에 들었지만 마이크가 필요한 일을 한다는 기분을 느끼게 해 주려고 은근히 불평을 늘어놓았다.

"이건 파란색인데 왜 블랙베리라고 지은 거지? 그리고 이거, 사이드볼인지 뭔지를 굴리는 거 이상하지 않아?"

나는 블랙베리 위에 있는 동그란 트래킹 노드를 손가락으로 쿡 찌르면서 투덜거렸다.

마이크는 나를 보았고 우리는 어린아이처럼 키득거렸다. 마이크가 블랙베리에 대한 설명을 모두 끝냈을 때 나는 내가 쓰던 전화기를 침대 위에서 조심스럽게 밀어 바닥으로 떨어뜨렸다. 두툼한 카펫이 전화기가 떨어지는 소리를 막아 주었다. 우리는 위층으로 돌아왔다.

바비 코치와 '나를 그랜트라 부르라'는 지난밤에 열렸던 시합을 재현하고 있었다. 두 사람은 키도 몸집도 같은데다 모두 청바지에 레드윙스 티셔츠를 입고 있어서 쌍둥이처럼 보였다.

모든 사람이 둘의 공연을 보고 있는 동안 나는 아래층으로 내려가 내가 두고 온 전화기를 '찾을' 기회를 포착했다. 재빨리 마이크의 방으로 들어가 화장실로 가서 계획했던 대로 행동했다. 마이크 쪽 욕실의 문을 잠그고, 전등과 시끄러운 배기판을 켜고, '나를 그랜트라 부르라'의 서재로 가는 문의 손잡이를 돌려 보고, 문이 열리는 걸 확인한 뒤 안도의 한숨을 쉬었다.

나는 서재로 들어왔다.

다람쥐 첩보원 작전

1. 욕실에서 흘러나오는 빛을 이용해 서재를 대략 파악한다.

2. 2인용 안락의자 위에 있는 레드윙스 모포를 집어서 거실로 이어진 문 밑에 접어 넣는다.

3. 서재 전등을 켠다.

책상, 찬장, 찬장과 맞춘 책장. 할아버지의 가구를 보는 순간 나는 숨을 쉴 수가 없었다. 짙은 자주색과 갈색이 섞인 로즈우드 가구의 외곽은 할아버지의 서재에 있는 직접 조각해 만든 화려한 마호가니 가구와 달리 단순했다. 나는 책상 위를 손가락으로 어루만졌다.

울음이 터질 것처럼 코가 시큰해진다는 건 누군가 탄산암모늄 병을 집어 들었고, 그 시큼한 냄새를 맡으며 다시 경계 태세를 취하게 되는 것과 같았다.

가자고, 아가씨. 시간을 헛되게 쓰면 되나.

4. 스포츠 브래지어에서 작은 디지털카메라를 꺼내 책장에 있는 모든 물건을 사진에 담는다.

제목이 흥미로운 책, 특히 화학 관련 서적이나 하키와 관련된 마이크 아빠의 액자라면 단서가 된다. 오대호 지역에서 그가 했던 마약 활동과 일치하는 지역을 알려 주거나 FBI 가 용의자로 지목한 사람과 접촉했음을 알려 줄 수도 있다.

고모가 브래지어에 전화기나 립스틱을 밀어 넣을 때는 늘 브래지어를 니시 지갑이나 '하이 포켓'이라고 했다. 내 하이 포켓은 양쪽 가슴이 바짝 붙어서 고원 같은 지형을 만들기는커녕 너무 얕아 디지털카메라조차도 간신히 넣을 수 있을 정도였다.

5. 찬장에 있는 서류 보관함을 보고, 서류철 라벨을 모두 찍는다.

서랍이 잠겨 있다. 사소한 장애물이 생겼다. 하지만 걱정할 필요는 없다. 대체 계획을 세워 두었으니까.

6. 맨 위 서랍을 완전히 꺼내고 깊숙이 손을 넣으면 책상 뒤에 있는 고리에 걸어 둔 열쇠를 꺼낼 수 있다.

열쇠는 없었다. 이런, 더 큰 장애물에 부딪혔다. 소리를 내지 않고 욕하면서 나는 대체할 방법을 생각해 내려고 주위를 둘러보았다. 하지만 내가 발견한 것은 내 심장을 강하게 때리는 놀라운 장면뿐이었다.

내 발자국. 상아색 플러시 카펫 위에는 눈처럼 발자국이 남아 있었다.

데이비드 삼촌이 나를 재촉했다.

충분히 생각해, 다우니스. 무엇이 필요한지 알아내고, 쓸 수 있는 자원이 무엇인지 평가해 봐. 계획을 세워. 네가 생각했던 순서대로 진행해야 해.

순서, 발자국. 그것이 내 문제였다. 하지만 발자국을 지울 수 있는 자원은 없었다. 주변에는 온통 트로피, 액자에 넣은 상과 책뿐이었다. 책이 아주 많았다.

맞아. 책!

나는 책장으로 달려가 진공청소기 너비와 길이가 같아 보이는 예술 책을 한 권 꺼냈다. 책등을 잡고 발자국이 난 부분에 책을 댄 뒤 진공청소기가 지나가는 것처럼 힘껏 눌러서 잡아끌었다. 완벽한 진공청소기 자국 같지는 않았지만 비슷하기는 했다. 나는 전등을 끄고 문을 가렸던 모포를 들어 안락의자에 되돌려 놓았다. 화장실로 돌아오는 동안 땀이 얼굴과 목을 타고 흐르면서 피부를 간지럽혔다.

욕실로 들어가 수납장에 책을 넣었다. 거울 속에서 여자아이가 거칠게 숨을 쉬고 있었다. 나는 그 여자아이를 물끄러미 응시했다. 나하고는 상관이 없는 사람인 것 같았다. 나는 다시 진짜 내가 돌아올 때까지 눈을 깜빡였다. 변기 물을 내리고 손을 씻고 얼굴에 찬물을 끼얹었다. 내가 마지막으로 처리해야 할 일은 이제 막 내 인생에서 가장 큰 쓰레기를 버렸다는 듯 방향제를 뿌리는 일이었다.

나는 욕실 문을 열었고, 깜짝 놀라 뒤로 물러났다.

마이크. 마이크가 서 있었다. 반쯤 웃는 모습으로 청회색 눈을 반짝이면서.

"아무 소용 없어, 다우니스. 네가 뭘 하는지 아니까."

마이크가 말했다.

25장

내 위장에 든 음식들이 그 즉시 시큼해졌다. 마이크가 알았다. 마이크는 욕실 밖으로 나가려는 나를 막아섰다. 청바지 양쪽 앞주머니에 손을 넣고 있는 마이크는…… 즐거워 보였다.

"다시 왔네."

마이크 에드워즈는 알고 있었다.

"화장실 때문에."

나는 분명한 이유를 댔다.

"게다가 내 전화기도 놓고 갔고."

마이크의 침대 끝으로 가서 내 전화기를 집어 들었다. 마이크를 보면서 전화기를 흔들고 주머니에 밀어 넣었다.

"아니……, 네가 여기에 온 진짜 이유를 알아."

마이크가 나와의 거리를 좁혔다. 정확히는 느긋하게 걸어왔다. 자신만만하게.

젠장. 좋아, 어떻게 해야 이 상황에서 빠져나갈 수 있을까? 고함을 질러야 할까? 저 녀석의 급소를 무릎으로 힘껏 치는 게 좋을까? 아니면 둘 다 해야 하나?

마이크가 내 앞에 섰다. 너는 우리 아빠의 치부를 찾아다니는 썩어 빠진 첩보원이야, 라고 말하는 소리를 들을 각오를 하고 눈을 감았다.

축축한 입술이 내 입에 닿았다.

"뭐 하는 거야?"

나는 마이크를 밀어냈다.

"왜?"

마이크는 나만큼이나 놀란 것 같았다.

"오늘 밤에 계속 내 곁을 떠나지 않았잖아."

"나는……, 나는……, 어…….'"

나는 내가 했던 말들과 행동을 재빨리 떠올려 보았다. 젠장. 정말로 나는 마이크의 말 한마디 한마디에 반응했다. 그가 생각하는 이유 때문은 아니었지만.

"네 표정을 보았어. 메이시하고 샤갈라에 간다고 하니까 질투했잖아."

마이크는 정말로 당황한 것 같았다.

"그리고…… 이제 우리는 같은 팀도 아니고."

"하지만 친구잖아."

마이크가 리바이와 함께 어울린 뒤로 우리는 쭉 친구였다.

"TJ 하고도 그렇게 되기 전까지는 친구였잖아."

"TJ는 하키 세계의 일원이 아니었잖아."

내가 지적했다.

"내가 어려서 그래?"

"뭐? 아니. 그래. 아니, 아니야."

나는 이성적으로 대화를 하려고 노력하면서 말했다.

"너는 정말 오랫동안 알았잖아. 나에게는 동생과 같다고."

"난 네 동생 아니야."

마이크의 목소리는 침착했다.

"하지만 리바이가…….'"

"내가 리바이를 두려워하지 않는다고 말할 때는 나를 믿어도 돼. 이건 우리 둘만의 작은 비밀이 될 테니까."

빙그레 웃는 마이크를 보면서 나는 그 즉시 '나를 그랜트라 부르라'가 열일곱 살 때는 어땠을지 알 수 있었다.

제이미, 맞아. 나에게는 이미 남자친구가 있어.

"난 제이미를 만나고 있어."

내가 단호하게 대답했다.

"에, 그건 오래 가지 않을 것 같은데. 한두 시즌만 머물다가 떠나 버릴 녀석이잖아."

"어쩌면 나도 떠날 수도 있지."

"네가?"

마이크는 내가 터무니없는 소리를 한다는 듯이 웃었다.

"네가 이곳을 떠나지 못할 걸 알아. 이곳에 있는 모든 것에 충성하니까. 모든 사람과 연결되어 있고. 이곳을 나가면……."

마이크는 저 멀리 어딘가를 가리켰다.

"너는 아무것도 아니야."

마이크의 말이 옳은 걸까? 다른 사람들 눈에는 그렇게 보이는 걸까? 나는 언제나 마을이든 보호 구역이든 내부로 들어가지 못하고 한 걸음 떨어져 있는 기분인데도?

"나는……, 나는……. 너한테 관심 없어. 네가 생각하는 것처럼은."

나는 구명줄을 붙잡았다.

"하지만 그런 식으로 너를 생각하는 여자들이…… 아주 많다는 건 알아."

"그러니까 네 말은, 나한테 너는 너무 과분하다는 거야?"

마이크의 목소리가 협박조로 바뀌었다.

"네가 나한테 관심이 없는 건, 그렇게 생각하기 때문이라는 거지? 나보다 네가 낫다고."

갑자기 공격적으로 변한 마이크 때문에 겁이 났다. 갑자기 치솟은 마이크의 분노를 완화해 줄 적당한 말을 찾으려고 머리를 빠르게 굴렸다. 하지만 단 한마디도 생각나지 않았다. 나는 그저 제이미가 나를 찾으러 오기만을 바랐다. 지금 당장.

"아빠 말이 맞았어."

마이크가 으르렁거렸다.

"여자애들은 그저 정신만 흐트러뜨릴 뿐이야. 너는 다를 거라고 생각했어. 하지만 아니었어."

잔뜩 경멸하는 표정을 지으며 마이크는 떠나가 버렸다.

이건, 내가 오늘 밤에 일어나리라고는 조금도 예상하지 못한 일이었다.

마이크 에드워즈를 안다고 생각했다. 그는 내 남동생의 얼빠진 친구였고 팀 동료였으니까. 나의 팀 동료이기도 했고. 새로 산 전화기를 세팅해 줄 만큼 최신 기술을 잘 아는 소년이기도 했고. 나는 그 소년은 잘 알았다.

하지만 나에게 키스를 하고 나의 거절을 거부한 남자는?

나는 그 남자는 알지 못했다.

이게 메스를 조사하다 보면 어쩔 수 없이 겪어야 하는 일인 걸까? 내가 잘 안다고 생각하는 사람들을 사실은 잘 모른다는 걸 알게 되는 게?

위층으로 올라가서 거실 끝에 있는 아일랜드 식탁 옆에 섰다. 사람들은 아직도 시합을 보고 있었다. 머드벅스가 마지막으로 날린 강력한 샷을 마이크가 막는 장면에서는 모든 사람이 환호했다.

제이미가 다가왔다. 양쪽 눈썹이 근심을 감지하는 더듬이처럼 위로 올라갔다.

"무슨 일 있는 건 아니지?"

제이미가 내 귀에 대고 속삭였다. 나는 고개를 끄덕였고 제이미는 계속 말했다.

"그럼 안아도 돼?"

나는 고개를 끄덕였다. 이번에는 진심이었다. 제이미의 팔이 내 몸을 두르더니 내 엉덩이에 무심하게 손을 올렸다.

나는 제이미에게 몸을 기댔고 갑자기 피로가 몰려왔다.

집에 돌아갈 시간이 되자 에드워즈 부인이 설거지를 마친 엄마의 크리스털 그릇을 돌려주었다. 나는 멋진 저녁 시간을 보낼 수 있게 해 주어서 감사하다고 말했고, 남자아이들이 돌아가면서 주먹 인사를 할 때도 애써 마이크를 쳐다보지 않았다.

"내일 아침 일찍 봐."

리바이가 말했지만 마이크와 함께 있고 싶지 않았다. 특히 아침 달리기 시간에는.

"조금 더 멀리 뛸 생각이라서 속도를 늦추어야 해. 하지만 나 때문에 너희가 늦게 달릴 수는 없잖아. 나는 혼자 뛸게."

"나도 함께 달려도 될까?"

내 말에 제이미가 대답했다.

"뭐야. 지금 여자 때문에 우릴 버리겠다는 거야? 친구, 왜 이래?"

리바이가 활짝 웃으면서 말했다.

"그래, 정말 같이 뛰고 싶어."

내가 제이미에게 말했다.

집으로 돌아오는 동안 나는 조수석이 아니라 제이미와 함께 뒷좌석에 앉았다. 제이미가 팔을 뻗어 내 손을 잡았지만 나는 뿌리치지 않았다.

"마이크의 부모님이 매주 일요일에 파티를 연단 말이야?"

제이미가 물었다.

"맞아. 하키 시즌에는 매주 열어. 작년에는 우리 학교 하키 대표 팀을 위해 열었어. 그래서 나는 일요일 오후에는 할머니, 할아버지 집에서 저녁을 먹고, 밤에는 에드워즈 씨 집에서 두 번째 저녁을 먹어야 했어."

"마이크의 아빠와 바비 코치도 늘 시합을 재현하고?"

"그래. 저녁을 먹고 쇼를 하는 거지."

제이미가 내 손에 깍지를 꼈다. 긴장했던 내 몸이 이제는 완전히 반대 반응을 보였다. 딱딱하게 굳어 있던 고체 상태에서 액체 상태로 녹아내렸다.

"너희 엄마가 만든 디저트가 가장 맛있었어. 꼭 그 말을 전해 줘."

"정말로 맛있었다고?"

내가 놀렸다.

"진심으로."

제이미가 내 손을 잡은 손에 힘을 주었다.

"방금 마친 시합을 분석하다니 정말 멋졌어. 그 집도. 지금까지 그런 집은 본 적이 없어. 꼭 잡지에 나올 것 같은 집이었잖아. 우리를 다시 초대해 줄까?"

제이미의 반응에 저절로 웃음이 나왔다. 제이미는 디즈니랜드에 난생처음 가 본 아이처럼 흥분했다. 제이미는 분명히 여러 번 하키 시합을 했을 테고, 팀 동료들이 주최하는 저녁 식사에 초대받았을 것이다. 그런데도 수 슈피리어의 무엇이 그에게 이토록 매력적으로 다가오는 것일까?

론의 자동차가 우리 집 진입로로 들어설 때 나는 사업 지구에 새로 생긴 세차장에 가 본 적이 있는지 물었다. 지금 차 안에서 수사 이야기를 해도 되는지를 묻는 우리 암호였다.

론이 고개를 끄덕였다.

"에드워즈 씨네 지하 서재에 있는 책장을 모두 찍었어요."

나는 브래지어에 손을 넣었고, 제이미가 조금 어색하게 몸을 움직이는 걸 느꼈다. 나는 눈알을 굴리며 디지털카메라를 꺼냈다.

"안타깝지만 사무실이 아니라 집에 보관할 것 같은 고객 서류는 찾아내지 못했어요. 에드워즈 씨의 책상은 우리 할아버지가 쓰던 거라서 서랍 열쇠가 내가 기억하는 곳에 있을 거라고 생각했는데 아니었어요."

론은 나를 한참 쳐다보다가 말했다.

"도움이 됐어. 고맙다."

나는 잘 가라는 저녁 인사를 하고 디저트 그릇을 집어 들었다. 제이미도 나를 따라 밖으로 나왔고 우리는 현관 밑 계단까지 함께 걸었다.

"너희 엄마가 보고 있을지도 모르니까 키스해도 돼?"

제이미가 속삭였다.

현관 앞 전등이 켜졌고 우리는 크게 웃었다.

제이미는 나에게로 몸을 기울였고, 내 뺨이 아니라 내 턱에 입을 맞추었다.

"어라. 수프라면 그보다는 더 나은 목표를 노릴 줄 알았는데."

제이미는 론의 차에 등을 대고 서 있었다. 그래서 눈까지 입술이 닿을 정도로 흉터를 한껏 끌어당기며 웃는 제이미의 얼굴을 나만 볼 수 있었다. 키스가 하고 싶었다. 충동을 분석하는 게 아니라 충동에 굴복하고 싶었다.

내 입술로 제이미의 뺨을 문질렀다. 부드러운 뺨에 난 잔잔한 돌기가 느껴졌다. 제이미의 숨결이 내 몸으로 들어와 달콤하게 따끔거렸다. 나는 제이미에게 키스했다. 한 번의 완벽하고도 부드러운 키스. 볼 수는 없지만 흉터가 팽팽하게 당겨지도록 웃고 있는 것이 느껴졌다.

나는 제이미를 계단 밑에 내버려 두고, 한 번에 세 계단을 뛰어 올라갔다.

다음 날 아침, 제이미는 우리 집 진입로에 모습을 드러내지 않았다. 약속 시간에 늦다니, 그답지 않았다. 나는 둘이서만 달릴 수 있는 이 시간을 고대하고 있었다. 특히 어젯밤 그에게 그런 식으로 키스한 뒤로는.

혹시, 그게 싫었던 걸까? 하지만 키스하는 동안 웃었고 제이미는 그 키스를 좋아했다.

나는 기도에 집중했다. 오늘 아침에는 그웨코와─디지원을 달라고 기도했다. 문제가 있다면 그 기도가 지금의 내 상황과는 모순된다는 거였지만. 오늘도 사람들을 속이고 있으면서 정직하게 살게 해 달라고 기도하다니, 그건 정말 모순이었다. 세마─가 미루나무 아래에 있는 노란 잎 위에 떨어졌다.

떨어져 내리는 잎사귀.

이번 주에 가을이 시작될 것이다. 미시간 반도의 북부에서는 단풍이 일찍 절정에 든다. 보통 10월 초에서 12월 말 사이에는 언제라도 첫눈이 올 수 있었다. 내 생일은 10월 1일이다. 이제 2주도 남지 않았다.

젠장. 날씨는 언제라도 내 버섯 채집을 방해할 수 있었다.

진입로에서 준비 운동을 마쳤을 때, 우리 집을 향해 달려오는 제이미가 보였다.

"늦었어."

도로로 나가 제이미를 맞으면서 내가 말했다.

제이미가 웅얼거리며 사과했지만 왜 늦었는지는 말해 주지 않았다.

우리는 늘 달리던 방향과는 다른 방향으로 달렸다. 마이크 에드워즈는 마주치지 않을수록 좋았다. 나는 가을 학기가 시작된 뒤로 남자아이들과 함께 달리면서 유지했던 속력에 거의 가깝도록 빠르게 달렸다.

"네가 더 멀리 달릴 거라고 생각했는데."

제이미는 나를 쉽게 따라잡았고 숨을 거의 헐떡이지도 않았다.

"계획을…… 바꿔야…… 했어. 덕섬에…… 가서 버섯을…… 찾아야 하니까. 모든 게…… 잎에 덮이기 전에."

"수업을 안 들게?"

"독립적인…… 균류…… 연구라고…… 생각하면…… 되지 않을까?"

우리는 서먼파크가 있는 강의 상류 쪽으로 달렸다. 이렇게 자신을 몰아세우면 기분이 좋아졌다. 이 달리기를 빨리 끝내면 더 일찍 덕섬에 갈 수 있다.

"수업은 빠지지 않는 게 좋을 것 같아."

강가 운동장 옆에 있는 공원 주차장을 돌고 있을 때 제이미가 말했다.

"왜…… 아직까지…… 그…… 생각을…… 하고…… 있는 거야?"

"왜냐하면 다우니스, 수사가 끝나면 너는 다시 네 인생을 살아야 하니까. 수사와 이 사건에 관여된 사람은 모두 잊고, 미시간 대학교에 가서 하키를 해. 아니면 다른 곳에 가도 되고. 그저 이번 수사 때문에 너의 모든 것이 바뀌게는 하지 마."

나는 우뚝 멈춰 섰다. 지금 자기가 내 인생을 바꾸는 사람이면서 나에게 변화에 관한 충고를 한다는 거야? 지난주 금요일부터 오늘까지 자기가 어떤 일을 했는데? 내가 이렇게 화가 나는 이유는 어젯밤에 제이미의 흉터에 충동적으로 입 맞추었던 기억이 떠오르면서 당황했기 때문이다.

"왜 그래?"

앞서가던 제이미가 다시 나에게 돌아왔다. 영문을 모르겠다는 얼굴을 보니 더 화가 치밀었다.

"이미 모든 게 바뀌었어."

내 말에 움찔하는 제이미를 보니 기분이 좋아졌다.

"트래비스가 릴리에게 방아쇠를 당길 때 모든 게 바뀌었어."

헐떡거리는 와중에도 간신히 말을 했다.

"아니, 그 전에 바뀌었어. 트래비스가 청바지에서 권총을 꺼냈을 때. 아니, 우리 삼촌이 죽었을 때……. 아니다. 너희를 돕겠다고 삼촌이 이상한 행동을 하기 시작했을 때 이미 바뀐 거야."

나는 차갑게 제이미를 쏘아보았다.

"내가 뛸 수 있는 대학교 하키팀은 이 세상에 없어."

제이미는 내가 미시간 대학교에 가서 하키를 해야 한다고 생각한다. 이전의 나의 삶으로 돌아갈 수 있기라도 한 것처럼.

"어째서?"

"그 정보는 네가 모르는 게 나아."

나는 마르케에서 메스 제조법을 배울 때 제이미가 한 말을 그대로 돌려주었다. 제이미는 내 미래를 완전히 바꾼 바보 같은 결정을 모를 것이다. 결국 그는 이곳에 잠시 머무는 사람이니까. 수사가 끝나면 자신의 인생으로 돌아가 버릴 테니까.

집까지 남은 거리는 전력 질주했다. 슈가섬에서 어두운 길을 달려 나를 쫓아왔던 밤과 달리 제이미는 나를 따라잡지 않았다.

이번에는 내가 그냥 떠나게 내버려 두었다.

집에 도착했을 때 엄마는 자동차 쪽으로 걸어가고 있었다. 엄마는 나에게 다가오지 않고 그저 공중으로 키스를 날려 보냈다. 후진으로 진입로를 빠져나가면서 제이미를 발견한 엄마는 창문을 내리고 제이미에게 손을 흔들었다. 제이미도 엄마에게 손을 흔들었다.

"오늘은 우리 딸이 이겼네."

엄마가 자랑스럽게 선언했다.

"늘 그렇습니다."

제이미는 유쾌하게 웃었지만 흉터가 당겨지지는 않았다.

제이미는 마무리 운동을 하는 나에게 다가오지 않았지만 떠나 버리지도 않았다. 그저 가만히 서서 나를 지켜보았다.

"다우니스, 이제부터는 남자아이들하고 달려야 할 것 같아."

"아."

더 많은 변화로군. 저 거짓말쟁이 때문에 화가 난다는 티를 내면 안 돼. 나는 속으로 다짐했다.

"이제는 그저 같은 팀 동료 이상으로 나를 대하기 시작했어."

제이미가 재빨리 덧붙였다.

"그러니까 그 애들 이야기를 들을 기회가 많아질 거야. 그럼 수사에 도움이 되겠지."

"그렇겠지."

나는 밝은 목소리로 말했다.

"아무 문제 없어. 음, 가서 샤워하고 여객선 타러 가야겠어. 환각성 버섯이 나를 기다리고 있으니까."

나는 어색하게 집을 가리키며 말했다. 서툰 발걸음으로 현관 계단을 올라가는 동안 뒤돌아보지 않았다.

환각성 버섯이 너를 기다린다고? 넌 정말 괴짜야.

릴리, 내 거짓 연애는 정말로 끝난 거 같아.

금요일 늦은 오전에는 엄청난 진전을 이루었다. 종을 모르는 버섯을 발견했기 때문은 아니고 북쪽 끝까지 거의 살펴보았기 때문이다. 세 가지만 방해하지 않는다면 오늘 탐색을 마칠 수 있을 것 같았다.

첫 번째 방해 요인은 낙엽 때문에 내 작업 속도가 느려진다는 것이었다. 이번 주에는 날마다 바닥에 쌓이는 양이 늘어만 갔다. 웅장하고 화려한 낙엽 카펫 때문에 같은 면적을 살펴보는 데 걸리는 시간이 매일 더 길어졌다.

두 번째 방해 요인은 매일 11시가 되면 여객선을 타고 본토로 들어가야 한다는 것이었다. 준 할머니를 모시고 슈가섬의 노인 회관으로 가서 함께 점심을 먹어야 했다. 그 때문에 거의 세 시간이나 포기해야 했다. 1분 1초가 아까운 이때 말이다.

하지만 그건 나에게도 필요한 일이었다. 준 할머니나 다른 노인들을 돕고 있는 한, 사람들이 내가 안 보이는 시간에는 강의를 듣거나 도서관에서 공부를 한다고 믿게 할 수 있으니까.

고모는 피해 다녔다. 고모 앞에서는 아무렇지도 않게 연극을 하기가 불가능했으니까. 고모는 매일 문자나 전화를 보내 자기 집에 오라고 했다. 그럴 때면 나는 거짓 핑계를 대는 답장을 보냈다. 공부해야 해요. 제이미를 만나기로 했어요. 준 할머니하고 엄마하고 해야 할 일이 있어요. 고모에게 핑계를 대는 건 쉽지 않은 일이었고, 폴린, 페리와 함께 자는 시간이 그립기는 했다. 하지만 나를 보자마자 고모는 무언가 이상하다는 사실을 눈치챌 것이다. 고모는 무엇 하나 놓치는 법이 없었으니까.

오늘은 내 버섯 조사를 방해하는 세 번째 요인이 있었다. 준 할머니와 점심을 먹자마자 여객선을 타고 부스터 버스 출발지로 달려가 론을 만나야 했다. 리그에 참가하는 모든 팀이 주말 시합이 열리는 위스콘신주 그린베이까지 다섯 시간을 달리는 여행을 해야 했기 때문이다.

작전명 다람쥐 첩보원의 활약이 시작된 것이다!

준 할머니와 함께 식당에 들어갔다. 식당은 평소보다 더 붐비는 것 같았다. 간과 양파 요리가 나오는 게 분명했다. 푸석푸석한 소의 내장 기관이 언제나 칩페와 카운티에 사는 모든 노코미스와 미소미스를 이곳으로 불러들이는 이유를 도무지 이해할 수가 없었다.

미니 머스탱 할머니 옆에 있는 고모를 보자마자 나는 얼어붙었다. 식당 안은 쥐 죽은 듯이 고요했다. 모두 나를 보고 있었다. 심지어 시니 님키 할머니조차도 저 멀리에서 나를 노려보았다. 고모가 나에게 다가오라고 손짓했다.

젠장, 마치 내가 오기만을 기다린 것 같았다.

내가 무슨 일을 했기에 고모가 저러는 걸까?

26장

재빨리 나를 안아 준 고모는 나에게 자리에 앉으라고 손짓했다.

"준 할머니 커피랑 점심을 가져다 드려야 해요."

내가 말했다.

"그러지 않아도 돼, 우리 아가씨. 넌 앉아야 해."

준 할머니가 말했다. 할머니도 이 일과 관계가 있다고? 이런 젠장. 뭐지? 도대체 무슨 일인 거야?

수사에 관해 알아챈 걸까? 얼마나 알게 된 거지?

어느 정도까지 진실을 말해야 거짓말처럼 들리지 않을까?

고민을 하고 있을 때 고모가 내 앞에 커다란 노란색 봉투를 내려놓았다. 이건 뭐지?

"뭐예요, 고모?"

"열어 봐. 여기서 주고 싶지는 않았지만 네가 나를 피하니까."

죄책감 때문에 뺨이 발갛게 달아올랐다. 봉투를 열자 사진 두 장이 밖으로 떨어졌다. 덩치가 큰 남자와 함께 스케이트를 타고 있는 두 아이의 사진을 보자 내 심장이 빠르게 뛰기 시작했다.

아빠가 리바이, 나와 함께 있는 사진이었다. 아빠의 경옥색 스카프를 찾아보았지만 사진에서는 보이지 않았다. 또 다른 사진은 아빠가 나를 무릎에 앉힌 흑백 사진이었다. 아기였던 나의 검은색 머리카락은 위로 솟구쳐 있었다. 큰 눈. 아빠와는 선명한 대조를 이루는 하얀 피부. 아빠는 나를 보며 웃고 있었다.

아무 말도 없이 나는 고모의 눈을 똑바로 보았다.

"뒤를 넘겨 봐."

고모가 말했다.

사진 뒤에는 아빠의 글씨임이 분명한 글자가 적혀 있었다. 아빠는 단 한 단어를 썼다. "N' 다우니스." N'은 '나의'라는 뜻의 접두어였다. 그러니까 '나의 딸'이라는 뜻이었다.

"조젯이 낸시 고모할머니 다락을 청소하다가 발견했대. 고모할머니가 동그란 깡통 상자에 사진을 잔뜩 넣어 두셨나 봐. 계속 꺼내 봐."

봉투에 든 여러 서류를 꺼냈다. 가장 위에 있는 서류를 보고 숨이 멈춰 버리는 것만 같았다.

"부족 등록 신청서– 특수 상황"

고모가 고개를 끄덕이면서 서류를 읽어 보라고 재촉했다.

엄마가 공증받은 편지였다. 엄마는 내가 태어났을 때 미성년자였고, 엄마의 부모님이 내 아버지 이름을 출생증명서에 넣기를 거부했다고 적혀 있었다. 테오도라 사라 파이어키퍼 버치, 조젯 일레인 파이어키퍼, 사제에게서 세례를 받은 뒤로 아무도 본명을 불러 주지 않아 본명 옆에 괄호를 치고 '몽크'라는 별명을 적어 넣은 노먼 마샬 파이어키퍼의 진술서도 편지와 함께 들어 있었다. 세 친척의 이름을 형광펜으로 표시한 파이어키퍼 집안의 가계도도 있었다. 고모는 각 이름 밑에 나와의 공식적인 관계를 적어 놓았다. 사촌인 조젯이 나의 6촌 사촌이라는 사실은 지금 알았다. 몽크 아저씨는 고모보다 한 살 어렸는데도 사실은 나의 종조부였다.

세 사람 모두 다우니스 로렌자 폰테인은 리바이 조셉 파이어키퍼 시니어의 생물학적인 딸임을 증언해 주었다.

"열아홉 살 생일이 되기 전에 이 신청서랑, 너와 내가 같은 혈통임을 입증하는 친자 확인 검사서를 함께 제출해야 해."

내 생일은 10월 1일이었다. 이제 7일 남았다.

이거였다.

아니시나–베가 되는 것과 등록된 아니시나–베가 되는 것이 반드시 같은 의미는 아니라는 사실을 깨달은 뒤로 나는 늘 이것을 원했다.

준 할머니가 릴리를 위해 늘 시도했지만 성공하지 못했다는 사실이 떠오르자 내 마음이 널을 뛰기 시작했다.

나는 아니시나-베의 일원이 될 수 있었다. 그것이…… 나와 관계 있는 그 어떤 것도 바꾸지 못한다는 사실을 빼면 말이다.

나는 아니시나-베였다. 태어나서 처음으로 숨을 쉬었던 그 순간부터. 아니, 그 전에 이곳을 향해 새로 생긴 나의 영혼이 여행을 시작했을 때부터 나는 아니시나-베였다. 내 심장이 더는 뛰지 않고, 새로운 세상을 향해 떠나갈 때조차도 나는 아니시나-베일 것이다.

평생을 나는 다른 사람들에게 내 정체성을 인정받기를 원했다. 그것이 가능해지려고 하는 지금, 나에게는 다른 사람의 인정이 필요치 않다는 사실을 깨달았다.

"미-그웨치."

나는 한껏 숨을 들이마셨다.

"하지만 나를 규정해 줄 신분증은 필요 없어요."

"알아. 너에게 그런 신분증 따위는 필요 없다는 걸. 하지만 생각해 봐. 이건 너희 아빠가 너에게 주는 선물이야."

고모가 말했다.

나는 이미 아빠가 준 선물을 가지고 있었다. 얼굴도 키도 아빠에게서 받았다. 빙상 위에서의 재능도 아빠가 물려주었다. 엄마는 내가 아빠처럼 웃는다고 했다. 아빠는 이미 나에게 많은 선물을 주었다. 내가 바라는 것은 오직 하나, 아빠와 더 많은 시간을 보내는 것뿐이었다.

언젠가, 그러니까 내가 TJ의 여자친구였던 3개월 동안, 나는 TJ의 집에 패커스와 라이온스가 하는 미식축구 시합을 자주 보러 갔다.

TJ의 여동생 틸라는 소파 위에서 아빠에게 달라붙은 채 아빠의 가슴에 머리를 대고 누워 있었다. 거실에 있던 모든 사람이 환호할 때도, 틸라는 규칙적으로 뛰는 아빠의 심장 소리를 들으며 잠들어 있었다. 그 모습을 볼 때마다 나도 아빠에게 매달려 있고 싶다는 생각을 얼마나 간절하게 했는지 모른다.

준 할머니가 말했다.

"이건 너만을 위한 일이 아니야. 너의 아이들, 너의 손자들을 위한 일이기도 해."

사람들은 커다란 결정을 할 때면 일곱 세대 앞을 내다보고 해야 한다고 했다. 왜냐하면 아직은 이 세상에 오지 않았지만 결국에는 노인이 될 미래의 조상들이 오늘 우리가 한 선택과 함께 살아갈 것이기 때문이다.

수사 생각이 났다. 론은 내가 부족 회의에 등록하는 것이 수사에 도움이 될 거라고 했다. 그의 말이 옳은 걸까? 잠시라도 등록을 거부할 생각을 했다는 사실이 부끄러웠다.

또 다른 생각이 뇌의 공간을 차지하기 위해 경쟁하고 나섰다. 오늘 아침에 나에게 상기시켜 준 것처럼 제이미는 이곳에 잠시만 머물 것이다. FBI가 신경 쓰는 건 바로 지금 일어나고 있는 일뿐이다. 그들은 자신들의 행동이 이 공동체에 막대한 영향을 미칠 수도 있다는 사실을 깊이 생각하지 않는다.

수사 팀의 일원이 되어 활동하는 건, 그들이 아니라 나에게 훨씬 중요한 일일 수도 있다. 일곱 세대를 내다보며 고민하는 건 나밖에 없으니까.

"좋아요. 등록할게요."

고모가 활짝 웃었다. 정말 저 웃음이 보고 싶었다.

"한 가지 더 필요한 게 있어."

고모가 말했다.

"너랑 관계가 없거나, 직계 가족이 아닌 친척 가운데 부족 노인 세 명의 진술서를 받아야 해."

나는 나를 위해 진술서를 써 줄 사람을 마음속으로 꼽아보았다. 준 할머니는 분명히 써 줄 테고, 미니 할머니도 써 줄 것이다. 나머지는, 존시 키웨든 할아버지에게 부탁해야 할까?

시니 님키 할머니가 우리가 앉은 식탁으로 다가왔다. 할머니는 내 앞에 종이를 한 장 털썩 떨어뜨렸다. 시니 할머니의 서명이 적혀 있고, 다나 파이어키퍼 판사가 인가한 친자 확인 증명서였다.

나는 무슨 말이든 하려고 했지만 단어들은 목에 걸려 입 밖으로 튀어나오지 않았다. 그저 의자에서 일어나 시니 할머니를 꼭 끌어안았다. 할머니가 내 등을 거칠게 토닥였다.

시니 할머니가 나를 놓아주자 준 할머니가 두 번째 진술서를 내밀었다. 나는 재빨리 눈을 깜빡였다. 아빠를 불러오고 싶었기 때문이 아니라 눈물이 날 것 같았기 때문이다. 너무 빨리 눈을 깜빡이느라 준 할머니와 미니 할머니 뒤에 길게 늘어선 사람들이 제대로 보이지 않았다. 나는 부족 등록 신청서에 함께 제출할 부족 노인들의 진술서를 스물여섯 장이나 받았다.

내내 나는 울었다가 웃었다가를 반복했다. 버스의 짐칸은 이미 닫혀 있었기 때문에 나는 오버나이트 백을 손에 들고 부스터 버스에 올랐다. 부스터의 총무에게 버스 이용료, 간단한 식사 비용, 이틀 밤의 숙박비를 치를 수표를 내밀고 잠시 기다렸다. 정말로 소문처럼 버스에서 있었던 일을 밖에서는 말하지 않는다는 동의서를 받는지 궁금했다.

"좋아. 모두 됐어. 가서 자리 잡고 앉아."

총무는 맥주를 한 캔 따더니 나에게 내밀었다.

총무의 조카가 나와 함께 졸업했기 때문에 총무는 내가 아직 스물한 살이 되지 않은 걸 알고 있었다. 나는 맥주를 받아 들었다.

버스 뒤쪽에서 누군가 큰 소리로 나를 불렀다. '나를 그랜트라 부르라'가 자기 옆자리를 가리켰다. 나는 대안이 있는지 보려고 버스 안을 둘러보았고, 기쁘게도 론이 나를 위해 맡아 둔 자리를 발견했다.

하키팀은 어제 떠났다. 아직 고등학생인 하키 선수에게는 수프 하키팀의 일정이 고등학교 출석 일정보다 먼저라는 규칙이 있었다. 반차 휴가를 내고 미리 퇴근하겠으니 대타 선생님을 구해 달라는 론의 요청은 하키에 관한 일이라면 언제나 특별 승인이 났기 때문에 아무 문제 없이 받아들여졌다.

부스터 버스에 탄 사람은 대부분 자—가나—시였다. 내 눈에 보이는 부족 사람은 두 명뿐이었다. 버스 뒤로 RV 차량이 여러 대 따라오고 있었는데 나는 론에게 자기 캠핑카나 트레일러에 묵고 싶은 니시나압이 많기 때문에 그렇다고 말했다.

"그건 왜지?"

론이 맥주를 마시며 즐겁게 대화를 나누는 50명 정도 되는 사람들을 유심히 살펴보면서 물었다.

그때 버스 스피커에서 저니의 〈돈 스탑 빌리빙Don't Stop Believin'〉 피아노 도입부가 흘러나왔고, 앞에 앉은 여자들이 갑자기 흥분해서 소리를 지르며 펄쩍펄쩍 뛰었다.

"저거 때문에요."

내가 입으로 그 여자들을 가리켰다. 아직 도시 경계를 벗어나지도 않았는데도 이미기-시크웨비-* 상태인 사람들도 몇 명 있었다.

론이 피식 웃더니 신중한 눈길로 사람들을 살폈다.

나는 목소리를 낮추고 속삭였다.

"저 사람들 중에는 인디언들이 술을 자제하지 못하는 데다 돈이 있어도 품위는 살 수 없다고 말하는 사람들도 있어요."

스티브 페리의 목소리가 부리는 마법에 매혹된 한 여자는 I-75 고속도로를 타고 남쪽으로 달리는 동안 버스 옆으로 지나가는 트럭 운전사를 향해 자기 성기를 드러내 보이기도 했다. 트럭 운전사는 감사의 표시로 경적을 울렸고, 버스 안에 있던 사람들은 환호했다. 깜짝 놀란 론의 표정을 보고 나는 크게 웃었다.

나는 노인 회관에 있던 모든 노인이 나에게 진술서를 주면서 안아 주었던 기억을 계속해서 되돌리며 행복에 잠겨 있었기 때문에 조금은 현기증이 나는 상태였다. 이런 느낌은 너무나도 강렬해서 분명히 이 느낌을 표현하는 아니시나-베모윈이 있을 거라는 생각이 들었다.

아니시나-베모윈에서 명사는 생물이거나 무생물이었다. 이 느낌을 표현하는 단어는 생물일 수도 있다. 고모에게 물어봐야겠다고 생각했다. 이렇게 엄청난 에너지를 가진 단어는 생물일 것 같았다.

버스는 계속 달렸고 나는 가방에서 책을 꺼냈다. 미국 문학 강의 계획서에 따르면 다음 주에는 윌리엄 포크너의 《음향과 분노》에 관한 보고서를 제출해야 했다.

두 시간 동안은 포크너를 읽는 데 집중했다. 문득 나를 보는 론의 시선이 느껴졌다.

"왜요?"

나는 책을 덮으면서 물었다.

"거의 20분 동안 책장을 넘기지 않던데?"

론이 지적했다.

"아우, 진도가 너무 안 나가요. 이 책은 누군가의 의식의 흐름을 묘사하는데 그 사람 생각이 어디로든 가는 거예요. 시간은 마음대로 돌아다니고요. 따라가기가 힘들어요."

문학 작품의 표면 아래 숨은 의미를 찾아 깊이 잠수하는 일은 릴리가 도와주었다.

---

* 술에 취해 있는 상태.

"벤지."

론이 책의 초반부에 나오는 화자의 이름을 말했다.

내 입이 쩍 벌어졌다.

"포크너를 알아요?"

"시간이 주제야, 다우니스. 벤지의 생각은 시간에 구속되지 않아. 하지만 그의 형제 퀜틴은 시간에 묶여 있지."

와, 바로 그거였어. 문학의 깊은 의미는 내가 이해할 수 없는 영역이었던 거야. 그러니까 나를 뺀 나머지 사람들은 다 이해할 수 있는 거였어.

"이야기라면 A에서 B로, 그다음에 C로 가야죠."

내가 말했다.

"그건 네 안의 있는 과학이 그렇게 하라고 시키는 걸 거야. 모든 것이 정확한 순서대로 일어나기를 바라는 거지."

"어어, 당신도 과학자잖아요, 론."

도대체 순서대로 일어나서 나쁜 게 뭐가 있지? 살아 있는 생명체도, 멸종한 유기체도 모두 여덟 개 분류 단계로 구별할 수 있잖아. 역, 계, 문, 강, 목, 과, 속, 종. 원소도 주기율표대로 분류할 수 있고. 규칙은 좋은 거야. 알지 못하는 걸 어떻게 믿을 수 있어?

내 말에 론이 웃었다.

"비선형적인 생각은 군데군데 끊어져 있어. 벤지의 생각처럼. 하지만 역으로 돌아가거나 끝까지 따라가다 보면 가끔은 완벽한 원을 만날 수도 있어."

"으음."

나는 확신하지 못한 채 대답했다.

"어쩌면 중요한 건 인내일지도 몰라. 준비가 되면 답이 드러날 거라고 믿는 거지."

깜짝 놀라서 나는 재빨리 고개를 돌리고 다시 책을 읽는 시늉을 했다. 눈물이 떨어지지 않도록 눈을 깜빡이는 동안 버스는 위스콘신주로 들어갔다.

우리가 방금 나눈 대화는 수사하고는 아무런 관계가 없었다.

그저 론의 모습에서 내가 이해하지 못하는 문제가 있으면 시간을 들여 나에게 설명해 주던 데이비드 삼촌이 떠올랐기 때문이다. 오늘 나는 삼촌에 관해 생각한 적이 없었다. 나의 슬픔이 줄어들고 있는 것일까?

언젠가는 온종일 릴리를 단 한 번도 생각하지 않는 날이 올까? 슬픔은 잔혹하고 교활한 나쁜 녀석이었다. 한 사람을 사랑하지만 그 사람은 떠나 버린다. 과거 시제가 된다. 한 시간 동안, 하루 동안, 일주일 동안 그 사람을 잊어버리는 날들이 찾아온다. 어떻게 그럴 수 있을까? 그건 기억이 변덕스럽기 때문이다. 기억은 희미해질 수 있다. 릴리를 위해 FBI의 수사를 돕고 싶었다. 하지만 그 동기는 점점 더 희미해져 가는 것만 같았다. 이 세상이, 그리고 내가 릴리 없이 계속된다고 생각하면 너무 끔찍했다.

버스를 타고 가는 나머지 시간은 마치 안개에 휩싸인 것만 같았다. 그 안개는 내가 경기장 옥외 관중석에 앉을 때까지 사라지지 않았고, '나를 그랜트라 부르라'는 기어이 내 옆에 앉았다. 에드워즈 부인은 곧 열릴 샤갈라 준비가 훨씬 급했기 때문에 함께 오지 않았다. 1년 중 이때가 에드워즈 부인에게는 가장 바쁘면서도 행복한 시기였다. 론이 내 옆에 앉아 있으니 '나를 그랜트라 부르라'가 대놓고 엉뚱한 짓은 못 하겠지만, 그래도 나는 최선을 다해 그 남자를 무시했다.

그 대신에 나는 주변에서 오가는 대화에 귀를 기울였다. 내 뒤에 있는 누군가가 카지노 배당금 이야기를 했을 때 귀를 쫑긋 세웠다. 이건 늘 있는 일이었다. 자―가―나―시들은 언제나 부족에 대해, 특히 특정한 니시에 관해 말할 때가 많았다. 아무도 듣지 않는다고 생각했을 때 그 사람들 입에서는 나의 부족 공동체에 관해 어떤 이야기가 나올까? 결코 듣기 좋은 이야기는 아니었다. 사람들 입에서 흘러나올 말을 듣기 전에 떠날 수 있는 기회는 아직 남아 있었다.

나는 떠나려고 일어나다가 내가 이 자리를 벗어나려면 일단 론을 건너뛰고, 왼쪽으로 쭉 늘어선 사람들을 건너가거나, 오른쪽에 있는 '나를 그랜트라 부르라'를 지나가야 한다는 사실을 깨달았다. 젠장.

"티나 세누의 아들이……."

한 남자가 입을 열었다. 나에게 로렌조 할아버지의 재산을 '공정하게 분배받을 수 있도록' 자신을 변호사로 선임해 달라고 했던 사람이었다. 그때 나는 그에게 지옥에나 가 버리라고 말했다.

티나 세누의 아들이라면 나와 함께 고등학교를 졸업한 라이언 세누를 말하는 것이 분명했다.

라이언은 니시나압에 관해 언제나 헛소리만 늘어놓는 기분 나쁜 멍청이였다. "부족 사람들이 주 법이 허용하는 것과는 다른 시기에 사냥을 할 수 있는 이유를 설명해 봐", "주 세금이 포함되지 않은 저렴한 주유비를 지불하는 이유를 설명해 봐" 같은 요구를 하는 녀석이었다. 니시 아이들이 그 이유를 설명하려고 할 때마다 라이언은 영주권이나 봉건제만큼이나 오래된 구식 법을 들먹이면서 큰 소리로 상대방의 주장을 묵살해 버렸다. 니시 아이들이 좌절하고 분노할수록 라이언은 흡족한 것 같았다. 상대방을 교화하고 정확한 사실을 알리는 것이 목적이 아니라 그저 상대방의 에너지와 시간을 소비하게 하는 게 자신의 목적인 것처럼 말이다.

"농담이지? 심사가 언젠데?"

다른 사람이 끼어들었다.

"10월 4일. 등록 위원회가 심사를 해 달라고 부족 평의회에 서류를 보냈어. 그 애는 열아홉 살이 되기 전에 필요한 서류를 제출해야 해."

라이언 세누가 부족 평의회에 등록 신청을 했다고? 이제는 단어 하나하나가 내 속을 비틀어도 꾹 참고 한마디 한마디에 완벽하게 귀를 기울였다.

"라이언의 아빠가 조이 노딘인 걸 몰랐네."

또 다른 남자가 말했다.

"그러니까. 티나 세누도 그 사실을 알리고 싶지는 않았지. 하지만 조이가 카지노 배당금을 받으려고 양육권을 주장했거든."

"어떻게 그 여자를 비난할 수 있겠어?"

뒤쪽 사람들이 모두 웃었다.

"아이는 당첨된 복권인데."

더 크게 웃었다.

"그래서 뭘 받아 내 줄 생각이야?"

누군가 물었다.

"10년 치 배당금."

모두 환호했다. 누군가는 변호사의 등을 찰싹 치기까지 했다.

론이 내 팔을 토닥일 때까지 나는 내가 주먹을 쥐고 있다는 사실을 알지 못했다. 론은 이해한다는 표정으로 나를 보았다. 그도 들은 것이다. 나는 주먹을 풀고 시합에 집중하려고 노력했다. 하지만 내 마음은 릴리에게로 갔다.

원주민 부족들에게는 자기 부족의 일원을 결정할 수 있는 해당 부족만의 규칙이 있었다. 내 친구가 부족의 일원으로 등록되지 못한 이유는 슈가섬 오지브웨 부족 등록 위원회가 인디언 혈통의 양, 즉 가계를 기반으로 한 인디언 혈액의 비율을 계산하는 방식 때문이었다.

준 할머니의 첫 번째 남편은 캐나다에 있는 퍼스트 네이션 일족이었다. 그 때문에 릴리의 피는 등록 위원회가 정한 기준에 맞지 않았다. 강 건너에 있는 조상이 너무 많아서 올바른 종류의 인디언 피가 아니라는 것이었다. 준 할머니는 부족 평의회에 '그 누구도 나에게 강 저쪽에 있는 남자와 자면 안 된다고 말해 준 사람은 없었다', '우리는 국경이 생기기 전부터 이곳에 있었다', '우리는 누구나 강 건너편에 사촌이 있다'라고 주장하는 탄원서를 제출했다. 하지만 부족 평의회는 릴리를 부족의 일원으로 받아 달라는 준 할머니의 요청을 기각했다.

내가 10월 1일 전에 신청서를 제출한다면 부족 평의회는 다음 공식 회의 때 나와 라이언의 신청서를 검토할 것이다.

라이언의 정체성은 나하고는 아무 상관 없다고 생각했다.

내가 기억해야 할 것은 노인 회관에서 노인들이 나를 안아 줄 때마다 점점 더 커져 갔던 기쁨뿐이었다. 릴리도 그런 기분을 느낄 수 있었다면 정말 좋았을 텐데.

호텔로 가는 버스에 타려고 함께 걷는 동안 론은 일부러 속도를 늦추더니 다른 사람들보다 한참 뒤에서 걸었다.

"네가 이해해 주면 좋겠어, 다우니스. 내가 제이미에게 남자친구와 여자친구 행세는 그만두는 게 좋겠다고 말한 거 말이야."

하, 그래서 제이미가 월요일에 이상하게 행동했고, 이번 주 내내 서먹하게 군 거구나.

나는 론에게 무슨 대답을 해야 할지 고민했다. 나는 다람쥐 첩보원처럼 생각했다. 정보를 얻는 대가로 아무것도 주지 않아도 좋을 정보를 원했다.

"왜 그래야 하는지 설명해 봐요."

나는 내 절친 라이언 세누의 흉내를 내며 말했다.

"잠복 수사를 할 때는 너무 열중하게 되는 경우가 있어. 특히 젊은 요원은. 그 때문에 용의자나 정보원에게 감정적으로 너무 깊게 빠지는 거야. 무엇을 해야 하는지를 분명하게 아는 나 같은 베테랑 요원에게도 자주 일어나는 일이야."

론은 잠시 내 대답을 기다렸지만 내가 아무 말도 하지 않자 걸음을 멈추었다.

"일요일 밤에 내가 뭘 봤는지 알아? 적어도 두 사람 가운데 한 사람은 연극이 아니었어."

27장

호텔 로비는 어느 나라에도 속하지 않은 바다를 뜻하는 '공해'라고 불렸다. 그곳에서만이 수프와 수프의 팬들이 시합 후에 만날 수 있었기 때문이다. 수프 선수들은 부스터의 파티 장소에 오지 못했고, 수프의 여자친구들은 선수들의 숙소에 올라가지 못했다. 공해는 코치들과 치밀하게 경계를 서는 보호자라는 상어가 득실거리는 곳이었다.

알버츠 코치는 선수들이 정확히 1시간 동안만 공해에 있을 수 있다고 선언했다. 내일은 조금 더 늦게까지 가능하겠지만 내일 오전에는 일찍 링크에 나가서 훈련해야 했다.

내 옆에 앉은 제이미는 주위를 살폈다.

"론은 끈질긴 부스터들과 위층에서 파티를 하고 있어."

나는 제이미의 손을 잡으며 말했다. 제이미가 나에게서 물러난 건 론의 지시 때문이었다. 그렇다면 상사가 없을 때는 어떻게 행동할까? 제이미는 내 손을 뿌리치지 않았고, 내 위장은 달콤한 흥분으로 파르르 떨렸다. 그에게 키스했고 그의 웃음을 느꼈던 그날 밤의 변화를 다시 느끼고 싶었다. 이번만은 좋은 변화를 경험하고 싶었다.

리바이는 마이크가 퍽을 막는 장면을 흉내 냈고 모두 웃었지만 제이미는 전혀 반응하지 않았다. 내 동생은 혼자서 트위스터 게임을 하는 사람 같았다.

스토미에게 다가간 리바이는 두 주먹을 번쩍 들어 올렸다.

"자, 가자. 가자고!"

리바이는 자신의 말이 '스코든*'이라는 말로 수렴될 때까지 계속해서 외쳤다. 내 동생은

---

* 싸움을 할 때 "그럼 가자"를 의미하는 원주민 속어이다.

가장 친한 친구와 하이파이브를 하더니 친구를 쿡 찌르면서 말했다.

"스코든 노딘. 슈가섬이 낳은 가장 멋진 또라이!"

그건 사실이 아니었다. 아빠야말로 최고 또라이였다.

가끔은 리바이가 아빠를 잊는 것 같아서 걱정이 될 때가 있었다. 내가 얼음 위에서 아빠가 우리를 끌고 갈 때 사용한 스카프는 부드러웠고, 아주 길었고, 경옥색을 띠었다고 말하면 리바이는 연한 파란색이었다고 단언했다. 자기 집 어딘가에 아직도 그 스카프가 있다고 우겼지만 아직까지 찾아내지는 못했다.

리바이가 나와 제이미 앞에 섰다. 내 남동생은 완벽한 웃음을 짓더니 제이미의 우아한 동작을 흉내 내며 양옆으로 얼음을 차듯이 움직였다. 자신의 특기인 〈더티 댄싱〉에 나오는 패트릭 스웨이즈의 동작까지 덧붙이면서.

제이미는 어색하게 웃었다. 그의 입술은 눈까지 올라가지 않았고 흉터를 잡아당기지도 않았다.

"사랑에 빠진 남자의 동작은 부드럽지."

리바이가 말했다.

나는 몸을 기울여 제이미의 뺨에 입을 맞추었다. 제이미의 턱이 딱딱해졌다. 다른 사람에게 보여줘야 할 때조차도 내 입맞춤을 반기지 않는다는 사실을 깨닫고 충격을 받았다. 나에게 잡힌 손이 마네킹처럼 딱딱하게 굳었음을 눈치채면서 비로소 거절의 충격은 점점 더 커졌다.

멈추지 마, 다우니스. 나는 나를 다독였다. 제이미 때문에 내가 할 일을 잊으면 안 돼. 너의 공동체를 지키려고 이 수사를 하는 거야. 답을 찾으려고.

내 동생이 다른 선수 흉내를 내려고 우리에게서 떠나가자 나는 제이미에게 따라오라는 신호를 보내고 구석진 곳으로 걸어갔다.

"잘 들어. 론이 감정적인 연결이니 뭐니 한 이야기는 상관하지 않을 거야. 네가 불편하다면 키스는 하지 않을게. 하지만 사람들이 보는 앞에서는 수사를 위해서 손을 잡을 거야. 우리가 연인으로 있는 게, 네가 이 마을에서 받아들여질 수 있는 가장 좋은 방법이니까."

그건 정말 모순이었다. 나를 받아들이지 않았던 바로 그 사람들이 제이미가 나와 거짓으로 데이트를 하는 수프 선수라는 이유로 신참을 받아들인다는 사실 말이다.

제이미는 아무 말도 하지 않았다. 그저 고개를 숙이고 우리 신발만을 바라보았다. 제이미의 검은색 정장화는 내가 신고 다니는 낡은 신발과는 확연하게 달랐다. 잘 닦여진 가죽 신발은 멋있었고 세련되었다.

"나를 믿어야 해. 내가 처리할 수 있어."

나는 제이미를 쿡 찔렀다.

"난 여기 도우려고 온 거야."

"나도 알아."

제이미가 내 눈을 보았다. 그가 침을 꿀꺽 삼키자 목울대가 위아래로 흔들렸다.

"누군가 자신이 어느 부족 출신인지를 알게 되면 어떻게 되는 거지?"

그게 수사랑 무슨 관계가 있다는 걸까?

"연방 정부가 인정하는 부족은 500개가 넘어, 제이미. 규칙도 모두 다르고."

제이미는 애원하는 표정을 짓고 있었다. 그가 부족 공동체에 잠입해 위장 수사를 벌이는 데는 또 다른 이유들이 있는 걸까?

"나는 슈가섬에 대해서만 말해 줄 수 있어. 먼저 그 사람이 어른이야, 아이야?"

"어른이야. 그게 중요할까?"

"자격을 갖춘 아이를 등록하는 건 그다지 복잡하지 않으니까. 부모가 모두 등록이 되어 있고, 아이의 출생증명서에 둘 다 올라가 있다면 아이의 혈통 비율이 아주 적지 않은 이상 등록하는 게 어렵지는 않아. 하지만 어른은 달라. 일단 부족이 카지노를 지은 뒤로는 어른의 등록을 막으려는 움직임이 있었어. 그러니까 사람들은 열아홉 살 생일이 되기 전까지만 등록을 할 수 있는 거야. 하지만 배당금이 있으니 그렇게 오래 기다리는 사람은 없지."

도대체 왜 이런 이야기를 꺼낸 건지 그 이유를 알아내려고 제이미의 얼굴을 유심히 살펴보았다. 제이미가 근심에 빠진 이유는 론의 경고 때문이라고 생각했지만 어쩌면 다른 이유가 있는지도 몰랐다.

"그러니까 어른이 되기 전에 등록하지 않으면 등록할 기회가 영원히 사라지는 거야?"

제이미가 물었고 나는 그 시기를 놓치지 않으려 애쓰고 있는 라이언과 나를 생각했다.

"꼭 그런 건 아니야. 슈가섬에서는 특수 경우를 인정해서, 입양되어 떠났거나……."

입양이라는 말에 제이미의 눈이 동그랗게 커졌다.

"너, 입양이 된 거였어? 그런 거야?"

지금까지도 계속 조용하게 말했지만, 이제 내 목소리는 속삭임으로 바뀌었다.

제이미는 대답하지 않고 고개를 돌렸다.

"익와^{ICWA}가 발효되기 전에 입양을 간 아이들을 가족들이 찾고 있어."

나는 인디언 어린이 복지법을 머리글자만 이어 붙여 발음했다.

"알지? 원주민 아이들을 가정과 부족 공동체에서 떼어 놓는 걸 막으려고 연방에서 제정한 법 말이야. 그런 아이들도 만찬에 참여할 수 있게 자리를 마련한 사람들이 있어."

그런 규정이 있다는 사실은 알고 있었지만, 그런 규정을 적용받아야 하는 사람이 어떤 기분일지는 한 번도 진심으로 생각해 본 적이 없었다.

"헤이."

나는 와이셔츠를 입은 제이미의 팔을 잡으려고 했지만, 나와 접촉하는 것이 불편할지도 모른다는 생각에 손을 뒤로 뺐다.

"누군가 집으로 돌아오면 부족은 투표로 등록 여부를 결정하고 특별한 의식을 치러."

나는 신체 접촉은 하지 않으면서도 최대한 제이미에게 가까이 갔다.

"그 의식은 아주 강력해. 치유 효과도 있고. 아마 다른 부족도 그런 의식이 있을 거야. 너희 부족도. 우린 잃어버린 아이를 절대로 잊지 않아."

제이미는 두 눈을 깜빡이면서 헛기침을 했다. 입술을 움직여 말했지만 목소리는 들리지 않았다. 하지만 차가운 밤에 따뜻한 담요를 덮은 것처럼 따뜻한 기운이 느껴졌다.

미-그웨치.

앨버츠 코치가 5분 뒤에 숙소로 돌아가야 한다고 선언했다.

우리는 대참사 때문에 헤어져야 하는 것처럼 열렬하게 입 맞추는 연인들 사이를 지나갔고, 더는 들어갈 수 없을 정도로 많은 사람이 있는 엘리베이터에 탔다. 제이미는 내 손을 꼭 잡았다. 우리를 보는 사람은 없었으니 이건 쇼가 아니었다.

내가 내릴 층에서 엘리베이터가 서기 직전에 제이미는 엄지손가락으로 내 손을 앞뒤로 부드럽게 문지르며 어루만졌다. 무심하지만 부드러운 애무에 숨을 쉴 수가 없었다. 나는 제이미의 손가락이 지나가는 곳의 해부학 명칭을 떠올리며 다른 생각을 하려고 했다. 제1 배측 골간근, 제2 배측 골간근……

땅. 엘리베이터가 멈추는 소리가 들리고 서로의 눈길이 마주쳤다. 아귀들은 남자친구들에게서 떨어졌지만 제이미는 나에게로 몸을 기울이고, 자기 입술을 내 입술에서 2센티미터쯤 떨어진 곳까지 가져왔다.

264

"괜찮아?"

제이미가 속삭였다.

"그래."

내가 대답했다. 제이미의 입술은 오리털처럼 부드러웠다. 완벽했고 다정했다.

그 누구도 우리의 키스에 관해 말하지 않았다. 하긴 그럴 이유가 없었다. 우리의 키스는 엘리베이터에서 수없이 오가는 키스 가운데 하나일 뿐이니까. 이것이 우리의 첫 키스라는 것을 그 누구도 알지 못했으니까.

엘리베이터에서 나오자 강렬한 파티의 열기가 느껴졌다. 사람들이 이 방에서 저 방으로 뛰어다녔다. 모든 방의 문이 열려 있었고 음악이 큰 소리로 복도에 울려 퍼졌다. 빅 앤 리치가 우리에게 "말을 구하자, 카우보이를 타자"라고 외쳤다.

론과 부딪혔다. 얼빠지게 웃는 모습이 맥주를 한 캔만 마신 게 아님은 분명했다.

"제이미는 괜찮아?"

"넵."

론을 지나치면서 말했다.

"이제 잘 거예요. 그러니까 좀 조용히 해 줘요."

"네, 보스!"

론이 뒤에서 대답했다.

나는 뒤돌아보았고 론이 또 다른 정찰을 위해 다른 방으로 들어가는 모습을 보고 피식 웃었다.

복도 끝에 내 옆 방문이 열려 있었고, 그 문으로 버스에서 옷을 벗었던 여자가 나왔다. 힘든 시기를 겪는 니시나압들에게서 슈가섬의 땅을 사들인 가문의 나이 든 남자와 결혼한 여자였다. 저 부부의 집은 슈가섬의 남쪽 끝에 있었다. 여자의 머리카락은 다람쥐 가족이 겨울 둥지로 쓰게 해 달라고 애원할 정도로 헝클어져 있었다.

방문 앞에는 수건을 허리에 두른 '나를 그랜트라 부르라'가 서 있었다. 여자가 떠나는 모습을 지켜보다가 몸을 돌리려고 했던 그는 나를 발견하고 물끄러미 보았다.

그의 표정은 너무나도 뻔뻔한 자부심으로 빛나고 있어, 어쩌면 복도를 뛰어다니며 만나는 사람마다 하이파이브를 하자고 할지도 모른다는 생각이 들었다. 그래도 놀라는 사람은 없을 것 같았다. 부스터의 세계에서는 전혀 다른 법이 적용되거나, 그도 아니면 법이 유보

되는 건지도 몰랐다. 아니면, '나를 그랜트라 부르라'는 법이 자신 같은 남자들에게는 적용되지 않는다는 사실을 알고 있는 건지도 몰랐다.

나는 벌거벗은 '나를 그랜트라 부르라'의 상체를 보지 않으려고 애쓰면서 재빨리 그 옆을 지나갔다. 그의 식스팩을 이르는 과학 용어가 있기는 할 텐데 생각이 나지 않았다.

"안녕, 다우니스 폰테인."

'나를 그랜트라 부르라'는 1단 변속 기어에서도 최고 성능을 발휘하는 엔진처럼 그렁거리는 소리를 냈다.

나는 호텔 방 카드키를 잘못 넣었고, 카드 리더기 위에 빨간 불이 들어왔다. 카드키를 돌려서 넣었지만 다시 빨간 불이 들어왔다. '나를 그랜트라 부르라'는 키득거리고 웃더니, 문 밑 걸쇠를 내려 자기 방문을 고정하고, 맨발로 빠르게 세 번 발걸음을 옮겨 내 방 앞으로 왔다.

"그걸 움직이니까 그렇지."

'나를 그랜트라 부르라'는 나에게 묻지도 않고 카드키를 내 손에서 빼 가더니 재빨리 리더기에 꽂았다. 카드 리더기에 녹색 불이 들어왔다.

"정확한 동작이 모든 걸 다르게 만든단다, 다우니스 폰테인."

"감사합니다."

나는 그랜드메리처럼 새침하면서도 정중한 목소리로 대답했고, '나를 그랜트라 부르라'는 껄껄 웃었다.

"언제든 기꺼이 도와줄게."

나는 그가 또 다른 제안을 하기 전에 급히 문을 닫았다. 여섯 달 동안 지속될 시즌 가운데 이제 2주가 지났다. 앞으로 22주가 넘는 시간 동안 '나를 그랜트라 부르라'를 피해 다녀야 했다.

다음 날, 경기장에 가져다 놓을 기념품 하키 퍽 상자를 쌓아서 운반하는 바비 코치의 짐을 덜어 주려 하자 코치는 화를 냈다.

"그 어깨로 무거운 걸 들면 안 돼."

코치가 말했다.

"다 나았어요, 코치님."

코치는 내 주장을 받아들이려 하지 않았지만, 이미 너무 많은 상자를 들고 있어서 내가 맨 위의 상자를 집어 들고 뒤를 쫓아가도 코치로서는 어쩔 도리가 없었다.

야외 관중석으로 가서 상자를 다른 상자 옆에 내려놓았다. 더 돕고 싶어서 열쇠로 상자를 봉한 투명한 박스 테이프를 찢어 상자를 열었다. 여자친구들이 관중석을 오가며 팬들에게 이 기념 퍽을 나누어 줄 것이다. 오늘 밤에는 얼음 위로 올라갈 필요가 없으니 여자친구들과 시간을 보내야겠다고 결심했다.

내가 연 상자의 퍽들은 아무 로고 없이 매끈했다.

"바비 코치님, 이거 맞는 퍽이에요? 수프 로고가 없는데요?"

"아, 그건 기증받은 거라서 그래."

바비 코치가 퍽을 뒤집어 그 위에 인쇄된 드림캐처를 보여 주었다. 주위를 둘러본 바비 코치는 버스 노출광 옆에 앉은 '나를 그랜트라 부르라'를 향해 고갯짓했다.

"그랜트 에드워즈가 이걸 부족 청소년 프로그램에 기증했어. 하지만 아무에게도 말하면 안 돼. 이런 일은 조용히 하는 걸 좋아하거든."

"지금, 니시 아이들에게 불량 퍽을 주겠다는 거예요?"

그 순간 나는 화가 났다. 드림캐처 절반은 번져서 얼룩이 져 있었기 때문이다.

"폰테인, 우리 모두는 그저 있는 자리에서 최선을 다하려고 노력하는 것뿐이야."

바비 코치가 대답했다.

관중석에 앉을 때가 되자 나는 론과 '나를 그랜트라 부르라' 사이에 빈 의자를 흘긋 보고, 아마도 메건일 여자애 옆으로 비집고 들어갔다.

"얘들아, 여기 봐. 다우니스야!"

재빨리 몸을 옆으로 돌려 나를 안은 '아마도 메건'이 내게 커다란 선물 가방을 내밀었다.

"우리 모두가 너에게 주는 거야. 원래 어제 주려고 했는데 누가 자리를 잘못 찾아서."

'아마도 메건'이 앞줄에 있는 한 아귀를 노려보면서 말했다.

건네받은 가방에서는 새 하키복 상의의 바삭한 감촉이 느껴졌다. 나는 앞쪽에 은색으로 가장자리를 두른 파도가 찍힌 수프의 경기복 상의를 꺼내 들었다.

"원래 뒤에 제이미의 성을 넣으려고 했는데 혹시 리바이의 성을 원하지 않을까 해서."

여자친구 가운데 한 명이 말했다.

"게다가 메건이 마이크와 스토미가 너의 동료였다는 말도 했고. 넌 팀의 앰배서더 같은 역할이잖아. 하지만 그 이름을 모두 넣으면…… 너무 많을 것 같았어."

"그래서 그냥 네 이름을 넣는 게 좋겠다고 결정했어."

메건이 선언했다. 나는 경기복 상의를 뒤로 돌렸다. 은색으로 가장자리를 두른 흰색 글씨로 다우니스가 적혀 있었다.

"완벽해."

감정이 북받쳐 올라 목이 막히기 전에 간신히 말했다.

너무나도 관대한 마음에 놀랍게도 경이로움을 느꼈다. 나는 아무것도 해 준 것이 없는데 사려 깊게 나를 생각해 주었다는 사실에 겸허한 감사의 마음이 들었다.

첫 번째 휴식 시간 동안 나는 자랑스럽게 수프의 저지를 입고 관중석을 돌아다니며 수프 로고가 찍힌 퍽을 나누어 주었다. 우리 팬은 대부분 내가 아는 사람이었다. 그랜드메리가 뇌졸중으로 쓰러진 뒤에 전쟁 기념 병원 봉사회를 책임지게 된 노부인이 내 팔을 쓰다듬으며 말했다.

"너희 할머니를 위해 기도하고 있어."

뒷주머니에서 블랙베리가 울려도 무시하고 계속 퍽을 나누어 주었다. 하지만 나보다 1년 먼저 고등학교를 졸업한 여자아이가 전화기를 보더니 갑자기 울음을 터트리는 걸 보고 우뚝 멈춰 섰다. 또다시 진동이 울렸다.

내 심장이 요동쳤다. 모두 전화기를 보고 있었다. 그러고는 충격을 받은 얼굴로 다른 사람의 얼굴을 쳐다보았다. 한 여자아이가 손으로 입을 막았다. 퍽을 떨어뜨리고 나는 블랙베리를 꺼내 관중석으로 퍼져 나가는 나쁜 소식을 확인했다.

고모: 로빈이 죽었어. TJ는 메스 과다 복용이 원인이래.

28장

소식은 빠른 속도로 번져 나갔다. 수프의 관중석에서는 모두의 전화기가 울렸다. 이곳에서 나가야 했다. 빨리 나가야 했다. 위쪽에 있는 출구로 달려가는 동안 사람들이 나누는 대화를 조금은 들을 수 있었다. 많은 사람이 당황했고 흥분해 있었지만 웅얼거리는 목소리 위로 특정한 목소리들이 들려왔다.

"로빈 베일리? 그럴 리가."

"그 애는 좋은 인디언이라고 생각했는데."

"그게 쉽게 배당금을 받으면 생기는 부작용이라니까. 내가 그 사람들은 자기 돈을 어떻게 관리할지도 모르고 술을 어떻게 해야 하는지도 모른다고 했잖아."

"세상에, 똑똑한 애도 어쩔 수 없나 봐."

로빈의 죽은 몸 위로 벌써 독수리들이 모여들기 시작했다.

뜨겁고 따끔따끔한 분노가 내 정맥을 타고 미친 듯이 달려갔다. 화장실로 뛰어가는 동안 나는 정신없이 코를 문질렀다. 시큼한 연기, 썩어가는 살, WD-40, 화학 약품, 땀. 이 모든 냄새들이 뒤섞여 떠나가지 않았다. 목 뒤에서 흐르는 철분 섞인 피의 비릿함을 냄새로, 맛으로 느꼈다. 실험실의 화학 약품과 배출되던 기체들. 오줌 냄새. 뒤로 넘어지면서 릴리의 방광은 오줌을 방출했다. 우리가 죽을 때 몸은 그렇게 한다. 모든 근육이 우리를 지키지 못하는 것이다.

도저히 참을 수가 없었다. 그 모든 냄새가 다시 한꺼번에 나를 덮쳤다.

화장실 마지막 칸으로 들어가 문을 잠근 순간 나는 바닥에 무너져 내렸다. 허둥지둥 구석으로 기어가 입고 있는 수프 저지를 위로 잡아당겨 벗었다. 나는 계속 몸을 앞뒤로 흔들면서 내 땀과 데오도란트 냄새만을 맡을 수 있을 때까지 숨을 쉬었다. 너무나도 일찍 떠나버린 또 다른 소녀에 대한 충격이 가시지 않았다.

여자친구들이 내가 있는 화장실 칸 앞에 모였다. 소곤거리는 소리가 들렸고, 메건이 엎드려 문 밑으로 들어오려고 했다. 나는 긴 다리를 메건에게 휘둘렀다. 내 안에서 크게 부글거리며 올라오는 슬픔 때문에 그 아이들의 배려심을 받아들일 여유가 없었다.

"다우니스, 시합이 끝났어. 호텔로 돌아가야 해."

여자친구들이 돌아가면서 나를 달랬다.

누군가 론을 떠올린 것이 분명했다. 론이 여자친구들에게 말하는 소리가 들렸다. 론은 타고 갈 밴이 기다리고 있으니까 너희는 이제 가도 된다고, 괜찮다고, 자신이 나를 기다렸다가 부스터 버스가 아니라 택시를 타고 호텔로 돌아가겠다고 말했다.

여자친구들이 떠난 뒤에 론은 그저 화장실 칸 밖에 앉아 있었다. 누군가 론에게 여기는 여자 화장실이라는 사실을 상기해 줄 때면 당신 일에나 신경을 쓰라고 말할 뿐 론은 아무 말도 하지 않고 기다렸다.

"괜찮아. 아무도 널 귀찮게 하지 않을 거야."

등의 절반밖에 보이지 않았지만 론도 나처럼 무릎을 가슴에 끌어당기고 앉아 있음을 알 수 있었다. 론의 신발은 그가 나를 데리고 데이비드 삼촌의 교실에 갔을 때 신었던 그 신발이었다. 끼익 소리를 내던 그 신발 말이다.

누군가 경비원을 불렀는지 묵직한 발소리가 들렸다.

"선생님, 여자 화장실에 남자가 있다는 신고를 받았습니다."

"그건 나겠군요. 지금 조카의 여자친구를 돌보고 있습니다. 조카가 슈피리어 선수예요. 지금 막 나쁜 소식을 들었거든요. 그저 이 친구가 괜찮은지 확인하고 싶은 겁니다."

론의 목소리는 단호했다. 내가 나오기 전까지는 떠나지 않을 것이다.

경비원 때문에 곤란한 상황에 처하는 건 원치 않았다.

"1분만 있다가 나갈게요."

울고 있지 않은데도 내 목소리는 갈라졌다.

론이 부른 택시를 타려고 경기장 밖으로 나가는 동안 론의 오른쪽 신발이 계속 끼익 소리를 냈다. 이상한 일이었지만 론의 신발이 내는 괴상한 소리에 집중하다 보니, 나의 한 발이 자연스럽게 다른 발 앞으로 내딛어졌다.

나를 데리고 호텔로 온 론은 공해에서 기다리던 제이미를 보자 우리 둘만 남겨 두고 떠났다. 제이미를 조금 봐주기로 한 것이 분명했다.

우리는 벽난로 가까이 있는 2인용 안락의자에 앉았다. 제이미는 아무것도 묻지 않고 그저 나를 한 팔로 감싸 안았다. 나는 제이미에게 몸을 기대고 숨을 길게 내쉬었다.

오늘 밤은 분위기가 달랐다. 모두 가라앉아 있었다. 선수들도 시합을 하는 동안 로빈의 소식을 들은 것이 분명했다. 3피리어드는 형편없었으니까.

리바이는 혼자 앉아서 창문을 내다보고 있었다. 내 남동생이 무슨 생각을 하는지 짐작도 되지 않았다. 리바이는 8학년 때 고등학교 2학년이던 로빈을 에스코트해 샤갈라에 갔었다. 동생의 옆으로 갈까도 생각해 보았지만 움직일 힘이 남아 있지 않았다.

리바이가 일어나더니 호텔 안으로 고개를 돌렸다.

"오늘 밤 시합은 엉망이었어. 우리가 아직 서로를 읽지 못해서 그런 거야."

리바이가 말했다.

잠깐……, 지금 로빈은 저 애 마음에 없는 거야?

리바이가 계속 말했다.

"우리는 형제가 되어야 해. 우리는 서로가 말하기 전에도 어떤 생각을 하는지 알아야 한단 말이야. 우린 영리하게 플레이해야 해."

선수들은 고개를 끄덕였다. 심지어 로빈을 아는 녀석들도. 그 누구도 로빈에 대해서, 이 죽음이 우리 공동체에서 일어난 또 다른 마약 관련 죽음이라는 사실에 대해서 단 한마디도 하지 않았다. 그 누구도 신경 쓰지 않았다.

제이미가 나를 더 가까이 끌어당겼다. 그는 모든 분노가 마지막 한 점까지 그곳에 모인 것처럼 거칠게 떨고 있는 내 오른쪽 다리를 물끄러미 내려다보았다. 두 눈이 마주쳤다. 제이미는 '내가 너를 위해 무엇을 해 줄 수 있을까?'를 묻고 있었다.

우리는 서로의 마음을 읽었다.

나는 일어섰고 갑자기 조여든 근육을 이완하려고 다리를 쭉 뻗었다.

"왜 그래? 우리가 손발이 척척 맞는 한 팀이 될 수 있는 좋은 생각이 있어? 지혜를 좀 줘 봐, 수비수 다우니!"

리바이가 말했다.

나는 이제부터 달리기라도 할 것처럼 제자리에서 가볍게 뛰기 시작했지만, 모든 사람이 나를 보고 있다는 걸 깨닫자 그대로 얼어 버렸다. 제이미는 이제 표정으로 조용히 경고하고 있었다. *이제부터 네가 할 말을 아주 신중하게 생각해야 할 거야.* 내가 제이미의 마음을 점점 더 잘 읽게 된다는 사실이 두려워졌다. 론이 틀렸고 제이미가 나보다 더 유능한 배우라면 어떻게 하지? 아주 뛰어난 거짓말쟁이라면? 무엇이든지 아주 능숙하게 빠져나갈 수 있는 거짓말쟁이라면?

이제는 매일 아침 나는 그웨코와―디지원을 달라고 기도한다. 그러니까 내가 나에게 솔직할 수 있게 해 달라고 빌었다.

"로빈 베일리가 방금 죽었어. 이게 수가 함께 뛰었던 동료를 애도하는 방식이야?"

재빨리 방을 둘러보았다. 함께 있는 사람들 절반쯤은 밑을 내려다보았고, 나머지 절반은 재가 제정신인가 하는 표정으로 나를 뚫어지게 보았다. 나는 리바이를 노려보았다.

"하지만 네가 하려던 말을 계속해. 하키에 집중해. 오늘 밤 너의 패배는 정말로 비극이었으니까."

나는 세게 발을 굴렀고 공해에서 가장 먼 곳으로 가려고 걷기 시작했다. 리바이가 내 앞을 가로막았다. 리바이는 나를 세게 끌어안았다.

리바이는 내 귀에 대고 속삭였다.

"괜찮아, 다우니스. 괜찮아."

"아니, 하나도 안 괜찮아. 도대체 얼마나 많은 사람이 죽어야 우리 공동체가 행동에 나설 거야?"

목이 메어 간신히 말했다.

"로빈은 너의 친구이기도 했어. 그런데도 넌 아무 일도 없는 것처럼 굴고 있잖아."

우리는 몇 분 동안 서 있었고, 그사이에 공해는 점점 더 원래의 모습을 찾아갔다. 몇몇 대화에서 로빈을 언급하는 소리가 들렸다.

리바이가 한숨을 내쉬며 나를 놓아 주었다.

"이봐, 모두들. 다우니스가 옳아. 우리는 무언가를 해야 해."

리바이가 소리쳤다.

"뭘 할 생각이야? 모금 행사?"

마이크가 우리에게 다가왔다.

마이크도 로빈이 3학년 때 함께 샤갈라에 갔던 걸 잊고 있었다. 2년 연속 8학년 학생을 에스코트 상대로 택했다는 이유로 사람들이 비웃었을 때 로빈은 크게 웃었다.

"그래, 그거야."

리바이가 대답했다.

"헤이, 모두 들어 봐. 리바이한테 굉장한 아이디어가 있어. 자선 게임을 하는 거야."

마이크가 리바이를 보면서 활짝 웃었다.

"그러니까 우리가 친선 시합을 하는 거지?"

"기증품을 받아서 로빈의 이름으로 무언가를 할 수도 있겠지."

리바이가 손을 뻗어 나를 감싸 안았다.

"우리도 직접 기부하고 마약 예방 프로그램에 대한 인식을 높이는 거야."

"헤이, 리바이. 수 고등학교랑 시합하는 건 어때?"

리바이에게 물으면서도 마이크는 나를 보았다. 침실에서의 일이 있고서 처음으로 얼굴을 마주한 마이크였다. 그는 평소와 다름없이 웃고 있었다.

"어때, 수비수 다우니. 우린 항상 기회만 주면 수프를 물리칠 수 있다고 했었잖아. 이제 내가 수프거든. 그러니까 '한번 해 봐'라고 말하고 싶은데. 수프 대 수 고등학교 블루데빌스. 현재 선수들과 이전 선수들. 기금도 마련하고 혼쭐도 내고, 어때?"

공해가 들썩이기 시작했다. 여기저기서 고개를 끄덕였고 신나는 대화가 시작되었다. 샤갈라 전에 비는 밤 시간대를 이용하려면 다음 주에는 기금 마련 시합을 해야 한다는 결정이 내려졌다.

예전 동료들이 모여드는 모습을 보니, 화장실 마지막 칸에서 내 안에 갇혀 버린 것만 같던 눈물이 다시 흘러나왔다. 너무나도 많이 흘러나왔다. 이 녀석들은 신경을 쓰고 있었다. 이 녀석들이 자랑스러워서 나는 눈물이었다. 내 동생이 좋은 일을 계획했다는 사실이 자랑스러웠다. 어쩌면 마이크가 다시 예전의 모습으로 돌아왔다는 사실에 안심했기 때문에 더 많은 눈물을 흘리는지도 몰랐다. 나도 이 녀석들 가운데 한 명이었다. 수비수 다우니. 버블.

갑자기 다시 정상으로 돌아가기만을 원하게 되었다. 다시 이전으로 돌아가는 것. 버블이 버블로 살았을 때로 되돌아가는 것. 수사가 시작되기 전으로, 무엇이 진짜이고 가짜인지를 알 수 없는 대혼란에 빠지기 전으로 되돌아가는 것 말이다.

파이어키퍼의 딸이 해돈이 공연을 끝냈다. 어둠 속에서도 나는 괜찮다.

제이미가 나에게 다가왔다. 내가 떠나가지 못하게 나를 꼭 끌어안았다.

"뭐 하는 거야?"

제이미가 내 귀에 대고 말했다. 깊고도 낮은 목소리였다.

"이건 계획에 없던 거잖아."

공해의 분위기는 달랐다. 사람들은 들떠 있었다. 희망에 차 있었다. 그 자리에서 기획위원회를 구성한 선수들과 여자친구들이 한데 모였다.

"하지만…… 좋은 거잖아, 안 그래? 우리 공동체에게 긍정적인 일을 하는 게?"

나는 수프 저지의 소매를 들어 뺨에 묻은 눈물을 닦았다. 제이미가 그 누구도 우리 말을 들을 수 없는 곳으로 나를 데려가더니 목소리를 낮추고 말했다.

"우린 계획을 고수해야 해."

제이미가 우겼다. 그는 팔짱까지 끼고 있었다. 불편한지 자세를 바꾼 그는 두 손을 자기 엉덩이에 올렸다.

나는 한 걸음 뒤로 물러나 제이미를 노려보았다. 제이미는 태도가 바뀌었고 물러나려 하지 않았다. 경찰로서 자기 일을 하려는 것이었다.

마침내 나는 모든 걸 깨달았다.

"잠깐만. 그러니까 네가 말하는 '우리'라는 건 너랑 내가 아닌 거지? 너의 우리는 FBI인 거야."

FBI라는 단어를 말할 때는 다른 사람이 내 입 모양을 읽을 수 없도록 코를 문지르면서 말했다.

"제이미, 우리 고모가 몇 사람 정도는 늦게까지 남아서 올빼미 티셔츠 문제를 해결해야 한다고 했던 거 기억해? 그 사람들은 문제를 인지했고, 그 문제를 해결해야 한다는 책임감도 있었어. 우리도 문제를 해결해야 해. 우리 공동체가 말이야. FBI가…… 아니라."

나는 또다시 손으로 입을 가리고 말했다.

제이미는 내가 아주 불쾌한 말을 했다는 듯이 입을 앙다물고 있었다.

"글쎄, 아직 너희 공동체는 이 문제를 해결하지 못했잖아."

제이미가 지적했다.

"우리가 스스로 해낼 수 없다고 생각하는 건 너무 삐뚤어진 생각 아니야? 너희 없이는 우리가 못한다고 생각해?"

이번에는 제이미의 소속 단체를 언급할 필요도 없었다.

"솔직히 말해서 그래."

제이미는 지금까지 들어 보지 못한 가장 낮은 목소리로 말했다.

나는 이 사람을 몰랐다. 그리고 확실히 이 사람도 나를 몰랐다. 우리 공동체도 알지 못했다.

제이미 존슨은 우리를 이해하지 못했다.

"너는 이곳에 뛰어들어서 우리를 구하고 싶어 하지만 결국에는 떠나 버릴 거잖아. 나쁜 결과가 나오더라도 너는 여기 없을 거잖아. 너는 우리 공동체를 전혀 생각하지 않잖아. 그게 그렇게 이해가 안 돼?"

제이미의 얼굴에서는 감정을 전혀 느낄 수가 없었다. 마치 나에게서…… 자신을 보호하려고 가면을 쓴 것만 같았다.

콧속이 거슬릴 정도로 따끔거렸다. 로빈의 말이 생각났다.

그 어떤 남자도 너에게 힘을 발휘할 수는 없게 해야 해. 그가 누구건……

어쩌면 나에게는 제이미에게서 나를 보호할 방패가 필요한지도 몰랐다. 주위를 둘러보았고, 누구도 우리를 보고 있지 않다는 걸 확인했기에 나는 앞으로 나아갔다. 이 망할 녀석은 수비수 다우니가 얼마나 공격을 잘하는지 보게 될 것이다.

"너한테도 진짜 공동체가 있었다면 분명히 이해했을 거야."

제이미는 뒤로 물러났고 황갈색 눈을 깜박였다.

내 공격에 제이미는 피를 흘렸다. 내 의도보다 더 깊게 베어진 상처에서 피가 흘러나왔다. 제임스 브라이언 존슨은, 아니, 사실은 누구인지 모를 남자는 멀리 걸어가 버렸다.

승리의 기쁨은 느껴지지 않았다. 내가 느끼는 감정은 공허감이었다.

무릎을 꿇고 웅크리고 앉아 입을 닦고 있을 때, 누군가 논쟁을 벌이며 우는 소리가 들렸다. 릴리와 트래비스가 2차선 길을 걸어오고 있었다.

"트래비스, 내가 말했잖아. 넌 도움을 받아야 해. 이건 너 혼자 해결할 수가 없어. 실질적인 도움이 필요해."

나하고 3미터쯤 떨어진 곳에서 트래비스가 릴리의 팔을 잡았다.

"어떻게 해야 하는지 말해 줘, 릴. 어떻게 해야 하는지만 말해 주면 그렇게 할게."

릴리는 팔을 잡아 뺐다.

"먼저 나를 내버려 둬. 준 할머니가 없을 때마다 나를 찾아와서 어떻게 해 보겠다는 생각을 버려. 나는 학교에 집중해야 해. 넌 너에게 집중해야 하고. 우린 서로 떨어져서 각자가 바로 서야 해. 그걸 모르겠어? 계속 너와 함께 있으면 나 스스로 설 수가 없어."

"아니, 난 혼자서는 할 수 없어. 네가 필요해. 사랑해."

트래비스의 목소리가 떨렸다.

"필요와 사랑은 달라. 너의 필요가 사랑을 망치고 있어, 트래비스. 난 정말로 끝났어."

트래비스가 청바지 뒷주머니에서 권총을 꺼냈다.

트래비스의 냄새에 숨이 막혀 죽을 것 같은 느낌을 간직한 채 잠에서 깼다. 트래비스는 남자아이들이 내뿜는 일반적인 악취보다 훨씬 고약한 악취를 뿜어냈다.

어째서 나는 지금까지 두 사람이 나누었던 대화를 기억하지 못했던 걸까?

내가 준비 되어야만 답이 그 모습을 드러낸다고 했던 론의 말이 맞는 걸까? 지금은 잊고 있는 나머지 기억들도 결국에는 돌아올까? 아니면 내가 사실이 아닌 기억을 만들어 내는 걸까?

협탁 위에 둔 블랙베리가 울렸다.

제이미: 미안해.

도대체 뭐가 미안하다는 걸까? 나의 공동체에 대해 많은 생각을 하지 않은 게 미안하다는 걸까, 아니면 내가 FBI 이야기를 꺼냈을 때 입을 다물어 버린 게 미안하다는 걸까? 아니면 자신이 어떤 부족에서 입양을 보낸 아이였다는 걸 나에게 알린 게 미안하다는 걸까? 엘리베이터 안에서 키스한 게 미안하다는 걸까?

나: 나도.

아마도 나는 모든 게 미안할 것이다. 수사를 돕기로 한 결정이 미안한 일인지도 몰랐다. 가끔 나의 공동체는 내가 감당할 수 없을 만큼 복잡한 방법으로 나를 실망시켰다. 하지만 그것이 FBI의 힘을 빌려 부족의 문제를 해결해야 한다는 뜻은 아니었다. 그것이 내가 너무도 빨리 제이미에게 기대 버린 핑계는 될 수 없었다. 어쩌면 내가 그래야 하는 것보다 훨씬 더 제이미를 좋아하게 되었다는 사실이 미안한지도 몰랐다. 제이미에게서 경찰이라는 가면이 자연스럽게 자리 잡는 모습을 보면 이 수사를 끝낸 뒤 이곳을 떠날 것임을 알 수 있었다.

뒤에 남겨지는 일은 아무리 경험이 많다고 해도 견디기 힘든 일이었다.

제이미: 몇 호실이야?
나: 740.

어둠 속에서 그곳에 있으면 안 되는 사람이 몰래 숨어들어오는 것처럼 내 방 옆에 있는 비상구 문이 열렸다가 조심스럽게 닫히는 소리가 들렸다.

그가 내 방문으로 들어오는 동안 심장이 크게 뛰었다. 제이미는 운동복 바지에 티셔츠를 입고 있었고 머리카락은 사방으로 뻗어 있었다. 나는 제이미의 뒤에서 방문을 닫았다. 우리는 마주 보고 섰다. 얼음 위에서 자연스럽게 흘러가던 시간은 느려지고, 단 한 번의 길고도 분명한 숨결 안에서 모든 것이 멈추었다.

나는 엘리베이터에서 우리가 그랬던 것처럼 조심스럽게 제이미에게 키스했다. 그저 멈출 수가 없으니까. 조금 전에 우리가 문자를 주고받았을 때 내 마음에 떠오른 생각들이 지금도 우리 주위를 맴돌고 있었다. 하지만 지금 이 순간만은 걱정으로 시간을 낭비하고 싶지 않았다. 그저 오늘 밤만은 좋은 기분을 느낄 수 있는 무언가의 일부가 되고 싶었다. 새롭게 시작된 뉴 노멀 속에서, 그것은 제이미와 함께 있는 걸 의미했다.

나는 제이미의 냄새를 한껏 들이마셨다. 아득히 멀리 있는 햇살 좋은 곳을 떠오르게 하는 비누 냄새가 났다. 제이미의 입술에서는 희미한 박하 맛이 느껴졌다. 손가락으로 부드러운 머리카락을 돌돌 말았다. 상상했던 것보다 훨씬 느낌이 좋았다.

제이미도 나에게 키스했다. 언제나 이 순간을 꿈꾸어 온 것처럼. 제이미의 팔이 나를 감싸 안았다. 가늘지만 강인한 근육이 느껴졌다. 해변을 어루만지는 잔잔한 파도처럼 마음을 달래 주는 포옹을, 우리는 몇 시간 동안이나 하고 있는 것처럼 느껴졌다.

제이미가 뒤로 물러나자 나는 손을 뻗었다. 끝내고 싶지 않았다. 그의 몸에서 나오는 나지막한 키득거림이 내 키득거림을 꾹 눌렀다.

"다우니스, 우리는 이러면 안 돼."

제이미가 속삭였다.

"이 일이 다른 쪽으로 넘어가기 전까지는 안 돼. 무엇이 다가오고 있는지 우리는 모르잖아. 일이 끝날 때까지 기다려야 해."

"이미 일요일이 끝나고 있어."

내가 잘못 들은 척하며 말했다. 우리는 큰 소리를 내며 함께 웃었다.

제이미는 조심스럽게 내 방문을 열고 복도로 나갔고, 내가 떠나가는 그에게서 눈길을 떼지 못할 정도로 오랫동안 나를 보았다. 제이미가 비상구 계단으로 들어가 비상구 문을 닫을 때까지 나는 그를 지켜보았다. 복도에 홀로 서서 결국 비상구가 완전히 닫히는 소리가 들리자 내 몸속에 품고 있던 행복 거품이 터져 나갔다.

나는 어떻게 해야 할까? 나는 우리 공동체를 수사하는 남자에게 키스를 했다. 저 남자는 나에게 진짜 감정을 불러일으켰다. 오늘 밤 전체 상황은 더욱 복잡해졌지만 나는 여전히 제이미가 수사하는 방식에 내가 어떤 기분을 느끼는지는 확신할 수 없었다.

옆방 문이 열렸다. '나를 그랜트라 부르라'가 거북이처럼 복도로 목을 쭉 내밀었다. 나른하게 반짝이는 눈으로 나를 보며 그는 한쪽 눈썹을 추켜올린 채 한 손가락을 자기 입술에 댔다.

"쉬잇. 네 비밀은 안전하게 지켜 줄게, 다우니스 폰테인."

젠장, 무한대로 젠장이었다. 이제 복잡함은 치^{chi} 단계에 도달했다.

29장

다음 날 아침, 나는 첫 번째로 부스터 버스에 올랐다. 론을 위해 통로 쪽 자리를 비워 두고 창문 밖을 내다보면서 제이미와 있었던 모든 순간을 다시 떠올렸다. 어젯밤 일을 꿈인 것처럼 행동하면 론은 알아채지 못할 것이다.

누군가 내 옆에 앉았다. 나는 순진한 소녀 역할을 할 준비를 끝내고 론에게 인사하려고 옆을 돌아보았다. 론이 아닌 '나를 그랜트라 부르라'를 보자마자 내 위장은 꼬였다.

"좋은 아이라고 생각했는데 말이야."

'나를 그랜트라 부르라'는 모의를 꾸미는 것 같은 목소리를 냈다.

"알고 보니 규칙을 어기는 나쁜 아이였어."

"그게 이거 아니면 저거인 문제인지는 몰랐네요."

"언제나 반드시 선택을 해야지. 나는 흥미로운 선택을 하는 사람들을 존경해."

'나를 그랜트라 부르라'는 내가 할머니의 목걸이라도 되는 것처럼 평가하듯이 곁눈질로 나를 훑어보았다.

"잘못된 선택을 하는 사람들 덕분에 변호사 수임을 버는 거 아니었어요?"

"그렇긴 하지, 다우니스 폰테인. 정말로 그렇기는 해."

버스에 올라 우리 쪽으로 오는 론을 보고 '나를 그랜트라 부르라'는 자리에서 일어나면서 말했다.

"잘못된 선택과 흥미로운 선택이 나란히 손을 잡고 갈 때도 있어."

버스가 수에 다가갈수록 내 심장은 점점 더 무겁게 가라앉았다. 로빈 베일리에게 일어난 모든 일이 그저 나쁜 꿈일 뿐인 것처럼 그 애가 떨치고 일어나 다시 새롭게 시작할 수 있기를 바랐다.

로빈이 어떻게 메스 때문에 죽을 수 있을까? 로빈은 언제나 자신이 말하는 대로 행동하는 사람이다. 아니, 사람이었다.

도대체 무슨 비밀이 있었던 걸까?

로빈은 보호 구역에서 살았고 로빈의 엄마는 노던 집안이었다. 스토미와 로빈은 먼 친척이었다. 로빈의 아빠는 다른 부족 출신이었다. 로빈의 가족은 위성 보호 구역 중 카지노 배당금 구역에 살았다. 모두 로빈을 좋아했다.

더는 사람들이 죽게 내버려 둘 수 없었다. 나는 더 뛰어난 다람쥐 첩보원이 되어야 했다. 더 적극적이고, 능동적인 다람쥐 첩보원 말이다. 어쩌면 로빈의 인생이 어떻게 짜여졌는지를 보려면, 그 인생에서…… 씨줄을 빼내야 할지도 몰랐다.

마이크에게서 중요한 단서를 얻어 내겠다던 내 계획은 재앙으로 끝났다. 스토미에게도 같은 전략을 써야 할까? 스토미는 로빈과 친척이었고 헤더와도 친척이었다. 스토미에게 두 사람 이야기를 물어볼 수 있을까? 충분히 공감하는 청취자가 되어야겠지만 내 의도를 잘못 해석했던 마이크 때처럼 쓸데없는 친근함을 보일 수는 없었다. 같은 실수는 절대로 되풀이하지 않을 것이다.

하지만 스토미에게 접근하기 전에 덕섬에서 버섯 조사를 끝내야 했다. 데이비드 삼촌은 트래비스가 메스에 섞었을지도 모를 새로운 환각성 버섯을 찾아낸 게 분명했다.

론이 살며시 헛기침을 하더니 내 무릎에 놓인 책 사이에 접힌 종이를 한 장 끼워 넣었다. 헤더 노던이 가지고 있던 소지품 목록이었다. 청바지를 여미던 안전핀, 크롭톱, 후드티, 브래지어나 바지, 검은색 플립플롭은 적혀 있지 않았다. 운전면허증, 코팅한 부족 등록증, 포장지를 찢은 엑스 라지 사이즈 콘돔 상자, 174달러가 있었다. 빨간색 후드티 주머니에는 투명한 지퍼 백이 두 개 들어 있었는데 하나에는 마리화나 두 대가 들어 있었고, 다른 하나에는 메틸렌에디옥시메스암페타민과 비아그라를 섞어 만든 알약과 메스 결정이 들어 있었다.

비욘세의 〈노티 걸〉에 맞춰 버스 노출광이 스트립쇼를 하기 시작한 틈을 타 나는 종이에서 마리화나 두 대라고 적힌 부분을 손가락으로 집었다.

"나에게 보여주었을 때는 마리화나가 여섯 개 있었어요."

내가 속삭였다.

버스 승객들의 환호 소리가 점점 커졌다. 나는 후드티 주머니에 들어 있던 두 번째 지퍼백의 내용물이 있는 곳을 손가락으로 가리켰다.

"나한테 엑스터시 약을 사라고 했어요. 진한 반점이 있는 연한 색 알약이었어요."

나는 가능한 한 아주 작은 목소리로 속삭이면서 내 머릿속에서는 충분히 논리적이라고 느껴지는 생각을 론에게 들려주었다.

"헤더는 모닥불 파티에서 아이들에게 마약을 파는 걸 부끄러워하지 않았어요. 그때 메스를 가지고 있었다면 나도 볼 수 있었을 거예요. 그러니까 나에게 팔려고 시도한 뒤에야 다른 사람에게서 메스를 받은 거예요. 그 애가 파라다이스에서 걸어가던 걸 보았다는 사람들이 있어요."

점점 더 흥분하면서 내 목소리는 커졌다.

"누가 그런 말을 했는지 알아보면 되지 않을까요? 그 사람들이 무언가를 기억하고 있을지도 모르잖아요. 자동차라거나 그 시간에 그곳을 떠난 사람 같은걸요. 누구든 헤더와 접촉한 사람이 헤더의 죽음과 관련이 있을 거예요."

론은 손가락을 들었다. *쉿.*

나는 또다시 목소리를 낮추고 씩 웃었다.

"우리도 엄마랑 데이비드 삼촌처럼 비밀 언어를 만들 필요가 있어요."

아, 이런. 나는 론이 내 표정을 보지 못하도록 곧바로 창문으로 고개를 돌렸다.

데이비드 삼촌은 계속 기록했던 게 아닐까? 하지만 다른 사람들이 읽는 건 원하지 않았던 걸지도 모르잖아.

나는 삼촌을 잘 알았다. 삼촌이 사라졌을 때 내가 삼촌을 의심한 건 이상한 행동을 했고 잘못된 결론을 내렸기 때문이다. 내가 확실하게 알고 있는 건 삼촌은 증거를 모았고 모든 것을 기록한다는 것이다. 따라서 삼촌이 남긴 마지막 공책이 어딘가에 있을 것이다. 그것은 암호로, 오직 나와 엄마만이 알 수 있는 언어로 쓰여 있을 것이다.

삼촌의 공책만 찾을 수 있다면, 삼촌이 무슨 일을 하려던 건지만 입증할 수 있다면, 모든 사람이 삼촌에 대한 진실을 알고 삼촌이 죽은 이유를 알 수 있을 텐데. 삼촌을 향한 엄마의 믿음이 순진함도, 그릇된 판단도 아님을 알게 될 텐데.

내 생각이 마구 달리기 시작했다. FBI 역할과 공동체 역할을 보는 제이미의 관점은 잊지 않았다. 나는 FBI를 도와야 할까, 우리 공동체를 도와야 할까? 처음부터 나는 이 두 가지가 같은 일인지 의심을 품었다. 내가 혼란스러워할수록 나의 수사는 그들의 수사에서 멀어져 갔다. 이제 더는 두 개의 평행한 길이 아니었다. 버스를 타고 달리는 나머지 시간 동안 나는 수에 돌아가서 내가 해야 할 일을 순서대로 고민했다.

1. 덕섬에서의 조사를 끝낸다.
2. 엄마에게 데이비드 삼촌의 마지막 일기장이 어디 있는지 물어본다.
   삼촌은 일기장을 다른 공책들과 따로 보관했을 가능성이 있다.
3. 엄마에게 로렌조 할아버지가 책상 보조 열쇠를 따로 보관한 곳이 있었는지 물어본다.
4. 스토미에게 헤더와 로빈에 관해 물어볼 수 있는 기회를 만든다.
5. 로빈을 아는 사람들을 만나 이야기해 보고, 로빈이 레이크스테이트 대학교에서
   수업을 듣는 것 말고도 무슨 일을 했는지 자세히 알아본다.

지금 당장은 삼촌의 공책에 관해서는 론에게 아무 말도 하지 않을 것이다. 제이미에게도. 일단 공책을 찾아서 내용물을 확인해 본 뒤에, 필요하다면 말해 줄 것이다.

수에 도착했을 때는 이른 오후였다. 곧바로 여객선 선착장으로 가서 슈가섬으로 건너갔다. 금요일에 조사를 끝낸 곳에 도착했을 때는, 아직 해가 지기 전에 다섯 시간 정도를 이용할 수 있었다.

나는 표본을 세 개 모았다. 두 개는 본 적이 있는 버섯이었지만, 나머지 한 개는 처음 보는 버섯이었다. 덕섬이 끝내 비밀을 털어놓지 않을 셈일까? 집에 가서 버섯과 균류 도감, 인터넷 자료를 뒤질 생각을 하니 신이 났다.

햇살이 비치는 서늘하고도 상쾌한 오후였지만 일단 해가 덕 호수 너머에 있는 나무에 걸리자 상당히 추워졌다. 가을은 변덕스러운 계절이었다. 어떨 때는 오랫동안 머물렀지

만, 어떨 때는 너무나도 짧게 있다가 사라졌다.

선착장을 향해 가는 동안 전화기는 내가 놓쳤던 문자와 받지 못한 전화가 있음을 알리며 계속 울렸다. 다음 여객선을 기다리면서 줄을 서 있는 동안 문자를 확인했다.

제이미: 마을로 돌아왔어. 우린 자유야.

제이미: 뭐 하고 있어?

제이미: 지금 곤란한 거야?

제이미: 왜 답장이 없어?

제이미: 무사한 거지? 전화해!

이런, 제이미는 우리 엄마만큼이나 끈질겼다.

나는 전화했다. 전화벨이 한 번 울리기도 전에 제이미가 전화를 받았다.

"난 괜찮아."

인사 대신 말했다.

"덕섬에서 조사를 마쳤어. 북쪽 끝이나 여객선 가까이 있으면 신호가 잡히지 않는다고 말했잖아."

"음, 네가 어디에 있는지 몰라서."

"음…… 제이미……, 지금 내 일정을 점검하는 건 아니지? 난 남자들에게 일거수일투족을 보고하는 여자가 아니야."

"지금은 일반적인 상황이 아니잖아, 다우니스. 넌 지금 슈가섬의 외진 곳을 탐사하고 있어. 그것도 혼자서. 네가 시신을 찾은 곳에서."

제이미의 목소리가 부드러워졌다.

"다음부터는 어딘가로 갈 때면 문자를 보내겠다고 약속해. 나한테 곧바로 답장할 수 없을 때는 말이야. 안전을 위해서. 알았지?"

"알았어. 하지만 너도 약속해 줘. 안전을 위해서, 그리고 공정을 위해서."

제이미가 크게 웃었다.

"좋아. 약속할게."

"가야겠어. 빨리 여객선에 오르래."

여객선에 올라 지프를 멈추고 주위를 둘러보았다. 옆 차의 조수석에 로빈의 엄마가 타고 있었다.

우리는 눈이 마주쳤다. 눈물을 머금은 눈이 나를 보고 있었다. 내 몸은 나의 뇌가 어떤 일을 해야 할지 순서도 정하기 전에 반응했다. 지프에서 뛰어나갔다. 로빈의 엄마도 창문을 내리지 않고 자동차 밖으로 나왔다.

우리는 얼싸안았다.

"아, 베일리 아줌마."

일렁이는 파도에 이리저리 흔들리는 여객선 위에서 로빈의 엄마는 울었다. 무슨 말을 해야 위로가 될지 알지 못했지만 위로해 주고 싶었다.

"몇 주 전에 로빈이 저를 도와주었어요. 대학교에서요. 그때 로빈을 봐서 정말 좋았어요. 우리가 함께 수업을 들었으면 했어요. 혹시 로빈의 교수님께 연락할 수 있는 방법이 있을까요?"

베일리 부인은 이해할 수 없다는 표정을 지었다.

"로빈은 아무 수업도 듣지 않았어."

그 순간 내 얼굴에는 바로 전에 베일리 부인이 지은 것 같은 표정이 떠올랐을 것이다.

"그게 무슨 말씀이세요? 레이크스테이트에서 수업을 듣는 로빈을 보았는걸요."

"그건 불가능해. 로빈은 작년에 쇄골을 다시 부러뜨린 뒤로 진통제에 중독됐어."

베일리 부인이 숨이 막힌 것처럼 서럽게 웃었다.

"그래서 메스를 쓰는 걸 허락한 거야."

베일리 씨가 자동차 밖으로 나오더니 아내를 꼭 끌어안았다. 여객선이 서서히 부두에 다가갔다.

"우리는 그 애를 대학에 보내는 게 아니라 마약 중독 치료를 하려고 했단다."

베일리 씨의 목소리가 갈라졌다.

30장

정신이 완전히 나간 상태로 집에 돌아왔다. 로빈이 나를 도왔던 날, 로빈은 배낭을 메고 있었고 우리는 함께 학생회관으로 갔다. 그때 우리는 그저 카페에서 시간을 보내는 평범한 두 대학생이었다.

단 한 가지……, 로빈 베일리는 수업을 들으려고 대학교에 온 게 아니라는 것만 빼면. 그러고 보니 로빈이 강의실에 들어가는 모습은 한 번도 보지 못했다. 그렇다면 왜 학교에 온 거지?

집으로 들어와 현관문을 닫는 동안 나쁜 생각이 내 머릿속에서 튀어나왔다. 진통제와 메스에 중독된 여자아이가 배낭을 메고 교정에 돌아다닌다는 것은…….

부끄러움이 나를 덮쳤다. 로빈이 마약을 과다 복용했음을 알게 된 순간, 하키 경기장에서 허튼소리를 하던 녀석들과 나도 다를 바 없는 사람이었다.

두 소녀가 메스를 거래했을지도 모른다. 그 여자아이들은 죽었다.

로빈에 관해 알게 된 사실을 제이미와 론에게 말해야 할까? 로빈이 대학교에서 메스나 마약을 팔았다는 나의 의구심을 두 사람에게 말하는 게 맞는 걸까, 아니면 확실해질 때까지 기다려야 하는 걸까?

제발, 다우니스. 집중해. 논리적으로 생각해야지.

배낭 속에서 비닐봉지가 바스락거리는 소리를 냈다. 맞다, 버섯.

나는 책상에 앉아 오늘 채집해 온 세 종류의 버섯을 조사했다. 각기 다른 현장 채집 가이드 세 권을 뒤지고 제작자와 관리자를 아주 잘 알게 된 버섯 식별 웹사이트를 검색해 버섯 사진들을 대조하고 비교했다.

첫 번째와 두 번째 버섯은 잘 알려진 종이었다.

마지막 세 번째 버섯은 울퉁불퉁 흰색 혹이 난 검은색 버섯으로, 갓의 형태도 개체마다 달랐다. 비닐봉지에서 꺼낼 때는 아주 지독한 냄새가 났고, 가까이서 들여다보자 혹이라고 생각했던 것은 사실 혹이 아니었다. 검은색 버섯 위에서 자라는 아주 작은 흰색 균류였다. 흰색 옹이가 버섯계의 아귀처럼 숙주에게 기대어 영양분을 빨아 먹고 있었다.

이 버섯일 수도 있다. 완전히 새로운 종. 기대가 솟구쳐 올랐다.

하지만 그 기대는 곧바로 쓰러지고 나는 화가 났다.

버섯 자료에 있는 종이었다. 기생덧부치버섯. 희귀종이기는 했지만, 신종은 아니었다. 나는 아귀 버섯이 담긴 지퍼 백을 침대 위로 던졌다. 지금까지 정말 시간 낭비만 한 것이다.

시간 낭비가 아니야, 다우니스. 틀린 사실을 제외하는 것도 과정의 일부인 거야. 데이비드 삼촌이 일깨워 주었다.

좌절감이 마그마처럼 내 몸의 내부를 휘저었다. 분명히 무언가를, 어딘가를 놓치고 있다. 젠장. 세 배나 젠장이었다. 아니, 네 배, 아니, 무한대로 젠장이었다.

갓 구운 쿠키 냄새가 내 침실 문 밑으로 부드럽게 스며들어 올 때, 헤리의 발이 조심스럽게 열려 있는 지퍼 백 안으로 들어갔다. 나는 벌떡 일어나 헤리가 발톱으로 지퍼 백을 낚아채기 전에 지퍼 백을 들어 올렸다.

나는 좀 더 조심해야 했다. 이 버섯은 헤리에게 해를 입힐 수도 있다. 내 경솔한 행동이 누군가를 위험에 빠뜨릴 수 있다.

엄마가 있는 부엌으로 내려가 조리대에 있는 양피지 종이 위에서 따뜻한 마카다미아너트 쿠키 한 개를 집어 먹었다. 쿠키는 내 입에서 살살 녹았고, 그 달콤함에 앙다물었던 내 어금니도 스르르 풀어졌다. 좋아. 버섯이 어떠한 답도 주지 않는다면 이제는 다음 단계를 시행할 차례였다.

"엄마, 혹시 집 서재 말고 데이비드 삼촌이 일기장을 보관할 만한 데가 있을까?"

엄마는 잠시 영문을 알 수 없다는 표정을 지었지만, 곧 정신의 자료 창고를 뒤지듯이 두 눈을 위로 치켜떴다.

"데이비드는 아이였을 때부터 일기를 썼어. 그날 있었던 일을 항상 적어 두었지."

엄마는 기억을 떠올리며 웃었다.

"그 일기장들을 우리 나무집에 보관했어. 고모네 쌍둥이가 가진 나무집하고는 완전히 다르지만 우리한테는 완벽한 곳이었어. 그곳에서 책도 읽고 카드놀이도 했어. 데이비드는 일기를 쓰고 다람쥐가 집으로 사용했던 나무 구멍에 넣어 두었어."

엄마는 쿠키를 한 개 집어 반으로 잘라 입에 넣었고 만족한 듯 한숨을 쉬었다.

"우리가 십 대였을 때 부모님이 정자를 만든다며 그 집을 허물었어. 나무도 다 베어 버렸고."

엄마는 고개를 저었다.

"그런데 그건 왜 묻는 거니?"

"그냥 삼촌 생각도 나고 그립기도 해서. 특히 몇 주 동안 삼촌이 생각나서."

나는 신중하게 말했다.

"그냥 삼촌이 무슨 생각을 하고 살았는지 궁금해졌어."

엄마는 긴장했다. 그랜드메리와 내가 엄마를 믿지 않았으니까. 나는 엄마를 꼭 끌어안았지만 이렇게 마음으로만 사과하는 게 아니라 다른 일을 더 해 주고 싶었다. 하지만 진실을 밝히지 않은 상태에서는 조금만 말할 수는 없었다. 내 과묵함은 엄마를 아프게 하는 거짓말이었다.

수사가 끝나고 나면 엄마에게 진실을 말해 줄 것이다. 엄마는 진실을 들을 권리가 있다.

"내가 아는 한 데이비드는 학교에서만 시간을 보냈어. 그러니까 그 몇 주 동안은 나보다 네가 더 데이비드를 많이 보았을 거야."

"화학 약품 보관실을 정리하던 삼촌 생각이 나. 물건을 알파벳처럼 쉬운 순서대로 정리하는 걸 못 견뎌했잖아."

나는 웃으면서 엄마를 더 세게 끌어안았다.

"삼촌은 원소족을 역순으로 정리하거나, 원자량을 내림차순으로 정리했어."

삼촌의 화학 약품 보관실을 보면 라벨 붙인 용기를 무작위로 섞어 놓은 모습을 보게 될 것이다. 그런 단지들은 주기율표를 앞에서부터든 뒤에서부터든 아는 사람들만이 정확한 순서를 알 수 있다.

대학교 선이수제 화학 수업을 듣는 학생들은 가끔 삼촌에게 "자기 그룹에서 원자 번호가 두 번째로 작은 준금속을 가져와 줄래?" 같은 말을 들어야 했다. 그러면 우리는 심부름을 하는 학생이 규소라고 적힌 용기를 가져올 때까지 기다렸다.

그때는 괴짜 데이비드 삼촌이 괴상한 행동을 하는 거라고만 생각했다. 하지만 이제는 다른 누군가 물건을 건드렸을 때 그 사실을 바로 알 수 있게끔 삼촌만의 방식으로 정리한 걸 수도 있겠다는 생각이 들었다.

론은 분명히 화학 약품 보관실을 조사해 보았을 테고 지문을 채취했을 것이다. 그 지문들 중에는 학생들 것도 있을 것이다. 화학 약품을 훔쳐 간 사람이 있다고 해도 누군지 특정할 수는 없을 것이다. 게다가 데이비드 삼촌의 화학 약품 보관실에는 독성이 있거나 불안정한 화학 물질은 없었다. 그저 수업이나 자기 연구에 쓸 화학 약품뿐이었다.

좋다. 엄마는 지금 필요한 답을 주지 않았다. 그러니까 내가 질문을 정리해서 다시 물어 봐야 한다. 지금은 내가 세운 계획의 다음 단계를 진행할 차례였다.

"저기, 엄마. 혹시 그랜드메리가 에드워즈 부인한테 건물을 팔 때, 할아버지의 사무실 집기도 모두 함께 넘기는 게 엄마는 괜찮았어?"

"그런 건 왜 물어보는 거야?"

엄마는 깜짝 놀라며 물었다.

나는 어깨를 으쓱했다.

"그냥, 할머니가 엄마한테 먼저 물어보았는지 궁금해서."

"아니. 안 그랬어."

엄마의 목소리는 까칠했다.

변하는 일이 엄마에게는 힘들었다. 엄마는 항상 이런 사람이었을까? 심지어 이전에도 엄마의 일부분은 1985년에 갇혀 있었다. 엄마가 아빠에게 나에 대해 말했던, 슈가섬에서 사고가 났던 시기에 갇혀 버렸다.

"그랜드메리가 할아버지 책상 서랍은 비가 오면 잘 안 열린다는 걸, 제일 위쪽 서랍 뒤에는 열쇠가 걸려 있다는 걸 잊지 않고 에드워즈 부인에게 말해 주었을까?"

"헬렌과 그랜트에게 넘겨 주었을 때 분명히 모든 걸 자세하게 설명했을 거야. 데이비드는 절대로 인정하려고 하지 않았지만 그 애가 꼼꼼한 건 모두 우리 어머니를 닮은 거야."

"그럼 책상의 예비 열쇠도 주셨을까?"

나는 자연스럽게 말하려고 애쓰면서 물었다.

"아, 당연하지. 할머니는 철저한 분이었잖아."

내 심장이 가라앉았다. 나에게 필요한 답은 아니었다.

원하던 답을 찾지 못했다는 것보다 더 괴롭게 느껴지는 건……, 엄마가 그랜드메리에 관해 말할 때 과거시제를 사용한다는 점이었다. 엄마도 모르게 저지르는 사소한 실수였다. 변화란 우리가 의식적으로 피하려고 노력할 때조차도 일어나는 법이다.

월요일, 대학교 연구실에서 고모와 만났다. 자신이 소장으로 근무하는 부족 보건소가 아니라 병원에서 만나자고 한 건 고모였다. 그 누구도 고모가 직위를 이용해 결과에 영향을 미쳤다고 주장할 수 없게 하기 위해서였다.

"정말로 그런 사람이 있을까요?"

"충분히 있을 수 있어."

고모와 나의 친족 관계를 입증해 줄 혈액 검사 결과는 곧바로 부족 등록 담당자에게 보내져서 나의 등록 신청서에 추가될 것이다.

나는 병원에서 나와 등록 신청서와 부족 노인들의 진술서를 제출하려고 부족 등록소로 갔다. 그곳에는 스토미도 와 있었다. 스토미는 여권을 찾을 수가 없다며, 접수원에게 부족 신분증이 있으면 인터내셔널브리지를 건널 수 있는지 묻고 있었다.

"국경세관보호국(CBP)이 부족 사람들을 어떻게 취급하는지 알잖아. 거기 직원이 제이 조약을 알고 있느냐 없느냐에 따라 결과가 달라질 거야."

접수원이 대답했다.

제이 조약에 따라 니시나압은 국경을 자유롭게 오갈 수 있어야 했다. 하지만 사람들은 언제나 CBP 직원들이 제멋대로 반응한다고 투덜거렸다. 어떨 때는 그저 손을 흔들면서 통과시켜 주었지만 신분증과 출생증명서, 공식 인가를 받은 부모와 자신의 부족 혈액 비율을 명시한 진술서를 요구할 때도 있었다.

돌아선 스토미의 표정은 완전히 실의에 빠져 있었다. 가끔은 정말로 나쁜 녀석이었지만 스토미가 당해야 하는 일들 때문에 안타까울 때도 있었다.

"다리는 왜 건너려는 거야?"

내가 물었다.

"에, 오늘 밤에 그레이하운스 시합이 있어서."

스토미는 아무렇지 않게 말하려고 애썼다.

"알버츠 코치가 우리한테 표를 사 주었어. 우리 팀 모두한테. 쇼핑도 하고 저녁도 먹을 테고."

"넌 네 여권이 어디 있을 거 같아?"

스토미는 어깨를 으쓱해 보였다.

"아마도 엄마 집에?"

나는 주위를 둘러보았다.

"밖에 리바이가 기다리고 있어?"

"아니. 5피리어드가 끝난 뒤에 여기까지 혼자 걸어왔어."

바람이 심하게 불었고 슈피리어 호수 위로는 폭풍이 힘을 모으고 있었다.

"저기, 내가 섬에 데려다줄 테니까 가서 찾아봐."

"정말?"

스토미의 목소리에는 그가 고약하게 굴 때도 있다는 사실을 내가 거의 잊어도 좋을 만큼의 희망이 담겨 있었다.

여객선에서 스토미는 내가 늘 컵걸이에 넣어 두는 주머니에서 세마—를 꺼내 조용히 강에게 바쳤다. 스토미가 우리의 전통을 잘 알고 있다는 사실에 처음에는 놀랐지만, 그의 부모님이 아무 문제 없이 지낼 때는 의식에 참여한다는 사실이 곧 생각났다. 눈이 맑고 마음이 열려 있을 때. 고모는 약도 술도 하지 않은 상태를 그렇게 표현했다.

원주민 보호 구역에 있는 자기 엄마의 집에 다가갈수록 스토미의 확신은 사라져 갔다.

"어, 어쩌면 찾지 못할지도 몰라. 큰 문제는 아니야."

"난 널 믿어, 스토미."

내가 그저 놀리고 있음을 스토미가 알 수 있도록 나는 계속 가벼운 말투로 말했다.

스토미는 크게 웃더니 자기 엄마 집으로 들어갔다. 나는 지프에서 기다렸지만 곧 스토미의 엄마가 현관으로 나와서 나에게 들어오라고 손짓했다. 샤나 노딘은 확실히 요즘에는 맑은 눈과 열린 마음을 갖고 있었다.

샤나는 커피를 권했고, 나는 커피를 즐겨 마시지는 않지만 그녀의 호의를 받아들였다. 샤나의 집은 티 하나 없이 깨끗했다.

벽에는 스토미의 학창 시절 사진들이 테이프로 붙어 있었다. 작년 아니시나—베모윈 회의 광고 포스터를 제외하면 그 사진들은 집안의 유일한 장식품이었다. 인쇄된 사진 뒤로 보이는 건물은 보호 시설처럼 보이는 기숙 학교였고, 사진 앞쪽에는 학교를 둘러싼 담장 밖에 설치된 원뿔형 천막들이 있었다.

한 번도 보지 못한 사진이었지만 어딘가 모르게 반항적이면서도 안심이 되는 사진이었다. 그 사진은 아이들을 빼앗긴 뒤에도 아이들을 쫓아간 부모들이 있었음을 말해 주었다. 아이들이 담장 안쪽에서 학교 규칙에 따라 부족의 언어조차 쓰지 못하는 동안에도 부모들은 북을 치고 노래를 부르고 기도를 했을 것이다. 어쩌면, 정말로 어쩌면, 아이들은 먼 곳에서 부르는 친숙한 노래를 들었을 것이다. 어쩌면 부모들이 창조주에게 기도하며 바치는 연기 냄새를 맡았을 것이다.

샤나의 스토브 위에서는 수프 같은 액체가 부글부글 끓었다. 좋은 냄새가 났다.

샤나 때문에 기뻤다.

스토미 때문에 더욱 기뻤다.

복도에서 걸어오는 스토미의 아빠를 보자 내 어깨에 힘이 들어갔다. 노딘 사람들은 내가 니시가 아니라 자—가나—시라고 생각하는 사람이 많았다. 내 어릴 때 별명이었던 '유령'은 나보다 한 살 많던 노딘 집안의 아이가 부르기 시작했다.

스토미의 아빠는 내 앞에 앉더니 담배에 불을 붙였다. 내 쪽으로 연기를 내뿜으며, 샤나가 자기 컵에 커피를 따르는 동안 아무 말 없이 날카롭게 나를 쏘아보았다.

스토미는 자기 방에서 한바탕 소동을 벌이고 있었다. 거칠게 옷장 서랍을 닫으며 욕설을 내뱉었다.

담배가 재떨이 안의 꽁초로 바뀐 뒤에야 스토미의 아빠는 입을 열었다.

"너희 할머니가 그 '카드'니 '공작'이니 하는 걸 시작한 거지? 병원을 위해 더 좋은 일을 하네 마네 헛소리를 하면서."

나는 반쯤만 고개를 끄덕였다. 그랜트메리와 병원 자원 봉사회 이야기였다. 스토미의 아빠는 수년 동안 내가 자기 집 거실에 나타나기만을 애타게 기다린 사람처럼 쉬지 않고 자신이 우리 가족에게 느끼는 정확한 감정을 나열했다.

"늙고 부유한 자—가나—시 여자들은 방 한가운데서 카드놀이를 했지. 그러다가 잠시 쉴 때는 우리가 팔려고 물건을 늘어놓은 탁자로 왔어. 유리구슬 공예, 가죽 작품, 나무 조각품 같은 걸 말이야."

스토미의 아빠는 두 번째로 피우는 담배 연기도 나를 향해 뱉었다.

"그 여자들은 우리가 탁자에 늘어놓은 물건들을 모두 합한 것보다 10배는 넘는 보수를 받고 있었어. 그런데도 깎아 달라며 흥정을 했지."

스토미 아빠가 내뿜는 적의에 마음이 불편했다.

복도 저쪽에서는 스토미가 자기 침대를 나사 하나까지 빼면서 무너뜨리고 있는 듯한 굉장한 소리를 냈다.

샤나는 우리가 앉은 식탁으로 다가왔다. 남편의 팔에 손을 얹더니, 남편이 말하는 동안 부드럽게 팔을 쓰다듬었다.

"나는 할아버지랑 갔었어. 너희 할머니가 할아버지의 바구니를 보더니 얼굴을 찡그리더군. 할아버지가 적어 놓은 가격표를 보고 말이야."

어떻게 대답해야 할지 알 수가 없었다. 스토미의 아빠는 나에게서 전적으로 자—가나—시 가족만을 보고 있었다. 그랜드메리는 나를 사랑했지만 인디언에 대해서는 크게 신경 쓰지 않았다. 아빠가 할머니의 인생에 나타나기 전부터 말이다. 사랑하는 사람에게 존재하는 싫은 면을, 더 나아가 경멸하는 면을 사랑하는 부분과 조화롭게 보는 일은 너무나도 어려웠다.

마음은 그 모든 복잡한 감정과 사랑을 품을 수 있을 만큼 커질 수 있는 걸까?

"아저씨 할아버지의 바구니는 아름다워요. 할아버지가 정한 가격보다 훨씬 가치가 있는 물건인걸요."

내 말에 스토미의 아빠는 경멸하는 것처럼 "프흐흐흐흐"라는 소리를 내면서 담배를 재떨이에 비벼 껐다.

스토미가 감색 여권 케이스를 들고 의기양양하게 들어왔다.

"저기, 엄마. 혹시 아이들이랑 저녁 먹게 돈 좀 줄 수 있어?"

스토미 말에 샤나는 고개를 저었다.

"방금 10월 월세를 냈어."

스토미의 아빠가 일어나더니 지갑을 꺼냈고, 지갑에서 꺼낸 1달러 지폐를 셌다. 스토미와 스토미의 아빠는 매달 배당금을 받았지만, 법적 분쟁과 변호사 수수료 때문에 카운티 법원은 스토미 아빠의 배당금을 압류해 갔다. 어쩌면 스토미의 배당금만이 이 가족의 유일한 수입원일 수도 있었다.

"9달러네."

스토미의 아빠는 자신이 가진 모든 현금을 아들에게 내밀었다.

지금 환율이 좋아도 간신히 핫도그와 콜라만 사 먹을 수 있는 돈이었다.

스토미와 메이시는 나보다 한 살 어리지만 나와 같은 시기에 성년식 단식을 했다. 단식을 하는 동안 스토미 아빠는 멀리 있는 나무 스탠드에 자주 와서 북을 치고 노래를 불렀다. 스토미에게 자신이 가까이 있음을 알리고 싶은 거였다.

"커피, 미-그웨치."

내가 샤나에게 말했다.

"마카데-마시키키와부. 니-신."

샤나가 대답했다.

"검은 약물이야. 좋은 거야."

"아호."

나도 동의했다. *그럼요.*

지프를 타고 달리면서 나도 스토미도 아무 말도 하지 않았다. 여객선까지 가는 동안 스토미는 창문만 바라보았다. 멀리서 짙은 폭풍우가 보였다. 나뭇잎들이 지프를 거세게 때렸다.

순서대로 해야 하는 내 계획이 머릿속에 떠올랐지만……, 차마 이행할 수는 없었다. 여객선으로 달려가는 지금, 스토미의 사촌인 죽은 두 소녀에 관한 정보를 캔다는 건 적절한 일이 아니라는 생각이 들었다. 완벽한 다람쥐 첩보원이라면 임무를 수행하는 게 당연하겠지만 더는 규칙대로만 할 수는 없었다.

여객선에 오른 뒤 결국 나는 입을 열었다. 우리 사이에 흐르는 침묵이 시간이 흐를수록 더 어색해졌기 때문이다.

"너희 엄마랑 아빠 좋아 보이시던데."

"*프흐흐흐흐*"

스토미는 정확히 자기 아빠 같은 소리를 냈다.

"이번 주에는 그렇지."

스토미는 또다시 강에게 세마—를 바쳤다. 결국 우리가 건너는 강은 늘 새로우니까.

내 전화기에서 문자가 왔음을 알렸다.

리바이: 캐나다에서 쓸 수 있는 직불 카드 가지고 있어?

나: 응.

리바이: 내 걸 못 찾겠어. 좀 빌려줘.

나: 그래. 그리고 이유는 묻지 말고 내가 하라는 대로 하나만 해 줘.
스토미, 마이크, 제이미랑 저녁 먹는다며. 걔들이 주문하기 전에 네가
돈을 낼 거라고 말해!

경사로를 내려와 여객선을 타고 슈가섬으로 들어가려고 줄 선 차들 옆을 지나갔다. 기다리는 차들의 한가운데 부족 경찰차가 있었다. 스토미가 경찰차의 운전석에 앉아 있는 거대한 사람을 가리키며 말했다.

"크리스마스 과거의 유령이네."

키웨든 경찰관, TJ를 말하는 거였다.

"프흐흐흐흐. 유령 따위는 무섭지 않아."

나는 스토미의 아빠와 〈고스트버스터즈〉의 대사를 동시에 흉내 내면서 말했다.

스토미가 크게 웃었다. 치 무콰 경기장 밖에서 그레이하운스 시합을 보러 가려고 대기해 있는 버스 앞에 스토미를 내려 주었다. 다시 출발하기 전에 리바이가 달려왔다. 리바이에게 직불 카드를 건네는데 제이미의 트럭이 주차장으로 들어왔다. 제이미가 다가오자 리바이는 제이미와 주먹 인사를 했다.

"시합 즐기고 와. 그리고 제이미, 쇼핑몰이나 경기장 말고 다른 곳에 가게 되면 꼭 문자 보내야 해. 그게 공정한 거니까."

제이미는 밝게 웃더니 머리를 차 안으로 넣어 키스했다. 뺨에 아주 가볍게 닿은 입술은…… 감흥이 없었다. 나는 애써 실망을 감추며 '자, 치즈' 할 때 짓는 웃음을 지었다.

"어이, 러버보이. 우린 늦을 거야. 노티 니켈 갈 거니까."

내 동생이 제이미에게 말했다.

"리바이 파이어키퍼. 제이미를 데리고 거기 가면 죽을 줄 알아."

나는 거짓으로 화를 내보였고 리바이와 스토미가 웃었다.

나는 눈을 흘겼다.

"거기가 어딘지 알 수 있을까?"

"스트립 클럽이야. 리바이가 아무리 졸라도 너희 코치가 거길 데려갈 리는 없어."

하늘이 회색을 띤 시커먼 천장으로 변하기 시작했고, 차가운 비가 옆으로 누운 커튼처럼 주차장으로 내리치기 시작했다. 세 남자는 버스를 향해 급히 뛰어갔고, 나는 세 사람이 안전하게 버스 안으로 들어가는 것을 본 뒤에야 옆으로 들이치는 폭우를 뚫고서 도로 위를 달리기 시작했다.

집으로 가는 내내 엄청난 바람이 지프를 흔들어 댔다. 도로에 집중하려고 했지만 단편적인 생각들이 계속 머릿속에서 출렁댔다. 덕섬은 실패였어. 스토미 아빠 때문에 마음이 불편해. 아직 삼촌 일기장은 찾지 못했어. 왜 불편한 걸까? 그 책상에는 여분의 열쇠가 없었어. 그랜드메리 이야기는 너무 노골적이었어. 언제 스토미한테 로빈과 헤더 이야기를 물어보지? 그랜드메리는 정말 그렇게 행동했을 수 있어. 리바이가 저녁을 살 수 있도록 계좌에 돈이 충분한지 확인해야 해. 제이미가 뺨에 한 키스는 정말 별로였어. 로빈에 대해 아는 사람은 누가 있을까?

집으로 들어와 시계를 보았다. 직불 카드 계좌에 얼마가 들어 있는지 확인해야 했다. 그래야 리바이가 아이들에게 저녁을 살 수 있을 테니까. 리바이가 조금 과하게 돈을 쓸 수도 있었고, 오늘 밤에 '리바이들'이 어떻게 시간을 보낼지도 알 수 없으니까.

나는 엄마가 영수증과 은행 관련 서류를 보관해 두는 롱가버거 바구니를 뒤졌다. 바구니에는 내 신탁 기금 내역서와 저축 계좌 내역서도 함께 들어 있었다.

캐나다 쪽 서류는 한 장도 없었는데······, 그건 이상한 일이었다.

지하실로 내려가 철제 서류함에서 작년도 금융 관련 서류를 뒤져 오래된 공동 계좌 내역서를 찾았다. 서류를 들고 위층으로 올라와 은행에 전화를 걸어 내 이름과 계좌 번호, 생년월일, 주소를 불러 주었다.

상담원이 대답했다.

"입력해 주신 주소와 은행에서 보유하고 있는 주소가 다른데요. 혹시 무슨 문제가 생겼을까요? 계좌를 정지해 둘까요?"

상담원은 리바이의 주소를 말했다.

"아니에요."

내가 재빨리 대답했다.

"제 남동생 주소예요. 그 애랑 공동으로 쓰는 계좌예요. 그 애가 나보다 이 계좌를 더 자주 사용해요."

　문자로 리바이에게 계좌 잔액이 얼마인지 알려 줘야 했다. 저녁 먹기 전이나 후에 쇼핑을 하고 싶을 수도 있으니까.

　"지금 잔액이 얼마나 남았죠?"

　내가 물었다.

　우리는 보통 미국 달러로 400달러쯤 되게 잔액을 유지했다. 지금 환율대로라면 캐나다 달러로는 500달러쯤 될 것이다.

　"4856달러가 있네요."

　뭐라고?

　"4천 달러라고 하셨어요?"

　"네. 아…… 이런, 제가 실수했어요. 잘못 알려드렸네요."

　잠시 뒤에 발언을 정정한 상담원 덕분에 안도의 한숨을 내쉬었다.

　은행 상담원이 계속 말했다.

　"말씀드린 내역은 지난 8월의 내역서네요. 현재 잔액은 1만 856달러, 77센트입니다."

31장

우리가 공동 계좌에 넣어 두는 돈보다 훨씬 많은 액수였다.

속이 메슥거렸다.

리바이도 관계된 걸까?

아니, 바보 같은 생각이었다. 리바이가 우리 계좌에 그렇게 많은 돈을 넣어 둔 데에는 납득할 만한 이유가 있을 것이다. 확실했다.

은행 상담원이 아직 내가 전화를 끊지 않았는지 물었다.

"어, 네."

간신히 대답했다.

"9월 입출금 내역서를 월요일에 보내 드릴 거예요. 혹시 주소를 바꾸실 생각이 있으신 가요?"

"아니에요. 그냥 그 주소로 보내 주세요."

리바이가 받은 내역서를 보면 된다. 그때 왜 이렇게 돈이 많아졌는지 물으면 되겠지.

"혹시, 두 곳으로 보내 주실 수 있나요?"

"그건 안 됩니다. 출력 자료는 한 곳에만 발송하는 것이 저희 은행 정책입니다."

잠시 뒤에 상담원이 덧붙였다.

"하지만 이메일 주소를 주시면 월간 내역서를 전자 우편으로 보내 드릴 수는 있어요."

상담원의 지시대로 정보를 불러 주고 전화를 끊은 뒤에도 부엌에 멍하니 서 있었다. 헤리가 내 다리에 머리를 들이밀고 문질러 댔다.

나는 리바이의 배당금을 계산해 보았다. 동생은 1월에 열여덟 살이 되었기 때문에 거의 9개월 동안 성인 배당금을 받았다. 성인 배당금은 1년에 3만 6000달러니까, 한 달에 3000달러가 들어왔다. 작년에는 미성년자였으니까 1년에 1만 2000달러를 받았으니, 세금을 제하면 한 달에 900달러쯤 받았을 것이다. 그 돈으로 리바이는 일단 자기 엄마 돈으로 구입한 허머 값도 조금씩 갚아 나가고 있었다.

은행 상담원이 잔액을 말해 주었을 때, 내 마음속에서 가장 먼저 떠오른 생각은 리바이가 어떤 식으로든 이 일에 관여되어 있다는 거였다. 부끄러웠다. 데이비드 삼촌에 대해서도 나는 가장 나쁜 쪽으로만 생각했다. 사랑하는 사람에 대해 성급하게 틀린 결론을 내려 버리는 버릇을 아직도 못 고친 것일까? 하지만 어느 쪽으로 가게 되건, 나는 단서를 따라가야 하는 거 아닐까? 아닌가?

나의 뇌와 장과 심장이 격렬한 전투를 벌이는 것만 같았다. 그전에는 늘 과학과 수학을 근거로 생각했다. 순서가 정해진 선형적인 생각을 했다. 하지만 그것이 직감을 무시하라는 말은 아니지 않을까? 원그래프처럼 면적을 유지한 채 그래프 한 부분의 면적을 늘리면 다른 부분의 면적은 줄어들어야 하는 걸까?

헤리가 내 턱을 물었다. 내가 이불 밑에서 발을 떨고 있는 게 짜증이 났기 때문이다. 나는 헤리를 밀어냈다.

"가서 엄마나 물어, 이 해충아."

헤리를 복도에 내놓은 뒤 문을 닫고 가볍게 돌아섰다. 오늘은 더는 골치 아픈 생각을 하기 싫어서 제이미를 생각하려고 애썼다. 엘리베이터에서 나눈 키스와, 나중에 내 호텔 방에서 한 키스를 생각했다. 언젠가 일을 모두 끝냈을 때 제이미와 함께 있는 순간을 생각하며 내 손을 이불 밑으로 집어넣었다.

하지만…… 어째서 아까 한 키스는 다르게 느껴진 걸까? 폭풍이 치기 전에 내 뺨에 한 키스 말이다. 폭풍. 스톰. 스토미. 스토미에게 어떻게 질문할지 생각해 내야 해. 스토미의 아빠는…… 그랜드메리가 노딘 씨의 할아버지에게 지어 보였을 표정을 나는 알았다. 펄 할머니가 내 귀에 내 오줌을 넣었다고 말했을 때, 나에게 지어 보인 것과 똑같은 표정을 지었을 것이다.

<u>프흐흐흐흐</u>. 이제 더는 생각에서 벗어날 방법이 없었다.

남은 방법은 단 하나, 주기율표를 외우는 것뿐이었다. 수소, 헬륨, 리튬, 베릴륨, 붕소, 탄소, 질소, 산소, 플루오린, 네온……

"너를 사랑하는 마음을 입증하려고 내가 무슨 짓까지 했는지 알아?"

트래비스가 청바지 뒷주머니에서 권총을 꺼내며 말했다.

그는 3미터 떨어진 곳에서 들리는 내 거친 숨소리를 따라 고개를 돌렸다. 떨리는 손을 돌려 권총을 내 코에 겨냥했다. 총구는 내 뺨으로, 입으로, 다시 이마로 이동했다.

"쏘지 마. 그애는 다우니스야."

나를 보는 릴리의 입이 쩍 벌어졌다.

"여기서 뭐 하고 있는 거야?"

모든 냄새가 나를 향해 날아왔다. WD-40, 트래비스의 체취, 축축한 이끼, 썩어 가는 나무껍질, 암모니아 냄새.

나는 죽을 거야. 내가 죽는 모습을 릴리가 지켜봐야 해.

"진짜 다우니스 맞아? '작은 사람들'이 내 곁을 떠나지 않아. 그 녀석들이 여기 있어. 나를 둘러싸고 있어."

트래비스는 안 보이는 적을 물리치려는 것처럼 마체테 칼을 휘두르듯이 권총을 사선으로 그었다. 트래비스는 나를 신경 쓰지도 않았다. 나는 릴리의 손을 잡았다. 달아날 수 있을 것이다. 제이미의 트럭으로 뛰어 들어갈 수도 있었다.

트래비스의 팔이 다시 내 얼굴로 향했다. 너무 두려웠다. 죽고 싶지 않았다. 엄마가 보고 싶었다. 트래비스의 총은 엄마도 함께 죽일 것이다.

"트래비스, 작은 사람들은 널 데려가지 않을 거야. 그냥 그 총을 나한테 줘."

릴리가 말했다.

릴리는 총으로 손을 뻗었다. 단호하게. 흔들리지 않는 손가락을 앞으로 쫙 펴고 있었다. 권총을 줘. 빨리.

트래비스는 릴리가 가져갈 수 있도록 권총을 내밀었다. 트래비스의 손이 경련을 일으킬 정도로 심하게 떨렸다.

"트래비스, 빨리 이리 줘. 안 그러면 다우니스가 다칠⋯⋯."

"네가 없으면 아무것도 할 수 없어."

트래비스의 손은 더는 떨지 않았다.

"사랑해."

탕!

릴리가 뒤로 넘어갔다. 두 팔을 활짝 펴고 땅에 떨어졌다.

릴리를 물끄러미 바라보던 트래비스가 몸을 돌려 나를 보았다.

"그들이 나한테 엄청 화를 내고 있어. 작은 사람들 말이야. 나는 그저 릴리가 나를 다시 사랑해 주기만을 바란 것뿐인데. 지금까지 나를 사랑한 건 릴리밖에 없었으니까. 사람들이 모두 나를 버릴 때 나를 믿어 주었어. 릴리는 다시 한번만 그래 주면 되는 거였어, 다우니. 하지만 그러지 않았어. 그래서 내 쿠키에 넣은 거야. 하지만 릴리는 그것도 원치 않았어. 그럼 이 방법밖에는 없는 거야."

트래비스는 관자놀이로 권총을 들어 올렸다.

벌떡 일어났다. 고맙게도 내 침실 문 밖에서 들려오는 소리 덕분에 꿈에서 깨어날 수 있었다. 아니, 그저 꿈이 아니었다. 그건 기억이었다. 트래비스가 조금도 떨리지 않는 손으로 릴리에게 방아쇠를 당겼던 끔찍한 순간의 기억이었다.

나는 내 삶의 거의 대부분을 트래비스와 알고 지냈다. 그런 트래비스가 어떻게 릴리에게 그런 일을 할 수 있었을까? 어떻게 사랑한다고 말하면서 릴리를 죽일 수 있었을까?

잠깐만. 꿈에서 나는 두 사람이 하는 말들을 들었다. 릴리가 마지막으로 한 말은 나를 보호하려는 시도였다.

트래비스는 무언가 다른 말을 했다. 그는⋯⋯ 작은 사람들에 관해 말했다.

그건 지금에서야 생각난 기억일까, 아니면 내 상상력이 만들어 낸 단어일 뿐일까?

작은 사람들 이야기를 한 노인이 있었는데? 쉽지는 않았지만 결국 그 노인이 누군지 생각해 냈다. 레너드 매니토우. 메이시의 할아버지가 작은 사람들 이야기를 했다. 레너드 할아버지는 노인 회관에서 점심을 먹지 않았다. 레너드 할아버지에게 질문을 하려면 세마ー가 있어야 했다. 오늘은 준 할머니에게 가기 전에 파이프 담배를 조금 더 많이 챙겨 가야겠다. 혹시라도 오늘은 계실 수도 있으니까.

침실 밖에서 다시 시끄러운 소리가 들렸다. 바닥에 대걸레를 미는 소리였다. 대걸레가 다시 양동이로 들어가면서 물이 튀는 소리도 들렸다. 내 방문 밑으로 익숙한 소나무 향기가 스며들어왔다. 한밤중에 청소해야 하는 엄마의 절실함이 또 작동한 것이다.

"그는 나를 사랑했어. 나는 알아, 데이비드. 내가 그런 일을 한 뒤에도 말이야."

나의 뇌는 그랜드메리의 프랑스어, 로렌조 할아버지의 이탈리아어, 엄마와 삼촌이 발명한 암호 언어를 들으면 자동적으로 영어로 번역했다.

"진실을 말해야 했어. 아무리 그 사람에게 화가 났다고 해도 말이야. 그랬으면 모든 게 달라졌을 텐데. 우리 아기가 아빠와 함께 지낼 수 있었을 텐데."

물이 튀는 소리가 엄청난 것으로 보아 엄마는 대걸레를 양동이에 담그고 격렬하게 위아래로 치대고 있는 것이 분명했다.

"데이비드, 그 사람은 자기가 팀에 들어가기만 하면 우리가 모든 걸 갖게 될 거라고 약속했어. 결국 엄마랑 아빠가 그 사람을 받아 줄 거라고 믿었거든. '인내심을 가져, 그레이스. 지금 우리는 인디언 타임을 지나고 있는 것뿐이야'라고 했어."

대걸레에서 물을 짤 때면 엄마는 섬세하게 키득거리는 웃음소리를 냈다.

"그래서 내가 '그건 언제나 늦었다는 뜻 아니야?'라고 물었더니, 리바이는 '인디언 타임의 진짜 뜻은 모든 일은 일어나야 할 때 일어난다는 거야'라고 했어."

엄마는 울기 시작했다.

이쯤에서 나는 보통 이불을 머리끝까지 뒤집어썼다. 하지만 오늘 밤은 침대에서 나와 문을 열고 조심스럽게 까치발로 복도를 걸었다.

"어째서 인디언 타임은 시간을 뒤로 돌릴 수 없는 거지? 일어나면 안 되는 일들을 왜 바꿀 수 없는 거야? 우리는 절대로 그 섬에 가면 안 되는 거였어. 그 사람을 찾아다니면 안 되는 거였어. 그 침실 문을 열면 안 되는 거였다고. 그 사람은, 그 여자가 술을 먹였다고 했어. 하지만 나도 그 파티에 있었는걸. 그 누구도 그 사람에게 일부러 술을 먹이지는 않았단 말이야."

거실에 거의 도착했을 때 엄마의 말은 흐느낌에 묻혀 잘 들리지 않았다. 하지만 나의 뇌가 문장의 빈 곳을 채웠다. 고통으로 가득 찬 엄마의 하소연을 듣는 게 처음은 아니니까.

"왜 마지막 순간에 그는 트럭에 뛰어올랐을까? 어째서 나를 그냥 가게 내버려 두지 않은 거지? 어째서 난 그렇게 빨리 달린 걸까? 도대체 왜 나는 그 망할 사슴을 받아 버리지 않고 피한 거지? 어째서 리바이가 운전을 한 거라고 거짓말을 한 걸까? 어째서?"

부엌 문턱에서 내가 대답했다. 엄마의 고백에 내가 끼어든 것은 이번이 처음이었다.

"왜냐하면 그날 밤에 엄마는 아빠에게 나에 대해 말하려고 했으니까. 하지만 엄마가 찾은 건 다나와 함께 침대에 있는 아빠였으니까."

나는 최대한 부드럽게 말했다.

여전히 흐느끼던 엄마는 나에게 달려와 안겼다. 나는 계속 말했다.

"엄마는 아빠가 엄마를 배신하고 약속을 깼다는 사실에 충격을 받고 화가 났으니까. 엄마는 열여섯 살밖에 되지 않았고, 부모님이 엄마가 임신 3개월이라는 사실을 알게 되면 어떤 일을 할지 몰라 두려워하고 있었으니까."

나는 엄마의 이마에 입을 맞추었다. 엄마가 매일 밤 잠자리에서 이야기를 들려준 뒤에 그랬던 것처럼, 지금도 내가 열이 나면 그러는 것처럼 말이다. 이런 입맞춤에는 치유 효과가 있었다.

"왜냐하면 엄마는 경찰을 보고 겁에 질렸으니까. 나중에 진실을 알리려고 노력했지만 아무도 믿어 주지 않았으니까. 그 뒤로는 엄마의 부모님이 엄마를 몬트리올의 친척 집으로 보내 버렸으니까. 엄마가 나를 데리고 돌아왔을 때 아빠는 다나와 결혼했고 리바이가 태어났으니까."

"너무 불공평해. 리바이가 나에게 약속한 모든 걸 다나가 다 가졌어."

속삭이는 엄마의 목소리에는 짙은 체념이 담겨 있었다.

엄마 때문에 심장이 부서지는 것 같았다. 비밀과 소문에 휘둘린 엄마의 인생 때문에 마음이 아팠다. 엄마의 상처는 너무 깊어서 흉터 조직은 계속 쌓여만 갔다. 두툼하게 부풀어 오른 짙은 빨간색 켈로이드가 엄마를 완전히 감싸 버려 꼼짝도 못하게 했다. 엄마는 과거의 어딘가에 갇혀 버렸다.

리바이 조셉 파이어키퍼 시니어가 깨 버린 약속 때문에 생긴 흉터.

남자가 하는 거짓말의 제왕.

어쩌면 나에게 생긴 상처도 너무 깊어서 결코 치유될 수 없을지도 몰랐다.

아빠가 약속을 한 사람은 엄마만이 아니니까. 아빠는 나에게 거짓말을 한 첫 번째 남자였다.

나는 일곱 살이었다.

그 상처는 아직도 아프다.

32장

로빈 베일리가 메스 과다 복용으로 심장이 멈춘 지 3일째 되던 날, 로빈 베일리의 가족과 친구들은 세인트 메리 성당을 가득 메웠다. 로빈의 부모님은 가톨릭 신자였기 때문에 오지브웨 전통에 따른 4일간의 여행은 하지 않았다.

니시나압 중에는 미사 시간에 향로에 세마-를 넣는 것처럼 자신들의 신앙과 전통 오지브웨의 영성을 적절하게 섞는 사람들도 있고, 베일리 가족처럼 철저하게 분리하는 사람도 있었다.

나는 스테인드글라스 창문에 가장 가까이 있는 신도석에 앉았다. 그랜드메리의 부모님과 로렌조 할아버지의 부모님을 기리는 현판이 붙은 신도석이었다. 우리 조부모님들은 그 신도석이 자신들 것이라고 비공식적으로 선언했다. 지금은 엄마 혼자 일요 미사에 나갔다.

나는 고등학교 2학년 때 더는 미사에 참석하지 않았다. 어느 일요일에 그랜드메리가 가톨릭 인디언들은 개종한 가톨릭 신자들이라며, 프랑스 선교사들이 전해 준 조직화한 종교이기 때문에 '원래' 가톨릭 신자들보다는 질이 낮은 개종자들이라고 했다.

"그럼 나는 어느 계급에 속해야 하는 거예요?"

내 말에 할머니는 "괜한 억지 부리지 마, 다우니스 로렌자. 넌 폰테인이야. 인디언이 아니고."라고 대답했다.

그때부터는 일요일마다 데이비드 삼촌과 함께 우리가 가장 좋아하는 식당에 가서 비공식적으로 우리 자리라고 선언한 부스에서 시간을 보냈다. 삼촌은 오래전에 그랜드메리의 게이 아들은 어머니의 천국에서 VIP 자리를 얻을 수 없다는 사실을 인정해야 했다.

내가 기도를 드리는 신은 여기 우리와 함께 있어, 다우니스. 너와 함께, 나와 함께, 우리 팬케이크와 함께 말이야.

가톨릭 기도문과 음성이 내 입에서 너무나도 자연스럽게 흘러나와서 깜짝 놀랐다. 기도문과 음성이 내 마음을 평온하게 해 준다는 사실에는 더욱 놀랐다.

나의 마음은 내가 TJ 키웨든에게 대학 교재를 던졌던 날, 학생회관에서 로빈과 앉아 있던 순간으로 되돌아갔다. 그날, 로빈은 나에게 많은 도움을 주었다.

네가 슈퍼히어로로 될 필요는 없어, 다우니. 괜찮지 않아도 괜찮아.

자신에게도 그 조언을 해 주었다면 좋았을 텐데. 로빈의 쇄골이 부러졌다는 건 알고 있었다. 내 어깨가 다쳤을 때 함께 다친 거니까. 내가 고등학교 2학년, 로빈이 3학년이었을 때 마지막 홈경기에서 상대 팀 선수가 우리를 볼링공처럼 한꺼번에 덮쳐 쓰러뜨리더니 득점을 올리려고 달려갔다. 결국 그 선수는 퇴장당했지만 경기장에서 나가기 전에 자기 팀 모든 선수들과 하이파이브를 했고, 로빈과 나는 전쟁 기념관 병원으로 실려 갔다.

엄마는 괴로워하는 나를 차마 볼 수가 없었기 때문에 고모가 나와 함께 갔다. 신참 의사가 나에게 내린 처방전을 살펴본 고모는 의사에게 그 처방전을 다시 내밀면서 "열여섯 살밖에 안 된 조카에게 옥시코돈을 처방할 수는 없어요"라고 말했다. 의사는 분노하면서 응수했다. *단기간 사용하는 건 안전하다는 걸 보증하죠.* 고모는 그 주장을 받아들이지 않았고 나에게 말했다. *넌 타이레놀과 기니기−니게 차를 마시면 돼.*

로빈의 마약 중독은 그때 시작된 걸까? 옥시코돈을 열흘 동안 먹어야 했고, 이 처방에 과민하게 반응하는 고모가 없어서? 로빈의 부모는 안전하다는 의사의 말을 전적으로 믿었을 것이다.

어쩌면 로빈은 자신이 도움을 요청하는 방법도 있다는 생각은 하지 못했을 수도 있다.

사람들을 실망시켜야 하는 게 힘들었을 것이다. 그토록 높은 기대를 받고 있을 사람이라면, 더더욱 남을 실망시키는 일이 힘들었을 것이다. 더구나 실수를 하고 결점을 드러내면 미친 듯이 달려들어 쪼아 댈 사람들이 있다는 걸 아는 상황에서는 말이다.

그 어떤 남자도 너에게 힘을 발휘할 수는 없게 해야 해. 그가 누구건, 사람들이 그를 얼

마나 사랑하건 간에 말이야. 설령 네가 그 남자를 여전히 원한다고 해도 말이야.

로빈은 누구에게 자신의 힘을 줘 버린 걸까? 그날, 교정에서 로빈은 완전히 지쳐 버린 것 같은 한숨을 내쉬었다. 어떤 남자가 그렇게 로빈을 무력하게 한 걸까? 로빈은 자기 편이 한 명도 없다고 느꼈을까? 로빈이 여전히 원하고 있던 남자조차도 로빈에게 전혀 힘이 되어 주지 못했던 걸까?

제이미와 론이 로빈을 보았다면 로빈이 메스에 중독되었음을, 내가 의심하는 것처럼 메스를 판매하고 있었음을 알아보았을까? 두 사람은 로빈의 이야기를 몰랐다. 나도 모르기는 마찬가지지만 로빈에게는 로빈만의 이야기가 있다는 사실은 안다. 아니, 있었다는 건 알고 있다. 그 이야기를 알아내야 하고 수사에 도움이 되는 이야기라면 두 사람에게 알려 주어야 한다.

나는 이 수사에 함께 해야 한다.

우리 공동체는 해답의 일부가 되어야 한다.

장의사가 관 뚜껑을 닫았다. 로빈의 어머니는 내가 릴리의 주검을 보았을 때 질렀던 소리를, 훨씬 더 강렬하고 크게 내질렀다. 자신이 부르짖는 소리라는 걸 깨닫지도 못한 채 터져 나오는 끔찍한 울음소리를 냈다.

얼마나 많은 사랑하는 사람들이 이런 고통을 겪어야만 이 수사가 끝이 날까?

장례 미사가 끝난 뒤에 로빈의 삼촌은 사람들에게 장지에서 치를 의식을 지켜봐 주고 치 무과 경기장에서 대접하는 점심을 먹고 가라고 말했다. 그리고 지금으로부터 3일 뒤인 금요일에는 로빈 조이 베일리 기념 재단을 설립하기 위한 자선 하키 시합이 열린다는 소식도 함께 전했다.

베일리 부인이 나를 보며 눈물을 글썽거리는 얼굴로 웃었다.

나도 수 고등학교 소속으로 시합에 나가기로 했다. 바비 코치는 나머지 인원을 현재 소년 대표 팀에서 뛰는 아이들로 채우겠지만, 그보다 먼저 로빈과 함께 아이스하키를 했던 우리에게서 지원자를 뽑았다.

모든 마을이 시합을 위해 준비에 나섰다. '나를 그랜트라 부르라'는 비영리 단체가 될 기념 재단을 위해 자문 변호사가 되어 주겠다고 했고, 다나는 파이어키퍼 가족의 이름으로 막대한 후원금을 기부하겠다고 약속했다. 슈가섬 오지브웨 부족은 마을 광고판을 모두 임대해 블루데빌스 팀의 시합복을 입고 하키 스틱에 기댄 로빈의 3학년 무렵 사진을 실은 기금 마련 광고를 하겠다고 약속했다.

추수 감사절 휴가 기간에 리그를 잠시 쉴 때 말고는 수프의 시합이 없는 주말은 이번 주말밖에 없었기 때문에 모든 것을 빠르게 준비해야 했다. 언제나 10월 첫째 주 주말에 슈피리어 팀은 토요일에 열리는 샤갈라를 위해 시합을 비워 두었다. 샤갈라가 열리는 토요일은 2년을 통틀어 마을에서 가장 화려한 행사가 열리는 주말이었다.

사실 마을만이 아니었다. 이번 주는 나에게도 특별했다. 금요일은 내 생일이었다.

베일리 가족이 제공하는 점심은 건너뛰고 준 할머니를 만나 노인 회관으로 갔다. 여객선으로 가는 길에 작은 편의점을 보았고, 레너드 매니토우 할아버지에게 줄 세마−가 생각났다. 다행히도 편의점에는 꽤 훌륭한 담배가 있었다. 고모는 말아 피우는 담배가 폐에 더 나쁘니 선물용으로는 파이프 담배가 더 낫다고 했다. 편의점에서 파이프 담배 주머니를 몇 개 샀다.

노인 회관 식당으로 들어가서는 열정적으로 식당을 둘러보았다. 몇 주 전에 레너드 할아버지는 작은 사람들 이야기를 했다. 그 끔찍한 날 밤에 트래비스가 그랬던 것처럼 말이다. 레너드 할아버지의 작은 사람들 이야기는 숲에서 길을 잃은 상황과 관계가 있었다. 어쩌면 할아버지는 너무 추워서 환각 상태에 빠졌는지도 몰랐다.

잠시 뒤에 내 심장은 가라앉았다. 레너드 할아버지는 오늘 노인 회관에 오지 않았다.

미니 할머니는 준 할머니가 패스티에 케첩을 잔뜩 뿌리는 모습을 보자 성호를 그었다. 나는 점심을 먹으면서 실패한 계획을 만회할 방법을 정신없이 고민했다. 미니 할머니는 아들의 오늘 일정을 알고 있을지도 몰랐다. 하지만…… 어떤 식으로 물어봐야 할지 도무지 좋은 생각이 떠오르지 않았다.

준 할머니와 미니 할머니가 아니시나−베모원을 유창하게 말하는지를 판단하는 방법에 대해 논쟁을 벌였다.

"누군가 '말 위에 앉아서 애플파이를 한 조각 먹는 사람이 있다'라고 말할 때, 그 말을 아무 문제 없이 했으면 유창하게 말한다고 할 수 있지."

준 할머니가 말했다.

"에. 어떤 단어가 살아 있는지를 알아야만 구별할 수 있으니까, 말하는 단어가 생물인지 무생물인지를 구별할 수 있으면 유창하게 말한다고 할 수 있는 거야."

미니 할머니가 반론을 제기했다.

지나가던 존시 할아버지와 지머 할아버지가 멈추더니 끼어들었다.

"방언의 차이를 알아들으면 유창한 거지."

지머 할아버지가 말했다.

"언어 선생이 시험에 통과했다고 말하면 유창한 거야."

존시 할아버지가 말했다.

"그 언어로 꿈을 꾸면 유창한 거야."

저쪽 식탁에서 시니 할머니가 큰 소리로 말했다.

그 순간 모두 동의한다는 듯이 입을 다물고 고개를 끄덕였다.

그때 레너드 매니토우 할아버지가 식당으로 들어왔다. 나는 몸을 똑바로 세우고, 내가 백일몽을 꾸는 게 아니라는 걸 확인하려고 눈을 깜빡였다. 레너드 할아버지는 우리가 앉은 식탁으로 걸어오더니 미니 할머니에게 새로 타 온 처방 약을 내밀었다. 어머니의 뺨에 입을 맞춘 레너드 할아버지는 커피만 한 잔 챙겼을 뿐 다른 것은 먹지 않았다. 할아버지는 친구들이 있는 식탁으로 걸어갔다. 레너드 할아버지가 다른 곳에서 점심을 먹고 왔다면 노인 회관에는 오래 머물지 않을 것이다.

준 할머니와 미니 할머니가 식사를 끝내자마자 나는 두 분의 접시를 들고 퇴식구로 달려갔다.

"왜 그렇게 서두르는 거니? 미니가 하룻밤 새 피너클 실력이 더 나아지지는 않았단다."

"자기가 카드에 대해 모르는 걸 정리하면 책 한 권이 나올걸."

준 할머니의 말에 미니 할머니가 반박했다.

쟁반을 퇴식구에 가져다 놓고 식당을 가로질러 갔다. 레너드 할아버지에게 거의 닿았을 때 고모가 나타났다. 존시 할아버지가 저 멀리에서 고모에게 소리쳤다.

"어이, 거물! 우리가 자네들한테 얼마를 지불하고 있는 거야?"

고모는 할아버지 말에 대답하지 않고 내 팔을 잡고 식당에서 나왔다.

이런 젠장. 고모는 잔뜩 화가 나 있었다.

"금요일에 시합에 나간다는 게 사실이야?"

"네. 로빈을 위한 시합이니까요."

나는 주차장을 재빨리 둘러보았다.

"망할. 그 애는 네가 위험을 감당하는 걸 바라지 않을……."

"하지만 로빈은 여기 없어요. 그래서 시합을 하는 거잖아요."

고모가 눈을 가늘게 뜨고 나를 보았다.

"도대체 네가 뭘 하고 있는 건지 모르겠어. 하지만 알아낼 거야. 두고 봐."

고모는 손가락으로 내 가슴을 쿡 찔렀다.

이제는 고모가 가겠거니 생각했지만 아니었다. 그게 시작이었다.

"넌 어리석은 결정을 내리고 있어. 넌 지금 엉뚱한 아이들하고만 어울리고 있어. 우리 집에 와서 쌍둥이는 만날 생각도 하지 않고."

고모 말이 맞았다. 나는 나쁜 언니였다. 하지만 고모는 내가 우리 공동체를 위해 어떤 일을 하는지 알지 못했다. 쌍둥이가 절대로 친구를 잃지 않도록……, 자매를 잃는 일이 없도록 내가 어떻게 애쓰는지 몰랐다. 쌍둥이가 누군가를 잃을지도 모른다는 생각을 하자 몸이 부르르 떨렸다.

진실은 말할 수 없어요. 고모가 상처받았다는 걸 알아요. 하지만 모두 고모를 지키려고 하는 일이에요.

"문자를 보내도 네 번 보내면 간신히 한 번 답장할 뿐이잖아. 너희 엄마 말이 집에는 붙어 있지도 않는다며."

"수업이……."

"다우니스 파이어키퍼. 나한테 거짓말하려고 하지 마!"

고모가 고함을 질렀다.

"너랑 자는 그 수프 때문이야? 너, 정말 남자 침대에 들어가자마자 자기 일은 까맣게 잊어버리는 여자가 되고 싶은 거야?"

고모가 나를 이렇게까지 몰랐던 걸까? 내가 남자 때문에 나 자신을 잃어버리는 능력이 있다고 정말 믿는 걸까?

"나는 그런 게 아니……."

"TJ는 제이미를 믿지 않는댔어."

뭐라고? 너무 놀라서 즉시 반응할 수가 없었다. 고모와 나는 서로를 노려보았다.

"TJ랑 말을 섞었다고요? 걔가 나한테 그런 일을 했는데도?"

내 입에서 튀어나오는 쇳소리가 너무 듣기 싫었다.

고모는 깊이 숨을 들이마셨다. 무슨 말인가를 하려고 했지만 내가 막았다.

"TJ 키웨든은 나에게 말할 권리도, 나에 관해 말할 권리도 없어요. 절대로."

"그렇게 단순한 문제가 아니……."

고모가 내 말을 막고 끼어들려고 했다.

"아니, 그렇지 않아요."

나는 몇 걸음 물러났고, 뒤돌아서 걸어가기 전에 고모에게 말했다.

"고모, 난 고모가 언제나 내 편이 되어 줄 거라고 믿었어요."

고모의 SUV가 주차장을 떠날 때까지 기다렸다가 식당으로 돌아갔다. 노인들은 나를 쳐다보려고도 하지 않을 것이다. 모두 고모가 나에게 소리친 걸 들었을 테고, 고모를 알고 있으니 내가 혼날 일을 했다고 생각할 것이다.

하지만 나도 고함을 질렀다. 고모와 나 사이의 무언가가 바뀐 것이다. 그것이 좋은 것인지 나쁜 것인지는 알 수 없었다. 어쩌면 좋기도 하고 나쁘기도 할 것이다. 릴리는 내가 항상 흑백 논리로만 생각한다고 하지 않았나?

노인들은 평소와 다름없는 활동을 했다. 준 할머니와 미니 할머니는 존시 할아버지, 지머 할아버지와 함께 피너클을 하고 있었고, 시니 할머니는 퍼즐을 맞추고 있었지만 계속해서 나를 흘끔흘끔 쳐다보았다.

레너드 매니토우 할아버지가 마카데-마시키키와부를 다시 한 잔 따라서 식탁으로 돌아가자 나도 재빨리 다가가 할아버지 옆에 앉았다. 나는 세마- 주머니를 꺼내 할아버지의 커피 머그잔 옆에 놓았다.

"미소미스, 작은 사람들 이야기를 들려주시겠어요? 지금은 적절한 시간이 아니라면, 괜찮으신 시간에 만나서 이야기를 듣고 싶어요."

고모는 세마─를 선물하면서 무언가를 부탁할 때면 상대방이 내가 부탁한 요청을 생각해 볼 수 있도록 대안을 제시하는 게 좋다고 가르쳐 주었다.

제발 지금 당장 알려 줘요. 나는 조용히 간청했다. 초조한 탓에 식탁 밑에서 내 다리가 마구 떨렸다.

레너드 할아버지는 파이프 담배 주머니에 손을 얹더니 단 한 번 고개를 끄덕였다. 나의 안도감이 열망으로 바뀌었다.

"할아버지는 숲에서 실종된 적이 있다고 하셨죠?"

이 말을 내뱉은 순간, 할아버지가 이야기의 포문을 열 기회를 빼앗았다는 사실에 부끄러워졌다. 조바심이 나를 이긴 것이다. 나를 꾸짖는 고모의 목소리가 들려왔다. *넌 그것보다 잘 할 수 있잖아, 다우니스!*

레너드 할아버지의 눈이 위에서 옆으로 이동했다. 기억 파일을 뒤지는 것이다.

"다섯 살이었어. 새총을 가지고 토끼를 쫓고 있었지. 그놈들은 먹기가 좋거든. 지금도 그래. 토끼 수프는 누구한테도 양보 못 하지."

할아버지가 토끼 수프의 기억을 삼키는 동안, 나는 재빨리 그 맛과 따뜻함이 할아버지에게 계속 스며들 수 있게 해 달라고 기도했다.

"엄청나게 눈이 많이 왔어. 내 엄지손가락만 한 눈이 내렸지. 몸을 돌려서 집으로 가는데 계속 걷게 되는 거야. 그래도 우리 집에 가거나 옆집에 가게 될 거라고 생각했지. 나는 작지만 아주 재빠른 녀석이었어. 당연히 엄마가 부르는 소리를 들을 수 있을 거라고 생각했지만 너무 멀리 가 버렸던 거야."

레너드 할아버지는 창문을 내다보았다. 생각 속에서 길을 잃은 표정이었다.

"어두워지기 전까진 무섭지 않았어. 나는 코트 아래 셔츠에 팔을 집어넣었어. 이렇게 말이야. 이렇게."

할아버지는 팔짱을 끼더니 두 손을 겨드랑이 밑에 넣었다.

"아래로 기어가서 기대고 앉을 수 있는 소나무를 찾아다녔지. 하지만 점점 더 추워지는 거야. 그런 추위를 겪어 본 적이 있나?"

나는 성년식 단식 때 바위 위에 비닐 방수포를 깔고 앉아 두툼한 모직 담요를 덮고서 덜덜 떨었던 순간을 떠올렸다. 멀리서 스토미 아빠가 치는 북소리가 들렸다. 필요하다면 소리쳐 그를 부를 수도 있었다. 나를 위해서도 누군가가 와 있을 터였다. 그러니까 나의 경험은 레너드 할아버지의 경험과는 달랐다. 나는 고개를 저었다.

"곧바로 작은 사람들이 와 주었어. 나보다 작지만 사실 나보다 어리지는 않은 사람들이야. 작은 사람들에 대해 내가 들은 이야기대로라면 나는 그들을 두려워할 이유가 전혀 없었어. 조금 짓궂기는 해도 장난을 즐기는 녀석들이었으니까. 어머니가 빨랫줄에 걸어 놓은 옷을 묶는 일 같은 짓을 하는 녀석들이니까. 장난이라면 나도 둘째가라면 서러운 녀석이었으니 작은 사람들을 따라갔지. 그 사람들은 큰 바위로 갔어. 그들 중 한 명은 항상 여기에 있는 늙은 할아버지 바위였어. 나도 그 바위에 있었는데 그 바위를 통과해 지나간 거야. 섬 아래 있는 시냇물을 타고 지나갔어. 고속도로처럼 말이야. 내가 알지 못하는 곳을 교차해 지나갔어."

할아버지의 표정이 밝아졌다.

"메이시가 키웨잔 때 함께 물놀이장에 갔었어. 그 애는 터널 미끄럼틀을 탔지. 전혀 두려워하지 않고 말이야. 자기 아빠가 기다리고 있는 수영장으로 내려가면서 정말 크게 웃었어. 그걸 보니까 지하 샘으로 내려갔던 순간이 생각났어. 내 손녀는 나랑 같아. 두려움이 없지."

레너드 할아버지가 더 많은 이야기를 해 주기를 바랐지만, 초조하지는 않았다. 그저 할아버지 옆에 앉아 그가 말해 주고 싶은 이야기를, 준비가 되었을 때 말하는 이야기를 듣는 것만으로도 충분했다. 우리는 인디언 타임을 지나고 있었다.

"작은 사람들은 나를 데리고 다시 그 바위를 통과했어. 나한테 소리치는 아빠의 목소리가 들리더군. 나도 아빠에게 소리쳤고 아빠가 나를 찾아냈어. 내가 이틀 동안 사라졌다고 했어. 부모님한테 내가 있던 곳 이야기를 해 주었지. 아빠는 그런 일은 있을 수 없다고 했지만 엄마와 우리 노코미스는 그때부터 항상 작은 사람들을 위한 선물을 준비했어. 구리 골무, 직접 뜬 모자, 세마−, 곰 기름 약 같은 거 말이야."

펄 할머니도 그런 물건들을 밖에 두었다. 아트 고모부가 의식의 불을 돌볼 때면 고모는 작은 접시에 음식을 담아 숲 가장자리에 놓아 두었다. 그러니까 나는 언제나 작은 사람들 이야기를 듣고 자랐으면서도 그 이야기에는 크게 주의를 기울이지 않았던 것이다.

네 부츠를 밖에 두면 외부 화장실에 사람들이 올 거야. 그 사람들이 작은 사람들이야.

신발 끈에 매듭이 생겼어? 그건 작은 사람들이 너를 놀리려고 그런 거야.

잘 쌓아 둔 장작이 흩어져 있다고? 분명히 작은 사람들이 그런 거야.

작은 사람들에 관해 나쁜 이야기는 들어 본 적이 없었다. 트래비스가…… 그 말을 하기 전까지는 말이다.

"혹시 작은 사람들이 나쁜 일을 하거나 화를 낼 수 있다고 생각하세요?"

나는 심장이 마구 뛰고 있음을 숨겼다. 그저 호기심에 묻는 것처럼 꾸미며 트래비스가 제공한 단서를 기반으로 다람쥐 첩보원으로서의 탐색을 시도했다.

레너드 할아버지는 대답하지 않고 생각했다. 너무 오래 생각을 하고 있어서 내 질문을 잊어버린 건 아닌지 초조해졌다.

"휘발유를 흡입하던 사촌이 있었지. 차 옆에서 기절해 있는 녀석을 찾아내고는 했어. 한번은 그 녀석이 자기한테 작은 사람들이 고함을 질렀다는 거야. 그런데도 계속 휘발유를 흡입했어. 내가 지금도 작은 사람들이 찾아와서 너한테 고함을 지르냐고 물어보았지. 그 녀석이 언제나 그곳에 있었던 건 아니거든. 내 말이 무슨 뜻인지 알 거야."

레너드 매니토우 할아버지는 자신의 옆 머리를 톡톡 두드렸다.

"그 녀석 말이 마지막으로 자기를 찾아왔을 때, 작은 사람들이 자기를 위해 울었다고 했어. 그 뒤로는 전혀 못 보았다고 하더군."

"할아버지 사촌이라고요?"

레너드 할아버지는 고개를 끄덕였다.

"그래. 스키니 매니토우. 그 녀석 할머니만 손자를 엘머라고 불렀지. 그 녀석이 자기가 생각한 걸 그리면 사진이라고 믿을 정도였어. 부끄러운 일이지. 그 녀석은 불에 타 죽었어. 휘발유를 들이붓고 담배에 불을 붙였거든."

할아버지는 고개를 저었다.

"치 미-그웨치." 내가 말했다.

"네가 아는 사람도 휘발유를 마시나?"

나는 고개를 끄덕였다.

"비슷한 걸 해요."

33장

이번 수사를 하면서 만나는 모든 문제가 그랬듯이, 레너드 매니토우 할아버지의 이야기도 답보다는 더 많은 질문만을 남겼다. 다음 날 아침, 나는 어제의 질문들 가운데 어느 하나도 해답에 접근하지 못한 채로 일어났다. 트래비스는 무슨 일에 얽힌 거지? 어째서 작은 사람들이 자기에게 화를 낸다고 생각한 걸까? 정말로 무언가를 본 걸까, 아니면 환각 상태였던 걸까? 작은 사람들에 대해 또 다른 이야기를 해 주거나 버섯에 대해 나에게 가르침을 줄 수 있는 노인들은 없는 걸까?

더 많은 토끼굴에 걸려 넘어지지 않고도 수수께끼를 풀 수 있는 방법은 없는 걸까?

잔뜩 흩어진 생각들을 가지고 여객선으로 향했다. 레너드 매니토우 할아버지가 사라졌을 당시 그는 쌍둥이와 거의 같은 나이였다. 작은 사람들이 그를 데리고 바위를 통과해 갔다고? 겁이 없는 메이시는 미끄럼틀을 향해 돌진했고? 내가 아는 메이시라면 분명히 굉장한 자세를 취했을 것이다. 쌍둥이와 함께 본 만화 〈파워퍼프 걸〉에 나오는 버터컵처럼 주먹 쥔 팔을 곧게 뻗고 내려갔을 것이다.

고모의 말은 여전히 마음 아팠다. 어떻게 나를 남자한테 휘둘리는 바보 같은 여자라고 생각할 수 있을까? 자신과 쌍둥이를 버리고 남자랑 마을에서 빈둥거리는 여자로 몰고 가다니. TJ 키웨든이 제이미를 좋게 생각하지 않는다는 말을 어떻게 나에게 할 수 있지? 그건 고모가 참견할 일도 아니고, TJ는 더더욱 참견할 일이 아닌데도 말이다.

TJ가 나쁜 남자를 찾고 싶다면 자기를 볼 수 있게 거울을 가져다주면 된다.

강을 건널 때 새로 산 세마― 주머니에서 담배를 꺼내 강에게 바쳤다. 레너드 매니토우 할아버지의 이야기를 듣게 해 주셔서 감사하다고 말하고 도와 달라고 부탁했다.

"오늘은 정말로 이겨야 해요."

나는 큰 소리로 말했다.

시계를 보았다. 수 고등학교에서 마지막 피리어드가 열릴 시간이었다. 그 뒤에 수 고등학교 아이들은 수프와 연습하려고 치 무과 경기장으로 갈 것이다. 그러니 지금이 리바이를 만나러 가서 공동 계좌에 관해 묻고 모든 의혹을 떨쳐 버릴 절호의 기회였다.

치 무과 경기장의 로비는 부자연스럽게 느껴질 정도로 조용했다. 이곳은 하키 합동 연습이나 시 대항 배구 대회, 드롭인 농구 시합, 댄스 강습, 방과 후 수업, 부족 대학교 위성 강의가 열리거나 유모차를 밀면서 워킹 트랙을 도는 엄마들이 나타나기 전까지는 조용할 것이다.

매표소 옆에는 수프의 자선 모금 시합을 알리는 커다란 광고판이 있었다. 오늘 신문 지면은 그 이야기로 거의 채워졌고, 신문 1면에는 아주 작게 로빈의 사진이 실려 있었다. "금요일, 수 슈피리어 대 블루데빌스 올스타 총출동!"이 신문의 헤드라인이었다. 로빈에 대한 이야기는 없었다. 슈피리어 팀의 주장인 리바이의 사진이 지면을 크게 차지했고, 두 코치들, '나를 그랜트라 부르라', 다나 같은 거물급 기부자들 사진이 함께 실려 있었다. 기사를 샅샅이 뒤지고 나서야 간신히 4면에서 로빈의 이름을 발견했다.

그러니까 로빈은 이미 주변부로 밀려나 버린 것이다.

나는 광고판에서 떨어져 배구 코트로 이어진 복도에 도착할 때까지 뒷걸음쳤다.

로비 문은 열려 있었다. 남자들 웃음소리가 들렸다. 대부분 익숙한 목소리였다. 그 애들은 같이 잤거나, 잤으면 하는 여자들에 대해 큰 소리로 떠들었다. 나는 한숨을 쉬었고 숨어 있기로 했다. 아직은 하키 세계로 들어갈 자신이 없었다.

"그 젖꼭지가 근사한 예쁜 인디언 여자애는 누구야?"

모르는 목소리가 물었다.

"남자를 먹는 메이시?"

마이크가 말했고 모두 크게 웃었다.

"기다려."

리바이가 크게 소리쳤고, 리바이가 남자아이들과 합류할 무렵에는 나를 향해 다가오는 발걸음 소리가 들렸다.

모르는 목소리가 물었다.

"아, 존슨을 발라 버린 그 무시무시한 여자애는 누구지? 엉덩이가 끝내주던데."

나는 주먹을 굳게 쥐었다.

"야, 장난해?"

리바이가 소리를 질렀고, 곧바로 주먹이 뼈에 부딪히는 소리가 났다.

"그 애를 그런 식으로 말하지 마. 너보다 열 배는 가치 있는 애니까."

"이런, 그 애가 얘 누나야."

마이크가 우리 둘의 관계를 전혀 몰랐던 남자아이에게 말했다.

나는 숨어 있던 곳에서 고개를 내밀어 상황을 살펴보았다. 리바이에게 고마운 마음과 폭력에 의존했다는 사실에 화가 난 마음이 갈렸다. 스토미와 마이크가 코피를 손으로 막고 있는 남자아이에게서 리바이를 떼어 놓고 있었다.

"한 번만 누나를 쳐다보기만 해. 네 하키 인생을 끝장내 버릴 테니까."

다친 곳은 없는지 손가락을 폈다가 접기를 반복하면서 내 동생이 고함을 질렀다.

나는 전기에 감전된 것처럼 충격을 받고 숨어 있던 곳에서 뛰어나갔다. 지금까지 동생이 저렇게 화내는 모습은 본 적이 없었다. 목소리도 뒤틀린 자세도 너무 낯설었다.

나를 발견한 마이크가 리바이를 쿡 찔렀다.

"안녕, 다우니스."

마이크는 지나칠 정도로 친근하게 인사했다.

"먼저 가."

리바이가 친구들에게 말했다.

"너는 말고."

코피를 흘리는 남자아이에게 말했다.

"넌 사과해."

리바이의 팀 동료가 짧게 나와 눈을 마주쳤다. 그의 얼굴에는 부끄러움과 두려움이 가득했다.

"미안."

얼굴을 감싼 손 때문에 목소리가 제대로 들리지 않았다.

리바이는 황급히 걸어가는 그 남자아이를 보았고, 나는 동생을 지켜보았다. 동생의 눈에서 발산하고 있는 광채가 마음에 들지 않았다. 그건 분노 때문이 아니라 만족감에서 나오는 빛이었으니까. 동생의 얼굴에서 그 빛이 사라지자, 리바이는 나를 꼭 끌어안았다.

"내가 저 녀석한테 완전 또라이 짓 한 거 봤어?"

리바이가 밝게 말하더니 나를 경쾌하게 밀어냈다.

"아빠가 나를 자랑스러워할 거야. 네 명예를 지켰으니까, 안 그래?"

"리바이, 넌 그냥 또라이가 아니었어. 솔직히 말하면…… 충격적이었지."

"헤이, 그 누구도 내 누나를 모욕할 수는 없어."

"하지만 남자애들은 늘 여자에 대해 그런 식으로 말하잖아. 너도 여자들 이야기를 그런 식으로 하고."

내가 받은 충격은 드디어 생각으로 정제되어 나왔다.

"나를 두고 그런 말을 할 때 화가 난다면……, 누가 됐건 너랑 네 친구들이 여자에 관해 말할 때도 화가 나야 하는 거야."

깜짝 놀란 표정으로 리바이는 나를 보았다. 내 동생이 전구가 켜진 상태가 되기까지는 30초 정도가 걸렸다.

"그런 생각은 해 본 적 없었어."

리바이가 다시 나를 안았고 나는 희망으로 가득 찼다. 리바이는 난폭한 또라이가 아니었다. 리바이는 내 동생이었다. 완벽하지는 않지만 성장할 수 있는 남자였다. 나도 리바이를 세게 안았다.

다음 순간 왜인지는 모르지만 우리는 두 사람만이 이해하는 농담을 한 어린아이들처럼 크게 웃었고, 리바이가 유쾌하게 나를 밀어냈다.

"여긴 왜 온 거야? 러버보이 기다려?"

리바이가 물었다.

그 말이 신호라도 된 것처럼 제이미가 로비로 걸어들어왔다. 제이미의 웃음이 눈에까지 닿아 있었다. 너무나도 부드럽게 한 팔을 뻗은 제이미는 내 허리를 감싸 안더니 나를 어루만지고서는 가던 길을 계속 가 버렸다.

와, 이런. 너무 화끈했다.

"부드러운 움직임이야."

탈의실로 향하는 제이미에게 리바이가 소리쳤다. 리바이는 나에게로 시선을 돌려 자기 물음에 답을 해 달라는 표정으로 나를 보았다.

리바이가 나에게 무엇을 물었더라? 잠깐, 나는 샤갈라 무도회장에서 함께 춤을 추는 제이미와 나 외에는 아무것도 생각할 수 없었다. 물론 에드워즈 부인의 가게에 가야 한다는 사실을 잊지는 않았다. 그건 정말 무서웠다. 더는 그랜드메리의 의상실이 아닌 그곳을 한 번도 가 본 적이 없었다. 어쩌면 그다지 나쁘지 않을 수도 있다. 드레스 피팅이라니, 어떤 일을 해야 하는지 상상이 되지 않았다. 돈을 얼마나 내야 하는지도 알 수가 없었다.

돈, 은행, 맞다! 내가 웃었다.

"너희 저녁 먹을 돈이 충분한지 알아보려고 강 건너 은행에 전화를 했었어. 우리 공동 계좌에 왜 그렇게 많은 돈을 넣어 둔 거야?"

리바이는 잠시 영문을 모르겠다는 표정을 지었지만 곧 알았다는 표정으로 바뀌었다.

"아, 그거."

리바이도 웃었다.

"서치몬트 근처에 땅을 사고 있거든. 멋진 투자 아니야? 캐나다 계좌를 이용하는 게 더 유리하다고 해서 넣어 둔 거야."

"이런 갑부 같으니라고."

안도감으로 살짝 어지럽기까지 했다. 답을 얻었으니 되었다.

"근데 왜 온타리오에 있는 걸 사려는 거야? 바비 코치는 늘 여기서 땅을 찾잖아."

"그래서 바비 코치가 지금까지 한 번도 크게 성공한 적이 없는 거야."

리바이는 고개를 옆으로 기울였다.

"한 가지 물어보려고 하는데 화내지 않겠다고 약속해 줘."

"좋아."

나는 약간 주저하면서 말했다.

"그랜드메리는 차도가 없는 거……, 맞지?"

나는 신발을 내려다보았다.

"그랜드메리가 돌아가시면 미시간 대학교로 갈 거야? 아니면 이곳에 남아서 제이미하고 계속 만날 생각이야?"

정말로 깜짝 놀랐음을 꾸미지 않아도 되는 건 기분 좋은 일이었다.

"모르겠어. 어떻게 살아야겠다는 계획이 있었는데 지금은 모든 게 바뀌었어."

"이제는 새 계획이 필요할 것 같아. 바비 코치가 늘 말했잖아. '계획을 짜지 못하는 건 실패한다는 계획을 짜는 것이다.'"

리바이의 말에 나는 웃었다.

"네가 코치님이랑 지낸 시간보다 나랑 코치님이 함께한 시간이 두 배는 많을 텐데, 네가 그 누구보다도 바비 라플레어의 명언을 많이 인용하는 거 같아."

리바이는 어깨를 으쓱해 보이더니, 자신만의 완벽한 웃음을 지어 보였다.

"나랑 투자해 보는 건 어때?"

진지한 모습의 리바이는 갑자기 소년처럼 보였다.

"우리가 사업을 함께할 수는 없을까? 너의 천재적인 뇌랑 내 뇌를 합치는 거지. 그럼 그 누구도 우리를 막을 수 없을 거야."

"음…… 그랜드메리가 가족이나 친구랑은 같이 사업을 하는 게 아니랬어."

내 말에 리바이가 한쪽 눈썹을 추켜세웠다.

"왜?"

"왜냐하면 사람들은 사업을 민주적이라고 생각하기 쉽지만, 사실 사업이 성공하려면 어려운 결정을 내리면서 개자식도 될 리더가 필요하니까."

"그랜드메리가 정말로 '개자식'이라고 했어?"

"네가 이해할 수 있게 번역해 준 거야."

내 말에 우리 둘 다 웃었다.

"아무튼 진지하게 하는 말이야. 그랜드메리의 조언은 다른 사람들에게는 좋은 충고일 수 있어. 하지만 우리는 특별하잖아. 안 그래? 우리는 서로를 조심스럽게, 진실하게 대할 거야."

리바이의 말은 옳았다. 어려운 일이 닥친다면 우리는 서로에게 기댈 수 있는 등이 되어 줄 것이다.

"계획을 세우는 데 실패했다는 이야기가 나와서 하는 말인데 생일 때 뭐 할 거야?"

나는 조금 전의 리바이처럼 한껏 과장된 몸짓으로 어깨를 으쓱했다.

"로빈을 위해 하키 시합을 하겠지. 그다음 날에는 제이미와 함께 샤갈라에 가고."

"마이크의 부모님이 오기마 스위트룸에서 늘 하던 샤갈라 뒤풀이를 할 거래. 우리는 마이크 집에서 밤새 놀 거고. 혹시 특별히 원하는 선물 있어?"

리바이의 말을 듣는 순간 원하는 것이 떠올랐다. 아니, 나에게 필요한 것이 생각났다.

"아빠 스카프. 늘 너희 집 어딘가에 있다고 했잖아. 찾아봐 줄 수 있어?"

나의 여덟 번째 생일은 아빠 없이 지내야 하는 첫 번째 생일이었다. 리바이는 내 기분을 풀어 주려고 애썼지만 동생이 할 수 있는 일은 없었다. 내 동생이 나에게 아빠와 함께 찍은 사진을 가져다주기 전까지는 말이다.

리바이와 나는 태그 팀 레슬링을 하는 것처럼 아빠에게 덤비고 있었다. 나는 테드 할아버지의 안락의자에서 아빠의 등을 향해 벌떡 뛰어오르고 있었다. 리바이는 뒤에서 공격하기로 했을 텐데 어찌 된 일인지 계속해서 앞에서 공격하고 있었다. 카메라는 밝게 웃는 아빠를 사진에 담았다. 그 사진을 보기 전까지는 내가 아빠를 잊어버릴까 봐 두려워하고 있었다. 리바이가 내 여덟 번째 생일에 준 선물은 바로 그거였다. 아빠의 깊고 우르릉거리는 웃음소리.

아빠는 굉장히 긴 스카프를 이용해 우리를 데리고 링크를 돌면서 웃었다. 지금은 망가진 다리로 스케이트를 타고 얼음을 지치는 일이 얼마나 고통스러운지 안다. 하지만 아빠는 우리와 함께 얼음 위에 있다는 사실에 행복해했다.

리바이가 나를 안았다.

"너를 위해서 반드시 찾아올게."

약속 시간보다 조금 이르게 의상실에 갔다.

"어머나, 세상에. 마음 한 켠으로는 네가 오지 않을 거라고 생각했어. 그때는 수색 팀을 보내야지 하고 말이야."

에드워즈 부인이 말했다.

부인을 따라 애시문 거리가 내려다보이는, 과거 로렌조 할아버지의 사무실이었던 곳으로 들어갔다. 이제 그곳 창문에는 바닥까지 떨어지는 얇은 커튼이 드리워져 있었다. 부인의 책상은 멋진 유리 식탁이었고, 그 뒤에는 옷감 견본이 잔뜩 붙은 화려한 액자 게시판이 걸려 있었다. 게시판의 반대쪽 벽돌 벽에는 그곳과 어울리는 커다란 거울이 세 개 붙어 있었다. 바깥쪽 거울 두 개에는 경첩이 달려 있어 작은 발판을 놓고 구부리면 드레스룸으로 변했다.

"와, 에드워즈 부인. 정말 예뻐요."

진심으로 감탄했다.

"맞다. 너랑 그레이스는 여기가 바뀐 뒤에 안 왔었지. 신부 드레스 사업도 함께하고 있거든. 내가 디자인을 하기도 해."

에드워즈 부인은 잠시 입을 다물었다가 다시 말했다.

"너희 엄마가 새로 바뀐 모습을 좋아할까?"

"엄마는 변화에 익숙하지 않으세요."

아주 절제한 표현이었다.

"하지만 그건 중요하지 않아요. 여긴 정말 엄청난걸요. 그랜드메리는 정말로 좋아하셨을 거예요."

에드워즈 부인의 눈에 살며시 눈물이 맺혔지만, 곧 마음을 다잡고 그랜드메리와도 함께 일했던 재단사를 손짓해 불렀다. 재단사가 한껏 과장된 몸짓으로 빨간색 드레스를 들어 보였다. 두 사람이 나를 지켜보았기에 웃어야 했다. 하지만 드레스는 내 분야가 아니었다.

내가 제일 먼저 놀란 점은 드레스 안으로 폴짝 뛰어 들어가야 하는 게 아니라 걸어 들어가야 한다는 것이었다. 드레스는 사실 점프슈트였다. 바지 부분을 펄럭이는 투명한 천으로 덮은 통이 넓은 실크로 만들었다.

드레스룸의 발판 위로 올라가자 우아한 바지는 치마처럼 흘러내렸다. 바지의 양쪽 솔기에는 폭이 깊은 주머니가 있었다.

"브래지어를 벗어."

재단사가 말했다.

"정말요? 상의가 없는데요?"

나는 주위를 둘러보면서 대답했다.

"이미 입고 있어."

나는 상체를 드러낸 채 발판 위에서 몸을 비틀어 가며 빨간 바지를 입는 내 모습을 이리저리 살펴보았다. 그리고 허리춤에 달린 이상하게 생긴 긴 트레인을 발견했다.

재단사는 씩 웃더니 몸을 숙이고 트레인의 한쪽 끝을 잡아 올려 내 어깨 위에 걸쳤고, 다른 쪽 끝을 잡아 또다시 내 어깨에 걸치고는 핀을 잡아 허리 옆으로 천을 고정했다.

민소매 톱으로 완성된 드레스는 배꼽 바로 위에 있는 피부를 그대로 드러냈다.

"이런."

내 말에 에드워즈 부인이 크게 웃었다.

"좋다는 거니, 싫다는 거니?"

"모르겠어요. 음…… 밖에서 다 보이는데요."

"봐, 이걸 소화할 수 있는 사람은 너밖에 없어."

거울에 비치는 내 모습을 살펴보면서 에드워즈 부인이 말했다.

"가슴골이 있는 사람들은 지나치게 가슴이 드러나거든. 이런, 그렇게 쳐다보지 않아도 돼. 우리가 의류용 양면테이프로 문제가 생기지 않도록 제대로 고정해 줄 테니까."

올해 〈슈퍼볼 하프타임 쇼〉에서 보았던 재닛 잭슨의 가슴을 잊어버리는 사람은 없을 것이다.

"집에 전기 롤러는 있니?"

"음…… 아니요."

에드워즈 부인이 혀를 찼다.

"오늘 우리 집에 와서 내 걸 빌려 가렴. 먼저 머리를 감고 완전히 말린 뒤에 세팅 스프레이를 뿌리고 아주 잘게 나누어서 머리를 다 덮을 때까지 롤로 말아야 해. 롤러를 떼어 내면 머리카락 앞쪽 절반을 높이 올려서 엄마 진주 목걸이로 묶은 뒤에 제자리에 고정해야 해. 진짜 진주 말고 진짜처럼 보이는 가짜 진주 목걸이로 해야 해. 그리고 엄마한테 말해서 루비랑 진주가 매달린 할머니의 귀걸이를 차고."

내가 귀를 뚫은 이유는 오직 하나, 릴리가 그래야 한다고 했기 때문이다. 릴리는 강 건너 쇼핑몰에서 귀를 뚫지 않을 거면 나에게 그라파를 잔뜩 먹여서 기절시킨 뒤에 자신이 직접 뚫겠다고 했다.

에드워즈 부인이 입술을 쭉 내밀었다.

"화장법까지 가르쳐 줘야 하는 건 아니지?"

머리 손질법을 기억하는 것만으로도 충분히 지친 내가 고개를 저었다.

"하지만 빨간 립스틱은 내가 골라 줄게. 너희 할머니를 위해서."

나는 한숨을 내쉬고 고개를 끄덕였다.

에드워즈 부인이 나와 완벽하게 어울린다고 주장한 황금 케이스에 담긴 빨간색 립스틱

값과 드레스 값을 지불하고 있을 때 블랙베리가 울렸다.

고모: 내일 저녁에, 8시까지 우리 집으로 와. 중요한 일이야.

고모가 TJ의 말을 들었다는 사실에 받은 상처가 여전히 아물지 않았기에, 답장을 보내야 할지 고민했지만 고모와 내가 같은 생각을 하지 않는 상황이 옳지는 않다는 생각이 들었다.

아기인 나를 데리고 수로 돌아왔을 때 엄마에게 아빠와 다나, 그리고 리바이 주니어의 소식을 전한 사람이 고모였다. 나를 슈가섬으로 데려가 파이어키퍼 조부모님과 시간을 보내게 해 준 사람도 고모였다. 아빠가 죽었을 때 그 끔찍한 소식을 전해 준 것도 고모였다.

나는 언제나 파이어키퍼였다. 그저 이름만이 아닌 파이어키퍼를 더 큰 의미로 만들어 준 것은 고모였다. 고모는 나에게 가족을 만들어 주었다.

나: 좋아요. 8시.

에드워즈 부인이 계산대로 사용하는 골동품 서랍장의 맨 위 서랍을 열려고 애썼다. 작은 종이 쇼핑백을 보관하는 서랍이었다.

"다우니스, 이 가구는 정말 멋지지만 서랍이 모두 자아를 가진 것 같아. 습기가 많은 날에는 서로 달라붙어서 떨어지지 않으려고 하고, 어떨 때는 제멋대로 빠져나온다니까."

그랜드메리 때문에 계산대 뒤에서 많은 시간을 보냈기에 그 사정은 정말 잘 알았다. 나는 크게 웃었다.

"잘 알아요. 그래서 저는 항상 감춰진 보물을 찾아보았어요. 이 서랍장에는 비밀 서랍이 있을 거라고 확신했거든요. 하지만 못 찾았어요."

"여기에 사랑스러운 어린 시절 추억이 많이 있겠구나."

에드워즈 부인이 웃으면서 말했다.

"수선은 오늘 밤이나 내일 아침이면 끝날 거야. 내일 점심시간 이후에 언제라도 와서 찾아가렴. 내일이랑 금요일은 늦게까지 열겠지만 알잖니, 시간이 지날수록 점점 더 정신없어질 거야."

지프로 걸어가는 동안 정말로 내 마음은 붕 떠 있었다. 샤갈라를 앞두고 이렇게 신난 적은 한 번도 없었다. 치 무콰 경기장에서 나를 어루만지고 지나갔던 제이미의 손길을 생각해 보면⋯⋯.

오, 릴리. 네가 함께 있었으면 좋겠어. 어떻게 기쁘면서도 동시에 슬플 수 있을까?

그랜드메리⋯⋯. 샤갈라에 가기 전에 제이미와 함께 에버케어에 들러야겠다. 어쩌면, 할머니는 전구가 켜진 상태일 수도 있으니까. 배 부분이 없는 상의를 보면 마음에 들어하지는 않겠지만.

아빠가 나를 볼 수 있다면 좋을 텐데. 데이비드 삼촌도. 삼촌이라면 내가 토요일 저녁에 그토록 많은 살을 드러냈다는 사실을 엄마가 극복할 수 있도록 도와줄 텐데. 삼촌은 언제나 엄마가 비밀과 소문을 견뎌 낼 수 있게 도왔으니까.

비밀이라⋯⋯.

갑자기 심장이 마구 뛰었다.

데이비드 삼촌의 교실에 있는 책상에도 비밀 서랍이 있었다.

34장

수 고등학교 교직원 주차장에 론의 차가 없는 것을 보고 안심했다. 삼촌의 책상에 서 그 무엇도 찾지 못했을 때, 내 표정에서 드러날 실망과 당혹스러움을 론에게 보이고 싶지 않았다. 게다가 내 직감이 옳다면 삼촌이 일기장을 그곳에 숨겼다는 건 내가 일기장을 찾기를 바란다는 뜻이었다.

삼촌의 연구 일지를 읽어 봐야지만 삼촌이 그 내용을 FBI와 공유해도 된다고 나에게 허락했는지를 알 수 있을 것 같았다.

한편으로는 제이미와 함께 있고 싶다는 마음이 간절했다. 이곳에 숨겨 둔 일기장이 있건 없건 간에 그와 함께 있고 싶었다. 하지만…… 정말로 그곳에 삼촌의 일기장이 있다면 삼촌은 그 일기장을 내가 발견하기를, 내가 혼자서 읽기를 원한 것이다.

수업은 모두 끝났지만 학교 비서는 방문자 기록부에 서명하면 학교에 들여보내 주겠다고 했다. 방문 기록을 작성하는 동안 학교 비서는 그랜드메리와 엄마의 안부를 물었다.

"할머니는 여전하세요. 물어봐 주셔서 감사합니다. 해먼드 부인."

갑자기 그럴듯한 거짓말이 생각났다.

"하지만 엄마는 요즘 많이 힘드세요. 여전히 너무 슬퍼하시고요. 그래서 데이비드 삼촌의 교실에 가 보면 좋겠다는 생각을 한 거예요. 거기에 삼촌 물건을 조금 두고 왔거든요. 포스터 액자 같은 거요. 그걸 가져다 드리면 조금 기운을 내실 것 같아요."

삼촌의 소지품을 정리해 포장하던 날, 나는 여러 가지 감정이 뒤섞인 묘한 기분을 느꼈다. 너무나도 끔찍한 슬픔, 초현실적인 불신. 사라지기 몇 주 전부터, 아니 몇 달 전부터 삼촌이 보였던 설명할 수 없는 이상한 행동들을 돌이켜 보며 느꼈던 일말의 의심. 그런 감정은 나의 분노를 일으키기에 충분했다. 나 혼자서 엄마를 돌보도록 내버려 두었다는 이유로 삼촌에게 화를 냈다는 사실에 깊은 수치심을 느꼈다.

"그래, 괜찮아. 지금 다녀와도 돼. 나는 다섯 시까지 있을 테니까."

학교 비서가 말했다.

나는 과학 교실까지 전속력으로 달렸다.

숨도 쉬지 않고 회색 탱크처럼 보이는 책상 앞에 앉았다. 엄마는 이사 업체를 불러 삼촌의 책상을 대저택으로 옮길 생각이었지만 아직은 교실에 남아 있었다. 책상은 왼쪽에 서랍이 세 개 있었고 오른쪽에 두 개 있었다. 오른쪽 가장 밑에 있는 서랍에는 내가 힘을 내서 하키 연습을 할 수 있도록 나에게 줄 간식을 보관했다. 가끔은 리바이가 수업이 끝난 뒤에 친구들을 데려와 그 서랍에 든 간식을 먹고는 했다.

데이비드 삼촌은 개의치 않았다. *모두 다 먹을 수 있을 만큼 넣어 놓았어. 그게 내가 그 큰 서랍을 가득 채워 두는 이유지.*

릴리가 이 세상의 경계를 넘어가던 세 번째 날이 생각났다. 새로운 세상에 대해 배우는 날 말이다. 그때 론과 론의 시끄러운 신발은 나를 이곳으로 데려왔다. 간식 서랍을 열었을 때 가짜 금속 바닥을 숨긴 서류철을 보고 실망했었다.

데이비드 삼촌은 내가 열 살 때 그 서랍을 딱 한 번 보여주었다. 그때 삼촌은 새로 얻은 직장 때문에 신나 있었다.

해부 도구는 교실 끝에 있는 도구 보관함에서 현미경 옆에 있었다. 삼촌은 가장 위 선반에 가장 정교한 해부 도구를 보관했다. 그때 삼촌은 지퍼가 달린 해부 도구 케이스에서 똑같은 도구를 두 개 꺼냈다. 크롬 막대의 가느다란 끝을 구부린 도구로 치석 제거기와 비슷하게 생겼지만 섬세함은 그보다 못한 도구였다.

책상에서 맨 밑의 서랍을 완전히 빼고 무릎을 꿇고 앉아 작업을 시작했다. 서류철은 알파벳 순서로 정리되어 있었기 때문에 바닥에 순서대로 꺼내 놓았다. 손가락으로 서랍의 금속 바닥 모서리 네 부분에 있는 거의 보이지 않는 구멍을 손가락으로 더듬어 찾았다. 대각선으로 놓인 두 구멍에 크롬 막대의 구부러진 끝을 동시에 끼우고 막대를 똑바로 세웠다. 쿵쾅거리는 심장을 느끼며 구멍 사이에 낀 크롬 막대를 당겼다. 서랍 바닥과 비슷하게 생겼지만 5센티미터 깊이의 공간을 숨긴, 서랍의 가장자리 길이보다 머리카락 한 가닥 두

께만큼만 길이가 짧은 금속판을 위로 올렸다.

정말로 여기에 있는지도 몰랐다. 내가 찾아다니던 단서 가운데 가장 중요한 단서를 찾을 수도 있다.

나는 밑을 볼 수가 없었다. 물론 보기는 해야 했다. 하지만 만약에…….

나는 고개를 숙여 밑을 보았고 평범한 파란색 스프링 공책을 찾았다. 이곳에 있었다. 바로 이곳에 있었다.

나는 알고 있었다. 데이비드 삼촌은 모든 걸 기록한다는 걸. 나는 내 삼촌을 잘 알았다.

나는 금속판을 벽에 세웠다. 금속판은 그 순간 미끄러지더니 바닥에 부딪혀 쨍깡, 큰 소리를 냈다.

"다우니스? 너 아직 거기 있니?"

복도에서 해먼드 부인이 말했다.

"네!"

나는 청바지 뒤쪽 허리춤에 일기장을 밀어 넣었다.

해먼드 부인이 다가오는 소리가 들렸고, 나는 재빨리 가짜 바닥을 제자리에 올려놓고 론의 서류철을 서랍에 넣었다. 하지만 서류를 거의 한 더미는 떨어뜨릴 뻔했다.

급하게 서랍을 닫고 3초쯤 지났을 때 해먼드 부인이 교실 문 앞에 나타났다. 바닥에 떨어져 있는 크롬 막대를 충분히 발견하고도 남을 시간이었다. 나는 벽에 기대고 앉아 다리로 크롬 막대를 가렸다.

"이곳에 다시 와 있는 건 생각보다 힘든 것 같아요."

살짝 몸을 틀고 일어나면서 나는 크롬 막대를 재빨리 집었다. 해먼드 부인이 다가오는 모습을 보니 혹시라도 나를 안아 줄지 몰라서 두려워졌다. 그런 상황을 막으려고 왼손을 번쩍 들어 올렸다.

"하지만 괜찮아요."

나는 책상 끝에 걸터앉았다. 마음을 가라앉히려는 것처럼 보이려고 애썼는데, 사실 정말로 온몸이 부들부들 떨렸기 때문에 엄청난 연기력이 필요했다. 데이비드 삼촌이 무덤으로 가져간 비밀이 정말로 땀에 절은 내 등에 찰싹 달라붙어 있는 공책에 적혀 있을 수도 있었다. 나는 두 손을 뒤로 돌려 크롬 막대를 해부 도구 케이스 안에 집어넣고 지퍼를 닫았다.

재빨리 교실을 둘러보면서 삼촌 물건을 찾았다. 슈피리어 호수에서 가져온 암석과 광물이 담긴 채집함이 보였다.

"저건 데이비드 삼촌 거예요."

채집함을 손가락으로 가리키고, 그곳으로 걸어가 조심스럽게 고리 여러 개로 고정해 놓은 채집함을 떼어 냈다.

"이거랑 책상 위에 있는 해부 도구가 남아 있는 전부예요. 아, 삼촌 책상하고요. 정말 감사합니다, 해먼드 부인. 엄마가 이걸 갖고 싶어 하실 거예요. 책상은 엄마가 크리스마스 휴가 때 옮길 거예요. 엄마한테 안부 전해 드릴게요."

해먼드 부인은 자신이 해부 도구를 옮겨 주겠다고 했고 나는 거절하지 않았다. 다람쥐 첩보원으로서 성공했다는 만족감이 넘실댔고, 그와 동시에 내 등에 찰싹 달라붙어 있는 비밀과 초조함 때문에 잔뜩 흥분했다.

가져온 두 물건을 지프에 싣는 동안 나는 또다시 해먼드 부인에게 고맙다고 말했다. 해먼드 부인은 나를 안아 주려고 다가왔지만, 나는 그 동작을 잘못 이해한 것처럼 재빨리 두 손으로 해먼드 부인의 손을 잡았다. 차마 말이 나오지 않는다는 듯이 나는 해먼드 부인의 손을 잡은 내 손에 살며시 힘을 주었다. 해먼드 부인이 말했다.

"엄마가 괜찮아지시면 네가 꼭 집에 머무는 걸 다시 생각해 보면 좋겠어. 인디언 아이들이 대학교에서 고생한다는 건 잘 알아. 학문적으로나 사회적으로 준비가 되지 않았으니까. 하지만 다우니스, 넌 그 애들이랑 다르잖니."

이제는 정말로 무슨 말을 해야 할지 알 수 없었다. 나는 믿을 수가 없어서 그저 입만 크게 벌리고 있었다.

"아니, 인디언에 대해 나쁜 말을 하려는 게 아니야."

해먼드 부인은 걱정스러운 듯이 주위를 둘러보았다.

"나에게 편견이 없다는 거, 너도 알잖니."

해먼드 부인의 '엄청난 편견' 빙고 게임을 내 마음속에서 밀어내려고 노력하면서 나는 방해 받지 않고 데이비드 삼촌의 일기장을 읽을 수 있는 곳을 생각해 내려고 애썼다. 당연히 집은 아니었다. 엄마가 저녁 식사를 준비하고 있을 테니까. 대학교도 아니었다. 거긴 아는 사람이 너무 많았다. 카페도 마찬가지였다. 그렇다면 대저택으로 가야 할까? 아니면 에버케어?

그래, 거기였다. 그랜드메리 옆에 앉아서 간호사들에게는 공부를 한다고 말하면 될 테니까. 나는 엄마와 제이미에게 같은 문자를 보냈다.

> 나: 시험 때문에 공부할 거야. 전화기는 꺼 놓을 거고. 집에는 늦게 갈 거야.
> 내일 이야기해.

에버케어 복도를 걸으면서 습관적으로 허리를 비틀었다. 목과 어깨의 근육이 과하게 조인 기타 줄처럼 팽팽하게 긴장했다.

그랜드메리의 방으로 들어가자 엄마가 안락의자에 앉아 울고 있었다. 할머니 침대는 텅 비어 있었다.

"무슨 일이야?"

입만이 내 몸에서 유일하게 움직이는 부분이었다. 나머지 부분은 모두 극심한 공포에 질려 마비되어 버렸다.

엄마가 고개를 들어 나를 보고 깜짝 놀랐다.

"그랜드메리는 괜찮아."

엄마는 재빨리 일어났다.

"배관에 문제가 있어서 환자 몇 명을 옮겨야 했어."

나는 엄마를 뚫어지게 쳐다보았고, 엄마는 내 시선을 피하지 않았다. 울어서 부은 눈은 벌겋게 충혈되어 있었다. 엄마의 얼굴은 숨김이 없었고 무방비 상태로…… 완전히 지쳐 있었다.

"힘든 하루였어?"

내가 부드럽게 물었다.

"아니야, 딸. 좋은 하루를 보냈어. 그랜드메리도. 그냥 이걸 찾아서 그래."

안락의자 옆에 있는 협탁에는 내 '눈 깜박임 공책'이 놓여 있었다. 할머니의 옷장은 텅 비어 있었다. 할머니 물건을 새 방으로 옮기다가 발견한 것이다.

"엄마를 화나게 하려고 쓴 게 아니야."

나는 공책을 들어 청바지 뒤쪽에 꽂아 넣었다. 데이비드 삼촌의 스프링 공책이, 데이비드 삼촌의 비밀이 느껴졌다.

"알아. 정말로 오늘은 좋은 날을 보냈어. 가게에 갔다가 학생을 한 명 만났어. 정말 행복한 작은 아이였어."

엄마의 얼굴이 밝아졌다.

"그 공책을 보는데 마음이 꼭 롤러코스터를 타는 것 같았어."

엄마는 질문을 하기 전에 말을 고르는 것 같았다.

"혹시 모든 감정이 너한테 매달리는 것 같은 날도 있니? 그냥……, 한꺼번에 너무 많은 감정이 몰려오는 거 말이야."

나에게도 정말로 그런 날들이 있다는 걸 증명하는 것처럼 웃고 있는 동안 내 코는 이제 막 눈물을 터트리려는 것처럼 시큰해졌다.

"지프는 여기 두고 엄마 차를 타고 갈래. 가면서 비디오를 빌리고, 먹을 걸 좀 사 가자."

행복하게 고개를 끄덕이는 엄마를 보니 기뻤다. 내 등에 붙어 있는 공책들은 좀 더 기다려야 한다. 왜냐하면 오늘은 그래야 하는 날이니까.

목요일, 달리기를 마치고 방을 옮긴 그랜드메리에게 인사한 뒤 지프를 타고 집으로 왔다. 내 하루는 평범했다. 샤워를 하고, 수업을 듣고, 준 할머니와 함께 여객선을 타고, 슈가섬에서 점심을 먹고 할머니의 장황한 이야기에 귀를 기울였다.

오늘 할머니는 노인 독서 모임 회원들 때문에 화가 나 있었다. 회원들이 제임스 A. 미치너의 책을 읽자는 할머니의 제안을 단칼에 거절했기 때문이다. 할머니를 더욱 화나게 한 건 시니 님키 할머니의 말이었다.

"굳이 하와이에 관한 책을 읽는다면 하와이 원주민 작가의 책을 읽을 거야."

늘 그렇지만 시니 할머니는 정말 확실한 분이었다.

오늘 오후는 샤갈라에 입고 갈 옷을 찾고, 대저택으로 가서 데이비드 삼촌의 공책을 읽을 수 있다는 기대감에 신이 났다고 생각했다. 그것이 내가 바라는 일이니까. 수사에 도움이 되는 정보를 알아내는 것. 삼촌의 마지막 이야기를 듣는 것 말이다.

하지만 내가 실제로 한 건 준 할머니의 집으로 가는 아름다운 길을 달리는 것이었다. 할머니 심부름을 해 드리겠다고 말했지만 할머니가 거절하셔서 드레스 의상실로 갔다. 에드워즈 부인은 나부터 먼저 찾아갈 수 있게 조처를 해 주겠다고 했지만 나는 다른 사람들이 끝날 때까지 기다리겠다고 우겼다.

마침내 대저택의 차고에 들어가 엔진을 끄고 지프에 앉아 있을 때까지, 그 모든 시간이 흐르는 동안 내 마음속에서는 두려움이 점점 더 커져 갔다.

데이비드 삼촌이 마지막으로 한 생각들이 삼촌에게 일어났던 일을 알려 주면 어쩌지? 삼촌이 두려워했거나 상처를 받았으면? 삼촌의 공책이 답보다는 더 많은 질문을 불러일으키면 어떻게 하지?

만약에, 만약에, 만약에?

나는 고개를 저었다. 누군가를 돕는 일일 수도 있잖아. 엄마에게 평온을 주는 일일 수도 있어.

이 두 문장을 읊조리며 할아버지의 서재로 갔고, 할아버지의 책상 앞에 있는 가죽 의자에 앉았다. 온몸이 떨렸다. 나는 파란색 공책을 물끄러미 보았다.

마지막 부분부터 읽어야 할까? 곧바로 결론을 읽는 것이 좋을지도 모른다는 생각이 들어, 손바닥으로 뒤표지를 쓸어 보았다.

아니야. 삼촌이 처음 공책을 쓰기 시작한 부분부터, 그전부터 봐야 한다는 생각에 다시 공책을 뒤집었다.

나는 삼촌의 이야기를 알아야 했다.

마지막 공책에 일기를 쓴 첫 날짜는 2003년 9월 2일이었다. 내가 3학년이 된 첫날이었다. 삼촌은 대부분 영어로 글을 썼다. 학교에 출근한 거의 모든 날을 삼촌은 기록으로 남겼다. 학생이 흥미로운 질문을 하면 즐겁게 기록해 두었고, 더할 내용이 있을 때는 그 사실을 보통은 다른 색 펜으로 적어 놓았다.

삼촌은 학생들을 이름이 아니라 대부분 과목명과 이니셜로 적어 놓았다. 어떤 학생들은 기호로 표기하기도 했다. 삼촌이 나를 어떻게 표시해 놓았는지는 금방 알 수 있었다. 하트. 삼촌이 엄마와 함께 암호로 나를 언급할 때는 항상 N' 쾨르라고 했다. 쾨르는 프랑스어로 '심장'이었고, N'은 아니시나-베모원으로 명사 앞에 붙어 소유격을 만드는 글자였다. 그러니까 삼촌은 나를 '나의 심장'이라고 부른 것이다.

삼촌은 나를 사랑했고, 자신이 남긴 단서를 내가 찾아내리라고 믿었다. 코가 시큰거리고 목이 메어 왔지만 이번에는 내 몸이 원하는 것에 저항하지 않기로 결정했다. 손을 뻗어 티슈를 잡아 빼고 내가 느끼는 감정대로 온몸이 반응하도록 내버려 두었다.

삼촌의 공책에는 내가 3학년 때 참가했던 과학 박람회 프로젝트를 두고 우리가 나눈 의견도 적혀 있었다. 잊고 있었지만 그때 나는 샐비어와 향모를 태운 연기를 마시면 심장 박동수가 어떻게 달라지는지를 비교하려고 했다. 니시나압의 전통 의학을 활용하는 사람들과 그렇지 않은 대조군 사람들의 건강 상태가 크게 차이 나는지를 알아보고 싶었다. 삼촌은 우리가 나눈 의견 옆에 "변수를 줄인다?"라거나 "문화적 정체성을 알려면 리커트 척도를 도입해야 할까?" 같은 자신의 생각을 적어 두었다.

우리는 문화 정체성을 정량화하는 방법을 두고 격렬하게 토론했다. 나는 실험 참가자들에게 '자신이 얼마만큼 니시인 것 같은가?'와 같은 질문을 수치화해서 대답하게 하는 건 불편하다고 했고, 삼촌은 다음처럼 리커트 척도에 부합하는 설문지를 만들어야 한다고 응수했다.

나는 마시코데와시크(샐비어)와 위인가시크(향모) 같은 전통 약재로 만든 훈증*이 몸과 마음의 전체 건강에 도움이 될 거라고 믿는다.

☐ 정말로 그렇다고 믿는다.

☐ 그렇다고 믿는다.

☐ 믿는 것도 믿지 않는 것도 아니다.

☐ 믿지 않는다.

☐ 절대로 믿지 않는다.

하지만 나는 3학년 때 과학 박람회 프로젝트를 포기했다. 그때는 먹고 숨 쉬고 꿈을 꿀 때도 하키만 생각했다. 과학 박람회 출전을 포기한다는 결정을 내렸을 때는 데이비드 삼

---

* 약재를 태워 만든 연기를 흡입하는 전통 의학 방법.

촌이 어떠한 질문도 하지 않아서 무언가 이상하다고 생각하기는 했다.

10월에 삼촌은 특히 한 학생에 관해 더 많이 썼다. 그 학생은 잘라 놓은 수박처럼 얼굴 가득 웃고 있는 전구로 그려져 있었다. 전구 학생은 영리한 질문을 많이 했다.

라이언 세누는 학교 내 모든 사람에게 언제나 질문을 하는 녀석으로 알려져 있었다. 하지만 그의 '질문들'이 실제로 항상 의문 부호를 품고 있는 것은 아니었다. 그 질문들은 결국 '그렇지 않아요?'라는 말로 끝나는 길고도 긴 의식의 흐름이거나 독백에 가까웠다. 그러니까 질문이 아니라 확인 절차였던 것이다.

Q 라이언 세누가 전구일까?

A 아니다. 라이언 세누는 '영리함'을 분류하는 기준 턱을 넘지 못한다.

'영리함'이라면 메이시 매니토우를 따라올 사람은 없었다. 메이시는 리바이보다 영리할지도 몰랐다. 한 번은 데이비드 삼촌이 영리함과 똑똑함의 차이는 무엇인지 물었다. 나는 영리하지 않아도 똑똑할 수는 있지만 똑똑하지 않으면 영리할 수 없다고 대답했다. 영리하려면 무조건 기민함과 창의성이 필요하지만 똑똑함에는 반드시 필요하지는 않다. 메이시는 영리한 질문도, 대담한 질문도, 짜증 나는 질문도 충분히 할 수 있다……. 마음만 먹는다면 말이다. 하지만 그 애와 함께 들은 수업 시간에 메이시가 손을 들어 질문하는 모습은 한 번도 본 적이 없다. 가끔 질문을 받을 때만 정답을 말했다. 메이시는 어디서나 공격을 하는 아이였지만 교실에서는 아니었다.

Q 메이시 매니토우가 전구일까?

A 질문을 하지 않는다. = 전구가 아니다.

트래비스는 중학생일 때도 끊임없이 질문을 했다. 화학 수업을 들으려고 고등학교까지 걸어갈 때면 쉴 새 없이 말도 안 되는 소리를 떠들어 댔다. 트래비스와 리바이 중에 한 명이 "이 수수께끼를 풀어 봐……"라는 말로 시작한 퀴즈가 진지한 토론으로 이어질 때도 있었다. 트래비스는 수업에 빠지기 시작하다가 결국 졸업하기 전에 마지막 학기를 남기고 학교를 그만두었다. 그 전까지 트래비스는 내가 듣는 대학교 선이수제 과목을 모두 함께 들었다. 트래비스가 있으면 수업 시간이 즐거웠다. 마이크나 리바이, 리바이의 다른 친구들도 나와 함께 선이수제 수업을 들었지만, 내가 늘 옆자리에 앉는 사람은 트래비스였다.

트래비스는 똑똑했고, 영리했고, 현명한 질문을 했다.

영리하게 웃고 있는 전구를 보면서 트래비스 플린트 외에 다른 사람을 떠올릴 수는 없었다.

한 달 뒤, 추수 감사절 휴가 무렵에 데이비드 삼촌은 전구가 한 질문을 전구가 말한 그대로 적어 놓았다.

독성 식물을 퇴비에 던져 놓으면, 퇴비가 모두 독을 띠게 되나요? 그 퇴비를 뿌린 밭의 작물은 죽어요? 아니면 자라나요? 자란다면 작물의 뿌리나 잎에는 그 독이 들어 있는 거예요?

다리를 쭉 펴면서 지금까지 읽은 부분을 다시 생각했다. 전구의 질문이 사실은 메스-X의 시작이 된 걸까? 딥런지* 자세로 서재부터 부엌까지 가서 냉장고에서 물병을 꺼내고 다시 서재로 돌아왔다. 한 학생이 조숙한 질문을 했을 때……, 모든 것이 시작됐을까?

의자 끝에 걸터앉아 삼촌의 일기장을 다시 보기 시작했다. 일기장의 날짜가 추수 감사절 휴가에 다가갈수록 두려움으로 잔뜩 긴장한 내 다리는 심하게 떨렸다.

12월 초에 데이비드 삼촌은 전구가 연구를 계획할 수 있게 도왔다. 식물의 독성 물질이 주변 유기 물질로 확산되는 양과 확산되는 방법을 알아내는 연구였다. 이 무렵의 전구는 상당히 초조한 것 같았다. 깊이 생각해서 단계별로 신중하게 계획을 세우지 못했고 빨리 결과를 보고 싶어 했다. 얼마 뒤부터는 전구를 언급한 글에 선이 그어져 있었고, 그런 문장 끝에는 늘 "오지 않음"이라고 적혀 있었다.

그 무렵에 트래비스가 자주 수업에 빠졌던 기억이 있다. 하지만 트래비스는 그다음 날이면 다시 수업에 들어와 불시에 보는 시험에서도 늘 1등을 했다.

2003년 12월 8일에 삼촌은 단 한 단어만 썼다. "샴피뇽".

프랑스어인 샴피뇽은 '버섯'이라는 뜻이다.

그때부터 삼촌은 엄마와 삼촌이 만들어 낸 암호 언어로 일기를 썼다. 그 글은 번역을 해야 했기 때문에 읽는 데 시간이 조금 더 걸렸다. 프랑스어와 이탈리아어, 삼촌과 엄마가 아무렇게나 만들어 낸 암호 언어는 읽는 것보다는 듣는 데 더 익숙했다.

어떤 날의 일기에는 "카나르 이솔라"라고 적혀 있었다. 카나르는 프랑스어로 '오리

---

* 번갈아 가면서 한쪽 다리를 내밀어 무릎을 굽히고 다른 쪽 다리를 뒤로 쭉 뻗으면서 앞으로 가는 운동.

(Duck)'이고 이솔라(Isola)는 이탈리아어로 '섬'이었다. 따라서 카나르 이솔라는 '덕섬'이다. 삼촌은 덕섬을 DI라고 표기하지 않고 CI라고 표기했는데 그 때문에 처음에는 혼동이 있었다. CI를 '비밀 정보원'이라고 생각했기 때문이다.

12월에 삼촌은 트래비스가 점점 더 많은 약물을 복용한다는 사실을 알게 되었음이 분명했다. 암호 언어로 삼촌은 전구가 하면 안 되는 일을 하고 있어서 점점 더 걱정이 된다고 썼다.

이 무렵에 나는 트래비스가 학교에 나오지 않는 횟수가 계속 증가하며, 수업을 할 때도 사실은 밖을 보고 있다는 걸 알아챘다. 릴리와 트래비스는 '잠보니'가 여자 이름으로 더 어울리는지, 남자 이름으로 더 어울리는지와 같은 귀여운 말다툼이 아니라 정말로 심각하게 싸우기 시작했다.

겨울방학 때 릴리는 메스를 만드는 트래비스를 발견했다. 릴리는 앤지 플린트가 아들을 도울 수 있게 하려고 애썼다. 그때 릴리는 자기 아들을 위해 변명만 늘어놓는 엄마들 이야기를 하면서 정말로 화를 냈다. *아들을 남자로 기르는 게 아니라 그저 감싸기만 하는 엄마는 정말 역겨워.*

다시 일기를 읽어 나갔다. 1월에는 '치일레게^{Cheelegge}'라는 단어가 나왔다. 엄마와 삼촌이 아무렇게나 만든 단어라서 무슨 뜻인지 알 수가 없었다. 릴리가 샤−갈−라를 '샤그−알라'라고 발음할 때 내가 그랬던 것처럼 이 단어를 이루는 각 부분을 뚜렷하게 발음해 보려고 애썼다.

치일−에게. 치일−에기. 치이−레기. 치이−레그. 치이−레−제.

맞아. 이거야!

치이는 아니시나−베모윈 단어 '치'의 발음 기호로 크다는 뜻이었다. '레제'는 이탈리아어로 '법'이었다. 큰 법.

그러니까 치일레게는 FBI라는 뜻이었다.

35장

데이비드 삼촌은 1월에 FBI를 돕기 시작했다. 그때 FBI가 삼촌에게 다른 하키 도시와 인디언 보호 구역에서 나온 메스에 환각성 버섯이 들어 있음을 알렸다. 어쩌면 데이비드 삼촌은 그때 전구가 질문한 식물의 독성 물질이 사실은 균류*를 의미한다는 걸 알게 되었는지도 몰랐다.

봄이 일찍 시작되어서 그때 삼촌은 버섯을 찾으러 갈 수 있었다. 삼촌은 버섯의 성장기에 조사를 나가야 한다고 적었고, 매달 버섯을 조사하러 갈 계획을 세웠다. 일단 날씨가 따뜻해지고 낮이 길어지면 새로운 버섯이 계속 자랄 것이었다. 비는 또 다른 변수였다. 폭우가 쏟아지면 한 달 전에는 없었던 버섯이 새롭게 자랄 수도 있다.

삼촌은 트래비스 가족의 슈가섬 소유지에서 조사를 시작했다. 이제 삼촌의 일기장은 덕섬에서의 탐사 기록장이 되었다. 나처럼 삼촌도 섬을 가로로 나누어 구획화한 다음에 버섯을 모았다. 나와 다른 점이라면 북쪽에서 시작해 남쪽으로 움직였다는 것이다. 채집한 곳의 경계를 구분하려고 실을 쓴 나와 달리 삼촌은 주황색 생분해성 묘종 용기를 썼다.

삼촌의 기록을 보니 웃음이 나왔다. 삼촌에게 받은 교육은 나의 일부가 되었다. 삼촌이 못다 한 수사를 이어가기에 나만 한 적임자는 이 세상에 없었다.

드물게 찾아온 이른 봄에 삼촌은 자신이 채집한 버섯과 균류 표본을 모두 기록했다. 삼촌은 공책의 여백에 도감에서 찾은 표본의 학명을 적어 넣을 자리를 남겨 놓았다. 모든 표

---

* 균류는 동물계, 식물계와는 별도로 존재하는 독자적인 계통의 생물군이다.

본 옆에는 학명으로 여백이 채워져 있었다.

단 한 종만 빼고.

2004년 4월 4일에 삼촌은 도감에서도 온라인 버섯 사이트에서도 학명을 찾을 수 없는 기생 버섯을 한 종 발견했고, 그 용의자의 모습을 그림으로 남겼다. 그 버섯은 기생덧부치 버섯과 비슷하게 생겼다. 삼촌의 기록대로라면 그 버섯은 환각성 물질이 있다고 알려진 여러 버섯들에 기생했다. 이 기생 버섯은 섞여서 퇴비가 되는 환각성 숙주 버섯의 영양분을 빨아들여 성장하면서 자신도 환각성 버섯이 된다. 버섯계의 아귀인 셈이다. 삼촌의 글에는 물음표와 느낌표가 번갈아 가며 쭉 늘어서 있었는데 그것은 미지의 버섯을 발견했다는 사실에 삼촌이 잔뜩 흥분했음을 보여 주는 표시였다.

삼촌이 발견한 사실을 내가 발견했을 수도 있다는 가능성 앞에서 내 심장은 미친 듯이 뛰기 시작했다. 바로 이 버섯이 새로운 메스 결정에 들어갔고, 미네소타주 북부 보호 구역 아이들 열세 명이 집단 환각 증상을 겪게 만든 미지의 환각성 버섯일 가능성이 있었다.

공책을 한 장 더 넘겼다.

내 심장이 다시 가라앉았다. 데이비드 삼촌은 아귀 버섯을 분석한 결과를 적어 놓았다. 아귀 버섯이 갖는 환각성은 숙주 버섯의 환각성과 같은 특성을 공유하지 않았다.

삼촌은 샴피뇽과 카티바 메디시나는 관계가 없다고 적었다. 메스를 이탈리아어로 '나쁜 약'이라고 적은 것이다.

나는 방금 삼촌이 나에게 말해 준 내용을 생각했다. 버섯은 막다른 골목이었다. 데이비드 삼촌은 이 정보를 FBI에게 말하지 않았다. 삼촌은 나만이, 오직 나만이 이 두 가지 정보를 알고 있기를 바랐다.

삼촌이 마지막으로 일기를 쓴 날은 2004년 4월 9일이었다. 성금요일에 삼촌은 전구의 어머니와 상의할 거라고 썼다.

삼촌은 자신의 일기장을 가짜 책상 서랍에 숨겼다. 부활절 저녁 식사에는 삼촌이 오지 않았고, 이틀 뒤에 엄마는 실종 신고를 했다.

나는 또다시 울었다. 이번에는 슬픔이 내 폐 속에 가라앉은 것만 같았다. 슬픔이 너무나도 무거워 얇고도 거친 숨이 새어 나왔다. 분노에게 자리를 내주느라 슬픔을 밀어냈다는 사실이 미안했다. 인사를 하고 서랍에서 간식을 꺼내 먹은 것이 삼촌과 나눈 마지막 대화가 아니었다면 정말 좋을 텐데.

지금이 그 사람을 만나는 마지막 순간임을 알고 있다면, 우리는 어떤 중요한 말을 할 수 있을까? 당신은 나에게 너무나도 중요한 사람이라고 말해 줄까? 반드시 해야 할 질문을 했을까? 용서를 구할까? 아니면 고맙다고 말할까?

서재는 어두워졌고 나는 책상에서 일어나 식당으로 걸어갔다. 언제나 내가 앉는 자리에 앉아 지난 부활절 저녁 식사 시간을 생각했다. 그랜드메리는 식탁의 상석에 앉아 있었고, 엄마는 내 옆에 앉아 있었다. 데이비드 삼촌의 자리는 비어 있었다. 열심히 눈을 깜빡여 삼촌이 집으로 들어오는 소리가 들리고, 식탁에 앉기 전에 그랜드메리에게 사과하는 모습이 보일 때까지 눈물을 떨쳐 냈다. 삼촌은 캐나다에서 돌아오는데 인터내셔널브리지가 너무 막혀 늦었다고 변명한다. 캐나다에서 그 다리를 타고 미국까지 오는 데는 절대로 두 시간 이상 걸릴 리가 없다. 삼촌은 나를 보고 윙크를 한다.

"데이비드 삼촌."

나는 식탁 건너편에 있는 삼촌에게 말했다.

"내가 찾을 수 있게 단서를 남겨 줘서 고마워요. 내가 그 단서들을 해독할 수 있는 기술을 알려 준 것도요. 나는 삼촌이 정말로 고마워요."

나는 제이미와 론이 사는 집으로 갔다. 제이미가 문을 열어 주었고 론은 식탁 위에서 시험지를 채점하고 있었다. 텔레비전에서는 〈제임스 에이브램 가필드〉가 나왔다.

"잠깐 걸을까요?"

내가 말했다.

두 사람은 집에서 나왔다.

우리는 야구장 옆에 있는 프로젝트 플레이그라운드까지 몇 블록을 걸었다. 이곳은 아트 고모부가 쌍둥이를 위해 만들어 준 나무집의 아주 큰 버전이라고 할 수 있다. 공동체 자원 봉사자들이 만들었는데 대부분의 자원을 부족 평의회에서 제공했다.

삼촌의 공책을 어떻게 할지 결정하기 전에 더 많은 정보가 필요했다.

"음, 덕섬에서 버섯 조사를 끝냈어요."

추운 날 내 입에서 나가는 단어들은 마치 비밀을 은폐하려는 것처럼 눈에 보이는 연기가 되었다가 몇 초 뒤에는 흩어져서 사라져 버렸다.

두 사람의 표정이 밝아졌다.

"아무것도 못 찾았어요."

내가 재빨리 말했다.

"하지만 궁금한 게 있어요. FBI는 언제 삼촌이랑 함께 일하게 된 거예요? 몇 월 달에?"

물론 내 질문의 답은 이미 알고 있었지만 이 대화에서는 두 사람이 주로 대답하게 하는 게 중요했다.

"1월이야. 미네소타 아이들은 2월 마지막 주에 아팠고. 이런 시간 차가 중요할까?"

론이 대답했다.

"그럴 수 있죠. 버섯은 종류가 아주 많아서 자라는 시기가 다르거든요. 이번 겨울은 온화했잖아요. 그러니까 우리가 찾는 버섯은 그때만 자라는지도 몰라요. 어쩌다가 찾아온 이른 봄에만요. 우리가 그때 2월의 상태를 재현할 수 없다면 트래비스가 메스를 만들 때 썼던 버섯은 찾지 못할 수도 있어요."

론이 낙담에 찬 한숨을 길게 공기 중으로 내뿜었다.

좋아. 이제 또 어떤 정보를 얻어 내야 하는 걸까?

"그 아이들 서류에 어떤 사실이 기록되었는지 알면 도움이 될지도 몰라요. 어느 공동체 아이들이었어요? 지금은 어떻게 됐고요?"

론은 보호 구역 이름을 말해 주지 않았고, 아이들이 지금 어떻게 되었는지는 모른다고 했다. 나는 단호한 벽에 막혀 분노하는 마음을 숨기고 평온한 표정을 유지했다.

"제이미 말이, 그 애들이 숲에서 남자들에게 쫓겼다고 했다면서요. 혹시 그 애들이 경험한 환각에 대해서 다른 정보는 줄 게 없어요? 그저 보기만 한 거예요, 아니면 다른 감각도 느낀 거예요……? 아니면 감각을 동시에 느낀 거예요? 그럴 수도 있지 않아요? 정확한 용어는 잊어버렸는데 음악을 보고, 색을 맛보는 사람들이 무슨 감각이 있다고 하잖아요*."

말은 적게 하고 듣는 걸 많이 하라니까. 나는 나 자신을 꾸짖었다.

론이 어깨를 으쓱했다.

"그건 말이 안 돼. 그 아이들은 두려워하다가도 이내 메스를 더 달라고 애원했어. 응급

---

* 하나의 감각이 다른 감각을 불러일으키는 현상을 공감각이라고 한다.

실 직원에게 남자들이 자기들을 쫓아왔다고 말했지. 아이들은 대부분 다른 말은 하지 않았어. 특히 부모가 도착한 뒤에는. 어쩌면 네 말처럼 감각들이 뒤섞여서 그런 느낌이 든 건지도 몰라. 그 애들은 시각이 왜곡돼 있었거든. 한 아이는 자기를 쫓아온 사람들이 조그만 남자들이랬어."

작은 사람들!

숲에서 아이들을 찾아낸 작은 사람들이 아이들을 나무란 것이다.

FBI는 메스-X를 복용한 아니시나-베 아이들이 터무니없는 환각을 보았다는 이유로 메스-X에 첨가한 물질은 환각성 버섯이 틀림없다고 생각했다. FBI 수사 팀은 아이들의 집단 환각에 깜짝 놀랐고, 이런 집단 환각이 나타난 이유는 미지의 버섯이 일으킨 특별한 부작용이라고 추측했다. 하지만 메스-X에 무엇이 들어갔건 간에 그것 때문에 환각 증세가 나타난 것은 아니었다.

왜냐하면 작은 사람들은 진짜였으니까.

트래비스는 작은 사람들이 자신에게 화를 낸다고 했다. 하지만 레너드 매니토우 할아버지의 사촌 스키니에게 그랬던 것처럼 작은 사람들이 화를 낸 게 아니라 경고한 거라면?

아이들이 숲에서 어떤 나쁜 일을 했기에 작은 사람들이 쫓아다니면서 경고를 해 준 걸까?

메스-X에 섞은 것이 환각성 버섯이 아니라면 도대체 무엇일까?

이제 다른 곳으로 이동해서 이 문제를 조금 더 고민해 봐야 했다. 이제 막 알아낸 정보들을 연결해 어떤 식으로든 결론을 내릴 수가 있을 것 같았지만, 그전에 물리적으로나 정신적으로 그 누구의 방해도 받지 않고 다시 정보들을 살펴볼 필요가 있었다.

> 1단계: 내가 유레카를 외치기 직전에 와 있다는 사실을
> 두 사람이 눈치챌 수 있는 반응은 보이지 않는다.
>
> 2단계: 자연스럽게 헤어질 수 있는 핑계를 만든다.
>
> 3단계: 집으로 가서 생각한다.

나는 좀 전에 론이 내뱉었던 것과 같은 식으로 한숨을 쉬었다.

"그럼 이제 나는 뭘 해야 하죠? 뭘 해야 할지 모르겠어요."

론이 무슨 말인가를 하려고 했지만 내가 계속 말했다.

"알아요, 알아. 독나무의 열매. 당신은 나에게 해야 할 일을 지시할 수 없다는 거 알고 있어요."

나는 튜브 미끄럼틀에 기대고 있는 제이미를 보면서 웃었다. 지금까지 제이미는 론에게 발언권을 주고 한마디도 하지 않았다.

"하지만 교묘하게 '뭘 하든지 간에 다우니스, 부스터들의 약은 사지 마.' 같은 단서를 줄 수는 있잖아요."

나는 재빨리 론을 향해 몸을 돌렸다.

"잠깐만요……, 론은 단서를 준 적이 있어요. 마르케로 가는 차 안에서 '우리가 너에게 하키팀 장비 가방을 뒤져서 일회용 전화기를 찾으라고 할 수는 없어.'라고 했어요."

나는 고개를 젓고 떨떠름하게 웃으며 론을 보았다.

"거기서 론이 뭘 했는지 알겠어요. 정말 영리한 분이세요."

우리는 두 사람의 집으로 돌아왔다. 론은 작별 인사를 하고 집으로 들어갔고 제이미가 나를 지프까지 바래다 주었다. 이미 키스가 고팠던 나는 제이미를 끌어안았다. 하지만 제이미는 우리 엄마처럼 내 이마에 부드럽게 입을 맞출 뿐이었다.

나는 당혹스러워서 뒤로 물러났다. 제이미는 내 뺨에 입을 맞출 것처럼 몸을 기울였지만 하지 않았다.

"거기서 네가 한 일을 알아. 정말 영리했어."

제이미가 내 귀에 대고 속삭였다.

집으로 돌아오는 동안 내 마음은 널을 뛰었다. 그게 무슨 말일까? 제이미는 내가 한 무슨 일을 알고 있다는 걸까?

모퉁이를 돌아 집으로 이어진 도로에 들어섰을 때, 우리 집 진입로 앞에 서 있는 고모의 차가 보였다.

젠장. 저녁에 가겠다는 약속을 잊어버렸다. 8시에 가겠다고 했는데 지금은 10시였다.

나는 고모 차 옆에 주차했다. 시동 장치에 꽂힌 열쇠에 손을 대기도 전에 고모는 현관문을 박차고 나와서 엄청난 속도로 발을 쿵쾅대며 걸어와 지프 앞에 섰다.

"고모……."

나는 정말로 피곤하다는 말을 하려고 했지만 내 목소리는 내 목을 통과하지 못했다.

고모는 담요 파티가 있던 날 밤에 지었던 '까불면 가만 안 둬' 표정을 짓고 있었다.

"네가 할 수 있는 건 내 차 조수석에 타고 가거나, 네 차를 몰고 직접 슈가섬으로 가는 거뿐이야. 정말이야, 다우니스 파이어키퍼. 넌 나와 함께 가야 해."

36장

내 차를 타고 가기로 했다. 여객선에서 고모와 내 차는 나란히 서 있었다. 나는 고개를 전혀 돌리지 않고 똑바로 정면만을 바라보았다. 컵걸이에 넣어 둔 세마― 주머니를 더듬어 열고 세마―를 한 주먹 꺼내 강에 던지며 말했다.

"무슨 일이 기다리고 있건 저를 도와주세요."

고모는 최악의 순간에 나타났다. 지금 이 시간은 고모의 잔소리를 들으며 보내는 게 아니라 찾아낸 모든 단서들을 한데 모아서 고민해야 할 시간이었다. 게다가 제이미가 한 말들도 내 마음 속에서 사라지지 않고 있었다. 제이미는 자기가 뭘 안다고 생각하는 걸까?

고모 집으로 가는 동안 고모는 계속해서 내 뒤를 쫓아왔다. 헛간 뒤에 있는 숲에서 불빛이 보였다. 오늘은 보름달이 뜨는 날이 아니었으니 의식의 불일 리는 없었다. 아마도 누군가 세상을 떠났지만 내가 아직 그 소식을 듣지 못한 것인지도 몰랐.

고모네 집 앞에 다 왔을 때 조젯의 차가 보였다. 아트 고모부가 불을 돌보는 동안 쌍둥이를 돌봐주러 왔을 것이다. 나는 조젯의 차 옆에 주차했다.

내 옆에서 나란히 걸으며 고모는 나를 데리고 개간지로 갔다. 강의 북쪽 운하 건너편에 있는 캐나다 원주민 보호 구역이 내려다보이는 곳이었다.

아트 고모부는 불 옆에 서서 삽으로 숯을 퍼서 불 속에 던져 넣고 있었다. 구덩이 안에는 큰 바위가 몇 개 있었다. 언제나 그곳에서 모든 것을 보고 듣는 바위들이었기 때문에 우리는 그 바위들을 '할아버지들'이라고 불렀다.

나는 마두디스완madoodiswan을 쭉 훑어보았다. 한증막의 둥근 지붕은 낡은 담요와 방수포들이 덮고 있었다. 동쪽 입구를 막은 담요는 위로 젖혀 있었다.

"뭐 하려는 거예요, 고모?"

"개입을 위한 땀을 흘리려는 거야."

고모가 선언했다.

"그런 것도 할 수 있어요?"

그런 의식이 있다는 소리는 들어본 적이 없었다.

"나는 신식 니시 크웨야. 내가 얼마 전에 발명한 거야. 그게 왜?"

고모는 나에게 꽃무늬 면 치마를 내밀었다. 트래비스에게 권총을 달라고 요구하던 릴리처럼 조금도 흔들리지 않는 단호한 손이었다.

나는 치마를 받아 들었다. 치마를 입고 하의를 속옷까지 모두 벗었다. 털모자와 코트를 벗고, 레드윙스 운동복과 양말, 신발도 벗었다. 맨발이었고 티셔츠와 치마만 입은 채였지만 춥지는 않았다. 불길이 아주 강했다.

그럴 수밖에 없었다. 앞으로 두 시간은 거뜬히 타오를 테니까.

고모는 동그랗게 만 샐비어를 한 묶음 들었다. 부정적인 에너지를 정화해 주는 샐비어에는 남자 샐비어와 여자 샐비어가 있었다. 고모는 아트 고모부가 내민 샵 위에 있는 붉은 숯에 샐비어 끝을 대어 불을 붙였고, 우리는 땀을 내기 위해 여자 샐비어가 뿜어내는 연기를 듬뿍 맞았다.

고모는 마두디스완 안으로 기어들어 갔다.

아트 고모부는 내가 들어가기를 기다렸다가 뜨겁게 달궈진 할아버지 바위 가운데 한 개를 샵으로 들어 한증막 가운데로 옮기고, 밖으로 나가 입구 담요를 내렸다.

마두디스완 안에서는 해야 할 의식이 있었다. 치유를 하고 균형을 찾아야 했다. 한증막에 붙인 마두디스완이라는 이름은 '어머니 지구의 자궁'이라는 뜻이었다. 어머니의 자궁으로 들어왔으니 이곳을 떠나려면 다시 태어나야 했다.

아기처럼 엎드려 기면서 고모를 따라갔다. 앞으로 기어가면서 기도했다. 일곱 할아버지 가운데 한 명에게 도와 달라는 기도는 하지 않았다. 대신 그 할아버지에게 감사하는 기도를 올렸다. 다바-덴디지원에게. 겸손. 내가 나란 존재보다 훨씬 큰 존재의 일부임을 알게 해 주는 지식.

나는 나를 포기했다.

한증을 끝내고 고모와 나는 다시 옷을 입고 불 앞에 앉았다. 내 털모자는 어디로 갔는지 보이지 않았고, 고모가 여분으로 가지고 있는 털모자로 젖은 내 머리카락을 덮어 주었다.

잠자리에 들기 전에 아트 고모부는 옥수수 수프와 블루베리 갈레트*를 먹으라고 가져왔고, 우리는 먼저 차가운 샘물부터 벌컥벌컥 들이켰다. 타들어 가는 재를 보면서 소박한 만찬을 즐겼다. 짭짤한 국물과 부드럽게 짓이겨진 옥수수가 내 몸 깊은 곳까지 영양분을 공급해 주었다. 갈레트를 한입 물자 야생 블루베리의 톡 쏘는 맛이 과자 같은 케이크의 희미한 달콤함과 섞여 나를 베리 축제로 다시 데려갔다.

나는 열세 살 때 생리를 했고 엄마는 그 사실을 고모에게 알렸다. 고모는 내가 베리 금식을 택한다면 1년 동안 그 어떤 베리 열매도 먹을 수 없게 된다고 했다. 초봄에는 신선한 딸기를 먹을 수 없고, 시큼한 라즈베리와 통통한 블랙베리를 한입 가득 입에 물 수도 없게 된다는 뜻이었다. 그 무엇보다도 힘든 건 절대적으로 내가 가장 좋아하는 블루베리를 먹지 못한다는 거였다.

그때 고모는 내 의지를 시험해 보려고 나를 데리고 야생 블루베리를 따러 가기까지 했다. 강렬한 8월의 태양이 비밀을 감춘 것처럼 느껴지는 파라다이스 북쪽 숲에서 말이다. 고모는 잘 익은 작은 블루베리가 담긴 바구니를 나에게 맡기고 멀리 가 버렸다. 혹시라도 먹으면 안 된다는 사실을 잊고 블루베리를 한 개라도 먹어 버릴 수 있다는 두려움에 떨면서 내가 가질 수 없는 것을 끊임없이 상기해야 했다.

그날이 끝날 때, 고모는 엑스선 같은 예리한 눈으로 나를 뚫어지게 응시했다. 나도 그 강렬한 시선을 똑바로 바라보았다. 고모의 레이더가 감지할 수 없는 부정은 결코 저지를 수 없으니, 나는 유혹을 이겨 낼 수 있었다.

하지만 슬프게도 이제는 내가 고모를 속일 수 있음을 안다.

베리 열매를 먹지 못하는 긴 1년이 끝나자 베리 축제가 열렸다. 고모와 엄마, 펄 할머니, 그리고 나의 니시 크웨 사촌들과 숙모들이 모두 모여 내가 여자가 되었음을 축하해 주었다. 엄마는 나를 위해 통통한 딸기를 들었다. 나는 세 번이나 먹기를 거절했지만 엄마가

---

* 팬케이크 형태의 달콤한 프랑스 디저트.

네 번째로 권했을 때는 몸을 기울이고 받아먹었다. 딸기의 달콤함이 내 손끝 발끝으로 퍼져 나갔다. 그 다음에는 사랑하는 블루베리를 한 움큼 쥐고 하나하나 미묘하게 다른 달콤함을 음미했다. 난생처음 블루베리를 먹는 것 같은 기분이 들었다. 여자가 되는 길은 즐거움과 자부심, 소속감, 평범한 것들을 새롭게 바라볼 수 있는 눈으로 가득 차 있었다.

불 앞에서 고모와 함께 앉아 있으니 고모를 향한 깊은 감사의 마음이 나를 압도했다. 고모는 나에게 사랑하고 분노할 수 있는, 유머를 알고 슬픔과 기쁨을 느낄 수 있는 강한 니시 크웨가 되는 법을 보여 주었다. 완벽하지 않은 점도 있었다. 고모는 복잡했고 가끔은 완전히 지쳐 버릴 때도 있는 여성이었지만 대부분의 시간은 용감했다. 고모는 결함이 있는 사람들을 미친 듯이 사랑했다.

고모가 눈을 떴고 지친 표정으로 나를 보며 웃었다.

그때 나는 고모에게 내가 하는 일을 말하려고 했다. 하지만 고모를 끌어들이는 건 안전하지 않다는 걸 알았다. 고모는 혼자가 아니었다. 고모의 여정은 고모만의 것이 아니었다. 위-지인디원.

그 대신에 나는 아트 고모부가 숲 가장자리에 있는 나무 그루터기에 놓아 두고 간 음식 접시를 바라보았다. 접시 옆에는 여자 샐비어 다발과 구리 수저, 내 털모자가 있었다.

"작은 사람들에게 주는 선물이야."

고모가 설명했다. 나는 놀랐다는 사실을 감추려고 재빨리 갈레트를 더 많이 입에 집어넣었다.

"우리가 마두디스완에 있을 때 아트가 숲에서 작은 사람들 소리를 들었대. 그 사람들은 폭풍우 칠 때의 아니미키-그처럼 우리를 살펴보러 온 거야. 우리가 아니시나-베 미노비마-처럼 사는 걸 볼 수 있기를 희망하면서 말이야."

"우리가 주변에 있으면 안 되는 물질을 가지고 장난을 치는 걸 본다면 작은 사람들이 화를 낼까요?"

나는 숨을 참고 꺼져 가는 불빛 속에서 숯이 빚어내는 빛과 어둠을 모두 품은 고모의 얼굴을 바라보았다.

"그럴 거라고 생각해. 하지만 나쁜 약에 대해서 아는 사람들은 대부분 그걸 그대로 방치하지 않을 거야."

고모가 내 눈을 뚫어지게 쳐다보았다.

"치유의 반대편에 있는 약들에 관한 오래된 가르침을 아는 사람들은 그 힘을 존중해."

우리는 오랫동안 아무 말도 하지 않고 앉아 있었다. 데이비드 삼촌과 고모는 '나쁜 약'이라는 용어를 썼다. 릴리도 나를 버린 TJ에게 또라이 짓을 했던 날 그랬다. 삼촌은 공책에 나쁜 약은 버섯과 관계 없다는 사실을 분명하게 적어 두었다. 나쁜 약은 메스-X를 뜻하는 암호어였다. 고모는 나쁜 약이 치유 효과가 있는 약과 반대 효과를 내는 약이라고 했다.

"오래된 방식에 관해 물을 때는 신중해야 해, 다우니스."

나를 보는 고모는 노인 회관에서 시니 님키 할머니가 나를 볼 때 가끔 짓는 표정을 보이고 있었다.

"나쁜 약에 대해서는 내려오는 말이 있어. '너의 형제를 알고 이해하되 찾지는 말아라.'" 고모는 자작나무 껍질로 만든 바구니에 손을 뻗어 가득 들어 있는 세마ー를 왼손으로 조금 집어 들고 조용히 기도했다.

나도 몸을 일으켜 고모처럼 했다. 세마ー를 마지막으로 껌뻑이고 있는 숯 위에 던졌다.

고모의 목소리가 담요처럼 나를 감쌌다.

"제발 조심해. 모든 노인이 문화를 가르쳐 줄 수 있는 스승은 아니고, 문화를 가르쳐 줄 수 있는 스승이 모두 노인인 건 아니야. 사람들이 하는 말에 귀를 기울이고, 너에게 공명하는 부분을 받아들이는 건 괜찮아. 나머지는 그저 뒤에 남겨 두어도 되는 거야. 그 차이를 알 수 있도록 너를 믿어야 해."

요즘 고모는 내 주위에 있지 않았다. 내가 그렇게 만들었으니까. 고모는 내가 자신 없이도 앞으로 나아가는 것을 인정하는 것 같았다. 부글부글 끓으며 재로 변해 가는 불을 보고 있는 동안 우리 둘 사이는 무언가가 변했다. 마치 내가 어렸을 때 있던 장소를 벗어나 이제는 성인이 된 여자가 있는 장소로 옮겨 온 것처럼 말이다.

"나는 네가 누구와 너를 공유해야 하는지, 언제 공유하면 안 되는지를 안다고 믿어. 나보다 네가 훨씬 빨리 그걸 깨달아 가고 있다는 사실이 기뻐. 나는 정말 바보 같은 선택을 아주 많이 했거든. 나는 내 인생을 너무나도 심하게 자주 망쳤어. 가치가 없는 남자들에게 나를 너무 많이 주었어."

고모의 말을 듣는 동안 눈이 내리기 시작했다. 크고 아름다운 눈송이였다. 눈송이는 가벼운 깃털처럼 우리 주위에 부드럽게 내려앉았다.

"아트는 오래전에 만났어. 의식에서 만났지. 사랑하게 될 거라는 생각은 하지 않았어.

아트는 너무 감미로웠거든. 내 타입은 아니었어."

고모는 생각에 잠긴 듯이 씩 웃었고 곧 한숨을 내쉬었다.

"한 남자를 만난 적이 있어. 태양은 그 남자를 비추려고 매일 떠오르는 거라고 생각했지. 잘생겼고 영리했고 누구나 주목하는 사람이었어. 하지만 아, 우리가 싸울 때는…… 정말 끔찍했어."

고모는 부르르 떨면서 코트를 바짝 여몄다.

"그 남자가 방 안의 모든 산소를 들이마셔서 나에게는 숨을 쉴 산소조차 남지 않았어. 태양이 그가 아니라 감히 나를 비춘다면 그건 나의 잘못이었고, 그 남자를 행복하게 해 줄 수 있는 유일한 방법은 다른 사람들이 그 사람을 쳐다볼 때 나를 아주 작게 만드는 것뿐이었어."

고모의 목소리가 갈라졌다.

"누군가가 너를 사랑한다고 하면서 너를 너답게 만드는 일을 억제하고 통제하려 들 때 힘들어지는 거야."

고모는 말을 멈추고 세마—를 재 위에 던졌다.

"그래서 그 남자와 헤어졌어. 다시 한증막으로 돌아와 의식을 치르려고 맑은 정신으로 지냈어. 그건 마치 창조주가 나에게 숨 쉴 수 있는 공기를 다시 불어 넣어 주는 것 같았어. 그러다 다시 아트를 우연히 만나게 됐지. 그때는 아트의 가치를 분명하게 볼 수 있었어."

고모는 눈을 감았고 눈송이가 고모의 뺨에 내려앉았다.

"아, 하지만 여전히 많은 걸 망쳤어. 화가 날 때 어떻게 하는지 보려고 일부러 싸움을 걸기도 했지. 상처 주는 말을 하고……, 그러고는 재빨리 돌아서서 가 버리고는 했어. 아트가 왜 그런 일을 하는지 묻더라."

고모의 뺨을 타고 눈물이 흘러내렸다.

"나는 날아올 그의 주먹에 대비하는 거라고 말했어. 아트는 '그건 사랑이 아니야. 사랑은 너의 영혼을 존중하는 거야. 다른 사람의 영혼뿐 아니라 자기 자신의 영혼도 존중하는 게 사랑이야'라고 말했어."

나에게로 고개를 돌렸을 때 고모는 평온해 보였다.

"나는 다시 미노비마—디지원으로 가는 길을 찾은 거야. 좋은 방법으로 인생을 살아갈 수 있게 된 거지. 나는 사랑하고 사랑받고 있어. 창조주에게, 위—지인디원에게 진실해."

고모는 입으로 남편과 아이들이 자고 있는 집을 가리켰다.

"너의 영혼을 존중해야 해. 너를 사랑해야 해."

나는 학교에 집중해야 해. 넌 너에게 집중해야 하고. 우린 서로 떨어져서 각자가 바로 서야 해. 그걸 모르겠어? 계속 너와 함께 있으면 나 스스로 설 수가 없어.

릴리가 트래비스에게 완전히 끝났다고 말했을 때 트래비스는 권총을 꺼냈다. 사랑은 통제하는 것이 아니다. 그가 정말로 릴리를 사랑했다면 트래비스는 릴리가 좋은 삶을 살아가기를 원했을 것이다. 자신이 함께할 수 없다고 해도 말이다. 트래비스가 한 일은 사랑과는 정반대의 일이었다. 트래비스는 조금도 주저하지 않고 흔들리지 않는 손으로 자기 자신만을 생각하며 릴리에게 총을 겨누었다.

불 앞에서 물러났을 때 고모는 나에게 소파에서 자고 가라고 했지만 나는 마지막 여객선을 타고 본토로 돌아가는 쪽을 택했다. 지프를 몰고 선착장으로 가는 동안 눈발은 약해졌다.

등주 밑에 지프를 세웠다. 선착장에서 여객선에 오르려고 기다리는 차는 내 지프뿐이었다. 나는 릴리의 퀼트 담요를 몸에 두르고 삼촌의 공책을 뒤적였다.

여객선이 경적을 울려 본토에서 출발했음을 알렸다. 5분이면 이곳에 닿을 것이다.

삼촌이 4월 4일에 덕섬에서 버섯을 찾아다녔던 곳을 펼쳤다. 그곳부터 다섯 장에 걸쳐 삼촌은 분명히 도감에는 올라와 있지 않은 기생 버섯을 찾았을 때부터의 이야기와 그 버섯의 환각 효과를 분석한 내용, 환각성 버섯이 정말로 메스-X와 관계가 있는지 모르겠다는 의문을 적어 놓았다.

나는 막다른 골목에 관한 이야기는 어떠한 흔적도 남지 않도록 이 다섯 장을 공책에서 찢었다. 이제 이 공책을 읽는 사람은 모두 데이비드 삼촌의 노력이 실패한 게 아니라 아직 끝나지 않았을 뿐이라고 생각할 것이다.

미네소타의 니시 아이들은 집단 환각에 걸린 것이 아니다. 그 아이들은 모두 나쁜 약은 내버려 두라고 경고하는 작은 사람들을 만난 것뿐이다.

FBI가 헛되이 환각성 버섯을 쫓는 한, 우리의 다른 약들은 그대로 내버려 둘 것이다.

공책 스프링에 남아 있는 종이 부분을 모두 떼어 내고 릴리가 조수석 보관함에 넣어 두는 성냥을 꺼냈다. 데이비드 삼촌이 추가로 연구를 진행했다는 증거는 도로 갓길에 있는 평평한 바위 위에서 완전히 불타 버렸다. 종이는 빠른 속도로 타들어 갔고, 내가 지프 안으로 다시 들어갔을 때 갑판장이 나에게 앞으로 이동하라고 손짓했다.

밤에 강을 건너는 여객선은 온통 내 차지였다. 강 위에서 나는 지프 밖으로 나와 여객선 난간 아래로 세마—를 떨어뜨렸다. 감사의 기도를 전해 줄 세마—였다. 버섯에 관한 정보를 알려 주실 정도로 나를 믿어 주셔서 감사해요. FBI에게 그 정보를 알려 주지 않음으로써 우리 공동체를 보호할 수 있는 책임을 주셔서 정말 감사해요.

왜냐하면 나는 트래비스가 무엇으로 메스—X를 만들었는지를 내가 안다고 생각하기 때문이다.

37장

크리스마스 휴가 때 릴리와 헤어진 트래비스는 계속 낭만적인 분위기를 연출해 다시 릴리를 돌아오게 하려고 했다. 트래비스는 대학교 선이수제 영어 수업을 들을 때는 하트 모양의 피자를 릴리에게 가져왔고, 릴리의 집 밖에서는 눈 위에 릴리의 이름을 페인트로 써놓기도 했다. 수업이 끝난 뒤에 주차장에서 〈금지된 사랑〉의 존 쿠삭처럼 붐 박스를 머리 위로 높이 치켜 들고 두 사람의 공식 사랑 노래를 크게 틀기도 했다.

가끔은 그런 노력들이 성공을 거두어 '릴리와 트래비스 이야기'에 또 다른 에피소드를 더하기도 했지만 결국 항상 똑같은 결말을 맞았다.

트래비스는 더는 수업 시간의 광대가 아니었다. 잘생긴 얼굴은 충격적으로 불어난 몸과 함께 사라져 버렸다. 병색이 짙어지고 있는데도 그가 반복적으로 '나에게 다시 기회를 줘'를 시전할 때마다 릴리에게 너무나도 낭만적이라고 말하는 여자아이들이 있었다.

릴리와 나는 밸런타인데이에 트래비스가 어떤 놀라운 일을 할지 궁금했다. 그는 모든 면에서 아주 웅대할 것이라고 짐작될 만한 무언가를 준비했다. 꽃다발이 배달되었고 릴리의 사물함은 릴리가 좋아하는 사탕으로 가득 찼다. 온종일 눈이 온 날에는 릴리의 지프만이 유일하게 주차장에서 빠져나갈 수 있도록 눈이 말끔하게 치워져 있었다. 트래비스가 이런 거창한 일을 할 때마다 릴리의 마음이 조금씩 풀린다는 걸 나는 느꼈다.

밸런타인데이는 토요일이었다. 우리는 금요일에 트래비스가 낭만적인 선언을 할 거라고 예상했다. 준 할머니는 트래비스를 집에 들이지 않았고, 그는 거창한 계획들을 언제나 학교 안이나 근처에서 실행했으니까.

금요일이었던 13일에, 트래비스는 주말을 고모 집에서 보낼 예정인 나를 데려다주고 여객선에 오른 릴리의 뒤를 쫓아갔다. 릴리가 트래비스의 의도를 눈치채기도 전에 트래비스는 자기 트럭에서 뛰어나와 릴리의 지프 조수석에 올라탔다. 그러고는 자신의 낭만적이고도 웅장한 계획을 실현했다. 릴리에게 사랑의 약을 내민 것이다. 어디서 어떻게 그 약을 구했는지는 자세히 말해 주지 않았다. 그저 둘이서 밸런타인데이 때 함께 약을 할 계획을 짜면 된다고만 했다.

　릴리는 트래비스를 남겨 두고 지프에서 나와 여객선 위층에 있는 작은 대기실로 갔다. 그러고는 나에게 전화를 걸어 데리러 와 달라고 했다. 다시 슈가섬으로 돌아오는 여객선에서 릴리를 만났을 때 가장 친한 친구가 들려주는 트래비스의 이야기에 심장이 부서지는 것만 같았다.

　그로부터 몇 주 뒤에 엄마 차를 타고 심부름을 가다가 보호 구역 주유소에서 트래비스를 보았다. 심장이 가라앉는 것만 같았다. 트래비스의 모습은 끔찍했다. 메스에 너무나도 깊이 중독되어 있었다.

　그 무렵에 트래비스 플린트는 메스-X의 제조자이자 첫 번째 고객이 되어 있었다.

　그가 릴리를 죽인 날 밤, 트래비스는 작은 사람들이 자기에게 화가 났다고 했다. *나는 그저 릴리가 나를 다시 사랑해 주기만을 바란 것뿐인데.*

　어쨌거나 트래비스에게는 사랑의 약이 있었다. 내가 그 약에 관해 많은 걸 묻는 것조차도 고모가 금지했던 나쁜 약이었다.

　릴리가 사랑의 약을 복용하기를 거부했을 때, 트래비스는 그의 '쿠키'라고 알려진 메스에 그 약을 섞은 것이 분명했다. 그가 사랑의 약이라고 생각했던 것은 사실 사랑과는 정반대의 것을 불러왔다. 진짜 사랑은 우리의 영혼을 존중한다. 사랑을 만들거나 유지하는 데 약이 필요하다면 그것은 소유이고 통제이다. 사랑이 아니다.

　몇 주 뒤에 미네소타 보호 구역의 아이들이 숲에서 시간을 보내면서 그 약을 복용했고, 모든 아이가 아팠다. 아이들이 만난 적 없는 여자와 사랑에 빠지는 일은 없었다. 메스를 향한 만족할 수 없는 열망에 감염되고 말았을 뿐이다.

　우리 공동체에는 전통 의학의 여러 가르침을 보호하고 보존하려고 각자 맡은 역할을 다하는 사람들이 있다고 믿는다. 하지만 나도 우리 의학을 보호하기 위한 나만의 역할을 해낼 수 있다.

집으로 가는 길에 다시 제이미와 론이 사는 집으로 갔다. 이번에는 현관 앞에 있는 우편물 투입구에 삼촌의 공책을 밀어 넣었다.

지프로 돌아오는 발걸음이 한결 가벼웠다. 어깨 위에 얹혀 있던 거대한 추를 내려놓은 기분이었다. 론과 제이미에게는 두 사람이 알아야 할 것만 공유할 것이다.

다음 날 아침, 재빨리 욕실에서 해야 할 일들을 마치고 운동복을 입은 뒤 사실상 문을 박차듯 급하게 밖으로 나왔다. 매일 해 뜨는 시간은 전날보다 1분에서 2분 정도 늦어졌다. 하지만 어둠 속에서도 지프 옆에서 몸을 풀고 있는 익숙한 자태가 눈에 들어왔다.

"생일 축하해, 다우니스!"

제이미가 소리쳤다.

그에게는 보이지 않겠지만 나는 너무나 신이 나서 활짝 웃을 수밖에 없었다. 제이미의 입에서 나온 첫 말이 수사에 관한 이야기가 아니라는 사실이 기뻤다. 오늘은 아주 특별한 날이니까.

나는 조용히 자―기디원을 달라고 기도했다. 사랑은 우리가 아기였을 때 가장 먼저 받는 위대한 할아버지의 가르침이었다. 태어나기 전부터 우리의 몸이 어머니의 심장 박동 소리에 맞춰 형성되는 동안 우리의 영혼이 여행을 할 때도, 사랑은 우리 옆에 존재한다. 우리가 이 세상에 들어와 제일 처음 숨을 들이마시는 순간에도 부모님과 가족, 창조주의 사랑은 우리와 함께 있다.

아빠는 나를 처음으로 안았을 때 어떤 기분을 느꼈고 무슨 생각을 했을까? 엄마는 우리가 몬트리올에서 돌아온 지 2주가 지났을 때 고모에게 연락이 왔다고 말했다. 고모는 엄마와 아기인 나를 데리고 슈가섬에 가도 되는지 물어보았다고 했다. 나의 파이어키퍼 가족이 나를 보고 싶어 한다고, 나의 아빠가 나를 안아 보고 싶어 한다고도 말했다.

준비 운동을 마치고 제이미와 나는 셔먼파크를 향해 달리기 시작했다. 힘차게 달리는 발소리만이 들렸고, 우리 입에서는 그 어떤 소리도 흘러나오지 않았다. 공원에 도착했을 때 제이미는 평소와 달리 다시 달리지 않고 몸을 돌려 멈췄다.

"잠깐 쉬었다 가자."

제이미는 가까운 나무로 걸어갔다.

나는 강 건너편을 바라보면서 다리를 쭉 폈다. 내 뒤에서 떠오르는 해가 캐나다 지평선을 밝히는 모습은 경이로웠다.

"론은 오늘 친선 시합에 오지 않을 거야."

제이미가 내 옆으로 걸어오면서 말했다.

"공책을 증거로 제출하고, 다른 요원과 공책 내용을 검토하려고 마르케에 갔어."

나는 고개만 끄덕일 뿐 아무 말도 하지 않았다. 수사는 계속되고 있었다. FBI는 자신들의 수사를 했고 나는 내 수사를 했다. 메스-X에 관한 진실을 캐는 일은 수사의 일부분일 뿐이다. 나는 메스를 유통하는 사람을, 트래비스가 남기고 간 메스를 가져간 사람을 알아내야 했다.

"오늘 생일인데 뭘 할 거야?"

제이미가 화제를 바꿨다.

"달리고, 에버케어에 가고, 준 할머니랑 점심 먹고, 시합에 가기 전에 나머지 시간은 엄마랑 있을 거야."

"시합이 끝나면 함께 저녁을 먹을 수 있을까? 생일 기념으로?"

"좋아."

"드레스 색을 말해 줄 수 있어? 마이크의 엄마가 메이시를 위해서 준비한 것처럼 나도 네 드레스에 맞는 코르사주를 준비하고 싶은데."

"빨간색이야. 하지만 난 코르사주 좋아하지 않아. 그건 좀 이상한 거 같아. 그게 중요한 건 아니지."

나는 아주 중요한 일을 처리하기로 마음먹었다.

"어젯밤에 왜 나에게 영리하다고 말한 거야?"

"너는 심문자를 심문하고 있으니까. 정보는 얻지만 그 대가로 중요한 정보를 주지는 않잖아. 하지만 몸짓으로 모든 걸 말하고 있지."

그러니까 포커페이스를 유지하려고 했던 어젯밤의 내 시도는 처참하게 실패했다.

"그래서 뭘 알아냈는데?"

제이미의 분석을 빨리 알고 싶기도 했고 아니기도 했다.

"넌 열정적인 사람이야. 깊이 사랑하고 분노와 슬픔을 솔직하게 드러내지. 바보 같은 점도 있어. 어떨 때는 멍청해질 때도 있고."

제이미의 목소리에는 웃음이 담겨 있었다.

잠시 뜸을 들이다가 제이미가 말했다.

"어젯밤에 론은 너희 삼촌을 죽게 만든 수사에 관해 자세하게 말했어. 그런데도 넌 차분했지, 다우니스. 너는 미네소타의 니시 아이들에게 일어난 일을 물었고, 론이 대답을 하지 않았는데도 화를 내지 않았어. 마르케에 있을 때 나에게 했던 것과는 달리 말이야. 너는 그 애들을 정말로 걱정하고 있고, 집단 환각을 일으킨 뒤에 그 아이들이 어떻게 지내는지 진심으로 알고 싶어 하면서도 말이야. 네가 론에게 반응한 것은 딱 한 번뿐이었어. 일회용 전화기에 대해 론이 말한 내용을 기억해 냈을 때 말이야."

내가 그렇게 많은 걸 흘리고 다녔단 말이야? 나는 삐걱거리는 신발을 신은 첩보원이 분명했다.

"혼자서 하고 싶은 대로 하고 있잖아. 정보를 감추고."

"아니야, 나는……."

"150매짜리 공책에 145매밖에 없었어."

젠장. 그거였어.

"론도 알아?"

"론이 샤워를 하는 동안 공책을 세어 보았어."

제이미가 나를 보았다.

"이제 곧 알게 될 거야. 아마 오늘 중으로 알아내겠지."

그 말에는 아무 반응하지 않았고, 우리 집 진입로에서 마무리 운동을 끝낸 뒤에야 제이미에게 물었다.

"내가 없앤 부분은 FBI에게는 아무 의미가 없다고 말하면 믿어 줄 거야?"

내 질문에 제이미는 질문으로 대답했다.

"너는 나를 믿을 수 있어?"

제이미는 대답을 듣지 않고 곧바로 떠났고, 나는 우리가 서로에게 한 질문에 모두 '모르겠어. 불확실성 때문에 위험 부담이 너무 커'라고 대답해야 하는 건지 진지하게 고민했다.

38장

늦은 오후, 나는 하키 장비를 넣은 커다란 더플백을 다치지 않은 어깨에 메고 치무콰 경기장으로 걸어갔다. 여자 탈의실로 들어가니 방에서 나는 기묘한 냄새에, 여태까지 내가 참가한 모든 굉장한 시합에서 느꼈던 전율이 흘렀다. 산업용 세제와 시큼한 땀내가 섞여 나는 강렬한 냄새였다.

"생일 축하해."

나는 자신에게 조그맣게 속삭이고, 곧바로 내가 쓰던 사물함으로 재빨리 걸어갔다. 내 사물함 옆에 있는 로빈의 사물함을 흘긋 쳐다본 내 얼굴에서는 웃음이 사라졌다. 오늘은 계속 좋은 기분과 나쁜 기분을 동시에 느끼고 있었다. 다시 한번 하키 시합을 하는 것은 좋은 일이었지만……, 그 시합을 해야 하는 이유는 최악이었다.

시합에 나갈 준비를 하는 동안 휴대 전화가 울렸다.

고모: 내가 시합을 보러 갈 수 있을지 모르겠어. 네가 하겠다는 이유는 이해하지만 지금도 바보 같은 결정이라고 생각해.

목에 걸린 덩어리를 꿀꺽 삼켰다. 고모는 지금까지 나의 홈경기에 단 한 번도 오지 않은 적이 없었다.

"어떻게 하는 건지는 기억해? 한참 안 탔잖아."

메이시가 아크릴 물감으로 꽃을 그려 넣은 검은색 하키 스케이트의 끈을 묶으면서 내게 물었다.

"당연하지. 원래 선발들은 기억력이 좋거든."

내가 응수했다. 시합에서 누가 얼음 위로 나가고 누가 벤치에서 그 모습을 지켜봐야 했는지를 생각나게 해 주려고 말이다.

준비를 끝낸 뒤에 우리는 함께 탈의실에서 나왔다. 준비 운동을 하는 선수들을 보러 온 사람들로 관중석은 이미 가득 차 있었다. 우리는 나란히 얼음 위로 올라갔고, 무의식적으로 손을 들어 하키 스케이트가 얼음에 닿는 순간 살아 있음을 느끼는 모든 크웨잔스와그를 위해 스틱을 교차했다.

시합이 시작되면 전투에 나간 나의 몸은 기분 좋게 따끔거렸다. 위장은 조여왔고 다리는 간질거렸고 토할 것만 같았다. 전형적인 아드레날린 과다 분비 증상이었다. 얼음 위에 있으면 긴장은 내 귀에 대고 연주하는 음악이 되고, 배고픔을 채우는 만찬이 되었다. 바비 코치는 나에게 두 번째 피부처럼 익숙한 왼쪽 수비수 자리를 주었다. 나는 깊이 숨을 들이마셨고 변신했으며 끈질기게 저항하지 못하는 모든 것을 옆으로 치워 버렸다.

센터 아이스로 나가 리바이와 우리 팀 선수가 맞설 수 있도록 심판이 퍽을 떨어뜨리기만을 기다렸다. 리바이는 내 오른쪽에 있는 스토미에게 퍽을 날릴 것이다. 가끔 두 사람은 단일 유기체처럼 움직일 때가 있었다. 팔과 다리를 뇌가 통제하는 것처럼 말이다. 리바이가 주인이고 스토미는 독자적인 의식 없이 명령에 따르는 하인 같았다.

아드레날린 과부하로 내 몸이 폭발할지도 모른다는 생각을 할 때 심판이 퍽을 떨어뜨렸고, 마법 같지만 익숙한 일이 일어났다. 시간이 한순간 느려지고 차분한 고요가 나를 적셨다. 퍽이 슬로 모션으로 얼음을 향해 떨어지고, 퍽이 얼음에 닿기도 전에 리바이의 엄청난 반사 신경이 저절로 반응하며 스틱으로 퍽을 쳐 스토미에게 날려 보냈다. 나는 날아오는 퍽을 가로채 고등학교 동료 선수였던 퀸튼에게 패스했고, 퍽을 받은 퀸튼은 수프의 네트를 향해 전속력으로 돌진했다.

이제 시간은 미친 듯이 흘러가고 나는 종결자가 되었다. 레이저 같은 집중력으로 재빨리 반격하고 미리 공격을 막아 상대편 선수들의 진로를 바꾸는 행동에 돌입했다.

우리 팀은 빠르게 리듬을 찾아 퍽을 막고 곧바로 공격 태세로 전환했다. 우리는 퀸튼이 네트까지 절반쯤 남은 거리에 미리 가서 대기할 것을 알았기에 패스할 준비를 했다. 우리는 내가 2학년 때 주 대항전에서 우승했고, 작년 봄에는 준준결승까지 나갔다. 우리는 하나로 결합된 유기물처럼 능수능란하게 움직였다.

수프는 개개인이 뛰어난 선수들이었다. 하지만 아직은 한 팀이 되어 손발을 척척 맞추지는 못했다. 그러니까 내 동생의 표현대로라면 아직 서로를 제대로 읽지 못하고 있었다. 리바이는 분을 참지 못하고 스토미나 마이크와 달리 자신과 하나의 유기체처럼 움직이지 못하는 팀원에게 욕을 해대고 있었다. 스토미도 마이크도 수프의 신참이었지만 리바이하고는 10년이나 함께 얼음을 탔다.

마지막 피리어드에서 나는 거세게 엉덩이를 부딪혀 스토미를 거두어 내고 계속 앞으로 나아갔다. 그 어떤 또라이도 나를 막을 수는 없었다. 등으로 수프 선수의 등을 밀어내고 퍽을 가로챘다. 몇 분 전에 교체 선수로 들어온 메이시가 약간 떨어진 주변부에서 기다렸다. 익숙한 작전이었다.

스토미가 또다시 퍽을 낚아채려고 나에게 돌진했지만 나는 뒤에 있는 메이시에게 퍽을 패스했고, 메이시는 재빨리 퀸튼에게 퍽을 보냈다. 메이시는 네트를 향해 달려갔고, 3초 뒤 다시 퍽을 받은 메이시는 힘차게 퍽을 날렸다. 마이크의 팔은 고무줄처럼 네트의 가장 위쪽 모퉁이로 쭉 뻗어 메이시의 샷을 막아 냈다.

젠장, 거의 넣을 뻔했는데.

스토미가 나에게 세게 부딪혔다. 나는 플렉시 글라스 보드에 부딪혀 튕겨 나가면서 어깨부터 얼음 위로 떨어졌다. 너무 아파서 숨이 막혔다.

N' 다우니스. 바지곤지센[bazigonjisen]!

나는 재빨리 일어나 고통이 어느 정도인지를 보려고 왼쪽 어깨를 웅크렸다.

칼로 찌르는 것처럼 아팠다. 안 돼, 안 돼, 안 돼! 그냥 꼬인 신경만 떨쳐 버리면 괜찮을지도 몰랐다.

바비 코치가 링크에서 나를 뺐다. 링크에서 나오면서 교체 선수와 오른손을 들어 주먹인사를 했다. 나는 벤치에 앉아 왼쪽 어깨를 한 손으로 계속 동그랗게 문질렀다. 지옥에 떨어진 것처럼 아팠다.

1분 뒤에 메이시도 교체되었고 내 옆에 앉았다.

"스토미한테 오지게 당했네."

메이시가 말했다.

"에."

상태가 안 좋은 어깨에서 시작한 고통이 온몸으로 퍼져 나갔다. 링크 위에 있는 퍽에서 고개를 돌리고 싶다는 유혹을 떨쳐 버리려고 애썼다. 고모가 이곳에서 보고 있다면 분명히 어디에 앉아 있건 무시무시한 눈으로 나를 노려보고 있을 것이다. 고모와의 피할 수 없는 대결이 두려워 다리가 마구 떨렸다.

"네 남자 정말 부드럽게 움직인다."

메이시가 말하는 남자가 제이미라는 사실을 깨닫는 데 조금 시간이 걸렸다.

"에."

솔직히 말해서 제이미를 신경 쓸 여유가 없었다.

메이시가 크게 웃었다.

"와, 너는 응원하고 있는 거지?"

"웃기지 마. 쟤는 우리 팀이 아니잖아."

"사랑과 하키에서는 모든 게 공정한 게 아니었어?"

"얼음 밖에서 쟤는 내 거야. 하지만 얼음 위에서는 저 녀석들 거지."

나는 리바이를 향해 입술을 쭉 내밀었다.

제이미는 우리 팀이 아니라는 것, 그것이 더는 진실이라는 생각은 들지 않았다.

너는 나를 믿을 수 있어? 제이미의 목소리가 머리에서 울렸다.

나를 대신해 들어간 남자아이가 엉망으로 수비하는 모습이 보였다. 저 엉망인 교체 선수는 로빈보다 한 학년 위의 선배로 리바이를 상대로는 한 번도 같이 뛰어 본 적이 없었다. 내 동생은 모든 기회와 약점을 파악했다. 리바이를 이길 수 있는 유일한 방법은 리바이 옆에 붙어 있다가 리바이가 경계를 늦추었을 때 재빨리 역으로 공격하는 전략을 구사하는 것뿐이다.

내가 엉망인 교체 선수를 2분 만에 파악했다면 리바이 역시 그럴 것이다.

"내가 들어갈게요."

곧바로 보드를 넘어갈 수 있도록 일어서서 바비 코치에게 소리쳤다.

"입 다물고 가만히 앉아 있어, 폰테인."

바비 코치도 소리쳤다.

나는 투덜거렸지만 불에 타는 것 같은 고통도 느껴졌다.

메이시가 크게 웃었다.

"쓸 수 있는 팔이 하나밖에 없잖아. 나가서 뭘 어떻게 하려고 그래?"

메이시는 두 팔을 몸에 달싹 붙이고 손을 펄럭이며 펭귄 흉내를 냈다.

엉망인 교체 선수가 만들어 준 구멍을 뚫고 리바이는 앞으로 나아갔고, 제이미가 패스한 퍽을 받아쳤다. 수프의 득점을 알리는, 실제로 화물선에서 떼어 온 경적이 울리면서 리바이는 목표를 달성했다.

"나라면 리바이에게 달려들었을 거야. 페널티를 유도하고 더 나은 결과를 위해 희생했을 거야."

나는 귀가 먹을 정도로 커다란 함성에 목소리가 묻히지 않도록 큰 소리로 메이시에게 고함을 질렀다.

우리는 졌지만 근소한 차이로 졌다. 우리 팀이 더 잘했지만 마이크라는 장벽은 뚫을 수 없었다. 시합이 끝나고 양 팀이 악수를 할 때 그 사실을 분명히 알 수 있었다. 리바이는 화가 나 있었다. 우리가 수프의 질펀한 엉덩이를 찰싹 때려 주었다는 걸 아는 것이다.

악수할 차례가 되어 나에게 손을 내민 제이미의 얼굴은 밝았다. 제이미의 손이 닿자 내 위장은 마구 공중제비를 넘었다.

나를 믿어?

탈의실에 들어가 먼저 고모가 나에게 고함을 치기 위해 기다리고 있지는 않은지부터 확인했다. 고모가 없음을 분명히 확인하고 의사에게 문자를 보냈다. 어깨 통증 때문에 찡그리며 간신히 운동복을 벗었다.

"코치를 데려올까?"

내가 장비를 벗는 걸 도와주면서 메이시가 물었다.

"아니, 닥터 B에게 방금 문자를 보냈어. 샤워를 한 뒤에 병원으로 가겠다고."

"그래. 샤워를 한다니, 좋은 생각이야. 네 냄새 정말 고약하거든."

메이시는 7월에 슈가섬에 있는 야외 화장실에 갇히기라도 한 것처럼 얼굴을 찡그렸다.

"나쁜 년."

나는 오해의 여지가 없는 농담을 내뱉고 샤워실로 걸어갔다.

"더 나쁜 년."

메이시가 나를 따라오면서 응수했다.

"나쁜 년은 나쁠수록 더 좋지."

나는 왼팔을 몸에 바짝 붙인 채 한 손으로 몸을 씻었다.

"네가 그렇게 말한다면야, 뭐."

메이시가 크게 웃었다.

"당연하지."

나도 다시 응수했다. 메이시와 가볍게 다투고 농담을 주고받으며 잠시 고통을 잊었다. 수건으로 꼼꼼하게 몸을 닦고 옷을 입었다. 청바지 지퍼를 올리려고 애쓰는 나를 보고 메이시는 괴로운 듯 한숨을 쉬더니 지퍼를 올려 주었다.

로비에 도착하자 로비를 가득 메운 사람들이 환호했다. 친선 게임이 아니라 정말로 고등학교 대항전을 마치고 나온 선수를 맞는 것처럼 친근한 환성이었다. 이 순간이 얼마나 근사한지를 잊고 있었다. 공동체 모두가 서로를 사랑하는 이 순간을 말이다.

하키는 나의 공동체를 하나로 묶어 주었다. 원주민과 비원주민을, 모든 연령대의 사람들을, 모든 주거지의 사람들을 말이다. 슈가섬의 오지브웨 부족이 자금을 대서 건설한 공동체의 여가를 위한 건물, 바로 이곳 치 무콰 경기장에서는 모든 사람이 우리 팀을 위해 하나로 뭉쳤다. 그저 내가 바라는 건 오늘 이곳에 모인 이유가 로빈 베일리 때문임을 기억해 주었으면 하는 것뿐이었다.

다치지 않은 어깨로 더플백을 메고, 재킷을 안장 깔개처럼 더플백 위에 걸친 채 사람들을 뚫고 나갔다. 제이미는 다른 남자아이들과는 몇 미터 떨어진 곳에서 혼자 서 있었다. 내가 팔을 치자 깜짝 놀랐다는 얼굴로 나를 보았다.

"왜?"

나는 혹시 운동복을 뒤집어 입은 것은 아닌지 살폈다.

"네가 괜찮은 선수라는 건 알고 있었어."

제이미의 낮은 목소리가 주변의 혼돈을 뚫고 나에게 들려왔다.

"하지만 다우니스, 넌 정말 믿을 수 없을 정도로 굉장했어."

제이미의 칭찬에 어떻게 반응해야 할지 몰라 어깨를 으쓱했고, 통증 때문에 얼굴을 찡그렸다. 제이미는 내가 미처 말리기도 전에 내 어깨에서 더플백을 가져갔다.

"괜찮아?"

"에, 세게 부딪혀서 그래."

나는 별일 아니라는 듯이 말했다.

"여기 있었군. 수비수 다우니."

마이크가 끼어들었다.

"우리가 너희 엉덩이를 걷어차 주었지."

스토미가 선언했다.

"글쎄, 나랑은 다른 걸 보았나 보네."

노려보는 스토미의 시선은 무시해 버렸다.

"아주 좋아."

리바이는 내 장비 가방이 덜컥거리며 미끄러져 내릴 정도로 아주 세게 제이미에게 부딪혔다.

"중요한 건 우리가 한 팀으로서 움직이기 시작했다는 거야."

중요한 건 우리가 로빈을 위해 무언가를 했다는 거지. 나는 제이미를 도와 내 가방을 들고 있는 동생을 노려보았다. 어떻게 이 시합이 그저 또 다른 시합일 뿐일 수 있는 거지? 리바이는 로빈이 2학년일 때 함께 샤갈라에 갔으면서?

그 어떤 남자도 너에게 힘을 발휘할 수는 없게 해야 해. 그가 누구건, 사람들이 그를 얼마나 사랑하건 간에 말이야. 설령 네가 그 남자를 여전히 원한다고 해도 말이야.

로빈의 말이 내 귀에서 울렸다. 로빈이 말한 남자가 리바이였을까? 리바이는 사랑하고 떠나기로 유명했다. 아니, 남자들 말처럼 한 번 자고 자랑해 대는 것으로 유명했다.

"왜 그렇게 고약한 눈으로 쳐다보고 있는 거야? 스토미가 부딪혔을 때 어깨에 충격을 받아서 그런 거야? 얘 어깨는 형편없어. 맨날 탈골 된다니까."

"정말? 언제부터 그런 거야?"

제이미는 나에게서 눈을 떼지 않고 리바이에게 물었다.

마이크의 부모가 다가왔다. 나는 시선을 피했다. 그린베이에서 돌아오는 버스 이후로는 단 한 번도 '나를 그랜트라 부르라'에게 가까이 간 적이 없었다.

"생일 축하해, 다우니스. 한 번 더 블루데빌스로 뛴 기분이 어떠니?"

"굉장해요."

진짜 감정을 드러낼 수 있다는 건 좋은 일이다. 오늘 밤, 다람쥐 첩보원은 비번이다.

"엄청난 생일이구나. 하키에, 부족 회의 승인에."

'나를 그랜트라 부르라'가 자신의 호텔 방 앞에서 그런 것처럼 손가락을 입술에 대는 모습을 보고 너무 놀라 입이 벌어졌다.

쉬잇. 네 비밀은 안전하게 지켜줄게, 다우니스 폰테인.

'나를 그랜트라 부르라'는 계속 말했다.

"몰랐어? 오늘 부족 평의회가 열렸거든. 월요일에는 매니토우 추장이랑 다른 의원들이 워싱턴 DC로 가야 해서."

"우-후!"

리바이가 소리를 치면서 나를 안아 빙글빙글 돌렸다. 나는 메이시가 흉내 냈던 펭귄처럼 두 팔을 내 몸에 바짝 붙이고 어깨가 벌어지지 않도록 버텼다.

마치 원심 분리기에 들어가 있는 것만 같았다. 리바이가 멈췄을 때 나는 토할 뻔했다. 리바이가 나를 들고 돌렸기 때문만은 아니었다. '나를 그랜트라 부르라'가 부족 평의회 일에 관심이 많다는 사실을 알았기 때문이다.

로비를 가로질러 오면서 나에게 소리치는 쌍둥이를 보자 내 심장이 솟구쳐 올라갔다. 두 아이는 고모와 고모부 어깨 위에서 목말을 타고 있었다. 폴린은 하나로 묶은 머리카락을 잘근잘근 씹고 있었고 네 사람 옆에는 엄마도 있었다. 고모가 나에게 화가 났는지 보려고 고모의 표정을 살폈지만 고모는 그저 환하게 웃고 있었다.

나는 멀쩡한 팔을 흔들며 다섯 사람에게 다가갔다. 제이미도 나와 함께 갔다.

"내 어깨에 대해서는 아무 말도 하지 마."

가족에게 닿기 전에 제이미에게 말했다.

나는 제이미의 손을 잡고 왼손을 움직일 필요가 없도록 그의 손을 내 왼쪽 몸에 가까이 끌어당겼다. 이제는 바닥에 내려와 팔짝팔짝 뛰는 쌍둥이를 오른팔로 감싸 안았다. 엄마가 나에게 입을 맞추면서 정말로 자랑스럽다고 속삭였다.

"우리 부족의 신참으로 태어난 생일을 축하해!"

몸을 기울여 나를 안아 주는 고모의 목소리가 갈라졌다. 나는 고통으로 움찔하는 표정을 숨기고 '나를 그랜트라 부르라'가 이 특별한 순간을 강탈해 간 것을 고모가 알아채지 못하게 반응했다.

"오, 고모. 정말 너무 기뻐요. 고모 덕분이에요. 미-그웨치."

엄마가 뺨을 타고 흘러내리는 기쁨의 눈물을 훔쳤다. 엄마는 언제나 내가 부족의 일원으로 받아들여지기를 원했다.

"제이미가 내 생일을 축하해 준다고, 근사한 데서 밥 먹재요."

"생일이니까 대접해 줘야죠."

제이미가 말했다.

엄마는 제이미를 덥석 안았다. 엄마의 진심이 느껴졌다. 제이미는 아트 고모부의 농담에 크게 웃었고, 고모가 나에게 들리지 않게 무슨 말을 했을 때는 고개를 끄덕였다. 쌍둥이는 동시에 제이미와 하이파이브를 하고 싶어 했다. 제이미는 두 손바닥을 쫙 펴서 두 아이가 동시에 뛰어올라 자신과 하이파이브를 할 수 있게 해 주었다. 두 아이가 의도적으로 서로를 때리다가, 마침내 자신과 완벽하게 손바닥을 부딪쳤을 때 제이미는 활짝 웃었다.

우리는 눈이 마주쳤다. 제이미의 눈은 순수한 기쁨으로 빛났고, 그의 입은 흉터를 한껏 끌어당길 정도로 밝게 웃고 있었다. 마치 우리가 함께 '그 지역'으로 들어간 것만 같은 기분이었다. 우리는 지금 여기에 모든 사람과 섞여 있지만 전적으로 우리 둘만 다른 곳에 가 있는 것 같았다.

그곳에서는 제임스 브라이언 존슨은 열여덟 살이었고, 미시간 대학교나 미시간 공과대학교에서 입학 허가가 나기를 바라고 있다. 나를 위한 훌륭한 사전 프로그램이 준비되어 있는 곳이 제이미가 가고 싶은 학교였다. 우리는 첫 학년을 각자 기숙사에서 지낼 계획이고, 그 뒤로는 숙소를 구해 함께 살 것이다. 나는 엄마를 보러 자주 집에 가야 하니까 제이미가 하키 때문에 바쁜 일정을 보내는 것이 오히려 다행이다. 서로의 품에서 깨어나 아침을 맞는 일이 우리가 가장 멋지게 하루를 시작하는 방법이다. 제이미는 매일 아침 나와 함께 세마―를 바치며 모든 날을 선물처럼 느낄 수 있다는 사실에 감사한다.

이건 정말 아름다운 꿈이었다.

그 언어로 꿈을 꾸면 유창한 거야. 물론 시니 할머니는 자면서 꾸는 꿈을 말했다는 건 안다. 그러니까 낮에 이렇게 몰래 찾아오는 꿈에 대한 이야기는 아니다.

경고도 없이 갑자기 눈물이 내 뺨을 타고 흘러내렸다.

그는 열여덟 살이 아니었다. 스물두 살이었다.

이름도 달랐다. 다른 과거가 있고 이 임무가 끝나면 살아갈 삶도 있었다.

이 임무가 끝난 뒤에 우리가 함께 있을 수 있는 장소를 상상해 보려고 애썼다. 하지만 현실에 바탕을 둔 그 꿈은 너무나도 멀고 흐릿해서 내 눈에는 보이지 않았다.

우리는 지프로 걸어갔고 제이미가 뒷좌석에 내 더플백을 실었다.

"저녁은 어디에서 먹을까?"

제이미가 물었다.

나는 괜찮은 팔을 뻗어 제이미의 젖은 머리카락을 만졌다. 손가락 끝으로 흉터를 따라 내려갔고 경동맥에서 멈췄다. 모든 맥박이 제이미가 실제로 존재하는 사람임을 알리며 격렬하게 뛰었다. 지금 제이미와 함께 있는 상태가 새롭게 시작된 '뉴 노멀'이었다.

나는 맥박이 뛰는 제이미의 목에 입을 맞추었다. 심장이 뛸 때마다 내 입술을 향해 혈관이 튀어 올라왔다. 나는 그 맥박을 내 몸에 넣어 함께 하려는 것처럼 깊이 숨을 들이마셨다. 익숙한 비누 냄새와 체취가 내 폐를 가득 채웠다.

나를 믿을 수 있어?

"제이미, 나를 응급실에 데려다줘."

내가 말했다.

간호사는 나에게 진찰복으로 갈아입고 기다리고 있으면 보나세라 박사님이 곧 오실 거라고 말했다. 제이미에게는 내 가운을 등 뒤로 묶어 주고 다친 팔은 그냥 내버려 두라고 했다.

간호사가 문을 닫고 나가자마자 나는 다치지 않은 팔의 소매를 이용해 내 치수보다 훨씬 큰 운동복을 벗으려고 기를 썼다. 제이미가 운동복을 내 머리 위로 들어 올려 벗겨 주었다. 그러고는 내 머리카락을 오른쪽 어깨 앞으로 넘겨 등이 드러나게 했다.

시합을 마치고 샤워를 한 뒤에는 굳이 브래지어를 입지 않았다. 브래지어를 입으려면 메이시에게 도움을 요청했어야 하는데 그보다는 그냥 입지 않는 편이 더 나았다.

제이미는 속삭이며 부드러운 입술로 나의 다친 어깨에 입을 맞추었다.

뒤에서 그는 내 어깨 위로 손을 내밀어 진찰복을 내 앞에 놓았고, 나는 다치지 않은 팔을 진찰복 소매에 집어넣었다. 그러자 제이미는 다친 어깨를 조심스럽게 진찰복으로 덮고 등 뒤에서 진찰복 끈을 느슨하게 묶었다.

"딸기 냄새가 나."

내 머리 옆에 자기 머리를 대고 킁킁 숨을 쉬면서 제이미가 말했다.

문을 두드리는 소리가 들렸고 곧바로 닥터 B가 들어왔다.

닥터 B는 제이미에게 인사를 건넸고, 두 사람은 악수했다. 제이미는 자신을 나의 남자친구라고 소개했고, 나는 보나세라 박사님의 부인이 에버케어의 수간호사라고 소개했다.

"그래, 다우니스. 어디 한번 보자."

닥터 B가 어르는 것 같은 말투로 말했다.

나는 굳게 각오를 하고 그의 손을 기다렸다. 닥터 B가 만지자 통증이 느껴졌지만, 이보다 훨씬 끔찍한 통증도 경험한 적이 있었다.

"탈골은 아니야."

닥터 B의 말에 안심이 되었다.

"하지만 너무 심하게 부딪혔어."

"그러니까 깁스는 안 해도 되고, 그냥 조심하면 되는 거죠?"

내가 스스로 치료 방법을 결정하면서 말했다.

"아니야, 서두르지 말고, 다우니스."

닥터 B는 의사 가운 주머니에서 펜을 꺼내더니 위쪽 팔 뒷부분을 펜 끝으로 꾹 눌렀다.

"꼭 지금 해야 해요?"

나는 무릎에 나란히 올려놓은 내 두 손을 내려다보면서 닥터 B에게 물었다.

"이 친구는 모르나?"

"무엇을 모른다는 말씀이죠?"

제이미가 즉시 놀라며 반응했다. 나는 피부 밑으로 희미하게 보이는 파란색 혈관에, 내 손목을 따라 손바닥으로 흐르는 척골동맥의 모습에 매료되어 멍하니 쳐다보고 있었다.

"남자친구에게 말하지 않았니?"

닥터 B의 목소리는 실망하는 듯했지만 부드러웠다.

나는 닥터 B에게 환자의 비밀을 지켜야 한다는 의사 윤리를 상기시키고 싶었다. 하지만 고개를 들었을 때 마주한 닥터 B의 눈은 친절했고 걱정으로 가득 차 있었다. 나는 괜찮은 어깨만 들어 으쓱해 보이고 결정을 내렸다.

"좋아요. 보여 주세요."

나는 이제 제이미를 똑바로 바라보았고, 닥터 B는 팔에 대고 있는 펜을 천천히 밑으로 내렸다. 이 감각 검사는 자주 했기 때문에 의사가 무슨 일을 하려는 건지는 분명하게 알고 있었다. 펜은 내 팔꿈치 바로 위에 닿을 때까지 계속 내려갔고, 마침내 내가 말했다.

"거기예요."

그리고 제이미에게 설명해 주었다.

"거기서부터 내 피부가 이 펜을 느끼는 거야. 이 위로는 감각이 전혀 없어."

39장

보 나세라 박사가 바지 주머니에서 작은 줄자를 꺼내더니 팔꿈치 뼈부터 어깨까지의 길이를 재고 내 차트에 기록했다.

"오늘은 정말로 운이 좋았어, 젊은 아가씨. 이 어깨는 다칠 때마다 신경이 더 많이 손상될 거야."

닥터 B가 제이미를 보며 말했다.

"작년 여름에 습관성 어깨 탈골을 치료하려고 했던 수술 때문에 합병증이 생긴 거야."

3학년을 앞둔 여름에 사람들은 모두 내가 미시간 공과대학교의 마리 퀴리 캠프에 갔다고 생각했지만 사실 나는 고모와 함께 앤아버에 있었다. 내 어깨를 치료할 수술을 받으려고 말이다. 작년에 나는 하키 대표 팀에서 부상을 당하는 위험을 감수하고 싶지 않았다. 수 블루데빌스는 또다시 주 대항전에 나갈 기회를 얻었고, 미시간 대학교에서는 내가 여자 하키팀에서 뛰어 주기를 바랐으니까. 엄마의 건강 보험에 기록이 올라가지 않도록 고모가 수술 비용을 댔고, 고모와 떠나 있는 동안 혹시라도 문제가 생기면 사용할 수 있도록 몇 년 전에 엄마가 서명한 의료 행위 의탁서를 이용해 엄마 몰래 수술을 할 수 있었다.

수술을 담당한 의사는 부작용이 나타날 수 있다고 했지만 나는 수술만 받으면 모든 것이 해결될 거라고 확신했다. 나는 리바이 파이어키퍼의 딸이었으니까. 하키는 내 핏속에 흐르고 있었으니까.

"정말이야? 그런데 왜 오늘 밤에 시합에 나갔던 거야?"

제이미는 화가 난 것 같았다.

나는 확대경 밑에 꼼짝없이 갇힌 개미가 된 것 같았다.

"리바이가 내 대타를 제치고 나가서 우리 팀이 어떻게 지는지를 보았으면서도 그런 말을 하는 거야?"

닥터 B가 안경 너머로 나를 보더니 제이미에게 말했다.

"정말 불도저 같은 아가씨야, 안 그런가?"

"네, 정말 특별한 사람입니다."

제이미는 대답했고 콧대를 손가락으로 힘껏 잡았다.

지프로 돌아온 제이미는 생일 축하 식사를 어디에서 할지 물었다.

"그 드라이브스루 가게에서 치즈버거 어때?"

내가 대답했고 제이미가 크게 웃었다.

"좀 더…… 근사한 곳을 예상했는데?"

"거기 베이컨 치즈버거 먹어 보고 하는 말이야?"

버거와 나의 생일을 축하할 딸기 셰이크를 가지고 지프에 탔을 때, 나는 제이미에게 골프 코스를 지나 강을 따라 달려 달라고 했다.

"여기서 저기로 돌아서 가야 해."

강을 따라 몇 킬로미터쯤 달렸을 때 내가 말했다.

"숲길인데?"

제이미가 물었다.

"알아. 그냥 달려가면 돼."

나뭇가지가 지프의 지붕을 긁었다.

"고모랑 고모부는 슈가섬에 있는 토지가 아니라 이 땅을 사려고 했었어. 여긴 아직도 팔리지 않았어."

"와."

길이 끝나고 강 건너편에 슈가섬이 보이는 공터로 들어가자 제이미가 감탄했다.

"멋지지? 낮에 오면 훨씬 멋져."

제이미에게 버거와 아이스티, 셰이크를 건네고 트렁크에서 릴리의 모포와 담요를 꺼냈다. 메스 쓰레기봉투를 운반한 뒤에 빨아 놓은 걸 감사히 여겼다.

석조 벽난로와 무너진 굴뚝 옆을 지나갔다. 예전에 이곳에 서 있던 집이 남긴 잔재였다. 강철 방파제와 맞닿아 있는 풀밭 위에 모포를 깔았다. 방파제 뒤로는 좁은 해변이 펼쳐져 있었다. 여전히 아픈 어깨를 의식하면서 크록스 신발을 벗고 모포 위에 조심스럽게 양반다리를 하고 앉았다. 폭풍이 불던 날 차고에서 그랬던 것처럼 부드러운 퀼트 담요를 절반은 내가 덮고 나머지 절반은 제이미를 덮어 주었다. 담요에서는 여전히 모닥불 냄새가 났다. 제이미는 내 옆에 앉았고 우리는 내 생일 맞이 저녁 식사를 하려고 버거가 든 봉투를 열었다.

"딸기 셰이크는 첫 모금이 가장 맛있어."

하얀 스티로폼 컵을 제이미에게 내밀면서 내가 선언했다. 제이미가 빨대로 셰이크를 빨아 마셨다.

"정말 그렇네."

제이미는 몸을 기울여 나에게 키스했다. 너무나도 갑작스러워서 나의 웃음이 제이미의 입으로 빨려 들어가 버렸다.

나의 저녁 식사는 베이컨 치즈버거를 한입 물고 키스를 하고, 딸기 셰이크를 나누어 먹고, 부드럽게 해변을 간질이는 파도 소리를 듣는 일의 반복이었다.

몇백 미터 떨어진 곳에서 화물선이 조용히 지나갔다.

"식후 이벤트가 펼쳐질 거야. 오리가 연못을 가로질러 갈 때 그 뒤에 V자 형태로 파도가 넓게 퍼져 나가는 거 알아? 배도 그래. 그걸 켈빈 항적이라고 하거든. 이제 몇 분 지나면 화물선이 만들고 간 켈빈 항적이 저기 해변에 도착할 거야."

"그래? 그럼 그때까지 시간을 낭비하지 말고 잘 써야겠네."

이번 키스는 왠지 절박하게 느껴졌다.

제이미의 입술이 내 목으로 이동했을 때 나는 별을 보았다. 아프지 않은 팔을 들어 곱슬거리는 제이미의 머리카락을 내 손가락으로 쓸었다.

"다우니스, 나도 만질 수 있을까? 네 머리카락?"

제이미가 내 목에 입술을 댄 채 물었다.

그러니까 제이미는 바비 코치의 모닥불 파티 장소로 달려가면서 우리가 세운 규칙을 기억하고 있는 거였다.

　내 머리카락을 만지는 건 TJ의 버릇이었고, 나는 내 곁에서 누군가가 그런 일을 한다는 사실을 참을 수 없을 것 같았다. 더구나 있지도 않은 사랑이 있는 것처럼 거짓으로 꾸몄을 때는 말이다. 하지만 제이미는 진심으로 묻고 있었다.

　"그래."

　나는 별을 보며 말했다.

　무릎을 꿇고 발꿈치를 세우고 앉아 제이미를 똑바로 보았다. 제이미도 나와 같은 자세를 취했다. 파도 소리는 점점 더 커졌고 우리 몸에서 담요가 미끄러져 내렸다.

　제이미는 내 입술에 부드럽게 입을 맞추면서 두 손으로 내 관자놀이를 어루만졌다. 제이미의 손가락이 내 머리카락 속으로 파고 들어갈수록 제이미의 키스는 더욱 간절해졌다.

　나는 다친 왼쪽 어깨의 상태를 확인하려고 왼손을 움직여 보았다. 고통스럽기보다는 화끈거렸다. 왼손의 손바닥을 제이미의 가슴에 놓고, 아프지 않은 팔로 그를 어루만졌다. 제이미의 재킷과 셔츠 밑으로 손을 넣어 등 근육을 느꼈다.

　점점 더 강해지는 파도는 이제 방파제에 닿을 정도로 강해졌다. 파도는 거듭해서 해변에 부딪혔고, 제이미의 손이 내 정수리부터 등 한가운데에 이르기까지 내 머리카락을 따라 내려가는 동안 키스는 점점 더 진해졌다.

　파도가 물러날 때 나는 제이미의 가슴을 밀었다.

　"누워, 제발."

　내가 말했다.

　제이미는 똑바로 누워 나를 위해 팔을 옆으로 활짝 뻗었다. 나는 제이미의 팔을 베고 부드러운 담요를 우리 어깨까지 끌어당겨 덮었다. 우리는 별들을 바라보았다.

　"너, 켈빈 항적을 놓쳤어."

　내가 말했다.

　"그럴 만한 가치가 있었어."

　제이미가 나를 가까이 끌어당기며 말했다.

　우리는 웃었다.

　"뭐 하나 물어 봐도 될까, 다우니스?"

　제이미의 목소리는 부드러웠지만 장난기는 없었다.

제이미의 말에 기분이 이상해졌다. 무슨 질문을 할지 몰라 두려웠지만 듣고 싶기도 했다. 나는 나를 방어하는 데 너무 능숙해서 이런 감정이 언제나 초깃값으로 장착되어 있는지도 몰랐다.

나는 고개를 끄덕였다.

"신경이 더 다칠 수도 있는데 어째서 그런 위험을 감수하면서까지 오늘 밤 시합에 나간 거야?"

나의 첫 번째 반응, '그건 네가 참견할 일이 아니야'라고 말하고 싶은 충동은 떠나가게 내버려 두었다. 잠시 시간을 두고 나는 깊이 숨을 들이마신 뒤에 제이미의 질문을, 그리고 내가 공유할 준비가 된 감정이 무엇인지를 진지하게 생각해 보았다.

"얼음 위에 있으면 아빠 옆에 가까이 간 것 같아."

나는 가장 쉽게 공유할 수 있는 진실부터 말하기 시작했다.

"아빠가 내 시합을 보러 왔다는 생각을 하거든. 링크 냄새를 맡으면, 스틱을 들고 있으면…… 기억의 문이 열리는 것 같아."

비행기 한 대가 불빛을 껌뻑이며 하늘을 가로지르는 동안 우리는 조용히 있었다. 제이미가 침묵을 채우려고 입을 열지 않는다는 사실에, 내가 두 번째로 말하고 싶은 진실이 무엇인지를 생각해 볼 수 있다는 사실에 기뻤다.

"문제를 해결하려고 수술을 받은 건데 문제는 해결되지 않았고, 내 상부 팔만 마비가 되어 버렸어. 그때는 많은 부분이 마비된 게 아니어서 계속 시합에 나갔어. 정규 시즌 때 어깨를 다쳤고 플레이오프 때 또 다쳤어. 한 번 다칠 때마다 마비가 되는 곳이 점점 더 넓어졌어."

나는 몸을 일으켜 세우고 제이미를 똑바로 보고 앉았다.

"내가 정말로 사랑하는 걸 포기하는 게 얼마나 힘든 일이었는지 이해할 수 있겠어? 이번 한 번만 더, 아빠가 나를 응원하는 모습을 보고 싶다는 유혹을 뿌리치지 못하는 게 말이 되는 거 같아?"

나는 제이미의 흉터를 따라 손을 움직였다. 제이미도 내 얼굴에 흉터가 있는 것처럼 내 얼굴을 따라 손을 움직였다.

"너와 함께 있고 싶어."

내가 말했다.

"나도 너를 원해. 하지만 우리는 깊이 생각해야 해. 아직 우리는 한참 진행 중인 일의 한가운데 있고, 이 일이 어떻게 끝날지도 알 수 없어."

제이미의 대답은 호되게 나를 강타했다. 내 세계에 완벽하게 적응하는 것처럼 보이는 제이미가 사실은 이곳에 머물 수 없다는 사실을 생각하면 고통스러웠다.

뒤에 남겨진 경험은 있지만, 그건 언제나 나도 모르게 갑자기 남겨졌다. 나는 앞으로 벌어질 일을 알고 있다면 아픔이 덜할 거라고 생각했다. 하지만 이제는 깨달았다. 아픔이 줄어드는 게 아니었다. 남겨지기 전부터 아픈 것뿐이었다.

오늘 밤에 나는 알지 못하는 쪽을 선택할 것이다.

"오늘 밤은 그런 건 상관하지 않으면 안 될까? 우리는 지금 태풍의 눈에 있는 거야. 너랑 나랑. 내일은 다시 폭풍 속으로 돌아가겠지만 오늘 밤은 그저 우리 둘만 있는 거야."

이 남자의 두 눈이 빛날 때는 별조차 그 빛을 잃었다.

내가 제이미의 뺨에 입을 맞추었다.

"조수석 보관함에 콘돔 상자가 있어. 릴리 덕에."

"다우니스, 그 애는 너에게 좋은 친구였어."

제이미가 나에게 입을 맞추었고 나는 고개를 끄덕였다.

"최고의 친구였지."

제이미는 지프로 뛰어갔고 눈 깜짝할 사이에 다시 나에게 돌아왔다. 담요 밑에 함께 머물면서 옷을 하나씩 벗는 전략을 구사하려면 뛰어난 운동 신경이 필요했다. 덮고 있는 담요가 들썩여 차가운 공기가 피부에 닿을 때마다 우리는 웃음을 터트렸다. 웃음이 우리를 집어삼킬 때도 나는 그의 몸에서 입술을 떼지 않았다.

제이미의 따뜻한 손이 내 운동복 밑으로 들어왔다. 깃털처럼 가볍고 조화롭게 움직이는 제이미의 엄지손가락이 느껴지자 피부가 따끔거렸다.

제이미가 고개를 들어 나를 보았다.

"이걸 정말 원하는 게 맞아, 다우니스? 언제라도 그만둘 수 있어."

"알아. 내가 원하는 거 맞아."

나는 완벽한 각도를 찾을 때까지 몸을 움직였다. 우리가 아닌 것은 그 어떤 것도 중요하지 않았다.

제이미가 신음했을 때 나는 곧게 편 손가락들로 그의 입을 막았다. 제이미는 소리 없이 웃으며 내 손가락에 감미롭게 입을 맞추었다. 제이미는 나를 붙잡아 두려고 했지만 나는 소리를 지를 때까지 계속 움직였다. 이번만은 새롭게 시작한 '뉴 노멀'이 완벽하게 정상인 상태처럼 느껴졌다.

"사랑해."

제이미가 속삭였다.

아, 아니, 아니야. 제발, 이건 아니야.

그 말을 듣자마자 나는 담요에서 기어 나와 차가운 공기를 들이마시고는 바지를 잡아당겨 지퍼를 더듬어 올렸다. 다시 크록스 신발을 신었다.

제이미도 벌떡 일어나 나처럼 검은색 정장 바지의 지퍼를 올렸다. 와이셔츠는 열어 놓은 채였다. 그늘이 제이미의 가슴과 배 위에서 춤을 췄다. 숨을 헐떡이는 제이미의 몸 위에서 근육이 너울거렸다.

"다우니스, 괜찮아? 무슨 일이야?"

나는 배를 한 대 맞은 것처럼 허리를 숙였다. 그 자세 그대로 깊이 숨을 들이마시고 고함을 질렀다.

"네가 다 망쳤어. 그 말을 하는 바람에."

"잠깐만……, 지금 내가 사랑한다고 말해서 화가 난 거야?"

코가 시큰거렸고, 목이 막혔다.

"내가 너를 사랑한다고 말한 게 모든 걸 망쳤다는 거야?"

제이미의 목소리에는 내가 아니라 너 때문이라는 비난이 실려 있었다.

"남자의 거짓말이라면 다 알아."

나는 몸을 들어 제이미를 보았다.

"괜찮아. 방금 일은 일어난 적이 없었던 척하면 되니까."

나는 모포와 담요를 집어 들고 서둘러 지프로 걸어갔다.

내 뒤에서 제이미는 흥분을 가라앉히려는 듯이 길게 숨을 내쉬고 나를 향해 뛰어왔다.

"남자의 거짓말이라니……, 네가 말하는 그거……."

제이미의 목소리가 커졌다.

"부족 경찰이 너한테 거짓말을 했던 것 때문이야?"

"말도 안 돼. 그 애랑은 상관없어."

나는 조수석으로 들어가 히터를 켰다.

"그럼 누가 너에게 거짓말을 했는데?"

제이미가 운전석으로 가면서 물었다.

"모두 다."

아빠랑 낚시를 하러 갔어. 덕 호수에서 아빠가 제일 좋아하는 곳으로. 나는 물속에 발을 담그고 있었어. 내 분홍색 발가락에 거머리가 달라붙었어. 아빠는 소금을 뿌려서 거머리를 떼어 냈어. 그리고 그 거머리를 먹는 척했어.

우리는 웃었어. 아빠랑 나 말이야. 호수 건너편을 향해 고개를 돌리는 동안 아빠의 표정이 변했어.

"그러니까 내가 너를 사랑한다고 한 말은 분명히 거짓말이라는 거지?"

제이미는 내가 안됐다는 듯이 고개를 저었다. 동정을 받는다는 사실에 화가 났다.

"네가 가장 큰 거짓말쟁이야."

내 마음속 깊은 곳 어딘가에서 아주 작은 목소리가 들려왔다. 그건 사실이 아니야. 넌 가장 큰 거짓말쟁이가 누군지 알고 있잖아.

"네 거짓말이 진실처럼 들리는 이유는 너도 진실이 뭔지 모르기 때문이야. 너도 어느 부분이 진짜 너고 어느 부분이 이번 임무를 위해서 네가 만들어 낸 조각들인지조차 모르잖아."

지프 안은 엔진과 히터 소리만이 들려왔다.

"다우니스, 방금 일어난 일을 난 이해 못 하겠어. 왜 나를 밀어내는 거야?"

제이미의 목소리는 다시 부드러워졌다.

"그 말 취소해. 나를 사랑한다고 했던 말."

"제발, 왜 그래야 하는지 알려 줘."

"아빠는 나를 데리고 덕섬으로 낚시를 갔어. 나는 물에 발을 담그고 있었고, 거머리가 내 분홍색 발가락을 물었어. 낚시 도구 상자에는 늘 소금 통이 들어 있었어. 아빠는 그 소금을 거머리한테 뿌리면서 양념을 치는 거라고 했어. 내 발가락에서 거머리를 떼어 낸 뒤에는 먹는 척했어. 우리는 둘 다 웃었어. 해가 지고 있는 호수 건너편을 보다가, 아빠가 갑자기 우울해졌어."

내가 그 말을 제이미에게 할 때, 제대로 내 목소리가 나오지 않았다.

아빠는 멀리 가야 해, N' 다우니스. 하지만 잠깐만 있다가 올 거야. 다시 돌아오면 모든 게 달라질 거야. 우린 함께, 정말 행복한 삶을 살아갈 거야.

닌데 기다얀. N' 다우니스.

"'넌 나의 심장을 가졌어, 내 딸아.' 그게 아빠가 나한테 한 마지막 말이야."

바르르 떨리는 내 목소리는 정말 듣기 싫었다. 나는 괜히 목소리를 높여 떨리는 것을 감추었다.

"그거 알아, 제이미? 사랑은 약속이야. 지키지 않는 약속은 가장 끔찍한 거짓말이야."

40장

우리는 굳게 입을 다물고 제이미의 차가 있는 치 무콰 경기장으로 갔다. 내가 지프의 운전석으로 걸어갈 때 제이미가 나를 감싸 안았다.

"다우니스, 네가 말하지 않아도 괜찮고 느끼지 않아도 괜찮아. 너무 무서워서 생각하지 않아도 괜찮아. 지금은 수사를 해야 하고 나와 함께 있어. 나는 널 사랑해. 내일 너와 춤을 출 수 있는 곳이 아니라면 그 어떤 곳에도 가지 않을 거야."

나는 눈을 감았다. 어떻게 어디로도 가지 않는다는 말을 할 수 있는 걸까? 내일만 생각한다면 그건 사실일 수도 있다. 하지만 그 뒤의 일은 그 어떤 것도 약속할 수가 없으면서.

"슬프거나 걱정이 될 때면 내 손을 꽉 쥐어. 네가 외롭지 않도록 나도 꽉 잡아 줄 거야."

제이미는 나를 놓아 주고 내 손을 잡았다. 한 음절, 한 음절 말할 때마다 내 손을 꽉 잡아 주었다.

"사, 랑, 해."

다음 날 저녁, 내가 거실 한가운데 서 있을 때 제이미는 현관문을 두드렸다. 엄마는 문을 열어 제이미를 맞았다. 나를 보자마자 제이미는 입을 쩍 벌렸다. 검은 양복을 입고 머리를 뒤로 넘긴 제이미는 그곳에 서서 움직이지 않았다. 우리가 또다시 '그 지역'으로 함께 넘어간 것만 같았다. 옆에서 달콤하면서도 비통한 눈물을 흘리는 엄마가 있었지만 말이다. 제이미는 단 한마디도 할 필요가 없었다. 눈이 모든 것을 말해 주고 있었으니까.

나는 속으로 에드워즈 부인과 재단사에게 감사했다. 화려한 점프슈트는 내 몸에 완벽하게 맞았고 양면테이프는 자기 일을 제대로 해냈다. 필요할 때마다 다시 바를 수 있도록 립스틱은 주머니에 넣어 두었고, 귀를 뚫을 때부터 하고 있던 작은 귀걸이는 빼고 그랜드메리의 루비와 진주가 달린 귀걸이를 대신 찼다. 내가 에드워즈 부인의 지시를 따르지 않은 유일한 부분은 머리카락이었다. 머리는 올리지 않고 그대로 두었다.

우리가 밖으로 나갈 때까지 제이미가 말을 더듬거리고 있자 엄마가 크게 웃으면서 제이미를 안아 주었다. 트럭에 도착해서야 제이미는 간신히 말했다.

"정말 멋져."

제이미가 작은 선물을 내밀었다.

상자 속에는 검은 가죽 위에 벨벳을 붙이고 유리구슬로 딸기를 만들어 장식한 팔찌가 들어 있었다. 팔찌는 한눈에 보아도 사촌 에바의 작품임을 알 수 있었다. 모든 딸기가 실제로 달콤한 맛이 나는 진짜처럼 보이도록 다양한 채도의 빨간색 유리구슬을 사용한 에바의 작품은 정말로 아름다웠다.

"수사 때문에 지금 당장이라도 많은 것이 바뀔 수 있다는 건 알아, 다우니스. 하지만 이 세상에는 바뀌지 않는 확실한 것들도 있어. 내가 너에 대해 느끼는 감정이나 어젯밤에 일어난 일처럼 말이야."

제이미가 팔찌를 채워 주면서 상아색 피부밑으로 파란색 정맥이 보이는 내 안쪽 손목을 손가락으로 간질였다. 나는 팔을 쭉 뻗어 감탄하며 선물을 감상했다.

어젯밤의 기억에 매달렸다. 그 분명했던 제이미의 손길을 기억했다. 신뢰가 스며들어와 뿌리를 내릴 수 있도록 내 심장에 빗금을 내던 그 방식을 생각했다.

모든 커플이 꽃수레가 되어 행진하는 것처럼 우리는 슈피리어 쇼어스 리조트를 통과해 걸어갔다. 호텔 입구에서 커다란 무도회장으로 이어진 긴 통로를 완전히 메운 관중들이 우리가 걸어갈 때마다 환호했다.

리바이와 그의 파트너가 제이미와 나를 앞서 걸었고, 우리 뒤로 스토미와 파트너가, 그 뒤로 마이크와 메이시가 따라왔다.

화려한 드레스의 향연에 사람들이 감탄사를 내뱉었다. 모조 다이아몬드가 폭발하듯 빛나는 끈 없는 메이시의 드레스는 가장 많은 감탄을 끌어내고 가장 많은 인기를 얻었다. 나를 보는 사람들의 반응은 부두 위로 끌려 올라와 뻐끔거리는 송어처럼 다물어지지 않는 입을 벌리고 쳐다보는 것이었다. 나는 그저 웃으며 제이미의 손을 세게 잡고 있는 손 대신 자유로운 손을 흔들어 보였다.

고모와 쌍둥이가 소리쳤고 우리 네 커플은 행렬에서 벗어났다. 제이미와 내가 고모 쪽으로 걸어가는 동안 우리 앞으로 느리게 걸어오는 커플과 딱 마주쳤다. 제이미는 내 손을 잡은 손에 두 번 힘을 주더니 그 커플을 돌아 나갔다.

"음, 세 번 힘을 주면 '사랑해'라고 했잖아. 두 번 힘을 주면 '빨리 계속해'인 거야?"

내 말에 제이미가 손에 딱 한 번만 힘을 주었다. 내가 크게 웃자 제이미는 나를 살짝 뒤로 밀고 키스를 하더니 다시 손에 두 번 힘을 주고 계속 걸었다.

우리는 2층 회의실로 올라가는 커다란 계단 앞에서 사진을 찍을 수 있도록 자세를 잡았다. 화려한 꽃이 인쇄된 카펫은 계단을 덮고 있었고, 반짝이는 마호가니 난간이 아름다운 배경이 되어 주었다. 테디 고모는 우리가 차세대 유망주 모델이라도 되는 것처럼 이런 저런 지시를 하면서 사진을 찍었다. 나는 그저 잔뜩 신이 난 페리와 폴린의 얼굴만을 바라보았다.

마침내 고모가 말했다.

"이제 마지막이야. 약속해. 다우니스, 그리고 남자들 모두."

쌍둥이가 제이미의 손을 잡았고, 제이미는 두 아이를 발레리나처럼 빙글빙글 돌렸다.

"빨리, 버블."

리바이가 말했다.

내 동생은 세상 위에 군림하고 있었다. 우리보다 몇 계단 위에 서서 아래 군중을 바라보고 있었다. 가족과 친구들, 동료들과 도시를. 내 동생은 빛을 뿜어내고 있었다.

"슈퍼히어로처럼 포즈를 취해 봐, 다우니스 고모!"

페리가 소리쳤다.

"그래!"

폴린을 〈백조의 호수〉의 프리마 발레리나처럼 번쩍 들어 올린 제이미가 말했다.

두 손으로 엉덩이를 짚고 웃지 않으려고 애쓰면서 나는 카메라를 노려보았다. 리바이와 스토미, 마이크가 내 발밑에서 몸을 엎드리는 시늉을 했다. 다시 한번 제이미는 경이로움과 경외가 뒤섞인 표정으로 나를 보았다.

모든 사람이 무도회장으로 들어와 자리를 잡고 앉자 축제가 시작되었다. '나를 그랜트라 부르라'가 2004년 샤갈라에 참석한 모든 사람을 환영한다고 말했고, 매니토우 추장이 부족의 언어로 축사를 했다. 메이시는 자기 아빠를 위해 릴-리를 했다.

알버츠 코치가 내 동생을 소개하면서 팀의 주장으로 활약하는 그의 지도력을 칭찬했고, 무대에 올라 오프닝 연설을 해 달라고 부탁했다. 무대로 올라가던 리바이는 내 앞에 서서 나를 꼭 끌어안았다.

"네가 정말 자랑스러워. 나랑 아빠가 말이야. 아빠가 여기에 와 있다는 걸 난 알아."

내가 속삭였다.

리바이가 지나갈 때마다 사람들은 턱시도를 입은 리바이가 정말 잘생겼다고 말했다. 하키의 신이 연단에 오르는 모습을 보면서 사람들은 모두 미소지었다. 리바이는 혹시라도 오지브웨의 언어를 틀리게 말할 수도 있으니 먼저 조상들에게 양해를 구하고 싶다는 말로 연설을 시작했다. 아니시나-베모윈으로 자신을 소개하고, 자신이 한 말을 영어로 번역했다. 리바이가 말하는 동안 내 눈썹이 위로 올라갔다. 지금 동생의 입에서 나오는 목소리는 평소 리바이의 목소리가 아니었다.

내 동생의 연설은 한껏 과장한 억양과 극적인 멈춤으로 가득 차 있었다. 리바이의 연설이 계속될수록 내 귀에는 동생이 '나는 그저 겸손한 인디언이에요'라는 주장을 사람들에게 강요하는 것처럼 들렸다. 가까이 있는 자-가나-시 부인이 자신의 인생에서 하키가 어떤 의미인지를 말하는 내 동생의 말에 감동했는지 눈물을 훔쳤다. 리바이가 자기 사람들의 희망이 되고 싶다고 말했을 때는 정말로 움찔했다. 신비로운 플루트 연주가 잔잔하게 들려오고 동생의 어깨 위로 독수리가 내려앉지 않는다는 게 오히려 이상할 정도였다.

리바이는 궁극의 전통을 세운다며 자기 자신을 거창하게 떠벌리고 다니는 문화 지도자들처럼 말하고 있었다. 그런 문화 지도자들은 다른 사람은 쉽게 평가하면서 자기 자신의 결점을 지적받으면 화를 내고 비열하게 굴었다.

내 동생이 연설을 마치자 사람들이 환호하며 감탄했다. 연단에서 내려오면서 리바이는 사람들과 악수를 나누었고 팀 동료들과는 하이파이브를 했다.

리바이가 나를 보고 활짝 웃었다.

"그래, 어땠어?"

"음…… 뭐랄까……, 사기를 치는 것 같았어. 자―가나―시를 위해 공연하는 것 같기도 했고."

리바이는 당혹스러운 내 반응이 오늘 밤 자신을 위해 준비된 오락거리이기라도 하다는 듯이 크게 웃었다.

"사람들에게는 사람들이 원하는 걸 줘야지."

리바이는 샐러드를 먹기 시작했다.

"와. 누가 누구한테 뭐라고 하는 거야? 넌 한 표 차이로 간신히 들어왔으면서."

맞은편에 앉은 메이시가 말했다.

화도 나고 당황하기도 한 나는 얼굴이 빨개졌다. 친자 확인 증명서도 있고 스물여섯 명의 노인들이 진술서도 써 주었고, 필요한 모든 서류를 모두 준비했는데도 그것만으로는 나를 받아들여 줄 수 없는 평의회 의원들이 있는 거였다. 그 사람들은 지금도 여전히 자신들에게는 내가 밖에서 안을 들여다봐야 하는 외부인임을 알려 주고 싶어 했다.

메이시는 충분히 진실일 수 있는 사실에 짜증나는 모욕과 놀림을 섞어 상대방을 아프게 할 수 있는 막강한 힘을 보유했다. 니시 크웨와그 중에는 상대방과 함께 웃을 수 있는 말이 아니라 상대방을 비웃는 말을 전하는 능력을 보유한 사람들도 있었다. 메이시 매니토우가 그런 식으로 직접 공격해 오면 나는 끝없이 괴로웠다.

내 동생이 사격을 중지하라는 듯이 흰 냅킨을 들고 흔들었다.

"진정해, 메이스. 그게 남매들이 하는 일이잖아."

리바이가 나를 보고 따뜻하게 웃었다.

"진실을 말하는 거. 다우니는 거짓말은 못 해. 게다가 지금은 다우니에게 생일 선물을 줄 시간이야."

리바이는 식탁 위에 포장한 신발 상자를 올려놓았다.

내 심장이 격렬하게 뛰었다. 아빠의 스카프를 찾은 것이 분명했다.

상자를 열고 흰색 티슈페이퍼를 젖혔을 때 나온 것은…… 스카프가 아니었다. 남자 초커였다. 뼈를 깎고 구슬을 이어 만든, 단단해서 영원히 변하지 않는 장신구였다.

나는 질문을 품은 눈으로 리바이를 뚫어지게 쳐다보았고, 리바이는 웃으며 고개를 끄덕였다.

"전통 예복을 입을 때 아빠가 찼던 초커야. 스카프를 찾다가 발견했어."

리바이는 자기 앞에 놓인 케이크를 내려다보았다.

"스카프를 못 찾아서 미안해. 하지만 너한테 이걸 주고 싶었어."

눈물이 터져 나올 것 같아서 아무 말도 하지 못했다. 나의 아빠가 이걸 찼다. 아빠가 춤을 출 때 이 초커를 찼다.

나는 동생을 꼭 끌어안았고 리바이는 내 귀에 대고 속삭였다.

"너희 집에 깜짝 선물을 가져다 놓았어."

리바이에게 대답하는 내 목소리는 갈라져 있었다.

"치 미-그웨치."

저녁 식사가 끝나자 '나를 그랜트라 부르라'와 에드워즈 부인이 번갈아 가면서 선수와 선수의 파트너를 소개했다. 먼저 팀의 주장 리바이와 파트너를 소개했고, 두 사람은 무대로 나갔다. 선수들은 입단 순서대로 호명했기 때문에 신참을 소개하려면 조금 시간이 걸렸다.

"메릴랜드 록빌에서 온 제이미 존슨과 우리의 사랑스러운 다우니스 폰테인!"

사람들은 내 이름과 다양한 별명을 부르며 환호했다.

나를 이끄는 제이미의 손을 잡고 무대로 나가 리바이와 그의 파트너가 서 있는 곳 근처까지 걸어갔다. 제이미가 손에 세 번 힘을 주었다. 숨이 가빠졌고 내 위장은 가장 즐거운 방식으로 널을 뛰었다. 아직 나는 손에 힘을 줄 준비는 되어 있지 않았지만 오늘 밤에 마음껏 즐길 준비는 되어 있었다.

음악이 시작되었고 나는 내 아름다운 팔찌에 감탄하면서 두 손으로 제이미의 허리를 감쌌다. 느린 노래에 맞추어 천천히 몸을 움직였다. 제이미가 내 머리에 코를 대고 힘껏 숨을 들이마셨고 만족스러운 듯 나지막하게 숨을 내뱉었다. 헤어스타일링 제품을 써서 딸기 향이 나는 샴푸 냄새를 덮어 버리지 않았다는 사실이 기뻤다.

"치 미-그웨치, 오지-싱웨."

내가 제이미에게만 들리게 말했다.

제이미가 한쪽 눈썹을 추켜세웠다.

"오지-싱웨. 얼굴에 흉터가 있는 남자라는 뜻이야."

"오-지-시잉-웨."

제이미가 천천히 말했다. 입에서 자연스럽게 흘러나올 때까지 계속 말했다. 그리고 물었다.

"미-그웨치……, 너도 인디언 이름 있어?"

"영혼의 이름? 있지."

제이미는 내가 말해 주기를 기다렸다.

가치가 없는 남자들에게 나를 너무 많이 주었어. 고모의 말이 생각났다.

제이미와 나는 지금 당장은 아주 좋았다. 하지만 서로에 대해 알아야 할 것이 너무 많았다. 나는 이 남자의 진짜 이름도 몰랐다. 그 이름을 알기 전까지는, 그리고 더욱 많은 것을 알기 전까지는 나는 오늘 함께 나눈 것만으로 충분하다고 생각할 것이다. 아직은 그보다 더 많은 것을 함께 나누지는 않을 것이다.

"아직은 안 돼, 오지-싱웨. 일이 끝날 때까지 기다려야 해."

"내일이 일을 하지 않는 일요일이야."

우리는 함께 웃었다.

다음 곡으로 신나는 음악이 흘러나오자 많은 사람이 무대로 뛰어나왔다. 사람들은 각자의 파트너를 마주 보면서 맨 앞의 커플이 지나갈 수 있을 정도로 넓게 공간을 만들어 두 줄로 섰다. 앞줄을 향해 나란히 걸어가면서 나는 제이미를 바라보았다. 제이미가 내 생각만큼 멋지게 춤출 수 있을지 궁금했다.

리바이는 내 옆에 있었다. 춤출 차례가 되자 리바이는 나를 잡아당겨 함께 추려고 했다.

나는 손을 뒤로 빼면서 웃었다.

"뭐야. 네 파트너랑 춰, 이 대책 없는 녀석아."

리바이는 크게 웃으며 어색하게 웃고 있는 자기 파트너에게 돌아갔다.

리바이는 일렉트릭 슬라이드나 러닝맨 같은 노련한 움직임을 한껏 뽐내고 있었다. 준 할머니가 옳았다. 우리 집안의 춤꾼은 내 동생이었다.

우리 차례가 되어 나는 제이미와 첫째 줄에서 만났다.

"내 춤 실력은 미리 사과할게. 내 어깨에 무리가 안 가게 부탁해."

"알아서 모실게."

제이미는 한쪽 눈을 찡긋 감아 보였다.

제이미가 나를 빙그르르 돌리자 사람들에게서 환호성이 터져 나왔다. 뒤에서 제이미는 다친 팔이 내 몸 옆에 붙도록 나를 잡았다. 그러고는 내 팔꿈치를 구부리고 내 손 위에 자기 손을 얹어 내 배 위에 댔다. 다른 팔을 굳게 잡은 손은 바깥쪽으로 쭉 뻗었다. 제이미는 나를 이끌고 댄스 라인을 따라 쭉 나아갔다. 제이미의 춤은 스케이트와 같았다. 우아함과 기술이 특별히 애쓰지 않아도 저절로 어우러졌다.

리바이가 공해에서 제이미의 흉내를 냈을 때, 그건 그저 패트릭 스웨이즈를 우스꽝스럽게 과장해서 따라 한 것뿐이었다. 제이미의 움직임은 스케이트를 타는 것처럼, 날카롭게 간 날이 얼음을 가르고 나아가는 것처럼 부드러웠다. 몇 걸음 뗄 때마다 제이미는 다치지 않은 팔을 잡고 나를 빙글 돌리면서도 잘린 내 날개를 보호했다. 우리 춤이 끝나자 환호가 우레처럼 쏟아졌다.

우리는 환상적이었다. 모두 제이미 덕분이었다.

마이크와 메이시가 다음 차례였다. 로봇 같은 마이크의 움직임은 아름다운 몸매를 드러내며 격렬하게 몸을 흔드는 밸리 댄서 같은 메이시의 움직임과 확연하게 대비되었다. 두 사람 뒤를 메이시의 부모님이 따라왔다. 매니토우 추장과 그의 아내가 다양한 집회에서 추는 투스텝 춤을 선보이는 모습에 사람들이 뒤로 넘어갔다.

그 뒤로 TJ가 올리비아 후앙과 함께 춤을 추었다. 올리비아는 TJ보다는 1년 늦게, 나보다는 1년 빠르게 졸업했다. TJ는 그 큰 몸집에 비해 놀랍도록 가볍게 움직이고 있었다. 댄스 라인을 따라 걷는 동안 TJ는 올리비아를 보고 웃었다. 이마는 빛났고 관자놀이에는 땀이 맺혀 있었다.

뱃속이 요란스러워지지는 않았다. 그보다는 오히려 나는 저 사람을 잘 알고 있었는데 지금은 모르는구나 정도의 느낌이 들었다.

제이미와 내가 서로 쳐다보면서 웃었다. 제이미는 나에게 식탁으로 돌아가자는 몸짓을 해 보였다.

"모든 게 좋지?"

그가 물었다.

"응."

그의 뺨에 입을 맞추면서 말했다.

"화장실에 다녀오면 훨씬 더 좋아질 것 같아."

무도회장 옆 화장실에는 길게 줄을 서 있었기 때문에 카펫이 깔린 계단을 올라가 회의실 옆 화장실을 쓰기로 했다. 계단을 반쯤 올라갔을 때 론이 나를 불렀다.

나는 론이 올라올 때까지 층계참에서 기다렸다.

"이야기 좀 해. 지금."

론이 말했다. 좋지 않았다.

우리는 시끄럽게 파티를 벌이는 개인실 옆에 있는 빈 회의실로 들어갔다. 론과 가까이 서 있고 싶지는 않았지만 유쾌하지 않은 이야기를 다른 사람들에게 들려주지 않으려면 어쩔 수 없었다.

"어제는 무슨 일이 있었던 거지?"

어색하게 흐르는 침묵을 쓸데없는 잡담으로 채우려는 마음이 전혀 없는 론은 그저 내 대답을 기다렸다.

"그게 무슨 뜻이에요?"

"얼버무릴 생각은 마. 내 질문에 질문으로 답하지도 말고. 어젯밤에 무슨 일이 있었던 거야?"

나는 남자와 하룻밤 자고 자랑을 하는 사람이 아니었다. 그 일은 론하고는 전혀 상관이 없는…….

"나하고는 상관이 없는 일이라고 말하기 전에 명심할 게 있어. 제이미가 하는 일은 모두 나하고 상관이 있다는 거 말이야."

"알겠지만 어제는 자선 하키 시합이 있었잖아요. 그때 어깨를 다쳐서 제이미가 나를 데리고 응급실로 갔어요. 어깨에 문제가 없는지 의사한테 물어보려고요. 지금은 여기에 있고요."

"지금은 여기에 있지. 여기서 정확히 뭘 하고 있는 거지? 두 사람이 춤추는 걸 보았어. 그게 무슨 의미지?"

나는 아무 말도 하지 않았다.

"흉터가 왜 생겼는지 말해 주던가? 첫 잠복 수사 때 생긴 거야. 마약 중독자들이 흥분해서 그를 잘라 버리기로 한 거지. 지원 인력이 나가지 않았다면 멈추지 않았을 거야."

론의 말은 너무나도 충격적이어서 아래층에서 나를 기다리는 우아한 남자와 론이 말한 남자를 동일 인물이라고 생각하기 힘들었다. 제이미는 나에게 무얼 숨기고 있는 걸까?

"그런데도 이번 임무에서는 비밀 정보원과 너무 감정적으로 엮이고 있어. 그것 때문에 전체 수사를 망칠 수도 있어."

"그저 감정적으로만 얽히고 있는 게 아니에요. 제이미하고 나는 수사를 잘 해낼 수 있어요. 그냥 깔끔하게 정의되지 않는 부분이 있을 뿐이라고요."

내 말에 론이 고개를 저었다. 낙담한 것처럼 보였지만 그가 할 수 있는 말이 달리 또 있을까?

"다우니스, 너도 제이미 존슨이라는 사람은 없다는 거 알잖아. 안 그래? 그저 첫 번째 잠복 수사를 끔찍한 실패로 끝내고 상황을 만회하려고 무슨 일이든 할 각오가 되어 있는 신참 요원이 있을 뿐이야. 너를 이용하는 걸 포함해서 말이야."

"나를 이용하다니, 그게 무슨 뜻이에요?"

"너한테 접근하겠다고 제안한 게 제이미였어."

화장실 거울 속에 비친 내 모습을 뚫어지게 응시했다. 론의 목소리가 귓가에서 사라지지 않았다.

그러니까 나와 무언가를 해 보겠다고 제안한 게 제이미라는 거지? 그게 사실이라면 어젯밤이 진실일 수 있는 걸까?

블랙베리가 울렸고 나를 사로잡고 있는 생각에서 벗어날 수 있다는 생각에 감사하며 전화기를 보았다.

###-###-####: TJ야. 화장실 밖에 있어. 들어갈게.

재빨리 가장 가까운 화장실 칸으로 들어갔을 때 화장실 문이 열렸다.

"다우니스?"

TJ의 입에서 흘러나온 다우니스라는 말은 내 이름처럼 들리지 않았다.

"왜?"

나는 한숨을 쉬었다.

TJ는 다른 칸에 사람이 없는지 확인하려고 모든 칸을 열어 보았다. 내가 들어가 있는 화장실 문 밑으로 커다란 발이 보였다.

"네가 같이 있는 남자는 좋지 않아."

와우. 오늘 밤에는 모든 사람이 제이미를 싫어했다.

"네 파트너한테나 가 버려."

잔뜩 지친 목소리가 흘러나왔다.

"그럴 거야. 질투 때문에 이러는 거 아니야. 너도 앞으로 나아갔으니까 나도 그래야지. 그저 그 남자는 나쁜 녀석이라는 거야."

"그걸 네가 어떻게 알아."

내 목소리에는 아무 감정도 실려 있지 않았다.

TJ는 족히 5분은 되는 것 같은 긴 시간 동안 아무 말도 하지 않았다. 그저 천천히 숨을 들이마셨고 세게 내뱉었다.

"네 동생의 가장 친한 친구가 됐다는 건 그 녀석도 나쁜 녀석이라는 뜻이니까."

그런 거였군. 나는 화장실 문을 거칠게 열어젖히고 TJ를 노려보았다.

"어떻게 감히 그런 말을 할 수 있어? 다른 사람도 아니고 네가 누군가를 비난할 자격이 있어?"

"결국 이 얘기를 하게 될 거라고 생각했어. 그거 알아? 내가 널 버린 건 리바이와 그 똘

387

마니들이 날 위협했기 때문이야."

나는 고개를 저었다.

"무슨 말도 안 되는 소리야? 넌 3학년이었어. 학교에서 가장 큰 녀석이기도 했고. 그 애들은 신입생이었다고. 마이크는 중학생이었고."

"날 가만두지 않을 방법을 찾겠다고 했어."

"허, 그게 무슨 소리야. 우리가 데이트를 했기 때문에?"

다시 고개를 저었다.

"우리가 잤기 때문에."

"미친 소리야."

"난 리바이한테 꺼지라고 했어. 리바이는 내가 자기를 무서워하지 않는다는 사실에 화가 났고. 무서울 정도로 화를 냈어. 리바이는 나를 꼼짝도 못 하게 할 사람들을 찾아내서 내가 다시는 축구를 할 수 없도록 아킬레스건을 끊어 놓겠다고 했어."

한 번만 그 애를 쳐다보기만 해. 네 하키 인생을 끝장내 버릴 테니까.

머리가 빙글빙글 돌아가기 시작했다. 나는 TJ를 옆으로 밀고 휘청거리면서 세면대까지 걸어갔다. 화장실에는 냅킨 대신 면 수건이 담긴 바구니가 있었다. 나는 수건을 하나 꺼내 차가운 물로 적셔 얼굴을 닦았다.

TJ가 계속 말했다.

"부족 경찰서에 갔었어. 경찰은 리바이처럼 황금으로 만든 소년을 나쁘게 말해 봐야 믿어 줄 사람을 찾을 수 없을 거라고 했어."

TJ는 거울에 비친 내 모습과 눈을 마주치려고 노력했다.

"나도 결점이 많아. 가장 최악은 너에게 한마디도 설명하지 않고 헤어져 버린 겁쟁이였다는 거야. 하지만 난 거짓말쟁이는 아니야."

그의 얼굴과 마주치지 않도록 나는 계속 거울의 네 모퉁이로 눈길을 돌렸다.

"너는 틀렸어, TJ."

"너의 동생에 대해서는 틀리지 않았어. 네가 누구를 만나고 있는 건지, 네 동생에게 어떤 능력이 있는지 분명하게 알려 줄 책임이 있다고 생각했어. 그저 네가 알아야 한다고 생각했어. 알고 싶을 거라고."

TJ는 고개를 저었다.

"내가 틀린 판단을 내린 사람은…… 너야."

다시 무도회장으로 돌아온 나는 엄청난 굉음이 터져 나오는 스피커 옆에서 숨을 제대로 쉴 수가 없었다. 욱신거리는 뇌 속에서 욕실에서 들은 모든 폭로를 밀어내 버리는 엄청난 베이스의 비트가 고마울 지경이었다.

음악이 멈추자 누군가 내 옆으로 다가왔다.

"아아, 다우니스 폰테인."

펄 할머니는 나쁜 일은 언제나 셋이 같이 온다고 했다.

나는 각오를 다졌다.

"어제 얼음에 심하게 부딪혔지."

'나를 그랜트라 부르라'가 말했다.

"오늘 어깨는 어때?"

"훨씬 좋아졌어요."

내가 대답했다.

"아, 잘됐구나. 어깨 때문에 도움이 필요하면 언제든 말해."

지나치게 안심하는 목소리였다.

"감사합니다. 괜찮아요."

나는 정중함을 가장한 가면을 벗지 않았다.

"아주 흥미로운 비디오가 있어. 내 방으로 가지. 그 비디오에 관해 할 말이 있으니까."

늙은 변태한테 가서 자위행위나 하라고 쏘아 주려던 순간, '나를 그랜트라 부르라'가 말을 이었다.

"우리 집 서재 보안 카메라가 찍은 비디오야."

내 피가 얼어붙었고, '나를 그랜트라 부르라'가 나를 보며 활짝 웃었다.

"아주 호기심 많은 고양이던데, 다우니스 폰테인."

41장

호 텔로 걸어가면서 어깨 너머로 뒤를 보았다. 열 걸음 뒤에서 걸어오는 '나를 그랜트라 부르라'가 누군가에게 인사를 하고 있었다. 다리가 떨렸다. 나는 보도 위를 걷는 개미였고 레이저 같은 그의 눈길은 확대경이었다.

그럴듯한 변명을 생각해 내, 다우니스. 너도 충분히 거짓말을 할 수 있어. 너에게 거짓말을 했지만 단 한 번도 너를 보여 주지 않았던 남자들을 모두 소환하란 말이야.

호텔로 이어진 콘퍼런스 센터로 들어가자, '나를 그랜트라 부르라'는 앞장서서 걸었다. 그는 작은 통로가 있는 우회로로 걸었고, 또다시 모퉁이를 돌자 직원용 엘리베이터가 보였다. 고객용 엘리베이터를 피하는 이유가 우리 모습을 그 누구에게도 들키고 싶지 않기 때문임을 깨닫고 내 위장이 뒤틀리는 것만 같았다.

'나를 그랜트라 부르라'가 엘리베이터 버튼을 눌렀고 문이 열렸다. 나에게 먼저 들어가라고 손짓해 보이면서 그는 행복하게 웃었다. 너무나도 평범한 미소였다. 다른 부모들에게 지어 보이는 그런 웃음이었다.

나는 참았던 숨을 내쉬고 차분한 발걸음으로 엘리베이터 안으로 들어갔다.

할 수 있어. 그저 대화를 하려는 거야. 이 사람이 알고 있는 걸 말하게 하자. 잠입 수사에 관해 뭔가 아는 게 있는 것 같은 낌새를 느끼면 그 사실을 론과 제이미에게 말해 주어야 해.

제이미. 제이미는 한 번도 이 가짜 연애가 자기 아이디어로 시작되었다는 말을 하지 않았다.

나를 믿을 수 있어?

병원에서 제이미의 부드러운 입술이 닿았던 다친 어깨 부분이 따뜻하게 느껴졌다. 그건 기억이 새긴 문신이었다. 어젯밤 그와 함께 있었던 기억이 남긴 흔적이었다.

띵.

맨 위층에 도착하자 엘리베이터 문이 열렸다. 엘리베이터는 언제 닫혔던 걸까?

제이미는 잊어야 했다. 집중해야 했다. 문제를 해결하는 까마귀, 가ㅡ가ㅡ기처럼 행동해야 했다.

에드워즈 가족이 해마다 샤갈라 뒤풀이 파티를 하는 오기마ㅡ 스위트룸으로 걸어가면서 좋은 생각이 떠올랐다. 갑자기 한 걸음을 내디딜 때마다 힘이 났다. 왜냐하면 그건 진실에 뿌리를 내리고 있었으니까.

내가 서재에 들어간 건 로렌조 할아버지의 가구 사진을 찍으려고 그런 거야. 그랜드메리의 의상실에서 2층에 있는 할아버지의 서재는 엄마가 늘 위안을 찾던 장소였으니까. 할아버지는 늘 선반에 보물을 숨겨 두셨으니까. 엄마랑 데이비드 삼촌이랑 나를 위한 책을 꽂아 놓으셨으니까.

어쩌면 당신이 엄마를 위해서 나에게 가구를 되팔 수도 있다고 생각했으니까. 사랑하는 사람이 죽으면 그 사람을 기억할 수 있는 물건을 보면서 위로 받는 거니까.

호텔 방으로 들어갔을 때는 너무 놀라 눈을 껌뻑였다. 그곳은 스위트룸이 아니었다. 그저 평범한 호텔 방이었다.

"이게 무슨……."

얼굴부터 침대 위로 쓰러졌다. 내 질문은 입 밖으로 나오지 못했다.

그랜트. 그가 나를 밀었다. 나를 내리누르는 사람의 무게를 느꼈지만 지금 이 남자는 제이미가 아니었다. 폭죽도 터지지 않았다.

이런 일은 일어날 수 없는 거였다.

"왜 그렇게 나한테 호기심이 많은 거지, 다우니스 폰테인?"

내 목에 뜨거운 숨결이 닿았다.

"네가 알고 싶은 건 뭐든 말해 줄 거야. 그러니까 그저 공손하게 물어보기만 하면 돼."

팔과 다리를 마구 휘저어 그를 움켜잡아 할퀴려고 했다. 하지만 발을 뒤로 찰 수는 없었다. 절망에 휩싸여 비명을 질렀지만 내 목소리는 침대 시트에 묻혀 버렸다.

"너희 하키 걸들은 나를 정말 안달 나게 해."

하키 걸들. 로빈도 이런 일을 당한 걸까? 로빈이 말한 남자가 이 남자였던 걸까?

하얗게 달아오른 분노를 발산하며 더욱더 맹렬하게 저항했다. 팔을 굽히고 무릎을 굽혀 남자의 몸을 뒤집어엎으려고 했다. 하지만 레슬링 선수 같은 그랜트의 몸은 조금의 움직임도 허용하지 않았다.

"그래, 그 기량과 힘 말이야. 그 기개와 유연함이 미치겠는 거야."

남자의 손이 내 허리를 더듬어 지퍼를 찾았다. 그의 손은 멈추지 않고 드레스 속으로 파고들었다. 이런 일은 나에게 일어날 수 없는 거였다.

시트에서 이제 막 세탁한 냄새가 났다. 신선한 향 주머니의 냄새, 라벤더 향기가 났다.

그 순간 나는 하늘 위에서 침대를 내려다보았다. 그 남자가 그 여자에게 하는 일을 지켜보았다.

혼자서 엘리베이터를 타고 벽에 붙은 거울에 비친 내 모습을 보았다. 거울에 비친 여자아이는 얕은 숨을 내쉬고 있었다. 그 여자는 떨리는 손가락으로 헝클어진 머리카락을 빗고 있었다. 그 여자는 계속 눈을 깜빡이고 있었다.

깜빡.

깜빡.

깜빡.

땡.

엘리베이터가 열릴 때쯤 여자의 머리카락은 더는 헝클어진 새 둥지가 아니었다.

보았지? 아무 일도 없었다니까.

무도회장으로 돌아왔고 음악 소리는 더욱 커져 있었다. 제이미는 식탁에 앉아 있었다. 스토미와 지루한 스토미의 파트너와 함께. 샤갈라는 절정에 이르고 있었다.

"와, 네가 화장실에서 나올 생각을 않는 여자일 거라고는 생각지도 못했다."

스토미가 말했다.

나는 스토미의 말을 무시하고 나의 파트너에게 내가 할 수 있는 한 최대로 밝게 웃어 보였다.

"춤추자."

우리는 매끄럽지 않은 한 쌍이었다. 제이미는 너무나도 부드럽게 움직였다. 검은 양복에 빛나는 정장 구두를 신은 바리시니코프였고 덴젤이었다. 제이미 존슨. 댄서였고 배우였다.

그 생각은 하지 마, 다우니스. 아무 일도 없었어. 그저 춤이나 춰.

나는 춤을 추었다.

노래가 끝나자, 잠깐의 어색한 침묵이 흐르고, DJ가 다음 곡을 틀었다. 스피커에서 천둥 같은 북소리가 들려오자마자 무도회장은 환호와 릴—리로 가득 찼다.

대혼란 속에서 눈이 휘둥그레진 제이미의 얼굴을 보며 내가 키득거렸다. 모든 니시는 추모의 노래에 맞춰 춤을 추려고 무도회장으로 쏟아져 나왔고, 자—가나—시는 모두 도망쳤다. 겁에 질린 얼굴도 보였다. 나는 더욱더 크게 웃었다.

엉덩이에 두 손을 얹고 제자리에 서서 북소리에 맞춰 팔을 들어 올렸다 내렸다. 내 슬픔을 존중하면서 춤을 출 수 있는 가장 좋은 방법이었다. 제이미는 옆으로 비켜서서 샤갈라에서 내가 가장 좋아하는 부분을, 그토록 웅장한 광경을 본 적이 없다는 표정으로 지켜보았다.

내 옆에서는 스토미가 춤을 추고 있었다. 나는 항상 스토미가 자기 아빠처럼 늑대 댄서임을 잊었다. 스토미 가족은 늑대 머리가 달린 가죽을 모자 달린 망토처럼 만든 전통 의상을 입었다. 스토미는 한 손에는 깃털 달린 부채를, 다른 손에는 토마호크 도끼를 든 것처럼 양팔을 안으로 굽혔다. 고개를 이리저리 홱 움직이며 스토미는 가장 가까운 곳에 있는 둥근 식탁을 향해 토마호크 도끼를 든 주먹을 들어 올렸다. 식탁에 앉아 있던 자—가나—시 남자아이는 깜짝 놀랐지만, 곧 자기 친구들을 향해 스토미와 같은 동작을 하고 인디언처럼 소리를 질렀다.

그 식탁에 있는 사람들은 스토미의 춤이 마'이인간^{Ma'iingan}을 기리는 춤인 걸 알지 못했다. 늑대는 곰 일족의 일원이었다. 우리는 보호자였고 치유자였다.

음악이 네 번의 강렬한 비트로 추모의 마음을 전하기 전에 나는 주머니에서 리바이가 준 선물을 꺼냈다. 강렬한 비트가 흘러나오자 나는 아빠의 초커를 높이 들어 감사의 마음을 전했다. 왼손으로 최대한 높이 초커를 들어 올렸다. 고통이 내 어깨를 강타했다. 팔을 내렸을 때 경련이 내 온몸을 타고 퍼져 나갔다.

리바이가 사람들을 헤치고 나에게 다가왔다. 리바이는 북소리에 맞춰 힙합을 추고 있었다. 리바이와 눈이 마주치자 나는 초커에 입을 맞추고 다시 한번 창조주를 향해 초커를 들어 올렸다. 내 동생이 그 어느 때보다도 밝게 웃었다.

이렇게 대단한 동생을 두다니, 나는 정말 이 세상 최고로 운이 좋은 크웨였다.

한 번 더 빠른 음악을 틀고 나서야 DJ는 우리를 쉬게 해 주었다. 느린 어쿠스틱 기타의 선율이 흘러나오고 키스 어번이 기억을 만드는 것에 관한 노래를 불렀다.

제이미가 내 어깨에 입을 맞추었다. 나는 재빨리 몸을 뒤로 뺐다.

"아직 아파?"

황갈색 눈에 걱정이 가득 찼다.

"아니야, 이건 그래서 그런 게⋯⋯."

나는 고개를 돌렸다. 주머니에서 초커를 꺼내 제이미에게 내밀었다.

"이거 찰 수 있게 도와줘."

제이미가 내 머리카락을 들어 올려 한쪽 어깨 앞으로 넘겼다. 두 손으로 내 톱의 끈을 눌러 제이미가 또다시 입을 맞추지 못하게 막았다. 초커를 잠그며 제이미가 손가락으로 내 목덜미를 어루만졌고 나는 움찔하면서 뒤로 몸을 빼지 않도록 애써야 했다.

우리는 아무 말도 없이 춤추었고 나는 제이미의 어깨에 머리를 기댔다. 제이미는 내가 '나를 그랜트라 부르라'를 내 의식에서 쫓아 버리려고 눈을 깜빡이는 모습을 보지 못했다.

내 노력은 효과가 있었다.

나는 여섯 살이었다. 그랜드메리가 나를 위해 골라 준 옷을 입은 행복한 작은 크웨잔이었다. 우리가 동시에 발을 옮겨 춤을 출 수 있게 아빠가 나를 안아서 자기 발에 올렸다. 깜짝 놀라 나는 올려다보았다. 아빠는 다리가 아팠으니까. 특히 오늘 밤처럼 비가 오는 날에는 더 아팠으니까. 아빠가 밝게 웃었다. 아빠의 웃음에는 사랑이 가득 차 있었다.

기자—기'인, N' 다우니스.

제이미에게 이제는 집에 갈 준비가 되었다고 말했다.

"확실해? 리바이가 뒤풀이를 한다고 했던 것 같은데."

"아니."

나도 모르게 날카로운 목소리가 튀어나왔다.

"미안. 그냥 피곤해서 그래. 오늘 쓸 힘은 다 쓴 거 같아."

우리는 손을 잡고 무도회장을 떠났다. 제이미가 세 번 손에 힘을 주었다.

화장실 앞을 지날 때 메이시가 나왔다. 아름다웠고 밤새 춤을 춘 탓에 발갛게 상기되어 있었다. 나는 제이미의 손을 놓고 메이시에게 달려가 다시 화장실 안으로 메이시를 밀고 들어갔다. 메이시가 내 손을 밀쳤다.

"뭐 하는 거야?"

메이시가 소리를 질렀다. 나는 메이시의 귀에 대고 경고하듯 속삭였다.

"절대로 그랜트 에드워즈하고 둘만 있으면 안 돼."

제이미와 나는 아무 말도 없이 걸었다. 우리의 목소리는 다른 사람들에게만 향했다. 엄마의 모직 숄을 건네주는 리조트 직원에게 나는 고맙다고 웅얼거렸다. 슈퍼리어 쇼어스 리조트를 완전히 벗어나서야 제이미가 나에게 말을 걸었다.

"메이시하고는 뭘 한 거야?"

"아무것도."

나는 숄을 세게 여미며 내가 나를 꼭 끌어안고 있음을 숨겼다.

"그래? 꼭 싸우거나 키스하려는 것처럼 보였는데."

제이미가 농담처럼 말했다.

나는 괜찮은 어깨를 으쓱했다.

"그냥 나중까지 기다릴 수 없는 해야 할 말이 있었을 뿐이야."

"모두 괜찮은 거지, 다우니스? 무도회장에서는 행복해 보였는데."

제이미가 위를 보았다.

"메이시를 보자마자 뭔가가 폭발한 것 같아."

"제이미, 너무 힘든 하루였다고 말했잖아."

정말로 피곤한 건 사실이었다.

제이미는 강변을 따라 도시로 돌아왔다. 나는 수 갑문으로 들어오는 화물선을 뚫어지게 바라보았다.

너희 하키 걸들은 나를 정말 안달 나게 해.

여진이 내 척추를 타고 퍼져 나갔다.

그랜트 에드워즈가 로빈을 망쳤다. 로빈은 진통제에 중독되었지만 메스 과다 복용으로 죽었다.

베일리 씨는 갈라지는 목소리로 말했다.

우리는 그 애를 대학에 보내는 게 아니라 마약 중독 치료를 하려고 했단다.

그랜트 에드워즈는 내 어깨 부상에 대해서 말했다.

어깨 때문에 도움이 필요하면 언제든 말해.

제이미가 꾸짖었다.

그런 일은 우리가 묻기 전에 말해 주었어야지.

제이미는 대학 교정을 가로질러 집으로 가는 길을 택했다.

"학생 회관 뒤에 세워 줘. 말할 게 있어."

나는 마음이 바뀌기 전에 말했다.

제이미는 나를 보았지만 주차장을 가로질러 인터내셔널브리지가 내려다보이는 가장자리 부근에 차를 세웠다. 제이미가 가속페달을 밟는다면 트럭은 연석을 넘어 공중으로 솟구칠 것이다.

나를 믿을 수 있어?

오, 내가 그럴 수 있기를, 얼마나 바라는지 모를 거야, 오지—싱웨.

나는 어떤 식으로 대화가 흘러갈지 생각했다.

나: 그랜트 에즈워드가 메스 조직과 관계가 있는 것 같아.

　　로빈의 진통제 중독과는 분명히 어떤 식으로든 관계가 있어.

제이미: 그걸 어떻게 알아?

나: 나에게 오늘 어깨 부상에 관해 물어보았거든.

　　내가 필요한 게 있으면 자신이 도울 수 있다고 했어.

제이미: 그 정도 증거로는 충분치 않아.

나: 음, 그럼 이 증거는 어때? 그랜트 에드워즈가 오늘 밤, 호텔 방에서 날

　　성폭행 했어. 나를 내리누르고 그 일이 끝났을 때 내 아픈 어깨를 세게 쥐었어.

　　나한테 통증을 없애 줄 수 있다고 했어. 내가 대답하지 않으니까

　　크게 웃으면서 내가 더 많은 걸 얻으려고 다시 올 거라고 했어. 로빈처럼.

　　이 정도면 FBI가 추적해 볼 만하지 않아?

제이미: 마이크의 아빠와 호텔 방에 가다니, 제정신이야?

　　어떻게 그렇게 위험한 짓을 할 수 있어? 넌 아주 똑똑한 줄 알았는데 그냥

　　책만 많이 읽었지, 상식은 없는 거였어. 어째서 이제야 나에게 말하는 거야?

이상하게도 나를 비난하는 제이미의 목소리는 내 목소리처럼 들렸다.

우리는 석조 난간이 있는 곳으로 걸어갔다. 문득 걸음을 멈추었다. 몸이 흔들렸고 어지러웠다. 용기는 언덕 아래로, 나에게서 떨어져 멀리 굴러갔다.

제이미에게는 말할 수 없었다.

론이 FBI로서 했던 말이 생각났다.

다우니스, 너도 제이미 존슨이라는 사람은 없다는 거 알잖아. 안 그래?

나는 제이미를 향해 몸을 돌렸다.

"진짜 이름이 뭐야?"

놀란 제이미는 잠시 주춤했다.

"정말로 말해 주고 싶어. 하지만 할 수 없어."

제이미는 인터내셔널브리지를 아주 오랫동안 바라보았다. 미국 쪽 이중 아치의 전등 수를 세면서 시간을 벌고 있는 것이리라.

"다우니스, 이 수사가 잘못된다면 넌 나에 대해서 아는 게 적을수록 안전할 거야. 누가

마약 조직을 운영하는지 알게 되고, 그들이 너에게 유용한 정보가 있다고 판단한다면……
네가 위험해질 수 있어. 너한테 말해 주면 네가 다칠 수 있어."

이제 놀라서 말이 나오지 않는 사람은 나였다. 내 모든 정맥을 통해 솟구쳐 나오는 차가운 분노를 품고서 그를 노려보았다. 말을 시작했을 때 내 입에서는 얼음처럼 서늘한 목소리가 흘러나왔다.

"비밀 정보원은 부상을 입거나 죽을 수 있으니까 그런 거지?"

"다우니스, 무슨 일이야?"

"네가 이 수사를 맡았을 때 모든 자료를 다 읽었을 거 아니야. 재빨리 수사에 참여할 수 있도록, 안 그래?"

"그건 그렇지만……."

이 대화가 지뢰밭에 다가가고 있다는 걸 감지한 제이미가 신중하게 대답했다.

"그러니까 넌 한 비밀 정보원이, 그러니까 내 삼촌이 의심스러운 상황에서 죽었다는 걸 알았을 거야."

그의 어두운 표정을 긍정으로 받아들였다.

"그리고 네가 날 조사했어. 내 과학 프로젝트 주제를 알게 됐고, 내가 원주민과 백인 사이에서 태어났다는 것도 알았을 거야. 그게 우리를 묶어 주리라는 것도."

제이미는 나를 안아 주려는 것처럼 한 걸음 다가왔다.

나는 손을 들어 제이미가 다가오지 못하게 했다.

"위장 요원이 나에게 다가가야 한다는 의견을 낸 사람이 누구지? 누가 슬픔에 잠긴 부족 여자애를 다음번 비밀 정보원으로 택해야 한다는 의견을 낸 거야?"

놀라움과 죄책감이 제이미를 덮쳤다. 손가락으로 콧대를 잡을 거라고 생각했지만 제이미는 그저 나를 뚫어지게 쳐다보고만 있었다. 나도 눈 한 번 깜빡이지 않고 제이미의 시선을 맞받아쳤다. 제이미가 먼저 눈을 깜빡였다.

"네가 이해해 주었으면 하는 건……."

제이미가 입을 열었고 나에게 다가오려고 걸음을 떼었다.

내 주먹이 정확히 제이미의 얼굴에 닿았다. 코가 부러지는 소리가 났고, 오래전에 스토미가 알려 준 또라이 같은 충고가 동시에 생각났다. *머리 뒤쪽을 겨냥해야 해. 온 힘이 머리를 관통할 수 있게 말이야.*

"이게 무슨."

제이미는 소리를 질렀고 이미 부러져 버린 코를 보호하려고 두 손을 들었다.

그래야 내 딸이지! 아빠가 바로 내 옆에 서 있는 것처럼 깊은 목소리가 분명하고도 강렬하게 들려왔다. 자부심이 잠시 내 분노를 감춰 주었다. 리바이 조셉 파이어키퍼 시니어는 그저 하키의 신이 아니었다. 인터내셔널브리지 양쪽 편에서 가장 맹렬한 또라이였다.

자동차 한 대가 주차장을 쏜살같이 통과했다. 헤드라이트 불빛이 우리를 강렬하게 비추었다.

"그건, 그딴 생각을 했기 때문에 맞은 거야."

내가 고함을 질렀다. 그에게로 달려가면서 다시 한번 주먹을 높이 들었다.

"그리고 이건, 내가 다칠 수 있다는 걸 알면서도 계속했기 때문이고. 나를 만난 뒤에도 그만두지 않았으니까!"

나는 주먹을 세게 휘둘렀지만 제이미는 주먹이 닿기 전에 몸을 피했다.

내 운동량을 받아 줄 물체가 아무것도 없었기에 나는 중심을 잡지 못하고 휘청거리다가 얼굴을 땅에 세게 박았다. 풀 냄새가 아니라 라벤더 냄새가 내 코를 가득 메웠다. 끔찍했다. 나는 곧바로 몸을 돌렸다. 팔과 다리를 허공에 대고 휘둘렀다. 내가 해냈어야 하는 모든 주먹질과 발차기를 허공에 대고 마구 해 댔다.

론이 자동차에서 튀어나왔다. 순식간에 론은 내 옆에 무릎을 꿇고 앉았다.

"괜찮아?"

론이 나를 일으켰다.

엄청나게 밀려 들어오는 10월의 상쾌한 공기에 폐가 아팠다.

론이 고개를 들어 제이미를 보았다.

"도대체 이게 무슨 일이야?"

제이미는 넋이 나간 것처럼 서 있었다.

"론, 분명히 무슨 일이 있었던 게……."

제이미가 놀라서 말했다.

"넌 끝났어. 이 사건에서 손 떼. 너한테 주차 딱지라도 떼게 해 줄 사람을 찾으면 행운인 줄 알아."

제이미는 자신의 파트너가 자신을 해고한 걸 듣지 못한 게 분명했다. 여전히 나에게서 눈을 떼지 못하고 있었으니까.

"무슨 일이 있었던 거야, 다우니스?"

제이미의 목소리는 갈라져 있었다.

정말로 너에게 말하고 싶어……. 하지만 할 수 없어.

론이 나를 데리고 자동차로 걸어갔다. 조수석 문을 열었다.

나는 뒤돌아보았다. 3미터쯤 떨어진 곳에 제이미가 서 있었다. 팔을 옆에 붙인 채로 코에서 떨어져 내리는 피가 하얀 셔츠를 적시고 있었다. 그는 여전히 내 대답을 기다리고 있었다.

나는 대답해 주었다.

"나에게 무슨 일이 있었든 그건 다 너 때문이야, 제이미."

42장

론은 내가 추워서 떤다고 생각하는 것 같았다. 트렁크에서 담요를 가져와 나를 부리토처럼 감쌌다. 나에게 안전띠를 매 주고 운전석으로 갔다.

우리는 빠르게 달렸다.

"가고 싶은 곳으로 데려다줄게. 집으로 갈래? 슈가섬? 준 치프웨이의 집?"

"집으로 갈래요."

나는 주저하지 않고 말했다. 이제는 다른 곳으로는 가고 싶지 않았다.

"말해 줄 마음이 있다면 오늘 밤에 너와 제이미 사이에 무슨 일이 있었는지 알고 싶은데."

우리 집 진입로로 들어가면서 론이 물었다. 엄마가 진입로 등을 켜 두었다.

나는 차에서 내리지 않고 그대로 앉아 있었다. 자동차가 공회전하는 소리를 들으며 그대로 있었다. 익숙한 느낌이었다. 평온하기까지 했다. 시합이 끝난 뒤에 바비 코치의 차를 타고 집에 왔을 때 느낌이었다. 왠지 우리를 보러 엄마가 나와 주기를 기대하는 마음까지 들었다.

나를 위험에 빠뜨렸다는 이유로 제이미에게는 그렇게 화가 났으면서 더 많은 책임을 지닌 상급 요원 론에게는 화가 나지 않는 이유가 뭘까? 어째서 오늘 밤 결국 현실이 된 가설의 책임자라고 비난하지 않는 걸까?

론의 관심은 언제나 수사에 초점이 맞추어져 있었다. 론은 나에게 친절했다. 나는 론에게 도움이 되는 비밀 정보원이다. 하지만 이 수사가 끝나면 론 존슨은 다음 날 눈을 뜨자마자 다른 사건 파일을 들추어 볼 것이다. 그가 가진 직업적인 나침반은 언제나 북쪽을 가리키고 있을 것이다. 문제가 생길 징조가 보이면 임무에 집중할 수 있도록 나침반의 위치를 다시 조정할 것이다.

제이미는 나에게 임무보다 내가 더 중요하다고 느끼게 했다.

아니시나−베라는 이름을 얻게 된 최초의 남자에 관한 이야기가 있다. 이 남자는 자신의 부모와 쌍둥이 형제를 찾으려고 여행을 떠났지만 동쪽에서 들려오는 아름다운 노랫소리에 방향을 잃고 말았다.

그것이 아마도 론이 보는 제이미의 모습일 것이다. 제이미가 잠복 수사에 적합하지 않다고 생각하는 이유가 그것이다. 제이미에게는 나침반을 조정할 능력이 없었다.

"우리가 가짜 연인 행세를 하게 된 게 애초에 제이미 때문이었냐고 따졌어요. 아마도 내가 제이미 코를 부러뜨린 거 같아요. 두 번째 주먹은 완전히 빗나갔는데 그때 론이 온 거예요."

나는 사실 관계를 좀 더 명확하게 하려고 덧붙였다.

"그러니까 나의 일방적인 공격이었어요."

론은 생각을 정리하려는 듯이 잠시 입을 다물고 있다가 말했다.

"제이미는 두 번 잠복 수사를 했어. 한 번은 얼굴에 칼을 맞아 흉터가 생겼지. 이번에는 코가 부러졌어. 그 녀석 얼굴은 잘못된 결정을 했다는 사실을 분명하게 보여 주는 증거인 거지."

론은 천천히 고개를 저었다.

"콰지모도처럼 얼굴이 망가지기 전에 빨리 다른 직업을 찾아보는 게 좋을 거야."

놀랍게도 웃음이 터져 나왔다. 웃음을 멈추려고 애쓰자 콧바람이 푸드득 새어 나왔다. 론이 같이 웃기 시작했고 나도 결국 포기하고 말았다. 뱃속에서부터 터져 나오는 웃음이 자동차 안을 가득 메웠고 나는 눈물을 훔쳐 닦았다.

마침내 나는 작별 인사를 하고 자동차 밖으로 나왔고 론은 현관까지 걸어가 손을 흔드는 나를 본 뒤에야 떠났다. 샤갈라 이야기를 자세히 들려 달라고 할 엄마를 볼 준비를 하면서 마음을 다잡았지만, 집안은 조용했다. 엄마는 열쇠를 두는 접시 옆에 쪽지를 남겨 두었다.

오늘은 대저택에서 잘 거야.

너랑 제이미랑 멋진 밤을 보내기를.

내일 미사 끝나고 보자. 사랑해, 엄마가.

그랜드메리가 뇌졸중으로 쓰러진 뒤로 엄마는 대저택에서 밤을 보낸 적이 한 번도 없었다. 그런데 왜 하필 오늘 대저택에 간 걸까? 혹시 엄마는…… 늘 나의 사생활을 존중했던 걸까? 내가 오늘 밤 제이미를 몰래 집으로 들일 거라고 생각한 걸까?

어쩌면 늘 아빠와 함께 있을 곳을 찾아 돌아다녀야 했던 엄마는 자신의 부모가 자신에게는 한 번도 하지 않은 방식으로 나를 지지해 주고 싶은 건지도 몰랐다.

이불을 덮고 침대에 누웠지만 지친 몸과 달리 마음은 가라앉지 않았다. 주기율표를 외는 대신에 아직도 내 목을 두르고 있는 초커를 만졌다.

그랜드메리의 묵주처럼 초커의 구슬을 하나하나 만졌다. 구슬을 한 개씩 만질 때마다 성모나 주님이 아니라 내 영혼의 이름을 불렀다. 창조주에게 기도할 때 제일 먼저 말해야 하는 이름이다. 나에게 가치가 있는 사람에게만 말해 줄 이름을 불렀다.

초커의 마지막 구슬을 만지기 전에 이상했던 그날은 나에게서 떠났다.

릴리를 물끄러미 바라보던 트래비스가 몸을 돌려 나를 보았다.

"그들이 엄청 화를 내고 있어. 작은 사람들 말이야. 나는 그저 릴리가 나를 다시 사랑해 주기만을 바란 것뿐인데. 지금까지 나를 사랑한 건 릴리밖에 없었으니까. 사람들이 모두 나를 버릴 때 나를 믿어 주었어. 릴리는 다시 한번만 그래 주면 되는 거였어, 다우니. 하지만 그러지 않았어. 그래서 내 쿠키에 넣은 거야. 하지만 릴리는 그것도 원치 않았어. 그럼 이 방법밖에는 없는 거야."

트래비스는 관자놀이로 권총을 들어 올렸다.

그 모든 것이 사라지라고 나는 눈을 질끈 감았다. 이제는 트래비스가 하는 말만이 들려왔다.

"내가 비비총을 쏘았다고 했을 때 마을 사람들 모두 나를 버렸어. 유리가 그 여자 눈을 찔렀어. 그 여자 각막이 손상된 거야. 또다시 하키 신을 위해 희생할 사람이 필요했어. 리바이는 그게 나라면 정말로 고마울 거라고 했어. 리바이는 대표 팀에 들어간 유일한 신입생이었으니까. 누구나 리바이를 사랑했어. 얼음 위에서도, 얼음 밖에서도, 보호 구역에서도, 마을에서도. 리바이는 우리 가운데 최고가 되어야 했으니까. 난 바비 코치한테 내가 했다고 했어. 내가 진실을 말했을 때 릴리는 나를 믿어 주었어. 그저 그걸로 너를 아프게 하기 싫었던 것뿐이야. 릴리가 너의 제일 친한 친구였으니까. 진짜로 모르겠어? 난 릴리를 나와 함께 데려가야 해."

나는 눈을 떴고 옆으로 기울어지는 트래비스의 머리를 보았다.

한 손으로는 초커를 만지고, 다른 한 손으로는 흐느낌이 새어 나가지 않도록 입을 막았다. 나는 자—가—시크웨가 태양을 들어 올려 또 다른 하루를 시작할 때까지 누워 있었다.

햇살이 방을 가득 채울 때, 내 눈은 책상 의자에 걸쳐 둔 빨간색 드레스로 향했다. 그 옷은 다시는 보고 싶지 않았다. 나는 고개를 돌려 책상에 있는 선물 상자를 보았다. 금속처럼 빛나는 녹색 포장지에 싸여 있었다. 신발 상자 크기만 한 선물은 은색 끈으로 위에 리본까지 묶여 있었다.

너희 집에 깜짝 선물을 가져다 놓았어.

리바이의 속삭임이 떠올랐고, 내가 아빠의 초커에 입을 맞추고 추모의 춤을 추면서 초커를 들어 올렸을 때 백열등처럼 빛나던 동생의 얼굴이 생각났다.

손가락으로 내 목을 만졌다. 구슬을 하나씩 만질 때마다 어젯밤의 기억이 떠올랐다. 제이미, 그랜트 에드워즈, TJ, 스토미, 메이시, 론. 그리고…… 트래비스.

리바이는 우리 가운데 최고가 되어야 했으니까.

선물 상자를 침대로 가져와 번쩍이는 포장지를 풀었다.

리바이와 아빠와 나를 찍은 사진을 담은 액자였다. 그 사진을 들여다보는 동안 내가 점점 더 크게 미소를 짓고 있음을 느꼈다. 동생과 나는 아빠의 무릎을 하나씩 차지하고 앉아 있었다. 아빠는 한 손으로 우리를 끌어안고 있었다. 리바이도 나도 네 살 때였다. 나의 웃음은 아빠의 웃음을 꼭 닮았고, 리바이의 웃음은 리바이 엄마의 웃음을 꼭 닮았지만 우리 눈에 담긴 웃음은 모두 같았다.

리바이는 그게 나라면 정말로 고마울 거라고 했어. 누구나 리바이를 사랑했어. 얼음 위에서도.

나는 내 동생을 사랑했다. 하지만 내 동생이 내가 생각하는 것보다 멋진 사람이 아니라면 어떻게 해야 하지?

나는 운동복으로 갈아입었다. 레깅스를 신고 셔츠를 입고 후드티를 입었다.

영혼의 이름과 일족의 이름을 말하고, 내가 온 곳을 말하는 것으로 아침 기도를 시작했다. 일곱 할아버지 가운데 누구에게 도움을 구해야 할까?

내가 요구하면 안 되는 걸 요구하면 어떻게 될까? 창조주에게 사랑을 하게 해 달라고 요청하는 새가 될 수도 있겠지만, 새로 찾은 배우자를 너무나도 사랑해서 투명한 창문을 보지 못하고 날아가다가 목이 부러져 죽을 수도 있지 않을까?

이 세상 모든 것은 끈으로 이어져 있어 의도치 않은 결과를 낳는다. 뒤에서 날아오는 삽은 결코 볼 수가 없다.

떨리는 손에서 벗어난 세마-가 펄럭거리며 나무 밑으로 떨어졌다.

나의 기도는 고백으로 끝이 났다. *너무 무서워요.*

무언가 무시무시한 것이 쫓아오는 것처럼 마구 내달렸다. 뜨거운 숨이 내 목덜미까지 차올랐다. 나무에 둘러싸인 공터에 도착해서야 주위를 둘러보았다. 강 건너편에 슈가섬이 보였다. 지프 바퀴에 눌린 풀들은 여전히 누워 있었다.

이틀 전에는 행복했다. 제이미에게 키스를 했고 나는 내 이야기를 들려주었다.

그 모든 것이 이전 생의 기억처럼 느껴졌다.

어제 내 동생은 이 세상에서 가장 멋진 존재였다. 하키팀의 주장이었고 하키의 신이었다. 샤갈라의 왕자였다. 수 세인트 마리의 자랑이었고 슈가섬의 자랑이었다. TJ는 동생을 황금으로 만든 소년이라고 했다.

리바이에 관한 그 모든 끔찍한 이야기들이 진실이면 어떻게 하지?

창조주여 이제는 감당할 수가 없어요. 그저 나만의 거품 속에서 살아가는 멍청한 여자가 되고 싶어요.

다시 발걸음을 되돌려서 달리기 시작했다. 집에 갈수록 속도는 느려졌다. 너무나도 지쳤고 두려움은 커져 갔다.

일요 미사에 참석한 엄마는 돌아오지 않았다. 뜨거운 물로 목욕을 하면 내 몸을 당기는 팽팽한 긴장이 풀어질지도 몰랐다. 뜨거운 물이 깊은 욕조를 채우는 동안 나는 침실로 걸어가 노트북을 응시했다.

10월 3일이었다. 은행 직원이 매달 첫째 날에 월간 보고서를 보내 준다고 했다. 물론 영업일 기준으로 첫째 날을 말한 걸 테니 9월 내역서를 받으려면 내일까지 기다려야 했다.

내가 할 수 있는 일은 캐나다 은행에서 보내 준 이메일을 보는 것뿐이다. 이메일이 오지 않았다면 온종일 손가락이 쭈글쭈글해질 정도로 빨아 대면서 계속 기다릴 것이다.

이메일이 도착해 있다면? 서치몬트 부근 땅에 투자하겠다는 리바이의 말이 분명한 사실이라고 확인시켜 주기를 바랐다. 왜냐하면 데이비드 삼촌에게 그랬듯이 리바이에 대한 의심의 싹이 자라는 걸 내가 방치해 버렸으니까.

숨을 멈추고 이메일 계정에 로그인했다.

그 메일은 금요일 오후에 도착해 있었다. '어머니에게 보여 드려'라는 제목으로 보나세라 부인이 보낸 메일 바로 뒤에 와 있었다. 보나세라 부인은 그랜드메리와 비슷한 상태를 다룬 의학 잡지 기사를 보냈다. 읽어 보고 엄마에게 해석해 줄 수 있게 나에게 보낸 것이다.

나는 은행에서 보낸 메일의 첨부 파일을 열었다.

9월의 총 잔액은 은행 직원이 말해 준 대로 1만 856달러 77센트였다. 하지만 9월 달에 내 동생은 2만 달러를 입금했고, 그 돈을 파나마에 있는 은행으로 송금했다.

심장이 쿵 하고 떨어졌다.

내 동생은 마약 운반책이었다.

욕조에서 물을 뺐다. 목욕을 해야겠다는 내 생각을 언제 바꾸었는지는 기억이 나지 않았다.

리바이는 마약 운반책이었다. 거울을 물끄러미 쳐다보았다. 수많은 질문이 내 마음속에서 기하급수적으로 터져 나왔다. 마음을 진정시키려고 나는 한 가지 질문을 붙잡고 거울에 비친 나에게 물어보았다.

"언제부터?"

✳

나는 벽돌 위에 상아색 페인트를 칠하고 남색 셔터를 단 집 앞에 섰다. 자동차 두 대가 들어가는 차고 위에 스튜디오 아파트가 있는 집이었다. 진입로는 비어 있었다. 다나 파이어키퍼는 샤갈라 주말 내내 슈피리어 쇼어스 리조트에 머물렀다. 리바이와 스토미는 부모님이 없는 마이크의 집에 가 있을 것이다.

차고의 뒷문은 열려 있었다. 내가 들어가자 집으로 들어가는 문 뒤에서 웨일런이 으르렁거렸다. 내가 이름을 부르자 웨일런이 엄격한 수문장에서 친구를 반기는 주인으로 바뀌었다. 가장 안쪽에 있는 차고에는 리바이의 방으로 들어가는 두 번째 입구로 이어진 좁은 계단이 있었다. 문을 열려고 했지만 잠겨 있었다. 물론 그럴 줄은 알았다.

나는 뒤뜰로 내려가 차고 위로 솟은 지붕창 세 개를 올려다보았다. 텅 빈 위장이 공중제비를 넘었다. 뜨거운 피부 위로 송골송골 맺힌 땀에 서늘한 10월 오전의 공기가 닿자 몸이 부르르 떨렸다.

뒷문 화단에 있는 작은 도깨비 조각상 밑에는 여전히 다나가 놓아 둔 열쇠가 있었다. 나는 현관문을 열고 열쇠를 원래 있던 곳에 돌려놓았다. 집 안으로 들어가자 웨일런이 헝겊으로 만든 곰 인형을 들고 와 내 발밑에 놓았다. 장난감을 멀리 던져 주자 독일셰퍼드는 복도를 따라 쏜살같이 달려갔다.

계단 벽에는 최근에 추가된 3학년 앨범 사진으로 시작해, 처음부터 끝까지 리바이의 학창 시절 사진으로 채워져 있었다. 중학교 사진에는 어색함이라고는 찾아볼 수 없는 자신감 넘치는 십 대 초반의 아이가 있었다. 매력적인 웃음은 변하지 않았지만 초등학교 사진으로 갈수록 리바이의 얼굴은 좀 더 부드러워졌다. 계단 끝에는 둥글고 귀여운 세 살짜리 아기가 있었다.

웨일런이 장난감으로 내 손을 쿡쿡 찔렀다. 곰을 받아 들고 멀리 날렸다. 곰은 고등학교 3학년인 리바이 앞에 떨어졌다. 계단 꼭대기에 있는 유리문을 열면 나무가 우거진 뒤뜰이 보이는 작은 발코니로 나갈 수 있다. 그곳 계단참에서는 본관이나 차고 아파트로 갈 수 있다. 발코니에서 리바이의 아파트로 들어갈 수 있는 문을 잡아당겼다. 잠겨 있었다. 폐 깊숙이까지 공기를 빨아들이고, 잔뜩 과장되게 숨을 내쉬어 빨아들인 공기를 몸 밖으로 내 보내 주었다.

몇 년 전에 내 동생이 자기 방으로 들어가는 모습을 지켜본 적이 있다. 그때 리바이는 열쇠를 잃어버렸고 다나는 아직 여분의 열쇠를 준비해 두지 않았다. 스토미와 마이크, 트래비스와 나는 뒤뜰에서 리바이가 뒷문을 두른 격자무늬 펜스를 타고 발코니로 올라가는 모습을 지켜보았다. 마이크의 선창을 따라 우리가 '스파이-더-맨'을 부르짖는 동안 리바이는 차고 지붕으로 뛰어오르더니 지붕창 문을 열었다. 무슨 일이든 그렇지만 리바이는 그 일도 힘들이지 않고 수월하게 해냈다.

웨일런이 나와 합류하려고 계단 위로 뛰어 올라왔다. 나는 침 범벅이 된 곰 인형을 간신히 개의 입에서 빼내 다시 3학년의 리바이에게로 돌려보냈다. 이건 마치 개와 내가 경주를 벌이는 것 같았다. 누가 먼저 목표를 이룰 것인가?

유리문의 손잡이를 돌려 열고 발코니로 나왔다. 뒤돌아보지 않고 유리문을 닫았다. 이미 충분히 피곤한 팔다리는 기대감에 경련을 일으켰고, 귀에는 '스파이-더-맨'이라고 소리치는 남자아이들의 목소리가 들려왔다. 나에게는 고작 숨을 깊게 두 번 들이마실 시간밖에 없었다. 나는 차고 지붕까지의 짧은 거리를 이동하려고 훌쩍 뛰어올랐다.

내가 두 팔다리를 모두 사용해 착지하자 내 어깨가 자신을 함부로 다룬 데 항의하며 비명을 질렀다. 차고 지붕의 경사는 밑에서 볼 때도, 내 기억 속에서도 이토록 가파르지는 않았다. 절대로 내려다보면 안 된다고 다짐하는 순간, 정말로 너무나도 화장실이 가고 싶었다.

이건 바보짓이었다. 리바이가 얼마나 오랫동안 메스를 유통했는지가 뭐 그렇게 중요하다고 이런 결정을 했던 걸까? 도대체 얼마나 더 많은 증거를 원하기에 여기 와 있는 걸까?

유리문 뒤에서 웨일런이 동의한다는 듯이 짖었다. 호흡이 심장 박동과 일치할 때까지 나는 지붕에 누워서 숨을 골랐다.

천천히 옆으로 몸을 움직여 가장 가까이 있는 창문에 도착했다. 지붕에서 올려다본 창문들은 모두 환기를 위해 조금씩 열려 있었다. 다나는 10월부터 4월까지는 집안을 한증막처럼 데웠다. 난방료가 얼마나 나오든 신경 쓰지 않았다. 한 번도 리바이는 추위에 떨면서 잠에서 깬 적이 없었다.

창문 블라인드를 들어 올리는 동안 심장 박동은 두 배나 빨라졌다. 내 계획은 몸이 들어가는 속도에 맞추어 블라인드를 들어 올리고, 방 안으로 들어가면 블라인드를 내려놓는다는 거였다. 하지만 블라인드를 들어 올리는 데는 생각보다 많은 힘이 필요했다. 더 많은 힘을 주는 순간 블라인드가 끊어져 버렸다. 나는 균형을 잃고 뒤뚱거렸다. 블라인드는 밑으로 떨어져 내렸고 나는 창틀을 움켜잡았다.

블라인드는 자연석으로 만든 테라스에 부딪혔고, 나는 블라인드가 땅에 닿을 때까지의 시간을 측정했다. 내가 지붕에서 떨어진다면 땅에 부딪혀 철썩 소리가 날 때까지는 대략 2초쯤 걸릴 것이다.

나는 창문을 들어 올려 내가 기어들어 갈 공간을 확보했다. 엉거주춤한 자세로 리바이의 방 안에 착지할 동안 리바이의 침실 문 밖에서 웨일런이 짖어댔다. 방으로 들어온 나는 똑바로 섰다.

이제 뭘 해야 하지?

퀸사이즈 침대 옆에 있는 나이트 스탠드부터 시작했다. 스탠드 옆에는 엄청나게 커다란 모이스처라이징 핸드 크림과 휴지 갑이 있었다. 으웩. 나는 마음을 다잡았다. 남동생의 침실을 뒤진다는 건 못 볼 걸 많이 보게 된다는 뜻이니까.

리바이의 책상과 옷장을 뒤지면서 서랍을 확인했다. 서랍 밑이나 뒤에 있을지도 모를 서류를 찾으려고 모든 서랍을 완전히 꺼내서 살폈다.

마이크의 침실과 달리 리바이의 방에는 벽에 세워 둔 책장은 없고, 한쪽 벽에 이층 침대가 있었다. 이층 침대의 아래쪽 침대는 엉망이었다. 스토미가 자는 곳이 분명했다. 침대에서 손을 뻗으면 닿는 바닥에 반쯤 남은 치토스 봉지가 있는 것으로 보아 이 추측은 옳을 것이다. 위쪽 침대는 신병 훈련소의 침상처럼 깔끔했다. 스토미만큼은 아니지만 가끔 이곳에서 잠을 자는 마이크가 쓰는 침대였다.

나는 매트리스를 모두 들추어 보았고 흔적이 남지 않도록 원래대로 돌려놓았다. 침실 밖에서는 여전히 놀고 싶다고 애원하는 웨일런이 침실 문을 긁었다.

리바이의 플레이스테이션 2, 마이크의 엑스 박스와 함께 비디오 게임팩을 가지런히 쌓아 놓은 네모난 커피 탁자 위에는 벽을 가득 채운 커다란 플라스마 스크린이 있었다. 스크린 맞은편에는 빈백 상자보다는 낮고 유아용 카시트보다는 높도록 맞춘 비디오 게이밍 의자가 세 개 있었다. 방구석에는 남은 비디오 게이밍 의자 한 개가 버려져 있었다. 트래비스의 의자였다. 어쩌면 리바이는 제이미에게 네 번째 자리를 허락할 생각인지도 몰랐다.

옷장의 한쪽 문을 열어 내부를 절반 살펴보았다. 옷, 신발, 하키 장비를 넣은 비닐 가방이 있었다. 옷장에 들어 있는 상자들도 모두 열어 보았다. 대부분 하키 프로그램을 안내하는 소책자, 하키 잡지, 하키 플레이북으로 사용한 그래프 위에 X와 O를 잔뜩 적어 놓은 그리드 공책이 가득 들어 있었다.

이건 바보 같은 짓이야. 도대체 난 여기서 뭘 하는 거지?

온몸이 땀에 젖었고 리바이가 창문을 열어 두어야 하는 이유를 이해할 수 있었다. 블라인드가 사라진 창문 밖을 흘긋 쳐다보자 가까운 나무에 앉아 있던 다람쥐가 내가 멍청하다는 사실에 동의한다는 듯이 꽥 소리를 질렀다.

다시 옷장으로 몸을 돌려 살펴보지 않은 나머지 공간을 열었다. 내 동생이 옷을 넣어 두는 공간이었다. 옷장 맨 위 선반에는 작은 상자들과 검은색 물푸레나무 바구니가 있었다. 나는 순서대로 살펴보았다. 리바이가 아빠의 초커를 담아 준 것과 상표가 같은 상자가 있었고, 그 안에는 우리가 함께 쓰는 공동 계좌 거래 내역서들이 들어 있었다.

리바이는 아직 9월 내역서를 받지 않았기 때문에 나는 8월 내역서부터 살펴보았다. 한 달 동안의 계좌 흐름을 살피기 전에 먼저 첫날의 잔액과 마지막 날의 잔액을 확인했다. 8월에 리바이는 파나마 은행에 1만 달러를 송금했다. 릴리가 살해당한 달이었다.

7월 내역서에도 송금한 내역이 있었다.

6월에도.

5월에도.

4월에는 1만 5000달러를 송금했다.

3월, 2월, 1월에는 2만 달러를 송금했다. 2003년에도 12월, 11월, 10월에 같은 금액을 송금했다.

9월 중순부터 4월 중순까지는 하키 시즌이었다. 하키 시즌 때는 더 많은 돈을 송금했다. 하지만 하키 시즌이 아닐 때도 우리 계좌에서 매달 돈을 보냈다.

어떻게 1년 내내 메스 운반책 역할을 할 수 있었을까? 여름에 다나의 보트를 타고 맥키낵섬으로 여행을 간 건 그 때문이었을까?

2003년 9월에는 특별히 이상한 활동 내역은 없었다. 반쯤은 하키 시즌이기도 했지만 내역서에는 캐나다 쇼핑몰에서 물건을 정상적으로 구입한 기록밖에 없었다. 그 이전의 여름에도 마찬가지였다.

작년 10월은 어째서 특별했던 걸까? 어째서 그때부터 리바이가 메스 운반책으로 활동하기 시작한 걸까?

어떤 상황을 접하고 상식이 작동해 깨달음을 얻으려면 시간이 조금 걸리는 법이다.

송금은 리바이가 수프가 된 뒤에 시작되었다. 하지만 미성년자가 어떻게 캐나다 은행에 있는 돈을 파나마 은행으로 보낼 수 있지? 수프에 들어갔을 때 리바이는 미성년자였다. 성인이 되려면 1월까지 기다려야 했다.

하지만 그때 나는 고등학교 3학년이었다. 10월에 성인이 되었고…….

그때 내 동생은 미성년자였지만 나는 아니었다.

나는 신발 상자 옆에 주저앉았다. 1년 이상 파나마 은행으로 송금한 사람은 나였던 거다. 리바이가 내 이름으로 돈을 보냈다고?

차고 문이 열리면서 바닥이 울렸다. 웨일런이 크게 짖으며 쏜살같이 아래층으로 달려갔다. 누군가 돌아왔다.

43장

자동차가 차고로 들어오는 동안 나는 재빨리 내역서를 다시 접었다. 자동차는 거대한 허머의 소리보다는 다나의 메르세데스에 더 가까운 소리를 냈다. 다나가 차고에서 집 안으로 들어왔을 때, 나는 내역서를 모두 접을 수 있었다.

웨일런은 끈질기게 짖어 댔다.

"왜 이렇게 짖는 거니, 덩치야?"

아래층 계단 끝에서 다나가 말했다.

웨일런은 나를 가만히 놓아줄 생각이 없었다.

웨일런은 다시 위층으로 달리기 시작했고, 그때쯤에는 신발 상자 속에 내역서를 순서대로 모두 넣을 수 있었다.

꽤엑.

큰 소리에 놀라 펄쩍 뛰었다. 창틀에서 다람쥐가 나를 보며 소리쳤다. 가까이 있는 치토스 봉지에서 쭈글쭈글한 주황색 과자를 하나 꺼내 창밖으로 던졌다. 당연히 다람쥐는 치토스를 쫓아 달려 나가야 했다. 하지만 다람쥐는 한 걸음 더 방으로 들어오더니 더욱 격렬하게 저항했다.

꽤에에엑.

웨일런이 더욱 빠른 속도로 뛰어 올라와서 미친 듯이 짖어 댔다. 너무나도 무서워 창문으로 가는 길을 찾지 못한 다람쥐는 정신이 나간 듯이 리바이의 방을 미친 듯이 뛰어다녔다.

"도대체 왜 그러는 거니?"

다나가 웨일런을 따라 위층으로 달려오면서 소리쳤다.

다나가 방문을 열 수 있다면 어떻게 하지?

신발 상자를 선반 위에 올리다가 손이 너무 떨리는 바람에 검은색 물푸레나무 바구니를 건드렸고, 내 손가락을 벗어난 물푸레나무 바구니는 바닥으로 떨어졌다.

다나가 방문의 손잡이를 잡고 열려고 했다.

나는 떨어지면서 뚜껑이 열린 물푸레나무 바구니를 집으려고 몸을 숙였다. 바구니 뚜껑을 잡고 들어 올리자 무언가 부드러운 것이 손가락 끝에 닿았다.

갑자기 심장이 마구 뛰기 시작했다.

물푸레나무 바구니를 뒤집었고, 아빠의 스카프가 떨어진 바닥을 물끄러미 응시했다.

경옥색이었다. 엄마의 눈 색과 똑같은.

리바이가 나에게서 숨겨 놓았던 거다. 지금까지 계속 가지고 있었으면서.

심장이 마구 뛰었다. 스카프를 들어 후드티 주머니에 쑤셔 넣었다.

다나가 있는 곳에서는 웨일런이 미친 듯이 짖었고, 내가 있는 곳에서는 다람쥐가 미친 듯이 뛰어다녔다.

"다나 파이어키퍼 판사예요."

나는 다나가 나에게 말하고 있다고 생각했다. 다음 말을 듣기 전까지는 말이다.

"힐탑 코트 124번지예요. 누가 집에 들어왔어요. 우리 개가 미친 듯이 짖고 있고 아들 방에 누군가 있어요."

그러니까 911에 전화한 것이다.

나는 물푸레나무 바구니의 뚜껑을 닫고 다시 선반 위로 올려놓았다. 제발, 웨일런. 더 크게 짖어. 옷장 문 닫는 소리가 묻히게.

쾅!

내가 차고로 이어진 문을 향해 달리는 동안 다나가 침실 문을 발로 찼다.

쾅!

데드볼트의 빗장을 풀고 문손잡이 가운데 있는 버튼을 눌러 잠금장치를 풀었다. 문 밖으로 나간 뒤에는 다시 버튼을 눌러 잠금장치를 닫았다. 빗장에 대해서는 내가 할 수 있는 일이 없었다.

쾅!

계단 맨 위에 서서 등 뒤로 손을 뻗어 문을 닫았다.

우지끈!

말 그대로 내가 계단을 미끄러져 내려오는 동안 다나가 리바이의 침실 문을 부수고 들어왔다. 차고 뒷문을 향해 내가 미친 듯이 달릴 때는 다나가 온 방을 헤집고 다니는 다람쥐를 보고 비명을 질렀고, 웨일런은 완전히 정신을 놓았다.

나는 차고 가까이 머물렀다. 혹시라도 창문에서 보일지 몰라 돌출된 지붕 밑에 서 있었다. 쫓아오는 발소리가 있는지 귀를 기울이며 까치발을 한 채 차고 옆을 따라 걸었고, 목표 지점에서 눈을 떼지 않았다. 내 목표 지점은 진입로 끝에 있는 숲을 지나면 나오는 도로였다.

웨일런이 복도로 나갔는지 짖는 소리가 잦아들었다. 무언가 아주 섬세한 물건이, 그러니까 크리스털 꽃병 같은 물건이 깨지는 소리가 났고 다나가 욕을 했다.

이때다 싶어 나는 죽어라 달렸다.

엄마의 차는 보이지 않았고 나는 욕실로 들어가서 나오지 않았다. 와부즈처럼, 간신히 덫을 피한 토끼가 된 것처럼 심장이 마구 요동쳤다. 시큼한 액체가 뱃속에서 요동치는 것 같더니 황록색 담즙이 입 밖으로 솟구쳐 나왔다. 격렬하게 토하고 나자 지칠대로 지친 나는 화장실 위에 웅크리고 앉았다.

속이 완전히 비어 버리자 훨씬 더 끔찍한 것이 내 속을 채웠다.

니브와—카—윈^Nibwaakaawin. 고모는 이 단어를 완벽하게 각 음절로 분리해 정확하게 번역해 주었다. '현명하게 산다는 건 넓게 보는 시야를 갖추고 산다는 것이다.'

평생을 나는 고모처럼 되고 싶다는 마음으로 살았다. 발레리나가 되고 싶지만 발가락을 부러뜨려 가면서 수년 동안 연습하는 건 원치 않는 사람처럼 말이다. 나는 강하고 현명한 니시 크웨가 되고 싶었지만 넓은 시야를 가지는 방법에 대해서는 고민해 본 적이 없었다.

나는 릴리와 데이비드 삼촌, 로빈과 헤더를 죽게 만든 메스 중독의 책임자를, 미네소타주의 아이들을 메스 X로 아프게 한 사람을 찾고 싶었다.

그 모든 시간 내가 찾아 헤맨 사람은 리바이였다.

지혜는 그저 주어지는 것이 아니다. 날것 그대로의 상태에서 원치 않은 것을 알게 되면서 심장을 부수는 일, 바로 그 행위에서 지혜가 온다.

토하고 있을 때 엄마가 돌아왔다. 토하는 소리를 감추려고 환풍기를 켰다. 욕실 문 앞에 선 엄마의 발이 짙은 그림자가 되어 욕실 안으로 흘러들어왔고, 보이지 않는 먹이를 잡으려고 문틈으로 길게 내민 헤리의 다리가 보였다.

"얘, 괜찮아?"

엄마의 목소리는 걱정으로 가득 차 있었다.

"어. 그냥, 안 좋은 걸 먹은 거 같아."

나는 엄마가 멀리 가기를 기다렸다. 엄마는 어딘가로 갔지만 곧바로 돌아왔다.

"게토레이 가져왔어."

엄마의 말을 듣는 순간, 내 마른 목은 그 무엇보다도 절실하게 게토레이를 원했다.

"문 옆에 두고 가 줘."

잔뜩 잠긴 목소리로 대답했다.

엄마는 이런 상황은 견딜 수 없었다. 나는 소리가 밖으로 나가지 않도록 몰래 토하려고 애썼다. 그래야 엄마가 갈 테니까.

밖에서 아무 소리도 들리지 않았다. 엄마가 간 것이 분명했다. 나는 살며시 문을 밀어 열었다. 헤리는 뚱뚱한 몸이 통과할 수 있는 공간이 생기자마자 욕실로 뛰어 들어왔다.

"임신했니?"

엄마는 욕실 문과 마주한 벽에 기댄 채 앉아 있었다.

나는 몸을 부르르 떨면서 형광빛을 띠는 노란색 음료로 손을 뻗었다.

"아니. 음…… 나 피임 시술했잖아."

엄마는 고개를 돌렸다. 왜 그런 반응을 보이는지 알아내려고 나는 엄마를 뚫어지게 쳐다보았다.

"너에게 테디가 있어서 얼마나 다행인지 몰라."

다행이라고 생각하는 것 같지 않았다. 오히려 실망스러운 것 같았다.

"하지만 너한테는 나도 있어. 너는……, 너는 비밀을 감추지 말고 나한테 말해도 돼."

엄마는 일정한 속도로 깊이 숨을 쉬었다.

"네가 난처한 상황에 빠지면…… 난 언제나 널 도울 거야."

"내가 은행 강도가 되면 날 위해서 차를 몰아 줄 거야?"

내가 살며시 웃으면서 물었다.

엄마는 고개를 끄덕였다.

"반드시 안전띠도 매게 할 거고."

나는 엄마에게 기어갔고 엄마는 내 이마에 입을 맞추었다. 엄마에게 붙어서 어깨에 머리를 기댔다.

나를 짓누르는 비밀의 무게는 너무 버거웠다. 내 인생은 비밀로 가득 차 있었다. 심지어 수정란일 때도. 나는 비밀이라는 배아낭에 감싸여 있었다.

엄마에게 비밀을 한 가지 고백하면, 나머지 비밀들도 모두 뱉어 내게 될까? 그렇다면 어떤 비밀로 시작해야 할까? 가장 먼저 만들어진 비밀부터 시작해야 할까, 아니면 가장 나중의 비밀을 먼저 말해야 할까?

데이비드 삼촌이라면 가장 중요한 걸 제일 먼저 처리하고, 그다음부터는 내림차순으로 해결해 나가도록 할 것이다.

나는 나머지 모든 비밀의 토대가 되는 비밀부터 시작하기로 결정했다.

"엄마한테 말하는 게 어려운 이유는, 엄마가 걱정하는 것도 싫고 우울해지는 것도 싫기 때문이야. 이미 나 때문에 엄마는 충분히 고통받고 있잖아."

"고통을 받다니?"

엄마는 정말로 놀랐다.

"다우니스, 너는 내 인생에서 가장 즐거운 부분이야."

"하지만…… 엄마의 인생을 이런 연옥에서 꼼짝 못 하게 만든 건 나잖아. 나만 태어나지 않았다면 엄마도 아빠도 완전히 다른 삶을 살 수 있었을 거야."

그러고서 나는 나에 관해 들어 본 말 가운데 가장 끔찍한 말을 했다.

"나는 두 사람에게 일어난 나쁜 일 중에서도 가장 나쁜 일이었어."

엄마는 깜짝 놀란 표정으로 나를 보았고, 엄마는 뭔가 깨달을 때까지 계속 눈을 깜빡였다. 엄마의 표정이 밝아졌다.

"아이들은 결코 부모 때문에 비난받을 수 없어. 부모는 어른이잖아. 무언가를 선택하고, 그걸 다루는 일은 어른인 우리가 책임져야 하는 거야."

엄마는 깨달음이라는 높은 곳에 앉아 있었다.

"내가 연옥에 빠져 있다면 그건 내가 그곳에 머물기를 선택했기 때문이야. 아무것도 하지 않겠다는 것도 강력한 선택일 수 있어."

엄마는 나에게 손을 내밀었고 나는 엄마의 손을 잡았다. 엄마는 나를 잡아 일으켜 세우고 꼭 끌어안았다.

"내 인생이고 내 선택이었어. 네 것이 아니라."

엄마가 말했다.

엄마는 나를 위해 욕조에 물을 받아 주었고 자신이 좋아하는 거품 목욕제를 타 주었다. 내 생각이 리바이를 향해 가고 이제 무슨 일을 해야 하는지 고민해야 하는 지점에 이르렀을 때 나는 욕조의 거품기를 틀었고, 라일락 향기를 품고서 산처럼 솟아오르는 거품 밑으로 사라져 버렸다.

한 시간 뒤에 발갛게 닳아 쭈글쭈글해진 손가락으로 검은색 청바지의 지퍼를 올렸다. 내가 선택한 스포츠 브래지어는 검은색이었고 끈이 넓어 자주색으로 변해 가는 어깨의 멍을 덮었다. 증거를 감출 수 있다. 검은색 니트 셔츠를 입으려고 머리에 뒤집어썼을 때 한순간 위로 올린 내 팔은 멈춰 버렸고, 내 목덜미에서 그의 목소리를 느꼈다.

복도 카메라에는 네가 여길 자발적으로 들어온 걸로 찍힐 거야.

이 기억들은 앞으로 어떻게 될까? 플래시백이 되어 갑자기 튀어나올까? 내가 간절히 잊고자 하는 일들이 되어 계속해서 목소리로 흘러나올까? 물린 것 같은 이 멍이 사라진 뒤에도 끊임없이 떠오르게 될까?

비밀 정보원이 되라는 제안을 거절했다면 정말로 좋았을 텐데.

"다우니스, 허니. 방금 생각난 건데 어젯밤에 샤갈라에 가면서 리바이가 잠깐 들렀어. 턱시도 입은 모습이 정말 근사하더라."

엄마의 목소리가 엄마의 발소리보다 먼저 도착했다.

"어젯밤 이야기는 한마디도 해 주지 않았잖아. 어땠어? 모두?"

나는 재빨리 침실 문 옆에 있는 전신 거울에 내 모습을 비춰 보았다.

"좋았어."

좋았어. 좋았어. 정말 좋았어.

엄마가 문턱에 섰다.

"그냥 좋았어? 혹시 제이미랑 싸웠니?"

엄마는 눈썹을 찡그렸다.

"비슷해."

"혹시, 그 이야기 하고 싶어?"

"아니, 난 괜찮아, 엄마."

나는 엄마 코에 잡힌 주름이 펴질 수 있도록 활짝 웃었다. 엄마는 내 침실을 둘러보다가 포장을 푼 선물을 바라보았다.

"리바이가 뭘 가져온 거니?"

나는 이미 나이트 스탠드 위에 올려 둔 액자를 들어 엄마가 볼 수 있도록 몸을 돌렸다. 엄마는 사진 전체를 보고 첫 번째 웃음을 지었다. 두 번째 웃음은 아빠를 보고 지었다. 20년이나 지났는데도 엄마는 아빠에게 푹 빠져 있었다. 엄마의 헌신을 승리로 보아야 할지, 엄마를 짓누르는 닻으로 보아야 할지 판단이 서지 않았다. 둘 다일까? 도저히 알 수가 없었다.

엄마는 눈물 어린 두 눈을 마지못해 아빠에게서 떼고 말했다.

"리바이가 다른 선물도 주지 않았어?"

엄마가 물었고 나는 방을 둘러보았다.

"이거 같은데."

"하지만 상자를 두 개 들고 있었어. 하나는 포장을 했고 하나는 안 했는데. 둘 다 네 방에 두고 온다고 했어."

나는 어깨를 으쓱하며 아픈 어깨를 느껴 보았다. 상상임이 분명한데도 정말로 그 남자의 손가락이 내 어깨를 움켜잡는 것 같은 기분이었다.

엄마는 에버케어로 가야 할 시간이라며, 가기 전에 엄마가 해 줄 일이 있는지 물었다.

나는 대답을 원했다. 하지만 그럴 수는 없었다. 호기심은 고양이를 죽인다. 의심은 고양이를 갈기갈기 찢어 버린다.

엄마가 떠났다. 현관문이 닫히자마자 나는 리바이가 두고 간 두 번째 상자를 찾아 나섰다. 어젯밤에 리바이는 샤갈라에서 나에게 초커를 주었고, 오늘은 액자를 찾을 수 있게 했다. 또 다른 선물은 어디에 있는 거지?

지금 이 순간이 아까 리바이의 방을 탐색했을 때와 같은 상황인 것처럼 느껴졌다. 나는 내 매트리스 밑을, 책상 서랍을, 서랍장을, 책장의 모든 선반을 뒤졌다. 나는 잠시 멈춰서서 큰 소리로 나에게 물었다.

"지금 내가 정신이 나간 거야?"

그 어떤 대답도 들리지 않았다.

나는 옷장으로 걸어갔다. 가장 높은 곳에 있는 선반, 두 번째 선반, 신발 상자들. 내 도발적인 신발. 그랜드메리가 내가 입기를 바라며 채워 놓은 옷들을 옆으로 밀었다. 옷장 바닥에는 빨래 통과 내 하키 장비를 넣어 둔 더플백이 있었다. 지독한 냄새가 나는 유니폼은 빨지 않으면 그대로 썩어 버릴 것이다. 나는 햇살이 비추는 곳으로 더플백을 끌고 나왔다.

더플백 밑에는 마분지로 만든 상자가 있었다. 이게 엄마가 말한 상자일까?

리바이는 어째서 내 생일 선물을 숨겨 둔 거지?

상자를 열어 본 순간, 냄새 나는 속옷과 땀에 전 바지, 유니폼, 양말 따위는 잊어버렸다.

상자 속에는 로고가 찍히지 않은 평범한 하키 퍽이 가득 들어 있었다. 리바이가 어째서 이런 걸 내 생일 선물이라고 가져왔는지 이해가 되지 않았다. 상자 속으로 손을 넣어 한참 퍽을 뒤적거리다가 퍽 사이에 묻힌 보물을 건지는 것처럼 손에 잡힌 퍽을 들어 올렸다.

표면에 잉크가 번진 드림캐처가 그려진 퍽이었다. 그린베이의 경기장에서 내가 나누어 주던 것과 같은 퍽이었다.

이 빌어먹을 퍽 때문에 화가 나는 이유들

1. 정말로 드림캐처를 그려 넣었으니까.

2. 인쇄 상태가 나쁜 드림캐처 퍽은 니시 아이들에게 나누어 줄 생각이었으니까.

3. 바비 코치 말이 그랜트 에드워즈가 기증한 거라고 했으니까.

4. 퍽의 무게도 규격 용량을 지키지 않았으니까.

4번은 퍽을 손에 들어 본 뒤에야 깨달았다. 이 퍽은 평범한 퍽보다 아주 조금 가벼울 뿐이어서 보통 사람들은 거의 눈치를 채지 못할 것이다. 하지만 몇 년간 선수 생활을 한 사람이라면, 시합 전날 밤에 베개 밑에 퍽을 넣고 잠을 자 본 사람이라면 모를 수가 없었다.

퍽의 밑부분을 쓰다듬던 엄지손가락 밑으로 머리카락처럼 얇은 실금이 느껴졌다. 이로써 내가 이 퍽을 싫어할 이유가 또 하나 추가되었다. 퍽의 밑부분을 살펴보니 가장자리 바로 안쪽에 실금이 있었다.

아, 실금이 아니다. 퍽에 뚜껑이 달려 있었다. 나는 마우스 패드의 고무 밑면으로 퍽의 바닥을 잡아 고정하고 뚜껑을 비틀었다.

퍽의 내부에는 작은 물건을 넣을 수 있는 조그만 공간이 있었고 그 공간에는 접은 냅킨이 들어 있었다. 냅킨의 한쪽을 벗기자 나의 공동체와 셀 수도 없는 많은 사람을 황폐하게 만든 숨겨진 보물이 그 모습을 드러냈다.

그 결정은 다듬지 않은 다이아몬드 원석처럼 보였다. 불순물이 섞여 탁한 질 낮은 표본. 정확한 제작 과정을 따르지 않고 아무렇게나 만든 것이다. 내가 만든 메스가 훨씬 나았다. 심지어 제이미가 만든 것도 이 쓰레기보다는 훨씬 나았다.

이 감춰진 보물은 지금까지 내가 물어볼 생각을 하지 않았던 질문에 대한 답이었다.

리바이가, 이 마약 연락책이 다른 공동체에 어떻게 메스를 판매할 수 있었을까? 그리고 나에게 묻고 싶지 않았던 질문도 있었다. 어째서 내 동생은 이 하키 퍽이 든 상자를 내 침실에 두고 간 것일까?

수학도 과학처럼 자기만의 언어가 있다. 수학은 나에게 과학만큼의 열정을 불러일으키지는 못하지만 나는 수와 문자, 표기법, 기호, 수학의 전문 용어들을 잘 알고 있다.

과학자들과 수학자들은 문제에 접근하는 방식이 다르다. 과학자들은 차이가 나거나 관계가 없음을 입증해 보임으로써 귀무가설에 대한 반증을 제시하려고 자료를 수집한다. 그에 반해 수학자들은 이론을 반증하는 것이 아니라 입증할 수 있는 방법을 찾으려고 애쓴다. 증거란 논리적으로 올바른 결론에 이르기 위한 조건부 진술의 집합으로, 이론을 정리로 바꾸어 준다. 특히 길거나 복잡하거나 예상치 못한 연결을 포함한 증명을 심층 정리라고 한다.

지금 나에게 주어진 문제를 풀려면 두 가지 방법이 모두 필요했다. 나는 아빠의 스카프를 어깨에 두르고 한 손에는 메스 결정을 싼 냅킨을, 다른 손에는 아빠의 초커를 들고 침대에 앉았다. 머릿속에서 두 가설이 치열한 전투를 벌였다.

리바이 파이어키퍼는 이 메스 재앙과는 아무 상관이 없다는 귀무가설
그리고
동생은 온갖 나쁜 일에 연루되어 있다는 다우니스 폰테인의 심층 정리

FBI가 수프의 일정에 맞추어 메스의 흐름을 추적한다면, 선수뿐 아니라 선수의 가족들, 코치들, 팬들까지 모두 수사선상에 오를 것이다.

데이비드 삼촌이 나만 해독할 수 있는 암호를 공책에 숨겨 놓았다는 것은 삼촌이 찾은 신종 버섯이 메스 X와도, 집단 환각과도 관계가 없음을 나에게 분명히 알려 주고 싶었다는 증거이다. 니시 아이들이 버섯 때문에 집단 환각에 걸린 것이 아니라면, 그들은 아니시나─베그의 정신적인 존재를 동시에 목격했다는 뜻이었다.

삼촌이 거의 밝혀 낸 정보를 FBI에게 알리지 않겠다고 결정했다면, 그것은 삼촌이 FBI가 그저 헛된 추적을 계속하기를 바랐다는 뜻이었다.

만약에 데이비드 삼촌이 메스에 연루된 똑똑한 학생인 '전구'에 관한 걱정을 전구의 엄마에게 알렸다면 전구의 부모, 즉 앤지 플린트는 삼촌의 미심쩍은 죽음과 관계가 있을지도 모른다.

가짜 퍽이 메스를 유통하는 데 이용되고 있다면 그 퍽을 기증한 사람, 즉 그랜트 에드워즈도 이 일과 관계가 있을 것이다.

수프 팀 주장의 침실에서 외국으로 송금한 은행 거래 내역서를 찾았다면 그 선수, 즉 리바이 파이어키퍼는 메스 작전에 참가하고 있으며, 자신의 수익금을 세탁하고 있는 것이 분명했다.

내 이름으로 해외에 송금했고 내 옷장에 메스가 든 퍽을 놓고 갔다면, 그 선수, 즉 내 동생은 나를 끌어들일 셈이 분명했다.

나를 마약 활동에 끌어들일 준비를 하고 있다면, 리바이는 마약 조직의 일원이며 우리 공동체를 재앙에 빠뜨리고 있고, 온갖 곳으로 유통되어 혼돈을 일으키고 있는 비극과 관

계가 있다.

리바이가 나를 둘러친 올가미를 좀 더 세게 조인다면 앞으로 어떤 일이 벌어질까?

블랙베리가 문자를 진동으로 알릴 때 누군가 급하게 현관문을 두드렸다. 죄지은 사람처럼 깜짝 놀란 나는 재빨리 옷장 뒤에 있는 호박 드레스 안에 스카프를 숨겼다. 픽은 드레스 주머니 안에 쏙 들어갔다.

나는 전화기를 움켜잡고 현관으로 달려갔다.

론: 어젯밤 이후로 제이미에게서 무슨 소식 들은 거 있어?

그 문자를 보면서 첫 번째로 한 생각은 '전혀 못 들었는데'였고,

두 번째로 한 생각은 '밖에 론이 왔구나'였고,

세 번째로 한 생각은 '론이 집 앞에 있다면 어째서 문자를 보낸 거지?'였다.

현관문 밖에는 내가 전혀 예상하지 못한 사람이 서 있었다.

다나.

두려움이 나를 움켜잡았다. 차고에서 도망쳐 나오는 모습을 본 걸까?

부들부들 떠는 다나는 울고 있었다. 분노 때문이 아니었다. 두려워하고 있었다.

"도와줘. 리바이, 리바이한테 문제가 생긴 거 같아."

다나가 간청했다.

44장

정신이 나간 다나는 내가 미처 반응하기 전에 집 안으로 뛰어 들어왔다. 과호흡으로 숨도 제대로 쉬지 못 하는 다나를 보자 나는 반사적으로 다나를 데리고 가장 가까운 주방 의자로 갔다.

갈색 종이봉투. 식료품 보관실에는 엄마가 도시락을 싸 줄 때 쓰려고 보관해 둔 종이봉투가 있었다. 나는 식료품 보관실에서 새 봉투를 가져와 다나가 봉투에 얼굴을 대고 숨을 쉴 수 있게 해 주었다.

"음, 과호흡이 올 때는…… 몸에서 이산화탄소를 너무 빨리 내보내거든요. 그럴 때는 몸이 산소와 이산화탄소 사이의 균형을 찾을 수 있도록 내쉰 숨을 다시 들이마셔야 해요."

봉투에 얼굴을 묻고 있던 다나가 웃음 섞인 기침을 했다.

왠지 난처해져서 다나에게서 고개를 돌렸다.

"미안, 내가 너무 정신없지."

나는 무릎을 꿇고 똑바로 앉아 리바이의 엄마가 진정하고 무슨 일인지 들려주기만을 기다렸다.

다나가 목을 문질렀다. 목이 마른 것 같았다.

차. 엄마와 나의 두 할머니는 이런 상황에서 분명히 차를 끓여 올 것이다.

나는 부엌으로 달려가 찻주전자에 수돗물을 반쯤 담았다. 가스레인지의 불을 최대로 틀어 놓고 찻잔과 각종 차가 든 바구니를 들고 돌아왔다.

"제발, 네 것도 함께 끓여와. 너한테 할 말이 아주 많아."

종이봉투에서 얼굴을 들고 다나가 말했다.

내가 정말로 FBI에게 내 동생을 제보할 수 있을까?

나는 내가 마실 찻잔도 가져왔다. 다나는 차이 차를 택했고, 나도 같은 차로 골랐다. 찻물이 끓을 때쯤에는 다나의 호흡도 정상으로 돌아왔다. 우아한 도자기 찻잔에 김이 모락모락 나는 물을 붓고 찻주전자를 가스레인지 위에 다시 올렸다. 차와 함께 우유와 설탕도 들고 갔다.

내 손도 다나의 손도 떨렸다. 우리 둘 다 차가 적절하게 식을 때까지 기다릴 수 없었다. 우유를 부어서 차를 식혔고, 차를 한 모금 마신 뒤에야 엄마가 내 컵에서 세제를 제대로 헹구어 내지 않았음을 알았다. 이상한 맛에 나는 얼굴을 찡그리고, 좀 더 마시기 적당한 상태가 되도록 차에 설탕을 더 넣었다.

다나가 해야 한다는 말은 내가 차를 다 마실 때까지도 꺼내지 못하는 것으로 보아 끔찍한 내용임은 분명했다.

"리바이가 뭔가 나쁜 일에 연루된 것 같아."

다나가 마침내 말했다.

"그게 무슨 소리예요? 무슨 나쁜 일에 연루돼요?"

나는 내가 적절하게 놀라는 모습을 보였기를 바랐다.

"트래비스의 일이랑 관련이 있는 것 같아. 네 친구 릴리 일은 정말 안됐어."

릴리의 이름을 듣자마자 새롭게 솟아오르는 슬픔에 깜짝 놀라 나는 울지 않으려고 눈을 깜빡였다. 다나는 계속 말했다.

"트래비스는 정말 형편없는 애였어. 하지만 우리 애는 충실한 친구였잖아. 그 애는 트래비스가 정신을 차리게 하려고 계속 슈가섬에 갔어. 심지어 스토미도 언제 손을 떼야 하는지 알고 있었지만 리바이는 계속 노력했어."

내 동생은 슈가섬에 자주 갔지만 나는 그 이유가 스토미를 집에 데려다주기 위해서라고 생각했었다. 스토미는 집에 들어가기 전까지는 부모의 상태를 알 수 없었기 때문에 혼자서 집에 가는 걸 좋아하지 않았다.

"우리 애는 선이 어둠보다 강하다고 생각했으니까."

다나는 모스 부호로 급박한 전보를 보내듯 차 수저로 찻잔을 두드렸다.

"하지만 우리 노코미스는 항상 아주 많은 어둠이 주위에 있으면 반드시 어둠에 닿을 수

밖에 없다고 하셨어."

그러니까 다나는 리바이가 트래비스를 정신 차리게 하기 위해 트래비스와 어울린 거라고 생각했다. 사실은 리바이는 트래비스가 만든 메스를 유통하는 운반책 역할을 하고 있었는데도. 다나는 그 사실을 언제 알게 된 걸까?

"어둠이라니, 그러니까 어둠이 리바이를 건드렸다고요?"

다나는 입술의 한쪽 끝을 씰룩거렸고 고개를 끄덕였다.

"그 애는 늘 비밀을 털어놓았어. 남자아이들은 대부분 그렇지 않지만 리바이는 달랐어. 하지만 하키팀에 뽑히고 수프가 된 뒤에는 점점 숨기는 게 생기는 것 같았어. 처음에는 그다지 많은 걸 숨기지 않았지만."

리바이에 관해 말하는 다나의 목소리가 점점 더 멀어졌다. 왠지 마주 보고 앉은 탁자가 아니라 저 멀리 복도 끝에서 들려오는 것 같았다. 나는 다나의 말에 집중하려고 애썼다.

"나는 그 애가 허머를 구매하는 걸 막으려고 했어. 열여섯 살 소년이 몰기에는 너무 지나친 차니까. 하지만 리바이가 엄청 화를 냈어. 결국에는 사 줄 수밖에 없었지. 알아. 그러면 안 됐다는 걸. 하지만 난 다시 우리가 예전 같은 모자 사이로 돌아가기를 바랐거든."

리바이는 하고 싶은 게 있으면 막무가내가 되었다. 작년에는 정말로 하기 싫었는데도 내가 스토미의 파트너로 샤갈라에 가야 한다고 우겼다.

"나는 스토미랑 함께 샤갈라에 갔어요……."

내 목소리가 길게 늘어졌다. 내가 무슨 말을 하려는 건지는 나도 알 수 없었다.

이상했다.

다나의 입이 움직이고 있었는데도 내 귀에 들리는 것은 론의 마지막 문자뿐이었다. 내 머릿속에서 들려오는 소리였다. 론이 계속 말하고 있었다. 한 번 말할 때마다 론의 목소리는 다급해졌다.

어젯밤 이후로 제이미에게서 무슨 소식 들은 거 있어?

어젯밤 이후로 제이미에게서 무슨 소식 들은 거 있어?

어젯밤 이후로 제이미에게서 무슨 소식 들은 거 있어?

"…… 리바이의 교사 한 명도 알아챘어. 그 사람이 나를 만나러 왔어."

어젯밤 뒤로 제이미에게서 무슨 소식 들은 거 있어?

"잠깐만요. 문자 좀 보내고 올게요."

내가 말했지만 이 말이 실제로 내 입에서 나갔는지는 확신할 수 없었다.

나는 탁자를 밀고 일어났다. 미처 깨닫기도 전에 내 손은 양탄자를 짚고 있었고 나는 바닥에 엎어졌다.

일어나! N' 다우니스. 바지곤지센*bazigonjisen*!

헤리가 내 코를 자신의 작고 차가운 코로 문질렀고 나는 웃었다.

다나가 나를 아기처럼 달랬다. 나는 제대로 서지 못해 흔들리는 아기 사슴 같았다. 다나는 나를 일으켜 세우려고 했다. 나를 도와주려고 했다.

다나의 향수 냄새를 알았다. 엄마가 쓰는 향수였다. 아빠는 두 사람에게서 같은 냄새를 맡은 걸까?

다나가 나를 데리고 현관으로 걸어갔다. 우리는 천천히 계단을 내려갔다. 모든 것이 빙글빙글 돌았다.

"어, 어떤 교사가요?"

그건 중요한 정보 같았다.

다나가 피곤한 듯이 한숨을 내쉬며 나를 낡은 트럭에 태웠다.

"너희 폰테인은 정말 모든 걸 엉망으로 만든다니까."

데이비드 삼촌은 '전구'의 엄마를 보러 갔다.

그건 앤지 플린트가 아니었다.

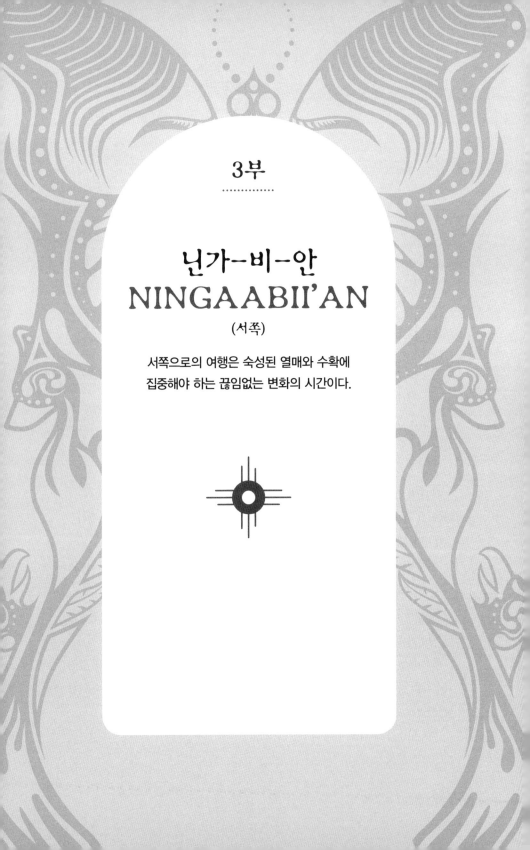

3부

·············

닌가-비-안
NINGAABII'AN

(서쪽)

서쪽으로의 여행은 숙성된 열매와 수확에
집중해야 하는 끊임없는 변화의 시간이다.

45장

나는 캠핑을 사랑했다. 공기를 가득 채우고, 옷과 머리카락과 피부에까지 깊이 스며드는 나무 타는 냄새가 좋았다.

잠깐만. 이건 캠핑 냄새이기도 했지만 퀴퀴한 냄새이기도 했다. 밀폐된 더러운 공간에서 나는 냄새였다.

두통이 머리를 심하게 강타했다. 점점 더 많은 냄새가 났다. 퀴퀴한 땀 냄새가 났고 가까운 곳에서 소변 냄새도 났다. 진물이 말라붙은 눈꺼풀을 억지로 떼어 내듯 간신히 한쪽 눈을 떴다.

작은 방 건너편에 있는 나무 난로에서 아주 가느다란 직사각형 모양의 주황빛이 흘러나왔다. 그 불빛은 깜빡이며 벽과 구부러진 늑재에 희미한 주황색 줄무늬를 만들었다.

주변을 제대로 둘러보려고 천천히 두 눈을 깜빡였다.

둥근 지붕과 창문이 하나 있는 낡은 트레일러였다. 집회 때 노점상들이 음식을 파는 트럭 같은 트레일러였다. 아트 고모부는 이런 트레일러를 통조림 햄이라고 불렀다.

나는 머리를 들었다. 아니, 들려고 했다. 트레일러가 원심 분리기처럼 마구 돌았다.

"다우니스."

목소리가 나는 쪽으로 재빨리 고개를 돌렸다. 제이미였다. 제이미는 감기에 걸린 듯한 목소리를 냈는데 그건 내 머리가 안개에 싸였기 때문일 것이다. 제이미가 계속 나를 불렀다. 한 번 부를 때마다 내 두개골이 심하게 울렸다.

"다우니스, 다우니스, 다우니스."

내 신음 소리가 겨우 단어를 만들어 냈다.

"그으으으만."

"괜찮아? 도대체 너한테 무슨 짓을 한 거야?"

제이미의 숨결이 시큼했다. 그는 나를 안으려고 했지만 결박된다고 생각하니 갑자기 심장이 뛰었다.

"하, 하지 마. 너, 입 냄새, 지독해."

나는 제이미를 밀어냈다.

"우리 납치됐어. 어디 있는지도 모르는 트레일러에. 그런데도 지금 내 입 냄새 때문에 투덜대는 거야?"

부드러운 제이미의 웃음소리에서도 코 막힌 소리가 났다.

납치라고? 나는 벌떡 일어났다.

"아으."

머릿속에서 불꽃이 터지고 눈앞이 뿌옇게 변했다.

눈앞에 낀 안개가 사라진 뒤에야 트레일러를 둘러볼 수 있었다. 실망스러운 곳이었다. 그저 나무 난로, 카드 게임용 탁자, 접이식 철제 의자, 내가 누워 있는 삐걱거리는 침대뿐이었다.

"내가 여기 얼마나 있었어? 너는 왜 여기 있는 거야?"

"어젯밤에 진입로에 차를 대고 있을 때 그 녀석들이 왔어. 네가 나를 때린 걸 리바이가 알게 된 거라고 생각했지. 무슨 이유에서 그랬건, 내가 그럴 만한 일을 했다고 생각해서 나를 혼내 주러 왔다고 생각했어."

내 주먹이 제이미의 코를 박살 냈던 순간이 떠올랐다. 왜 그랬는지도 함께.

"난 정말 그럴 만했고, 다우니스. 상황을 파악할 수 있게 네가 마르케에 처음 갔을 때 론하고만 가면 안 되는 거였어. 너는 알 권리가 있었어. 내 여자친구 역할을 하기 전에, 우리가 연인 행세를 하자고 제안한 사람이 나라는 사실을 말이야. 하지만 맹세해. 그런 제안을 한 건 널 알기 전이었다는 거. 그때 넌 그저 사건 파일에 적혀 있는 한 사람일 뿐이었고, 내가 직접 나서서 무언가를 하면 내 경력에 도움이 될 거라고만 생각했어."

내 혼미한 뇌가 제이미의 말을 처리하는 데는 조금 더 노력이 필요했다. 제이미는 나의 침묵을 계속 얘기하라는 신호로 받아들였다.

"리바이가 왔어. 하지만 화가 났다기보다는 행복해 보였어. 마이크의 집에서 파티를 하는데, 나에게 오라고 하면서 내 코는 어떻게 됐는지 물었어. 어떻게 설명해야 할까 고민하고 있는데 마이크가 나에게 테이저건을 쐈어. 무슨 바늘 같은 걸로 날 찌른 게 분명해. 눈을 떠 보니까 아침이었어."

제이미는 손목시계를 쳐다보았다.

"이제 막 저녁 8시가 지났어. 넌 여기 여섯 시간 있었던 거야."

기억들이 조각조각 돌아오기 시작했다.

차, 헤리, 다나.

다나가 나에게 약을 먹였다. 분명히 데이트 강간 약일 것이다. 약 이름이 쉽게 떠오르지 않았다. 아, 로힙놀.

"날 여기로 데리고 올 때 다나가 무슨 말 안 했어?"

수면제 때문에 몽롱해진 의식을 뚫고 나온 분노로 내 목소리가 떨렸다.

"리바이의 엄마도 함께인 거야?"

제이미는 깜짝 놀랐다.

"다우니스, 너는 스노우모빌 헬멧을 쓴 남자가 어깨에 메고 왔어. 널 안에 내려놓고 나에게 테이저건을 쐈어. 내가 움직이지 못하도록. 그러고는 침대에 널 묶었어."

날 묶었다고? 나는 다리를 하나씩 움직여 보았다. 왼쪽 발에 묵직한 사슬이 느껴졌다.

나를 이곳에 데리고 온 사람이 다나가 아니라고? 그럼, 누가 날 데리고 온 거지?

"남자는 테이저건의 바늘 같은 것을 빼더니 난로에 장작을 한 개 집어 던졌어. 길어야 5분쯤 있다 나갔을 거야."

기억이 돌아오고 있었다……. 제이미의 이야기에 맞게 내 정신이 기억을 새로 만들어 내고 있는 게 아니라면.

그 애한테 무슨 짓을 한 거야? 대답해! 당신…….

희뿌연 꿈속에서 제이미의 목소리가 들려왔다.

"나는 바닥에 있었고, 넌 누군가한테 욕하고 있었어."

"그래, 기억하는구나. 그리고 나에게 테이저건을 쏜 거야."

"그랜트 에드워즈였어?"

나는 재빨리 트레일러 안을 둘러보고 서둘러 침대 밑을 살펴보았다. 머리를 거꾸로 하고 있으니, 누군가가 내 머릿속을 북채로 마구 두드리는 것만 같았다.

"헬멧을 쓴 눈은 들여다보지 못했지만 체격은 그 사람과 비슷했어."

다시 앉은 자세로 돌아가던 나는 팔에 닿는 제이미의 손길에 움찔했다.

"괜찮아, 다우니스. 여긴 아무도 없어."

시선을 피하며 나는 돌아오고 있는 왜곡된 기억에 집중했다.

"다나와 트럭을 타고 있었어. 머리 위로 여객선 경적 소리가 들렸고, 내가 세마—를 드려야 한다고 하자 다나가 크게 웃었어."

온몸을 타고 전율이 흘렀다. 나는 제이미를 보았다.

"엄마가 고모한테 연락할 거야. 나를 찾을 거고 경찰에 연락할 거야. 경찰에 너를 찾으러 오면 론이 너도 사라진 걸 말할 테고, 론도 우리를 찾기 시작할 거야."

"론이? 론에게 말했어? 그럼 왜 여기 지원을 나오지 않은 거지?"

제이미는 론이 문을 박차고 들어오기라도 할 것처럼 문을 뚫어지게 쳐다보았다.

"아까 오후에 문자가 왔었어. 어젯밤 이후로 너랑 연락한 적 있냐고 물어보는."

"그럴 순 없어. 론은 내 시계가 보내는 추적 신호를 받았어야 해."

제이미는 손목시계를 들어 보였다.

"정말?"

그의 시계가 제임스 본드의 첩보 장비 같은 종류인 걸 알고 내가 감탄했다.

"그래. 위성을 통해서 신호가 가는 거야. FBI가 내가 있는 위치를 알아야 하니까."

문제를 평가해.

인공위성이라. 나는 손을 들어 제이미의 입을 다물게 했다.

우리는 슈가섬에 있는 트레일러 안에 갇혀 있다.

내가 일어나자 녹슨 침대가 삐걱거렸다. 메슥거림이 훨씬 심해졌고, 내 머릿속에서 두통을 일으키는 원심 분리기 속도가 더욱더 빨라졌다. 제이미가 재빨리 내 옆으로 와 단단한 팔로 나를 감싸 안았다.

무도회장에서도 제이미는 지금처럼 내 어깨를 보호하면서 나를 이끌었다. 고작 어젯밤의 일이었다. 이런 일이 가능한걸까? 그 짧은 시간 동안 인생의 온갖 나쁜 일들이 벌어지는 게?

"고마워."

나는 제이미에게서 벗어났다.

무거운 사슬 때문에 멀리 갈 수는 없었다. 나는 카드 탁자를 가능한 한 창문 앞에 가까이 가져갔다.

"뭐 하려는……."

"쉿, 듣는 거야."

나는 제이미의 말을 막았다.

우리는 완벽하게 정지한 채, 밖에서 들려올지도 모를 소리에 귀를 기울였다.

가까운 강가에서 부드럽게 파도가 쳤다.

"저 소리 들려, 제이미?"

데이비드 삼촌은 나에게 유도 신문을 피하는 법을 가르쳐 주었다. 유도 신문을 피하려면 상대방이 내가 듣고 싶은 말을 하도록 상대의 반응을 조종해야 했다.

"파도 소리야. 눈을 떴을 때부터 들렸어."

제이미가 확언했다.

"저 파도 소리를 들으면 뭔가 떠오르는 게 없어?"

과학자처럼 생각하는 건 기분이 좋았다.

"아주 작은 파도이다?"

"우리가 서쪽 강가에 있다면 지나가는 화물선은 모두……."

잔물결이 물가에 부딪힐 때 나타나는 현상을 뭐라고 하는지 생각이 나지 않았다. 뇌에 잔뜩 낀 안개가 정말 싫었다.

"켈빈 항적이 생긴다고? 지난주 금요일, 방파제에서 그랬던 것처럼?"

제이미가 생각해 냈다.

"맞아! 그거야. 화물선의 크기가 클수록 항적도 커져. 혹시 파도 소리가 변하는 걸 들은 적 있어? 화물선이 얼마나 무겁냐에 따라 켈빈 항적은 몇 시간도 지속될 수도 있어."

"하지만 그것과 우리가 어느 쪽 강변에 있느냐가 무슨 상관……."

제이미의 목소리가 잦아들었다.

"벼랑과 동굴!"

제이미의 목소리는 슈피리어 호수의 가장 깊은 곳에 가라앉은 닻이 되었다.

"너는 슈가섬 동쪽 강변이 벼랑과 동굴로 덮여 있다고 했어. 그곳에 있으면 여객선이 지

432

나가거나 북쪽 끝에 있을 때만 전화가 터진다고 했어. 인공위성은 암석이나 시멘트, 물을 뚫고서 GPS 신호를 포착할 수는 없으니까.”

제이미의 낙담한 표정에 나는 너무나도 당황했다. 그는 다 큰 어른이었다. 스물두 살이었고 경찰이었다.

하지만 어쨌거나 이 트레일러 안에서 그나마 공포에 덜 질려 있는 사람은 나였다. 우리 둘 다 들어야 하는 사실을 큰 소리로 말할 수 있는 사람은 바로 나였다.

“FBI는 우리가 어디 있는지 몰라, 제이미. 너희 쪽 사람들은 너도 헤더처럼 물속에서 죽어 있을 거라고 생각할 거야. 론은 오지 않을 거고.”

46장

낙담한 우리가 아무 말도 하지 못하고 있을 때 밖에서 사람들이 다가오는 소리가 들렸다.

"이번 주에 의견을 바꾸는 사람이 있다는 데 100달러 건다."

마이크의 목소리였다.

"선수가, 아니면 오너가?"

리바이가 물었다.

북미 아이스하키 리그 락아웃 이야기였다. 망할 하키.

제이미는 재빨리 시계를 벗어서 내 앞에 앉더니 묶이지 않은 내 다리를 잡았다.

"내가 기절할 때는 켜지 못했지만 깨어난 뒤에는 켜 놓았어."

제이미는 속삭이면서 내 운동화를 벗겨 내 발목에 손목시계를 채웠다.

"배터리는 충분할 거야."

내 신발 끈은 충분히 헐거워서 제이미가 쉽게 다시 신길 수 있었다.

"혹시라도 저 애들이 널 데려갈지도 모르니까 네가 가지고 가야 해."

제이미가 고개를 들어 내 눈을 똑바로 보았다.

"무슨 일이 있어도, 다우니스. 알았지?"

너무나도 겁이 나서 고개도 끄덕일 수 없었다.

'리바이들'이 트레일러로 다가올 무렵에는 지저분한 창문을 통해 들어오던 희미한 빛도 거의 사라져 버렸다.

"그건 상관없지. 누구든 처음으로 제안하는 사람이 약자가 되는 거야."

"히히."

리바이는 열 살 아이 같은 소리를 냈다.

나무끼리 부딪히는 소리가 났다. 누군가 자물쇠를 열고 있었다.

리바이가 먼저 들어왔다. 누구하고도 눈을 마주치지 않고 캠프 랜턴을 탁자 위에 놓더니 소변을 보라고 놓아 둔 플라스틱 양동이를 들었다. 양동이를 들고 문으로 걸어가던 리바이는 장작을 든 마이크가 들어올 수 있도록 옆으로 비켰다.

"어이, 잉꼬들. 우리가 방해했나?"

마이크가 이를 드러내면서 웃었다.

스토미는 왈츠를 추면서 평소처럼 '바우 치카 와우 와우' 같은 소리를 내며 들어올 거라고 생각했지만 아니었다. 밖에서 보초를 서는 게 분명했다.

마이크는 난로 뚜껑을 열고 아직까지는 단단하게 버티고 있는 나무들을 헤치고 두툼한 장작을 가장 위에 얹었다.

리바이가 트레일러로 돌아와 바닥에 대각선으로 붙여 놓은 검은 테이프 옆에 양동이를 놓았다. 그곳에서 몇 미터 떨어진 곳에는 벽과 나란하게 붙여 놓은 테이프가 있었다.

사슬이 닿을 수 있는 경계를 표시해 놓은 선이었다. 한 선은 우리가 걸어갈 수 있는 범위였고, 다른 한 선은 우리를 통제할 수 있는 선이었다. 양동이, 탁자, 창문은 모두 경고 지역 안에 있었다. 그 너머에는 난로와 문이 있었고 자유가 있었다.

마이크가 패딩 조끼를 벗어 문 옆에 있는 고리에 걸었다. 탁자 뒤에 서서 재미있어하는 표정을 지으며 트레일러 벽에 느긋하게 몸을 기댔다.

나는 리바이에게서 눈을 떼지 않았지만 리바이는 여전히 나를 보지 않았다. 그저 배낭을 벗더니 냅킨을 꺼냈고, 배낭을 뒤집어 물건을 탁자 위에 쏟았다. 물병, 스포츠 음료, 단백질바가 쏟아져 나왔다. 탁자를 벗어난 물병 하나가 우리 옆으로 굴러오자 갑자기 엄청난 갈증이 몰려왔다.

제이미가 물병을 집어 들었지만 물병은 제이미의 손에서 미끄러졌다. 제이미는 다시 물병을 들어 올려 나에게 내밀었다. 나는 절반만 마시고 제이미에게 물병을 내밀었다. 제이미는 나에게 다 마시라는 몸짓을 해 보였다. 차가운 물이 내 위장을 강타하며 맹렬한 소리를 냈다.

"이건 수비수 다우니에게 친절을 베푼 보상."

마이크가 제이미에게 물병을 던지면서 말했고, 제이미는 또다시 물병을 잡지 못하고 떨어뜨렸다.

"넌 미식축구를 하지 않은 게 다행이다."

마이크의 말에 나는 이를 갈았다. 너희가 수비수 다우니를 얼마나 좋아하는지 한번 보자고.

"도대체 왜 이러는 거야, 리바이?"

먼저 리바이에게 대답을 요구했다.

"우린 네 도움이 필요해."

리바이가 마침내 내 눈을 보았다.

제이미가 팔을 뻗어 내 손을 잡았다.

세상에, 지금 손에 세 번 힘을 주는 감상에 빠지는 건 아니겠지?

제이미는 두 번, 내 손을 잡은 손에 힘을 주었다. 샤갈라에서 정한 암호였다. 두 번은 계속하라는 뜻이었다.

"우리가 누군데? 너희들? 나를 여기로 끌고 온 너희 엄마? '우리'가 대체 누구야?"

리바이가 고개를 저었다.

"다른 사람은 모두 잊어. 네 도움이 필요한 사람은 나야."

"이게 도움을 요청하는 방법이야?"

나는 다리에 채워진 쇠사슬을 흔들었다.

"도대체 이 족쇄는 어디에서 구한 거야?"

"판잣집에서 찾았어. 알 카포네 이야기를 사실이라고 생각했거든."

"그래서 넌 깡패가 되고 싶은 거야? 도대체 왜 이러는 거야?"

또다시 처음 질문으로 돌아갔다.

"사업을 하려고……."

"뭐라고?"

나는 고함을 질렀다.

제이미가 번개처럼 재빨리 내 손을 세게 한 번 잡았다. 샤갈라 암호였다. '그만해.'

나는 더 세게 제이미의 손에 한 번 힘을 가했다. 아니, 너나 그만해.

"그냥, 내 말 좀 들어 봐."

리바이는 계속 말하기 전에 요란스럽게 침을 삼켰다.

"치 무콰에서 이 이야기하려고 했어. 너를 모욕한 녀석을 패 주었을 때."

"그랬어?"

나는 정말로 놀랐다.

"그래. 내가 물었잖아. 저 녀석이랑 데이트를 하면서 수에 계속 남아 있을 거냐고."

리바이가 반쯤 고개를 끄덕이는 것처럼 제이미를 가리켰다.

"그때 너랑 내가 언젠가는 함께 사업을 했으면 한다고 했잖아."

내가 리바이에게 아빠의 스카프를 찾아 달라고 부탁한 날이었다. 나중에 리바이가 찾지 못했다고 거짓말했던 그 스카프.

"어떤 사업을 하고 싶어서 이런 망할 짓을 하는 거야?"

나는 효과음을 내려고 족쇄가 채워진 다리를 흔들었다.

"난 네가 대학생들에게 빌려줄 집을 살 거라고 생각했단 말이야."

제이미가 손에 두 번 힘을 주는 것으로 보아 내가 다시 제 궤도로 돌아왔음이 분명했다.

"자, 어떻게 된 거냐면……."

리바이의 입에서 하키팀 주장으로 연설할 때 나오는 목소리가 흘러나왔다.

"가끔 너희 삼촌 교실 밖에서 기다릴 때가 있었거든. 하키 연습 전에."

"뭐야, 크리퍼처럼 복도에 숨어 있었다는 거야?"

'리바이들'은 가끔 간식을 꺼내 먹으려고 데이비드 삼촌의 교실에 들르기는 했지만 언제나 당당하게 곧바로 들어오는 거라고 생각했다.

리바이는 어깨를 으쓱하더니 계속 말했다.

"너희 삼촌은 너한테 화학에 관한 질문을 했어. 이걸 저거랑 섞으면 어떻게 될까 같은 질문 말이야. 너는 그 물질에 독성이 있는지, 화학 반응이 어떤 식으로 일어나는지를 알아낼 때까지 계속 큰 소리로 네가 생각하는 걸 말했어."

한기가 내 몸 위로 쏟아져 내렸다. 리바이는 데이비드 삼촌과 내가 했던 '다음에는 무슨 일이 벌어질까?' 놀이를 듣고 있었단 말이야?

"네가 똑똑한 건 알고 있었어, 다우니스. 하지만 네 마음이 작동하는 방식을 들으면서 네가 정말로 천재라는 걸 깨달았어."

감탄으로 가득 찬 리바이의 얼굴을 보고 깜짝 놀랐다. 자랑스럽다는 듯이 웃는 리바이의 표정을 보았을 때 내 첫 반응이 따스함이라는 사실이 너무 싫었다.

"아주 둘이 똥을 싸고 있네. 더는 못 봐주겠다."

마이크가 리바이의 말을 자르며 좀 더 가까이 다가왔다.

제이미가 내 손을 잡고 반걸음쯤 뒤로 물러났다. 그의 몸에서 솟구치는 아드레날린이 맞잡은 손을 타고 내 혈관으로도 흘러들어왔다.

"일이 어떻게 된 거냐면 말이야……."

마이크가 리바이의 목소리를 흉내 내며 말했다.

"2년 전에 나는 리바이와 스토미가 바비 코치의 수업 시간에 제출할 사업 계획서 쓰는 걸 도왔지. 우린 노티 니켈 프랜차이즈 같은 헛소리만 계속하고 있었어. 그러다가 리바이가 말했어. 어째서 대도시 마약상들은 그 어떤 부족 사람들이 받는 배당금보다 훨씬 더 많이 버는 거지, 라고 말이야. 리바이의 말이 옳았어. 어차피 살 물건이라면 현지인이 파는 물건을 사는 게 낫잖아."

마이크가 리바이를 보았다.

"너랑 스토미가 다른 계획을 세웠지. 치 무콰에 팀홀튼을 여는 거, 맞지?"

무언가 이상했지만 그게 무엇인지는 알 수 없었다. 다나가 내가 마시던 차에 넣은 것 때문에……, 마치 얼음 위에서 내가 계속 2초 뒤진 상태로 쫓아가는 것만 같았다.

"다음 부분은 네가 말하는 게 어때? 트래비스 부분 말이야."

마이크는 접이식 의자를 펼치더니 경고 지역 바로 안에 의자를 놓고 앉았다. 동생에게는 앉으라고 권유하지 않았다.

리바이가 말하려고 입을 열었을 때 어딘가 다른 곳에서 내 생각이 나에게 속삭였다.

그래, 그거야. 그렇게 모든 일이 시작된 거야. 그래서 우리가 지금 이 트레일러에 와 있는 거야.

"트래비스의 엄마가 라스베이거스에서 온 녀석이랑 데이트를 하기 시작한 거지. 카지노 VIP 룸에서 일하는 남자랑. 팁으로 큰돈을 받아서 앤지한테 아주 많이 썼어. 심지어 새 자동차까지 사 주었다니까."

지금 리바이는 평상시의 리바이와는 달랐다. 어떻게 다른 거지? 그래, 지금의 리바이는 조금 더 어리게 느껴졌다.

"하지만 거액이 움직이는 포커판만이 녀석의 수입원은 아니었어. 그 녀석은 앤지에게 보드카를 받고 메스를 주었어. 앤지는 숙취 없이 밤새 파티를 할 수 있었어. 살도 빠지고. 앤지는 보호 구역 친구들에게 고고 주스 샘플을 무료로 나누어 주었어."

메스 은어를 가볍게 말하는 리바이에게 화가 치밀어 올랐다.

"너는 어떻게……."

리바이를 혼내려고 할 때, 제이미가 내 손을 세게 한 번 쥐었다. 제이미의 생각이 내 머릿속으로 흘러들어왔다. '화내지 마. 그냥 말하게 내버려 둬.'

리바이가 계속 말했다.

"트래비스는 더는 리그에서 뛰지 못했기 때문에 시합을 할 수 있는 곳을 찾아서 구도시에 있는 링크를 돌기 시작했어. 트래비스는 그 녀석이 공짜로 샘플을 주었는지 자기가 구했는지는 말하지 않았어. 메스를 하는 건 큰 문제가 되지 않는다고만 했지. 메스를 하면 훨씬 빠르게 스케이트를 탈 수 있다고 했어. 몇 시간이나 얼음 위에 있어도 지치지 않는다고도 했고."

내 동생은 트래비스가 리그에서 빠지게 된 이유가 자기라는 사실은 쏙 빼고 말했다.

마이크가 불쑥 끼어들었다. 한 가지 이야기를 돌아가면서 하는 게 이 녀석들의 특징이었다.

"그 녀석은 앤지가 판매 할당량을 채우지 못한다는 이유로 앤지를 패기 시작했어. 보호 구역에서만 판매를 하는 한 그는 원주민이 아니니까 부족 경찰도 어떻게 할 수 없었지. 하지만 집요하게 괴롭힐 수는 있었고 카지노에서도 그 녀석을 해고했어. 아빠 말이 부족 평의회에서 신입 사원은 1년 동안의 유예 기간을 두고 평가한 뒤에, 말썽을 부린 녀석은 마음대로 해고해도 된다고 했어. 부족에서는 해고 사유를 알려 줄 의무도 없고, 해고된 사람은 부당함을 호소할 수도 없어."

마이크는 아주 기뻐하며 덧붙였다.

"누군가 그 녀석에게 이 도시를 떠나는 게 좋을 거라는 조언을 무료로 해 주었지."

"앤지의 사업은 트래비스가 도울 수 있었어. 트래비스가 원한 일이야, 다우니스. 다른 사람이 그렇게 하라고 트래비스 팔을 비튼 게 아니야. 트래비스는 영리한 녀석이었으니까, 녀석이 만든 것보다 훨씬 괜찮은 메스를 만들 수 있었어. 두 사람이 해결해야 할 유일한 문제는 생산량을 늘리는 것뿐이었지. 우리가 한 일은 사업이 성장할 수 있게 투자한 것뿐이야."

리바이가 말했다.

그러니까 두 사람은 자신들이 한 일은 그게 전부라는 것이다. 하지만…….

리바이는 자신이 투자 이상의 일을 했음을 내가 안다는 사실을 몰랐다. 나는 그가 타인이 강요해서 마약 연락책이 된 것은 아니라는 사실을 알았다. 리바이는 자신의 하키 경력이 위태로워질 위험을 무릅쓰고 자발적으로 마약 유통망이 되었다.

무슨 일을 해도 벌을 받지 않는다면 어떤 삶을 살게 될까? 늘 특별한 취급을 받고 자라면 어떤 사람이 될까? 자신의 잘못을 대신 책임져 줄 트래비스 같은 친구가 있으면 어떤 사람이 되는 걸까?

마이크가 배턴을 이어받아 다시 말하기 시작했다.

"트래비스는 자신이 자기 사업의 가장 큰 고객이 됐어. 메스에 환각성 버섯을 첨가하기 시작했고, 작년 크리스마스에 릴리한테 차이고 나서는 메스에 온갖 야생 식물을 섞어 보기 시작했어."

릴리의 이름을 듣자 숨이 막히는 것만 같았다.

"리바이가 메스를 만들려고 시도해 보았지만 결국 못했어."

마이크는 정말 짜증이 난다는 표정으로…… 리바이를 재빨리 쏘아보았다.

목덜미의 털들이 가시처럼 내 피부를 찌르는 것만 같았다.

"음, 두 가지 문제가 있었지. 리바이가 자기 누나를 사업에 참여시킬 계획만 제대로 세웠다면 그 이후로 일어난 모든 망할 일들은 막을 수 있었을 거야."

내 동생은 마이크에게 엿 먹으라고 말하지 않았다. 가만히 서서 듣고 있을 뿐이었다.

마이크의 목소리는 경쾌해졌다.

"네가 우리 팀이 됐다면 다우니, 우린 트래비스를 도울 수 있었을 거야. 릴리도 여전히 살아 있었을 테고."

"감히 릴리를 입에 올리지 마!"

나는 고함을 질렀지만 내 심장은 목에 갇혀 버렸다. 맞는 말이었다. 나는 릴리를 구할 수 있었다. 만일 내가…….

'넘어가면 안 돼, 다우니스.' 제이미가 내 머릿속으로 또다시 들어왔다.

나는 지금까지 아이디어를 내는 사람은 리바이였고 중요한 제안을 한 뒤 다음 계획을

440

세우는 사람은 마이크라고 생각했다. 화학 물질 중에는 보통은 무해하지만 특별한 상황이 생기면 독성을 띠는 물질도 있다. 마이크는 촉매제였다.

마이크가 나에게 키스했을 때, 내가 내세운 변명 중에는 동생이 좋아하지 않을 거라는 이유도 있었다. 그때 마이크는 "내가 리바이를 두려워하지 않는다고 말할 때는, 나를 믿어도 돼"라고 했다.

리바이가 얼음 위에서는 주장일 수도 있었다. 하지만 지금 이 트레일러 안에서는 마이크 에드워즈가 지휘를 맡고 있었다.

"네가 두뇌였어."

나는 마이크에게 쏘아붙였다. 퍽이 어디로 날아올지를 정확하게 아는 골키퍼가 이 마약 조직의 두뇌였던 것이다.

제이미가 내 손을 한 번 세게 쥐었다. '그만해.'

"오, 다우니. 그 누구보다도 똑똑한 사람으로 살아야 한다는 건 쉬운 일이 아니야."

마이크가 의자에서 일어났다.

"나는 그게 너와 나의 공통점이라고 생각했어. 결국 아빠가 옳았지만."

마이크는 그랜트 흉내를 냈다.

"'승자는 패자보다 빨리, 더 깊이 생각해야 해. 승자는 패자들이 백미러를 봐야지만 알아챌 수 있는 기회를 보아야 해.' 나는 아빠가 똥으로 가득 찬 개자식이라고 생각했어. 하지만 끈질긴 그랜트는 누구보다 앞서 생각했지. 언제나 장기전을 대비하면서 뛰었어."

마이크와 리바이가 눈길을 주고받았다. 내 동생은 걱정스러운 표정으로 어깨 너머 나를 쳐다보며 트레일러에서 나갔고, 나는 내 동생이 지켜보고 싶어 하지 않는 일을 맞이할 각오를 다졌다.

"자, 이제 네 이야기를 해 보자고, 파이어키퍼의 딸. 아주 오래전에 새로 마을에 온 남자와 사랑에 빠진 영리한 공주가 있었지. 그 남자는 공주의 남동생이 데이트를 하라고 부추긴 왕자였어. 그 공주에게는 남동생을 도울 수 있는 기회가 생겼어. 이제 선택을 해야 해. 남동생을 도울 것인지 말 것인지. 그건 왕자를 구할 것인지, 아니면 비참한 결과를 보고야 말 것인지의 문제이기도 해."

마이크는 무심한 자세로 두 팔을 머리 위로 쭉 뻗어 기지개를 켜면서 하품을 했다.

"네 대답은 내일 다시 돌아와서 들을 거야. 제이미를 위해, 네가 현명한 선택을 내리길

바란다."

마이크는 트레일러의 문으로 걸어가 손잡이를 잡았다. 그리고 마지막 말을 하기 위해 몸을 돌렸다.

"나는 절대로 우리 집 노친네처럼은 되지 말아야 겠다고 생각했어. 하지만 결국 목표를 설정하고 그걸 달성하려면 무슨 일을 해야 하는지를 알려 준 아빠의 강의와 교훈은 모두 옳았어."

마이크는 손잡이를 돌렸다.

"아빠는 원하는 게 있을 때면 정말 끈질겼지."

마이크가 나를 보고 웃었다.

"물론 그 사실은 네가 더 잘 알고 있잖아, 안 그래? 수비수 다우니?"

가슴이 조여왔다. 마이크는 자기 아빠가 나에게 한 일을 알고 있었다.

47장

숨을 쉴 수가 없었다. 트레일러 안은 너무 더웠다. 정신을 차려보니 나는 침대 위에 앉아 눈을 깜빡이고 있었고, 제이미가 차갑고 축축한 물건을 내 이마에 대고 있었다. 이 세상의 진실을 단 한 가지만 알아도 나는 평온해질 수 있다는 듯이 제이미가 들고 있는 물건이 무엇인지 알아내고 싶었다. 그건 제이미가 정장 재킷 주머니에 꽂고 있던 손수건이었다.

"괜찮아, 다우니스. 그 녀석들은 갔어. 내가 여기 있으니까 넌 안전해."

제이미는 나를 달래 주려고 했지만 나는 제이미의 마지막 말에 갇혀 버렸다. 넌 안전해.

아빠는 원하는 게 있을 때면 정말 끈질겼지. 물론 그 사실은 네가 더 잘 알고 있잖아, 안 그래?

제이미는 어젯밤에 내가 허공에 대고 미친 듯이 팔다리를 휘두르는 걸 보았다. 론에게 무언가가 잘못된 게 분명하다고 말하려고 했다. 나는 제이미가 그때는 확인하지 못한 질문을 다시 하리라고 생각했다.

무슨 일이 있었던 거야?

하지만 제이미는 아무 말도 하지 않았다. 아마도 무슨 일이 있었는지를 조금씩 깨닫는 것 같았다.

이제 나를 비난하는 눈빛으로 한바탕 강연이 벌어지기를 기다렸다. 그런데 그 예상도 빗나갔다.

등을 타고 땀이 주르륵 흘러내렸다. 트레일러 안은 한증막 같았다. 제이미는 나에게 스포츠 음료를 주었고, 내 이마를 다시 한번 손수건으로 쓸어 주었다. 나는 스포츠 음료를 몇 모금 마시고 제이미에게 내밀었다. 제이미는 단백질바의 포장지를 바나나 껍질처럼 벗겨 나에게 내밀었다. 단백질바가 식도를 타고 내려가자 내 위장이 심하게 꾸르륵거렸다. 제이미는 줄담배를 피우는 사람처럼 아직 마지막 한 입도 삼키지 못한 나에게 두 번째 단백질바의 포장지를 벗겨 내밀었다.

"일단 배터리를 절약하게, 시계의 추적 장치를 꺼 놓자. 알았지?"

제이미가 내 발목을 가리키며 말했다.

"옆에 튀어나온 버튼이 있어. 그걸 안으로 누르면 추적기가 꺼져서 그냥 평범한 시계가 될 거야."

나는 몸을 숙이고 버튼을 눌렀다.

"너를 데리러 온다고 했잖아. 어디가 됐건 그 녀석들 실험실에는 네가 필요해. 그곳이 슈가섬 밖이기를, 적어도 신호가 잡히는 곳에 있기를 바라야겠지. 이 바위 지역에서 벗어나자마자 버튼을 누르고 추적기를 켜야 해, 알았지?"

나는 랜턴과 너울거리는 주황색 불빛의 역광을 받으며 내 앞에 무릎을 꿇고 앉아 있는 남자를 물끄러미 쳐다보았다. 나는 정말로 이 남자를 잘 알고 있는 걸까?

그는 스물두 살이었다. 곱슬거리는 갈색 머리카락 속에는 구릿빛 머리카락들이 숨어 있었다. 가장 밝게 웃을 때는 흉터 끝자락이 입술에 닿았다. 아이스하키로 전향하기 전에는 페어 피겨 스케이트를 했고, 좌절할 때면 손가락으로 콧대를 잡았다. 자신의 출신 부족도 일족도 알지 못했다. 손가락 끝을 내 피부에 대고 부드럽게 속삭일 수 있었고 피자를 먹을 때면 절인 올리브는 떼어 냈다.

자신 있게 키스했고 물러서지 않았다. 그의 눈은 멀리서 보면 평범했지만 가까이서 보면 눈부시게 아름다웠다. 버림을 받은 적이 있고 언제나 제한 속도를 지키며 운전했다. 프랑스어와 스페인어를 할 줄 알고 마약쟁이들이 얼굴을 자를 때는 죽을 거라고 생각했다. 릴리의 총경동맥에서 맥박을 짚을 때는 맥박을 느낄 수 있기를 창조주에게 기도했다. 그는 언제나 자신보다 더 큰 것에 속하기를 소망했고 보이는 것보다 더 강한 사람이었다. 그는 나를 사랑했다. 그리고 마지막으로, 이 남자는 잠복근무 명령을 받았을 때 자기 앞에 기다리고 있는 일을 조금도 예상하지 못했다.

계속 눈을 뜨고 있는 게 버거워 침대 매트리스 위에서 등을 벽에 기대고 앉았다. 셔츠에 닿는 차가운 금속 덕분에 제이미처럼 땀이 흐르지는 않았다. 내 손은 가느다랗게 떨렸다. 수면제 때문일 수도 있었고, '리바이들'의 계획 때문일 수도 있었고, 아니면 둘 다 때문일 수도 있었다.

슈가섬의 어딘가를 부드럽게 치고 있는 잔잔한 파도 소리에 나는 스르륵 잠이 들었다.

주황색 불빛이 벽을 따라 움직였다. 이곳은 더는 트레일러가 아니었다. 이곳은 주황색 줄무늬가 환하게 빛나는 갈비뼈 안이었다. 나는 그저 호랑이 안에 있지 않았다. 내가 호랑이였다.

나는 몸을 납작하게 웅크리고 세 소년을 지켜보았다. 검고 아름다운 재규어, 판테라 온카가 우아하게 옆을 지나가기 전까지는 절대 세 소년에게서 눈을 떼지 않았다. 검은 재규어는 이렇게 먼 북쪽까지 오면 안 되는 거였다. 이곳은 그의 영역이 아니었다. 그는 세 소년이 자신을 둘러싸기 전까지는 어떤 위협도 느끼지 못했다. 멀리서 올빼미가 울었다. 가까운 곳에서 무언가 흘러내렸다. 나는 계속 숨어 있었다. 누구도 내가 여기 있다는 사실을 알면 안 되니까.

소년들의 모습이 바뀌었다. 세 소년은 리바이의 얼굴, 뾰족한 금발 머리, 오목한 가슴, 고무처럼 늘어나는 여섯 개의 근육질 팔을 가진 생명체가 되었다.

검은 양복을 입은 제이미가 재규어가 있던 곳에 서 있었다. 생명체가 기관총처럼 팔을 휘둘렀다. 제이미의 흰색 셔츠는 이미 자주색 타박상이 나 있는 복부 근육을 드러내며 찢어졌다. 그가 숨을 쉬려고 할 때마다 부서져 내리는 갈비뼈만이 소리를 내고 있었다.

먼 곳에서 론이 소리쳤다.

"그를 찾을 수가 없어, 다우니스!"

나는 내 목을 타고 흘러내리는 생명체의 따뜻한 핏줄기를 느끼며, 안전하게 숨어 있던 곳에서 뛰어나왔다. 하지만 곧바로 뒤로 튕겨져 땅바닥에 내동댕이쳐졌다. 내 발목은 낡은 침대에 묶여 있었다.

생명체가 이제 더는 알아볼 수 없는 세 소년으로 바뀌었다. 나는 세 소년을 향해 울부짖었다. 첫 번째 소년은 나와 눈을 마주치지 못했다. 두 번째 소년은 한 번도 그곳에 없었던 것처럼 희미해졌다. 세 번째 소년은 나보다 더 날카로운 이를 드러내고 웃었다.

제이미는 얼굴을 땅에 박고 쓰러졌다. 몸을 앞으로 돌리고 미친 듯이 허공을 향해 손과 발을 차 댔다. 숨소리를 듣고 싶었지만 아무 소리도 들리지 않았다. 제이미의 동작은 점점 더 느려졌고 결국에는 팔다리도 움직이지 않았다.

나는 그에게 다가갈 수 없었다. 제이미는 내가 자신을 버렸다고 믿으며 죽어 갈 것이다.

내 목에 닿는 뜨거운 숨결은 나를 얼어붙은 호랑이상으로 만들어 버렸다. 뱀이 내 다리 위로 기어 올라왔고 나는 겁에 질려 버렸다.

눈을 떴다. 심장이 미친 듯이 뛰었다. 이마와 손바닥을 차가운 벽에 대고 꾹 눌렀다.

무서웠다. 엄마가 보고 싶었다. 이곳에서 나가고 싶었다.

밤에 나는 뒤척였지만 제이미는 아니었다. 제이미는 내 허리에 팔을 두르고 내 머리카락에 얼굴을 묻고 있었다. 그가 숨을 내쉴 때마다 숨결이 엉망으로 엉킨 내 머리카락을 뚫고 들어와 내 목을 간질였다. 제이미의 숨결은 그랜트의 숨결과 달랐지만 기억에 새겨진 두려움은 여전히 끔찍한 기분을 느끼게 했다.

제이미를 넘어갔다. 소변으로 가득 찬 내 방광이 불편하게 움직였다. 소변 양동이를 이용한 게 이번이 처음은 아니었다. 반도의 북부 지역에 있는 아주 낡은 오두막과 사냥 캠프장에는 수돗물이 없었다. 문밖에 소변 양동이가 있다는 건 한밤중에는 거미가 가득한 야외 화장실로 갈 수 없다는 뜻이었다.

소변을 누고 나는 가장 가까운 곳에 붙어 있는 마스킹 테이프의 한가운데 앉아 나무 난로를 뚫어지게 쳐다보았다. 무릎을 가슴에 붙이고 두 팔로 무릎을 감싸 안았다. 트레일러 너머 강변을 부드럽게 치는 물결 소리와 난로 안에서 장작 타는 소리만이 들려왔다. 나무는 고체가 아니었다. 나무는 연소할 때 기체로 바뀌는 셀룰로스로 이루어져 있다. 그 기체는 가장 약한 세포벽을 뚫을 수 있을 때까지 나무 내부에 쌓인다. 그러다 가장 약한 곳을 찾으면 터져 나온다. 압력은 약점을 찾아다닌다.

나쁜 꿈을 떨쳐 내려고 나는 생각을 정리했다.

내가 알고 있는 것

1. '리바이들'과 그랜트, 앤지 플린트는 메스를 유통했다.

2. 다나는 나에게 약을 먹이고 이곳으로 끌고 왔다.

3. 그들은 나에게 메스를 만들게 하려고 제이미를 인질로 잡고 있다.

4. 그들이 제이미를 풀어 줄 리는 없다.

5. 리바이는 가장 약한 연결 고리이다.

내가 모르는 것

1. 지금 엄마는 무엇을 하고 있을까?

2. 리바이는 데이비드 삼촌의 죽음과 어떤 관계가 있을까?

3. 다나는 어느 정도까지 연루된 걸까?

4. 헤더와 로빈은 어쩌다 엮이게 된 걸까? 두 사람의 죽음은 사고였을까 살해였을까?

5. 마이크는 제이미를 어떻게 할 생각일까?

6. 스토미 내면의 또라이는 어디까지 뻗어 갈 수 있을까?

7. 이제는 누구인지 모르는 내 동생을 어떻게 해야 사랑하지 않을 수 있을까?

나는 자—가—시크웨가 새로운 하루를 알리는 노래를 불러 트레일러를 밝힐 때까지 앉아 있었고, 자리에서 일어나 딱딱하게 굳은 팔다리를 쭉 폈다. 꼬리뼈가 아팠다. 눈 뒤에 느껴지는 피곤은 사라지지 않을 것만 같았다.

창문 앞으로 걸어가 소매로 창문에 묻은 검댕을 닦아 냈다. 창문 뒤에는 시커먼 벽이 있었다. 변화된 화성암인 감람암이었다. 우리는 이 검은 암석에 감추어 놓은 트레일러 안에 들어 있었다.

"동쪽인가."

제이미가 침대에서 말했다. 그건 질문이 아니었다.

제이미는 일어나서 양동이에 소변을 보고 다시 침대로 돌아갔다. 이미 너무나도 지쳤는데 아직 하루는 시작한 지 몇 분밖에 지나지 않았다. 몽롱해지는 의식 사이로 파도 소리와 무언가가 터지는 소리가 들렸다. 코 고는 소리는 아니었다. 제이미 역시 밤새 깨어 있었다.

제이미는 어젯밤에 내가 있던 곳에서 등을 벽에 기대고 누웠다. 그는 나도 침대 위로 오라는 듯이 자기 앞의 침대를 툭툭 쳤다.

"조금이라도 자. 그 녀석들은 조금 더 있어야 올 거야. 우린 생각을 하느라 너무 지쳤어. 정신이 좀 더 맑아져야 제대로 전략을 세울 수 있을 거야."

나는 제이미 옆에 똑바로 앉아서 둥근 알루미늄 천장을 올려다보았다.

트레일러 내부 기온은 적절했다. 하지만 꾸준히 식어 가고 있었고 오늘이 가기 전에 난로는 꺼질 것이다. 분명히 제이미가 체온을 빼앗기지 않으려고 몸을 잔뜩 웅크리고 있어야 할 때가 올 것이다.

"벽을 보고 있어."

내가 말했다.

제이미는 눈썹을 추켜세웠지만 순순히 몸을 돌렸다. 트레일러는 햇빛이 우리에게 도달할 수 있는 만큼만 밝아졌다.

나는 창조주에게 준기데원을 달라고 기도했다. 오늘은 용기가 필요했다.

"널 끌어안아도 돼?"

내가 물었다.

"물론이지."

제이미가 대답했다.

나는 제이미를 두 팔로 안았다. 그의 몸이 내 옆에 이런 식으로 있는 느낌이 좋았다. 혼자가 아님을 알게 되자 차분해졌다. 나는 깊이 숨을 들이마셨다.

"넌 나를 이렇게 안으면 안 돼. 왜냐하면……."

제이미의 몸이 굳었다. 나는 말을 멈추었다가 다시 천천히 말을 이어나갔다.

"왜냐하면 그랜트 에드워즈가 어젯밤에 호텔 방에서 나를 공격할 때 이렇게 쓰러뜨렸거든. 그 사람이랑 함께 호텔 방에 간 건 내가 일요일 밤에 자기 집에 갔을 때, 자기 서재를 뒤지는 모습이 보안 카메라에 찍혔다고 했기 때문이야."

제이미는 족히 한 시간은 지난 것 같은 긴 시간 동안 아무 말도 하지 않았다.

"오늘 넌 여길 떠날 거야."

제이미가 마침내 말했다.

"론이 추적기로 너를 찾아낼 거야. 그에게 모든 걸 말해. 그는 훌륭한 요원이야. 그럼

FBI가 그 일을 맡아 줄 거야. 그랜트 에드워즈를 잡아넣을 거고 넌 모든 걸 뒤로 하고 다시 시작할 수 있어, 다우니스. 넌 괜찮아질 거야."

정말로 제이미의 말을 믿었기 때문인지, 아니면 너무나도 그렇게 되기를 소망했기 때문인지는 알 수 없지만 그의 말을 듣는 순간 안심이 되었다. 제이미는 내 손에 자기 손을 얹었다. 엄지손가락으로 조지 호수의 파도가 만들어 내는 리듬에 맞추어 내 엄지손가락과 검지손가락 사이에 있는 부드러운 살을 톡톡 두드렸다.

✶

트레일러에 가까워지는 목소리를 듣고 우리는 동시에 잠에서 깼다. 몸을 굴려 침대 옆에 서서 손을 뻗어 서로 두 손을 맞잡았다.

급하게 일어나느라 머리가 멍했고 두려움에 심장이 빠르게 요동쳤다.

"저 애들이 무슨 요구를 하건 나는 한다고 할 거야. 론이 나를 찾으면 모든 걸 말할 거고. 우리가 반드시 널 데리러 올 거야."

내가 속삭였다.

제이미는 이제 곧 깊은 수영장에 뛰어드는 사람처럼 공기를 가득 들이마셨다.

"사랑해."

제이미는 재빨리 말했다.

"앞으로 어떤 일이 벌어지더라도 말이야, 다우니스. 난 널 사랑해. 모든 일이 나쁜 쪽으로 흘러간다고 해도 넌 너를 구해야 해. 여기서 벗어나야 해."

나는 내 입술을 제이미의 귀에 댔다.

"나를 믿어. 리바이가 가장 약한 연결 고리야."

누군가 자물쇠를 풀었다.

이 순간 어째서 진실이 중요한지는 알지 못했다. 하지만 중요한 건 그것뿐이었다.

"사랑해, 오지-싱웨."

48장

그 녀석들은 어젯밤과 똑같은 순서로 들어왔다. 리바이가 먼저 들어와서 곧바로 양동이로 갔고 마이크는 나무 난로로 갔다. 이번에는 작은 장작 한 개만을 들고 왔다. 제이미가 커다란 장작이 탈 때까지 살아 있지 못한다는 의미 같아 심장이 철렁 내려앉았다.

"그래, 공주님. 어떻게 할 거야?"

각자의 과제를 끝내자 마이크가 물었다.

나는 제이미의 손을 놓고 앞으로 나아갔다.

"널 도우면 제이미가 안전하다는 걸 어떻게 확신하지?"

나는 마이크에게 말했다.

"난 리바이는 믿지 않아."

내 말에 마이크는 놀라서 눈을 깜빡였고 리바이는 새된 목소리로 소리를 질렀다.

"뭐라고?"

"내가 말을 더듬기라도 했어? 넌 거짓말에 능숙한 독사야."

내 입에서는 얼음처럼 차가운 목소리가 흘러나왔다.

"널 도우면 제이미가 안전하다는 걸 내가 어떻게 확신해?"

마이크는 명령을 내리는 니시처럼 미간을 찡그리고 입을 꽉 다문 채 나를 평가하듯이 고개를 옆으로 기울였다.

"도대체 무슨 말을 하는 거야, 다우니스?"

리바이가 말했다.

"넌 아빠의 스카프에 대해서 거짓말을 했어. 그게 나에게 얼마나 큰 의미인지 알면서도 넌 그걸 못 찾았다고 했어. 하지만 그게 어디에 있는지 정확히 알았지."

나는 입을 앙다물고 말했다. 쇠사슬이 허락하는 만큼 최대한 앞으로 나아갔다.

"어제 네 옷장에서 찾았어. 아빠에 관해서도 거짓말을 할 수 있다면 나한테 어떤 거짓말이든 할 수 있었을 거야."

나는 마지막으로 역겹다는 표정으로 리바이를 쳐다보았고, 다시 마이크에게 고개를 돌렸다.

"하지만 마이크라면 최소한 우리는 서로를 이해할 수 있을 거야. 안 그래?"

마이크는 자기 아빠와 똑같은 표정으로 히죽거렸다. 나는 목구멍으로 왈칵 올라오는 쓴 물을 꿀꺽 삼켰다. 나는 마이크에게는 초연한 모습을 보여 주고, 리바이에게는 고삐 풀린 분노를 표출하는 가면을 써야 했다.

"지금 뭐 하는 거야, 다우니스?"

정말로 놀란 제이미가 물었다.

"내 방에 들어온 게 너였어?"

영문을 몰라 당황하면서도 분노한 리바이가 물었다. 리바이의 감정은 마구 뒤섞여 있었지만 여전히 식별해 낼 수는 있었다.

"그래."

"정말 인상적이야, 공주님."

마이크가 경계 지역으로 들어오면서 말했다.

"탁자에 다리를 올려."

"내 다리?"

나는 차분하게 말하려고 애썼다. 제이미가 내 오른쪽 다리에 채워 놓은 시계는 어떻게 알아낸 걸까?

"족쇄 풀고 싶어 했잖아, 안 그래? 하지만 너, 차밍 왕자는……."

마이크가 제이미에게 고갯짓을 했다.

"머리를 벽 쪽으로 두고 침대에 고개를 묻어. 그래야 우스운 짓을 못 하지. 테이저건이 더 좋다면 말하고."

제이미와 나는 동시에 마이크가 하라는 대로 했다. 내 뒤에서 움직이는 제이미 때문에 낡은 침대가 삐걱거리는 동안 나는 카드 탁자 옆으로 최대한 가깝게 이동해 다리를 탁자 위에 올려놓았다.

마이크는 탁자 위로 몸을 기울여 족쇄의 자물쇠에 열쇠를 넣고 돌렸다.

족쇄에서 풀려난 다리는 마치 붕붕 떠다니는 것만 같았다. 이제는 오른쪽 다리가 세상의 무게를 정확하게 느꼈다.

"고마워."

내 말에 마이크가 자비롭게 웃었다.

"이제 일어나도 돼, 차밍 왕자. 다우니 공주, 왕자는 안전할 거야. 내가 리바이한테 왕자를 안전하게 지키라고 말할 테니까."

"그럼, 네가 나를 메스 실험실로 데려갈 거야?"

마이크에게 보여 주려고 눈에 띄게 안도하며 말했다.

"그게 계획이었지. 그나저나 넌 저 녀석을 속이고 바람까지 피워 놓고도 이제는 지나치게 걱정하는 거 같은데."

"뭐라고?"

리바이와 제이미가 동시에 소리쳤다.

"다우니가 샤갈라에서 우리 아빠랑 잤어."

마침내 마이크의 웃음이 얼음처럼 차가운 눈까지 닿았다.

나는 움찔했다. 지금 마이크는 내가 원해서 자기 아빠와 잤다고 생각하는 거야? 폭발해 버리고 싶은 분노가 솟구쳐올랐다.

눈에 띄게 표출된 반응을 다시 삼킬 수는 없었기에 나는 그 분노를 고자질을 향한 분노로 바꾸었다. 좀 더 분명하게 하려고, 나는 불편하면서도 죄책감이 가득한 얼굴로 제이미를 쳐다보았다. 제이미는 즉시 내 신호를 알아챘다. 단지 자신이 맡은 역할에 충실한 것뿐임을 알았지만 상처받고 당황한 얼굴의 제이미를 보니 마음이 아팠다.

"마이크 아빠랑 잤다고?"

리바이는 내가 낯선 사람인 것처럼 말했다. 내 동생은 내 대답을 기다리지 않고 곧바로 마이크를 보았다.

"넌 알고 있었어?"

452

"우리 아빠가 무언가를 쫓을 때는 늘 알게 되지."

마이크가 어깨를 으쓱했다.

"뻔히 보이는 행동을 하거든. 아빠는 내가 하키 시즌에는 절대로 여자친구를 사귀지 못하게 해. 하지만 자기는 정신을 못 차리지. 엄마는 모른 척하고."

마이크가 나에게 곧바로 걸어왔다.

"아빠는 로빈을 걷어차고 너를 살피기 시작했어. 오래된 것을 버리고 새 걸 주우려고 말이야."

마이크를 노려보는 동안 끔찍한 생각이 내 속을 파고들었다. 마이크는 3년 전에 로빈과 샤갈라에 갔고 몇 주 전에 나에게 키스했다. 마이크의 행동은 나와는 전혀 관계가 없고 자기 아빠에게 무언가를 입증해 보이기 위한 수단일 수도 있었다.

아니, 다른 생각을 할 여유는 없었다. 오늘 아침 나무 난로를 보면서 구상했던 계획에 집중해야 했다. 약한 연결 고리를 공략한다는 계획에 말이다.

"음, 근데 네가 리바이한테 뱀이라고 했잖아. 그리고 리바이는 누나가 바람이나 피우는 난잡한 여자인 걸 알았고. 음…… 너를 일터로 데려가는 건 리바이가 좋겠어. 나는 남매가 일하는 동안 제이미 왕자와 함께 있을게."

마이크는 충분히 만족한 것 같았다. 한 선수가 한 게임에서 세 골이나 득점을 한 것과 같은 해트트릭을 달성했으니까. 리바이가 내 본 모습을 알게 될 비밀을 폭로하고, 나와 남자친구 사이를 망쳐 놓고, 자신이 이 계획의 지휘자이며 나보다 똑똑하다는 사실을 알려 주었으니까.

"떠나기 전에 하고 싶은 말이 있으면 해."

마이크가 말했고, 나는 쏜살같이 제이미에게 달려가 내가 낼 수 있는 가장 애절한 목소리로 말했다.

"정말 정말 미안해. 바보 같은 실수였고 아무 의미 없는 일이었어. 네 마음이 풀릴 수 있는 일이라면 뭐든지 할 거야."

마이크와 리바이에게서 등을 돌리고 있었기에 두 사람은 내가 제이미에게 한쪽 눈을 깜빡여 신호를 보내는 모습은 보지 못했다. '나를 믿어. 리바이가 약한 연결 고리야.'

내 계획은 어떻게 해서든지 리바이를 마이크와 떼어 놓는 것이었다. 내 동생을 정신 차리게 할 수 있는 기회를 얻으려면 어떻게 해서든 단둘이 있어야 했다. 녀석들이 나를 트레일러에서 데리고 나간다면 둘 중 한 명만이 나를 데리고 나가야 했고, 그 한 명은 반드시 리바이여야 했다. 그 소망을 실현할 수 있는 가장 좋은 방법은 마이크로 하여금 내가 동생과는 절대로 함께 있고 싶어 하지 않는다는 생각이 들게 하는 것이었다.

어젯밤에 마이크는 나를 뒤흔드는 걸 즐긴다는 사실을 알려 주었다. 그것은 자신이 이 작전의 알파 수컷임을 입증할 수 있는 필요조건 가운데 하나였으니까.

나는 가면을 벗지 않고 누가 보스임을 이제 막 파악한 여자의 역할을 계속해서 충실하게 수행했다.

"아, 다우니. 리바이가 두 시간 안에 이곳으로 돌아오지 않는다면 차밍 왕자는 불행한 결말을 맞고 말 거야."

마이크는 나에게 리바이와 함께 문을 나서라는 몸짓을 해 보였다. 나는 마지막으로 한 번 더 마이크를 노려보면서도, 내 마음이 신나서 스모크 댄스를 3배속으로 추는 걸 막으려고 애썼다. 내 계획은 정확히 내가 바라던 대로 흘러가고 있었다.

49장

나는 리바이의 발에 연결된 족쇄에 끌려가는 것처럼 리바이를 따라 북쪽 강변을 걸었다. 주위를 둘러보면서 우리가 있는 곳을 알게 해 줄 익숙한 지형이 있는지 살폈다. 퀴퀴한 트레일러 냄새에서 벗어난 내 코가 킁킁거리며 상쾌한 공기를 들이마셨다. 공기 속에 떠돌아다니는 깨끗한 수증기, 물고기 냄새를 머금고 있는 바위의 지의류들, 썩어 가는 잎사귀들이 내뿜는 달콤한 담배 같은 향기, 위안을 주는 삼나무와 소나무의 익숙한 내음.

리바이는 검은색 절벽에서 강을 향해 흐르는 시내가 있는 동굴로 들어갔다. 그 동굴은 사실 동굴이 아니라 숲으로 연결된 터널이었다. 징검다리처럼 놓인 평평한 돌을 밟고 시내를 건넜다.

마지막 돌을 밟을 때 미끄러운 표면에 오른쪽 발이 미끄러지면서 신발이 벗겨졌다. 차가운 물에 닿은 발가락이 감전된 것처럼 찌릿했다. 발을 그대로 차가운 물에 담가 시계가 젖었다면 계획은 처참하게 실패로 끝났을 것이다.

멈춰 서서 떨리는 손으로 발의 옆면을 문지르고 오른쪽 발목에 채워 둔 시계의 버튼을 눌러 켰다. 10초 뒤에 나는 소나무 숲에 도착한 리바이를 따라잡았다.

소나무 숲속에는 낡은 트럭이 서 있었다. 이런 트럭을 이용하는 건 이상하지 않았다. 이렇게 녹슨 트럭은 슈가섬과 카운티 전역에서 볼 수 있었다. 니시나압도 자—가나—시도 이런 트럭을 소유주에 상관없이 보호 구역 트럭이라고 불렀다. 이런 트럭들은 풀이 무성하게 자라는 벌판이나 창고 뒤에 버려진 다른 유물들과 함께 서서히 녹슬면서 죽어 간다. 하지만 지금 이 트럭은 여전히 진흙탕 위를 가거나 얼어붙은 호수 위에서 얼음집을 너끈히 끌 것 같았다.

리바이가 점화 장치에 열쇠를 꽂고 시동을 걸었다. 변속 기어는 인사하려고 손을 번쩍 든 가느다란 팔처럼 변속기 위에 삐죽 올라와 있었다. 조수석에 올라타자 왠지 친숙한 느낌이 들었다. 황록색 비닐 시트 위에, 내가 그곳에 있었음을 알리는 눈물 자국이 보였다. 그러니까 다니가 이 트럭에 나를 태우고 왔다.

숲을 채우던 소나무는 곧 단풍나무에게 자리를 양보했다. 리바이는 이리저리 방향을 바꿔 가며 숲길을 달려갔다. 트럭이 숲으로 들어오면서 납작하게 눌러 버린 나뭇잎들의 모습을 보면 당연한 일이었다. 트럭 바퀴가 낸 길은 빵부스러기를 떨어뜨려 길을 표시한 것처럼 트럭이 가야 할 길을 알려 주었다.

구불구불한 숲길이 좁고 긴 도로로 바뀐 뒤에야 리바이는 입을 열었다.

"네가 제이미를 속이다니 믿을 수가 없어. 다우니스 넌 그보다는 더 나은 사람이라고 생각했는데."

그게 나한테 제일 먼저 하고 싶은 말인 거야?

"속이지 않았어. 마이크 아빠가 날 강간한 거야."

리바이가 입을 쩍 벌리고 재빨리 나를 보았다.

"마이크는 그렇게 말하지 않았잖아."

"증거가 있어야 내 말을 믿겠다고?"

질문이 곧 나의 대답이었기 때문에 내 목소리는 파르르 떨렸다.

나는 재킷의 지퍼를 열고 셔츠와 브래지어 끈을 어깨 밑으로 끌어내렸다. 어깨에 남은 그랜트의 손가락 자국은 이제 짙은 빨간색에서 자주색으로 변해 있었다.

"어쩌다가 둘만 있게 된 거야? 난 네가 그보다는 더 영리한 줄 알았어. 그 사람이 음흉하다는 건 모두 아는 사실이잖아."

"지금 너한테는 그게 중요해?"

나는 눈물을 흘리지 않으려고 눈을 깜빡이면서 나 자신에게 집중하려고 노력했다. 길가에 작은 마두디스완처럼 보이는 둥근 바위를 마음속에 기억해 두었다.

"넌 치 무콰에서 날 모욕하는 팀 동료를 가만두지 않으려고 했잖아. 나한테 함께 사업을 할 수 있냐고 물어본 날 말이야."

리바이는 쓰러져서 길을 막고 있는 자작나무 주위를 돌아갔고 내가 말하는 동안 길에서 눈을 떼지 않았다.

"이건 정말 잘못된 거야, 리바이. 모든 게 잘못됐어. 메스 사업에 관여했고 늘 나를 보호해 주던 네가 이번에는 날 위험에 빠뜨렸어. 넌 마이크가 주도권을 잡게 내버려 두었어. 옷장에 나한테 주는 생일 선물을 넣어 놓았고 너희 엄마는 나한테 약을 먹였어. 그리고 데이비드 삼촌은……, 삼촌의 죽음이 너랑 상관이 있는 거야?"

"아니야."

리바이가 다급하게 말했다.

"마이크는 일단 너희 삼촌에게 메스를 하게 하면 자발적으로 질 좋은 메스를 만들어 줄 거라고 생각했어. 그런데 그 사람은 한 번에 너무 많은 양을 혈관에 주입했어. 마이크는 그게 고의였다고 생각해. 너희 삼촌이 죽을 때 난 거기 없었어."

"자발적으로 만들어 준다고?"

나는 멍하게 말했다.

"그래서 내 옷장에 퍽이 든 상자를 넣어 놓은 거야?"

리바이의 목울대가 크게 올라갔다가 내려갔지만 대답은 하지 않았다.

"제이미에게 이런 짓까지 했는데, 제이미를 놓아 주면 어떻게 될까? 너희가 그 애를 놓아 주지 않을 거라는 거 알아. 이제 그 녀석들이 내가 '자발적으로' 메스를 만들게 하려고 무슨 일이든 할 때 너도 그 일을 도울 거야?"

"마이크는 너를 해치지 않을 거야. 퍽 상자는 그냥 만약을 대비해서 가져다 둔 거야. 네가 우리 사업에 동참하지 않겠다고 결정할 때를 대비해서. 그 카드를 활용할 생각은 전혀 없지만 마이크는 은밀하게 접근해서 적의 운명을 좌지우지 할 수 있어야 한다고 했어."

"내가 너의 적이야?"

나는 조용히 말했다.

"아니야."

리바이가 재빨리 대답했다.

"그냥 네가 동참하도록 만들 안전망인 거야. 우린 제이미를 풀어 줄 거야. 제이미도 입을 다물 거고. 우린 그 녀석이 입을 열지 못하게 겁을 줄 수 있어."

"TJ의 축구 인생을 끝내 버리겠다고 위협한 것처럼? 넌 마이크가 한 말을 무엇이든 믿으면 안 돼. 마이크는 내 블랙베리를 세팅해 주던 그 일요일 밤에, 자기 침실에서 나한테 키스했어. 마이크를 말리려고 대여섯 개나 되는 이유를 대야 했어. 내가 네 얘기를 했을 때 마이크는 우리 둘만의 비밀로 하면 된다고 했어. 마이크는 네가 생각하는 것처럼 충실한 친구가 아니야. 제발 내가 하는 말 들어, 리바이."

숲을 빠져나올 때까지 리바이는 아무 말도 하지 않았다. 우리는 한때는 농장이었지만 이제는 사람의 손이 닿지 않은 장소로 변해 가는 들판을 달려갔다. 마시코데와시크가 무성하게 자라고 있었다. 저 마시코데와시크가 남자 샐비어인지 여자 샐비어인지 궁금했다. 그리고 왜 내가 그런 걸 궁금해하는지가 궁금해졌다.

흙길을 따라 달려갔다. 구부러진 거리 표지판을 읽었고 적어도 우리가 어디에 있는지는 알 수 있었다. 리바이는 서쪽으로 달려갔다. 슈가섬의 남북을 가로지르는 주도로가 있는 곳이었다.

리바이가 다음번에는 어느 곳에서 방향을 바꿀지를 예측하는 동안 내 심장은 격렬하게 뛰었다. 왼쪽으로 돈다면 우리는 슈가섬에서 전파 신호가 닿지 않는 오지로 들어가게 된다. 오른쪽으로 돈다면 여객선 선착장으로 가거나, 아니면 그래도 전파 신호가 닿는 북쪽 어딘가의 또 다른 장소로 가게 될 것이다. 그러니까 기회를 잡으려면 우리는 오른쪽으로 돌아야 한다.

주도로에 도착한 트럭은 잠시 멈추었고, 너무도 길게 느껴지는 시간을 기다리는 동안 심장이 밖으로 튀어나올 것만 같았다. 나는 검은색 청바지를 꽉 쥔 두 손을 내려다보았다.

리바이는 북쪽으로 방향을 틀었고 나는 기뻐서 소리를 지를 뻔했다.

우리에게는 기회가 생겼다. 내 오른쪽 발목에 찬 제이미의 시계가 무엇이든 신호를 보낸다면 말이다.

터널 안에서 리바이가 앞서고 있을 때 시계 버튼을 제대로 눌렀다면 말이다.

릴리가 살해된 날 밤처럼 론이 본토 선착장에서 검문소를 세우고, 이번에는 나와 제이미를 찾으려고 여객선에서 내리는 모든 차를 살펴본다면 말이다. 그리고 내가 두 시간이 지나기 전에 제이미가 있는 트레일러로 돌아갈 수 있다면 말이다. 여기까지 오는 데 얼마나 걸렸지?

'리바이들'이 체포된다면 재빨리 거리를 두려는 마을 사람들 때문에 슈가섬과 내 부족은 갈가리 찢어져 버릴까?

"너희 말고 또 누가 이런 일을 벌인 거야?"

나는 수프 선수인 두 부족 아이들의 이름을 대면서 물었다. 한 명은 나와 함께 졸업했고, 다른 한 명은 TJ와 함께 졸업한 아이들이었다.

리바이는 고개를 저었다.

"넌 완전히 잘못 생각하고 있어. 이건 마이크와 '가죽 벗기는 놈들'의 일이 아니야."

인종 차별적인 용어를 사용하다니. 고함을 지르고 싶은 마음을 간신히 눌러 참았다.

"이건 나와 마이크, 그리고 돈이 필요한 가난한 아이들의 사업이야. 롭, 맥스, 스코티의 사업이지."

세 자—가나—시의 이름에 안도하는 내 마음은 곧 죄책감과 분노로 바뀌었다. 이제 사람들은 이 일을 인디언의 일이라고 비난하지 못할 것이다. 백인들도 함께 했으니까.

"리바이, 도대체 네가 왜 이런 일을 하게 된 거야? 그냥 돈 때문은 아닐 거 아니야. 넌 이미 배당금도 받고 있잖아."

"그래, 너한테는 돈이 큰 문제가 아니겠지."

리바이의 목소리에는 처음으로 분노가 묻어 있었다.

"엄마는 부족이 벌인 바보 같은 사업들이 모두 그랬던 것처럼 카지노가 결국 망해 버려도, 우리는 부족 회의에 의지할 수 있는 게 하나도 없을 거라고 했어. 하지만 그렇다고 쓰레기를 차지하겠다고 죽어라 싸우는 불쌍하고 가난한 니시나압으로는 결코 다시 돌아갈 수 없어. 원하는 게 있으면 큰 소리로 요구하고, 그걸 갖기 위해서는 무슨 일이든 할 거라는 결심을 해야 해. 엄마는 그게 엄마가 원하는 걸 손에 넣은 방법이라고 했어."

"우리 아빠처럼?"

나는 버럭 소리를 질렀지만 곧바로 이런 반응은 이 상황에서 전혀 도움이 되지 않는다는 사실을 깨달았다.

"아니, 우리 엄마가 아니었잖아. 엄마는 연인을 속이지 않았어. 너희 엄마를 속인 건 아빠지."

리바이는 잔뜩 골이 난 목소리로 말했다. 마치 어린아이 같았다. 두려움이 가득 찬 어린아이.

"리바이, 왜 아빠 스카프는 거짓말을 한 거야?"

슈가섬을 관통하는 주간 도로를 따라 북쪽으로 달리는 동안 나는 조용히 물었다.

“나도 몰라.”

리바이의 목소리는 갈라져 있었다.

“내가 어렸을 때 그걸 찾았어. 엄마는 그 스카프를 보자마자 정말로 미쳐 버렸고. 그건 네 엄마가 아빠에게 준 거라고 했어. 너희 엄마 눈 색이랑 똑같은 비싼 캐시미어 스카프잖아. 아빠는 그 스카프를 두를 때마다 엄마한테, 우리 엄마가 아니라 너희 엄마와 함께 했어야 한다는 신호를 보낸 거야.”

리바이는 강제로 전력 질주를 해야 하는 노인처럼 트럭이 흔들릴 정도로 세게 바닥을 찼다.

“아마 네가 그 스카프를 두르면 엄마가 슈가섬에서 한 일을 놀리는 거 같아서 엄마를 힘들게 할 거라고 생각한 거 같아. 메이시의 아빠를 시켜서 아빠가 걷지 못할 정도로 취하게 한 다음에 아빠와 잠을 잔 일 말이야.”

나는 내 동생이 한 말을 곱씹어 볼 시간을 갖고 싶었지만 지금은 내 계획에 집중해야 했다. 내 계획에 제이미와 나의 생명이 달려 있었다.

리바이는 서쪽으로 방향을 돌려 여객선 선착장이 있는 둑길을 달렸다. 여객선 경적 소리가 들렸고 혹시라도 저 여객선을 타지 못해 30분을 더 기다릴 수도 있다는 생각이 들자 온몸이 공포에 휩싸였다.

“우리 엄마는 아빠를 너무나도 원했어. 나를 너무나도 원했고. 그래서 그런 일을 한 거야. 그래서 그 스카프를 네가 하고 다니게 내버려 둘 수가 없었지. 그저 할 수 없었던 거야. 다우니스, 제발 부탁이야. 엄마 앞에서는 절대로 그 스카프를 두르지 마.”

여객선을 타려고 줄을 선 자동차들 뒤에 트럭이 서자 내 입에서는 길게 안도의 한숨이 흘러나왔다.

“좋아, 리바이. 절대로 그 스카프는 안 할게.”

이제는 리바이가 안심했다.

“그분들의 선택을 우리가 책임질 수는 없어. 우리가 사랑하는 건 불완전한 사람이야. 우리는 그 사람들을 사랑할 수는 있지만 그들의 행동과 믿음을 용서할 수는 없어.”

내 동생의 아랫입술이 파르르 떨렸다. 마치 울 것 같았다. 나도 같은 심정이었다.

“리바이, 그날 밤 슈가섬에서의 파티 때 다나가 한 선택 때문에 화가 나지는 않아. 내가 동생을 갖게 된 건 그 덕분이니까. 난 널 사랑해.”

리바이가 웃었고, 리바이의 눈에서 눈물이 한 방울 떨어졌다. 우리가 이 난관을 헤쳐나갈 수도 있을 거라는 희망이 내 몸을 가득 채웠다.

"우리는 할 수 있어, 다우니스."

리바이는 잔뜩 흥분해 있었다.

"너랑 내가 할 수 있어. 다른 애들을 모두 배제할 수 있는 방법이 있을 거야. 그냥 우리 둘이서 하는 거야. 누구도 우릴 의심하지 않을 거야. 누구도 우릴 막을 수 없어."

내 동생의 얼굴은 너무나도 밝게 빛나고 있었다.

내 심장이 찢어져 버렸고 무언가가 떠나 버렸다. 그것이 무엇이었건 간에 리바이는 여객선에 올랐고 그것은 슈가섬에 남겨졌다. 나는 땅에 선명하게 새겨진 핏자국을 보려는 듯이 뒤돌아보았다. 차량이 오르는 경사로가 도개교처럼 위로 올라갔다. 경적 소리를 들으며 나는 똑바로 앞을 보았다.

"넌 어떤 일을 해도 처벌을 받지 않으니까 그 누구도 막을 수 없는 거야?"

더는 견딜 수가 없었다.

"네가 비비총으로 그 학부모 눈을 멀게 했을 때 트래비스가 대신 덮어써 준 것처럼?"

내 동생의 얼굴에 충격과 두려움, 죄책감과 수치심이 떠올랐다. 하지만 곧바로 자신만의 가면으로 모든 표정을 감추었다.

리바이는 코트 주머니에 손을 넣더니 휴대 전화를 꺼내 번호를 하나 눌렀다. 누군가에게 여객선 선착장에서 만나자고 지시했다. 전화기 너머에서 그랜트의 목소리가 들릴 거라고 생각했지만 그 사람은 아무 말도 하지 않았다.

팔 위쪽에서 마비된 감각이 이제는 전체 몸으로 퍼져 나가는 것만 같았다.

"이거 써."

리바이가 나에게 야구 모자를 내밀었다. 내가 거절하자 "마이크에게 말할 거야."라는 말도 덧붙였다.

나는 야구 모자를 받아 들었고, 야구 모자를 쓰는 동안 트레일러에서 마이크 에드워즈와 함께 있을 제이미를 생각했다.

문제를 똑바로 봐야 해. 제이미는 위험에 빠졌고 론은 우리가 어디에 있는지 몰랐다.

우리 트럭 옆에 있는 자동차 안에서 시니 님키 할머니가 나를 뚫어지게 보고 있었다.

네가 가진 자원을 파악해. 노인 한 명이 있었다.

나는 눈으로 간청했다. 도와줘요. 도와줘요. 도와줘요.

여객선이 후진하면서 흔들릴 때 나는 바리케이드도 경찰차도 본토 선착장 주차장에는 없다는 사실을 깨달았다. 그 누구도 우리를 구해 주러 오지 않았다. 그건 내가 제이미를 구할 수 없다는 뜻이었다.

앞쪽에 있는 경사로가 밑으로 내려갔고, 우리 앞에 있는 자동차들이 여객선을 빠져나가기 시작했다.

리바이가 경적을 크게 울렸다. 우리 앞에 있는 자동차가 시동을 걸지 않았기 때문이다.

"도대체 뭐 하는 거예요. 미니 할머니, 빨리 출발해요!"

리바이가 우리 앞에 있는 빨간 머스탱을 향해 고함을 질렀다.

나는 시니 할머니를 보았다. 처음에 나는 할머니가 우리에게 앞으로 가라고 말하는 줄 알았다. 하지만 시니 할머니가 다시 한번 입을 열었을 때 그 말은 오직 나에게만 향하고 있음을 알아챘다. 시니 할머니는 나에게 말하고 있었다.

"빨리 나와."

50장

나는 심판이 퍽을 떨어뜨릴 때처럼 모든 것이 고요한 순간에 들어가 있었다. 충분히 길게 숨을 들이마시고 천천히 내뱉을 수 있는 시간이 흘러갔다. 곧바로 시간은 박차를 가하며 앞으로 달려나갔다.

리바이가 또다시 미니 할머니에게 욕을 했다. 욕을 모두 끝내기 전에 나는 조수석 문의 손잡이를 잡아 열어 트럭 밖으로 나왔고, 다음 순간 시니 할머니 자동차의 뒷좌석에 올라탔다.

시니 할머니는 후진 기어를 넣고 차를 뒤로 빼면서 차 방향을 바꿨다. 리바이가 내 뒤를 따라올 수 없도록 움직이는 시니 할머니 때문에 금속과 금속이 부딪치는 요란한 소리가 났다.

미니 할머니는 전혀 움직이지 않았다. 리바이의 트럭은 뒤쪽 경사로에 너무나도 가까이 있었기 때문에 조금도 방향을 바꿀 수 없었다. 갈 수 있는 곳이라고는 왼쪽밖에 없었는데 트럭에 가려 보이지 않았다.

나는 시니 할머니의 컵걸이에 있는 전화기를 들고 론의 번호를 눌렀다. 론이 전화를 받았다.

"제이미가 슈가섬에 있어요."

내가 소리쳤다.

"동쪽 강변에 있는 검은 바위들 사이에 숨겨 놓은 트레일러예요. 한쪽에 시내가 흐르는 동굴처럼 보이는 입구에서 남쪽으로 90미터쯤 가면 있어요. 마이크 에드워즈가 제이미를 해칠 거예요."

나는 시니 할머니 자동차의 오른쪽 문을 열고 밖으로 나와 리바이의 트럭 뒤에 붙어 옆으로 몸을 움직이면서 반대쪽으로 갔다. 그곳에는 존시 키웨든 할아버지의 링컨 타운카가 있었다. 할아버지가 포니라고 부르는 차였다.

해군에서 근무하던 시절부터 찰진 욕을 재빠르고도 효율적으로 내뱉었던 존시 할아버지는 운전석에 앉아 두 발을 조수석으로 쭉 뻗어 문이 닫히지 않게 버티고 있었다. 리바이가 도망칠 수 없도록 거의 수직에 가까운 장애물을 만들고 있었던 것이다.

바람이 내가 쓰고 있던 야구 모자를 낚아채 갔다. 내 얼굴을 가리는 머리카락을 휘날리며 미니 할머니의 빨간색 머스탱 앞으로 갈 때까지 여객선 난간을 따라 미친 듯이 달려갔다. 미니 할머니는 움직이지 않았다.

이 세 노인은 나를 위해 구조 작전을 펼치는 중이었다.

미니 할머니는 머스탱 창문을 내리고 소리쳤다.

"이리 들어와, 우리 아가씨. 얌베!"

나는 할머니 말대로 했고, 안전한 미니 할머니의 차 안에서 리바이를 지켜보았다.

리바이는 조수석 창문을 내리고 기어 나오려고 했다. 짜증을 내는 유아기 아이처럼 손발을 휘젓는 모습을 보니 뜻대로 되지 않는 것이 분명했다.

시니 할머니도 내 동생처럼 조수석 쪽으로 나왔다. 할머니는 여객선 출구 앞으로 달려갔고, 계속해서 경사로를 내려가는 대신에 몸을 돌려 갑판 위에서 우리를 쳐다보았다.

할머니는 한 손으로 리바이를 가리켰고, 다른 손으로는 창조주에게 보이지 않는 깃털을 내밀었다.

할머니는 고음으로 노래하기 시작했다.

"릴−리−릴−리−릴−리!"

미니 할머니도 경적을 울리며 시니 할머니에게 합류했다. 존시 할아버지도 함께 경적을 울렸다.

마침내 리바이가 트럭에서 빠져나왔고 시니 할머니의 차를 기어올라 넘어갔다. 내 동생은 전화기를 귀에 대고 소리치면서 미니 할머니의 차를 지나 여객선 경사로를 향해 쏜살같이 달려갔다.

시니 할머니는 자신을 향해 돌진하는 사람을 여전히 손으로 가리키면서 릴−리를 외쳤다. 리바이가 시니 할머니를 피해 갈 생각이 전혀 없다는 사실을 깨닫는 순간, 나는 미니 할머니의 자동차 밖으로 튀어나왔다. 리바이는 도망가기 위해 다른 사람들의 시선을 끌 일을 만들 생각이었다. 리바이는 시니 할머니를 힘껏 밀었고, 멈추지 않고 그대로 경사로를 내려가 주차장으로 달려갔다.

나는 두 팔을 여전히 하늘을 향해 번쩍 들어 올린 채 누워 있는 시니 할머니에게 달려갔다. 바람이 할머니를 감싸며 날아갔고, 잠시 정적이 흐른 뒤에 할머니가 거칠게 숨을 들이마셨다. 그런 할머니의 모습에 내 심장은 하늘 높이 솟구쳐올랐다.

할머니는 계속 노래를 불렀다. 나는 그 의미를 알았다. *우리는 너보다 더 힘든 상황을 헤쳐 나왔지만 여전히 여기에 있어.*

그것은 우리의 생존을 위한 노래였다.

미니 할머니, 존시 할아버지, 갑판원, 차에서 기다리고 있던 사람들이 시니 할머니를 향해 달려오는 동안 나는 리바이를 쫓아갔다. 주차장 끝까지 달려간 리바이는 계속 도로로 내달려 골프장이 있는 곳으로 갔다. 이미 너무 멀리 가 버렸다. 전속력으로 달린다고 해도 동생을 잡을 수는 없었다.

생각해, 다우니스. 생각해.

나는 여객선을 타려고 기다리고 있는 차들을 재빨리 살펴보았다. 눈에 익은 차는 없었다. 하지만 결국 검은색 레인지로버를 발견했다.

그랜트의 차였다. 그랜트는 이곳에서 리바이를 만나려고 온 것이다. 론은 그랜트가 연루되었다는 걸 알아야 했다. 시니 할머니의 전화기는 할머니 차에 있었다.

몸을 돌리려고 할 때 자동차 경적 소리가 들렸다. 바비 코치의 비엠더블유가 내 옆에 섰다. 바비 코치에게 도움을 요청해야 했다.

"바비 코치님, 저 좀 태워 주세요. 전화기도 빌려주시고요. 리바이를 쫓아가야 해요."

"물론이지. 타라."

바비 코치는 머뭇거리지 않고 말했다.

나는 자동차에 올라탔다. 바비 코치가 왜 하지 않느냐는 표정으로 나를 보았다. 안전띠를 하라는 뜻임을 잠시 뒤에야 깨달았다. 정말 우스운 일이었다. 이토록 큰일이 벌어졌는데도 우리는 사소한 일을 걱정했다.

"진심이에요? 안전이 먼저라는 거?"

안전띠를 매면서 묻는 내 목소리가 높아졌다.

바비 코치가 선착장 주차장에서 나와 왼쪽으로 돌더니 골프장을 향해 달렸다. 나는 컵걸이에 있는 전화기를 잡으려고 손을 뻗었다. 그때 바비 코치가 왼손으로 전화기를 집더니 멀리 던졌다.

눈앞에서 벌어진 일을 믿을 수가 없었다.

"코치님, 왜……."

잠깐만. 나는 바비 코치에게 리바이가 간 곳을 말해 주지 않았고 코치도 묻지 않았다.

나는 고개를 돌려 여객선에 오르려고 줄을 서 있는 자동차들을 보았다. 그랜트의 차는 움직이지 않았다.

그린베이에 있을 때 그랜트는 부족 청소년 프로그램에 쓸 수 있도록 퍽을 기증했지만 사람들에게 알리고 싶지 않으니 바비 코치에게 비밀로 해 달라고 부탁했다. 하지만 로빈 재단을 설립하는 데 필요한 법률 자문을 하겠다고 했을 때는 《이브닝 뉴스》의 1면을 장식할 수 있는 사진기 앞에 기꺼이 나서서 포즈를 취했다.

그랜트 에드워즈는 절대로 선행을 사람들에게 알리는 걸 주저할 사람이 아니었다.

바비 코치가 거짓말을 한 것이었다.

'리바이들'의 동업자는 고등학교 경제 선생님이었다. 기업가였고 도박사인 사람. 크게 따고 크게 잃는 사람. 수없이 많은 자잘한 사업을 시작했지만 결코 성공하지 못한 사람. 한 사업이 성공하기 전까지는 말이다.

"그러니까 여자 하키팀에 들어가라고 했잖아."

바비 코치가 말했다.

51장

"영리해져야지, 다우니스. 뛰면 안 돼."
바비 코치가 말했다.

바비 라플레어의 명령을 따르는 건 지극히 자연스러운 일 같았다. 그건 이전의 기억들이 근육에 심어져서였다.

바비 코치는 언제나 공영 라디오를 들었다. 연습을 끝내고 집으로 갈 때도, 시합을 끝내고 한밤중에 돌아올 때도 공영 라디오를 들었다.

바비 코치는 항상 내 편에 섰다. 다른 코치들이 여자는 남자 대표 팀에 들어올 수 없다고 했을 때도 나를 방어해 주었다. "입 다물고 그냥 다른 선수들과 같이 대우해 줘"라고 했었다.

"라코 외곽에 도착하면 우리가 하는 건 뭐든 하는 거야. 남자친구는 잊어버려. 이미 끝났을 테니까."

바비 코치가 두려움이 느껴질 정도로 차분하게 말했다.

아니야. 제이미는 죽지 않았어. 마이크가 그를 죽였을 리가…….

하지만 이제 더는 사람이 어떤 일까지 할 수 있는지를 평가할 기력이 없었다.

바비 코치가 계속 말했다.

"최상의 메스를 만들어야만 너희 엄마가 살게 될 거야."

이제는 제이미가 인질이 아니었다. 녀석들은 엄마를 노렸다. 시니 할머니의 전화기를 쓸 수 있었을 때 엄마에게 전화해야 했다. 엄마에게 경고해야 했다.

이 사람들이 나를 실험실에 집어넣으면 나는 엄마도 제이미도 다시는 보지 못할 것이다. 내가 계속 협력하도록 내가 사랑하는 사람을 볼모로 잡고 나를 위협할 것이다. 고모와 쌍둥이가 다음 인질이 될 수도 있었다. 한 명씩 차례대로 붙잡을 것이다.

바비 코치가 골프장 차고 옆에 차를 세웠다. 차고에서 내 동생이 튀어나오더니 차를 향해 쏜살같이 달려왔다. 눈 깜짝할 사이에 리바이는 내 바로 뒤에 있는 뒷좌석에 올라탔다.

리바이는 거친 숨을 내쉬면서 조수석 의자의 머리 받침 옆으로 손을 뻗어 내 왼쪽 어깨에 손을 얹었다. 동생은 내 왼쪽 어깨가 언제나 아프다는 사실을 알았다. 물린 것 같은 멍이 있다는 사실도 알았다. 이건 위협이었고 배신이었다.

가슴 속 깊은 곳에서 비통함이 흘러나왔다.

코치는 어깨를 으쓱했다. 내가 얼음 위에서 심판이 쓰레기 같은 판정을 했다고 투덜거릴 때면 하던 것처럼 말이다.

정말 안됐구나. 정말 슬픈 일이야. 심판의 틀린 판정은 우리가 통제할 수 없어, 폰테인. 하지만 우리가 통제할 수 있는 게 있지. 그게 뭐지?

그렇게 물을 때면 나는 대답했다.

내가 반응하는 방법을 통제할 수 있어요. 나쁜 판정은 내버려 두고 다음 플레이를 준비해야 해요.

바비 코치가 다시 도로 위를 달리기 시작했을 때 멀리서 사이렌 소리가 들렸다. 론과 FBI 요원들이 마침내 오는 걸까? 추적기 신호를 드디어 포착한 걸까? 아니면 부족 어른이 수프의 주장에게 공격을 받았다는 사실을 알린 여객선 선장의 전화를 받고 출동한 걸까?

리바이가 뒤돌아보았다. 내가 그 사실을 알아차린 건 리바이가 내 어깨에서 손을 뗐기 때문이다. 바비 코치가 고개를 살짝 기울여 백미러를 보았다.

앞을 바라보면서 다음 플레이에 집중하고 있는 건 나뿐이었다. 반대쪽에서 부족 경찰차가 가까이 다가오는 걸 본 사람이 나뿐인 건 그 때문이었다. 거대한 덩치가 경찰차의 운전석을 꽉 채우고 있었다.

내가 아는 남자들은 나쁜 녀석들도 있고, 좋은 녀석들도 있다.

번개 같은 속도로 나는 핸들을 돌렸다. 우리가 탄 차는 그 즉시 도로를 벗어났고, 차 뒷부분이 다른 나무를 향해 튕겨 나갈 수 있을 만큼 충분히 강한 힘으로 비스듬하게 나무에 부딪혔다.

그다음으로 내가 알게 된 사실은 내가 얼굴을 다쳤다는 거였다. 나는 지금까지 일어난 일들을 종합해 보았다.

자동차가 도로에서 벗어나자마자 나는 본능적으로 두 팔을 들었다. 조수석 에어백은 내 팔이 얼굴을 강하게 때릴 정도로 세게 터져 나왔다. 입술 위로 무언가가 떨어져 내렸다. 비릿한 철분과 소금 맛이 느껴졌다. 코피가 흘렀다. 양쪽 어깨가 미친 듯이 쑤셨다. 안전띠가 가슴을 조였다. 그때서야 나는 거의 숨을 쉬지 못하고 있음을 깨달았다. 간신히 안전띠를 풀자 숨을 쉴 수 있었고, 앞이 보이기 시작했다. 조금만 늦었어도 기절했을 것이다.

운전석 문이 열려 있었다. 나는 변속기를 넘어 운전석으로 갔고, 그곳에서 밖으로 기어 나왔다. 연료가 새면 차가 폭발할지도 모른다는 논리적인 두려움이 나를 감쌌고, 나는 최대한 빨리 자동차에서 멀어지려고 움직였다.

굵은 목소리가 뒤에서 고함을 질렀다.

"두 손을 머리 위로 올리고 무릎 꿇고 앉아!"

나는 간신히 TJ의 명령대로 바닥에 무릎을 꿇고 앉았다. 텔레비전에서 본 것처럼 두 손을 머리 위로 올리려 했지만 양쪽 어깨가 너무나도 아파 나도 모르게 비명을 질렀다. TJ를 보려고 허리를 돌리자 배가 찢어질 듯이 아팠다.

TJ가 도로 반대편에서 나처럼 얼어붙어 있는 바비 코치에게 권총을 겨누었다. TJ의 파트너가 바비 코치에게 성큼성큼 다가갔다.

파트너가 바비 코치에게 수갑을 채우자 TJ는 보이지도 않는다는 듯이 나를 지나쳐 달려갔다.

잠깐만, 내가 죽은 걸까?

TJ가 도로 옆에 있는 무언가에게 총을 겨누는 모습이 보였다. 우리가 사슴을 친 기억은 나지 않았다. 천천히 일어서면서 TJ나 그의 파트너를 자극하지 않도록 내가 움직인다는 사실을 알렸다.

"내가 거기로 갈게. 팔은 올렸는데 왼쪽 어깨는 더는 올라가지 않아. 난 무기도 없어."

내 얼굴을 본 TJ가 깜짝 놀라 침을 꿀꺽 삼켰다. TJ는 검은색 가죽띠에 매달린 권총집에 다시 권총을 넣었다.

"구급대원들이 오고 있어."

TJ가 평상시 말투로 말했다.

"잠깐만……, 내가 리바이의 메스 사업과 관계가 없다는 걸 아는 거야?"

"그래, 지금은 알아."

TJ가 풀숲에 누운 사슴을 보면서 말했다. TJ는 사슴을 도우려고 무릎을 꿇고 앉았다.

하지만 그건 사슴이 아니었다. 엄청난 충격이 엄습해 주저앉을 뻔했다.

웅크린 채 옆으로 누운 리바이가 우리를 보고 있었다. 리바이의 다리는 이상한 각도로 꺾여 있었다.

"너랑 잠복 요원이 실종됐고 위험에 빠졌다는 신고가 들어왔어. FBI가 수사를 하고 있다는 사실도 알아. 우리는 바비 라플레어에 대해서 몰랐지만 FBI는 아니었어. 그 사람들은 우리한테 한마디도 안 했어."

TJ는 화가 난 것 같았다.

"도와줘, 다우니스. TJ에게 진실을 말해. 코치가 우리에게 자기 사업을 도우라고 협박했다고 말이야."

리바이의 말을 나는 믿을 수가 없어서 뒷걸음쳤다.

"나는 네가 빠져나갈 수 있게 도왔잖아."

또 다른 거짓말에 한 발자국 더 뒷걸음쳤다.

"나랑 같이 있어, 다우니스. 어렸을 때처럼 나를 보호해 줘. 구급차가 올 때까지 나를 지켜 주었잖아."

하지만 내가 떠올린 순간은 그때가 아니었다. 자동차 안에서 내 어깨에 리바이가 손을 얹었을 때였다.

"사랑해, 리바이."

리바이의 얼굴이 희망으로 밝아졌다.

"하지만 이제 더는 됐어."

나는 TJ에게 몸을 돌렸다.

"바비 코치, 리바이, 마이크, 스토미, 다나 파이어키퍼가 메스 사업을 하고 있어. 그랜트 에드워즈도 마찬가지일 거야. 확실하지는 않아. 이 사람들 가운데 적어도 한 명은 데이비드 삼촌의 죽음과 관계가 있어. 이 사람들 모두 헤더 노빈과 로빈 베일리의 사망 이유를 알 거야. 다나가 약을 먹인 상태로 나를 납치했어. 리바이와 마이크가 제이미에게 테이저 건을 쏘고 주사를 놓았어. 그리고……."

제이미.

"제이미에게 돌아가야 해."

"넌 치료를 받아야 해."

"내가 자길 버리지 않았다는 걸 알아야 해, 존!"

내가 TJ를 존이라고 부른 건 거의 3년 만이었다. 우리는 서로의 가운데 이름을 속삭였다. 잠시 주저하던 TJ는 무전기를 켜고 내가 여객선 선착장으로 갈 거라는 사실을 모든 법 집행관들에게 알렸다.

내가 TJ의 차를 타고 떠날 때 동생이 내 등 뒤에 대고 소리쳤다.

"사랑해. 미안해. 사랑해. 미안해. 사랑해. 미안해."

거리가 멀어질 때까지, 소리가 허공에서 사라져 버릴 때까지, 반복적으로 들려오던 동생의 목소리는 점점 작아졌다.

여객선은 아직 본토를 떠나지 않았다. 경사로는 여전히 도개교처럼 펼쳐져 있었다.

나는 구급차 옆을 지나 달려갔다. 시니 할머니는 산소마스크를 벗고 있었고 미니 할머니가 시니 할머니의 팔을 토닥였다.

경찰차들이 여객선에 타려고 줄 서 있었다. 경찰이 리바이의 보호 구역 트럭을 몰고 여객선 밖으로 나왔다.

론이 나를 향해 미친 듯이 달려왔지만 나는 여객선 갑판에 오를 때까지 멈추지 않았다. 존시 할아버지가 자신의 자동차 포니를 토닥이고 있었다. 토마토처럼 빨간 머스탱 문은 여전히 열려 있었다.

나는 뒤돌아보며 미니 할머니에게 차를 빌리겠다고 소리쳤다.

"미-그웨치. 미-그웨치, 미-그웨치."

시니 할머니를 도와주셔서 감사합니다. 리바이를 막아 주셔서 감사합니다. 여객선을 붙잡고 있어 주셔서 감사합니다.

미니 할머니의 차를 돌려서 방금까지 리바이의 트럭이 있던 곳에 세웠다. 슈가섬에 닿자마자 제일 먼저 내릴 수 있도록 뒤쪽 도개교에 차를 바짝 댔다.

창문을 내리고 갑판원에게 빨리 가야 한다고 소리쳤다. 하지만 갑판원은 존시 할아버지가 내리고 경찰차가 여객선에 모두 탈 때까지 기다렸다.

론이 나에게 달려왔다.

"다우니스, 내가 운전할게."

나는 움직이지 않았다. 론은 한숨을 쉬고 조수석에 탔다.

"다쳤잖아."

론이 조용히 말했다.

"트레일러에서 나올 때 제이미는 살아 있었어요."

내 목소리는 갈라졌고 울먹거렸다.

여객선이 출항을 알리는 경적을 울리자, 기뻐서인지 고통스러워서인지는 모르겠지만 울음이 터져 나왔다. 두 가지 이유 모두일 것이다.

세인트메리스강을 건너는 동안 나는 있었던 일을 모두 론에게 말했다. 이야기들은 토하듯 쏟아져 나왔다. 생각을 다듬을 시간은 없었다.

선착장에 도착해서 여객선이 후진하기까지는 5분이 아니라 다섯 시간이 지난 것만 같았다. 갑판원이 부두 말뚝으로 두꺼운 밧줄을 던지고 유압 경사로 버튼을 눌렀다. 경사로가 반쯤 내려갔을 때 내 인내심은 바닥이 나 버렸다. 머스탱에 기어를 넣고 경사로를 내달려 공중을 날아 슈가섬으로 뛰어내렸다. 미니 할머니의 머스탱 바퀴가 슈가섬을 만나 불이 붙었다.

사람들은 항상 미니 할머니의 머스탱은 제한 속도를 지켰고, 15킬로미터 이상의 거리를 달리는 법이 없다고 말했다. 나는 있는 힘껏 가속 페달을 밟았다. 머스탱이 포효했다. 그래, 그래, 바로 이거지! 라고 소리치는 것 같았다.

나는 여객선을 타려고 기다리는 자동차들을 지나갔다.

론이 다시 위치를 물었다.

"해안 경비대를 먼저 조지 호수로 보낼 거야. 어디로 가야 해? 북동쪽이야 남동쪽이야? 아니면 중간 지점?"

나는 숲에서 나왔던 길을 기억으로 더듬으며 동서쪽 도로를 따라 달려갔다.

"론, 검은 바위 지역에서 돌출된 곳이었어요. 아주 좁아 보이지만 사실 뒤로 기울어져 있는 곳이에요. 누군가 바지선에 트레일러를 싣고 들어가서 그 안에 넣어 둘 수 있을 만큼 충분히 넓은 곳이었고요. 그래서 제이미의 GPS 신호가 잡히지 않은 거예요. 제이미가 추적기를 내 발목에 채웠어요."

무전기에서 해안 경비대가 출동했다고 알리는 목소리가 들렸다.

472

들판을 가로질러 갈 때까지 나는 내 뒤로 경찰차들이 쫓아오고 있다는 걸 몰랐다. 지금 막 우리 뒤에 따라붙은 게 아니라 계속 우리를 따라왔을 것이다. 분명히 불을 번쩍이고 사이렌을 울렸을 텐데도 나는 전혀 알아차리지 못했다.

마음이 주변 상황을 받아들이는 방법은 정말로 기이했다.

나는 작은 마두디스완처럼 생긴 바위를 지났고 쓰러진 자작나무를 돌아갔다. 좁은 길을 따라 달렸고 구불구불한 숲길을 지나갔다. 트럭 바퀴가 빵 부스러기처럼 길을 표시해 둔 지그재그 길을 따라 단풍나무 숲을 지나고 소나무 숲에 닿았다. 나는 보호 구역 트럭이 서 있던 바로 그곳에 차를 세웠다. 엔진을 끄거나 문을 닫느라 시간을 낭비할 수 없었다.

시내에 놓인 징검다리를 건널 때 론이 내 옆에 도착했다. 동굴처럼 생긴 터널을 뛰어서 지날 때는 옆구리가 결려 숨을 제대로 쉴 수 없었다. 호숫가를 전속력으로 내달렸다. 론은 나이 든 남자치고는 썩 괜찮은 기량을 발휘했다.

날카로운 모퉁이를 돌아가자 검은색 바위 속에 박혀 있는 트레일러가 보였다.

"죽이면 안 돼! 우리가 왔어. 모두 끝났어!"

두 손으로 문을 잡으면서 소리쳤다.

"나 돌아왔어, 제이미. 널 버리지 않았어!"

나는 문을 벌컥 열고 안으로 뛰어 들어갔다. 눈 앞에 펼쳐진 광경 때문에 다리가 무너져 내리는 것만 같았다. 우리가 왔음을 알리지 말았어야 했는지도 몰랐다.

두 사람은 나에게서 등을 돌리고 있었다. 스토미는 서 있었고 제이미는 침대 앞에 무릎을 꿇고 앉아 있었다. 스토미가 제이미의 발목을 향해 단 한 차례, 세게 도끼를 내리쳤을 때 나는 비명을 질렀다.

52장

전 속력으로 달려가 스토미의 등을 덮쳤고, 그를 제이미 위로 넘겨 침대에 내팽개 쳤다. 손톱으로 스토미의 얼굴을 긁고 귀를 물어 덩어리째 잡아 뜯어 버리려고 했을 때, 론이 나를 잡아당겨 스토미에게서 떼어 놓았다. 하지만 내 손은 여전히 스토미의 머리를 잡고 있어서, 침대에서 내가 끌려 나올 때 스토미도 함께 끌려 나왔다.

"다우니스, 놔 줘."

내 분노를 뚫고 제이미의 목소리가 들려왔다.

제이미는 고통스러운 비명을 지르고 있지 않았다.

나는 스토미의 머리를 놓았다. 바닥에 떨어진 스토미는 손으로 얼굴을 감싸며 고모가 진통이 왔을 때 내던 소리를 냈다. 고통을 완화하려고 깊이 숨을 들이마시고 입으로 소리를 내던 고모와 비슷했다.

론이 스토미를 일으켜 세우고 트레일러 밖으로 데리고 나갔다.

제이미는 두 발로 서 있었다. 좀 더 자세히 보려고 제이미를 뒤로 밀었다. 심장이 마구 뛰었다. 정장 구두에는 흠집이 났지만 훼손된 곳은 없었다. 피는 나지 않았고 발목에 채워 진 족쇄의 쇠사슬은 고리 세 개만 남기고 잘려 나갔다.

스토미가 쇠사슬을 끊어 준 거야?

나는 움직일 수도 말할 수도 없었다. 온갖 황홀한 생각과 감정이 동시에 나를 감쌌다.

황홀경에 빠진 내 얼굴을 보고 제이미의 얼굴도 밝아졌다.

"다우니스, 나는 괜찮아. 하지만 우린 여기에서 나가야 할 거 같아."

제이미는 내 손을 잡고 트레일러 계단을 내려왔다.

검은 바위 지역을 경찰들이 둘러싸고 있었다. 제시간에 도착해 스토미를 인계받은 경찰들은 조사를 위해 스토미를 데리고 본토로 향했다. 아마도 연방 정부 요원일 양복 입은 남자가 스토미와 나란히 걸었다. 두 사람이 우리 시야에서 사라지기 직전에 스토미는 나를 돌아보았다.

스토미가 무엇 때문에 제이미를 도왔는지는 몰라도 나는 고마웠다. 어깨가 너무 아팠지만 상관하지 않고 왼손으로 엉덩이를 짚었다. 고통을 참고 내 머릿속에서 네 번 울리는 명예의 북소리를 들으며 보이지 않는 깃털을 들어 올리는 것처럼 오른팔을 높이 들어 올려 감사의 마음을 전했다. 스토미는 바위 너머로 완전히 사라지기 전에 고개를 반쯤 끄덕여 나의 감사를 받아들였다.

"해냈어. 아, 다우니스. 네가 해냈어."

제이미가 신이 나서 말했다.

아직도 황홀감이 나를 뒤덮고 있었다. 내 몸은 떨리기 시작했지만 신경 쓰지 않았다. 제이미와 내가 트레일러 밖에 있었다. 우리 둘 다 살아서.

"무슨 일이 있었던 거야?"

내 얼굴을 자세히 들여다본 제이미가 물었다.

"바비 라플레어, 리바이랑 차를 타고 가다가 사고가 났어. 난 괜찮아. 에어백이 터질 때 내가 날 친 것뿐이야."

"론, 우리 둘 다 치료를 받아야 해요!"

제이미가 소리쳤다.

"해안 경비대가 북쪽 터널로 오고 있어. 몇 분 안에 도착할 거야."

론이 대답했다.

"어떻게 마이크가 널 해치지 못하게 한 거야?"

내가 물었다.

"기다리는 동안 마이크는 한마디도 하지 않았어. 굳이 나한테 말을 걸 수고를 할 필요가 없다고 생각한 것 같아. 정해진 시간이 지났을 때, 네가 무슨 일을 했건 무엇을 알고 있건 간에 넌 그저 열일곱 살일 뿐이라고 했어. 마이크 아빠와의 연결 고리가 있으니 법정에서도 그 사실을 참작해 줄 거라고 했고."

"어째서 마이크를 도우려고 했어?"

나는 미심쩍은 듯이 말했다.

"적을 포위할 때는 도망갈 출구를 남겨 두어야 해. 궁지에 빠진 적을 너무 압박하면 안 되는 거야. 마이크랑 그 애 아빠만 순자를 아는 게 아니거든."

제이미는 씩 웃었다.

"와, 똑똑하네."

"아무튼 마이크는 장작도 물도 음식도 남기지 않고 나만 두고 트레일러에서 나갔어. 시간은 자꾸 흐르고 너한테 무슨 일이 생긴 것만 같아서 걱정했어."

부드러운 제이미의 목소리에는 두려움과 공포가 묻어 있었다.

"그러다가 누가 조용히 트레일러로 다가오는 소리를 들었어. 마이크가 마음을 바꾸었거나 리바이가 돌아왔을지도 모른다고는 생각했지만 스토미일 거라는 생각은 못 했어. 스토미는 조심스럽게 트레일러 안을 들여다보더니, 내 발에 묶인 쇠사슬을 보고는 트레일러 밑에 쌓아 둔 장작더미에서 손도끼를 가져왔어. 도대체 무슨 생각인지 짐작도 할 수 없어서 뭘 하는 거냐고 물어보았어."

"그러니까 뭐래?"

숨도 쉬지 못하고 내가 물었다.

"한마디도 하지 않았어. 스토미가 소리를 낸 건 네가 달려들었을 때뿐이야."

비명이 작은 굴속에 메아리쳤다. 급하게 고개를 돌려 보니 고모가 달려오고 있었다.

"세상에, 이게 무슨 일이야."

동그랗게 뜬 고모의 눈에는 공포가 가득 서려 있었다.

재빨리 다가와 나를 감싸는 고모의 손길에 깜짝 놀라 나는 뒤로 물러났다. 고모는 손등을 깨물며 눈물을 흘렸다.

"난 괜찮아요."

나는 고모를 달랬고 정말로 괜찮았다. 약간 어지러웠고 기-시크웨비- 상태처럼, 그러니까 술에 취한 것처럼 몽롱했지만. 모든 것이 비현실적으로 느껴졌다.

"잠깐만요. 고모는 여기에 어떻게 온 거예요?"

깜짝 놀라서 고모를 뚫어지게 쳐다보았다.

"시니가 여객선에서 전화했어. 리바이가 운전하는 차에 타고 있는데 네가 무서워하는 것 같다고. 너희 엄마는 네가 실종됐다고 했어. 모두 그 말을 진지하게 받아들이지는 않았어. 제이미도 함께 사라졌으니까. 모두 너희 둘이 함께 도망갔다고 했어. 하지만 너희 엄마는 무언가 잘못됐다고 했어."

고모는 손가락으로 부드럽게 내 얼굴을 만지면서 상태를 점검했다.

"TJ가 왔었어. 그 애는…… 네가 다음번 로빈이 될 수도 있다고 걱정했어. 메스가 널리 퍼져 있다고, 그런데도 경찰들이 그 사실을 무시한다고 했어. 파이어키퍼 판사는 TJ가 보았을 때 혐의가 분명한 사건들도 모두 기각한다고 했고. 하지만 어떻게 해야 할지 모르겠다고 했어."

고모는 계속 말했다.

"공동체에서 사용하는 약을 알아보려고 전통 치료사들과 부족의 장로들을 만나 보았어. 시니의 전화를 받으니까 모든 상황이 이해가 되더라고. 그래서 선착장으로 달려갔는데 여객선에서 미니의 자동차가 쏜살같이 달려 나오잖아. 운전석을 보았더니 네가 있었고 네 뒤를 경찰들이 따라가길래 나도 따라왔지."

"시니 할머니가 나를 살렸어요. 리바이를 막았거든요. 미니 할머니와 존시 할아버지도 도왔는데 세 분이 어떻게 그럴 수 있었는지 모르겠어요."

내 말에 고모가 씩 웃었다.

"부족 청소년 위원회 아이들이 프로젝트를 기획했잖아. 노인들에게 휴대 전화를 사용하는 법이랑 단체 문자를 보내는 방법을 잘 알려 주었거든. 시니가 노인들한테 누구든 여객선에 있는 사람은 리바이가 모는 트럭이 움직이지 못하게 막으라는 단체 문자를 보냈다고 했어."

나는 정말 우리 부족의 노인들을 사랑했다.

여객선에서는 내가 가진 자원이 노인 단 한 명밖에 없다고 생각했다. 하지만 그 노인이 다른 노인을, 또 다른 노인을 불러왔다. 도움이 절실했던 상황에서 나로서는 전혀 예상치 못했던 자원들이 있었다.

부족 노인들이 우리 문화와 공동체를 구현하는 가장 큰 자원이었다. 그들의 이야기는 우리와 우리의 언어, 의학, 땅, 일족, 노래, 전통을 연결한다. 노인들은 과거와 현재를 잇는 다리다. 그리고 우리 또한 과거와 현재 사이에 다리를 이을 수 있도록 이끌어 준다.

우리는 우리의 유산과 사람들을, 산 사람들과 죽은 사람들을 존중해야 한다. 그것이 중요한 이유는 그래야 우리가 잃어버린 사람들을 간직할 수 있기 때문이다. 우리 조부모님, 데이비드 삼촌, 릴리, 아빠 같은 사람들을 말이다.

고모, 제이미와 함께 웃는데 왠지 현기증이 났다. 소리가 우리를 둘러쌌다. 검은 암석에 부딪힌 소리는 원형 극장처럼 우리가 있는 공간을 가득 채웠다. 어지럽고 배가 아플 때까지 웃었다. 그러다가 얼굴을 찡그리고 오른쪽 옆구리를 만졌다. 딱딱하게 굳었고 부풀어 오른 것만 같았다.

고모가 제이미를 잡아당겨 반쯤 끌어안았다. 제이미의 눈이 반짝였다. 제이미는 살아 있었다. 너무 신나서 온몸이 떨리기 시작했다.

이제 수사는 마무리될 것이다. 사람들은 마침내 진실을 알게 될 것이다. 우리에게서 사랑하는 사람들을 빼앗아 간 사람들에게 정의를 실현할 것이다. 나에게 나쁜 일을 한 그랜트 에드워즈에게도 정의가 실현되기를 원했다. 그 사람을 생각하는 것만으로도 속이 메슥거렸다.

정말로 토할 것처럼 묵직하고도 어두운 무언가가 내 가슴을 막았다. 그냥 토하고 싶은 것만으로는 부족한지 그 사람의 이름은 내 심장을 쥐어짜는 주먹으로 변했다.

나는 숨이 차서 헐떡거렸다. 커다란 바위가 하나 떨어져 내려 내 가슴을 막아 버린 것만 같았다. 숨을 쉴 수가 없었다.

제이미의 표정이 바뀌었다. 눈부시게 빛나던 웃음이 서서히 사라지더니, 잠시 영문을 모르겠다는 표정이 되었다가 곧바로…… 공포로 바뀌었다.

내 다리가 무너져 내렸다.

눈을 깜빡이며 똑바로 누워서, 시니 할머니처럼 한쪽 팔을 머리 위로 들었다. 하지만 숨을 쉴 수가 없어서 시니 할머니처럼 릴-리를 부를 수는 없었다.

나는 검은 암석 지대 돌출부와 그 너머의 하늘을 보았다. 하늘을 물들이는 아름다운 노을빛이 보였다. 낮도 밤도 아닌 시간을 위해 아껴 둔 최상의 색이었다.

제이미의 얼굴이 내가 보던 하늘을 가렸다. 손을 들어 제이미를 옆으로 치우고 싶었지만 내 손은 나를 격렬하게 떨게 만드는 차가운 자갈 위에서 떨어지지 않았다. 고모가 제이미 옆에 무릎을 꿇고 앉았다. 두 사람이 나에게 무엇인가 말했다. 고모가 내 배를 만졌지만 숨을 쉴 수가 없어 비명을 지를 수가 없었다. 동그랗게 뜬 고모의 눈에는 공포가 가득 차 있었다.

도대체 두 사람이 왜 그렇게 두려워하는지 알 수가 없었다. 통증은 그다지 심하지 않았다. 심지어 이제는 몸이 떨리지도 않았다.

나는 그저 하늘이 보고 싶었다. 자주색과 회색이 뒤섞여 라일락 같은 색이 된 하늘이 보고 싶었다. 우리 엄마가 가장 좋아하는 색이었다. 엄마가 가장 좋아하는 향기였다. 달콤한 그 작은 꽃은 아주 짧은 시간만 피고 졌다. 하지만 강인한 라일락 덤불은 추운 날씨에도 살아남는다. 라일락은 100년 이상 살 수 있다.

엄마를 원했다.

내가 죽을 때 생각나는 사람은 강인하고 아름다운 나의 엄마였다.

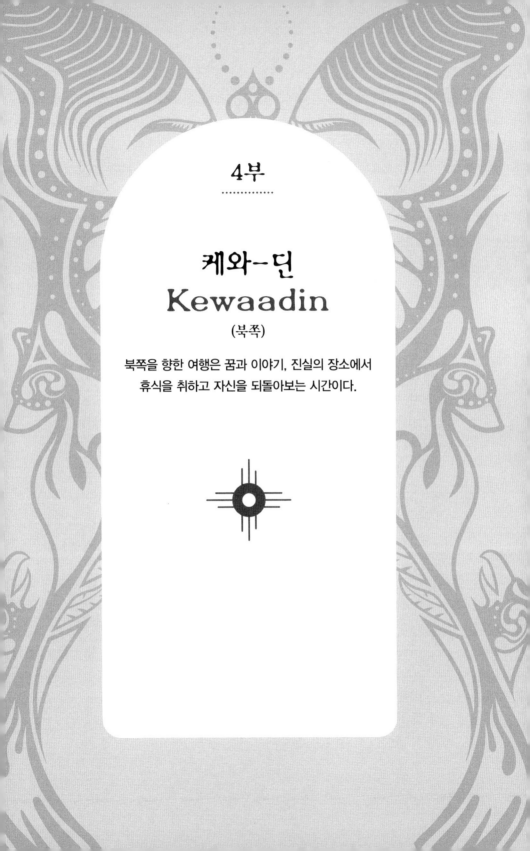

4부

케와-딘
Kewaadin
(북쪽)

북쪽을 향한 여행은 꿈과 이야기, 진실의 장소에서
휴식을 취하고 자신을 되돌아보는 시간이다.

53장

나는 나무에 둘러싸인 돌로 만든 섬에 있는 커다란 바위에서 쉬고 있었다. 이제
막 비가 그쳤고 나뭇가지에서 떨어진 굵은 물방울들이 숲 바닥에 떨어지면서
'퐁' 소리를 냈다. 산들바람이 나뭇잎 사이를 부지런히 돌아다니며 종 같은 바람 소리를 만
들어 냈다. 마지막으로 떨어지는 빗물들이 숲속에 부드럽게 흩뿌려졌다. 바위는 낮고 일
정한 소리로 덜컥거렸고, 울창한 숲을 뚫고 들어온 햇살이 잠을 자는 삼색제비꽃을 집중
적으로 비추며 부드러운 콧노래로 깨웠다.

내 왼쪽에 있는 할아버지 바위들은 작은 불을 둘러쌌다. 그곳은 동쪽이다. 불 위로 연기
가 올라가면서 아니시나-베모윈의 선율과 리듬으로 기도를 옮긴다. 내 앞에는, 그러니까
남쪽에는 훨씬 더 많은 할아버지들에게 둘러싸여 훨씬 더 많은 기도를 전달하는 회색 연
기가 올라갔다. 내 오른쪽인 서쪽에서는 할아버지들이 기다렸다. 그곳에는 아직 불이 없
다. 내 뒤쪽인 북쪽에는 참을성이 더욱 많은 할아버지가 기다렸다.

삼색제비꽃이 나에게 노래를 불러 주었다. 내가 앉은 바위를 둘러싸고 가장자리에 점이
있는 노란색과 자주색 얼굴을 부드럽게 옆으로 흔든다. 수많은 목소리가 한데 섞였다. 나
도 내 목소리를 보태며 노래를 완전하게 만들 수 있는 적절한 내 자리를 찾을 때까지 노래
를 부른다.

이 세상은 내가 아는 그 어떤 곳보다도 만족스럽고 아름다운 곳이다.

자주색 입을 벌리는 삼색제비꽃들의 얼굴은 햇살을 받아 반짝였다. 나도 마찬가지였
다. 마치 내 몸에서 포근함을 발산하는 것 같았다.

북이 우리와 합류했다. 일정하게 울리는 북소리는 점점 더 커지면서 노래에 흥을 더했다. 삼색제비꽃이 점점 더 크게 자랐다. 밖으로 뻗어나가는 잎은 유연하게 움직이는 팔이 되었다. 삼색제비꽃들은 영원히 그래왔던 것처럼 서로 손을 잡고 춤을 추었다. 나도 그들의 손을 잡고 싶었다.

자리에서 일어나 그 광경을 보려고 몸을 돌렸다. 삼색제비꽃들은 모두 노래하는 여인이 되었다. 여인들의 목소리는 익숙한 음색이었다. 내가 아는 여인들의 모습을 한 사람들도 드문드문 보였다. 고모의 눈, 펄 할머니의 뾰족한 코, 내가 거울 속에서만 볼 수 있는 환한 미소. 여인들은 늙지도 젊지도 않았다.

주위를 둘러보다 누군가 나와 함께 바위에 있다는 사실을 깨달았다.

릴리였다.

릴리이기도 했고, 릴리 그 이상이기도 한 여인이었다. 그 여인은 비네시크웨였다. 나는 그 여인에게 말을 걸고 싶었다. 해야 할 말이 너무 많았다.

무슨 말부터 해야 할까?

그때 나는 알았다.

더는 말이 필요 없었다. 내가 하고자 하는 모든 말을 그녀는 이미 알았다. 내가 하게 될 모든 질문에 대한 답을 나는 이미 알았다.

그녀는 나의 일부였고, 언제나 그럴 것이다.

모든 것이 우리 두 사람의 주위를 돌기 시작했을 때도 북소리는 멈추지 않았다. 나와 릴리만이 바위를 딛고 굳건하게 서 있었다. 주위의 모든 것들이 점점 더 빠른 속도로 돌았다. 여인들이 잡은 팔은 땋은 것처럼 서로 엉켜 얼굴로 가득 찬 원이 되었고, 그 원은 다시 삼색제비꽃 화환으로 변했다. 삼색제비꽃 화환은 우리 위로 높이 솟아올랐고, 소용돌이치면서 압축되어 작아졌다. 릴리는 화환을 잡으려고 손을 뻗었다. 릴리의 손이 닿자 모든 것이 멈추었다. 북소리만이 일정하게 들렸다.

릴리가 삼색제비꽃 화환을 내 목에 걸어 주자 화환은 내 어깨에 내려앉았다. 릴리의 미소는 그 어떠한 별보다도 빛이 났다. 이 세상이 희미해져 가는 동안 릴리는 내 양쪽 뺨에 번갈아 입을 맞추었다.

54장

모든 것이 소란스러웠다. 거슬리는 소리들이 이어졌다. 칠흑 같은 어둠과 엄청난 추위, 너무나도 시끄러운 소리들이 한데 뒤섞여 있었다. 삐삐거리는 기계 소리, 사람들 소리, 윙윙거리는 소리. 그리고 고통.

나는 다시 그 장소로 돌아가고 싶었다. 그곳은 멀지 않은 곳에 있었으니까.

온갖 혼돈을 뚫고 엄마의 목소리가 나를 찾았다.

엄마는 도무지 말이 되지 않는 소리를 했지만 엄마의 목소리는 나를 위로 떠오르게 하는 헬륨 풍선이었다. 엄마의 목소리가 들려올 때마다 나는 그 목소리를 조금씩 더 오래 붙잡고 있었다. 엄마의 목소리는 점점 더 구체적인 형태를 띠었다. 엄마는 나를 부르고 있었다. 노래를 불렀고 책을 읽어 주었다. 가끔은 엄마의 목소리에 아주 가까이 다가갈 때도 있었다. 다시 어둠 속으로 미끄러져 들어가기 전에 말이다.

다우니스, 내 예쁜 딸. 엄마에게 돌아와.

엄마가 내 이마에 입을 맞추었다. 엄마가 손으로 부드럽게 내 머리카락을 쓸어 주었다. 따뜻한 수건으로 나를 닦아 주었다.

입술이 따끔거렸지만 끈적거리는 무언가가 내 입술에 퍼질 때까지 그 이유를 알 수 없었다. 그 끈적거리는 물질은 내 입술을 덮었다. 먼저 윗입술로 퍼져 나갔고 인중에 묻은 것은 닦여졌다. 그다음 아랫입술에 발라지고 문질러지고 퍼져 나갔다.

그때서야 완전히 이해가 되었다.

엄마는 나에게 립밤을 바르고 있었다. 우리가 완벽하게 붉은 입술로 하루를 시작할 수 있도록 그랜드메리에게 립스틱을 바른 것처럼.

그래……, 이건 그냥 립밤일 거야, 나는 생각했다.

병원 침대 위에서 립스틱을 바르고 누워 있고 싶지는 않았으니까. 그것도 밝고 경쾌한 분홍색 립스틱을 바른 채 말이다. 엄마가 나에게 그런 짓을 하지는 않을 거야. 당연히 하지 않을 거야.

이런, 세상에. 엄마는 충분히 그럴 수 있었다.

나는 신음했고 웃느라 내 입꼬리가 올라가고 있음을 느꼈다.

55장

거의 죽을 뻔한 날부터 3일이 지난 뒤에야 나는 의식을 되찾았다. 머리가 안개 낀 것처럼 멍했다. 엄마의 눈은 너무 울어서 벌게졌다. 무언가 잘못된 것이 분명했다. 어둠 속에서 들은 엄마의 목소리는 분명히 밝았었다.

"뭐가 잘못된 거야?"

그게 내 첫마디였다.

"그랜드메리가 오늘 아침에 돌아가셨어."

엄마가 말했다.

"졸업식 파티가 끝난 뒤에 돌아가셨다고 생각했는데?"

"우리 딸 기억이 혼란을 느끼는 건데 괜찮은 거래. 의사 말이 그런 경우가 많대."

엄마가 내 이마에 입을 맞추었다.

"그랜드메리는 주무시다가 돌아가셨어."

"내가 면회 가도 될까?"

아니, 이 말을 하려던 게 아니었다.

"나, 장례식에 가도 돼?"

"우린 앤아버에 있어. 미시간 대학 병원 집중 치료실이야. 테디 고모도 함께 왔었는데 그랜드메리의 장례식 때문에 돌아갔어."

"하지만 그랜드메리는 파이어키퍼가 아닌걸."

"테디가 나한테 여기 있으라고 했어. 내가 널 두고 갈 수는 없잖아."

"내 졸업식 파티가 끝나고 그랜드메리가 돌아가시지 않은 거 맞아?"

"아마도 어머니는 중간 세상에 머물렀던 것 같아. 당신이 편하게 가려고 우리가 그곳에 가지 못하는 순간을 기다리신 게 아닐까 싶어. 그렇게 생각하면 위안이 되는 거 같아. 안 그러니?"

"아니, 그건 이상한 생각 같아. 그건 이상해. 제대로 생각하지 못하겠어. 미안 엄마. 다시 자야겠어."

엄마는 다시 나에게 입을 맞추었다. 그런 입맞춤은 치유 약이었다.

"일주일 전에 저, 다우니 로렌자 폰테인은 부족 경찰관의 시선을 끌고 여객선 선착장으로 빨리 돌아가려고 비엠더블유의 운전대를 필사적으로 꺾어 도로에서 벗어났어요. 여객선 선착장에서는 미니 매니토우 할머니의 토마토색 머스탱을 빌려서 엄청난 속도로 경찰차들을 이끌고 낡은 알루미늄 트레일러가 있는 곳으로 달려갔고요. 그의 생명을 담보로 나에게 고품질 메스암페타민 결정을 만들게 하려고 압력을 넣는 마약 조직의 위협에서 벗어나려고, 이름도 모르는 누군가를 구조하기 위해 달려간 거예요. 그 마약 조직은 5대호 연안에 있는 주들 및 온타리오주에서 주로 열리는 하키 게임에서 기념품으로 나누어 주는 하키 퍽을 이용해 마약을 유통했어요."

나는 크게 숨을 들이마시고 계속 말했다.

"하지만 차가 나무 한 그루, 혹은 두 그루에 부딪혔고 내 간이 찢어졌어요. 아마도 처음에는 1급이나 2급 자상이었을 거예요. 인질을 도우려는 사람을, 하지만 당시에는 그 사실을 몰랐던 채로 그 사람을 공격하려고 높이 뛰면서 달려들었을 때 4급 자상으로 악화됐을 거고요. 내부 출혈이 심했지만 혈액이 급격하게 줄어들어 혈액량 감소 쇼크가 올 때까지 그 사실을 알지 못했죠. 그 자리에 있었던 공인 간호사인 테디 고모가 긴급 조치를 취했고, 해안 경비대가 보트로 나를 실어 병원으로 데리고 간 뒤에 일단 위급한 상황을 막았어요. 헬리콥터로 앤아버에 있는 미시간 대학 병원으로 옮겨 오지 않았다면 나는 죽었을 거예요. 미시간 대학 병원에서 나는 3일 동안 의식을 잃었고, 의식을 되찾은 뒤에도 3일 동안 다시 출혈이 일어나거나 간에 합병증이 발병할지도 몰라 집중 치료실에서 치료를 받았어요. 하지만 이제는 일반 병실로 옮겨 왔고 선생님이 하시는 질문에 대답하고 있어요. 주변에서 일어나는 일을 인지할 수 있느냐, 왜 여기로 왔는지 기억하느냐 같은 질문예요."

루레인 박사는 놀란 듯이 눈을 깜빡이다가 웃었다.

"음, 다우니스. 정신 능력은 조금도 손상되지 않았다고 차트에 적어 둘게. 다음 주에는 계속 병원에 와서 신체 능력이 얼마나 향상됐는지 살펴볼 거야. 네가 말한 것처럼 다시 출혈이 일어나는지, 합병증이 있는지 봐야 해. 쓸개관의 병변은 아주 느리게 진행되고, 패혈증이나 간 고름집이 발병할 수도 있으니까. 그 과정만 끝나면 외래 치료를 받게 될 거야."

엄마는 내 간이 완전히 회복되려면 얼마나 걸릴지 물었다.

"간은 유일하게 재생되는 내부 기관입니다. 따님의 간이 완전히 쪼개졌어도 6개월이면 다시 원래 크기로 자랍니다. 따님의 부상은 자상, 그러니까 간이 찢어진 거니 몇 달만 지나면 치유가 될 겁니다."

엄마에게 말한 루레인 박사는 이번에는 나를 보면서 말했다.

"하키 선수라는 말을 들었어. 적어도 6개월 동안은 하키를 비롯해 신체를 접촉해야 하는 모든 운동은 금지야. 사실 1년은 완전히 쉬는 게 좋아."

나는 대답하기 전에 엄마의 손을 힘껏 잡았다.

"하키는 예전에 포기했어요. 습관성 어깨 탈골을 치료하려다가 어깨 신경이 손상됐거든요."

로레인 박사가 병실에서 나가고, 엄마에게 사실을 말하기 전에 잠시 기다렸다. 이미 엄마에게는 놀라울 테고, 상처받을 비밀을 많이 듣게 될 거라는 경고는 했었다.

내 기분을 보호하는 건 네가 할 일이 아니야, 다우니스. 엄마는 그렇게 말했었다.

먼저 내가 할 말을 분석하고, 걸러낸 뒤에, 나는 조금 더 시간을 가지고 힘을 모았다. 어떤 형태이든 거짓말을 하는 건 정말 지치는 일이었다.

나는 가장 중요한 비밀부터 시작했다.

"데이비드 삼촌은 비밀 정보원으로 활동하며 FBI를 도왔어."

엄마는 터져 나오려는 헐떡임을, 흐느낌을 막으려는 듯이 두 손으로 재빨리 입을 막았다. 나는 아무 말도 하지 못하는 엄마를 보면서 계속 말했다.

"슈가섬에서 버섯을 찾아다녔어. 버섯이 환각 증상을 일으키게 하는 메스 결정 속 첨가물일 수도 있었거든. 리바이가 걱정이 돼서 다나에게 말했고. 그때 삼촌은 실종된 거야. 그 뒤로 무슨 일이 벌어졌는지는 모르겠어."

얼굴에서 두 손을 뗐을 때 동생에 대한 자신의 믿음이 옳았음을 알게 된 엄마의 눈은 밝게 빛났다. 엄마는 삼촌을 지켜 주는 유일한 수비수였다.

"지금쯤이면 삼촌에게 어떤 일이 일어난 건지 FBI가 알 수도 있어. 다나가 자백했을 수도 있으니까. 세부적인 내용이 어떨지는 모르겠어."

"데이비드는 자기가 마약 중독이 아니라 살해당했다는 걸 우리가 알게 됐다는 것만 신경 쓸 거야. 학생들이 알게 된 것도. 그 애는 평생 그 외에 다른 사람들이 자기를 어떻게 생각하는지는 신경 쓰지 않았잖아."

엄마는 평온해 보였다.

이틀 뒤에 면회 온 고모는 약을 잔뜩 들고 왔다. 불을 지펴 방을 가득 채울 연기를 피울 수는 없었지만 고모가 그 비슷한 일을 할 것임을 우리는 알았다. 고모는 샐비어, 삼나무, 향모, 담배를 전복 껍데기로 만든 무지개빛 그릇에 담아 내 침대 협탁에 올렸다. 그릇 옆에는 엄마가 매일 아침 즐거워하면서 내 입술에 바르는 라즈베리색 립스틱이 있었다.

고모는 평생 엄마에게 가장 충실한 친구가 되어 주었다. 고모는 엄마가 원하는 모든 일을 충실하게 수행했다. 그랜드메리는 당신이 원하는 대로 화장을 했고, 내가 집으로 돌아가면 추모식을 하고 할머니의 유골은 로렌조 할아버지 옆에 모시기로 했다. 선한 마음으로 고모는 우리 할머니의 마지막 여행을 성심껏 돌봐 주었다.

나는 그랜드메리를 사랑했고 그랜드메리가 나를 사랑했음을 안다. 아니, 바꿔야겠다. 나는 그랜드메리를 사랑하고, 그랜드메리는 나를 사랑한다. 사랑하는 사람이 죽어도 그 사랑은 죽지 않고 지금 현재에 머문다.

집중 치료실에서 나와 일반 병동 1인실로 옮겼을 때 가족이 아닌 사람으로는 론이 가장 먼저 찾아왔다. 엄마는 흰색 면 잠옷과 그에 어울리는 덧옷을 사 왔다. 둘 다 내 취향 대신 엄마의 취향이 반영된 옷이었지만 평범한 환자복을 입고 있지 않아도 된다는 사실에 감사했다. 나는 의자에 앉아 있었고 양옆에 엄마와 고모가 있었다. 혼자가 아니라는 느낌이 좋았다. 론은 내 앞에 의자를 놓고 앉았다.

"다우니스, 먼저 이번 조사를 도와줘서 진심으로 고맙다고 말하고 싶어."

론이 말했고 엄마가 끼어들었다.

"당신들은 내 딸을 엄청나게 위험한 상태에 빠뜨렸어요. 합법적인 일인지는 모르지만 절대로 윤리적인 일은 아니에요."

엄마가 내 손을 꼭 쥐었다.

론은 자신을 방어하지 않고 엄마의 분노를 고스란히 받아들였다.

"당신은 누구죠?"

고모가 물었다.

"내 이름은 론 코넬입니다. FBI 선임 현장 요원이죠."

"뭐 하는 사람인지 말고요. 어떤 사람들에게, 어떤 공동체에 속해 있는 거예요?"

고모가 질문을 명확하게 바꾸었다. 고모의 목소리는 친화적이지도 적대적이지도 않았다. 그저 부족 평의회 의원으로서의 객관적인 목소리였다.

론은 서부에 있는 부족 이름을 말했다. 덴버에서 자랐다고 했다.

"당신 가족도 당신이 무슨 일을 하는지 알아요? 다른 부족 공동체에 잠복 수사를 나가는 거?"

"내가 FBI에서 일하는 건 압니다. 여동생은 내가 위험한 일을 한다고 생각하고 사촌들은 나를 변절자라고 생각하죠. 하지만 부족을 도울 수 있는 좋은 기관에서 일할 사람들이 필요하기 때문에 나는 이 일을 하는 겁니다."

론의 대답에 고모가 콧방귀를 뀌었다.

"지금까지 들어 본 말 중에 가장 무서운 말이네요. 나는 연방 정부 소속이고 이곳을 도우려고 온 거다. 우리 부족 경찰 중에 당신들을 도운 사람은 없어요?"

"이건 연방 정부의 수사였어요. 아니, 수사입니다. 부족 경찰은 배제했습니다. 다른 공동체에서 수사를 했을 때는 자기 가족이 연루된 경찰들이 수사를 망치는 경우도 있었으니까요."

론은 잠시 멈추고 헛기침을 했다.

"아직 법무부에서 기소 이유를 찾고 있어서 자세한 내용은 말할 수 없습니다."

"그럼 말해 줄 수 있는 게 뭐예요?"

고모가 물었다.

론은 나를 똑바로 바라보면서 말했다.

"리바이는 몇 가지 범죄 혐의로 기소될 거야. 연방 요원 납치, 마약 소지 및 제조·유통, 약물 제조 시설 운영, 열여덟 살 미만의 청소년을 마약 조직에 고용하고 이용한 혐의, 해외 자금 세탁. 금융 범죄는 캐나다 정부에 관할권이 있어. 네 이름으로 송금했으니까 너도 변호사를 선임해 두는 게 좋아. 하지만 모든 증거가 네가 아닌 리바이의 행위라는 걸 입증할 테니까 크게 걱정할 필요는 없어."

론은 잠시 말을 멈추었다.

"리바이의 침실에서 여성용 검은색 플립플롭을 찾았어. 옷장에 있는 상자 안에서. 노동절에 헤더가 신었던 것과 같은 신발이고 사이즈도 일치해. 리바이는 헤더의 실종과 관련해서도 수사를 받을 거야."

"론, 내가 아빠 스카프를 찾으려고 거기 있던 상자랑 통을 모두 뒤졌어요. 일요일 이전에 그 신발이 거기 있었다면 내가 보았을 거예요. 그러니까 그 뒤에 누가 가져다 놓은 게 분명해요."

나는 고모와 눈이 마주쳤다.

"리바이는 많은 일에 유죄가 틀림없어요. 헤더 노딘의 죽음에 관계가 있을 수도 있고 없을 수도 있겠죠. 하지만 그 증거가 나타난 시기는 왠지…… 미심쩍어요."

나는 론의 표현을 빌려와 말했다.

"동의해."

론이 대답했다.

"내 생각에는 마이크가 헤더의 플립플롭을 리바이의 옷장에 넣었다고 생각해요. 이 모든 일의 주동자는 마이크였어요. 마이크가 리바이의 방으로 가서 리바이가 모든 걸 덮어 쓰게 만든 거예요."

내 말을 곰곰이 생각하는 론을 보면서 나는 몸을 앞으로 기울였다.

"리바이를 심문할 때 그 애 표정을 꼼꼼하게 살펴보면서 헤더의 신발에 관해 물어봐요. 그때 리바이는 자기가 함정에 빠졌다는 걸 알게 될 거예요. 그때 분명히 마이크가 한 일을 털어놓을 결심을 할 거예요."

나는 한숨을 내쉬었다.

"하지만 아닐 수도 있죠. 지금까지 리바이가 해 온 선택들은…… 실망스러웠으니까요."

론은 심장이 몇 번은 뛸 만큼의 시간이 흐른 뒤에 대답했다.

"마이크 에드워즈는 사라졌어. 그 누구도 그 애가 슈가섬에서 나가는 걸 본 사람이 없어. 아마도 캐나다로 건너간 뒤에 그곳에서 돈과 자원을 마련한 게 아닐까 추측하고 있어. 그 애 부모를 만나 보았는데 아들이 범죄에 연루되었다는 데 크게 충격을 받았어. 정말로 충격을 받았지."

"그랜트 에드워즈는 선착장으로 리바이를 데리러 온 사람이 아니었어요. 하지만 여전히 함께 사업을 했을 가능성은 있어요."

내 말에 론은 충분히 있을 수 있는 의심이라는 듯이 고개를 끄덕였지만 그 말을 부정하지도 긍정하지도 않았다.

나는 좁은 북쪽 터널을 빠져나가는 마이크를 떠올렸다. 강을 건너려면 차가운 물을 헤엄쳐 위험한 물살에 휩쓸리지 않도록 안간힘을 써야 했을 것이다. 강을 건넌 뒤에는 다시 기력을 찾고, 이제 막 끝낸 시합을 분석하고 다음 행동을 계획했을 것이다. 자기 아빠와 바비 코치, 순자가 알려 준 교훈을 기반으로 전략을 짰을 것이다. 그리고 어디서든 다시 시작할 것이다. 그 시작을 마이크의 아빠가 도울 가능성이 컸다.

"스토미는 어떻게 되는 거예요? 어째서 걔가 제이미를 풀어 준 건지 아직도 모르겠어요."

내가 말했고 고모가 내 어깨를 두드렸다.

"스토미 노딘은 내가 트레일러에서 데리고 나온 뒤로 한마디도 하지 않았어. 아직 성인이 되려면 몇 달 남았기 때문에 조사할 때마다 부모님이 동석하지. 하지만 부모가 고용한 변호사에게도 한마디도 하지 않고 있어."

론은 당혹스러운 것 같았다.

"어쩌면 스토미는 리바이에게 불리한 말을 하느니 입을 다무는 걸 택했는지도 몰라요. 말하지 않으면 스토미는 어떻게 되는 거예요?"

"글쎄, 성인이 되기 전까지는 할 수 있는 일이 많지 않아. 연방 사건의 경우에는 공소시효가 5년이니까, 일단 스토미가 열여덟 살이 되면 법무부가 대배심으로 소환하겠지. 범죄 관련 증거를 제대로 제시하지 않고 있으니 사법 방해죄로 기소될 테고, 스토미가 마약 사업에 관여했다는 증거가 나온다면 범죄 방조죄로 기소될 수 있어."

"듣거나 본 게 있지만 자기는 리바이와 함께 하지 않았다고 말했다면요?"

"스토미가 연루된 게 아니라고 해도 대배심에는 소환되고 증인 선서는 하게 될 거야. 증언을 거부하면 법무부에서 청문회를 열어 연방 판사가 스토미에게 증언하라는 판결을 내려 달라고 요청할 테고."

론이 잠시 입을 다물었다.

"스토미 노딘이 계속 입을 다문다면 증언할 때까지 법정 모독죄로 구금될 거야."

묵직하게 가라앉은 확신 때문에 내 마음속에서 분명하게 알고 있는 사실이 입으로 튀어나왔다.

"마이크는 빠져나가 버렸는데 리바이와 스토미는 감옥에 갇혀야 한다고요?"

나는 론의 침묵을 동의로 받아들였다. 고모는 휴지를 한 장 꺼내 눈물을 닦았고, 엄마는 엄마가 할 수 있는 유일한 위로를 주려고 나를 꼭 안았다.

몇 분 뒤에야 론은 다시 입을 열었다.

"미안하다, 다우니스. 쉽게 받아들일 수 없는 일이라는 건 알아. 하지만 나는 너에게 모든 걸 말해 주고 싶었어. 로버트 라플레어는 보호 구역에서 메스암페타민을 유통하려는 공모에 가담한 것을 비롯해 몇 가지 혐의로 기소될 거야. 범죄 방조죄로도 기소될 거고. 1만 달러가 넘는 현금 예치금을 넣었는데도 통화 보고서가 올라오지 않은 건 카지노에 공범이 있다는 뜻이야. 돈세탁을 할 수 있었던 것도 그 때문이고."

비싼 차, 호숫가 오두막을 채운 그 비싼 가구들과 재건축 비용, 라스베이거스까지의 도박 여행. 그렇게 많은 단서가 있었는데도 난 그 단서를 무시해 버렸다. 그런 것들은 모두 소박한 임대 수익만 있을 뿐인 고등학교 교사로서는 누릴 수 없는 것들이었는데도.

도대체 바비 코치는 그 오랜 시간 동안 무엇 때문에 나에게 잘해 준 것일까?

바비 코치가 나에게서 전화기를 멀리 던져 버리면서 코치도 한 편이야! 라는 깨달음이

번개처럼 내 목을 강타했던 순간을 나는 거듭 생각했다.

엄마가 나의 건강과 안전을 전적으로 맡기고 믿었던 남자가 기꺼이 나를 끌고서 외딸어진 집으로, 혹은 차고로 데려가 자신과 마이크……, 그리고 리바이가 하는 사업을 위해 나에게 메스를 만들게 할 생각이었다니.

그런 계획에 내 동생이 동참하다니!

리바이의 배신은 아직도 바닥을 찾지 못하고 가라앉고 있는 무거운 닻이었다.

나는 인내를 가지고 내가 다시 자신에게 집중하기를 바라는 론을 바라보았다. 내가 고개를 끄덕이자 론은 계속 말했다.

"다나 파이어키퍼는 보호 구역에 메스암페타민을 유통하려는 범죄 계획을 방조하고 협력한 혐의로 기소될 거야. 하지만 이건 연방 정부의 혐의일 뿐이야. 부족은 부족 법원이 사건을 감사한 뒤에야 기소 여부를 결정할 것 같아."

론은 진심으로 충격을 받은 것 같았다.

"파이어키퍼 판사는 술이나 다른 마약 관련 범죄에 대해서는 아주 엄격했지만 메스 관련 범죄에 대해서는 세세한 법 조항을 들어서 석방한 경우가 많아. 리바이의 사업을 보호하면서도 경쟁자들을 막는 역할을 한 것 같아."

"그럼 나한테 약을 먹이고 납치한 건요?"

분노로 내 목소리가 떨렸다.

"고모, 수의 응급실에 있을 때 내 혈액에서 로힙놀을 찾아내지 못했어요?"

고모가 대답하기 전에 론이 다시 한번 헛기침을 했다.

"다우니스, 꼭 말해야 할 게 있어."

론은 각오를 다지듯이 깊이 숨을 들이마시더니 요란스럽게 내뱉었다.

내 척추를 타고 한기가 내려갔다.

"그 트레일러는 부족이 몇 년 전에 구입해서 연방 신탁에 등록한 땅에 있었어."

나는 론이 계속 말하기를 기다렸지만 론은 더는 말할 수가 없는 것 같았다.

고모가 숨을 헉 하고 내뱉었고, 고모의 날카로운 숨이 내 폐 속으로 뚫고 들어가는 것만 같았다. 고모는 론이 말하지 못한 내용을 말해 주었다.

"다나가 너를 납치했을 때 너는 등록된 부족 시민이었어. 범죄가 인디언 구역에서 일어났고, 피해자가 인디언 부족의 일원이라면 연방 정부는 너에게 일어난 범죄를 기소할 것인지를 결정해야 해."

말하면서 고모는 계속 흐느꼈다.

"연방 정부는 너의 납치 사건은 기소하지 않기로 한 거야. 제이미 건만 기소하기로 한 거야."

특수 요원 론 코넬은 내 눈을 똑바로 보지 못했다.

"그랜트 에드워즈가 샤갈라 날에 호텔에서 날 강간했다는 말 제이미가 안 했어요?"

내가 고함을 질렀고 내 옆에 있던 엄마가 딱딱하게 굳었다.

"제이미가 내 발목에 GPS 시계를 채워 주었을 때, 당신에게 말해서 미국 법무부가 그랜트에게 정의를 구현하게 만들겠다고 했단 말이에요."

나는 고개를 저었다.

"제이미가 순진했던 거죠? 제이미는 내가 FBI를 위해 한 일이 있으니까, 내 사건은 연방 검사가 보통 인디언 여자의 사건을 다룰 때보다 훨씬 더 신경 써서 다룰 거라고 생각한 거예요."

나는 론이 내 눈을 쳐다볼 때까지 끈질기게 론을 노려보았다.

"제이미는 10에 0을 곱하면 0이 된다는 걸 몰랐던 거예요."

나는 단호하게 말했다.

그때 한 가지 사실을 깨달았다.

"그랜트 에드워즈는 부족 회의에서 나를 두고 투표한다는 사실을 알게 되자마자 강간을 계획한 거예요. 그 리조트는 부족 땅에 있다는 걸 알고 있으니까. 연방 정부가 자기처럼 인디언이 아닌 사람을 쫓느라 자원을 낭비하지 않을 걸 알았으니까. 연방 정부는 부족 법원이 그랜트를 어찌할 수 없다는 걸 알고 있었으니까요."

너무 피곤했다. 나는 소모성 부품일 뿐이라는 자각이 무겁게 나를 내리눌렀다. 그 누구에게도 정의는 실현되지 않았다. 적어도 모든 니시 크웨와그에게 정의란 없었다.

론이 이런 상황에서 어떻게 마무리를 할지 몰라 당황한 모습이 티가 났기 때문에 내가 대신 끝을 내주었다.

"제발 가요, 론."

결국 론이 고개를 돌릴 때까지 나는 론을 뚫어지게 쳐다보았다.

론이 병실에서 나가자 나는 고모와 엄마에게 몸을 기대며 쓰러졌다. 그랜트 에드워즈를 담요에 말아 자동차 트렁크에 태우고 슈가섬 깊숙한 곳에 있는 숲으로 가는 상상을 했다. 나의 여자 사촌들이 그 무거운 담요를 들고 걸어가 바닥에 던져 버릴 것이다. 담요 안에서 들려오는 신음 소리는 라벤더 냄새가 났던 호텔 침대 시트에서 내 귀에 들려오던 소리와 같을 것이다.

"담요 파티. 고모, 나를 위해 담요 파티를 해 줘요."

내가 말했다.

고모는 숨을 길게 내쉬며 눈을 감았다. 마침내 눈을 뜨고 고개를 끄덕였을 때, 그 짧은 사이에 고모는 10년은 더 나이 들어 보였다.

56장

작은 남자아이가 나에게 왔다. 근심 어린 커다란 갈색 눈으로 나를 올려다보았다. 진지한 아이의 표정은 오래전 옛날에 관해 말하던 로렌조 할아버지를 떠오르게 했다. 이 작은 아이는 고작 몇 년밖에 되지 않은 자신의 삶을 훌쩍 뛰어넘는 강렬한 태도로 모든 일에 접근했다.

나는 이 아이를 웃게 해 주고 싶었다.

아이 앞에 무릎을 꿇고 앉아 아이의 이름을 불렀다. 아이의 손등에 입을 맞추고, 내 혀로 손등을 핥는 흉내를 내고, 엄마 고양이처럼 얼굴을 닦아 주는 시늉을 했다.

아이의 아름다운 입술이 둥글게 말려 올라가면서 웃었고, 내 가슴은 수많은 빛으로 채워졌다. 햇살이 헝클어진 아이의 머리카락에 입을 맞추었고, 곱슬거리는 갈색 머리카락 사이로 반짝이는 황동색 머리카락이 보였다.

나는 그 눈부신 미소를 만끽했다. 내가 쥔 작은 손은 너무나도 따뜻했다.

그때, 내 손을 커다란 손이 덮었다. 따뜻한 엄지손가락이 내 엄지와 검지 사이에 있는 살을 부드럽게 어루만졌다. 아주 완벽한 순간, 두 손은 내 손을 동시에 맞잡고 있었다.

눈을 뜨자 작은 손은 사라졌고 오직 제이미의 손만이 남아 있었다.

"왔구나."

내가 말했다.

슈가섬에서 내가 죽은 모습을 제이미가 지켜본 뒤로 12일이 지났다. 트레일러에서는 너구리처럼 보였던 눈가의 멍이 이제 노란색을 띤 갈색으로 옅어졌다. 내 어깨의 물린 멍

자국이 그렇게 변한 것처럼.

"미안해, 다우니스. 올 수 있게 되자마자 달려온 거야. 이번 수사 때문에 해야 할 일이 있었어."

제이미는 쌍둥이가 달아 놓고 간 다채로운 색상의 풍선들을 쳐다보았다.

"론이 네가 내일 퇴원한다고 알려 주었어."

나는 제이미의 손에서 내 손을 빼지 않았다.

"병원 치료 때문에 시내에 아파트를 얻었어. 엄마가 한동안 나랑 있을 테지만 그 뒤로는 나 혼자 지낼 거야."

제이미는 우리 손을 내려다보았다. 다시 고개를 들어 나를 보았을 때 제이미의 눈은 촉촉하게 젖어 있었다.

"미안해, 다우니스. 이렇게 다치게 해서. 릴리도 데이비드 폰테인도. 네가 겪어야 했던 일, 모두 미안해."

제이미의 목소리는 갈라져 있었다.

"정말 정말 미안해."

제이미는 울었다. 하지만 나는 달래 주지 않았다. 제이미에게는 지금 이 감정을 느끼는 것이 중요했고, 나에게는 제이미의 사과를 듣는 일이 중요했으니까. 수사는 진짜 사람을 끌어들인다. 정보원은 실제 위험에 노출될 수밖에 없다. 나를 향한 진실된 감정이 생겼다고 해서 사건을 해결하고 승진하려고 누군지 모르는 어린 여자를 기꺼이 이용하려고 했던 사실을 없던 일로 할 수는 없었다.

병실 창문 밖에서 햇빛이 하늘을 주황색 황혼으로 바꾸고 있을 때, 제이미는 눈물을 닦았다. 마침내 나는 내 손을 제이미의 손에서 빼고 제이미 얼굴의 흉터를 어루만졌다.

"제이미, 넌 이렇게 계속 살 수는 없어. 넌 네가 어디에서 왔는지 알아내야 해. 다른 공동체에 속해 있는 척하지 말고 정말로 너의 공동체를 찾아."

"체로키에 대해서는 거짓말하지 않았어. 난 체로키야. 하지만 그게 내가 아는 전부야."

내 손바닥에 턱을 기댄 채 제이미는 눈을 감았다.

"너와 함께 한 모든 순간이 다른 그 어떤 삶보다도 내게는 더 진짜처럼 느껴졌어. 그건 진짜인 척할 필요가 없었어. 하키 선수로서 너와 사랑에 빠진 제이미 존슨으로 사는 거 말이야. 그게 나에게는 정말로 현실이었어, 다우니스."

제이미가 눈을 떴다.

"모르겠어? 그 이전의 삶? 그거야말로 가짜 삶이었던 거야."

"넌 잠복근무를 할 수 있는 사람이 아니야. 넌 다른 요원들처럼 얼굴에 가면을 쓸 수 없어. 다른 요원들과 달리 잠복근무는 너에게 다른 식으로 영향을 미치는 거야. 너무 몰입해 버리는 거지. 론 같은 다른 요원들은 그렇지 않아. 론은 거짓 삶을 살 수 있어. 왜냐하면 그 삶이 거짓임을 아니까. 하지만 너는? 너는 안 돼. 네 삶의 진실을 알지 못하니까."

나는 제이미의 손을 잡았다.

"너의 진짜 삶을 알아내겠다고, 약속해 줘."

제이미는 고개를 끄덕였고 내가 잡은 손을 들어 올려 내 손에 입을 맞추었다. 제이미의 키스는 내 손을 뚫고 내 발가락까지 내려갔다.

"같이 계획을 세우자."

제이미의 목소리에는 약간의 광기까지 서려 있었다.

"일단 네가 다 나으면 넌 어디에 있건 상관없이 대학교로 가. 그럼 나도 그곳으로 갈게. 우리는 아무 일도 없었던 것처럼 낯선 사람들로 만날 수 있어. 처음부터 다시 시작하는 거야."

"아, 제이미. 그래선 안 돼. 넌 거짓으로 살 준비는 되어 있지만 진실로 살 준비는 되어 있지 않아."

"사랑해, 다우니스. 그건 절대로 거짓말이 아니야."

제이미의 목소리는 낮았고 단호했다.

"너를 보자마자 무언가를 느꼈어. 치 무콰에서. 그저 사건 파일 속 인물이 아니라 너라는 사람을 보자마자 말이야."

제이미는 내 손을 잡았다.

"네가 내 앞에 있었어. 아름다운 진짜 사람으로 말이야."

나는 제이미와 함께 하고 싶었다. 부드럽게 코 고는 소리를 들으며 함께 잠들고 싶었다. 같은 아파트에서 생활하고 무엇이 누구 것인지를 제대로 구분할 수 없어 결국 모두 우리 것이 되는 순간까지 나의 책과 음반을 제이미 것과 뒤섞고 싶었다. 서로의 팔에 안겨 매일 아침 눈을 뜨고 싶었다. 매일 같이 달리고, 서로에 대해서 진짜인 사실을 새롭게 알아 가고 싶었다.

내 꿈이 얼굴에 펼쳐지고 있는 것이 분명했다. 제이미가 신이 나 있었으니까.

"난 네가 필요해, 다우니스. 나를 위한 잔치도 어딘가에서는 벌어지고 있다는 사실을 내가 알 수 있게 도와줘. 네가 없다면 난 할 수 없을 것 같아."

내 안에서 무언가 무거운 것이 쿵 하고 떨어져 내렸다. 아주 깊은 굴속 울퉁불퉁한 벽에서 튕겨 나오는 릴리를 향한 트래비스의 목소리가 들려왔다.

내가 뭘 해야 하는지 알려 줘, 그럼 할게.

네가 없으면 난 할 수 없어.

난 네가 필요해.

"난 우리의 삶이 함께라는 걸 볼 수 있어, 다우니스. 너도 보이는 거지? 그렇지?"

준 할머니의 목소리도 들렸다. *모든 건 시작한 방식대로 끝나는 거야.*

제이미와 나. 우리는 속임수로 시작했다.

그러니 거짓으로 이 관계를 끝낼 수도 있었다. 우리가 함께하는 미래는 보이지 않는다고 말할 수도 있었다. 머리카락이 엉망으로 헝클어진 짙은 눈을 가진 아이에 대해서, 조용하고도 깊게 세상을 관찰하던 조그만 남자아이에 관해서도 거짓말을 할 수 있었다.

하지만 나는 진실을 말하기로 결정했다.

"사랑해. 네가 누구든 네가 어디에서 왔든. 너의 이름과 삶을 몰라도 사랑해."

나는 제이미의 얼굴을 어루만졌다. 완벽한 면과 흉터가 있는 면을. 제이미는 내 손가락 끝에 감각을 집중하며 두 눈을 감았다.

"널 사랑해. 그리고 네가 건강하기를 원해. 네 인생에서 사라진 부분을 찾고, 더는 다른 사람인 척하지 않기를 바라. 너와 다른 사람을 위험에 빠트리는 삶을 살지 않기를 바라."

또다시 힘껏 숨을 들이마셨다. 더 많이 아팠다.

"그게 너의 여행이야. 넌 너의 일을 하고 난 나의 일을 해야 해."

내 얼굴을 타고 흐르는 짭짜름한 눈물 맛이 느껴졌다.

"네가 나를 필요로 하는 게 무서워. 나의 필요가 아니라 너의 필요에 집중하게 될까 봐 두려워."

나는 헛기침을 했다. 숨을 들이마시고 내뱉었다. 마음을 가라앉혔다.

"널 사랑해……. 그리고 난 나를 사랑해. 나는 우리가 건강하고 강하게 살았으면 해. 우리 자신으로서 말이야. 그러니까 앞으로 무슨 일이 일어나든 우리가 다시 만날 수 있든 없든 간에 말이야."

나는 제이미의 눈을 똑바로 들여다보았다.

"사랑은 네가 좋은 삶을 살기를 바라는 거야. 그 삶에 내가 없더라도. 나를 위한 너의 사랑? 그 사랑도 강해져야 해. 그러니까 너도 나를 위해 같은 마음을 가져 줘야 해."

제이미는 아무 말도 없이 그저 앉아 있었다. 손가락으로 내 손을 톡톡 두드렸다. 누군가 전구를 켜고 커튼을 걷은 것처럼 슬픈 눈이었다.

마침내 제이미는 내 손을 자기 입술로 가져가 오랫동안 입을 맞추더니 살며시 침대 위에 내려놓았다. 몸을 숙여 멍이 든 내 코끝에 입을 맞추었고 기억해 두려는 것처럼 내 머리카락 냄새를 맡았다. 그리고 문으로 걸어갔다. 제이미는 결코 뒤돌아보지 않았다.

제이미가 엘리베이터에 올라타고, 멀리 있는 주차장에 세워 둔 자동차까지 느릿느릿 걸어가서, 자동차에 올라타 이 도시에서 벗어날 만큼의 시간이 흐른 뒤에야 나는 말했다.

"우리는 그 애를 와―분이라고 부를 거야."

나는 제이미가 앉아 있던 곳을 보며 말했다. 그에게 내가 꿈에서 본 작은 남자아이에 대해 말해 주었다. 미래의 어느 날, 건강하고 독립적인 사람이 된 우리에게 찾아올 남자아이에 관해 말했다.

"동쪽으로의 여행이 끝난 뒤에 말이야."

갑자기 생각이 났다. 내가 우리 아들의 성조차도 모르고 있다는 걸.

57장

집회는 의식이 아니지만 우리 공동체를 회복시켜 주는 힘이 있다. 우리 부족의 영혼은 함께 모여 노래를 나누고 우정을 나눈다. 이번 집회는 8월 셋째 주에 열리는 연례 집회였고, 그 어느 때보다 우리 공동체에게 치유가 필요한 시기에 열렸다.

얼마 전에 치른 부족 선거에서는 공동체 회의 때 열띤 토론이 이루어졌던 추방에 관한 찬반 투표도 함께 치렀다. 공동체 사람들은 마약 때문에 사랑하는 사람들을 잃은 가슴 아픈 이야기를 하면서 부족 평의회에서 무언가를 해야 한다고 간청했다. 하지만 추방이 정치적으로 대립하는 경쟁자를 제거하는 수단이 될 수 있다고 반대하는 사람들도 있었다. 사람들은 다른 사람들을 가리키며 손가락질했고, 지도자들은 무슨 냄새가 난다고 말하기 전에 자기 엉덩이부터 씻으라고 말했다.

지난주에 나는 처음으로 부족 선거에서 투표를 했고, 추방법이 근소한 차이로 통과되었다. 선거 결과가 나온 다음 날, 몇몇 부족 사람들이 추방법을 지지한 부족 평의회 의원들을 청문회에 소환해야 한다는 청원서를 배포했다.

이제 어떤 법정에서든 중범죄 마약 사범으로 유죄 판정을 받은 부족민은 추방 여부를 결정하는 청문회에 출석해야 했다. 추방 기간은 범죄의 심각성과 범죄를 저지른 당사자의 교화 여부에 따라 최대 5년까지였다. 추방법을 시행하는 이유는 마약상이 보호 구역에서 거래하지 못하게 하는 동시에, 중독에서 벗어나려고 애쓰는 부족민에게 관용을 베풀기 위함이다. 추방을 당해도 여전히 등록 시민으로 남지만 부족의 땅에는 들어갈 수 없으며 부족이 진행하는 프로그램에 참가할 수 없고, 부족이 제공하는 복지 혜택도 받을 수 없다.

배당금 역시 받을 수 없다.

추방 심의 청문회에 가장 먼저 출석해야 하는 부족민은 전직 부족 판사였던 다나 파이어키퍼가 될 것이다. 다나 파이어키퍼는 수감되지 않는다는 조건으로 '사법 방해죄'라는 단일 중범죄를 저질렀음을 인정했고, 연방 법원에서 유죄 선고를 받았다. 지난주에 부족 법원은 다나 파이어키퍼가 판사로 재직하면서 유죄가 분명한 10건의 메스 관련 범죄를 모두 무효로 처리하는 직무 유기를 했음을 발견했다. 다나 파이어키퍼는 직무유기 한 건당 최대 5000달러를 지불하라는 벌금형을 받았지만 감옥에 가는 것만은 면했다. 다나 파이어키퍼의 형량이 너무 가볍다고 생각하는 사람들도 있었고, 강력한 힘을 가진 여자가 무너질 때 사람들이 즐거워하기 때문에 다나가 본보기로 당했다고 생각하는 사람들도 있었다.

집회 주간의 금요일 밤, 나는 준 할머니를 태우고 슈가섬으로 갔다. 고모 집 앞마당에는 벌써 차가 수십 대 서 있었다. 준 할머니를 지프에서 내리게 도와 드리고, 우리는 함께 세인트메리스강의 북쪽 수로가 보이는 개간지까지 걸어갔다. 놀랍게도 100명이 넘는 여인들이 동심원을 그리며 불 가에 앉아 있었다. 아트 고모부는 보이지 않았다. 고모는 나와 준 할머니에게 안쪽 원으로 들어오라고 손짓했다. 우리가 앉자마자 이모가 와 주신 모든 사람을 환영한다고 말했다. 우리가 가장 늦게 도착한 것이 분명했다.

할머니와 함께 여름 내내 삼색제비꽃을 모으러 다닌 한 니시 크웨잔이 있었어요. 매일 밤 그 크웨잔은 모아온 삼색제비꽃을 같은 색끼리 한데 모았어요. 그녀는 가장 밝은색 꽃이 바구니를 만들 검은 물푸레나무를 염색하는 데 쓰이는 걸 알고 있었죠. 다른 꽃들은 약으로 쓸 테고요. 크웨잔의 노코미스는 노란 꽃만을 모아서 쌓아 놓았어요. "할머니, 노란 꽃은 어디에 쓸 거예요?" 크웨잔이 물었지만 노코미스는 대답하지 않았어요.

해마다 여름이면 크웨잔은 노코미스와 함께 삼색제비꽃을 모으러 다녔지만, 그 누구도 노란색 꽃으로 무엇을 하는지는 말해 주지 않았어요. 크웨잔은 크웨가 된 뒤에도 여전히 여름이면 할머니를 도와 삼색제비꽃을 모으러 다녔어요. 하루는 삼색제비꽃을 모으는 동안 크웨가 아무 말도 하지 않는 거예요. 노코미스가 그 이유를 물었지만 크웨는 할머니에게 한 남자가 자신을 아프게 했다는 걸 어떻게 말해야 할지 몰랐어요. 그래서 그냥 어깨만 으쓱했어요. 그 여름이 끝날 때까지 크웨와 노코미스는 아무 말도 없이 삼색제비꽃만 모았어요.

여름이 끝나갈 무렵, 할머니는 밤에 크웨를 데리고 숲으로 갔어요. 두 사람은 동그랗게 앉아 있는 여자들 사이에 앉았죠. 할머니가 만든 검은 물푸레나무 바구니가 원을 그리고 앉은 여자들 손에서 손으로 전해지고, 여자들은 바구니 안에서 노란 삼색제비꽃을 하나씩 집어 들었어요. 바구니가 크웨의 무릎에 올려지자, 그녀도 노란 삼색제비꽃을 하나 집어 들었어요. 여인들은 한 명씩 불 앞으로 나가 기도를 하고 불에 꽃을 넣었어요. 큰 소리로 기도하는 사람도 있었고, 입술만 움직여 조용히 기도하는 사람도 있었어요. 기도를 하면서 우는 사람도 있었죠. 자신의 차례가 되었을 때, 크웨는 노란 삼색제비꽃을 어디에 쓰는 건지 알게 되었죠. 그녀는 조용히 기도를 하면서 자신의 고통을 풀어 주었어요. 노란 삼색제비꽃과 여인들의 기도는 연기가 되어 창조주에게, 할머니 달에게 전해졌어요.

고모가 이야기를 하고 있을 때, 안쪽 원에 앉은 여자들이 커다란 바구니를 돌렸다. 나는 노란 삼색제비꽃을 집어 들고 고모에게 바구니를 건넸다. 여자들이 불 앞으로 걸어가 삼색제비꽃을 불에 던져 넣는 모습을 지켜보았다.

노란 삼색제비꽃을 불에 넣으며 나는 그랜트 에드워즈가 나에게 한 일을 생각하면서 조용히 기도했다. 연기가 보름달을 향해 올라가는 모습을 보는 동안 평온해졌다.

내 자리로 돌아오자 준 할머니가 내 손을 잡았다.

"해마다 릴리반은 네가 여기 오지 않아도 된다는 사실에 감사했단다."

준 할머니가 말했다.

"잠깐만요. 릴리반이 여기 왔었어요?"

마음이 무너져 내렸다.

"그래, 우리 아가씨. 나와 함께 살게 된 뒤로 늘 왔어."

나는 나의 가장 친한 친구를 생각하며, 내 친구가 나를 보호하려고 간직했던 비밀을 생각하며 울었다.

본토로 돌아가는 여객선 위에서 나는 메이시가 불 가에 없었다는 사실을 깨달았다. 안도감이 나를 감쌌다. 메이시에게는 아무 일도 일어나지 않았다. 준 할머니와 함께 세인트 메리스강 한가운데서 세마—를 바치며 나는 조용히 기도했다. 오늘 밤 불 가에서 삼색제비꽃을 태우지 않아도 되는 니시 크웨잔스와그와 크웨와그들이 있다는 사실에 깊이 감사했다. 치 미−그웨치.

토요일에는 오후 내내 노점을 돌아다니며 사촌과 노인들, 전 동료들, 동창들을 만났다.

가끔은 리바이에 관해 자세한 이야기를 듣고 싶어 하는 사람들도 있었지만 내 반응은 한결같았다. "할 말이 없어."

나는 고모에게 세마− 주머니를 주고 리바이의 사건이 어떻게 진행되고 있는지, 새로운 소식이 있으면 말해 달라고 했다. 고모는 자신의 정보원이 누군지는 말해 주지 않았지만 왠지 론과 연락하고 있을 거라는 생각이 들었다.

리바이는 다리가 부러진 상태에서도 도주 위험이 있다고 간주되었다. 가을에 시작하는 재판 때까지 리바이는 보석 없이 구금되어 있어야 했다. 탄원서 제출은 한사코 거절했지만 이제 연방 검사가 유력한 스타 증인을 확보했기 때문에 마음을 바꾸었는지도 몰랐다.

나는 그 증인이 아니었다. 나는 비밀 정보원 계약서에 서명했기 때문에 법정에도 갈 수 없었고 법 집행인들을 만날 수도 없었다. 지금까지 선임 현장 요원 론 코넬이 내 신변을 보호해 주고 있었다. 나는 리바이하고도 연락하지 않았다. 어쩌면 리바이는 나에게 연락하려고 애썼지만 고모와 엄마가 동생의 연락을 모두 막고 있는지도 몰랐다. 고모에게 물어본다면 사실대로 말해 줄 것이다. 하지만 지금은 물어보고 싶은 마음이 없었다.

스토미 노딘도 스타 증인이 아니었다. 지금도 스토미는 영어로는 한마디도 하지 않았다. 스토미가 열여덟 살이 되면 일어날 거라고 했던 일들이 론의 예측대로 진행되었다. 스토미는 대배심에 소환되었고 연방 판사 앞에서 청문회를 했지만 한마디도 하지 않았다. 당연히 법정 모독죄로 지금도 감옥에서 나오지 못하고 있다.

고모는 스토미의 부모가 아들을 만나러 가면 아니시나−베모원으로 대화를 한다고 했다. 면회가 가능한 날이면 스토미의 부모는 언제나 아들을 만나러 갔다. 두 사람은 아들이 잡혀 있는 연방 소년원에 쉽게 갈 수 있는 도시로 이사 갔다. 매일 밤 스토미의 아빠는 소년원 밖에 있는 주차장에서 북을 두드렸다.

여전히 행방을 알 수 없는 마이크 에드워즈도 스타 증인이 아니었다. 마이크는 다른 이름으로 스웨덴 프로 리그에서 활동한다는 소문이 돌았다. 그의 부모는 이혼했다. 헬렌은 미시간주 남부로 떠났고 그랜트는 여전히 자기 집에서 살았다. 어느 날 밤에 그 집 앞을 지나온 고모가 그랜트의 집에는 커다란 플라스마 스크린에서 펼쳐지는 수 고등학교 하키 시합 화면 외에는 빛이 전혀 없었다고 했다.

로버트 라플레어가 감형 받으려고 리바이의 범죄를 증언하라는 제안을 받아들였을 때 부터 나는 악몽을 꾸었다. 언제나 똑같이 나쁜 꿈이었다. 바비 코치의 비엠더블유 핸들을 꺾었지만 아무 일도 일어나지 않았다. 부족 경찰차가 옆으로 지나가는 동안 리바이는 멍이 든 내 어깨를 꾹 눌렀다. 나는 너무 아파서 비명을 질렀다. TJ는 나를 보지 못했고 코치와 리바이는 어딘지도 모를 조립식 주택으로 나를 데려갔다. 내가 그들을 위해 메스를 만들지 않으면 제이미를 어떻게 할 것이라는 마이크의 상세한 협박을 들으며 잠에서 깼다.

이런 꿈을 꿀 때마다 나는 향모 가닥을 태우고 그 달콤한 냄새를 들이마셨다. 그리고 아빠의 초커를 목에 걸고 데브웨윈을 달라고 기도했다. 진실을 안다는 건 알 수 없는 걸 받아들인다는 뜻이니까.

일요일은 자—기디원을 구하면서 하루를 시작했다. 사랑. 오늘은 릴리를 추모하는 1년이 공식적으로 끝나는 날이었다. 거의 1년 반 전에 데이비드 삼촌이 세상을 떠난 뒤로 나는 처음으로 집회에서 춤을 춘다.

나는 세마—를 바치고 이 세상과 다음 세상에 있는 내가 사랑하는 모든 사람을 위해 감사를 드렸다.

위대한 입장을 준비해야 할 시간이 되면 사촌 동생들과 나는 밖에 있는 피크닉 상자에 앉을 테고 아이들의 머리를 따 줄 것이다. 나는 고모에게 그때 아이들에게 내 대학 진학 계획을 말해 줘도 되는지 물었다. 나는 손가락을 재빨리 움직이면서 폴린이 머리카락을 씹어먹지 못하도록 머리카락을 얼굴에서 되도록 멀리 떨어지게 묶었다.

"너희에게 말할 게 있어."

폴린의 뒤통수를 보면서 말했다.

"몇 주 뒤에 나는 하와이에 갈 거야."

"다시 떠나는 거야?"

페리가 내 옆에서 물었다. 페리의 찡그린 얼굴을 보면서 폴린도 같은 표정을 짓고 있으리라는 걸 알 수 있었다.

"마노아에 있는 하와이 대학에서 민족 식물학 프로그램을 운영한대. 전 세계 곳곳에서 사람들이 식물을 어떻게 약으로 활용하는지를 알려 주는 공부를 하게 될 거야. 생물학과 화학도 공부할 테지만 다른 것도 알게 되겠지. 원주민의 눈으로 식물을 볼 수 있게 되는 거야. 하지만 여름이면 이곳에 돌아와서 시니 님키 할머니 밑에서 배울 거야. 대학교를 졸업하면 할머니의 도제가 되어서 전통 의학 프로그램을 함께할 거고."

내 입꼬리가 저절로 올라갔다.

"난 내가 뭐가 되고 싶은지 알아. 내가 되고 싶은 건…… 전통 의학 치료사이자 과학자야."

"전통 과학자?"

페리가 말했다.

"맞아. 정확히 그렇게 말할 수 있을 거야."

나는 폴린의 머리에 입을 맞추며 머리 손질이 끝났음을 알렸다. .

"추수 감사절에 하와이로 놀러 와. 그때쯤이면 나도 그곳 지리를 잘 알 테니까."

"박물관에 데려갈 거야?"

폴린이 신나 하면서 몸을 돌렸다. 폴린은 박물관에만 가면 정신을 놓고 전시품을 하나하나 꼼꼼하게 살폈다.

"박물관은 지루해."

페리가 쌍둥이를 옆으로 밀고 내 앞에 앉으면서 말했다.

"난 서핑하고 싶어."

"매일 다른 걸 하면 되지."

나는 페리의 머리카락에 젤을 바르고 꼬리 빗으로 두툼하고 짙은 페리의 머리카락을 나누었다.

"대학도 기숙 학교 같아?"

피크닉 탁자에서 내 옆에 앉은 폴린이 물었다.

"그럴 거야. 기숙사에서 자고 학교 식당에서 밥을 먹으니까. 그건 왜 묻는 거야?"

"고모는 아니시나-벰을 데려가던 기숙 학교가 있었던 거 알아?"

아니시나-베 단어를 똑바로 발음하려는 열망에 사로잡혀 폴린은 마지막 어절을 지나치게 세게 발음했다.

"엄마랑 아빠가 싫다고 했는데도 정부에서 아이들을 데려갔대."

폴린의 아랫입술이 파르르 떨렸다.

"돌려준다고 약속해 놓고도 아이들을 집으로 돌려보내지 않았대."

폴린의 크고 아름다운 갈색 눈이 나를 올려다보았다.

"학교 규칙을 따르지 않으면 아이들을 크게 혼냈대. 고모한테도 그러면 어떻게 해?"

내가 미처 대답하기 전에 페리가 나를 돌아보았다. 분노로 눈을 가느다랗게 뜬 모습이었다.

"아이들은 아니시나-베모원을 말할 수도 없고 의식에도 갈 수 없었대."

페리는 반항하듯이 자기 가슴을 가리키면서 선언했다.

"인다니시나-벰."

고모와 고모부는 이런 이야기를 해 줘도 될 만큼 폴린과 페리가 컸다고 생각하는 게 분명했다.

내 마음은 다양한 감정으로 가득 찼다. 여전히 우리 공동체를 강타하고 있는 충격을 순진한 아이들이 이제는 알아야 한다는 슬픔. 인디언들을 과거 시제로만 생각하는 이 세상에서 강인한 아니시나-베그가 되려면 쌍둥이들이 그런 진실을 알아야만 한다는 분노. 똑똑하고 용감하고 사랑스러운 이 아이들이 우리 부족의 생존과 번영을 위해 조상들이 바랐던 가장 위대한 희망이라는 사실에 대한 자랑스러움.

"대학교는 옛날 기숙 학교랑은 달라. 내가 원하는 과목을 배울 수 있어. 내가 원치 않거나 안전한 곳이 아니라고 생각되면 언제라도 나올 수 있고. 여름마다 온다고 약속할게."

나는 계속 말했다.

"우리 부족의 역사를 알고 우리 조상들이 어떤 길을 걸어왔는지 아는 게 좋아. 진실을 아는 건 중요해. 진실이 우리를 슬프게 한다고 해도 말이야. 그 누구도 너희를 의식에서 멀어지게 하지 말아야 해."

나는 뒤에서 페리를 꼭 안았다.

"그리고 맞아. 내 아가씨, 넌 우리 언어를 말할 수 있잖아."

페리의 머리를 묶자 쌍둥이는 피크닉 탁자 위로 올라갔다. 완벽하게 릴-리를 부르고 탁자 아래로 뛰어 내려가, 위대한 입장을 위해 쌍둥이들의 옷을 준비하는 엄마를 향해 뛰어갔다.

땀을 흡수할 수 있도록 나는 반바지와 티셔츠를 입고 전통 의상을 입었다. 내 드레스는 빨간색이었다. 드레스의 절반인 위쪽은 소박하게 꾸몄고, 치마에는 황금색 원뿔 징글을 일곱 줄로 달았다. 원뿔 징글은 모두 365개로, 고모가 강한 니시 크웨가 되는 법을 매일 가르쳐 주었던 나의 열네 살 시절을 상징하는 수였다. 펄 할머니의 두꺼운 가죽 벨트로 드레스에 힘을 주고, 베리 축제 때 테디 고모가 나에게 선물해 준 납작한 구슬 가방을 달았다. 어깨에는 검은색 벨벳 요크를 걸쳤고 이번 여름에 에바가 유리구슬로 만들어 준 자주색 무늬가 섞인 노란색 삼색제비꽃 화환을 목에 걸었다.

마지막으로 뼈로 만든 아빠의 초커를 맸고 엄마가 준 블루베리 귀걸이와 제이미가 준 딸기 구슬 팔찌를 찼다. 고모가 두 갈래로 길게 딴 내 머리의 뒤쪽 정가운데에 독수리 깃털을 붙여 주었다. 거울을 보면서 그랜드메리의 빨간 립스틱을 바르고, 황금색 립스틱 뚜껑을 닫아 드레스 위쪽에 있는 주머니에 밀어 넣었다.

이제 되었다.

차에서 나가자 쌍둥이 사진을 찍고 있는 아트 고모부가 보였다. 나는 쌍둥이들과 함께 서서 사진을 찍은 뒤 고모부에게 집회 장소를 배경으로 내 사진을 찍어 달라고 부탁했다.

고모부가 카메라 렌즈를 조정하는 동안 나는 어제 아침에 우체통에 들어 있던 편지 봉투를 생각했다. 보내는 사람의 주소는 적혀 있지 않았지만 밀워키 소인이 찍혀 있었다. 봉투 안에는 엽서가 두 장 들어 있었다. 한 엽서에는 미네소타주에 있는 호수 사진이 인쇄되어 있었다. 그 엽서 뒤에는 "아이들은 모두 괜찮아."라는 한 문장이 적혀 있었다. 두 번째 엽서에는 위스콘신주 메디슨, 위스콘신 대학교 법과 대학이라는 간판을 단 웅장한 벽돌 건물이 있었다. 엽서 뒷면에는 "일이 끝나면"이라고 적혀 있었다.

"아주 멋지게 찍혔어."

아트 고모부가 말했다.

위대한 입장을 위해 우리는 광장으로 걸어갔다. 춤출 때 내가 밟는 스텝은 단순했다. 댄서들이 빽빽하게 원을 그리며 서 있었기 때문에 크게 회전하거나 현란한 스텝을 밟을 공간이 없었다. 그저 온종일 춤출 수 있도록 에너지를 아끼는 일이 중요했다. 춤추기 위해 존재하는 나의 근육들은 1년 반 동안이나 잠들어 있었으니까.

북이 추모의 노래를 부르기 시작했고 나는 깃털 부채를 힘껏 들어 올렸다. 나는 쌍둥이 앞에서 아이들을 이끌었고 고모는 우리 뒤를 따라왔다. 뒤돌아보자 기쁨의 눈물을 흘리는 고모가 보였다. 니-신. 그건 좋았다.

늦은 오후가 되자 사회자가 부분별, 나이별 댄스 우승자를 발표하기 전에 마지막으로 특별한 순서를 진행하겠다고 선언했다. 사회자는 빨간색 전통 의상을 입은 징글 댄서들에게 광장으로 나와서 춤추라고 했다. 내가 광장으로 나가는 동안 사회자는 빨간색 드레스에 얽힌 이야기를 들려주었다.

한 소녀가 아팠습니다. 그 소녀의 아버지는 딸이 회복되지 않을까 봐 두려웠습니다. 아버지는 딸을 치료할 방법을 볼 수 있게 해 달라고 빌었고 환영이 나타났습니다. "딸을 위한 드레스를 만들어라. 그 드레스를 입고 춤출 때 음악 같은 소리가 날 수 있도록 주석으로 만든 원뿔 징글을 여러 줄 매달아라." 그 드레스를 입고 춤을 출수록 딸의 건강은 회복되었습니다. 건강을 모두 회복한 뒤에도 딸은 계속 춤추었고 공동체의 다른 아들도 건강을 되찾았습니다.

징글 댄스는 치유를 상징합니다. 빨간 드레스는 우리 여성들을 상징합니다. 오늘 이 특별한 빨간 드레스 댄서들의 징글 댄스는 모든 아니시나-베 크웨와그와 크웨잔스와그, 살해되었거나 실종된 원주민 여성들과 소녀들을 위한 춤입니다. 그들의 영혼은 너무나도 빨리 빼앗겼고 너무나도 짧은 시간을 살다 갔습니다. 그 여인들을 위한 춤입니다……. 미크웬다-고지. 우리는 여러분을 기억하겠습니다.

빨간 드레스를 입은 여인 일곱 명이 광장으로 들어가자 관중석에 있는 모든 사람이 일어났다. 일곱 명은 다섯 살부터 쉰 살까지의 여인들이었다. 우리는 광장의 가장자리로 가서 섰다. 나는 엄마와 준 할머니, 시니 할머니, 고모, 고모부, 쌍둥이가 서 있는 북쪽에 자리를 잡았다.

엄마가 웃었다. 엄마는 나를 자랑스러워했다. 나의 모험에 신나 했다. 나를 떠나 보낼 준비를 끝냈다. 마침내 내가 떠난다는 것이 나를 잃는 것이 아님을 이해했다.

나에게 손을 흔드는 준 할머니를 보자, 내가 대학교에 갈 거라는 계획을 말했을 때 할머니가 해 준 말이 떠올랐다. *내 아가씨, 배들은 강에서 다니게 만들어진 것도 있고 바다를 항해하게 만든 것도 있어. 집으로 가는 길을 절대로 잊지 않기 때문에 어디든지 갈 수 있는 배도 있지.*

시니 할머니가 나에게 도제가 되어도 좋다고 허락했을 때 나는 하와이에서 진행하는 민속 식물학 과정에 관해 말했다. 나는 할머니에게 세마―를 주면서 두 가지 길을 모두 공부하는 것이 가능한지 물었다. 할머니는 "우리 아니시나―베그는 정체된 사람들이 아니야. 우리는 생존하려고 항상 적응했지"라고 했다.

나는 우리 공동체를 쭉 둘러보았다. 미니 할머니, 레너드 할아버지, 존시 할아버지, TJ와 올리비아, 메이시.

리드 드럼이 추모의 노래를 시작하기 전까지 댄스 광장은 완벽하게 침묵을 유지했다. 노래하는 새들이 북 주위에 모여 자신들의 목소리를 더했다.

춤추면서 릴리를 위해 기도했다. 로빈을 위해, 헤더를 위해, 그리고 나를 위해서도 기도했다. 내 스텝이 어설프고 무겁다는 건 중요하지 않았다. 내 마음속에서 내 발은 가볍고 빠르게 움직였으니까. 나는 이 세상과 다음 세상을 잇는 지역에 들어와 있었다.

나는 북소리에 맞추어 발을 움직이지 않았다.

그 반대였다. 북소리는 내 심장 속에서 밖으로 퍼져 나왔다.

인사 드립니다, 창조주여. 나는 붉은 곰 여인이며 곰 일족입니다. 급류의 장소에서 왔습니다. 우리 공동체를 언제나 강하게 해 주세요. 우리 여인들을 지켜 주세요. 우리 남자들을 완전하게 만들어 주세요. 우리 노인들을 웃게 해 주세요. 우리 어린아이들이 우리 언어로 꿈을 꾸게 해 주세요. 이 좋은 삶을 살 수 있게 해 주어 감사합니다.

노래가 끝났을 때, 나는 동쪽 문에 서 있었다. 모든 여행이 시작되는 곳이었다.

아호(그것으로 되었다).

작가의 글

　안녕하세요! 저는 안젤린 불리입니다. 곰 일족이고 수 세인트 마리 출신입니다. 내 책을 읽어 주셔서 감사합니다.

　내가 《파이어키퍼의 딸》을 쓰기 시작한 건 아메리카 원주민에 관한 이야기도, 아메리카 원주민이 들려주는 이야기도 너무 적기 때문입니다. 특히 현대적인 시각에서 들려주는 이야기는 거의 없지요. 하지만 우리는 존재하고 있고, 오래전에 쓰인 역사책이나 전해지는 이야기로는 모두 담을 수 없는 역동적인 경험을 하고 있습니다.

　다우니스의 이야기에 창의성을 불어넣어 준 불꽃은 내가 고등학교에 다닐 때 점화되었습니다. 그때 나의 친구는 딱 내 타입인 남자아이가 전학을 왔다는 소식을 전해 주었죠. 그 남자아이를 만나지는 못했지만 나중에 그 남자애가 사실은 전학생이 아니라 마약 수사를 하려고 잠입한 경찰임을 알게 되었답니다. 십 대 때는 스릴러를 즐겨 읽었는데 낸시 드루 시리즈를 아주 좋아했던 나는 내 학창 시절에 아주 특별한 사건이 있었다면 어땠을까 하는 생각이 들기 시작했어요. 그러니까 그 잠입 경찰을 만났고 그 남자가 나를 좋아하게 되었다면 어땠을까? 나에게 도움을 요청했다면 어땠을까? 하는 상상을 한 거죠. 내 과도한 상상력을 사로잡은 그 생각은 나에게서 떠나지 않았어요.

　대학을 졸업한 뒤에 나는 부족 공동체에서 일하면서 원주민 학생들에게 영향을 미칠 인디언 교육 프로그램에 집중했어요. 내 경력은 나를 수 세인트 마리에 있는 부족의 땅으로 돌아가게 했고, 결국 수도 워싱턴에서 내 꿈의 직업이었던 미국 교육부 인디언 교육국 국장이 되게 해 주었답니다.

　하지만 매일 아침 일찍 일어나 '직업인'으로서 하루를 시작하기 전에 몇 시간씩 글을 썼어요. 오지브웨 낸시 드루와 전학 온 남학생에 관한 이야기의 불꽃은 내 속에서 결코 사그라지지 않았어요. 그렇게 10년이 흐르면서 그 이야기는 《파이어키퍼의 딸》로 성장했죠. 내 책이 팔리면서 나는 책이 지금까지 내가 해 왔던 그 어떠한 일보다도 더 큰 영향력을 원주민 아이들에게 미친다는 사실을 알게 되었습니다. 결국 스토리텔링이란 아니시나─베로 산다는 것이 어떤 의미인지를 공유하는 방법이니까요.

《파이어키퍼의 딸》은 우리 부족 공동체에 뿌리를 내린 이야기이지만 소설이기도 해서 창작한 부분이 많아요. 그중에서도 소설 속 부족이 겪는 사건은 수 세인트 마리에서 살아가는 우리 오지브웨 인디언 부족이 어쩌면 경험할 수도 있는 문제를 상상해서 만들어 낸 거예요. 당연히 소설 속 인디언 부족의 모습은 연방이 인정하는 574개 인디언 부족과 집단, 마을을 대표하지는 않습니다. 인디언 공동체는 저마다 독특한 역사와 문화, 언어가 있으니까요. 심지어 같은 공동체 내에서도 아주 다양한 경험을 하게 될 것입니다.

하지만 이 이야기에서 한 가지 정확한 진실은, 원주민 여성에 대한 폭력이 만연하다는 것입니다. 원주민 여성은 네 명 가운데 한 명(84%)이 살면서 폭력을 경험하며, 절반 이상(56%)이 성폭력에 노출됩니다. 거의 대부분(97%)의 원주민 여성은 비원주민 가해자를 적어도 한 명은 만납니다. 너무나도 지치고 힘든 이야기지만 원주민 여성들이 겪는 고통스러운 경험을 세상에 알리는 일이 중요하다고 생각했습니다. 특히 원주민 여성을 향한 집요한 폭력과 부족의 땅에서 벌어지고 있는 사법권 공백 현상이라는 맥락에서 말입니다.

트라우마를 기록하는 것과 비극을 기록하는 것은 아주 중요한 차이가 있습니다. 나는 나의 오지브웨 공동체의 정체성과 상실, 불공평을 다루고자 했지만 사랑과 기쁨, 유대감, 우정, 희망, 웃음, 아름다움과 강인함도 그리고 싶었습니다. 무엇보다도 중요한 것은 문화 행사, 다시 살아나는 언어, 의식, 전통 가르침, 긴밀한 연락망, 담요 파티, 역경에서 회복되는 다양한 방법 등 나의 오지브웨 공동체에서는 정의를 이루고 치유하기 위해 어떤 일을 하는지 알리고 기록하는 일이었습니다.

내가 성장기에 읽은 책 가운데 원주민이 주인공인 책은 한 권도 없었어요. 나는 원주민 십 대 아이들에게 오지브웨 문화와 공동체를 가장 큰 자산으로 가진 다우니스라는 그들과 닮은 주인공을 만들어 주고 싶었답니다. 우리 부족을 위한 결정을 내릴 때는 일곱 세대 뒤까지를 생각하며 지금 내린 결정이 후손들에게 어떤 영향을 미칠지를 고려합니다. 나의 바람은 우리 아니시나─베그의 경험을 담은 《파이어키퍼의 딸》이 미래 세대에게도 영향을 미쳤으면 하는 것입니다.

마지나'이가난 미노─믐시키키─윈 아─웬.

책은 좋은 치유제입니다.

안젤린 불리

옮긴이의 말

진심으로 사랑한다는 것

사랑은 언제나 오래 참아야 하고 자신을 조금은 희생해서라도 상대방을 배려해야 한다. 상대방의 작은 허물쯤은 눈감아 주어야 하며, 함께 하기 위해서는 상대방의 해롭지 않은 거짓을 포용할 수 있어야 한다. 함께 할 수만 있다면 어떠한 조건도 감수할 수 있는 것이 진정한 사랑이다.

나의 세대 여인들은 사랑을 그렇게 배웠다. 여자의 사랑은 순종하고 인내하며 받아들이는 것이라고 배웠다(사실 배움인지 강요인지는 확실하지 않다). 하지만 다우니스에게는 사랑이 거짓과 희생일 수 없었다. 다우니스에게 사랑은 진실이어야 했다. 사랑하기에 진실을 밝혀야 하고, 사랑하기에 솔직해져야 하며, 사랑하기에 진실해지기를 요구한다("널 사랑해……. 그리고 난 나를 사랑해. 나는 우리가 건강하고 강하게 살았으면 해. 우리 자신으로서 말이야. 그러니까 앞으로 무슨 일이 일어나든, 우리가 다시 만날 수 있든 없든 간에 말이야").

다우니스에게 사랑은 자신이 자신의 필요를 위해 최선을 다해 살아가는 것, 홀로 완전하게 한 사람으로 선 두 사람이 완전한 자신으로서 함께 걸어가는 것이다("넌 너의 일을 하고, 난 나의 일을 해야 해. 네가 나를 필요로 하는 게 무서워. 나의 필요가 아니라 너의 필요에 집중하게 될까 봐 두려워").

《파이어키퍼의 딸》은 살인을 저지른 범인을 찾는 과정을 그린 스릴러로 분류할 수도 있고, 아메리카 원주민 여인들이 처한 어려운 상황을 고발하는 기록물로 볼 수도 있고, 아메리카 원주민의 문화를 알려 주는 르포라고 생각할 수도 있을 테지만, 나에게 다우니스의 이야기는 강인한 한 여인이 이 세상 모든 여성에게 어떻게 살아야 하는지를 알려 주는 안내서였다.

함께하는 인생은 서로의 필요를 각자가 추구하면서 같이 걸어가는 길, 아픔과 상처에 휘둘려 자신의 삶을 포기하지 않는 일, 사랑하는 사람들을 위해 현명하게 자신이 할 수 있는 모든 일(만)을 해

514

내는 과정이다. 부모에게 순종하지만 사랑하는 사람과 딸을 위해서는 자신의 목소리를 내는 그레이스, 괴팍하지만 공동체 젊은이를 위해 행동에 나설 수 있는 노인들, 자신들이 감내해야 하는 아픔들을 함께 보듬어 주며 서로에게 힘이 되어 주는 여인들, 시련은 삶을 당당하게 살아가지 못할 이유가 조금도 되지 못한다는 사실을 아는 사람들. 가족을 넘어 한 사람의 오지브웨로 살아간다는 의미를, 한 공동체를 넘어 한 사람의 호모 사피엔스로 살아간다는 의미를 조금쯤은 새롭게 느낄 수 있게 해 준 안내서였다.

삶은 살아 나가는 과정이기에 의미가 있다고 생각한다. 그저 살 수밖에 없는 여정이기에 의미가 있다. 아프지만 그 아픔이 삶을 포기하고, 무너져 내려야 하는 이유가 되지 않음을 알려 준 《파이어키퍼의 딸》에게, 《파이어키퍼의 딸》를 만나게 해 준 모든 분에게 고맙다고 말하고 싶다. 지금 이 순간, 모든 하루가 살아 있음을 느끼는 날들이 되시기를, 바쁘고 힘들고 고통스러운 나날들 속에서도 평온을 찾을 수 있는 삶을 살아가시기를 기원한다.

참고 자료

◆ 미국 내륙 인디언 기록, '연방 정부가 인정한 부족이란 무엇인가?(What is a federally recognized tribe?)' bia.gov/frequently-asked-questions

◆ 로자이, 앙드레 B. 국립사법연구소, '아메리카 인디언과 알래스카 원주민 여성과 남성을 대상으로 한 폭력─2010년 전국 가까운 파트너와 성폭력 실태조사 결과 보고서(Violence Against American Indian and Alaska Native Women and Men: 2010 Findings From the National Intimate Partner and Sexual Violence Survey)' nij.ojp.gov/library/publications/violence-against-american-indian-and-alaska-native-women-and-men-2010-findings

◆ 국립사법연구소, '전 생애 타인종 및 동일 인종을 대상으로 한 폭력 평가서(Estimates of Lifetime Interracial and Intraracial Violence)' nij.ojp.gov/media/image/19456

도움을 받을 수 있는 단체들

스트롱하트 원주민 도움의 전화 1-844-7 NATIVE(762-8483). 가정 폭력, 데이트 폭력, 성폭력으로 힘들어하는 아메리카 인디언들과 알래스카 원주민들에게 문화적으로 적절한 도움을 제공한다. strongheartshelpline.org

국립 원주민 여성 지원 센터 niwrc.org/resource-topic/domestic-violence

국립 자살 방지 도움의 전화 1-800-273-8255 suicidepreventionlifeline.org

미-그웨치

많은 분들과 단체 덕분에 이 책을 완성할 수 있었습니다.

나의 아이들은 엄마에게 많은 영감을 주었습니다. 나의 첫 번째 독자이자 청취자였던 사라는 이 이야기의 모든 초안을 읽고 잘 될 거라고 믿어 주었습니다. 막강하고 냉소적인 재치의 소유자, 이든 덕분에 나는 너무 심각해지지 않을 수 있었습니다. 크리스는 하키와 세나니간에 관한 내용을 풀어야 할 때면 언제나 내가 찾아야 하는 전문가였습니다.

파이어키퍼인 나의 아버지와 끝없는 사랑 이야기를 해 준 강인하고 아름다운 나의 어머니. 두 분은 그 이야기를 나의 형제들에게도 들려주셨습니다. 지금은 다음 세상에서 그 이야기를 해 주고 있을 마리아와 사라, 앨런, 헨리, 다이앤에게 말입니다.

작가인 신시아 라이티크 스미스와 데비 달 에드워드슨은 편집자인 아서 레빈, 욜란다 스코트, 셰릴 클라인과 함께 룬-송 터틀섬에 그 어떤 곳과도 비교할 수 없는 원주민 작가들을 위한 작업실을 마련해 주었습니다.

엘렌 오, 도니엘 클레이튼, 메그 카니스트라, 미란다 폴, 위 니드 디버스 북의 모든 분들 덕분에 아이들이 더욱더 다양한 인물이 등장하는 책을 읽을 수 있게 되었습니다. WNDB 멘터십 프로그램에서 나의 멘토가 되어준 프랜시스코 X. 스톡. 그 친절함과 재능, 관대함 덕분에 내 인생은 바뀌었습니다.

아동 문학 콘퍼런스 크웰리 칼라의 로라 페그람과 모든 분은 언제나 내 마음속에서 특별한 자리를 차지하고 있습니다. DVpit을 조직해 준 베스 펠란은 에이전트를 찾는 나에게 정말 큰 도움을 주었습니다.

탁월한 에이전트 페이 벤더는 비밀한 지도력, 근면함과 배려로 문학계의 록스타가 되었습니다. 아니시나-베모원에는 성격과 영혼 모두 진심으로 근사한 사람을 일컬어 '아름다운 여인'이라고 말하는 단어가 있습니다. 만다-크웨가 그 단어입니다. 나의 만다-크웨인 페이 벤더가 내 곁에 있어 주었기에 내가 받은 것은 그저 단순한 축복이 아닙니다. 그 이상입니다. 상업 작가가 되고자 하는 나의 여정을 도와준 북 그룹의 모든 분들도 감사합니다. 국제 업무를 담당한 에이전트들은 《파이어키퍼의 딸》이 세계 곳곳에서 가장 뛰어난 출판사와 계약할 수 있게 도와주었습니다. 아노니머스 콘텐트의 영화 에이전트 브룩 에를리히는 꿈의 거래를 성사시켜 주었습니다.

원고를 제출하고 처음 통화했을 때, 정말로 나를 너무나도 놀라게 했던 나의 편집자 티파니 레오. 내가 만난 그 누구보다도 빠르게 말하는 티파니는 너무나도 멋지게 《파이어키퍼의 딸》 원고를 교정해 주었습니다. 그녀는 YA 캐논에 원주민을 고용하겠다고 약속했고, 그 조건을 전제로 한 약속을 더욱 강화해 주었으며 모든 순간 내 목소리를 지켜 줌으로써, 자신이 정한 미션을 완수했습니다!

젊은 독자를 위한 렌리 홀트 북스와 맥밀런의 직원들은 《파이어키퍼의 딸》이 출판계의 판도의 바꿀 작품이라고 믿어 주셨습니다. 페이와 나는 존 야게드를 절대로 잊지 못할 것입니다. 진 페이웰, 앨리슨 베로스트, 몰리 엘리스, 마리엘 도슨, 캐스린 리틀, 트리스티안 트리머, 케이티 할라타, 제니퍼 에드워즈, 메리 반 아킨, 케이티 퀸, 모건 래스, 조안나 앨렌, 알레그라 그린, 마크 포데스타, 크리스틴 루비, 라이 앤 히긴스, 맨디 벨로소, 그 밖에도 많은 분들이 놀라운 창의력으로 열심히, 열정적으로 일해 주셨습니다. 맥밀런 오디오 팀, 그중에서도 사만다 만델과 스티브 와그너, 배우 이사벨라 라블랑(다코타주 오지브웨) 덕분에 다우니스는 오디오북에서도 생명을 갖게 되었습니다.

크리에이티브 디렉터 리치 데아스, 아니시나-베 예술에 진심으로 경의를 표하는 너무나도 멋진 표지를 만들어 주셨습니다. 오지브웨 화가 모제스 룬햄은 다우니스의 여행을 적절하게 해석하고 표현해 주었습니다. 표지가 정말로 순수한 니시처럼 느껴진다는 것이야말로 내가 표현할 수 있는 최고의 찬사와 감사일 것 같습니다. 온라인으로 표지 발표 행사를 기획해 주신 버치바크 북스에게도 감사의 인사를 전합니다.

다양한 도움이 있었기에 이 이야기는 형태를 갖추고 태어날 수 있었습니다. 혹시라도 있을지 모르는 잘못은 모두 나의 책임입니다. 공식적으로 감사를 드려야 하는 분들도 있습니다. 법무부 미시간 서부 지부에서 근무했던 제프 데이비드(칩페와), 레이크슈피리어주립대학교 응용범죄학과 부교수 애런 웨스트릭 박사, 전직 FBI 요원 월터 라마(블랙핏), 수세인트 마리 칩페와 인디언 부족 경찰 서장 로버트 마크핸드(오지브웨). 마거릿 누딘 박사(아니시나–베)와 미셸 웰맨–티플(오지브웨)는 아니시나–베모윈에 관한 귀중한 도움을 주셨습니다. 데스타니 리틀 스카이 피트(쇼숀–파이우테) 덕분에 그녀가 준비한 과학 박람회 프로젝트 '개벚지나무 푸딩의 의학적 특성'에 관해 알게 되었습니다. 카트 테너먼, 노부요 마사칸, 신시아 존슨—올리버 박사가 이끄는 알렉산드리아 여성들 칼라 작가 그룹에도 감사의 인사를 전합니다.

언제나 주저하지 않고 "보호 구역 소녀는 그런 식으로 말하지 않아!"라고 말해 준 가장 친한 친구, 바브 그라벨 스무테크. 늘 사랑해 주고 함께 웃어 준 내 친구들, 크리시, 샤론, 레슬린, 앤, 로라 D. 로라 P. 보니, 오드리, 메리, 샤메인, 서머, 멜리사, 돈, 스테이시, 트레이시, 캐롤, 로날다, 엘렌, 로리, 킴, 콜린, 데브라—앤, 일레인, 레이쳴 & 빌, 필립, 신다, 스테파니, 다나, 욜란다, 마리, 그리고 그 밖에 많은 친구들, 고마워.

특히 큰 소리로 감사드리고 싶은 분들도 있습니다. 내 공식 작가 전문 사진작가 앰버 불리, 마술과 같은 편집을 해 준 시온 애실리만, 조사를 도와준 알리아 존스, 우리 아이들 이야기의 모든 장에 아름다움을 불어넣어 준 매트슨이 그분들입니다.

작가의 첫 책에 성원을 보내 준 독자들, 청취자들, 서점 운영자들, 교육자들, 사서들, 책 블로거들, 브이로거들, 모두에게 감사합니다.

함께 존재해 주고, 많은 것을 공유해 준 나의 부족 공동체, 문화를 가르쳐 준 선생님들, 조상들.

치 미–그웨치.

파이어키퍼의 딸

초판 1쇄 발행   2023년 3월 15일

글쓴이   안젤린 불리
옮긴이   김소정

편집   임은경, 박주원
디자인   김수인

펴낸이   이경민
펴낸곳   ㈜동아엠앤비
출판등록   2014년 3월 28일(제25100-2014-000025호)
주소   (03972) 서울특별시 마포구 월드컵북로22길 21, 2층
홈페이지   www.dongamnb.com
전화   (편집) 02-392-6901   (마케팅) 02-392-6900
팩스   02-392-6902
전자우편   damnb0401@naver.com
SNS   [f] [◎] [blog]

ISBN 979-11-6363-650-2 (03840)